COLLECTION FOLIO

Jean Giono

Batailles dans la montagne

Gallimard

© *Éditions Gallimard, 1937.*

Ce livre est le roman d'une collectivité : un bourg de montagne, trois hameaux, soixante habitants, aux prises avec les forces de la nature.

A la résistance des hommes contre les eaux du glacier, Giono — qui s'était documenté auprès d'un ingénieur des Travaux publics et de montagnards — confère un sens épique.

Les événements font surgir un homme — Saint-Jean — qui devient le symbole de la civilisation paysanne menacée et de toute grandeur libre.

Mais ici encore, l'amour de Saint-Jean et de Sarah fait luire l'espérance au-dessus des décombres et des morts de la vallée inondée.

Jean Giono est né le 30 mars 1895 et décédé le 8 octobre 1970 à Manosque, en Haute-Provence. Son père, italien d'origine, était cordonnier, sa mère repasseuse. Après ses études secondaires au collège de sa ville natale, il devient employé de banque, jusqu'à la guerre de 1914, qu'il fait comme simple soldat.

En 1919 il retourne à la banque. Il épouse en 1920 une amie d'enfance dont il aura deux filles. Il quitte la banque en 1930 pour se consacrer uniquement à la littérature après le succès de son premier roman : *Colline*.

Au cours de sa vie il n'a quitté Manosque que pour de brefs séjours à Paris et quelques voyages à l'étranger.

En 1953 il obtient le Prix du Prince Rainier de Monaco pour l'ensemble de son œuvre. Il entre à l'Académie

Goncourt en 1954 et au Conseil Littéraire de Monaco en 1963.

Son œuvre comprend une trentaine de romans, dés essais, des récits, des poèmes, des pièces de théâtre. On y distingue deux grands courants : l'un est poétique et lyrique : c'est à celui-là qu'appartient *Bataille dans la montagne*, l'autre d'un lyrisme plus contenu recouvre la série des *Chroniques*. Mais il y a eu évolution et non métamorphose : en passant de l'univers à l'homme, Jean Giono reste le même : un extraordinaire conteur.

A la mémoire de Mme Aline Fenoul que mes amis et moi appelions « la marraine ».

I

SUR LA HAUTEUR

Tout de suite après la mort de sa femme, Boromé le riche se retira à la ferme du Chêne-Rouge. C'était la plus haute habitation de tout le territoire. On ne l'avait pas consignée dans les cadastres habituels. Elle avait une feuille pour elle toute seule. On voyait avancer la forme de son terrain sur du papier tout autour blanc.

Elle donnait le mal des hauteurs. Le dernier qui essaya était un homme de la basse vallée ; il était venu là sans réfléchir, attiré par la bonté du pâturage ; quoique d'en bas, il était courageux. Il y resta tant qu'il eut la force. Un mois de juin il descendit. Il marchait en se tenant au collier du mulet. Il emmenait dans la charrette sa femme et ses deux fils. Il traversa la cerisaie. On cueillait les fruits. Il marcha d'abord sans rien dire. Mais la cerisaie communale a plus de cinq kilomètres de long. D'un revers de main il fit craquer et tomber le givre qui était resté dans ses moustaches.

— Vous pouvez vous la coller où je pense votre montagne, dit-il.

— Ah! Ne dis pas de mal de notre montagne, répondirent-ils.

Ils lui donnèrent des cerises.

— Ah! dirent-ils, notre montagne elle a ses gueules. Mange tes cerises et que le bon dieu t'accompagne.

Il mangea les cerises mais sa femme ne se décida pas ; elle les avait mises dans le creux de son tablier, entre ses cuisses et elle les regardait.

Il monta s'asseoir sur le siège maintenant que le chemin était plus facile. On les vit s'en aller, raides, comme s'ils étaient maintenant gelés pour toute leur vie. Lui tournait parfois un peu la tête pour cracher les noyaux.

Boromé s'aperçut qu'on donnait cette ferme presque pour rien. Il ne s'était jamais intéressé aux choses sans valeur. Maintenant, il leur trouvait une valeur. Il alla regarder le cadastre. Il semblait que cette page, on l'avait dessinée exprès pour lui. Il acheta Chêne-Rouge. Il y monta. Il y vécut trois ans tout seul.

Au printemps de la troisième année il se dit : « Hé! Je ne suis pas si vieux que ça! » Tout le temps de cette année-là il pensa à une femme qu'il avait rencontrée chez le charron de Prébois. C'était une protestante de la montagne. Sur le moment, il n'y avait presque pas fait attention. Maintenant, il voyait ses épais sourcils et son large menton. Il voyait la façon dont elle était bâtie. Il la fit demander au charron. Il fit dire : « Demande-lui si elle veut venir me servir. » Il savait qu'elle était veuve. Mais, la fois où il l'avait vue elle était seule, debout dans l'atelier, regardant le charron qui frappait les pans d'un essieu, lui nu jusqu'à la ceinture avec ses grosses mamelles poilues ; elle la tête penchée ; on voyait son cou découvert et le commencement de ses grandes épaules. Or, elle avait une fille de quinze ans et elle fit répondre : « Je ne peux pas venir seule. » Boromé se dit qu'il allait réfléchir, mais le lendemain il descendit vers les bûcherons et il fit faire sa dernière commission. Il écrivit : « Dis-leur de venir toutes les deux. Dis-lui que c'est moi, celui qui est entré pendant qu'elle était là, celui qui a marchandé pour un traîneau ferré et qui finalement en a pris un. » Il était impatient d'avoir une bonne réponse, de se savoir enfin d'accord, d'être sûr qu'elle viendrait. Elles arrivèrent un soir. Elles avaient toutes les deux d'énormes bouches calmes. La fille était aussi robuste que la mère. Après deux jours il fut certain qu'elles étaient faites exactement pour le Chêne-Rouge. Boromé avait ce qu'il voulait. Il n'y avait pas eu besoin de rien expliquer. Il avait trouvé la femme toute d'accord.

Le premier soir, après le repas, Boromé fumait sa pipe, la femme ouvrit son baluchon et tira son livre. Elle dit qu'elles avaient l'habitude de le lire tous les soirs. La fille approcha sa chaise et elles se penchèrent toutes les deux. Elles lisaient toutes les deux ensemble à haute voix, paisiblement, un mot après l'autre. Leurs grandes lèvres bougeaient avec le même soin. Il fumait sa pipe sans rien entendre. Il se disait : « Ça va être difficile de lui faire comprendre ce que je veux. » Ses bras tremblaient dans sa grosse veste de velours. Il leur avait donné la chambre d'en haut ; lui, il avait pris celle du bas, derrière l'âtre. Elles lurent deux pages, puis la mère posa sa main ouverte sur le livre, se dressa et dit : « Allons nous coucher. » Mais elle regarda Boromé et il attendit. Il les écouta marcher pieds nus, puis monter dans le lit. Il n'avait pas rallumé sa pipe. Il respirait sans bruit. Il entendit que la femme rouvrait la porte. Elle descendit, avec la paix qu'elle devait mettre en toutes choses.

Maintenant, quand elles lisaient le livre, il les écoutait et il entendait. Il n'était plus tourmenté. Mais parfois la fille lisait seule à haute voix. Alors, il comprenait mieux. Les mots étaient mieux imagés, peut-être parce qu'elle lisait avec une extrême lenteur ; ou peut-être à cause du son de sa voix, ou peut-être parce qu'il la sentait toute bouleversée par ces grands fantômes. Elle était pourtant — comme sa mère — l'image même du repos ; ses larges yeux pesaient longtemps sur tout. Elle était d'une intelligence sûre et patiente.

Il était six heures du matin à la fin de l'automne. Boromé se leva, découvrit le feu, souffla les braises et frotta durement sa barbe qui lui démangeait. Il appela :
— Petite !
Elle descendit les escaliers.
— Que fait ta mère ?
— Elle arrange son corset.
— Alors, va, dit-il.
Elle ouvrit la porte. C'était la nuit sans étoiles. Un vent soufflait dans les sapins.
— Il n'a toujours pas l'air de geler, dit-il.
Elle traversa l'aire, toucha la porte de l'étable et chercha la clenche. Les moutons qui sentaient venir le jour étaient déjà debout et marchaient dans la paille. Elle noua son fichu derrière son dos. Elle ouvrit la porte basse ; elle appela les bêtes. Puis, elle marcha droit dans la nuit. Le petit troupeau suivait. Le jour se leva. Tout était dans un brouillard épais.

Une heure avant la fin de la nuit, un sanglier entra dans le bois de mélèzes par la lisière basse. Il monta à travers les arbres. Il était couvert de boue. Il marchait gravement avec ses dernières forces, comme à la fin d'une grande chasse. Il s'appuya contre le tronc d'un arbre. Il se reposa. Il était bouleversé par une terrible respiration de fatigue ; son souffle gémissait tout seul entre ses dents. Aucune bête de sa race n'était jamais montée jusqu'ici. Il ne connaissait ni ces arbres ni cette terre. Il se remit en marche. Il cherchait son chemin dans les endroits où le sol était le plus abrupt. Son désir était de monter le plus haut possible. Il y mettait ses dernières forces. Il mâchait la terre à pleines mâchoires pour s'accrocher à des racines et se tirer en haut. Son mufle saignait. De temps en temps il s'arrêtait et il mordait farouchement dans la nuit une odeur de terre mouillée et d'eau. Mais l'odeur le suivait toujours ; elle restait autour de lui. Il était couvert de boue, le ventre écorché, l'échine douloureuse, où ses gros poils collés par la boue se hérissaient chaque fois qu'il sentait cette odeur de terre mouillée et d'eau. Il semblait poursuivi par un mystère. Enfin, il tomba ; il se coucha ; il étendit ses pattes. Il tremblait. Il essaya de se tirer encore plus haut avec toutes ses forces mais il ne pouvait plus. Il ferma les yeux. Toujours l'odeur de l'eau. Il essayait de la chasser en soufflant. Puis il respira avec moins de peine. Il s'étira ; le pli sensible de ses cuisses toucha la mousse tiède. Il se frotta doucement avec son reste de force ; les feuilles sèches craquaient sous lui. Une sorte de bruit sourd et continu, pas très fort mais creusé de cent échos très profond, lui fit comprendre la hauteur. Il sentit l'odeur nouvelle de l'écorce des mélèzes. Sous ses paupières fermées ses yeux s'illuminaient de clignements d'or comme des guêpes dans le soleil. Il ouvrit les yeux. La nuit éclaircie ne portait plus que trois grosses étoiles pâles. Dans l'aube glauque on voyait se tordre, en bas dessous, les épaules noires des nuages qui bouchaient la vallée ; elles faisaient fumer du brouillard comme la poussière d'un travail caché. Il regarda autour de lui. Il était au bord d'une haute clairière. D'un côté, par-dessus la cime des arbres, il pouvait voir un immense horizon que les flottements de la nuit dégageaient. De l'autre côté, les arbres serrés montaient toujours et la forêt finissait contre une muraille de rochers dressés dans le ciel jusque dans les hauteurs où rien n'avait encore de forme. Peu à peu, l'odeur d'eau et de boue qu'il avait emportée avec lui se fondait sous les odeurs de plus en plus fortes des écorces de mélèzes, des feuillages de bure, des rochers, une odeur d'oiseau, une odeur de large pays solitaire, une odeur de ciel, de sécurité, de sommeil. Enfin, il sentit l'odeur fauve de son propre corps, sa sueur. L'odeur de sa vie. Alors, il retroussa lentement ses babines sur ses dents jaunes et il s'endormit.

Un bruit l'éveilla. Le jour était levé mais la clairière pleine de brumes était comme un globe de sel. C'était le bruit de quelques bêtes en marche. Au-dessus du brouillard, il devait faire soleil : la lumière descendait dans ce trouble laiteux, arrondissait d'étincelantes cavernes bleues qui se déformaient lentement dans le mouvement épais du brouillard à travers la forêt, s'éteignaient, s'allumaient sur la rondeur d'un tronc, sur le roux des branchages d'hiver, sur l'herbe, puis se fondaient dans une blancheur éclatante juste colorée comme d'une moirure d'huile. Il y avait toujours le sentiment d'une sécurité éternelle. Mais c'était le bruit d'une petite troupe de bêtes en marche. Des bêtes à laine. Une odeur d'étoffe. Une odeur de femme qui bougeait dans des pas de femme. Il regarda. Il pouvait rester sans faire de bruit. Il ne pouvait pas s'arracher de ce repos qui creusait peu à peu sous lui une bauge chaude. Il vit la brume s'amincir devant une tache noire, puis se trouer. C'était une jeune fille qui coupait la brume avec son visage et sa poitrine, ses bras paisibles, son pas. Elle passa. Elle entraînait l'huile de la brume comme des soies d'arc-en-ciel. Derrière elle, vint une tête de bélier aux cornes rondes, puis un dos de laine grossi de brouillard fumant ; des têtes de moutons, basses, se balançant dans le petit grignotis des pas du troupeau. Une brebis éternua. Une chèvre au poil noir glissa, toute nette ; deux reflets roux flottaient derrière ses cornes. Des dos de moutons passèrent en faisant bouillir le fond de la brume, puis l'étincelante blancheur qui traversait toute la brume se posa doucement sur le fond d'herbe plate.

Ce matin-là, le brouillard était monté très haut. Il avait dépassé Chêne-Rouge, couvert le bois de mélèzes, rempli cette haute clairière où le sanglier venait de se rendormir. Il s'était égalisé à peu près à cette hauteur, ensevelissant les Trois-Côtes, les Bois de Verneresses, les à-pics de Muzelliers, toute la forêt déchiquetée de la Sourdie, les dos de Romolles ; tous des lieux beaucoup plus hauts que Chêne-Rouge, et déserts. La lumière du matin était vive mais toute bouleversée. Le côté de l'Est, là-haut au-dessus de la brume, était barré par les sommets de la montagne. D'ordinaire, le jour de cette heure-là se glissait entre la Sourdie et Romolles puis, reflété par le glacis vert du feuillage des sapins serrés sur les pentes de Verneresses, il jaillissait de tous les côtés. Mais maintenant cette porte était bouchée et, dans ces endroits-là, c'était l'ombre. Pourtant, sur le reste du pays noyé, une lumière éclatante et dure traversait le brouillard venant de l'ouest. Qui commandait les reflets de ce côté? Les sapins de Verneresses étaient les plus serrés de toute la montagne ; les bois de l'autre côté ne pouvaient pas refléter. C'étaient des bois de mélèzes, ternes et gris sous leur bourre d'hiver. Quelqu'un de nouveau s'était chargé du soleil. La lumière qu'il donnait n'était pas douce et flexible et, faisant le tour des choses comme celle qui venait des sapins de Verneresses, elle était brutale comme de la pierre. Elle serrait tous les bois troubles dans une lumière minérale. De temps en temps tout s'éteignait. Alors, une barre de feu droite, presque solide, portant sept couleurs tremblantes traversait le brouillard, illuminant tout d'un coup un arbre entier ou l'ouverture d'un couloir de la forêt. Puis, le jour s'élargissait de nouveau, venant toujours de l'ouest, ce jour sans pitié ni faiblesse, reflété par ce farouche maître des reflets qui faisait pleuvoir dans le brouillard cette pluie sèche de sel.

Quand la fille entra dans l'herbe, le ciel s'éclaircissait au-dessus du pâturage. Il ne restait plus que des traînées de lait sur de grands morceaux de ciel propre et brun appuyés contre les lointains sommets de la montagne. Le troupeau émergeait des forêts noyées. Depuis longtemps les agneaux avaient faim mais ils n'avaient pas osé crier tant que le brouillard leur frottait le nez. Maintenant, ils frappaient le ventre des brebis à coups de tête. Elles s'arrêtèrent, écartant les jambes et les agneaux entrèrent sous elles. Le bélier lécha les cuisses d'une brebis solitaire.

On voyait maintenant le nouveau maître de la lumière. C'était le glacier, celui qu'on appelait la Treille de Villards, n'étant pas loin perdu là-bas au fond de tout le massif de montagne, mais suspendu juste au-dessus du village, loin dans le ciel, loin au-dessus du village, loin au-dessus de Chêne-Rouge, loin au-dessus du pâturage, dominant des vallons endormis où jamais n'entrait le vent, assis sur des entassements noirs de schistes déserts, sans une herbe ni un arbre, avec sa glace grise bavant le long des vallons nus, deux ou trois torrents de fer brillants sans un bruit d'eau. Parce qu'il était trop haut dans le ciel et que, ce qui trompait, c'était l'énorme masse de glace. Alors, on la croyait moins grosse et plus près mais elle était terriblement grosse et très loin dans les profondeurs du ciel, étant enfoncée dans le ciel jusque dans les hauteurs où il n'est plus que comme un trou sans couleur. Et ainsi on ne pouvait pas entendre le bruit des torrents, mais si on approchait, on entendait comme la galopade de chevaux aux gros pieds soudain déboulés de l'écurie dans le soleil et le jour luisant. Et, dès qu'on dépassait la corne de l'éboulis Charmade (et c'était le seul chemin possible pour y aller. D'ici, du côté de Chêne-Rouge, on ne pouvait même pas s'approcher de lui, ayant soudain devant soi le gouffre des Avernières), dès qu'on tournait la corne de Charmade, on voyait galoper les eaux blanches et les crinières d'écume qui flottaient au-dessus des rochers. Et, de là, on sentait déjà le manteau glacé vous couvrir et vous serrer. Il y avait déjà d'un côté et de l'autre de ce qui était le chemin — si on veut — des marques d'une grande force qui travaillait ou frappait ici dans la solitude. C'est à cet endroit-là qu'on pouvait voir des cœurs de granit cassés comme de la brique et de la poussière de silex plus fine que du tabac à priser, et des sillons profonds jusqu'au genou qui charruaient droit tous les rochers sans s'inquiéter s'ils étaient durs ou non. Des sillons d'une charrue bougrement forte. Ce n'était qu'après avoir tourné trois fois dans les détours du vallon de schiste, avec tous ces chevaux d'eau cabrés contre vous et vous fouettant de leurs crinières froides et de leur sueur, qu'on voyait enfin le glacier. Il était là-haut au bout du vallon. On s'approchait doucement. Il était bien placé sur la pente pour se défendre, ou attaquer, vous regardant monter vers lui par le chemin tout découvert, avec, de chaque côté de vous,

des pentes que vous ne pouviez pas remonter ;
lui bien posé au beau milieu avec ses épaules grises
plus épaisses que des maisons, sa petite langue de
fer-blanc ruisselante de salive, ses beaux yeux verts,
pas deux mais peut-être vingt, avec cette profondeur de goudron qu'ils ont, et toutes ces lumières
du soleil qui coule dans leurs cavernes de glace.
Mais, maintenant, il n'y avait jamais personne dans
le chemin de Charmade. Pour regarder la Treille, on
la regardait d'en bas, du Villard. On la laissait là-
haut avec ses grappes blanches. Son nom était écrit
sur un rocher de granit au sommet de la butte de
Villard-l'Église. Et le 16 juin de chaque année, les
filles de ces quatre hameaux en bas qui faisaient tous
ensemble le gros village : Villard-le-Château, Villard-
Méa, Villard-l'Église et Villard-le-Serre, les filles
s'en allaient cueillir des bouquets de narcisses. Il
n'y avait plus ni protestants ni catholiques. Le curé
venait avec sa soutane des jours, le pasteur avec son
chapeau de paille et sa canne. Ceux de Méa, qui est
le hameau du milieu et qui sont tous artisans, continuaient à travailler pendant la matinée, jusqu'au
moment où ils entendaient les pas du cortège sur le
pont de Villard-le-Château (car les hameaux sont
comme dans la main du torrent, séparés les uns des
autres par les gros doigts de l'eau qui coule des
montagnes ; unis les uns aux autres par des ponts
qui sont moitié en bois, moitié en pierre). Alors,
le cortège arrivait venant de Villard-le-Château.
C'étaient les femmes, et les jeunes filles, et les petits

enfants portant des bouquets de narcisses. Et ceux de Méa sortaient, comme ils étaient, avec l'habillement de tous les jours. Car, ça n'était pas une fête. Et il n'y avait pas de bruit, sauf le bruit des pas. Car, c'était seulement un souvenir. Et pendant ce temps, là-haut, la Treille était suspendue au-dessus des quatre villages et de tout le monde, tout le monde qui traversait alors le pont de Villard-l'Église, et on montait à la butte où déjà les gens d'ici étaient rassemblés. Et on déposait les bouquets autour du gros rocher de granit où était inscrit le nom de la Treille et dessous treize noms d'hommes. C'était généralement un jour de grand beau temps. Et ainsi on se souvenait mieux du jour où c'était arrivé, un jour de grand beau temps aussi.

Car on l'appelait la Treille parce que toutes ces énormes glaces suspendues étaient comme des grappes, si on veut, mais surtout parce qu'on avait eu pendant longtemps l'habitude montagnarde de confier à ce glacier le soin de mûrir le vin vert que le village tirait de ses vignes pauvres, là-bas vers Prébois. Une conque de terre bien orientée, et il y avait quelques vignes sur les pentes. Chacun y avait son morceau. Le vin qu'on tirait de ces petits raisins à peine plus gros que des fleurs de muscaris était âcre et brûlant comme de la sueur de bœuf. On avait des outres faites avec la peau complète d'une chèvre. Et, vers octobre, on choisissait un jour clair, déjà serré avec un grand vent. On attendait ce grand vent solide qui fait chanter à la fois les arbres et les échos de toutes les montagnes. On chargeait tout le train de mulets. C'était un travail qui se faisait en commun. Il y avait généralement une vingtaine de bêtes. Et les hommes libres les menaient. Le chemin de Charmade n'était presque pas mauvais de tout le long. Tout au moins tant qu'on était dans les forêts grondantes de ce vent lourd. Et, même quand on commençait à monter à travers l'éboulis, tout se faisait bien car on avait entretenu soigneusement les passages. Alors, le train muletier s'entortillait dans cette muraille de pierre comme un serpent avec tous les mulets floqués de laines de toutes les couleurs, les outres gonflées de vin, encore pareilles à des bêtes aux pattes raides, toutes les clochettes sonnantes et parfois un homme qui chantait. Et le grand vent écrasait ce bruit dans tous les échos.

Il y avait, là-haut, des cavernes de glace aussi solides que des caves de ciment. On y couchait les outres dans un lit de neige. Alors, d'en bas, pendant les journées limpides d'hiver, quand on regardait le glacier, c'était bien la treille, parce que, perdu dans une de ces énormes grappes de glace — si énormes justement à cause de l'hiver, qu'on les voyait bosseler la couverture de neige fraîche — là-haut il y avait le vin du village que le froid était en train de mûrir. C'est vers la mi-juin qu'on retournait là-bas. Souvent il fallait déganguer les outres à coups de pic, doucement, et avec délicatesse, mais elles étaient prises dans la glace comme ces noix dans le miel quand le gâteau est trop cuit. C'était généralement vers le 14 juin, le 15. Cette fois-là, ç'avait été le 16.

Ils devaient être arrivés là-haut à midi — étant partis la veille au soir vers les 7 heures. Et à 1 heure on entendit un bruit, d'abord mou, puis un silence dans lequel les vitres tremblèrent ; puis, retombant des hauteurs du ciel, un grondement qui secoua les poutres et les forêts. En rien de temps, au moins mille oiseaux furent dans l'air. Sur le flanc de la montagne on voyait se développer un nuage. Puis il se dissipa. Là-haut, rien n'était changé. Ça ne pouvait pas être autre chose que rien, puisque le glacier n'avait jamais bougé. Jamais. Jamais. Quoique... Il avait en effet maintenant une mauvaise figure. Et on gardait dans l'oreille ce bruit qui venait de tout ébranler. C'est au début de juin l'an d'après qu'on charria la grosse pierre sur la butte de Villard-l'Église et qu'on inscrivit les treize noms. Le glacier n'avait rien rendu : ni hommes, ni mulets, ni vin. Il s'était tout simplement accroupi un peu plus loin. C'est cette année-là que, pour accompagner la pierre, on avait cueilli les premiers bouquets de narcisses et que tout le monde était monté au mamelon, sauf un de Villard-Méa, un nouveau qui s'était installé tonnelier, venant du très bas pays, des vallées profondes, ayant apporté ici ce nouveau métier dont on n'avait pas besoin avant, puisqu'on se servait des outres. Celui-là était sorti dans la rue en même temps que tout le monde. Mais il s'était

vite rendu compte que ce n'était peut-être pas sa
place. Ce n'était pas, bien sûr, de sa faute, mais,
somme toute, il profitait de la catastrophe. Alors,
il suivit le corgège de loin et il resta en bas de la
butte. Il était tout seul sur la route avec son tablier
bleu et la gouge qu'il avait gardée à la main. Et
quand on se mit à redescendre pour retourner dans
les maisons, il s'en alla, lui tout seul devant tout le
monde, comme avant-garde. Ah! C'était un temps
extraordinairement clair et on pouvait voir toutes
les montagnes qu'on peut voir de Villard : Chêne-
Rouge, Romolles, Verneresses, Charmades et la
Treille. La Treille là-haut dessus. Treille de notre
vin et de notre sang. Treille sous laquelle pendaient
maintenant de lourdes ombres qui se mêlaient plus
bas au noir des forêts. Et puis, tout par un coup, ils
avaient vu leurs quatre hameaux, leurs maisons, leurs
quatre hameaux dans la main du torrent ; comme si
le torrent était une main avec cinq doigts descendant
des montagnes, cinq doigts d'eau aux ongles plantés
dans les forêts. Et, entre les doigts, de petites levées
de terre sur lesquelles il y avait les maisons de « Château » avec ces grands cheveux magiques qu'elles
avaient, étant toiturées de chaume à cinq épaisseurs
par-dessus leurs immenses granges, les maisons de
Méa (entre l'index et l'annulaire) petites, vues d'ici,
comme des ruchettes avec ces toitures artisanales
qui sont en tôle et minces. Et, en tournant la tête,
ils pouvaient revoir Villard-l'Église, et là-bas, loin
près du petit doigt de la main d'eau, Villard-le-

Serre, à l'endroit le plus resserré de la vallée. Tout ça transpercé de grands peupliers pointus. Les cinq doigts d'eau se réunissaient juste après Villard-le-Château et c'était le torrent Ebron qui traversait la cerisaie communale, entrait dans les gorges de ce qu'on appelait le château, des terres toutes déchiquetées de pluie et de vent et s'en allait vers les pays bas par d'étroits chemins.

Ainsi, tout par un coup, ils avaient vu leurs maisons aplaties sous la fumée des âtres qui ne s'élevait pas mais restait au-dessus des toits comme un marécage, aplaties sous les ombres de la montagne, aplaties sous cette énorme treille de glace qui pendait là-haut dessus dans les noires hauteurs du ciel. Mais le village était si petit que le tonnelier qui marchait seul là-bas devant le cacha tout entier. C'est à ce moment-là qu'on s'aperçut que le tonnelier était boiteux, ou peut-être saoul. Et rien qu'en se balançant de droite et de gauche il effaça le village. Il n'y avait plus de village. On avait encore les doigts collants de sève de narcisse, et soudain on était seul comme un peuple orphelin sous le ciel, sous l'énorme Treille.

Et maintenant, par ce matin de brouillard, ici dessus au pâturage, dans les ruissellements de lait de ce brouillard qui coulait le long du ciel brun et dans les pentes des forêts pour aller s'appesantir sur les nuages qui engloutissaient la vallée, c'était ce glacier de la Treille qui commandait la lumière, ici, et dans tout le large de cet océan de nuages d'où n'émergeaient plus que des sommets de montagnes aigus et déserts. Le soleil ordinaire se reflétait dans ces amoncellements de glaces. La Treille était devenue comme un brasier avec de drôles de flammes d'un vert sournois. Et elle éclairait le haut monde de son soleil particulier qui était fait de tous ses agissements, de tout ce qu'on savait maintenant sur elle, de la solitude dans laquelle on la laissait, de tout ce qu'elle gardait enfoui dans ses grappes de glace.

« Alors, le Seigneur entassa les ossements des béliers et des taureaux. Et la mort des grands troupeaux en avait assez fourni pour en faire des amoncellements de montagne. Sur les sommets, il coucha les os épais de Léviathan. Et ce fut le monument de sa force ! »

Voilà ce que le pasteur avait fait écrire sur un côté du rocher de Villard-l'Église. Et l'autre inscription était en latin. Mais celle qui était en français on la lisait et on ne l'oubliait plus. Il fallait d'abord savoir qui est Léviathan. On demandait, puis on comprenait tout et on n'avait plus qu'à regarder autour et au-dessus de soi.

Au bout du pâturage l'herbe rousse finissait contre un énorme éboulis de pierre, presque debout, hérissé de débris de roches, comme le vieil entassement des os, des cornes, des sabots de toutes les bêtes mortes de cette grande mort nécessaire.

Les agneaux avaient fini de téter. Ils restaient

debout, tremblants, étourdis, le nez barbouillé de rose et de lait.

Ce matin, on sentait que quelque chose venait de se décider. Les autres jours il n'y avait eu, dans ces hauts parages, que cette tiédeur extraordinaire pour novembre, cette herbe qui se trompait de saison et refaisait ses feuilles et ses fleurs de printemps. Aujourd'hui la fraîcheur était revenue. Pas encore le froid régulier ni ce bruit d'aile que fait le vent quand il s'embarrasse là-haut dans les neiges en marche dans le ciel, mais malgré tout une bonne fraîcheur blême beaucoup plus naturelle que le temps des jours passés. Ainsi, tout semblait s'organiser, un peu tardivement, mais tout allait prendre bientôt la vieille habitude de novembre, puis d'hiver. Déjà, les nuages avaient rempli bord à bord toutes les vallées des montagnes, tous les profonds enracinements de ces cimes qui pointaient seules dans le ciel clair. Le plus pur restait comme ça au-dessus du temps sauvage. Mais, ce dérèglement dont on ne s'était aperçu qu'à la longue, qui avait tout poussé hors de saison, les arbres et les herbes, les rochers qui sentaient l'oiseau comme en été, le bélier qui s'énervait à chauffer les brebis à coups de langue, ce désarroi commandait encore tous les nuages. On le voyait bien. C'était passionné de la même passion, avec des béliers et des brebis, comme dans ce petit troupeau, mais un énorme troupeau des cornes bleues qui s'enroulaient, qui craquaient sourdement, de la laine qui volait ; des béliers qui se dressaient — et pendant un moment le soleil éclairait leur ventre fauve — puis ils retombaient sur les brebis déjà énormes, déjà gonflées et lourdes qui se couchaient dans la vallée sous ce gros poids travailleur. Plus de trois mois qu'on n'avait pas vu le fond de la vallée ni le dessin de ce pays avec tous les villages qu'on devine. On ne les voit pas, mais on sait où ils sont ; couchés les uns et les autres dans des vallées inaccessibles ; avec les parents et les amis, comme cet oncle Barnabus qui pour la mort de mon père est venu de la Francheverte, ayant marché deux nuits à travers les montagnes et les forêts. Et il est arrivé juste pour qu'on lui fasse le lit dans le lit de son frère mort et il y a dormi sans plus penser à rien. Et on aurait pu croire qu'il était mort lui aussi avec sa grande bouche noire ouverte au milieu de sa barbe, mais il ronflait. Tout ce peuple montagnard dispersé en petits groupes au fond des profondes vallées bleues. Et, si on pouvait dire aux montagnes : « Lève-toi », comme on dit aux bêtes, avec un coup de pied dans le ventre, et elle se lèverait, alors, ce serait facile d'aller les uns chez les autres et de se réunir, si les montagnes se levaient de devant. Mais elles ne bougent pas et il faut monter d'un côté et descendre de l'autre, et c'est difficile, et long, et pénible. On ne le fait même jamais. On ne peut pas. On peut à peine regarder d'ici le large pays de montagne. On se dit : « Ils sont là-bas, et là-bas, et de l'autre côté. » Étant le seul moyen facile d'aller d'une vallée à l'autre, de ne pas oublier qu'on n'est pas seul dans tout ce monde déchiré. Car la montagne commence très loin d'ici dans de vastes plaines. Elle est d'abord comme de petites collines, vers Frênes où ma mère a une sœur boulangère, et le champ de blé touche le four. Puis, d'un seul coup les rochers montent droit jusque dans les hauteurs où le ciel devient noir. Et, comme ça, la montagne vient jusqu'ici et s'en va beaucoup plus loin, en long et en large, pesant sur des immensités de terre qu'elle recouvre, étant cet amoncellement d'os, de peaux, de chairs poussiéreuses, d'arêtes, de vertèbres, de cuisses, d'épaules, cet ossuaire des troupeaux du Seigneur, et surtout, ici dessus, hérissée dans le ciel, où il y a beaucoup plus de place que sur la terre, la dépouille de Léviathan : sombre, luisante, ces os debout, encore un peu verdis du moisi de la mort, ces lambeaux de vieille chair avec la déchirure rose du vieux frottement contre les graviers du déluge. C'est là-dedans que nous habitons les uns et les autres et que tout nous arrive de ce qui doit arriver pendant la vie, avec cette différence que, pour nous, le champ de blé ne touche pas le four. Aussi bien pour une chose que pour l'autre. Quand on regarde dans cette vallée de Villard (quand c'est possible, pas quand le temps est comme durant ces derniers trois mois) alors on les voit en bas avec leurs soucis. Même quand la cerisaie est fleurie, toute comme de l'écume de lessive et qu'on les imagine en bas dedans, on voit très bien, au fond de la vallée, tout ce qu'ils ont laissé comme marques de travail. Un peu de fleurs de cerises, c'est bien peu comme joie au fond de cette vallée étroite, noire d'arbres suspendus. Le torrent est comme une main, le dos contre la terre. Et le large dedans de cette main est fait de galets et de rochers, et de pierres avec de petits buissons d'aulnes rouges toujours tremblants dans le vent de l'eau. Oh! les maisons sont bien petites quand on les regarde d'ici et, ce qu'on voit d'abord, ce sont les cinq vieux doigts épais et tordus, luisants et bourrelés de gros os et de nœuds comme les doigts qui fouillent la terre pour tirer les patates une à une. Puis, après, on voit les petits ponts qui sont comme des bagues de bois. Après, on voit les soucis de tous marqués petitement là-bas au fond, ce qu'ils ont labouré entre les peupliers, ce qu'ils ont bêché sur les pentes jusqu'au bord des forêts noires, ayant cherché la terre nourricière jusque dans l'ossuaire des troupeaux, jusqu'à la gratter entre les os de Léviathan.

Oui, quand la mère s'arrêtait de lire, qu'elle délaçait son jupon et qu'elle disait : « Déshabille-toi et va te coucher », alors tout apparaissait. On entendait passer dans le silence tout ce qui venait d'être lu. Il y avait alors dehors le bruit du gel et il est pareil au pas d'un forestier en soulier de corde, mais il marche et on ne le voit jamais arriver, c'est tout simplement le gel qui serre les forêts et les fait craquer ; ou bien le bruit du gel comme si on était dans une source mais avec toutes les odeurs de la terre. Il y avait donc, dehors, toujours le bruit des saisons ; les nuits d'été criaient, ou bien c'était le passage des vents, mais tout ce qu'on venait de lire sur la page dorée du livre se dressait et se tenait debout. Et cela faisait son propre bruit qui traversait tous les autres sans les déranger comme la neige dans la nuit. Et les formes se tenaient debout au milieu de la chambre mais mille fois plus grandes, mille fois plus grandes que la maison. C'était miracle que ça puisse tenir dans l'œil fermé pour le sommeil. C'étaient les formes de la montagne, celles qui sont les nôtres, ayant pris l'habitude de penser qu'elles sont tout notre salut. La grande vallée des cinq torrents, qui n'est pas un chemin, qui ne va nulle part, qui est tout simplement une chose faite pour contenir, comme une seille, et l'eau s'en va par une petite fente. Cette étroite vallée que nous appelons notre monde, mais ce n'est pas notre vrai monde. Et si toujours nous la regardons, en bas dessous nous, si nous y pensons, si nous en parlons toujours, c'est qu'il est plus facile de s'occuper des choses qui sont en bas. Mais il semble que nous avons tort. Du moins c'est ce qu'on peut lire.

Et voilà que sont arrivés des troupeaux de gros nuages et ils ont rempli notre vallée comme les brebis remplissent les chemins creux. Notre vallée, et toutes les autres. Et, chaque matin ce sont de nouvelles agnelades de brumes qui coulent le long des pentes de toutes les forêts. Des sources de bêtes célestes répandent troupeaux sur troupeaux sans fin, dans tous les détours de cent vallées de ce grand pays de montagnes. Le Seigneur a ressuscité l'ombre de ses immenses troupeaux. Les déserts bleus qui sont des tas d'os de bêtes font des agneaux comme le ventre vivant des brebis. Il en sort de partout qui flottent au milieu des aigles. Les grosses femelles d'avant le déluge se sont réveillées et le lait est tout débondé de leurs mamelles. Les nuages ont couvert notre monde d'en bas. Notre monde d'en bas est tout recouvert. On ne peut plus voir ni soucis, ni peines. On a une peur tranquille et il semble que c'est une vieille connaissance. Alors, on est obligé de relever les yeux et notre monde véritable apparaît.

Il est entassé montagnes sur montagnes. Une passe sa jambe sur l'autre ; une appuie son cou sur l'épaule de l'autre ; une hausse l'épaule, une hausse encore plus l'épaule. Là-bas au fond sont les glaciers. Et la Treille n'est plus qu'un petit bout de glace quand on regarde ceux-là, là-haut au fond assis sur leurs hautes estrades noires, dans leurs grandes robes amidonnées. Ils bouchent tout le ciel. Ils ne bougent pas. Oh ! C'est la grande immobilité des hauteurs. Et le bruit même : c'est le grand silence. Et toujours les glaciers sont à la même place, et jamais, jamais ils ne déplient la jambe, jamais ils n'allongent le bras, jamais ils ne bougent la tête, couverts de leur grande moinelle de linge blanc durement amidonné, cassé dans les plis qui n'ont jamais bougé. C'est la tranquillité. Ils sont très loin, mais étant très haut ils sont comme penchés sur nous. Oh! rien ne bouge : ni le ciel, ni la glace, ni cet entassement de montagnes autour de nous dont nous ne voyons que le haut du corps comme si elles étaient enfoncées dans de l'eau écumeuse, comme si elles étaient enfoncées dans cet immense troupeau de laine. C'est la solitude. Un oiseau crie. Il est encore loin là-bas au-dessous de cet entassement de rochers qui sont comme de grands os brisés. L'oiseau crie, un cri paisible et rauque qu'il pousse comme ça pour s'entendre lui-même. Il vole presque sans bouger les ailes. Tout se fait dans le calme et le temps éternel. Et cependant il approche. Il n'a pas besoin de faire de grandes batailles. Il ne fait rien. Et cependant il avance. Tout est facile. Parce que rien ne se bat. Tout est immobile. Le temps dure, dure. L'oiseau passe au-dessus de ces montagnes loin dont on ne peut pas savoir si elles sont faites de pierres pures — pour les chèvres sauvages — ou de vieilles prairies — pour les bergers toujours seuls. Il passe au-dessus de tout ça. Tout le monde le voit et l'entend à la fois ; tous les habitants, quels qu'ils soient, sont réunis dans l'oiseau, pensent les uns aux autres à cause de l'oiseau qui plane au-dessus d'eux, allant lentement de l'un à l'autre, s'élevant peu à peu tout le long de ce grand corps abrupt qui est la charpente de Léviathan, s'élevant lentement car c'est difficile de monter si haut encore quand on est si haut déjà ; lentement, puis se reposant sur les ronds de l'air, pas plus gros qu'une mouche et, enfin, on ne le voit plus. Et, ainsi avec cet oiseau, nous sommes dans le temps éternel, avec celui-là qui a refusé toutes les batailles et vit seul dans les hauteurs du ciel, dans notre vrai monde où il n'y a plus ni champs, ni villages, où rien ne s'efforce. Comme il est dit dans le livre : « Tu feras partie du temps éternel. »

Il faisait froid. Sous sa jupe elle serra ses cuisses nues une contre l'autre. Elle tira son fichu sur ses deux petits seins à peine gonflés mais pleins de fleurs.

— Je vais dans ma paille, dit-elle, oh! ça me gèle! Ça me rentre dedans!

Elle essayait de courir sans desserrer les cuisses; elle sautait; elle sentait dans ses seins de petits feuillages de sang qui la caressaient. Un petit vent sifflait dans les herbes.

— Tu me traverses, dit-elle.

Et elle se mit à courir vers le sapin solitaire de la pâture. Dessous il y avait un petit abri de planches contre le vent et un lit de paille. Les moutons s'étaient rapprochés de là-bas aussi.

Au-dessus de la vallée le vent soufflait plus fort. Il creusa tout d'un coup dans les nuages un trou plein de vapeurs blanches. Au fond on vit un moment le corps charbonneux des forêts. Une forte odeur de terre mouillée et de boue monta.

— Qui est là? dit la fille.

Quelqu'un était couché dans la paille.

Elle s'arrêta de courir et s'avança doucement.

C'était un homme. Il ne bougeait pas. On voyait le dessous de ses semelles. Il avait les genoux pliés, sa veste boutonnée.

Elle s'arrêta, haussa le cou. Elle appela.

L'homme redressa toute la moitié de son corps, montrant son visage blanc comme un linge, laissant allongées ses jambes comme si elles n'avaient plus de force.

Elle s'approcha à petits pas pendant que la puissante odeur de terre mouillée et de boue envahissait toute la montagne.

— C'est ma paille, dit-elle.

Il essaya de se tirer en dehors de l'abri de planches.

— Vous pouvez rester, dit-elle.

Il était couvert de boue. Ses pantalons et sa veste de velours étaient cuirassés de boue et d'eau noire. Il ferma les yeux. Tout d'un coup, elle vit le grand regard perdu qu'il venait d'avoir. Il renifla l'odeur de boue. Il se recoucha. Il cacha sa tête sous sa main.

— Donnez-moi vos allumettes, dit-elle, je vais faire du feu.

Il se fouilla, dans sa poche raide d'eau, avec sa main blanche, ayant découvert son visage qui était celui d'un homme vieux, avec des rides profondes, ayant du poil gris et raide plein de boue aussi, comme dans ses quelques cheveux.

Il donna une boîte de fer où il y avait des allumettes rouges.

— Mais elles sont quand même mouillées, dit-elle.

Elle s'en alla de l'autre côté de l'arbre, releva sa jupe, roula les allumettes dans un petit bout de sa chemise et les serra sur son ventre sec et chaud.

— Attendez un peu, dit-elle.

Elle le regardait (étant de l'autre côté du petit abri de planches) par les grosses fentes du bois. Il avait de nouveau caché ses yeux sous sa main toute délavée, comme en papier, avec des veines gonflées, douloureuses à voir, qui faisaient penser à ce regard de tout à l'heure, bleu, mais dans de lourdes paupières salies de fatigue et de boue, au moment où cette odeur de terre mouillée était sortie des nuages ?

— D'où êtes-vous sorti. dit-elle à voix basse, parce qu'on ne pouvait rien lui demander à lui qui semblait dormir, respirant lentement, demandant entièrement qu'on le laisse reposer.

Notre monde sur la hauteur où rien ne bouge, sous le soleil brutal qui ici ne fait presque pas d'ombre, étant traversé par les reflets obliques qui viennent des glaces verdâtres du glacier.

Il était couché dans la paille et on avait envie de le relever.

Les allumettes étaient en train de sécher. Elle les réchauffait entre les trois épaisseurs de la jupe de laine et la peau chaude de son ventre.

Elle cassa une planche. Le bois était sec. Elle ramassa quelques écorces de sapin encore grasses. Tout ça était décidé à flamber. Elle n'osa plus relever ses jupes. Elle s'accroupit et passa sa main sous elle, déroulant là-bas dessous le petit rouleau de chemise.

Elle revint faire un petit foyer, tira de la paille, plaça trois pierres, regarda la direction du petit vent, frotta une allumette qui fusa et fit enfin un peu de flamme. Elle la regarda écheler dans la paille, toucher les écorces grasses, se coller aux morceaux de planche. Le feu était fait. Ah! elle se sentait comme gonflée de feu elle aussi, ayant maintenant un si brusque désir de relever l'homme et de le chauffer, même en se battant contre la montagne.

« C'est naturel », se disait-elle.

— Voilà le feu, dit-elle.

Elle en avait fait trois grandes flammes larges comme des branches de sapin et le vent les balançait doucement vers la tête de l'homme. Il restait caché sous sa main. Le feu balançait au-dessus de lui ses grandes palmes devenues tout de suite bleues et qu'on ne voyait presque pas dans la clarté du jour.

Il ne bougeait pas. Elle lui dit :

— Approchez-vous.

Il se tira vers le feu.

— Attention, dit-elle, et elle l'arrêta, lui touchant la veste car il s'approchait trop près des braises, n'ayant pas enlevé sa main de dessus ses yeux et désirant sans doute fortement ce feu qui tout de suite l'avait fait trembler de froid.

En touchant la veste, elle avait senti dans le velours une humidité si lourde qu'elle pensa :

« Il ne sèchera jamais. Il est comme Jonas craché par la baleine. »

— Vous devriez, dit-elle, ne pas tenir vos bras fermés et écarter vos jambes, vous sècheriez un peu partout d'abord.

A mesure qu'elle parlait il lui obéissait, mais il n'ouvrit pas les yeux. Il montra encore son vieux visage sans défense. Très amer. Très aigre, qui changeait tout autour de lui. Le jour n'était plus le jour depuis qu'il y avait ce visage immobile et sans regard, mais plein de reproches muets. Le jour s'était transformé comme le lait dans lequel on met une fleur de caille-lait, depuis qu'il avait éclairé ce visage plein de grands reproches. Elle n'avait jamais vu un visage si étonné, surtout un visage de vieillard. Ils en ont vu de toutes les couleurs. Ils ne s'étonnent plus beaucoup. Ils mettent justement comme un orgueil à ne pas s'étonner. Ils disent toujours qu'ils ont vu encore bien plus fort. On voyait bien qu'il avait été comme les autres. Il avait encore les plis comme une petite touffe de jonc autour des yeux — mais usés aujourd'hui par cet étonnement qui avait aplati ses tempes comme s'il faisait tout le temps un grand effort pour comprendre. Il avait encore tendance à sourire avec les minces lèvres de sa bouche effondrée comme s'il allait dire : « Je le savais. » Mais c'était à peine un semblant. On ne le devinait que parce que les hommes de cet âge disent toujours : « Je le savais », mais sa bouche serrait tout en lui-même. Il avait besoin de tout pour essayer de comprendre. Il ne savait plus, il ne pouvait plus comprendre. Il le reprochait amèrement au monde entier. Si Christ n'avait pas réussi à marcher sur les eaux il se serait enfoncé dans la mer et il l'aurait reproché au monde entier. On aurait été obligé de lui faire du feu pour le sécher. C'était pareil.

Le troupeau dispersé pâturait paisiblement. Elle appela la chèvre. C'était une bête noire et maigre qui arriva à pas raides.

— Alors, arrive, dit-elle, et viens, et ne bouge pas. Et fais voir. Attends, sois sage. Laisse-moi faire.

Elle lui caressa les mamelles chaudes et lourdes, pesantes du bas. Elle tira un peu de lait dans le creux de sa main. Elle le versa sur la bouche de l'homme. C'était une bouche aride qui ne buvait pas ; le lait coula dans les rides, de chaque côté ; il resta comme une ligne blanche entre les lèvres.

— Il faut que vous fassiez un peu effort vous-même, dit-elle, sans quoi, comment voulez-vous qu'on fasse ?

Il respirait longuement, sans bouger.

Elle tira encore un peu de lait dans sa main. Elle nettoya le petit téton de la mamelle. Il n'était pas plus gros que la pointe des seins d'une femme, et bien fait, car la chèvre venait de porter pour la première fois.

— Douce, petite, belle, dit-elle, bonne, oiseau du seigneur.

Elle caressait du bout des doigts l'entre-mamelle

tout chaud et souple ; la chèvre ouvrit largement les cuisses.

— Attends, dit-elle, c'est moi.

Elle se pencha sous la bête. Elle prit le téton dans sa bouche, le caressa du bout de sa langue et doucement tira du lait. Il en vint tout de suite un jet abondant et d'une chaleur merveilleuse. Oh! C'était une ivresse dans ce jour si solitaire. Elle caressa encore un peu le téton avec sa langue et ses lèvres adoucies de salive et de lait pour que la bête soit bien apaisée et docile.

— Allons, dit-elle, viens maintenant.

Elle la fit approcher à reculons jusqu'au-dessus de la tête de l'homme.

— Et vous, dit-elle, alors il faut vivre! Et c'est facile! Ouvrez la bouche.

Elle s'agenouilla près de lui, lui relevant la tête, l'appuyant contre le drap chaud de sa jupe ; ses cuisses dessous étaient souples comme un oreiller.

Elle coucha la longue mamelle dans ses mains; elle approcha le doux téton rose et tiède ; elle en caressa ces lèvres sèches qui ne s'ouvraient pas.

Il semblait ne rien entendre.

Avec son doigt elle força le joint des vieilles lèvres. Il ne serrait pas dur. Ça n'était pas de la mauvaise volonté. Il voulait bien mais il était toujours dans son étonnement et dans son reproche.

Il n'avait plus de dents. Elle sentait sous son doigt des gencives nues. Elle lui ouvrit la bouche. Elle enfonça doucement entre les lèvres le téton vivant, tout gonflé. Elle caressait la mamelle avec le plat de sa main. Elle voyait les gencives noires, la langue noire, cette bouche immobile, le gosier au fond. Posé sur la langue le téton vivant prêt à donner. Oh! il suffisait de faire comme les petits enfants ; et le téton donnerait d'abondance.

— Appuyez votre langue, oh! appuyez donc votre langue. Ne bouge pas, ange de joie, ne bouge pas. Serrez un peu avec votre langue et ça va couler tout doucement.

Il ne restait plus à faire que ce petit mouvement de langue, et puis c'était la vie. La bouche était toute immobile ; la langue recouverte d'un peu de poussière verte, on aurait dit, et crevassée ; le gosier comme un couloir mort d'où sort à peine un petit vent qui fait trembler les poils dorés de ce téton.

Elle pressa sur le bout de la mamelle. Un peu de lait coula dans la bouche. Elle le regarda descendre comme un petit fil gras sur la langue verte. Encore un peu de lait, il coula dans le gosier. Oh! le gosier venait de faire mouvement : s'approfondissant comme pour appeler et le lait avait coulé dans le fond noir. Encore un peu de lait. La langue s'allongea, se creusa, contenant à elle seule cinq, six gouttes de lait ; alors elle se releva tout naturellement pour goûter la saveur et elle pressa elle-même sur le téton. Oh! il était heureux ce téton gonflé qui attendait ; il dégorgea un gros jet qui éclaira toute la bouche. Tout se réveilla : le lait s'enfonça tout d'un coup dans l'homme comme l'eau dans une terre qui a soif. Toute la machine, d'un seul coup...

— Attention, dit la fille.

Elle glissa son doigt entre les gencives nues, juste à temps parce qu'elles allaient serrer le téton trop fort. Oh! la mamelle eut presque peur.

— Ne bouge pas, ange du ciel.

Il fallait maintenant caresser la mamelle avec la pleine paume de la main et elle s'habitua tout de suite, elle s'approcha, elle s'appuya toute gonflée sur la bouche. Oh! Maintenant il tétait comme un chevreau. Tout seul. Au contraire il fallait laisser le doigt entre les gencives pour l'empêcher de mordre.

— Tu vois, dit la fille. Ah! goulu! Tu vas t'étouffer. Ne te presse pas, va doucement. Nous avons le temps. Attention, si tu mords je te gifle.

Elle avait envie de rire. Elle était toute échauffée de ces caresses qu'elle avait été obligée de donner à tous. Mais maintenant c'était fait. Ses grandes lèvres épaisses luisaient au soleil avec des reflets roses et blancs, comme quand le printemps est en bas sur les fleurs de la grande cerisaie.

L'homme ouvrit les yeux ; il les referma tout de suite. Il avait eu le temps de voir. Tout ce qui était là et peut-être tout ce qui était loin car il ferma vite les yeux pour rester encore seul avec ce lait qui l'arrosait de chaud et de douceur. Mais déjà il n'était plus comme un chevreau. Il était redevenu vieux, avec une bouche molle. Il n'y avait plus besoin de laisser le doigt entre ses gencives pour l'empêcher de mordre le téton. Il ne risquait plus de mordre. Il avait dû être pendant tout ce temps loin de la terre, comme dans le ciel, ayant retrouvé tout d'un coup l'appétit des jeunes bêtes ; ne rien savoir, même pas qu'il ne faut pas mordre. Mais maintenant il savait et, avec le bout de la langue, il repoussa le doigt. Et sa bouche alors devint une bouche de vieux, avec du vieux poil gris autour des lèvres et de la peau jaune. Et ça n'était plus qu'un sale appétit égoïste et malheureux ; des lèvres égoïstes, un sale appétit inutile autour du téton généreux et abondant. Il gémit et tourna la tête, la mamelle retomba le long des jambes de la chèvre et la chèvre s'en alla. Il ouvrit les yeux. La jeune fille s'efforçait de sourire, de garder sur ses grandes lèvres la joie des cerisiers en fleurs. Il regardait bien en face d'un regard qui ne cillait pas, dur comme un long clou.

— Vous avez bu, dit-elle en se dressant, et maintenant il me faut vous faire du feu avec des vraies branches parce que vous êtes toujours mouillé.

Elle courut vers la forêt.

Presque toutes les branches basses étaient mortes. Il n'y avait qu'à tirer dessus et elles cassaient. C'était un bon bruit quand la branche cassait. On n'avait pas encore entendu le son de sa voix. Il ne s'était servi de sa bouche que pour souffler sa respiration noire et enfin pour boire le lait, avec d'abord cette joie d'enfant, puis avec cet égoïsme inutile. Il n'avait pas parlé et pourtant la jeune fille entendait sa voix, et tous les reproches, et toutes les plaintes. Elle cassait du bois volontiers ; le bruit donnait confiance. Il y avait aussi, là, une grande générosité de la part des arbres.

Le ciel se couvrait, ou bien la forêt était si épaisse qu'elle noircissait le jour. Pourtant la jeune fille était encore presque sur la lisière. Entre elle et le pâturage il y avait à peine une quinzaine de troncs d'arbres et à travers elle voyait encore très bien l'herbage, le troupeau, la fumée bleue du feu et l'homme, là-bas, qui maintenant s'était dressé. Non, le ciel se couvrait. Sur le pâturage lui-même comme l'ombre de quelqu'un qui passe. Je passerai, dit le Seigneur, devant la maison des hommes et ils ne me verront pas.

L'homme là-bas s'était dressé et il se chauffait debout. Il avait retiré sa veste et il la faisait sécher. La forêt de mélèzes tombait presque à pic vers les fonds bouchés par les nuages. Une puissante odeur de boue montait. La forêt immobile écoutait sans bruit et attendait.

L'homme ne pouvait pas venir d'un autre endroit que du Villard. Il avait dû monter tout le jour d'avant et toute la nuit à travers la forêt pour être arrivé ici à l'aube. Mais ça n'allait nulle part : ça n'était pas une route pour aboutir dans un pays. C'était seulement une estrade très haute dans la montagne avec, d'un côté, le gouffre des Avernières, de l'autre côté la pente de Sourdie où personne ne peut passer ; et au fond la muraille de rochers qu'on appelle le

Fer, lisse du haut en bas comme du verre, avec ses nids d'aigles : un qu'on voit, deux qu'on voit, et puis les autres qu'on ne voit même pas parce qu'ils sont trop haut. Pour venir ici, il faut être de Chêne-Rouge et avoir des moutons à garder, ou bien il faut avoir envie de monter, monter le plus haut possible, ou bien alors il faut être perdu. La jeune fille ne se souvenait pas d'avoir rencontré cet homme à Villard. Elle essayait de se souvenir des visages. Celui-là non, et l'autre non plus, ni à un endroit ni à l'autre. Et pourtant il semblait que dessous le visage il y avait quelque chose de connu. Elle avait eu envie de lui dire : « Et alors, qu'est-ce que vous êtes venu faire si haut ? » A moins que ce soit un du Serre. Mais au fond elle ne connaissait pas tout le monde. Il ne pouvait pas venir d'un autre endroit que du Villard. Là, tout de suite la montagne s'élève, au ras des maisons, et tout de suite on peut monter. Et de là, d'ailleurs, on ne peut monter qu'ici, mais raide comme une échelle, comme si on se tirait d'un puits. C'est de là qu'il était venu. Sous la forêt, la vallée sentait la boue avec son village coupé en quatre par le torrent, couchée sous les nuages qui maintenant envahissaient toute la montagne. C'était vraiment une forte odeur de boue qui étonnait par son épaisseur. Elle était partout, comme l'odeur de la farine dans le fenil où le boulanger pétrit la pâte comme si tout ça était devenu un grand fenil pour pétrir la boue. On pensait à un fenil où l'on pétrirait la boue ; et tout sentait la boue comme dans le fenil tout sent la farine ; les murs, les poutres, les toiles d'araignées, la veste du boulanger ; ici tout était pénétré de l'odeur de la boue : la forêt, les arbres, les pentes de la montagne, les parois de rochers et les parois du ciel.

Cette boue noire qui poissait la veste de l'homme luisante comme de la glaise, collée au drap, imprimée dans les cannelures du velours comme s'il avait été pétri et mélangé dans le pétrin de la boue. Mais soudain on pensait qu'ici tout était trop vaste et trop largement ouvert entre les bras de la terre et les bras du ciel pour être simplement un fournil, même un fournil pour pétrir la boue, et cette odeur faisait penser à un vaste marécage piétiné par un troupeau de lourdes bêtes avec les joncs écrasés, le renversement des troncs de saules tout pourris, le bouleversement d'amas de boue, déchirés, éventrés et fumants. D'autant que les nuages piétinaient sourdement la vallée avec de plus en plus de l'ombre et de la force. Ils s'étaient enchevêtrés et chevauchés jusque par-dessus les montagnes, éteignant le soleil, faisant sombrer même les plus hautes estrades.

La jeune fille retourna vers le feu ; elle portait cette fois assez de bois pour faire brûler le feu jusque vers les midi quoique maintenant, sans soleil et sans rien, avec cette lumière blanche comme du plâtre et ces ombres profondes qui passaient, on ne pouvait pas savoir que midi allait venir. C'était à tout moment un jour couvert, à la fin d'une après-midi, puis l'arrivée du soir, puis, au moment où il semblait qu'il allait faire nuit, le jour de plâtre revenait, à mesure que les gros nuages passaient très vite, emportés par un ciel sans vent vers l'ouest où ils s'écrasaient contre le glacier de la Treille, le faisant fumer de hautes flammes noires qui se recourbaient après par-dessus la crête et devaient retomber de l'autre côté.

L'homme avait enlevé sa veste. Il l'avait laissée tomber dans la paille comme une vieille peau mouillée. Il avait enlevé sa chemise. Il était debout devant le feu tenant la chemise étendue pour la faire sécher. Sur sa poitrine nue et sur son dos les touffes de poils gris étaient collées de boue. Il avait dû être roulé complètement dans la boue pour qu'elle ait pu ainsi se glisser jusqu'à sa peau malgré sa veste boutonnée et sa chemise. Il avait fallu que quelque chose le brasse et le piétine dans le fenil de la boue ou bien dans le marécage où passe le troupeau des lourdes bêtes. A moins qu'il ait été lui-même le piétineur et que cette fatigue muette qui le laissait maintenant debout mais sans gestes, tenant sa tête un peu plus haut que naturel comme s'il voulait respirer par-dessus sa fatigue, soit tout simplement la fin de sa colère. Il était là comme dans un épuisement orgueilleux. Il avait l'air de s'être lancé en pleine colère dans une bataille dont c'est une grande victoire de sortir seulement vivant. S'étant échappé, ayant grimpé cette rude montée qui part de Villard directement dans les sapins, ayant gagné les hauteurs paisibles, pouvant maintenant se reposer, faisant sécher sa veste et sa chemise, et sa vieille peau couverte de boue, pouvant enfin respirer au-dessus de sa fatigue, le menton relevé, ne parlant pas, car ce n'est plus nécessaire d'expliquer quoi que ce soit puisqu'on est vivant et que ça explique tout : l'orgueil surtout. Pendant que le ciel est tout en révolte et que les grandes ombres des nuages obscurcissent même les hauteurs.

— Alors, dit la fille, vous vous êtes dépêtré ?

Elle pense à ces souris qui tombent dans le pétrin et qu'on retire mortes, étouffées dans la pâte, toutes maçonnées sur les yeux et sur la petite gueule avec de la pâte à pain dont elles ne peuvent plus se dépêtrer. Elle se souvint d'être entrée une fois dans le fenil de son oncle, un dimanche après-midi pendant que la pâte censément devait reposer. A un endroit elle bouillonnait lentement. Elle avait plongé la main. C'était une souris presque morte, morte un peu après sur le rebord de la fenêtre où elle l'avait posée. Le soir rougissait le ciel de dimanche. Le trombone du bal beuglait sous les arbres comme un taureau perdu dans les marécages, enfoncé peu à peu dans le recouvrement de la boue et de la nuit.

— D'où êtes-vous sorti tel que vous êtes ?

Elle pense au village en bas, coupé en quatre morceaux par le torrent, où en cette saison, dans les jardins, on a d'habitude les dernières roses. Et après on empaquète soigneusement les rosiers dans de la paille pour les protéger contre les grandes gelées.

Alors, tous les jardins sont fleuris en bas dessous dans ce village maintenant couché loin au fond des gros nuages. Et peut-être qu'il y a quand même un peu de jour qui circule dessous le plafond des nuages qui ne doit pas traîner par terre mais être relevé encore assez haut au-dessus de la vallée. Alors, on doit voir les rosiers fleuris dans les jardins. Et peut-être, s'il est tombé un peu de pluie, les roses sont-elles plus fraîches que si elles étaient neuves, mettant ainsi des couleurs éclatantes dans les jardins entre les maisons. C'est le temps où les bordures de houx sentent la sève et s'il est tombé un peu de pluie vraiment, alors toutes les mousses dures qui poussent sur les murs sont comme dorées avec de l'or neuf. Et la paille des toitures a cette bonne odeur d'une aire chaude en plein travail sur laquelle a passé l'orage. C'est une odeur d'été et d'abondance qui donne les bonnes idées des saisons faciles et de l'abondance. Rien qu'à la respirer on a comme l'oreille bouchée par le bruit des moulins à battre et le bruit des fourches qui tournent la javelle sur le sol dur. C'est plein d'assurance. C'est doux à sentir quand on est au commencement des temps qui peuvent devenir mauvais, à la porte de l'hiver. Et on respire l'odeur de la sève de houx, l'odeur du chaume mouillé qui, parce qu'il fermente dans son épaisseur, donne cette illusion qu'on est en plein battage des blés ; on voit les jardins déjà déserts, avec leurs pauvres choux noirs abandonnés, mais fleuris des dernières roses, et la pierre des maisons est toute dorée d'or neuf. Alors, même si le temps est lourdement couvert, pourvu qu'un peu de jour circule dessous les nuages, même si tout le bas des nuages traîne dans la vallée au ras des prairies enroulant sa laine légère dans les peupliers et laissant de gros paquets de brumes translucides dans les jardins, on voit les dernières roses charger les rosiers ; on est consolé de la porte de l'hiver par ce doux visage doré et fleuri de l'endroit qu'on habite, ou comme ça à travers la lumière grise de brouillard, avec cette irréalité, comme si un bien-aimé vous apparaissait soudain beau comme un dieu à travers sa chair habituelle et qu'ainsi vous ayez la certitude qu'il est plus puissant que la mort. Ça devait être comme ça en bas maintenant, à cette heure même. Car, comment imaginer que ça puisse être autre chose : un grand endroit marécageux et désert par exemple, avec de la boue noire ballottante entre des joncs et le tronc pourri des saules.

Au moment où elle avait posé la souris agonisante sur l'entablement de la lucarne du fenil, le trombone s'était mis à beugler comme un taureau. Il représentait bien le beuglement de ces bêtes royales dont parle le livre. En se haussant sur la pointe des pieds, elle voyait le dimanche soir du village : un gros châtaignier qui bouchait toute la fenêtre et deux toits de chaume, et, presque tout contre ses yeux, le ventre immobile de la souris enrobé dans cette boue de farine. Et, tout en regardant le dimanche soir où beuglait le taureau, elle voyait aussi un morceau de pétrin plein de cette boue de farine et le soir qui le couvrait d'ombre le faisait ressembler à un marécage, élargissant sa boue luisante, loin au-delà des murs du fenil, loin au-delà des murs du village, comme s'il n'y avait plus ni châtaigniers, ni toits de chaume sur la terre, mais seulement un marais noir où mourait peu à peu la bête royale, à mesure que les beuglements du trombone sortaient de plus en plus enroués de dessous le hangar où dansait le bal du village.

— D'où venez-vous? demanda-t-elle âprement. Dites-moi si c'est du Villard que vous venez? D'où avez-vous roulé dans la boue? D'où êtes-vous monté? D'où venez-vous?

Il ne la regarda pas. Il avait fixé son long regard dur sur ce rosier irréel, étrangement rouge et noir qui tremblait dans les flammes. Mais elle vit le coin de son œil frémir d'une sorte de peur furtive et il courba ses épaules nues.

— Dites — et comme il semblait ne pas entendre elle lui toucha le bras tout sali de traînées de boue — avez-vous passé par le village? Venez-vous du village? Qui êtes-vous? Qu'avez-vous fait? Que vous est-il arrivé comme ça pour que vous soyez comme ça ici maintenant? Pourquoi êtes-vous monté ici? — Elle allait demander : qu'est-ce que vous êtes venu chercher ici, mais ça n'était pas la peine parce qu'on le voyait bien ; ça devait être cette immobilité et ce silence dans lequel il était, faisant doucement effort pour dégager le bras qu'elle avait âprement saisi et qu'elle secouait. — Et, si vous êtes passé à Villard, continua-t-elle à voix plus basse — mais elle ne lâchait pas ce vieux bras nu qui n'avait même plus la force de protéger son immobilité — si vous êtes passé à Villard, il fallait vous y arrêter, et manger, et vous râcler, car, d'où avez-vous apporté cette boue ?

L'odeur de la boue était maintenant épaisse et furieuse dans toute la montagne. Elle avait effrayé les aigles du rocher de Fer et on les entendait se plaindre dans le bouleversement silencieux des nuages.

— D'où l'avez-vous apportée ? Où y a-t-il tant de boue qu'on est obligé d'y nager avec tous ses vêtements ? Où le Seigneur a-t-il créé des endroits pareils ? N'avez-vous pas honte d'être ainsi quand le Seigneur vous a créé lui-même ? Peut-être que vous êtes passé de nuit dans le village et alors vous ne l'avez pas vu, si la nuit était très noire ? Et justement, avec ces nuages elle devait être très, très noire. Alors vous l'avez traversé et vous ne l'avez pas vu, dites ? Car c'était là qu'il fallait vous arrêter. C'est là qu'on pouvait vous dire d'entrer dans les maisons. C'est là qu'il y a des maisons. Mais, comment avez-vous fait, dites ? Mais n'avez-vous pas entendu bouger les vaches dans les étables ? N'avez-vous pas entendu sonner les pendules ? Il n'y a qu'une route et elle traverse le village. Il a bien fallu que vous le traversiez, vous venez bien de quelque part ? Mais il devait pleuvoir en bas. Il devait pleuvoir tout le

Sur la hauteur

long de votre route. Et quand vous avez traversé le village, vous n'avez pas entendu que la pluie tombait sur les toits de paille? Il faut bien enfin que vous me disiez pourquoi vous êtes couvert de boue comme un déterré. Vous n'avez pas compris alors qu'il y avait des maisons autour de vous? Mais, même si vous ne l'avez pas compris — vous êtes peut-être maudit au-delà de tout, vous êtes peut-être malade, vous avez peut-être du malheur, dites? Ne pouvant plus rien comprendre, dites? Alors, vous avez traversé ce doux village sous la pluie sans rien comprendre, dans la nuit où l'on n'entend rien que le bruit de la pluie sur les toits de paille — et vous avez pu vous y tromper, et croire que c'était la pluie sur les vieilles herbes. C'est possible que vous ayez cru ça. Moi je pense que c'est ça, car autrement il n'y aurait pas de raison et tout de suite vous auriez pensé qu'il y avait des maisons autour de vous, un village, vous comprenez? Mais, même si vous n'avez pas compris, alors je ne sais pas comment vous avez fait, car vous êtes arrivé à la grande pente qui monte ici, juste à la sortie du village après le pont; il a bien fallu que vous passiez à côté de la scierie mécanique, la maison du charpentier, le hangar où il met ses planches. Et alors, ça n'est pas possible que vous n'ayez pas senti l'odeur des planches fraîches et l'odeur du grand rosier qui couvre le hangar.

C'est à ce moment-là qu'elle aperçut sur le bras de l'homme un tatouage bleu qui représentait une grande étoile avec les initiales « F.S. » et « classe 1883 ». Alors, elle se couvrit la bouche avec la main. Après, elle demanda en tremblant :

— Dites, ça n'est pas en bas ? Dites, qu'est-ce qu'il est arrivé ?

Il fit signe d'écouter.

Dans tout le pays de montagne on entendait bouillir comme un énorme chaudron à cochon et le bruit roulait grassement dans tous les échos étouffés, comme un chaudron qui bout dans la cheminée et le bruit des pommes de terre roulant dans l'eau bouillante réveille les corridors sonores de la maison.

De l'autre côté de la forêt monta un appel de corne, d'abord enroué, puis celui qui soufflait se reprit et appela longuement ; il devait en même temps secouer sa tête pour appeler de tous les côtés.

— C'est Chêne-Rouge, dit-elle. Venez !

De ce temps, elle n'avait pas vu que le troupeau était venu se resserrer autour d'elle et de cet homme. Maintenant, il n'y avait pas de doute : c'était Fernand Sauvat. Il n'était pas reconnaissable. Il avait subitement vieilli au-delà de son âge. Les moutons secouaient les oreilles. Le bélier reniflait avec colère de gros paquets de nuages noirs qui sautaient dans l'herbe. Ce qui restait de jour bondissait comme une biche livide à travers les nuages. Les agneaux gémissaient, blottis contre les jambes de la fille.

— Prenez-en deux, dit-elle, moi je prendrai l'autre. Portons-les, on m'appelle, venez, descendons vite.

Il ne bougea pas.

— Il ne faut pas descendre, dit-il.

La montagne chargée de forêts et de vallons mugissait comme une vache qui voit approcher le taureau.

Il ne faut pas descendre.

— Depuis quand ? dit-elle.

Il cessa de regarder droit devant lui ; il regarda la fille. En même temps il dut voir pour la première fois le vent et cet orage presque silencieux qui avait l'air d'envelopper le monde entier dans ses petits craquements et ses muscles noirs terriblement rapides ; il trembla tout de son long comme un tronc d'arbre. Il se baissa et prit un agneau sous chacun de ses bras. La fille avait déjà l'autre dans son tablier. Au-delà de l'abri ils furent tout de suite comme dans l'écroulement de la nuit. Les nuages qui roulaient à toute vitesse au ras des herbes portaient dans leur ombre des étincellements froids pareils à ceux qui couvrent l'étendue de la nuit paisible. Mais tout paraissait avoir été cassé à la masse comme un bloc de granit noir étoilé de mica ; tout s'écroulait de partout, en morceaux. Dans cette avalanche de nuit, le jour bondissait comme une étrange bête lumineuse et désespérée. La fille appela les moutons avec sa petite voix calme ; le troupeau se serrait près d'elle. L'homme marchait derrière, portant les agneaux. De temps en temps, elle voyait apparaître devant elle des lambeaux de forêt. Elle se guidait sur ces apparitions pour traverser le pâturage. Elle avait l'idée précise de tirer un peu vers la droite pour éviter sûrement les Avernières. Chaque fois qu'elle voyait les arbres, elle cherchait vite la tache sombre que faisaient trois sapins dans les mélèzes. Elle disait en même temps un mot pour les moutons. Ils étaient dans ses pas. Elle guettait les sapins. Elle savait que c'était la bonne route. Elle entendait les pas de l'homme. Il ne pleuvait pas. Le vent n'était pas très fort. On se demandait ce qui poussait si terriblement les nuages.

— On a maintenant cette odeur de boue qui vous colle partout, cria-t-elle, qu'est-ce que c'est?

Ils venaient de traverser la pâture. Il n'y avait plus qu'à descendre tout droit dans ces dernières ténèbres verdâtres à travers la forêt dont tous les feuillages soufflaient comme des chats.

— On a maintenant cette odeur venimeuse...

Elle voyait l'homme dans l'ombre verdâtre de la forêt et les deux agneaux blancs qu'il serrait contre sa vieille poitrine.

— Ne descends pas, dit-il, viens!

Avec la tête, il faisait signe d'aller dans la montagne. A partir de là la pente plongeait presque droit dans des caves profondes.

— Oh! dit-elle, ici l'odeur vous étouffe.

Elle commença à descendre. Elle s'arrêta, n'entendant pas venir le troupeau. Il s'était arrêté là-haut, aux pieds de l'homme. La laine des moutons avait verdi comme de la mousse mouillée et les deux agneaux étaient verts, et aussi la poitrine de l'homme, et ses bras qui portaient les agneaux aux longues pattes.

— Ne descends pas, dit l'homme.

Il semblait ne pas bouger les lèvres.

Elle se cramponna à une racine.

— Fernand Sauvat, dit-elle, je vous connais, ça n'est plus la peine de faire le fou.

Elle appela les moutons avec des mots qui faisaient un bruit de foin.

— Et vous, dit-elle, vous avez charge d'âme en bas. Je sais qui vous êtes, ça n'est pas la peine de vous changer, je n'ai pas peur.

Elle se laissa glisser. Le troupeau coula derrière elle, mais le bélier resta près de l'homme.

— Laissez-le descendre, cria-t-elle, laissez-le descendre.

Elle appela le bélier. Il ne bougea pas, reniflant la pente, grondant vers les brebis, et elles essayaient de remonter. La jeune fille s'appuya contre un sapin ; l'arbre doucement céda sous son poids. Elle se lança carrément dans la pente, poussant le troupeau devant elle. L'arbre s'inclina et se renversa dans les branches de la forêt. Elle se dit : « Le monde tombe ! » Le long talus s'ébranlait mollement sous ses pieds. Elle voyait glisser avec elle et les moutons des sortes de grosses bêtes qui étaient des tas de boue fraîche. Elle aperçut encore une fois là-haut le bélier vert et l'homme vert portant les agneaux comme deux paquets de mousse d'eau. Puis un nuage craquant et la vapeur soudaine de la boue couvrit toute la forêt haute. Ils arrivèrent en bas dans un ruissellement de boue et d'herbe.

Elle se releva, frottant ses mains pleines de terre. Elle se baissa pour ramasser l'agneau qui s'était échappé de son tablier. Elle vit près d'elle les brebis courber brusquement les reins et sauter en avant. Le dernier arbre de la pente se pencha puis tout d'un coup tomba, dressant ses racines luisantes d'eau.

Alors, elle se mit à courir.

Il n'y avait plus de bruit.

Elle entendait ses pieds claquer partout dans la boue.

II

DES NOUVELLES D'EN BAS

De l'autre côté de la forêt, Chêne-Rouge était là dans le jour laiteux. La jeune fille vit à travers le brouillard la silhouette de Boromé debout au rebord de l'aire qui dominait les autres forêts. Il entendit le bruit du troupeau.

Il s'approcha. Il se hâtait avec cette lourdeur et cette violence obstinée des vieux corps.

— Tu n'as rien vu d'extraordinaire?
— Si, les arbres tombent.
— A quel endroit?
— Sur la pente de Sourdie.
— Beaucoup?
— Deux.
— Ils étaient tombés depuis longtemps?
— Non, quand je passais.
— Tu te souviens bien où c'est?
— Oui.
— Montre-moi de quel côté.

Dès qu'on relevait la tête on était perdu dans un ciel sans mesure, sans côté, sans profondeur ; dans

une pluie de sel où passaient de grands vols de
nuages battant l'ombre sous leurs ailes.

— De quel côté ?

— Je ne sais pas.

Il lui mit la main sur l'épaule.

— Regarde bien, dit-il — il pointa son doigt —.
Là c'est la Treille, là c'est les hauts de Sourdie où
tu faisais paître, là c'est le Fer. — Il désignait dans
le ciel des endroits où il n'y avait plus de solidité
mais un grand mouvement d'ombres et de lueurs. —
Dessous c'est Sourdie. C'est là que les arbres
tombent ?

— Oui.

— Viens.

— La petite est là, dit-il en entrant.

La mère avait un calme visage insensible. Elle se
redressa. Elle les regard aentrer ; elle se rabaissa sur
le feu qu'elle arrangeait. Elle avait un large visage
toujours désert. Mais ses petits yeux, taillés dans une
peau de front dure comme du cuir, serraient la
couleur aiguë des feuilles de roseau.

— Ferme la porte.

Les ombres passaient devant la fenêtre de l'évier.

La femme s'arrêta de toucher le feu. Par côté
on voyait luire son œil immobile.

Boromé marcha jusqu'au pétrin, toucha le couvercle, marcha jusqu'à la fenêtre, toucha la vitre.
La fille s'approcha doucement du feu.

— Tu es mouillée ?

— Non, c'est de la boue.

Des nouvelles d'en bas

— Fais voir, dit Boromé, c'est de l'argile. Où as-tu pris ça ?

— Dans la pente. La terre est pourrie tout le long.

Boromé marcha jusqu'à l'armoire, regarda sa pipe qui dépassait d'entre les boîtes de fer, marcha jusqu'à l'évier, toucha la seille.

La femme s'était agenouillée près du feu. Elle parla à voix basse.

— Va chercher le sac.

Mais elle arrêta tout de suite la fille.

— Marie ! — elle lui faisait signe de se baisser vers elle — apporte le seau de lait aigre — elle fit signe « attends », elle se rapprocha, parlant encore plus bas. — Apporte-moi tout ce qui reste dans la caisse. Attends. Mets tes chaussons.

Et elle resta agenouillée près du feu.

Boromé marchait. Il avait ses vieilles sandales de sagne. Il ne faisait pas de bruit. Ses pas craquaient à peine comme les petites flammes. Il allait de l'armoire à la fenêtre. Il contournait la table. Il passait dans la lueur du feu. Elle éclairait ses pantalons de velours, son torse de laine, ses bras pendants, ses mains à moitié fermées. Il passait dans l'ombre. Il s'avançait de la fenêtre. Elle éclairait sa poitrine, ses épaules gonflées, son cou, sa forte barbe, les os de ses joues, ses sourcils, son petit front, la plaque blanche de ses cheveux courts. Il relevait sa lourde main. Il touchait la seille, il tournait, il repartait. La fenêtre éclairait son large dos raide. Il entrait dans l'ombre, puis dans la lueur du feu, puis dans l'ombre, il contournait la table. On l'entendait toucher la clef de l'armoire, tourner et revenir.

Il appela :

— Petite !

— Elle n'est pas là, dit la femme, elle va revenir.

Elle rentrait de la resserre. Elle avait mis ses chaussons. Elle ne faisait pas de bruit. Elle traînait le sac. Elle portait le seau de lait. Elle portait des légumes dans son tablier. Elle les versa sur la pierre de l'âtre devant la mère.

— Va chercher un couteau.

Elle alla ouvrir le tiroir de la table. Boromé revenait de l'armoire, passa près d'elle, traversa la lueur du feu, marcha vers la fenêtre. Elle le laissa passer. Elle retourna près de sa mère. Elle s'agenouilla de l'autre côté du seau de lait. Sa mère en transvasait des louchées dans une marmite.

— Pèle les pommes de terre.

Elle fit de soigneuses épluchures. Elle ne bougeait que les doigts. A partir du poignet elle était immobile. Elle sentait la boue de sa jupe qui peu à peu séchait sur ses mollets nus. Elle laissa tomber la pomme de terre dans la marmite.

— Doucement, dit la mère.

— Es-tu montée au-delà de Sourdie ces jours-ci ? demanda Boromé.

Il s'était arrêté dans l'ombre.

— Non, dit Marie.

Elle arrêta ses doigts, releva la tête, regarda l'ombre.

La mère gardait un oignon dans sa main. Elle ne bougeait pas. L'oignon craquait.

— Il faisait clair ?
— Oui.
— Il n'y avait pas d'eau dans les tas de pierres ?
— Si.
— Elle coulait ?
— Non. Elle se renfonçait tout de suite. Tout le bord du pierrier était noir.

Elle dit encore :
— Depuis longtemps.
— Depuis combien ?
— Depuis plus d'un mois.

On entendit le pas léger de Boromé. Il émergea de l'ombre, traversa la lueur du feu, marcha vers l'armoire, toucha la clef.

Marie baissa la tête, pela la pomme de terre, la posa doucement dans la marmite.

La mère écorça l'oignon, le coupa en deux.

— Qu'est-ce que vous faites ? demanda Boromé.
— La soupe.

Maintenant que les flammes ne claquaient plus, on l'entendait marcher sur ses sandales de sagne Quand il arrivait devant la fenêtre, son front se plissait, tout d'un coup, son regard sortait de dessous ses gros sourcils et s'en allait dans le ciel bouleversé par le vol des nuages.

— Les arbres se sont arrachés comment ? demanda-t-il.
— Ils sont tombés sans bruit, dit Marie.

— Il ne fait pas de vent ?
— Non.
— Il fait du vent, mais très haut, dit-il devant la fenêtre.
— Le premier, dit Marie, je me suis appuyée contre lui ; alors il s'est penché et il s'est renversé.

Boromé s'arrêta de nouveau dans l'ombre. Il se cura la gorge.

— Et, dit-il, dans ces matins où il faisait clair, il faisait calme ?
— Très calme.
— Et pas froid ?
— Non.
— On n'entendait rien ?
— Si, dit-elle.
— Ah! dit-il.

Et il ne bougea plus dans l'ombre. On voyait son gros corps noir sur la faible lumière de la fenêtre.

— C'est comme ça, dit-elle, que j'ai vu sortir de l'eau du pierrier. Et toute la muraille de Fer est devenue noire. De longues traînées. Puis après, ça a tout couvert. Et ça a dû durer longtemps sans que je fasse attention. Parce que, le bruit, c'est comme les bruits des feuilles. Puis j'ai regardé et j'ai vu que la muraille de Fer était toute noire. Et même dans la jointure des rochers, à gauche, alors, là, on voit carrément couler un peu d'eau toute blanche, celle-là. Elle tombe. Elle se perd dans l'air.

— Ah! dit Boromé.

Il recommença à marcher.

— Aide-moi, dit la mère à voix basse.

Elle montra le trépied. Marie le prit et le plaça dans le feu. La mère releva la grosse marmite ; la poussant avec sa hanche elle la posa sur le trépied au milieu des flammes, puis elle épousseta sa jupe dont la bourre de laine brasillait.

— Le couvercle.

Marie alla le chercher sur l'évier.

Boromé était près de l'armoire. Il avait touché la clef. Maintenant il s'amusait à la faire tinter avec son gros doigt.

— Sale histoire, dit-il.

Il fit tinter la clef à petits coups.

Il faisait de plus en plus sombre. Le vol de nuages maintenant enveloppait la maison et frottait ses plumes noires contre les vitres. On les entendait, les grandes ailes, frôler les murs, la toiture, et passer dans les forêts. Elles faisaient le bruit des vols de canards quand ils traversent de très haut les calmes après-midi et qu'à peine arrive en bas le grondement sourd de toutes ces ailes puissantes. Le bruit était ainsi extrêmement léger et comme lointain, mais on était dans le battement même des ailes, on était dans les plumes comme si le vol des canards couvrait la terre au ras des forêts et des fermes perdues ; le duvet marécageux frottait contre la fenêtre et, parfois, venait s'y écraser une glissante couleur bleu sombre, ou bien ce vert gras des lourdes plumes qui ont nagé dans des eaux pourrissantes.

Boromé s'était remis à marcher.

— Qu'est-ce que ça sent? dit-il.

Il alla ouvrir la porte. On ne voyait plus ni forêt, ni montagne, rien que le vol des nuages. A peine un seuil d'herbe devant la maison.

— Ça sent la boue.

On entendait de profonds soupirs forestiers. Chaque fois l'odeur avait un goût nouveau, un goût de terre fraîche, très puissant, tout d'un coup, puis qui se fondait dans l'odeur générale de la boue.

— Ne sortez pas, dit-il, je vais jusque-là.

— N'allez pas loin, dit la mère. Prenez le manteau.

Il dit « oui » mais il sortit comme il était. Au-delà du seuil d'herbe, il entra dans les nuages.

La porte était restée ouverte. Les deux femmes regardaient l'endroit où venait de s'enfoncer Boromé et où restait un petit sillage noir, puis plus rien.

— Le bélier n'a pas voulu suivre, dit Marie.

Elle savait qu'elle ne parlerait pas de l'homme vert, de cette chose grave. Elle n'avait pas cessé de le voir, debout devant ses yeux, avec un corps transparent au travers duquel passaient les flammes du feu et la promenade silencieuse de Boromé. Elle n'avait pas cessé de le voir, debout là-haut, dans les arbres, vert comme l'eau.

— Il n'a pas voulu descendre.

Elle savait qu'elle ne parlerait pas de l'homme; comme pour empêcher les choses.

— Tu l'as perdu?

— Non, il est resté sur le sommet de Sourdie. Sans bouger. Il ne voulait pas que le troupeau descende. Il ne voulait pas que je descende. Il n'a pas voulu descendre.

— Il reviendra cette nuit, dit la mère.

Boromé avait traversé l'aire avec précaution. Il avait tâté du pied et trouvé le petit sentier. Il avait commencé à descendre vers la forêt. Il ne pleuvait pas mais les nuages étaient mouillés comme de la pluie. Il entendait mieux maintenant ces grands soupirs. Il n'y avait pas de vent et les nuages volaient comme de grands oiseaux mouillés. Dans le battement de leurs ailes apparaissait en bas dessous la lisière de la forêt, et puis la terre avec ses grandes bardanes brunes, les gentianes aux feuilles nervurées d'eau et aux endroits sans herbe la terre noire comme du mortier. Il s'arrêta pour écouter. Il était descendu d'une cinquantaine de mètres. Un soupir monta, en direction du Val-Travers où passait le chemin de Villard. Il entendit craquer des arbres. C'était le bruit de quelque chose qui coule lentement ; et le craquement des arbres était lent aussi, comme si on les cassait peu à peu. Il voyait à peine quelques pas devant lui. Le bruit continu d'un gros ventre se traînant sur le sol... Puis ça s'arrêta. C'était très bas, presque dans la vallée. Il écouta très attentivement pour tâcher d'entendre encore un de ces soupirs. Il respirait très doucement. Il ne bougeait pas. Il entendit un bruit de grelots. C'était assez près de lui, presque à la lisière de la forêt qu'il entrevoyait sous le battement des ailes des nuages. Le grelot montait vers lui. Il devait être en train de traverser les bardanes du sous-bois : sauter par-dessus les grosses plantes à moitié pourries, grimper la pente tout droit. A ce moment les nuages retombèrent pour prendre élan ; et il ne vit pas ce qui sortait de la forêt. Il entendit que le grelot marchait dans cette espèce de fausse prairie pleine de gentianes, s'approchant de lui. Il surveilla ce petit rond de terre en pente qu'il pouvait voir et, au-dessous de lui à quatre ou cinq pas, il vit arriver un chien. La bête resta à moitié enfoncée dans le nuage, la tête et les épaules dehors, regardant l'homme. Puis elle monta vers lui, se tordant de côté, remuant la queue, se léchant et riant. C'était une chienne de chasse, blanche et noire, couverte de boue. Boromé se pencha au moment où elle se couchait à ses pieds. Elle avait un collier fait avec une courroie où était attaché le grelot et une plaque de zinc avec son nom : « Arsène Leppaz, épicier à Villard-Méa. » Boromé lui caressa les pattes. Elle se coucha sur le dos, dressant les pattes. Son ventre où il y avait des mamelles fraîches était tout déchiré et boueux. Deux tétines étaient gonflées comme le poing, avec des bouts violets qui devaient faire mal.

— Et tes petits alors, dit Boromé, tu les as laissés ?

Elle jappa un petit coup, fermant les yeux, se léchant d'une longue langue tremblante.

— Et d'où viens-tu ? Et qu'est-ce que tu fais ici ?

Un moment il pensa que son maître était peut-être par là-bas dedans aussi.

Il appela :

— Arsène !

Mais d'ailleurs, qu'est-ce qu'il aurait fait, si haut dans la montagne, avec ce temps ?

La chienne devait être partie de chez elle depuis un jour et une nuit. Le curieux c'est qu'elle ait abandonné ses petits chiens. Elle était couverte d'une boue grasse et lourde ayant une drôle d'odeur ; et, ce qui intrigua Boromé, ce furent des sortes de filaments rouges comme du sang qui suintaient de cette boue. Il se dit que peut-être la bête était blessée en dessous ; d'autant qu'elle avait déjà les pattes écorchées. Il essaya de voir — la chienne restait aplatie à ses pieds. — Il s'aperçut que non : ces filaments rouges étaient des suintements d'eau ferrugineuse épaisse comme de la glaise. La boue sentait l'argile crue et déchirée.

A ce moment, ni Boromé ni la chienne ne respiraient très fort ; et tous les deux ils entendaient bien le battement d'aile des nuages. Un autre de ces lents soupirs monta de la forêt. Pas de très loin : vers le Pré-Richaud, peut-être à deux cents mètres en bas, on entendit rouler un rocher. Deux ou trois craquements d'arbres. Alors la chienne se dressa, sauta dans la montée, faisant sonner son grelot. Elle avait tout de suite disparu dans le tourment du brouillard. Boromé l'appela. Mais elle, de là-haut appela Boromé. Elle était déjà très haut dans le plus raide de la pente, non pas du côté de Chêne-Rouge mais directement vers des éboulis qui montaient presque comme un mur. Boromé l'appela encore et elle aussi appela Boromé, au moment où dans les remous des nuages arriva cette lourde odeur du soupir : une odeur d'argile crue. La chienne appelait toujours en fuyant dans la montée.

La nuit venait. On ne pouvait presque plus voir les grandes ailes noires des nuages mais seulement leur ventre de duvet blanc.

Boromé remonta le sentier. En arrivant sur l'aire, il vit là-bas la porte toujours ouverte, la lueur du feu et, sur le seuil, la silhouette de Sarah qui attendait.

— Je suis là, dit-il.

Alors la femme rentra.

Il entra et ferma la porte.

— Faut-il allumer ? dit Sarah.

— Non, économisons le pétrole. La soupe est prête ?

— Dans un moment.

— Il faudrait manger tout de suite, dit-il.

Il se tut, immobile. Il semblait qu'il allait expliquer...

— Je ne sais pas, dit-il. Mangeons maintenant. Donne du jambon. On mangera la soupe après.

Marie assise au rebord de l'âtre frottait la boue sèche de sa jupe.

Sarah releva le couvercle de la marmite, plongea la louche, tira une pomme de terre, l'écrasa du doigt.

— Elle sera pourtant vite prête, dit-elle.

— Je ne sais pas, dit Boromé, mais il faut manger maintenant. Tu as des provisions ? dit-il encore.

— De quoi ? dit Sarah.

Des nouvelles d'en bas

— De pétrole.
— J'ai commencé le bidon hier. Ça fait les dix litres moins ce qu'on a brûlé hier soir.
— Du sucre ?
— Oh! j'en ai!

Il prit sur la table un morceau de jambon qui venait d'être coupé : il se tailla un morceau de pain et commença à manger durement.

Il s'était assis sur le banc.

Dehors, il y eut des bruits de forêts : le vent arrivait. Il enveloppa la maison. Il creusa des profondeurs sonores de tous les côtés dans la nuit. Il avait comme coupé les nuages en corridors qui s'enfonçaient jusqu'à toucher le flanc de la montagne, les sommets, le ciel noir, le fond de la vallée ; de longs couloirs qui entouraient le vent comme les rayons autour du soleil. Il était comme une sorte de soleil noir et, dès qu'il fut arrivé avec tous les bruits qu'il amenait par les échos de ses corridors de nuages, ce fut comme l'éclairement de tout ce qui se faisait dans la montagne. Pas très précis encore ; c'était à peine une aube de vent : il y eut le grincement d'une sorte de bruit de glace sur des roches ; le souffle haletant de l'épaisse forêt de Muzelliers — Boromé reconnaissait les bruits un à un — les grands coups sourds que le torrent frappait au fond de l'éboulis Charmade, puis brusquement, comme le secouement de grandes tôles (comme quand on les prépare pour en faire des toitures). Mais ça, dans la vallée, en bas au fond, très vite, puis plus rien, le bruit s'étouffa, le bruit resta dans les oreilles, mais déjà le vent n'éclairait plus de ce côté. Et peu à peu la lumière du vent monta, comme dans une aube de soleil, éclairant plus loin et mieux de plus en plus.

Il sifflait contre les arêtes de la maison ; il la traçait en sifflements le long de toutes les arêtes des murs. Il touchait la surface des murs, la faisant sourdement sonner du côté de Verneresse avec tous les échos glauques du gouffre de Verneresse pleins de forêts sombres et de rochers gluants recouverts de mousse ; et du côté de la Treille grinçait un aigre éraillement qui avait l'air de griffer dans la propre pierre du mur. Il creusa la vallée — et chaque fois, bien entendu, ces longs corridors de vent étaient pleins du volètement des nuages et presque tout de suite le vol des nuages écrasait le vent qui jetait son perçant rayon d'un autre côté. Alors, comme une roue qui tourne en faisant face partout, comme le soleil quand il gicle par les fentes d'un orage, il creusa la vallée et brusquement ce fut comme le grondement d'un chaudron de cuivre quand on le frappe et que le son saute de tous les côtés comme un taureau rouge. Mais tout de suite les nuages étouffèrent le bruit sous des battements et des battements d'ailes souples, lourdes, couvrant la vallée comme un nid.

Il creusa un long trou vers l'éboulis Charmade et, à mesure qu'il creusait dans cet air pénible où tous les plus lourds nuages étaient entassés, épaissis de la respiration de la forêt la plus sauvage, à mesure montait le bruit de la forêt chantant comme une planche de sapin qui se balance et qui sonne avec le craquement étouffé du bois. Et à mesure montait une chanson plus sauvage que la forêt. Elle était au fond, au fond et elle répondait à la force du vent, comme si elle s'élançait vers elle, à chaque effort que le vent faisait pour creuser plus profond. Et soudain elle monta, pleine d'écume et de fumée, dans le couloir libre, écartant les nuages avec une force pareille à celle du vent. Et Boromé entendit ce qu'on appelait le « grand ramage des eaux ». Il s'arrêta de mâcher. C'était le bruit de l'Ebron. Le torrent dansait. A cette époque de l'année. Comme si la terre avait tourné follement cent fois sur elle-même (comme une fille saoule qui fait ballonner ses jupes au milieu du bal, et on frappe des mains, et on tape du pied, et les musiciens soufflent comme des perdus, mais elle après, on ne sait pas ce qu'elle va faire), cent fois sur elle-même, et qu'on soit à l'époque où le printemps boueux débouche de toutes les vallées au milieu des chênes couleur de perle!

Mais les nuages couchèrent leurs grandes ailes sur le torrent. On ne l'entendit plus. Il devait cependant toujours palpiter en bas dessous avec ses farouches petites ailes d'eau et d'écume.

Boromé recommença doucement à mâcher son pain. Il regarda les deux femmes.

La roue du vent tourna de tous les côtés. De tous les côtés, les bruits arrivèrent, éclairant peu à peu les forêts, les gouffres, les vallons, les rochers, les glaciers, la nuit. Mais elle s'embarrassait dans des nuages qui avaient l'air d'être de plus en plus forts.

Alors le vent tomba vers la vallée comme au bout de sa puissance, comme s'il avait éclaté, comme s'il n'était plus qu'un bolide noir creusant son dernier couloir jusqu'au fond de la vallée. Le bruit du chaudron sonne comme s'il était contre les vitres. Boromé s'approcha de la fenêtre. C'était bien un trou dans les nuages. Et en bas il aperçut Villard ou tout au moins une sorte de grand brasier...

A ce moment, on frappa à la porte, au moment où s'établissait de nouveau le silence et la nuit. Il crut que c'était le vent qui frappait. Mais on appela.

— Qui est là ?
— Clément Bourrache.

Boromé tira le verrou. L'homme entra entouré d'un cocon de brumes.

— Voilà que nous en sommes au jugement de Dieu, dit-il. Bonsoir Sarah et compagnie. Ah! oui, voilà que nous y sommes.

— Tu n'as pas vu le grand feu en bas dans la vallée ? dit Boromé.

— Je n'ai vu que du néant, dit-il. Je n'ai vu que le brouillard qui est comme du néant.

— Ça vient de s'ouvrir là-dessous, dit Boromé, et tout d'un coup j'ai vu un grand feu vers Villard. Ça doit être à Villard même. Mais ça n'est pas un incendie, c'est régulièrement rond, il semble. C'est plutôt vers Méa on dirait.

— Savoir. Voilà deux jours que je suis parti. Je

me suis dit que c'était ça l'éternité, moi, dis donc. Voilà qu'avec leur histoire ils m'ont comme fourré dans les jupes de Notre Seigneur. Je me disais : « Eh! bien, voilà, c'est comme ça. Ils s'en foutent. Ils t'ont dit : Vas-y. » C'est comme si on m'avait dit de monter jusque sur les genoux de Notre-Seigneur à travers ses robes. Ma parole. Tu parles d'une éternité. Je me suis perdu dans cette sacrée satanée mousseline. Il y en avait autant dans ma barbe que dans les arbres. Ah! mais perdu! Perdu même en pas bougeant. A plus savoir où c'était moi et où c'était cette saloperie sacrée. Mélangé que j'étais.

— Enfin, tu as trouvé?

— Bien sûr, Boromé. Si on se perdait dans sa propre montagne, alors, ça serait la fin du monde.

Il avait de brusques petits rires. Ses pommettes saillantes comme des cerises rouges, ses yeux clairs, ses lèvres à mesure qu'il parlait, toutes les petites parties humaines de son visage émergeaient d'une mousse de barbe bourrue et luisante comme du poil de marmotte.

— Alors, défais-toi.

Il déboucla les courroies de son gros sac. Il y avait arrimé des raquettes qui faisaient dans son dos comme de petites ailes de guêpe. Et malgré ça il resta pareil à une grosse guêpe râblée, avec les gestes de se frotter tout le temps les mandibules et la barbe avec ses poings.

— Ah! Boromé, dit-il, je crois que cette fois nous pouvons préparer nos bagages.

— Qu'est-ce que tu fais si tard, ici dessus ?
— Ils m'ont envoyé me lamenter sur les hauteurs.
— Tu es parti quand ?
— Avant-hier soir.
— Tu as vu Leppaz ?
— Oui. Pas spécialement mais je l'ai vu. Pourquoi ?
— Sa chienne a couru jusqu'ici. Elle a traversé le bois pas très loin devant toi si tu es monté par Val-Travers.

— Ah ! donc sacrée cochonnerie. Voilà qu'on va en prendre un vieux coup dans la gueule. J'ai l'impression. Où donc as-tu vu la chienne ?

— Par-là devant. Oh ! elle était devant toi d'une demi-heure.

— Ça m'avait déjà étonné qu'il y ait tant de bruit dans les étables. Voilà que ça n'était plus que des ruées partout et qu'ils frappaient de tous les côtés, dans les murs et dans les mangeoires. Et les vaches on les entendait tirer sur la chaîne. Et ça beuglait. Et maintenant que tu m'y fais penser, je peux bien dire que je n'ai pas rencontré un seul chien. Je suis passé par le long de l'Ebron, eh bien, vers Petit-Moulin, là il y a tout le temps les trois chiens de Joseph Glomore. Surtout de nuit à chasser le blaireau. Ce coup-ci pas un. Tu vois, tu m'y fais penser. Pourtant, avec l'eau qui est déjà contre le grand talus, c'est bien un bon soir pour cette chasse. Eh bien, tu vois, on peut le dire, tous ces animaux-là, les vaches et les chevaux, et les mulets et les chiens, c'est comme le sang de moi et de mes semblables,

Des nouvelles d'en bas

et de toi tous réunis. Eh bien, voilà que ça nous pisse de partout comme d'un panier. Voilà, Boromé, que les chiens s'en vont comme si on était blessé et que le sang coule de nous et qu'il s'en aille. Et voilà que les vaches et toute cette sacrée saloperie de chevaux et de mulets, eh bien, maintenant que tu m'y fais penser, ils étaient en bas à frapper de tous les côtés et à pousser d'en dedans les portes des étables. Ah! Seigneur, voilà que vous m'avez balancé un de ces marrons de première, et voilà que j'ai un bleu et que mon sang pousse les portes de ma peau pour sortir.

— Où as-tu pris que l'eau est contre le talus de Petit-Moulin?

— Je l'ai pris à Petit-Moulin même.

— Devant les pacages de Glomore?

— Devant et dessus, devant et autour, autour et dedans. Contre le talus et plus loin.

— L'eau de quoi?

— De l'Ebron.

— Il y a de l'eau dans l'Ebron?

— Bougre s'il y a de l'eau!

— Ah! mais, dit-il, vous n'avez pas l'air d'appartenir au monde, vous autres ici dessus. Et voilà donc Sarah qui est là debout à ne rien dire comme si elle était l'archange du paradis! Alors quoi?

« Il y a de l'eau dans l'Ebron, dans le Vaudrey, dans le Sauvez et dans la Tialle. N'entendez-vous pas?

— On n'a rien entendu jusqu'à tout à l'heure.

Et même on n'a guère entendu que ce que le vent a permis.

— Où l'as-tu pris ce vent?

— Il était ici dessus tout à l'heure.

— On n'en a pas eu une plume en bas depuis des temps.

— On n'en a pas eu ici non plus, mais tout à l'heure il a passé.

— Aurait fallu lui dire qu'il reste. Ce qui fait le plus besoin c'est le froid. Voilà que moi j'ai porté mes raquettes. On est quand même en novembre, Boromé. Nous devrions être enneigés jusqu'à Val-Travers. Et même ici voilà que la terre est encore découverte.

— Elle est découverte encore bien plus haut. On n'a pas cessé de garder les moutons même là-haut au-dessus de Sourdie.

— Et qui sait si au moins ça gèle plus haut?

— La petite dit que non.

— Pas de neige?

— De l'eau qui coule le long de la muraille de Fer et qui s'enfonce sous le pierrier.

— Ah! bougre! Alors nous voilà comme des mouches sur une éponge.

Il enleva son béret et il se mit à se gratter vigoureusement la tête avec des ongles qui claquaient.

— Eh bien, Boromé, dit-il, maintenant moi aussi je peux dire : j'ai gravi la montagne et je me suis trouvé face à face avec le Seigneur!

Il se renferma dessous son épaisse barbe de lichen.

— Voilà que nous sommes Jacob, dit-il. Voilà, Sarah, que tous désormais nous nous appelons Jacob. Et, derrière le buisson il y a la nuit, et dans la nuit il y a l'ange. Comme l'eau qui est dessus les pacages de Glomore. Tu te dis d'abord : « C'est une vache claire ? » Mais non, c'est plus gros qu'une vache. Tu te dis : « C'est l'ange ? » Mais non, c'est encore bien plus gros que l'ange. Tu te dis : « C'est notre Seigneur ? Ah! Tu le sauras toujours assez tôt. » Voilà le sort. Mais maintenant c'est la nuit. Et toi Jacob, il y a toujours ce blanc montagneux là-bas derrière. Et voilà qu'il te prend à châtaigne et à marron et à coups de poing dans la gueule. Et tu te dis : « Merde, attends voir », et tu te dis : « Attends que je te fasse voir », et tu dis : « Attends que je t'amarre et puis tu verras !... » Mais chaque fois c'est du délice céleste qui te passe dans les bras et c'est une espèce de plume sacrée. Alors tu te dis : « Mais quoi ?... » Et ban! il te place un coup de soulier en plein bas-ventre, et ban! Et toi tu gueules : « Héla, héla! c'est défendu ces machins-là, c'est pas régulier. Héla donc! attendez voir, je vous dis. » Car maintenant tu t'es aperçu que c'est un ange armé de roses. Et les roses des anges sont comme des marteaux de forgerons. Ah! Jacob, que je te vois mauvaisement arrimé sur cette enclume. Comment vas-tu pouvoir résister jusqu'au matin? Comment ne seras-tu pas forgé? Comment feras-tu pour rester Jacob et ne pas devenir un ouvrage de forge? Quand maintenant le sang pisse de toi comme d'un panier, quand

tu es comme un vieux seau sur lequel on a essayé
un fusil de chasse, percé de partout avec ce sang
paysan qui saute autour de toi dans la nuit comme
la lumière autour d'un poulain?

Boromé était resté assis près de Bourrache, les
coudes aux cuisses, regardant fixement le petit feu
de dessous ses sourcils comme de dessous la visière
d'un casque. Et maintenant il tourna la tête vers lui
qui était à la fois Jacob et l'ange avec les gestes qu'il
faisait dans sa lourde veste de cuir.

— Alors, dit-il, as-tu fait deux jours de forêt pour
venir encore nous saouler ici, Clément?

Sarah venait de remplir un verre d'eau dans la
seille.

— Écoutez celui qui parle de Dieu, dit-elle.

Elle apporta le verre d'eau à Bourrache qui but
et lécha sa barbe.

— Ne t'en fais pas, Sarah, dit-il, il m'a connu
avant de te connaître, et moi aussi je sais qui il est.
Ne t'en fais pas qu'on a ramassé, par-ci par-là,
pas mal de choses depuis qu'on vit, lui et moi. Il
sait bien qu'on ne peut pas être entièrement fou,
même si on a placé les choses du Seigneur avant les
choses terrestres.

— Je ne t'empêche pas de placer tout ce que tu
veux à la place que tu crois la meilleure. Sarah le
sait mieux que personne.

— Je me suis permis de parler, dit Sarah, parce
que je crois que tout va nous faire besoin.

— Et précisément, dit Boromé en relevant la tête,

je voudrais bien savoir ce qui se passe en bas dessous.

— Précisément ce que je te dis.

— Et pourquoi te voilà ici dessus après deux jours de forêt?

— Deux jours de néant, perdu au milieu de l'armée du Seigneur. Je cherche Fernand Sauvat.

— Dans la forêt?

— Oui, dans le corps d'armée des lanciers du Seigneur.

Mais il regarda Boromé avec de pauvres yeux suppliants et il posa sur le genou de Boromé une main tremblante.

— C'est rudement emmerdant de voir tout ce que je vois, allez, croyez-moi. Il y a bien des fois que je voudrais être simplement comme vous.

— Sauvat est dans la forêt?

— Sauvat est aussi bien dans la forêt qu'ailleurs, sauf au Villard où il faudrait qu'il soit.

— C'est donc derrière lui que tu es?

— Derrière ou devant ou par côté. J'ai pu cent fois passer près de lui s'il est dans ce coton. En tout cas je suis parti dans le chemin qu'il a pris. J'ai d'abord pensé que peut-être il serait ici. Où veux-tu qu'il aille de ce côté, s'il va quelque part? Mais je suis resté dans la forêt hier tout le jour et toute la nuit, couché dans la bergerie de Prévillard et tout le jour encore aujourd'hui à monter dans la pente des Avernières. Maintenant je te dis que Sauvat est parti pour plus loin que ce qu'on croit. Ce qui m'a décidé, ce qui a fait que Mathurin Chaudon a dit : « Il faut aller le chercher », c'est qu'on était quatre en bas à peu près tranquilles vers chez Barrat, sous les grands châtaigniers. Et de chez Barrat on voit les choses d'à peu près un peu haut en plongeant vers Villard-l'Église. On est à vingt mètres quoi! Ils étaient là eux trois : Mathurin Chaudon, et puis Barrat, et le valet et moi. Je m'étais dit : « Monte par chez Barrat pour ne pas aller faire le tour au pont de Méa. » Et alors je les trouve là debout en train de regarder, et je m'arrête près d'eux, et pour regarder aussi, et je dis... je ne sais pas ce que j'ai dit. J'ai dû demander ça juste en passant parce que mon intention était de descendre maintenant à Méa par le chemin de Barrat, et de passer l'autre pont et d'aller aussi là-bas où on voyait qu'il y avait du monde probablement de Méa, et on en voyait d'autres courir sur la route pleine d'eau, et d'autres qui venaient du Serre en courant dans les prés. J'avais bien fermement l'intention de descendre et Chaudon aussi car, pendant que je montais chez Barrat, il montait juste devant moi et il était juste arrêté là-haut comme moi je m'étais arrêté, lui et moi déjà un pied dans la descente. J'ai dû le demander parce que Barrat a dit : « Il paraît que Madeleine est à Chaussières depuis avant-hier avec la petite ; du moins, personne ne l'a vue et elle avait dit qu'elle y allait. » Je dis : « C'est heureux, mais Fernand? » Il me dit : « Regarde en bas dessous, presque dans l'eau, qui essaye de sauver des planches, c'est lui. » Et Chaudon dit que ça n'était pas la peine. En effet, il aurait pu peut-être en tirer deux ou trois mais les autres on les voyait partir dans l'eau et éclater comme des allumettes. Je lui dis : « Sans compter que si ça s'emmanche en travers du pont l'Église ça va faire tout sauter. — Oh! il me dit, regarde, ça fait trois tours et après c'est pelé comme de la chapelure. » N'empêche, si l'eau grossissait encore un peu, toutes les planches de la scierie pourraient flotter au-dessus des roches et arriver entières en travers de la forêt. Il y avait au moins trois mille mètres cubes de planches. On voyait les gens arrêtés au bord même de l'éboulement ; à cet endroit que les eaux avaient défoncé et qui était comme une faucille neuve. Je dis : « C'est pas prudent. » On en voyait autour de la maison écroulée ; alors celle-là plate comme une bouse. Des hommes dans les décombres. Ils relevaient des poutres. Quatre ou cinq essayaient de soulever un coin de la grosse toiture d'ardoise. Fernand était toujours en bas près de l'eau avec ses planches. Il n'essayait plus. Il regardait l'Ebron frapper dans le tas de planches et écumer contre ce coin de la maison qui était tombé dans l'eau. Il remonta la pente. Il entra dans les gens là-haut ; il les traversa. Il alla vers la maison écroulée, ils le suivirent tous. Heureusement, parce qu'un peu après tout le bord où ils se tenaient tomba et l'Ebron se mit à sauter contre tout ça comme s'il trouvait qu'à cet endroit-là on commençait à en travailler les côtés un peu trop salement à son goût. « J'y vais, dit Chaudon. » Je descendis avec lui.

Comme on sort du bois de châtaigniers on tombe sur
Firmin Brunot qui revenait. Il avait les doigts
blancs comme des cigarettes. On lui dit : « Tu es
bien pâle ! » Il dit « : Je vais boire » et il crache le
sang. Il dit : « J'ai été coincé. » Et Chaudon me dit :
« S'il veut boire regarde, c'est pas ce qui manque.
Il n'y a jamais eu autant d'eau dans les quatre ruisseaux. » Au-delà de Villard c'était une barre si
épaisse que, d'où nous étions, ça nous cachait tout
le large de Pré-Neuf. Ça a déjà couché au moins
deux cents cerisiers. En entrant dans Méa on trouve
Julie Charasse, Emmeline Mérentié, la femme de
Picart et la commère de Charles-Auguste qui parlaient. On leur dit : « Qu'est-ce qu'on entend,
qu'est-ce que c'est ce bruit ? » On entendait bien le
vent des quatre ruisseaux dans cette rue qui est
comme une queue de cornemuse, et toutes les
portes qui claquaient des dents. Mais on leur dit :
« Ce qu'on entend là-bas au fond ? » Elles nous disent :
« C'est la Tialle qui passe par-dessus le pont du
Château. » Tu nous vois. Chaudon me regarde. Je
lui dis : « Allons d'abord chez Sauvat. » Nous deman-
dons : « On est sûr que Madeleine et la petite n'y
sont pas ? » Emmeline dit : « On ne les a pas vues
depuis trois jours et elles ont fait des provisions pour
les Chaussières. » Je dis à Chaudon : « Bénissons le
Seigneur qui sauve les créatures humaines. » Devant
la porte nous rencontrons le facteur-receveur. Nous
lui disons : « Qu'est-ce que tu regardes ? » Il nous dit :
« Oh ! Je regardais les lignes de départ, mais ça doit

être coupé complètement beaucoup plus loin. Ma femme a sonné de tous les côtés et il n'y a plus rien qui marche. » Il ne restait plus grand monde à Méa. Ils avaient presque tous passé de l'autre côté pour aller chez Fernand. Et comme nous arrivons au pont, Chaudon me dit : « Coquin de Dieu! » Ah! l'eau était à deux pans en dessous à peine. On voyait trembler les ridelles. On a posé le pied, on l'a retiré comme si ça brûlait. Il a dit : « Passons en courant. » On a passé en courant. Il semblait que ce pont nous jetait en l'air comme des balles. De l'autre bord, on a osé un peu mieux regarder. L'eau était noire comme de la suie. De temps en temps on y voyait flotter une planche de Fernand toute jaune et à tous moments s'y écartaient des ronds d'écume comme de grandes fleurs de sureau, avec naturellement un ciel bas et la pluie qui recommençait par petites touffes. Nous remontions sur ce bord en direction de la scierie. A chaque détour la terre tremblait comme le pont, parce que l'Ebron la frappait de face. A cet endroit — tu le connais — où il a cette grande pente, si bien que nous le voyions presque dressé devant nous avec toute cette eau qui venait, exactement comme une cavalcade, en faisant sauter des planches. Presque en arrivant, on trouve Michard, de Château, qui nous dit : « Vous ne savez pas s'il y a des cordes dans le hangar de Martel ? » On lui dit : « Qu'est-ce que tu fais ici, toi, on te croyait à Château ? » Il dit : « Je suis venu livrer la viande, mais maintenant je ne peux pas retourner ; la Tialle passe par-dessus le pont. Je serai obligé de coucher ce soir chez Charles-Auguste. » Pour les cordes, il nous dit qu'il voulait tirer la toiture de côté et découvrir les décombres parce qu'on avait vu fumer, que le feu devait être allumé au moment où ça s'était écroulé et qu'on voulait éteindre de peur de l'incendie. Ils étaient déjà cinq ou six qui couraient vers le hangar de Martel. Tous ceux de Méa étaient dans le pré. Ils plantaient des piquets dans la terre. Ils étaient en train d'y amarrer avec des filins de fer la grosse toiture du hangar à moitié avachie dans l'eau et qu'on avait peur à la fin de voir partir. Elle aurait coupé le pont d'un seul coup. Ils essayaient aussi de sauver quelque chose autour d'un restant d'armoire et ils versaient dans un sac des tiroirs pleins de cuillers. On voyait toujours des gens venir du Serre. Au-dessus de la maison écroulée, dans le pré, je vois un type qui s'en va. Il avait les mains dans les poches. Il ne se pressait pas. Il allait vers le chemin de Pré-Richaud, mais à son aise, exactement comme s'il avait été sourd et aveugle. Je me dis : « Celui-là, s'il va chercher des cordes, il perd son temps. » Il y avait vraiment un risque d'incendie. On voyait fumer. Il y avait vraiment un gros risque de voir emballer toute la toiture par la force de l'Ebron. Ils enfonçaient les piquets dans la terre du pré. Nous nous sommes mis à tirer sur la toiture avec des cordes. Elle ne venait pas. Une toiture en ardoise qui avait tout écrasé sous elle. Je dis : « Vive Dieu qui a conservé la vie à deux créatures. » On me dit qu'on n'était pas absolument sûr que Madeleine soit à Chaussières avec la petite. La toiture pesait là-dessus comme une meule de plomb. Je dis qu'on aurait dû le demander à Fernand. Il n'a jamais répondu à ça. Il s'est précipité en bas avec ses planches. « Moi j'y vais, dit Chaudon, et à moi il faudra qu'il réponde. » Mais on n'a plus trouvé Fernand. Et quand on l'a su, tout le monde s'est arrêté d'enfoncer les piquets ou de tirer les poutres. Moi je pensais à celui-là qui s'en allait vers la forêt comme un sourd et un aveugle. On a cru qu'il était seulement là tout près. On a cherché, on a appelé. Alors, on s'est dit qu'il avait dû avoir un coup de masse et qu'il devait monter dare-dare dans la montagne. Et Chaudon m'a dit : « Toi qui sais d'où il est parti, monte derrière lui, va le chercher. »

— Tu es parti juste après lui alors, dit Boromé ?
— Eh non, parce qu'à ce moment-là je dis : « Bon ! » Et je me dis : « Tu vas aller chercher ton sac et prendre tes raquettes », parce qu'avec ce plafond de ciel et cette pluie, qui alors avait repris son train, je pensais trouver de la neige à partir de Val-Travers. Je retourne au pont. Impossible de passer. l'eau affleurait. Un grand sapin était embranché dans la pile du milieu. Ah ! Et puis je me dis : « Passe quand même. » Le ciel était plein de grands gestes. Je me lance et j'arrive du côté de Méa sans savoir comment, avec, sous les pieds, la sensation d'avoir été carrément porté là par le bondissement

de l'eau. Dans Méa personne. La rue vide. Ils étaient tous de l'autre côté, je t'ai dit. La mère Joraz était à sa fenêtre. Elle m'appelle. Et les autres, alors ? Ils ne voient pas que le pont va casser. Et alors, qu'est-ce qu'ils font de l'autre côté ? Ça s'est écroulé, eh bien, ça s'est écroulé, et puis quoi ? Si jamais le Vaudrey et l'Ebron se réunissent par là-haut dessus comme ça semble, ça nous en fera danser bien plus, ici, à nous autres. Au fond de la rue on entendait la Tialle qui sautait par-dessus le pont de Château. Bougre, je me dis : « C'est vrai. » Mais enfin je remonte le chemin de Barrat. La maison était bouclée. Ils avaient dû partir tous aussi. Mais alors, juste au moment où j'allais descendre chez moi, je dis : « Seigneur, comment pouvez-vous permettre une chose pareille ! » La Tialle tenait maintenant tout le large de la terre. Il avait au moins cinquante mètres de large. Il descendait carrément de Rioufroid chargé de terre jaune, avec des eaux qui ne dansaient pas et qui filaient si vite qu'elles étaient aplanies et luisantes comme un aiguisage. Mes champs en bas dessous étaient déjà couverts et je voyais trembler mes pommiers. J'entre chez moi. Je me dis : « Eh bien, voilà. » J'avais allumé la lampe. Je voyais tout tranquille ici dedans, les casseroles et mon poêle, mais dehors j'entendais souffler le Vaudrey et je le revoyais à dix mètres par là-bas derrière en train d'arriver avec de l'eau sournoise jusqu'à mes groseilles. Je me dis : « Planque toujours le fusil », avec l'idée de le laisser chez Barrat en passant. Je fais mon sac, je sors, je ferme. Mais alors...

— Écoute, dit Boromé!

Ils écoutèrent.

Il y avait eu dehors comme le claquement d'une grosse corde de violon. Le bruit chanta rapidement dans les échos puis une goutte d'eau tapa à la vitre.

— Alors?

— Eh bien, je remonte chez Barrat. Ils n'y étaient toujours pas. Je laisse le fusil dans l'encoignure. Je descends vers Méa en pensant à ce sacré pont. Dans Méa personne. Il commençait à faire nuit. De la lumière à la poste. Ils me disent : « Entre un peu. » La postière, Emmeline, Julie Charasse, la mère de Picart, sa femme et Augustine Polon. Je leur dis : « Quoi ? » Ils me disent : « Le pont a sauté — Lequel ? — Les deux. » « Bougre, je me dis. Et moi alors ? Il faut que je monte derrière Fernand Sauvat. Plus la peine de penser au chemin véritable de l'autre côté de l'Ebron. » Alors, comme tu aurais fait, je pense à faire route droit en haut par Pré la Dame. Et je reprends le chemin des châtaigniers. Je t'ai dit que c'était presque nuit. En même temps était venu le bruit. Il semblait que le jour l'avait tenu à bras tendu loin de nous. Mais maintenant, alors, pardon, il était là. Les quatre ruisseaux soufflaient tous les quatre d'une manière différente. On aurait dit quatre animaux. C'est là qu'au milieu du bruit j'ai remarqué ce que tu as dit tout à l'heure avec la chienne de Leppaz. Je me suis d'abord demandé ce que c'était tous ces coups qui frappaient les portes des étables. Et j'ai pensé que les bêtes avaient faim. Mais je me dépêchais vite, je voulais passer le « Pas de l'âne » avant qu'il fasse tout à fait noir. Ça va. Juste au-dessus, vers chez Dauron, j'entends courir. Je fais : « C'est toi, Sauvat ? » C'était Maurice. Il me dit : « On est foutu ! Alors, moi... »

Il resta le doigt en l'air, la bouche ouverte.

La corde de violon venait de claquer encore une fois, mais cette fois très fort, un coup aigu qui trancha la profondeur des forêts.

— Qu'est-ce que c'est ?

Boromé fit signe d'écouter. Ils respiraient à peine.

— Allons voir.

Sarah alluma la lampe-tempête. Marie avait caché sa bouche dans ses mains.

Dehors la lampe éclairait à peine une petite boule rousse à la hauteur du ventre de Boromé et de Bourrache.

— Allons, viens doucement, dit Boromé, c'est par là à gauche.

Tout autour c'était le nuage en mouvement à ras du sol et des flocons passaient en étouffant la flamme du fanal.

Ils étaient sortis de ce petit couloir que faisaient la ferme et les étables. Ils entendaient la forêt devant eux.

— Marche derrière moi dans mes pas, dit Boromé.

On ne pouvait rien distinguer, ni d'un côté ni de l'autre.

— C'est dans la forêt, dit Bourrache. On commence à entendre.

Ils montèrent le talus et traversèrent un taillis de framboisiers pourris. Ils marchaient maintenant dans une sorte de pré bâtard armé de gentianes droites qui apparaissaient noires dans la lumière de la lanterne. Ils étaient presque dans la forêt. Le nuage gémissait doucement en s'écorchant dans les branches.

— Nous sommes juste au-dessus de Verneresse, dit Boromé, ne t'envoie pas sur la gauche, appuie plutôt un peu vers la droite.

— Arrête, dit Bourrache.

— Où es-tu?

Boromé haussa le fanal.

— Ne bouge pas. Je suis entré dans la boue jusqu'aux genoux. Attends.

— Je ne te vois pas.

— Ne bouge pas d'où tu es. Je suis entré tout d'un coup dans la boue. Attends.

Il l'entendait souffler.

Le fanal éclairait un rond d'herbe. A la limite de la lumière, entre le nuage et l'herbe, Boromé vit se traîner doucement une masse noire, ronde et épaisse, pareille à une langue de bœuf.

— Ça coule, dit Bourrache, peu à peu je la sens couler entre mes jambes.

— Dépêche-toi.

Il entra dans le rond de lumière.

Il avait des bottes de boue jusqu'au-dessus du genou.

— J'ai fait un pas à droite, dit-il, et tout de suite je me suis enfoncé. J'entendais ramper dans l'herbe depuis un moment. Regarde.

Ils baissèrent la lanterne, l'approchant de cette épaisse langue de bœuf qui aplatissait l'herbe. C'était de la boue. C'était l'avancée d'une énorme masse de boue que peu à peu ils commencèrent à voir en tendant la lanterne à bout de bras. Devant eux, elle pouvait avoir tout de suite un mètre, puis deux mètres au moins d'épaisseur. A droite et à gauche elle s'étendait. Ils longèrent le bord. D'un côté elle allait jusqu'au rebord de Verneresse. Elle atteignait presque la pente du précipice. De l'autre, elle allait jusqu'au vieux dessouchement de sapin. C'est-à-dire, comme le calcula Boromé, presque au-dessus des étables. Elle avait à peu près partout la même épaisseur. C'était un mur, immobile. Puis, tout doucement, ses grumeaux se gonflaient. De petits comme le poing ils devenaient plus gros que des têtes de bœuf. Ils coulaient lentement comme du mortier. Ils s'avançaient à plat dans l'herbe et s'arrêtaient. On était obligé de reculer. Ça s'était déjà avancé de plus d'un pas, deux pas, trois!... Ça descendait de Sourdie. On ne pouvait pas en voir toute l'étendue à cause de cette lampe qui n'éclairait pas assez loin.

III

CAMPEMENT DANS LE MARÉCAGE

Bourrache était parti de là-haut après à l'aube et il descendait à travers la forêt. Il avait attendu le jour pour voir un peu toute cette avancée de boue. On pouvait la regarder tant qu'on voulait avec la lanterne, aller d'un côté et de l'autre dans la nuit ; ça n'apprenait rien, sinon que ça avait l'air têtu et que, pour le dehors, ça ressemblait à de la peau de crapaud. Avec le jour (quoique ça soit à peine du jour, ce qu'on avait eu, ce qu'on avait encore, maintenant, avec ces nuages terreux et lourds) on avait pu se rendre compte. Ça n'était pas très beau. Ça avait cent soixante-quatre pas de large. En réalité, la force lente qui poussait pesamment ce ventre de boue de plus en plus loin dans le pré bâtard semblait le diriger vers le gouffre de Verneresse. A un moment donné, comme l'aube bleue était en train de faire un gros effort pour soulever les nuages, ils avaient vu presque toute la pente de Sourdie et ce fleuve de mortier suspendu sur eux avec sa charge d'arbres enchevêtrés, et, en effet, ça avait plutôt tendance à appuyer vers le gouffre. Ils avaient même pu distinguer là-haut le premier dérochement dont la déchirure avait claqué comme, dans la nuit, une grosse corde de violon. Il y bouillonnait un peu d'eau. Ils avaient regardé sur tout l'éboulement pour voir si elle y coulait. Ils ne purent pas se rendre compte et au bout d'un moment ils entendirent le petit bruit d'un fil d'eau tombant dans l'à-pic de Verneresse. Tout indiquait bien que ça allait vers la gauche. Et Chêne-Rouge est à droite. Mais l'embêtant c'est cette masse de boue qui est entrée dans le dessouchement des sapins. Boromé a dit que c'était ce salaud de plainier qui avait fait ça. Qu'est-ce qu'il comptait faire en dessouchant ce bout de forêt? Il y en a qui ont de drôles d'idées. C'est bien le coup d'un type des basses-terres. Qu'est-ce qu'il croyait que c'était cette forêt? Un champ d'avoine? Il croyait qu'en fauchant les arbres il allait trouver dessous un champ tout prêt. De ce côté-là c'est pas très clair. Ça vient droit sur les étables. Et à cause de ce garçon la terre n'est pas solide. D'hier soir à ce matin ça a fait trois pas. Au milieu de la nuit ils avaient commencé à creuser une tranchée en biais inclinée vers la gauche, tracée à cinquante mètres au-dessus des étables. Ils avaient sondé avec des tringles de fer :

— Tiens, viens voir ici.

Boromé approcha la lanterne.

— Appuie un peu, toi.

Boromé posa la lanterne dans l'herbe.

Il essaya d'enfoncer plus profondément la lar-

doire. Elle devait avoir touché le rocher. Il la retira
et mesura l'épaisseur.

— Ça serait bon, dit-il, c'est à presque un mètre.
Ça a l'air solide. Moi, là-bas, je suis encore dans le
mou.

— Vois ce que c'est, dit Bourrache, attends,
donne.

Et il enfonça la lardoire comme il aurait enfoncé le
couteau dans la gorge d'un porc, comme dans le
ventre d'un porc sauvage. Il était crispé de toute
sa force sur la poignée de la lardoire, ayant retrouvé
un petit rire sauvage, venu de loin.

— Je touche.

Il remua l'arme dans la blessure. Il la retira.

— Éclaire voir.

Il cueillit le petit morceau de terre blanche qui
était resté à la pointe du fer. Il l'écrasa dans sa
paume.

— Ça a l'air d'être du grès, dit Boromé.
— C'est du grès blond.
— L'affaire est bonne.
— Il me semble.
— Moyennant qu'on retrouve cet os-là dans
toute la bonne direction.

Et Boromé traça du doigt dans la nuit une ligne
qui protégeait ses étables. Ils étaient allés chercher
des branchettes de tremble dans la grange et ils
avaient peu à peu sondé et piqueté tout le tracé de
cet os de grès. Il dessinait exactement la forme d'une
faucille avec son manche. Et on était à peu près sur

le bord. Il s'annonçait comme un os épais. Comme l'os de l'épaule dans un bœuf. Sous à peine un mètre de terre. Par rapport à cette grande faucille et à son manche qui se dessinait assez bien dans l'aube grâce aux feuilles sèches des rameaux de tremble, les étables étaient à quarante ou cinquante mètres derrière, à peu près à l'endroit où se serait trouvée la virole.

— Et d'ailleurs, dit Boromé, quand ils ont bâti Chêne-Rouge, ils ont dû se rendre compte de ça, et tout cet os doit continuer sous les bâtiments.

— Alors maintenant, allons-y.

— Tu ferais mieux de te reposer un peu, toi qui es en montée depuis deux jours.

— Je n'ai pas plus envie de dormir que toi de danser.

Ils avaient commencé à creuser le fossé sur tout le parcours de la faucille. Il avait un mètre de large. Le côté vers la boue était taillé en biseau. Le ventre de boue était à ce moment-là à une vingtaine de mètres au-dessus. Ils avaient planté devant une grosse branche de tremble. Ils rejetaient la terre du côté des étables. C'était bien un os de grès blond en bas au fond. Solide. Dans un mètre, des fois cinquante centimètres de terre facile et qui s'arrachait comme des lanières de lard. Quand le jour essaya d'éclairer, ils avaient déjà creusé le manche de la faucille et un peu de la lame. C'était déjà très bien. Mais la grosse branche de tremble avait été renversée et presque à moitié recouverte. Mais d'un autre côté, c'est à ce moment-là qu'ils entendirent l'eau tomber dans le gouffre de Verneresse et, autant qu'on pouvait savoir, cet os de grès était bien un bon os d'épaule sur lequel on devait pouvoir compter.

— Je suis obligé de te laisser, dit Bourrache.
— Alors, bonne chance, dit Boromé.
— Bonne chance à toi.

Devant la ferme, la porte était ouverte. Ça sentait la soupe. Il entra. Marie dormait, la joue écrasée contre le bois de la table.

— Crois-tu que je peux lui porter la soupe? dit Sarah.

— Attends, dit-il, il viendra bien quand ce sera son heure. Mais donne-m'en un peu, tiens.

Il mangea sa soupe avec tant de force que le sac dont il s'était déjà harnaché en tremblait derrière son dos. Il était penché à pleines épaules sur sa grosse assiette. Il s'essuya rudement toute la barbe et soupira.

— Au revoir, Sarah. Ne t'en fais pas. Je crois qu'ici dessus vous pourrez tenir, comme il a été écrit, jusqu'au moment où l'ange s'éloignera, traînant ses ailes ferrées le long des corridors célestes. Au revoir, Sarah.

Maintenant il descendait à travers la forêt.

Pendant toute la matinée il traversa le nuage. Il descendait en droite ligne comme un fil à plomb sans se soucier ni des chemins ni des pistes de traînages ; il se laissait tomber carrément dans les pentes les plus raides, embrassant les arbres de droite et de gauche, se lançant de l'un à l'autre, se recevant en bas d'un coup sur ses gros jarrets, avec toujours le geste de se frotter la barbe avec ses poings comme un écureuil qui mange des faînes. Il sautait et il repartait ; son poids l'emportait. Boulé un peu en avant, la tête dans les épaules, avec le même appétit que pour la soupe, il s'enfonçait à travers la forêt, à travers le nuage sombre dans le craquement de sa veste de cuir. Enfin, loin dessous lui il vit que le nuage s'éclaircissait entre les troncs d'arbres. Il était à peu près midi et demie à sa montre. Il devait se trouver dans cette Verneresse presque perpendiculaire qui, d'en bas, ressemble aux jambes de Dieu assis sur son trône. Il tomba là-dedans à toute vitesse dans la rainure d'un petit torrent dont il écrasa l'eau noire et les pierres, suivi d'un ruissellement de pierraille et de boue. Il se reçut encore en bas, d'aplomb et solide, regarda sa montre. Deux heures. Il s'était un peu trop déporté vers la droite. Impossible de rectifier. Sur la gauche c'était la profondeur entre les genoux de Dieu où coulait l'Ebron. Il l'entendait gronder faiblement. Alors, quoi, il s'était un peu trompé. Au lieu d'arriver en face de Méa entre l'Ebron et la Tialle, il allait arriver en face du Serre, en face de Villard-l'Église, entre l'Ebron et le Sauvey, du côté de la catastrophe de Sauvat. Les eaux avaient dû se calmer. Ils avaient dû refaire le pont. Il passerait par Méa. Il fallait reprendre le fusil chez Barrat. Dans une heure à peu près il sortirait du nuage et

Campement dans le marécage

il verrait la vallée. Il tira en avant, se méfiant à la fois de sa droite et de sa gauche.

Cette profondeur du nuage était plus claire et se déchirait entre les branches nues des fayards. Un peu de pluie commença à claquer sur sa veste de cuir. Il marcha lourdement dans un pré tout juteux, à peine en pente. Il traversa un bois de fayard. L'eau coulait sous les feuilles mortes. Il se laissa tomber le long d'un pierrier. A chacun de ses grands pas ses souliers creusaient des trous qui se remplissaient d'eau claire. Il traversa une pâture, glissa au milieu d'érables et de trembles, fit trois sauts dans des rochers en appuyant sa main sur des dos de grès, creva les bras hauts des taillis de framboisiers. Trois heures et demie.

Il enfourna sa montre sous sa ceinture de laine et il se pencha encore plus vite en avant. Il entendait chanter des cascades. Il dévala une longue pente de prés bourrus ; l'eau giclait autour de lui. Il courut dans une glissière de glaise, arriva dans un abattage d'arbres, sauta des troncs écorcés, ouvrit la porte d'une cabane de branchage, frotta son briquet. Il entendit miauler un nid de belettes au fond du bûcher. Il courut dans la coupe entre les arbres clairsemés. Il sauta un talus, tomba sur une route, marcha jusqu'en vue du tournant, obliqua à gauche, sauta dans la forêt, glissa dans la pente, se retenant aux branches et aux buissons, suivi d'une violente odeur de sève de marigot. Il retomba sur la route, la suivit en sens inverse, le temps de prendre sa longue cadence de pas régulier. Le sac dansait sur ses épaules ; son gobelet de fer sonnait en tapant régulièrement sur une boîte de conserve. Il finissait de traverser le nuage. Il était au bas de Verneresse sur la jambe droite de Dieu, sur un chemin qui serait comme la lanière de sa sandale, juste un peu plus haut que la cheville. L'eau chantait de tous les côtés et dans les talus faisait trembler les bardanes comme du vent. Il arriva dans la grande prairie entourée de rochers. Il abandonna le chemin, marcha silencieusement dans le pré, traversa le chemin en trois pas sonores, entra dans le pré, retrouva le chemin, entra dans le pré, abandonna le chemin résolument et plongea à pleine course dans la dernière courbure de la cheville de Dieu. Il sentait que la pente s'amollissait lentement devant lui. Il traversa une mince lisière de fayards craquants. Il se retint à une branche. Il venait de sortir de la forêt et du nuage. Il essuya ses sourcils pleins de pluie et de sueur. Il lâcha la branche ; il l'entendit frapper des feuillages ; il fit quelques pas en avant pour être au clair. Il souffla.

Quatre heures. Toute l'épaisseur des nuages et des forêts était maintenant au-dessus de lui. Il pleuvait et le temps était sombre. A travers la pluie il vit l'autre montagne en face avec ses murailles extraordinairement vertes, plus vertes que d'habitude, avec leurs sapins lavés, gonflés de cette sauvage fraîcheur d'ici dessous qui sentait la sève et l'herbe. Mais on pouvait à peine distinguer le fond de la vallée. Il n'était pourtant pas très bas là-dessous, mais il était uniformément couleur de plomb. Jamais de la vie il n'était comme ça, plat et silencieux. Silencieux parce qu'à part une sorte de gargouillement qui avait l'air d'être partout, qu'est-ce qu'on entendait? Presque rien, même pas le bruit des torrents ; enfin, à peine. Comme si, au lieu de couler dans des rochers, ils coulaient dans de la soie et de la mousseline. Cette couleur de plomb faisait drôle! Ça avait l'air d'être aplani partout.

Le jour baissait vite. On voyait Château sur son rocher immobile, entouré de ce plomb qui le cernait étroitement à la hauteur des greniers de Pierre-le-Camard. Ayant presque recouvert ces greniers jusqu'à la limite des grandes toitures de chaumes. Autant qu'on pouvait juger parce que c'était loin à travers la pluie. De la cerisaie il ne restait plus rien. De Méa presque rien ; une frisure noire avec le dessin de la rue. De grandes ombres marchaient à travers la vallée, debout comme des personnes humaines, faites de pluie et de soir ; leurs pas s'enfonçaient dans ce parquet de plomb, laissant de grandes traces qui blanchissaient, s'élargissaient, s'effaçaient.

Dieu sauveur! Il ne fallait rien dire contre le nuage, ni contre la pluie, ni contre le soir. Le nuage était là-haut dessus et la pluie n'était pas si forte que ça pour empêcher de voir à travers. Elle n'était pas serrée du tout. Elle était bien éclaircie, au contraire, cette pluie qui ne tombait pas en taillis, mais se dressait comme une futaie avec des arbres d'eau, à travers leurs avenues bleues, drus et droits qui laissaient bien voir. Rien qu'en bougeant un peu la tête de droite à gauche. Pendant que les grandes ombres marchaient sur ce plomb mou, poussant devant elles des rides qui élargissaient de grands cercles jusqu'à la fourrure des bords. Bougre! C'était sans doute une sorte de brume, car on ne voyait pas l'Ebron, ni la scierie de Fernand ; on ne voyait pas plus ni le Sauvey, ni la Tialle, ni le lointain Vauvrey là-bas, derrière Château, ni les grands vergers de poiriers. Peut-être en regardant bien, car il y avait à certains moments, entre les passages de la pluie, quelque chose de sensible juste à ras de ce plancher de brumes. D'ici ça ressemblait à un dos de mouton noyé avec sa laine qui émerge de l'eau comme une île fourrée de sureaux fleuris. Ça devaient être les vergers engloutis. On voyait aussi dans le fond une sorte de longue belette qui passait le long de la montagne d'en face, juste au pied, contre la fourrure des bois. Ça devait être le Vaudrey. Non pas que ce soit exactement sur sa route, mais ce long dos jaune qui houlait souplement sans bruit au ras des bois avait bien l'air d'être du même poil que cette eau lourde descendue des crassiers montagnards.

La nuit venait. Elle avait déjà caché tout ce côté de Villard-l'Église et du Serre. Plus moyen de voir une seule habitation d'homme. Villard-le-Château sur son rocher redevenait du rocher. Bourrache commença à descendre lentement, se balançant sur ses hanches. Il avait allumé une pipe. Il tirait durement sur le tabac humide. Ses pas dans l'herbe ne faisaient pas de bruit. Il n'y avait que le claquement régulier de ses lèvres et la petite bouffée de fumée qu'il soufflait. Même... quoi... Il n'y avait pas de bruit et rien ne bougeait, sauf lui qui se balançait lentement, d'un pas sur l'autre, et le petit bruit de ses lèvres qui claquaient en s'ouvrant sans lâcher le tuyau de pipe ; et le bruit de sa barbe gonflée d'eau qui s'égouttait sur sa veste de cuir. Même qu'il fallait aller lentement, regardant ça en bas dessous, en écrasant de temps en temps la pluie dans ses sourcils, avec son poing, comme un ours qui se déglue. La solitude et le silence ; et lui qui descendait lentement le pré en fumant la pipe, le long de cette dernière courbe amollie qui est comme le pied de Dieu posé sur la terre. Au bas du pré il retrouva le chemin et il le suivit qui filait de biais dans l'ombre. Il avait pris sa lente marche de fenaison pour aller d'un champ à l'autre, quand il n'est pas nécessaire d'aller vite, mais de bien réfléchir en marchant. Il entrait de plus en plus profond dans une combe étroite, dans des pentes d'herbes hautement cernées de sapins plus noirs que la nuit. La solitude était complète. Le chemin coulait en ondulant le long d'un défilé d'herbes et d'arbres et à travers la nuit luisait ce vert profond des feuillages humides. Bourrache renifla le creux de sa main. Il y avait une odeur d'entrailles de poissons, mais pas sur sa main comme il l'aurait cru. Il fouilla dans la

poche de son pantalon pour voir s'il n'y avait pas
là-dedans des écailles ou bien de vieilles joues de
truites parce qu'il fourrait les poissons dans sa
poche en pêchant. Mais, ça n'était même pas le
pantalon qu'il mettait pour la pêche. Il y avait
pourtant une odeur d'entrailles de poissons et de
marécage, une odeur d'eau immobile et même d'assez
grandes eaux car peu à peu on comprenait que
l'odeur occupait un large espace, comme le suint
au-dessus d'un grand troupeau.

Il continua à descendre le chemin. Rien qu'en
s'appliquant sur ses yeux, la nuit allumait dans la
combe de grandes plaques de verdures trop vertes
et tout d'un coup trop lumineuses pour être véritables. Elles s'éteignaient et il se remettait à onduler
dans la nuit comme sur un dos de lézard, le long
des pentes de la combe comme la trace des allumettes
de phosphore quand on les frotte contre le mur.
Cette verdure extrêmement puissante des murailles
de la forêt flottait encore en lambeaux devant ses
yeux. Il faisait de plus en plus frais et humide. Il
entra dans le dernier détour, plus noir de nuit que
les autres. Il arrivait au fond. Brusquement il s'arrêta.
Il venait de mettre les deux pieds dans l'eau froide.
Elle le serrait fortement au-dessus du genou. Il fit
un pas en arrière. La prise de l'eau glissa le long de
ses jambes. Il regarda derrière lui. C'était la nuit
noire sans profondeur. Il regarda à ses pieds. Il vit
courir un reflet puis s'aplatir une plaque de plomb
gris. Il la vit peu à peu s'élargir. Elle monta presque

jusqu'à la hauteur de ses yeux. Là, une ligne droite la séparait de la nuit noire. Il savait qu'il était à peu près à cent mètres de la petite ferme de Rodolphe Moussa.

Il appela.

Sa voix frappa sur une chose plate, sauta deux fois et s'éteignit.

— Ah! Clément, dit-il, il s'agirait de savoir un peu si ce machin-là est large ou bien s'il est haut.

Cette masse grise était en effet arrêtée par la nuit juste à la hauteur de ses yeux. Il appointait tant qu'il pouvait son regard, essuyant quatre ou cinq fois ses gros sourcils avec ses poings comme il en avait l'habitude. Il étendit le bras devant lui et ne rencontra rien. Il fit un pas et entra dans l'eau jusqu'aux genoux.

— Ah! dit-il, ça c'est des blagues.

Il fit encore un pas : l'eau monta jusqu'à ses cuisses et toucha ses mains (car il était entré là-dedans bras ballants, comme un ours, la tête boulée dans les épaules). « Et merde, dit-il en se souvenant qu'il avait son briquet dans la poche de son pantalon, je l'ai noyé. » Il se fouilla. La poche était pleine d'eau. « Reviens voir. »

Il retourna sur le chemin sec. « Ça serait peut-être le ruisseau de Rodolphe qui a gonflé. » Il n'y avait pas le moindre bruit d'eau courante. « Sauvagerie! Monte un peu par côté le long du bois de sapin. » Là il était complètement sorti du vallon. Il n'y avait qu'à descendre droit dix mètres, et il était dans la vallée, dans une éteule de seigle, puis un petit chemin qui tournait à droite entre des haies. L'éteule craqua sous ses souliers. Le pas d'après il entra dans l'eau jusqu'aux genoux. « Sacrée sauvagerie! » Il recula. Il était de plus en plus boulé tout entier et ramassé dans ses gros os ; il entendait claquer les muscles de ses épaules de chaque côté de sa tête. Il ouvrait et fermait ses larges mains. Une tiédeur montait de l'éteule. Ici, il était plus directement devant cette barrière de plomb. Peu à peu le souvenir vert de la forêt s'en alla de ses yeux. Il commença à apercevoir quelque clarté dans la nuit. C'était une eau plate. Elle arrivait là jusqu'à ses pieds, et puis, à à partir de là, elle avait l'air de s'étendre partout uniformément sous la nuit, étalée sur tout le fond de la vallée, immobile, sans un bruit, sauf le léger grincement qu'elle avait là dans l'éteule en frottant cette brosse du seigle fauché. Il s'essuya les sourcils, appuyant durement son front sur ses poings, écrasant des lumières rouges dans ses yeux. Un coup de vent souleva la voix de la vallée : un ah! sombre et long, prolongé d'échos, puis le gloussement lointain d'un éboulement dans de l'eau profonde. « Sauvagerie! » La pluie passa à côté de lui sur ses pieds de laine, fit le tour, frappa doucement dans la forêt, sur la peau tendue de toutes les feuilles sèches, puis, tout à coup elle se mit à danser sur les eaux, dans le bruissement de ses jupes de soie. Toutes les forêts prononcèrent à la fois un long mot disant que là — et là — et là-bas — les — longs — échos —

sonnaient pour les poissons — dans les sombres — trompes — des — bois!

« Sauvagerie! Il s'agirait peut-être de savoir quoi, pourquoi, où ils sont passés, eux tous! »

Il entendit un petit crépitement de voix humaines et il regarda en l'air parce que ça ressemblait à un chant d'oiseau. Pourtant c'était sur l'eau plate. Une flamme s'alluma qui s'échevelait et courait d'un côté et de l'autre sur un petit espace. Pas très loin de l'éteule de seigle, et même d'un coup elle fit une soudaine lueur qui éclaira brusquement une étendue d'eau rose, des haies, quelques arbres qui émergeaient brusquement, la barbe raide de l'éteule; pendant que les bonds d'une énorme forme noire luttaient avec la flamme dans des cris d'hommes et de femmes. Puis tout s'éteignit. Un gros corps plongea dans l'eau et se mit à nager. Ça venait par ici. Il était complètement boulé, serré dans la masse de ses os, les bras pendants, les épaules lourdes, penché en avant, caché dans l'ombre, prêt à bondir, ses gros souliers creusant doucement l'éteule pour s'assurer solidement d'aplomb, ses mains largement, largement ouvertes. Ça s'approchait. Il n'eut pas le temps de bouger. Un bloc de nuit jaillit de l'eau, passa près de lui en hennissant, le fouettant de sa queue mouillée. Une odeur de peau de cheval, le claquement d'un bridon, un galop qui s'étouffa dans les prés. Il n'avait pas bougé. Ses mains étaient encore ouvertes. La flamme s'alluma. Une petite voix lointaine appela :

— Oh! Coquet!
Il entoura sa bouche avec ses mains.
— Oh! Rodolphe!
La petite voix revint ; avec un grand espace tremblant entre chaque mot.
— Qui est là?
— Bourrache.
Il entra dans l'eau. Elle lui monta jusqu'au ventre. Il s'avança de l'endroit où il voyait bouger contre la flamme l'ombre de la haie noyée. L'eau baissa jusqu'à ses genoux. Il traversa la haie. Il sentit le chemin sous ses pieds, l'eau baissa usqu'à ses mollets. Il traversa l'autre haie ; l'eau monta un peu plus haut que son ventre. Il marchait dans un pré. Il voyait la flamme devant lui entre deux arbres. L'eau toucha sa poitrine. Elle était froide comme de la glace. L'eau toucha ses épaules. Il l'écartait avec ses bras. Elle ne bougeait pas. Elle sentait la boue et la truite. Il entendait glouter des bulles d'air partout autour. L'eau toucha son cou ; puis elle se mit à baisser le long de lui et il émergea près des arbres.

La voix appela encore :
— Oh! Coquet!
— Oh! Rodolphe!
— Mais - qui - est - là?
Il y avait maintenant un feu hautement embranché et il pouvait voir une sorte d'île basse, ronde comme un dos de bœuf. L'eau qui l'en séparait paraissait moins profonde : il en voyait émerger des chapeaux de ruche et l'extrême pointe d'une haie

de buis qui frisait l'eau. Il devait en avoir jusqu'au ventre. Il entra là-dedans. Oui. Il suivait la haie. Il cria : « Bourrache ! » Un homme était debout près du feu. Il y avait peut-être encore trois ou quatre mètres.

— Mais qui es-tu ? dit l'homme.
— Sauvagerie ! Je te dis que je suis Bourrache !

Il monta sur la petite butte pendant que les grandes poches de sa veste de cuir coulaient comme des ruisseaux.

— Quoi ? Rodolphe, alors qu'est-ce que c'est ? Qu'est-ce qu'il y a ? Alors quoi, qu'est-ce que tu fais ? Où es-tu ?

Il lui tapait sur l'épaule avec sa grosse patte d'ours.

— Quoi ? Je ne sais pas. D'où viens-tu, toi ? Oh ? Bourrache ! Je n'en sais rien. Alors quoi ? Mon mulet vient de s'échapper. Il monte dans le pré, là-haut au-dessus du seigle.

— Enlève ta veste. D'où es-tu passé ?
— Je suis venu droit. Laisse faire.
— Il y a beaucoup d'eau.
— Près des saules j'en ai jusqu'au cou.
— Enlève ta chemise, tords-la. Donne. Mets-la là-dessus.
— Il pleut.
— Ça va toujours un peu sécher, attends.
— Tu es seul ?
— Non. La mère est là-dessous.
— Où ?

Sur l'autre pente de l'île où il y avait un peu d'abri entre deux ou trois caisses et un cheval qui grelotta tout d'un coup avec un gros bruit en faisant sonner son harnais. Une vieille voix de femme s'éleva.

— Il vaudrait mieux être morte.

L'eau plate assourdissait les mots.

— C'est vous Marianne?

— Oui.

— Ah! mes pauvres enfants, dit Bourrache, ça alors, c'est un gouffre d'amertume! Mais qu'est-ce que vous faites là, vous deux au milieu de l'eau?

— Où veux-tu aller?

— S'en aller.

Il montra vaguement la nuit du côté du Serre et de Villard-l'Église.

— Il n'y a plus que de l'eau.

On entendait les barres de pluie drue qui marchaient dans la nuit en faisant résonner de larges espaces aquatiques.

Bourrache avait enlevé ses pantalons pour les tordre, les secouer, les faire sécher près du feu. Il était nu, accroupi, toujours entassé dans lui-même, couvert de touffes de poils blancs, grattant sa poitrine avec ses deux grosses mains, balançant cette large toiture de ses épaules, pendant qu'il regardait lentement de gauche et de droite cette nuit qui, dans la lueur des flammes, verdissait comme une impénétrable forêt.

— Nous sommes pire que des bêtes, dit la vieille femme dans l'ombre.

— Surveillez le cheval, vous, au lieu de dire.

— Alors, dit Bourrache, l'eau est partout?

— Je n'ai pas pu voir loin, il y a eu de la brume tout le temps, mais je crois que oui, plus rien ne parle. D'où viens-tu, toi?

— De Chêne-Rouge.

— Tu n'as rien vu d'en haut?

— A un moment oui, et si c'est de l'eau ce que j'ai vu, elle est partout. Comment c'est venu?

— Hier soir. Le mur s'est fendu. J'ai crié : « Oh! là! » Une pierre est tombée sur la table. On a couru dehors. Je suis allé voir. La terre coulait derrière la maison. Elle poussait contre le mur. La maison s'est couchée.

— Elle s'est couchée?

— Oui, doucement. Ça, c'était à peu près le matin. J'ai fouillé là-bas dedans, j'ai pris ce que j'ai pu. Le cheval était sorti seul, le mulet aussi.

— Et l'eau?

— Elle était là, tout de suite. En même temps. Elle monte.

— Elle monte?

Il prit une planche allumée.

— Viens voir. Tu vois, j'avais marqué.

Il avait planté une branchette de bouleau.

— Juste au ras. Et maintenant elle est dedans. Attends, je la recule.

Bourrache retourna s'accroupir près du feu.

— Oui. Et ça vient d'où?

— Je ne sais pas. Ce matin, le brouillard tenait là devant tout le grand espace. Mais je voyais à peu près la grange du Politou. Elle avait de l'eau jus-

qu'au chaume. Après elle s'est mise à naviguer.
— Qui ?
— La toiture.
— Quel sens ?
— La pente du Vaudrey.
— On n'entend plus ni le Vaudrey ni les autres.
— Ils doivent être engloutis sous les eaux, travaillés dessous, autrement, pourquoi ça monterait ? Et puis, précisément de ce côté-là où doit passer l'Ebron, presque en même temps il y avait un arbre qui se promenait sur le large, enfoncé droit dans de l'embrouillement de broussaille. Un sapin. Il a filé dans le brouillard. Je l'ai vu et je l'ai vu, puis il était par là-bas du côté du Serre ; puis...
— Et le Politou ?
— J'ai appelé, mais rien.
— Alors, ceux de Méa...
— Je te dis que je n'ai plus rien entendu. Le grand silence tout le jour, jamais rien. Juste cet arbre qui passait là-bas au large.

Personne.
— Quand tu es sorti de l'eau, je ne te reconnaissais pas.

Bourrache tourna vers lui ses gros yeux.
— J'ai faim, dit-il, en ce moment j'ai faim.
— Tu as un couteau ?
— J'ai le mien.
— Alors viens.
— Où ?
— Juste là derrière. Ça m'a écrasé une chèvre

quand le mur s'est couché. Tout à l'heure elle était encore hors de l'eau, viens.

— Attends, je mets ma veste.
— Laisse-la sécher.
— Elle est en cuir, dedans elle est sèche. Cette pluie m'a refroidi le ventre sans quoi j'allais jusqu'à demain sans manger.
— Si on voulait de la viande il y en aurait là-dessous.

Rodolphe montrait, échouée contre l'îlot, une toiture de bois dans un écroulement de murs.

— Il y a le veau là-dessous. Il y est resté.
— D'ici un jour ou deux il va pourrir.
— Oh! dit Rodolphe, un jour c'est long. Tiens, elle est là.

La chèvre n'émergeait plus que de tout son arrière-train. Une corne fine comme la pointe d'un épi sortait de l'eau. Un goudron de sang flottait entre les pierres. Bourrache ouvrit son couteau. Il s'agenouilla près de la bête. Il lui écarta les cuisses.

— C'était une bonne laitière.
— Une fille d'or, dit la voix de la vieille femme.

Il fendit la peau près des mamelles. Du lait bourbeux poissa le couteau. Il l'essuya dans les poils, pesa sur la cuisse, fit craquer l'os, trancha les tendons, la chair, la peau.

— On prend l'autre aussi?
— Prends.

Il coupa l'autre cuisse. Les mamelles crevées des deux côtés dégorgèrent du lait caillé.

— Il faudrait l'enlever de là, maintenant. Elle pourrira plus vite que le veau.

— Si l'eau avait seulement un peu de courant.

— Elle en a, regarde.

Le lait et le sang se tordaient lentement sur l'eau en direction de la nuit verte.

Ils poussèrent la chèvre hors des pierres ; elle commença à flotter, puis à s'en aller dans le sang qui s'élargissait autour d'elle comme un pelage magique.

— Hommes du diable, dit la vieille femme.

Elle frappait la terre avec son poing. Ils retournèrent près du feu.

— Taisez-vous, dit Rodolphe, en passant près de l'abri, et donnez-moi le trident.

Ayant écorché la cuisse de chèvre ils la présentèrent à la flamme, au bout de la fourche de fer. La pluie grésillait sur la viande en train de rôtir.

Ils avaient cassé la cheville et jeté le sabot ; l'os de la jambe commença à brûler. La barbe de Bourrache luisait de salive.

— Pardonnez nos offenses, dit-il.

« Je ne peux guère attendre. »

Il retira la fourche du feu et mordit dans la viande à peine cuite. Un peu de sang coula dans sa barbe. Il remit la fourche au feu.

— Tu me donnes faim.

La vieille sortit de l'abri et s'avança.

— Je n'ai guère pensé à manger, dit Rodolphe, mais tu me donnes faim.

— Vous êtes comme des loups, dit la vieille.

Bourrache releva ses sourcils, découvrant ses gros yeux paisibles couleur de violette.

— Le corps réclame, Marianne.

Il tapa sa poitrine avec son poing. Il mâchait durement. Il retira la fourche et coupa avec son couteau une longe de viande déjà cuite.

— Tenez, Marianne.

Elle avança sa main sèche. C'était une vieille femme droite et maigre dans les épais jupons noirs. Elle se mit à sucer la viande entre ses lèvres de bois.

— Donne-m'en un bout, dit Rodolphe.

Bourrache cassa l'os sur sa cuisse nue.

Maintenant c'était cuit.

— Plus mangé depuis ce matin.
— Descendu d'un trait de là-haut?
— Oui.
— Bonne marche.
— Le monde est fait pour courir. Pas rassuré sur tout ça ici. Languissais de voir le fond. Je l'ai un peu vu tout à l'heure. Tout couvert de plomb.
— L'eau?
— Je crois.
— Jusqu'au Serre?
— Au-delà.
— Savoir pourquoi?
— Défaut — il mâcha longuement dans sa barbe noircie de graisse charbonnée — défaut d'écoulement dans les gorges, au-delà de Château.
— Ça va si loin que ça?

— Au-delà même, et de la cerisaie, et plus loin. Je croyais que c'était du brouillard.

— Je me suis demandé, dit Rodolphe — mais il venait de se réveiller tout affamé, avec un grand creux dans les boyaux, et il mangeait de toutes ses forces, étonné de retrouver comme ça l'espérance avec ce jus de chèvre cuite qui coulait dans son gosier — je me suis demandé où ça allait. Je n'ai pas cessé de regarder de tout le jour. Rien. A part cet arbre qui passait, raide comme un arbre planté. Je me suis demandé s'il ne restait plus personne. Je me suis dit : « Alors, c'est la fin du monde ? Alors, quoi, où ça va comme ça ? » Et, je t'ai dit, il s'enfonçait doucement dans le brouillard comme si maintenant c'était l'habitude. Et je me suis dit : « Faudrait que tu voies par-delà Travers. » Ah ! bigre, j'avais beau, pas possible de voir plus loin que chez Politou. Et puis voilà que ça s'en va aussi. Ah ! non ! Alors j'ai dit : « Ah ! non ! Alors quoi, plus rien ? Alors il ne reste plus rien tout autour ? » Plus rien. Il n'y avait plus rien. La toiture de Politou qui s'en allait là, comme un bateau ! Et puis alors plus rien, ni à droite ni à gauche, rien que nous deux ici dessus, la mère et moi, et le mulet, et le cheval. Attention au cheval, mère !

Elle fit claquer ses lèvres de bois du côté de l'ombre et le cheval s'approcha lentement avec ses gros pas paisibles.

— C'est plus affectueux, dit Rodolphe.

La bonne tête basse apparut à côté de la mère.

Le cheval ouvrit les yeux pour regarder le feu.

— C'est d'une plus grosse affection que les mulets et tout le reste. Tu paries qu'il mange la viande? Il doit avoir faim lui aussi.

Il lui donna un bout de viande. Le cheval la renifla en découvrant ses dents plates, puis le bout de son museau s'avança comme un doigt noir et il le prit.

— Il n'a plus rien mangé depuis hier.

Le cheval mâchait la viande entre ses dents jaunes. Il avait retroussé ses babines le plus haut possible et, de temps en temps il secouait la tête, comme s'il faisait quelque chose de défendu, mais il mâchait soigneusement. Il n'osait pas avaler. Il bavait une salive rousse.

Il avala la viande. Il resta stupide, immobile, l'œil fixe, avec des lueurs méchantes dans ses yeux roux qui reflétaient le feu, au-dessus de sa mâchoire aux longues dents sur lesquelles ne s'abaissaient plus les babines. Il baissa la tête vers ce qui restait de viande crue.

— Plus rien, dit Rodolphe, plus rien tout autour. Seuls. Pas un bruit. La solitude. Seuls.

— Sauvage! dit la mère — elle frappa le cheval derrière l'oreille à coups de poing. — Tu vas manger de la viande, toi maintenant, abandonné de Dieu!

— Ça n'est pas vous en tout cas qui pouvez juger les occupations du Seigneur, Marianne!

Bourrache fouilla ses poches de veste.

— J'ai du tabac mouillé, tiens.

Il en donna un creux de main à Rodolphe.

Lui, il fit une boulette de tabac entre ses doigts et il la mit dans sa bouche pour chiquer.

La pluie était fine comme une toile d'araignée. Elle fumait en vapeur au-dessus du feu. Des bruits profonds marchaient sur les eaux.

— Et pourquoi l'eau monte?

— Je ne sais pas, dit-il. Je me demande. Il y a quelque chose de perdu. Depuis un moment, dit-il ensuite, je regarde là-bas en face. Il me semble qu'il y a une clarté dans mon œil.

C'était un peu au-dessus des eaux, très faible, une flamme qui essayait de se débrouiller des ténèbres et palpitait comme une respiration vivante.

— Tu la vois, toi?

— Je vois comme un sang.

— C'est pas dans ton œil?

— Non, je l'ai frotté.

— Alors, ça existe.

— Oui, c'est en l'air.

Bourrache s'était dressé. Il s'avança jusqu'au bord de l'eau. Les bras pendants, il ouvrait et fermait ses grandes mains. Il pétrissait la boue avec ses pieds nus.

— Non, dit-il, c'est sur les eaux et ça ne bouge pas.

— De quoi as-tu peur?

— Je croyais que c'était la comète, mais non. C'est Villard-l'Église.

Il pointa son doigt dans la nuit.

— C'est Villard-l'Église. Ils sont là-bas. Ils font

du feu. Il y en a là-bas. Ils sont là-bas. Regarde voir.
Une flamme plus claire perça la nuit, puis baissa.
— Rodolphe, dit-il, il faut y aller.
— Oh! c'est la nuit, dit Rodolphe. On ne sait pas où on va. Je ne sais pas nager.
— Moi non plus. Mais il n'y a que deux kilomètres et le plus que j'ai eu d'eau c'est jusqu'au cou. Il faut suivre le chemin, tâcher de retrouver la crête du champ de Bernard. Ça nous mène devant en plein. On se débrouillera. Rodolphe! Ah! si tu veux, attendons le matin, on verra peut-être alors. Mais allons-y. N'attendons pas que l'eau soit plus haute. Alors on serait séparé de nos semblables. Qu'est-ce que tu veux faire, Rodolphe? Rester ici? Tu ne peux pas. Tu n'as rien. Qu'est-ce que tu fais ici dessus? Tu es seul. Qu'est-ce que tu veux faire? Aller du côté de ton mulet? Qu'est-ce que tu deviendras? Qu'est-ce qui se passe maintenant? Qui le sait? Il ne faut pas avoir peur. Il ne faut pas avoir de fierté non plus. C'est trop gros. Crois-moi. Écoute-moi quand je réfléchis. Tu me connais. Attendons le matin, mais viens.
— Ça peut se faire, dit Rodolphe.
— Ah! oui, dit Bourrache, écoute-moi. C'est la première nuit, nous sommes entourés d'un grand mystère et déjà le silence nous conseille mal. Oh! quand on peut savoir où se trouvent les autres seulement, alors tout redevient domestique et on a encore envie de se passionner. Mais, dès que ta respiration est seule au milieu de toutes ces choses qui

vivent sans respirer, qu'est-ce que tu veux qu'on fasse ? Tu comprends, Rodolphe, c'est moi qui te le dis. Qu'est-ce que tu comptais faire ?

— Je n'en sais rien. Qu'est-ce que tu veux que je sache, moi ? Tu sors de l'eau et de la nuit, Bourrache. Tu me demandes ce que je comptais faire. Je ne sais pas. Je suis ici dessus depuis hier soir. Je regarde. J'écoute. Qu'est-ce que tu crois ? Je ne sais pas. Qu'est-ce qu'on peut faire contre ça ?

— On est des créatures de Dieu, Rodolphe.

— On est des créatures dans une saleté terrible. Tu veux comprendre quelque chose à ça, toi ?

— Je m'en fous, Rodolphe, moi demain matin je serai dans cette eau-là. Peut-être jusqu'au cou, peut-être par-dessus la tête. Et si j'en ai par-dessus la tête, je passerai quand même comme une loutre qui finit par sortir et s'essuie le museau sur les feuilles de saule. Voilà, Rodolphe, que j'ai beau renifler de partout — et c'est ce que je fais depuis que je suis à côté de ton feu — voilà que j'ai beau renifler de partout mais je ne trouve plus de sauvegarde. Tu sais, voilà ce que je me dis : je me dis : « Ils sont en train de s'abriter derrière des papiers à cigarette. » Tu es allé marquer la montée des eaux avec une branche de tremble. De temps en temps tu recules la branche, tu la plantes un peu plus étroitement près de toi et tu dis : « L'eau monte. » Moi je te dis que nous n'avons plus de sauvegarde, que ça ne te garde pas de savoir qu'elle monte. Parce que, là-haut à Chêne-Rouge, Boromé a fait comme toi. Moi j'ai fait comme lui. Je n'ai pas compris tout de suite. J'ai planté avec lui des branches de tremble pour marquer la descente de la boue, pour marquer la marche du déchirement de la terre, pour marquer le pas à pas de la montagne qui va peut-être se décider tout d'un coup à galoper comme un cheval. Il a planté des branches de tremble devant cette boue qui descend tout doucement pendant que cette eau monte tout doucement. Et lui il marque avec des branches de tremble et il dit : « Ça descend. » Toi tu marques avec des branches de tremble et tu dis : « Ça monte. » Et toi tu recules, et lui il recule.

— Qu'est-ce qu'il arrive là-haut ?

— Il arrive que tout Sourdie est en train de culbuter avec sa forêt, sa terre et ses rochers.

— C'est la fin du monde, dit la vieille.

— Vous, Marianne, vous devez être chargée de l'emmerdement général. Oui, vous avez dû être chargée de ce travail-là, vous, avec tout le respect que je vous dois. La fin n'est pas un peu avant qu'on meure, elle est un peu après qu'on est mort, voilà la vérité. Mais si vous êtes toujours là à nous beugler comme une vache qui a pris l'habitude de toujours perdre son veau, alors il n'y a plus moyen de voir clair, même en soi-même. Voilà ce que j'ai à vous dire. Et je ne sais plus ce que je disais. Mais je sais que ce je ferai demain matin. Et tenez, tout d'un coup j'ai sommeil maintenant. Et je vais dormir. Que ça soit la faim ou le sommeil, ou quoi que ce soit, moi, les besoins m'arrivent dessus comme des coups de marteau.

Il s'en alla du côté de l'abri.

— Tiens, viens la voir ta branche de tremble. L'eau a encore monté.

Mais Rodolphe ne répondit pas. Il était debout, immobile devant le feu, à côté de Marianne immobile et du cheval immobile. Le feu essayait de repousser la nuit mais, de temps en temps, elle tombait de tout son poids dans les flammes en faisant gémir la pluie et les braises. Puis le cheval se mit à remuer sur place ses grandes épaules.

Bourrache s'endormit tout d'un coup. Et il lui fallut probablement tout d'abord un long moment de sommeil car tout était devenu silencieux et sombre quand il se réveilla. Il venait de rêver pour la première fois de sa vie. Il venait de revoir sa maison telle qu'il l'avait laissée l'avant-veille au soir avec ses trois casseroles et son âtre, et l'eau qui rampait dans les groseilliers, le fusil qu'il avait posé dans l'encoignure de la porte chez Barrat. Et il s'était réveillé. Le feu était tombé, il ne restait plus que des braises. Il ne pleuvait plus. Il lui fallut encore du temps pour s'habituer à l'obscurité et voir Rodolphe. Il était toujours debout à la même place mais il se chauffait les reins. Il faisait face à la nuit et il devait regarder la profondeur de la nuit haletante au-dessus de l'eau. Marianne aussi était encore debout. Le cheval mangeait ; on voyait bouger lentement ses joues plates. Il tenait quelque chose sous un de ses pieds de devant et il en arrachait des morceaux en tirant avec ses dents. Il mangeait la cuisse de la chèvre.

— Demain matin, se dit Bourrache, moi je partirai d'ici dessus.

IV

VILLARD-L'ÉGLISE

Environ deux ou trois heures avant l'aube le fond de l'étang commença à s'émouvoir au large de Villard-l'Église. La nuit était à ce moment-là à peine trouble, avec une grosse étoile en train de trembler, à cet endroit qui soudain se leva et se mit à haleter comme la poussière des chemins quand le souffle rauque des bœufs la soulève. C'était, sous quatre ou cinq mètres d'eau, l'ancienne jachère de Charles-Auguste. Restée plus de deux ans sans blé à cause de sa petite terre pleine de pierres, on avait pris l'habitude de couper à travers ses chardons pour raccourcir le grand détour entre Méa et Villard-l'Église. Elle avait été tout de suite recouverte par le débordement de l'Ebron. Puis au-dessus d'elle, l'eau s'était apaisée. Maintenant l'eau tremblait, se creusait, se tordait comme un écheveau de laine avec, comme un fil de soie, le reflet de la grosse étoile du ciel.

Le champ de Charles-Auguste était sur un énorme banc de sable. Des fois en labourant, s'il appuyait un peu trop sur les manches, le fond du sillon devenait noir de sable comme si le soc avait fendu la terre jusqu'à l'endroit où elle a sa chair vivante et où elle ne peut plus se guérir. A certains moments, pendant l'été des montagnes, quand tout s'immobilisait et que du haut du ciel descendait le grincement mélancolique des glaces éternelles, ce champ restait vivant.

En marchant, on le sentait souple sous le pied, comme quand on marche sur une grande fosse où on a enterré un troupeau malade. Ce qu'on ne pouvait pas prévoir, ni Charles-Auguste ni personne, c'était la profondeur de ce sable, et sa sensibilité qu'un rien était capable d'émouvoir. Celle-là, on aurait pu la connaître si on avait fait attention à ce lent bouillonnement qui parfois d'une nuit à l'autre gonflait et creusait la peau du champ couvert de chardons et de folle avoine, à l'époque où le grand dégel réveille toutes les sources souterraines. On ne se doutait pas qu'on se trouvait sur un gouffre de sable, plus lentement sensible, mais aussi sensible que le ciel à tout ce qui pouvait le parcourir : les obscurs ruisseaux ou les suintements de l'Ebron. Charles-Auguste flottait là-dessus, avec sa charrue et son cheval, comme un aigle à la surface des gouffres du ciel, au-dessus des ruisseaux de vent et du suintement chaud des forêts.

Puis brusquement Charles-Auguste avait dit : « Je le laisse reposer. » Brusquement — il aurait pu faire du blé encore au moins trois ou quatre fois — mais brusquement il avait dit : « Non, je le laisse reposer. » Et il le regarda du coin de l'œil. Alors, entre les vieilles griffes du blé, de grands chardons s'étaient élargis. Puis alors, pour couper la route, on s'était habitué à prendre à travers les chardons, sans se soucier de cette mollesse qui était même très agréable pour la marche, sauf les chevaux ou les mulets qui hennissaient chaque fois et essayaient de trotter en soulevant la poussière. « Oh! sauvage! » Et on les saquait d'un coup de poing sur les naseaux. Alors ils écumaient dans le bridon et, sous les œillères, ils agrandissaient leurs yeux malgré les mouches et ils marchaient dans une sorte de galop sur place en relevant très haut les jambes. Il y a une sorte de vie bestiale pour laquelle les hommes n'ont pas de sens.

Une heure avant l'aube l'eau se mit à se tordre et à se creuser. Il y en avait là-dessous une épaisseur de quatre ou cinq mètres; les mouvements lents et huileux étiraient le mince reflet de l'étoile. Des chardons arrachés commencèrent à flotter, à tourner dans tous ces détours, à moitié engloutis dans les plis de cette eau boueuse qui luisait dans la nuit et grondait comme une bête qui prépare sa litière.

Quand l'eau s'était mise à monter sur tout le pays, à mesure qu'elle montait l'Ebron s'était enfoncé au fond de l'eau, l'Ebron et les trois autres torrents, mais ici c'était lui. Et, peu à peu, tout était devenu silencieux et comme immobile, quand les remous se furent apaisés dans le grand poids de l'eau largement étalée. Mais l'Ebron avait gardé toute sa brutalité en bas au fond.

Le pont entre Méa et Villard-l'Église n'avait pas

été emporté, comme l'avaient dit les femmes réfugiées à la poste le soir du départ de Bourrache. Il avait été plié seulement et, quand toutes ses planches eurent été arrachées, ses poutrelles de fer tordues mais toujours rattachées aux deux culées firent dans le courant comme une grande nasse où vinrent se prendre les arbres, les souches de sapins avec toutes leurs racines, les herbes, la boue et les rochers roulants. L'eau passa par-dessus. C'était avant cet arrêt mystérieux des choses qui transforma toute la vallée en un grand lac. Personne ne pouvait encore se l'expliquer. Mais les quatre ou cinq qui étaient à la poste n'entendirent plus de bruit et la maison s'arrêta de trembler. Ils se dirent : « Qui sait ce que c'est encore ? » — car ils n'attendaient plus de bien de rien autour d'eux, même pas du silence. Ils descendirent les escaliers, car ils avaient été obligés de monter à la chambre de la « téléphone ». L'eau clapotait dans le bureau de poste et on entendait encore la table flottante qui frappait des coups dans le placard à chaque balancement de l'eau. C'était la nuit. Ils ne purent pas voir loin au-dehors mais la rue était pleine d'eau arrêtée, plate, sans courant. Et peu à peu cette eau monta. Ils mesuraient cette montée de l'eau le long de l'escalier, d'une marche à l'autre, ainsi jusqu'à la hauteur de l'avant-dernière marche avant le premier étage. La maison était une vieille maison de l'époque des monastères, comme toutes celles de Méa, construites solidement en grosses pierres avec des murs épais de plus d'un gros mètre, et chaque mur était soutenu par des arcs-boutants de masse pleine comme les murs des églises de batailles. Toutes les salles des rez-de-chaussée, toutes les écuries étaient voûtées. Il n'y avait pas un dé à coudre de sable ou d'argile dans toutes ces constructions, depuis le pied jusqu'au toit. Les poutres étaient noyées dans le mortier et faites de toute la rondeur des plus gros troncs de sapins. Malgré ça, jusqu'à ce moment, la buttée sauvage de l'Ebron, et le jaillissement, et le giclement de l'écume, et le saut des rochers roulant avaient fait trembler tout Méa de la tête aux pieds. Le plafond de « la téléphone » dans sa chambre était directement sous le grenier et la maison tremblait si bien contre les bonds de l'Ebron sauvage que, de temps en temps, on entendait tomber des plaques de gravats qui se détachaient de la toiture. Mais, tout d'un coup, ce fut le silence, et le silence dura pendant que l'eau plate montait le long de l'escalier, pendant que la maison se délivrait de sa fatigue, avec de longs soupirs paisibles qui coururent dans les murs comme des rats. Ils entendirent crier dans la rue. Ils se mirent à la fenêtre. Le facteur, le mari de la téléphone, n'était pas avec eux. Quand il avait vu que tous les fils étaient muets comme du fil de fer, au début de la chose, au commencement, juste après avoir parlé à Bourrache, il avait pris le téléphone portatif dans sa boîte de cuir, il se l'était passé en bandoulière et il était parti. On ne savait plus où il était. « La téléphone » appela : Joseph! avec un drôle de son, dans cette rue pleine d'eau. Mais c'était là-bas, du côté de chez Adeline, et semblait-il, aussi là-bas du côté de chez la mère Joraz et aussi d'en face, un peu sur la droite, et ça avait l'air d'être des voix de femmes. Elle appela encore : Joseph! Puis elle soupira. Et on lui dit : « Ah! ne vous en faites pas à l'avance, madame Émilienne, attendez. » Ils attendirent. On n'entendait plus de bruit. Les quatre torrents s'étaient enfoncés sous les eaux.

Ils étaient toujours les mêmes, toujours chargés d'arbres arrachés, traînant des rochers plus gros que des veaux, mais ils s'étaient enfoncés sous les eaux et ils charriaient tout en silence.

Dans la profondeur de ce lac boueux et lourdement recouvert du tournoiement de toutes les boues qu'une grosse étoile solitaire faisait luire, l'Ebron rencontrait toujours le pont tordu. Sans bruit. Avec des bonds d'huile. Il emportait toujours des troncs d'arbres frais, traînant dans la profondeur leurs lourds feuillages, ou bien des troncs déjà dépouillés, pareils à de longues poutres qui filaient comme des flèches dans l'obscurité huileuse du fond des eaux. Tout ça s'entremêlait dans les poutrelles du pont, faisant peu à peu un barrage plus épais contre lequel soubressautait le corps onduleux du torrent enfoui. Il sautait par-dessus; il lançait sa force silencieuse — pareille au tremblement de l'air glaireux dans les midis d'été — sa force qui, au milieu de l'obscurité profonde du fond du lac, était comme éclairée par sa sauvage violence. Il la lançait silencieusement par-dessus le barrage, jusque dans la largeur de la vallée à travers les saules engloutis, les bouleaux dont la cime sifflante émergeait des eaux, bouleversant encore le naufrage des champs et des étables abandonnées. Mais peu à peu le barrage s'était épaissi et élevé. Les poutrelles de fer résistaient toujours. Elles avaient été forgées par Chaudon fils et Chaudon père (avant la mort du père, à l'époque où il était roi des forgerons, ayant gagné le marteau fleuri à la grande foire artisanale). Elles avaient été durcies à la masse, le père et le fils « se frappant devant » l'un l'autre, en mesure, comme dans une longue danse magique qui avait duré six jours et pendant laquelle ils avaient transmis au fer, à coups de marteau, tout l'entêtement des hommes. Elles résistaient maintenant sans penser à rien d'autre qu'à résister. Et l'Ebron donnait des coups d'épaule. Il pesait avec sa grosse épaule molle. Les barres de fer tremblaient ; elles avaient réussi à prendre du jeu dans les culées de ciment tout en restant solidement accrochées au fond par une poigne que le père Chaudon avait forgée seul. L'épaule pesait avec cette grande force liquide qui répandait l'effort sauvage sur tout le front du barrage Des lambeaux d'arbres s'arrachaient, un long courant huileux les emportait tout de suite vers le large de la vallée où ils allaient, à la fin, émerger lentement près d'un arbre à moitié englouti ou seuls, au large, trouant la lourde surface de boue avec le bruit d'une grosse grenouille. Mais c'était seulement un fil de force qui les emportait, le reste, noué comme les muscles colliers dans la nuque du taureau, se tordait dans la grande nasse des poutrelles de fer. Tout ça se passait silencieusement dans les profondeurs de l'eau ; le dessus boueux tremblait à peine. Enfin, il se creusa comme s'il venait d'être sucé par le fond ; un entonnoir qui découvrit en partie l'amas des arbres broyés, juste le temps d'entendre craquer un tronc de sapin, puis l'eau redevint étale. L'Ebron venait de trancher ses berges. Tout de suite au-delà il toucha au fond du lac la jachère de Charles-Auguste.

La croûte de terre fut râpée et arrachée. Le sable se mit à danser, à jaillir de tous les côtés en gros jets qui s'aplatissaient contre la lourdeur du fond du lac, puis il se mêla à l'eau de l'Ebron, coulant dans tous ses détours comme la poussière dans le vent. L'Ebron fouillait durement de toute sa force. Le gouffre de sable devenait un gouffre d'eau. A la surface le lac se creusa tout d'un coup d'un grand trou pareil à celui qui avait découvert les cadavres de sapins emmêlés dans les poutrelles du pont. Mais au fond de ce trou rien n'apparut, sinon la nuit et le mince reflet de la grosse étoile tremblante. Puis le trou se referma en claquant et un grand rond de vague s'élargit à la surface du lac, faisant claquer de loin en loin les branches nues des arbres engloutis.

— Vous avez entendu ? dit « la téléphone ».

Ils allèrent voir à l'escalier.

— L'eau a baissé.

— Mais maintenant elle remonte, dirent-ils au

bout d'un moment, à peu près au même niveau que tout à l'heure.

— Il n'y a toujours pas de bruit.
— Et pas de lumière nulle part.
— Si, là-bas loin, vers chez Moussa.
— C'est un reflet parce que le jour va paraître.

Et le jour se leva. Du côté où ils étaient ils ne pouvaient pas voir Villard-l'Église. Ils apercevaient une large étendue d'eau. La brume leur cachait le corps de la montagne. Il semblait que l'eau avait aplati le monde entier.

La lueur qu'ils avaient aperçue un instant s'était éteinte.

L'eau immobile ne bougeait pas. De temps en temps seulement elle frémissait nerveusement comme une peau de cheval touchée par les mouches. L'Ebron avait creusé tout le grand gouffre de sable. Il l'avait vidé de sable jusqu'au rocher. C'était maintenant un gouffre d'eau de près de vingt mètres de profondeur. Là, d'abord, la forme du torrent s'était trouvée à l'aise. Il ne cessait pas de s'y déverser, enroulant ses gros muscles glacés. Il s'installa. Il ronronnait sombrement, se nouant, se dénouant, arrondissant dans cette poche de rocher toute l'aisance de son corps glacial et pesant. Il était l'esprit de la montagne et des forêts. Il s'était nourri de rochers qui ne connaissent pas la pourriture. Il s'était engraissé des longs suintements à travers plus de cent couches de terre toutes pleines de cadavres petits et gros, s'y fortifiant des colères de la sève et de toutes les sortes de sangs.

C'était de l'eau, de ce qu'on appelait « de grande fonte », celle qui n'a pas besoin de l'été pour ruisseler des glaciers, mais, naissant du simple poids des montagnes de glace, traverse les terres et les rochers malgré tous les verrous de l'hiver. C'était de cette eau, plus de l'autre, de plus grande fonte que ce qu'on croyait, si chargée de formes confuses, d'âmes, et du puissant fantôme des corps fondus, qu'au fond de son gouffre où elle pouvait faire tout ce qu'elle voulait, elle recomposait le corps huileux des forêts, des montagnes, des lourds mammifères, des insectes, des nuages et parfois l'éclatement monstrueux d'un noir soleil. Ses grands bras onduleux s'élançaient de tous les côtés dans la largeur du lac. Ils montaient en se balançant lentement comme d'immenses herbes. Et quand ils touchaient la surface de l'eau elle frémissait comme la peau d'un cheval piqué par les mouches, quand les grands doigts pareils à des herbes liantes ne saisissaient que la peau boueuse de l'eau. Mais ils semblaient chercher tout ce qui était encore vivant, même des morceaux de bois fraîchement brisés et qui flottaient. Alors, d'un seul coup, ils s'engloutissaient avec le « glouf » du plongeur, tirant leur proie, ne la rejetant plus, sinon longtemps après, dans une petite salive d'écume complètement noyée, pareille à un nid de grosses chenilles blanches. Un vieux chien perdu nageait au moment de l'aube, ayant senti une odeur de muraille vers un restant de grange ; et plus loin il sentait l'odeur des feux, l'odeur des troupeaux, des odeurs d'hommes. Il aurait voulu aboyer vers les odeurs lointaines, mais il gardait sa force pour nager. Il s'engloutit d'un seul coup en hurlant, saisi par une main de glace, tiré sauvagement vers le fond.

— Un chien, dit « la téléphone ».
— Et maintenant plus rien.
— Le jour se lève.

Ils entendirent clapoter l'eau contre le mur.

— Regardez, on dirait qu'un courant gratte le mur avec des doigts.

Il y eut brusquement comme le soupir d'une énorme bête froide. A Villard-l'Église, des formes noires se dressèrent de la terre. Bourrache s'éveilla. (Il avait bavé dans sa barbe.) Le matin arrivait, sans clarté. Il tombait à travers la nuit, s'allongeant comme une larme d'huile, puis il s'élargit à la surface des eaux. On voyait émerger des haies qui dessinaient un chemin sur les eaux. Il s'en allait loin vers le large du lac, dans la direction où le feu avait éclaté dans la hauteur de la nuit. Mais on ne pouvait pas savoir s'il continuait jusqu'au bout ; il n'arrivait que jusqu'à la barrière mouvante d'une sorte de brume rousse et noire, pareille à la fumée du feu mouilleur et qui était l'accumulation de la lumière du matin dans la distance entre les nuages et l'eau. Entre ici et là-bas apparaissaient des arbres enfouis jusqu'aux épaules et une toiture de chaume comme une barque retournée et qui d'ailleurs dérivait lentement. Le souffle de la lumière touchait parfois de larges espaces lisses recouverts d'un immense repos d'eau boueuse et il les frappait comme un bréchet d'hirondelle, y laissant un double sillage qui s'élargissait et s'effaçait. Mais avant d'éteindre cette lueur qui semblait sortir de l'eau, le sillage éclairait faiblement dans l'étendue, des haies, des arbres noyés, des îles d'écume, des herbes flottantes, des épaves noires, raides comme des troncs et enfin, là-bas au fond, le rocher de Villard-l'Église, encore entouré de brouillards et de fumée. Au-delà, les forêts gardaient leur nuit impénétrable.

— Je pars avec toi, dit Rodolphe.
— Tu as réfléchi ?
— Non, mais je pars avec toi.
— Et moi, vous croyez que je suis venue jusqu'à quatre-vingts ans pour marcher dans les eaux ? Vous voulez me laisser mourir de faim, vous voulez me tuer ?
— Ne parlons pas de tuer, Marianne, mais celui qui vous tannerait le cul emporterait la bénédiction des anges jusqu'au fond de l'éternité.
— Je parle à mon fils.
— Je vous mettrai sur le cheval, mère, et je le mènerai par la bride.
— Vous allez marcher dans les eaux au milieu des profondeurs, comme si vous vouliez courir avec des jupes de femme.
— Il n'y a pas de profondeur. Regardez, on voit le chemin presque tout tracé. Regardez.

Les haies dessinaient le chemin dans une eau plate tout immobile qui frémissait seulement un peu comme une peau de cheval piquée de mouches.

— Il faut se mettre nu complètement ; oh ! Marianne, foutez-moi la paix, ça ne vous enlèvera pas la vue. Votre fils, vous avez dû déjà le voir. Et moi, si on nous juge par village, vous me verrez dans la vallée de Josaphat. Alors, un peu plus tôt, un peu plus tard...

La liberté de l'eau et des forêts tenait toute la largeur du monde. Une grande chienne de lumière couchée sur les eaux allaitait des petits chiens d'ombre avec d'énormes mamelles de lait brillant ; elle mâchait un morceau de forêt extrêmement vert, là-bas, de l'autre côté du lac, fouillant entre les arbres avec ses dents luisantes. Les paroles avaient l'air de faire un petit bruit inutile comme la dernière feuille sèche au bout de la branche d'hiver.

— Et nous gagnerons, dit Bourrache.

Il était nu. Du poil gris pendait le long de ses bras et des deux gros ronds de sa poitrine.

— Garde tes souliers.

Il entra dans l'eau.

— Elle a bien monté depuis hier soir.

Elle lui atteignait le haut des cuisses, faisant flotter sous son ventre une large salade de poils noirs.

— Tu feras attention, ça glisse un peu au départ. Elle n'est pas trop froide.

Il s'éloigna en ondulant des hanches, les bras hauts, refoulant l'eau devant lui.

— Attends, je t'appellerai.

Il s'éloignait. L'eau arriva presque sous ses bras.

Son dos disparut, puis sa tête, derrière la mince lumière salée qui flottait au-dessus des reflets. On l'entendit encore, puis plus rien.

Rodolphe cria.

— Laisse-le, dit la mère. C'est un homme qui porte une lourde injustice.

Et sa bouche continua à trembler dans ses rides noires.

Il cria encore. Le cri resta tout chaud contre son visage. Le silence avait aboli la profondeur et l'espace.

— Je ne veux pas rester seul.

— Il se servait injustement de la parole de Dieu.

— Venez, dit la voix de Bourrache sur les eaux.

Il émergeait là-bas, pas très loin, comme un vieux tronc d'arbre.

— Tu passeras dans un endroit où c'est un peu plus profond, dit la voix, mais n'aie pas peur, ferme la bouche, pousse en avant, tu passes.

— Montez sur le cheval, mère, tenez-vous bien.

Elle enjamba le cheval comme un homme et serra son poing noir dans la crinière. Elle était maintenant immobile et abandonnée, avec son visage triangulaire comme un morceau d'écorce qui apparaît entre le feuillage blanc de ses cheveux. Son chignon s'était défait. Ses lourds cheveux blancs pendaient de chaque côté du visage noirci de rides.

— Hari! dit Rodolphe.

Il tira la bride. Le cheval gonfla ses reins, se penchant sur la pente qui descendait vers l'eau. Et les cheveux commencèrent à flotter doucement comme les feuillages quand le vent du monde les fait vivre sur les arbres immobiles.

Ils traversèrent cet endroit où Bourrache avait disparu. La lumière du matin était posée sur les eaux. L'entrecroisement des reflets mangeait les formes. Le cadavre de la chèvre sortit brusquement de la lumière et glissa le long de Rodolphe. Il le repoussa avec la main. Il se sentait de tous les côtés assailli par cette clarté flottante, presque aussi étouffante que l'eau. Il s'enfonçait dans l'eau. Elle frappa sa bouche. Il tourna la tête. Sa mère était là, au-dessus de lui, raide comme une reine noire.

— Pousse, dit la voix proche.

Il sentit sous ses pieds la terre dure du chemin.

— Voilà, dit Bourrache, et maintenant, en avant, le Seigneur est un homme de guerre.

Ils marchèrent pendant que le jour se levait. De temps en temps le cheval s'arrêtait, baissait la tête, regardait ses jambes enfoncées dans l'eau jusqu'au-dessus du genou; Rodolphe tirait un coup de bride, le cheval avançait le cou, reniflait la main et se remettait à marcher. Il avait l'air de contenir un grand hennissement éperdu. Ses gros yeux paisibles clignotaient maintenant comme des yeux d'oiseau et à mesure que le mors tirait sur ses lèvres d'argile grise, il en faisait couler, avec de la salive, un petit gémissement qui parlait aux grandes eaux. Elles s'élargissaient de tous les côtés sous la lumière du matin, insensibles, sauf à des endroits que semblaient toucher d'invisibles mouches. Dans le lointain, des arbres blancs comme des fuseaux de laine apparaissaient, dressés sur des pentes de brumes luisantes. A de longs intervalles, les eaux soupiraient profondément. Des voix graves, parfaitement inhumaines, parlaient d'un bord à l'autre du lac. Maintenant qu'ils s'étaient avancés dans le large, ils entendaient au-dessus d'eux, le long de la montagne cachée sous les nuages, le ruissellement céleste des torrents, comme le grésillement de l'huile sur le feu. Là-haut, très haut, des oiseaux d'une espèce particulière, avec des profondeurs vertes sous les plumes et frappant de tous les côtés de leurs ailes d'écume, dans les longs charniers de pierre suspendus au-dessus des forêts.

Bourrache marchait le premier à quelques mètres en avant. Il était parfaitement silencieux mais intérieurement plein d'une grande conversation sur sa propre audace. Le chemin était tout doucement ondulé et dans ses plis il y avait d'assez grandes profondeurs d'eau. Bourrache s'y enfonçait parfois jusqu'au cou. Il était un peu plus petit que Rodolphe. Il tourna la tête.

— On ne voit plus rien, dit-il, on ne voit plus que ce chemin de buis tracé dans l'eau.

Les reflets du matin, maintenant installés dans les nuages de sel, avaient effacé tous les lointains, tous les bords où l'on pouvait atterrir. Le monde n'était plus qu'une indécise vapeur. Il ne restait que ce chemin bordé de petites haies. La lumière en noircissait l'ombre.

La mère parla dans sa bouche.

— Le buis fait avorter les chèvres.

Il sembla que Rodolphe était tiré en arrière. Il se cramponna à la bride. Le cheval cula des reins dans un trou d'eau, galopa farouchement sur place pour remonter, émergea d'une grosse fleur de boue jaune.

Rodolphe avait les yeux ronds, la bouche entrouverte comme s'il allait parler.

— Qu'est-ce que tu as?

Lentement il tourna l'œil, puis lentement la tête vers l'eau, là-bas vers la droite. Elle était immobile, puis comme le balancement d'un serpent s'y dessina, puis un petit trou comme un nombril, puis l'effacement qui élargit un grand cercle de rides.

— Viens.

Il n'osait pas bouger.

— Là, dit-il à voix basse. — Il montra l'eau près de lui — comme une corde qui m'a attrapé le pied.

— Tu as buté?

— Non, c'est venu et puis ça a serré.

— Tu as dû marcher dans des branches au fond.

— Non, ça s'est noué, ça a tiré, ça s'est déroulé et c'est allé se noyer là-bas. Froid. Regarde.

On ne pouvait rien voir; l'eau avait la couleur opaque des feuilles de bouleau. Elle était comme d'énormes feuillages de bouleau, avec ce brasillement et cette jeunesse.

Bourrache essaya de l'écarter avec sa main. Il voyait son gros bras poilu avec ses muscles devenus bleus à la longue de sa vie, depuis qu'ils travaillaient dans sa chair sanguine. Mais à mesure qu'il écartait les feuillages de bouleau avec sa lourde main ils s'épaississaient dessous et il y en avait autour de lui de plus en plus comme s'il essayait de se débattre dans une forêt.

« Je rêve », se dit-il.

Il cria :

— Alors il faut bien savoir une bonne fois pour toutes que nous sommes dans l'eau, Rodolphe, et qu'il faut marcher. Qu'est-ce que nous foutons là à rêver comme des ânes ? Tu comprends, Rodolphe, qu'est-ce que tu veux que ce soit ? Il ne faut pas rester là à rêver. Avec tous ces reflets la tête me tourne.

Il pensa : « Les desseins de Dieu sont impénétrables. Sont impénétrables. »

Il essayait toujours d'écarter l'eau.

— Ce n'est pas un rêve, dit Rodolphe.

— Bon, dit Bourrache avec sa voix naturelle, alors maintenant viens. Ne t'en fais pas, on est des hommes.

Il se sentait la tête lourde et un peu ivre, un peu envie de vomir et pas très sûr de sa marche, et, quand il lançait doucement la jambe en avant, l'eau l'emportait plus loin que l'endroit où il voulait assurer son pas. Il voyait tout ce mouvement de feuillages de bouleau autour de lui et en même temps son cœur se soulevait. Cette lente respiration forestière... Il avait la bouche pleine de salive et de mots. A tout moment il avalait. Toujours le cœur se soulevait plus haut jusqu'à toucher sa tête ivre, lourde maintenant sur son cou fatigué comme la tige mince qui se trouve juste dessous la grosse fleur des gentianes. Il essaya de cracher loin de sa barbe. En même temps il dit à voix basse :

— Le vent souffle des ténèbres.

Il voulait dire : ce sillage froid qui s'était éloigné soudain de Rodolphe comme une trace de serpent, puis qui s'était enfoncé en creusant un nombril dans les eaux. Il ne comprenait plus tous ces mots qui lui gonflaient la bouche avec la salive, ni ce monde vert pâle tout scintillant, ces feuillages de bouleau froids et pleins d'une jeune allégresse et dans lesquels il était obligé de marcher, se creusant un chemin en forçant dedans avec son ventre. Son ventre lui faisait mal. Il lui semblait que tout le dedans était pourri. Il le protégeait avec ses mains, mais maintenant il marchait surtout en poussant avec sa hanche. Puis ce balancement le frappait d'une aveuglante ivresse.

On ne voyait vraiment plus rien que le chemin marqué par les buis. Du côté de Villard-l'Église, un mur de brume cachait la butte du hameau et la montagne derrière ; on ne pouvait pas même apercevoir au travers le noir des forêts : un plâtre opaque et plat maçonnait toutes les fissures du brouillard. Son reflet fermait la profondeur même des eaux. Du côté de Méa on entendait des gémissements. Ils paraissaient être plus gros que des gémissements humains, à moins d'être le gémissement de tous ensemble. Ils s'élevaient et on les entendait surtout mourir sur le large des eaux. Il fallait s'arrêter de marcher pour l'entendre. Rodolphe saquait le mors du cheval ; la bête ne bougeait plus. Bourrache montrait silencieusement le lointain vers Méa avec son doigt tendu. L'eau clapotait encore un peu entre les cuisses du cheval puis tout s'éteignait et, au bout du doigt tendu de Bourrache, venait s'enrouler ce petit gémissement pareil à un fil d'araignée flottant. On avait l'impression qu'il ne pouvait servir à rien, qu'il ne pouvait toucher personne, perdu sur les eaux, qu'il était là enroulé au bout du doigt de Bourrache comme un fil de soie inutile. Bourrache frottait son pouce contre son doigt et tout d'un coup c'était le silence. L'eau clapotait entre les cuisses du cheval. Bourrache se remettait à marcher (ce gémissement extrêmement léger mais qu'ils devaient pousser tous ensemble — ou peut-être étaient-ce des morts ?) car immédiatement c'était le silence et Bourrache descendait pas à pas une ondulation de ce chemin marqué de buis ; il entrait pas à pas dans la profondeur de l'eau, jusqu'aux bras, jusqu'aux épaules, jusqu'au cou, la bouche, le nez, puis tout d'un coup il s'arrachait, il émergeait, il sortait un bruit de ruissellement et de nageoire de poisson. Et derrière lui, Rodolphe passait en enfonçant un peu moins, avec sa grande taille, puis le cheval, et, sur lui, la mère, enjambée comme un homme, avec ses vieilles cuisses jaunes comme de la chandelle qui entraient brusquement dans l'eau. Bourrache était déjà plus loin à se balancer avec de l'eau jusqu'au ventre, se protégeant le ventre avec ses mains, faisant sa route avec des

coups de sa hanche droite, puis de la gauche, puis
de la droite. Pour traverser le trou la mère s'était
penchée, puis elle se redressait et elle redevenait immobile. Il lui était venu pourtant son tic d'hiver.
Elle ne l'avait d'habitude qu'après la Noël, quand les
journées devenaient soucieuses. Elle branlait de la
tête sans arrêt, comme pour dire secrètement « non »
à tout. Et maintenant elle le faisait. Quand ils s'arrêtaient pour écouter le gémissement, tout était
immobile, sauf cette tête qui faisait « non, non, non,
non ».

Des formes apparurent à travers le brouillard.
Bourrache, ivre, les vit comme d'énormes vaches
noires jouant lourdement à travers des herbes d'argent. Puis il s'aperçut qu'elles ne bougeaient pas.
C'étaient les saules des prairies sous Villard. Du foin
coupé flottait sur l'eau. Il n'y avait plus de haies
de buis. Ici, le chemin traversait les prés. On ne
pouvait plus savoir au sûr où il était. En avançant,
l'eau monta lentement jusqu'à la poitrine, puis un
peu au-dessus. Les saules s'écartaient d'eux à mesure
qu'ils avançaient et ils avaient devant de larges
étendues de prairies flottantes. L'eau atteignit leurs
épaules. Bourrache ouvrit ses bras dans l'eau. Il
fit encore deux pas. L'eau monta le long de son cou
et toucha son menton.

— On ne peut plus avancer, dit-il. Je ne sais pas
ce qu'il y a devant.

Ils n'étaient plus que comme deux têtes coupées
au milieu du foin flottant, la tête du cheval, coupée

un peu plus bas, avec un morceau d'encolure et la crinière. Mais la mère était encore au-dessus d'eux, avec sa poitrine de planche.

— Je vois l'église, dit-elle.
— Où ?

Et ils écartèrent des îles de foin qui étaient comme des montagnes devant leurs yeux.

— Là-haut.

Elle pointa son doigt là-haut. La brume y était moins brillante, elle roulait avec des muscles noirs comme les nuages ; elle s'écarta. Villard-l'Église était là au-dessus d'eux. Ils ne se croyaient pas si près. Il émergeait de la brume. C'était une butte de schistes bleus encore un peu enfumée par des restes de brouillard. Il devait y avoir aussi des fumées de feux presque éteints et qui rampaient à ras de terre.

Ils étaient du côté de l'ombre et ainsi tout d'un coup ils ne purent voir que cette énorme masse bleue penchée sur eux.

— Nous sommes arrivés par Pré-Lavaud, dit Bourrache, et ce foin je l'ai vu couper il y a quatre jours par Chabanne et Merlin. On y est presque.

On ne voyait pas l'endroit où Villard-l'Église s'appuyait sur les eaux. La brume et les fumées lui faisaient une ceinture de laine cachant cet endroit par lequel le village s'attachait encore à la terre.

— Je dis presque, dit Bourrache.

Et à ce moment, le foin flottant lui frottait la bouche qui parlait au ras des eaux.

Mais, au-dessus de la ceinture de laine, la butte

de Villard-l'Église existait comme on avait l'habitude de la voir. Toute bleue, d'un bleu plus sombre que d'ordinaire, d'un bleu mouillé, avec des reflets de ténèbres et des profondeurs inhabitables.

Pourtant, on voyait un petit homme jaune. Il était si près du sommet que, quand il levait le bras, il dépassait la ligne de séparation de la terre et du ciel. On voyait ce bras monter, puis s'abattre. Alors, on entendait chanter un long clou qui s'enfonçait dans du bois.

— Avance, dit Rodolphe.

Mais Bourrache recula et à travers l'eau il serra l'épaule de Rodolphe.

— Mon pied flotte, dit-il, devant nous c'est profond.

— Tiens le cheval, je vais voir.

— L'eau est noire.

Un reflet de goudron flottait presque à la hauteur de leurs yeux.

— Reste, dit la mère, enfant du diable!

— Il faut passer, dit-il, la regardant avec ses grands yeux naïfs.

— Donne-moi la main, dit Bourrache. Ne t'avance pas trop. Vous Marianne, faites un peu culer le cheval. Serrez vos jambes et tirez sa tête en arrière. Vas-y doucement.

— J'ai pied, dit Rodolphe.

— Avance un peu.

— Recule, cria Rodolphe.

Et il disparut. Ses cheveux flottèrent comme du

foin. Puis à sa place il y eut une grande fleur d'écume.

Bourrache tenait toujours la main. Il tira en arrière. La mère tira en arrière dans la crinière du cheval. Et le cheval s'enfonça dans l'eau, tant que l'eau frappa la poitrine de planche de la mère. Mais c'était parce qu'il venait de plier fortement les jambes et tirer en arrière de toute sa force. Bourrache tenait toujours la main. Et le cheval émergea, relevant la mère qui luisait comme du charbon avec ses vêtements noirs mouillés, et Bourrache qui émergea de toutes ses épaules, et Rodolphe avec le cou plié comme de l'orge versée, et sa barbe pendante, sa tête lourde, juste encore une énorme vie tremblante dans son corps comme une bête malheureuse. Bourrache le frappa dans la poitrine et il vomit de l'eau claire, puis une grosse aigreur, et lourdement il s'essuya la barbe puis il releva la tête, ouvrit les yeux, éternua et respira. Ils respirèrent lentement tous ensemble comme s'ils émergeaient tous ensemble des eaux.

Sur l'église, le petit homme jaune plantait toujours des clous. Son bras montait sur le ciel et s'abaissait.

— Froid, dit Rodolphe.

Il tremblait.

— Noué, dit-il — il avait encore de l'eau dans la bouche. Il cracha. — Noué autour du ventre.

— Profond ?

— Pas seulement profond, je me demande... une force qui vous tire en bas.

Ils s'étaient reculés de deux ou trois pas ; l'eau n'arrivait plus que sous leurs bras, mais ils se sentaient mal assurés au fond, sur une terre glissante.

L'église était toujours la même, bleue d'ombre au-dessus des brouillards, sans bruit, avec le seul bruit chantant du clou qui s'enfonçait, puis le marteau tapait sur du bois, puis un autre clou chantait.

— Pas seulement profond, dit Rodolphe, j'ai senti encore cette force qui vous tire en bas. Tout à l'heure, ça n'a été qu'un coup à ma jambe. Mais cette fois — et il sortit sa main de l'eau pour dresser un doigt en l'air — cette fois c'était pas de la rigolade. Il m'a chopé dans les flancs. Et pas du bout du doigt ou de la main, mais, mon vieux, alors, solidement, merde! Il m'a plié en deux.

Il respirait encore par gros coups qui le secouaient et ses lèvres violettes tremblaient. Il surveillait la surface de l'eau avec ses yeux d'enfant.

Ils étaient dans le triangle d'ombre ponté par la butte de Villard-l'Église. Au-delà, le matin n'avait pas une grosse lumière ; il était blanc comme un duvet d'oie mais malgré tout il faisait luire les branches nues de quelques saules et, vers le champ de Charles-Auguste, il éclairait comme de grandes lames de couteau. C'étaient de longues lames d'eau lisses, brillantes, aiguisées, pointues, ayant comme de petites flammes au bout. Et même parfois le long de ces lames se recourbaient des crocs de harpon ; alors, elles étaient comme ces chardons de fer taillés à chaud qu'on maçonne dans les fenêtres basses. Le fil d'aiguisage — cette partie brillante comme le tail de la lune et qui reposait sur l'eau noire — était comme toujours réaiguisé par quelque sombre meule et on le voyait onduler, et se tordre, et changer de coupant de minute en minute. Rodolphe regardait les jeux de la lumière sur les eaux.

— Attention! dit-il.

Ils venaient en effet de sentir tous comme un ébranlement le long de leurs jambes. Devant eux cet espace d'eau chargé de foin flottant se courba comme une assiette creuse. Le foin s'entassa au milieu. Puis l'eau redevint plate, d'un seul coup, avec un petit claquement comme quand on a tordu une lame de couteau pour montrer la bonté de l'acier, puis on la lâche, elle claque, elle est plate. Les tas de foin s'écartèrent.

— Ça commence à n'être pas très catholique, dit Bourrache.

Il grelottait parce que l'air avait fraîchi ici à l'ombre. On entendait passer dans le ciel une sorte de mugissement doux comme quand des armées de fourmis traversent sous les feuilles sèches.

— Je vois une grande faux, dit la mère.

Elle voyait plus loin, étant au-dessus d'eux montée sur le cheval. Le cheval fit comme un petit pas de volte. Bourrache et Rodolphe sentirent que la terre glissait sous leurs pieds. Ils se rattrapèrent en reculant, émergeant d'un peu plus, voyant aussi devant eux, là-bas dans le duvet d'oie, cette grande lame de faux. Elle était toute rose de matin comme si elle avait fauché une bête cachée sous l'herbe de cette prairie d'eau pareille à du duvet d'oie. Elle s'avançait très vite ; elle était comme une flamme. Elle dessinait un orbe pur. Soudain, elle ralentit ce grand mouvement de fauchaison sous lequel elle aplanissait l'eau et, devant elle, s'élargirent deux, trois, quatre, cinq lames de faux de plus en plus petites et la dernière était comme une lame de serpette autour d'une eau noire qui se creusait. Alors, Bourrache se mit à hurler.

Il venait de voir sortir des eaux un sapin debout, tout entier, tout noir, chargé de ses branches et de ses feuilles, tout dégouttant d'eau comme après une farouche pluie d'automne. Il émergea tout entier des eaux, très vite, depuis sa pointe jusqu'à ses racines blanches arrachées et qui pendaient sous lui comme des tripes de lapin. Puis, il s'enfonça sous les eaux. Et une chose se mit à naviguer que Bourrache toujours hurlant essaya de regarder et de reconnaître. Il entendait hurler Rodolphe et la mère et, en effet, on pouvait parfaitement reconnaître ce qui naviguait maintenant entre les grandes lames de la faux — et elles étaient devenues des crêtes de vagues toutes rondes, non plus comme des faux mais comme des cercles de roues, entourant tout cet entonnoir qui se penchait vers le trou d'eau noire. — C'était une charrette. C'était un char bleu. C'était un char à charrier le foin, presque neuf, tout bleu, et il naviguait lourdement dans les eaux comme il naviguait avant dans les profondes ornières, ou dans les champs mous, ou dans les marécages, en faisant crier les joncs violets. Il se relevait et il s'abaissait. Il marchait sans cheval et sous ses roues qui parfois émergeaient jusqu'à l'essieu, il faisait crier une écume de boue ou jaillir, comme un éclatement de centaurées, une poignée d'étoiles bleues comme la fleur de centaurée, mais c'était parce que le char roulait dans l'eau profonde.

Soudain, la mère poussa un long hurlement plus fort et plus grave et qui semblait s'adresser à quelqu'un. Elle hurlait à pleine gorge, découvrant ses gencives de bois et sa grande bouche de bois, le cou tendu vers le ciel, regardant le ciel avec des yeux blancs et un tout petit peu de couleur au coin de l'œil pour regarder quelque chose là-bas dans le tourbillon. Et l'un et l'autre ils avalèrent leur salive, puis ils regardèrent aussi ; alors, ils se mirent à hurler ensemble en grelottant, se cherchant l'épaule de l'un et de l'autre pour s'y cramponner, s'y cramponnant, se cramponnant au cheval qui dansait d'un côté et de l'autre sur le fond glissant et qui hennissait de terreur. C'était, flottant derrière le char, attaché aux ridelles par une longue corde, un traîneau encore chargé de foin avec une fourche plantée dedans, comme s'il venait d'être mis en service. Il tournait derrière le char comme si quelqu'un le guidait, le tenant aux cornes, avec des mains d'ombre, derrière ce char traîné par d'invisibles chevaux, comme quand on revient du champ et qu'on est fatigué. Ça devait venir d'être fait à l'instant même, dans cette forêt du fond de l'eau dont un arbre avait émergé chargé de pluie farouche (et il roulait maintenant à moitié naufragé à côté du char) par les habitants de cette forêt ténébreuse et qui avaient aussi cette habitude d'attacher les traîneaux aux chars quand on revient des champs forestiers avec un petit chargement de ce foin qui est fort comme de l'alcool.

Brusquement, en creusant le tourbillon luisant, les grandes faux avaient fait surgir le pays glacial. On y avait des chars bleus, des sapins, des traîneaux chargés de foin, comme dans les forêts là-bas sur l'autre bord, avant que toute cette eau blanche soit descendue des montagnes. C'était donc un endroit qui existait puisque brusquement on le voyait là-devant dans les creux des eaux tournantes et on pouvait vous forcer à l'habiter ; le tourbillon s'approchait en ronronnant comme quand on glisse sur les grandes pentes de neige et que brusquement on entre dans le ronronnement de tous les métiers, de toutes les forges et de tous les âtres du village.

Alors ils criaient maintenant exactement comme des bêtes et ils tendaient les bras vers les forêts extraordinairement vertes qui apparaissaient à travers le matin tremblant sur l'autre bord du lac.

— Accrochez-vous à moi, dit une voix d'homme.

Elle venait d'en haut. Elle était plus effrayante encore que le grondement du pays glacial. Et ils s'abaissèrent presque jusqu'à se cacher sous les eaux. C'était un homme debout sur l'eau du lac. Et comme maintenant le tourbillon et de grands courants qui nageaient dans l'eau comme de longues pattes d'araignées faisaient battre un balancement de vague, il s'enfonçait, tout debout jusqu'aux genoux puis il se relevait plus haut que ses pieds et alors on voyait qu'il était monté sur un radeau. Ce qu'il appelait « moi » c'était ce radeau fait de troncs de sapins encore rouges. Il le faisait cabrer et il le soutenait avec une longue perche.

— Passez-moi la mère, dit-il.

Et il la saisit par le corsage, sur le cou, comme on attrape les petits chats. Elle s'arrêta de hurler. Et tout d'un coup il sembla qu'elle était devenue comme du lierre, attachée à ce bras qui la tira à travers l'eau jusque sur le radeau, comme un poisson noir pêché sur des eaux de ténèbres.

— Accrochez-vous derrière, dit l'homme. Je vais vous tirer, et laissez le cheval, dit-il, comme il s'arc-boutta sur la perche.

Cramponnés de toutes leurs forces, Bourrache et Rodolphe se sentirent tirés en avant. Ils flottaient dans de l'eau profonde.

Les jambes de cet homme étaient énormes, posées sur le radeau, le faisant volter avec sa perche et en appuyant avec ses gros pieds, mais il avait une façon d'attacher le bas de ses pantalons de velours avec une ficelle qu'on pouvait presque reconnaître. Il était difficile de relever la tête pour le regarder tout entier ; il fallait bien s'allonger dans l'eau profonde, rester la tête appuyée sur les troncs fraîchement ébranchés. Bourrache respirait la bonne odeur de résine. A travers l'eau il voyait la tête de Rodolphe avec ses touffes de cheveux noirs collés comme de petites sangsues sur la peau du crâne couleur de brique, et, de temps en temps, quand la tête se tournait, un œil et le coin de la bouche qui soufflait de l'eau. L'homme sur le radeau plongeait la perche, pliait les jambes, poussait des bras et le radeau s'avançait sur l'eau qui maintenant paraissait calme, dans le matin grésillant, au milieu de l'effondrement silencieux des masses de brouillard qui fondaient sous une lumière verte comme le jour au fond des forêts, allant au-devant de la butte de Villard-l'Église qui grandissait à chaque coup de perche. On commençait à apercevoir des toits de granges.

« L'eau arrive jusque chez Pillat, se dit Bourrache. La forge a été engloutie. Ça a sacrément monté de ce côté-ci. »

Il le reconnaissait à la silhouette de trois ou quatre peupliers dépouillés de feuilles et qui étaient comme des plumes de poule plantés dans le schiste bleu.

Il se dit qu'il fallait aider le radeau le plus possible et il agitait ses jambes comme les grenouilles. Il ne savait pas si c'était bien ou mal mais il avait l'impression d'aider celui-là qui poussait sur la perche. Et Villard-l'Église maintenant était si près qu'il n'y avait plus que ça, là-devant.

L'homme fit pivoter le radeau presque sur place. C'était pour éviter sans doute cette arête de toiture qui émergeait et Bourrache en suivant le mouvement sentit passer sous son ventre et sous ses jambes cette chose molle qui devait être le chaume englouti.

De la paille grise flottait sur l'eau immobile, mais tout de suite après le radeau les entraîna dans un endroit qui devait être extrêmement profond, tout contre la butte de Villard-l'Église, presque dans un fort : au-dessus pensa Bourrache, de ce chemin qui monte à pic vers le sommet de la butte, vers l'auberge de la mère Thérèse qui est en plein en bas au fond. Ça a sacrément monté de ce côté-ci. Et il sentait sous lui l'embrouillement de grands courants glacés, plus épais que des gerbes de blé et tous noués ensemble et se débattant comme un orage, là au fond, dessous cette eau immobile. Il les sentait venir frapper son ventre et ses jambes et vivre contre lui. Mais le radeau le tirait et il y avait là-dessus celui-là avec ses pantalons attachés par une ficelle. Il se dit : « Ça ne peut être que le fils Cloche avec cette espèce d'habitude de Piémontais » et il l'appela :

— Oh! Antoine!

Et il vit Rodolphe qui tournait l'œil vers l'homme aussi, à ras de l'eau, et la mère aussi.

— Oui, dit l'homme, on arrive.

On était à dix mètres du bord. Villard-l'Église était là. On ne voyait plus l'homme jaune. Maintenant si on l'avait vu on l'aurait reconnu. Mais, sur toute la pente du schiste luisant et à côté des corps énormes des granges on voyait des formes noires et grises, pas trop grises, presque entièrement noires — des formes noires comme des fuseaux de laine noire — surgir çà et là de terre et se grouper, et se dégrouper, et se balancer comme de gros épis de seigle charbonneux que le vent agite. Ça avait l'air d'être des gens, mais difficile à distinguer entre les jambes d'Antoine. « Il y en a donc de sauvés, se dit Bourrache, plus que ce qu'on croit. » Et à travers tous ces gens noirs il vit passer des formes blanches, celles-là, à ne pas s'y tromper avec des bras et des jambes, des allures d'hommes et qui couraient vers le bord où le radeau allait toucher. Et toucha.

Bourrache sentit les courants glacés qui fondaient sous lui comme des gerbes de blé qui se délient comme si c'étaient de souples litières pour dormir. Il était fatigué, mort de fatigue, plein d'images dorées. Envie de dormir, plus de force. Se coucher maintenant dans la paille loin de ce sapin noir surgi des eaux, lourd d'une farouche pluie d'automne.

— Vous avez pied? dit Antoine.

Et le radeau toucha le bord de Villard-l'Église.

— Jamais on ne serait arrivé, dit Bourrache, on était perdu. Avec des anges, dit-il, qui ont des ailes comme le feuillage des forêts et des épées étincelantes comme du blé mûr...

Mais il avait la bouche pleine d'une eau amère qui noyait les mots. Il respira en montant sur la rive. Ses côtes lui faisaient mal. Il vit Rodolphe nu, debout à côté de lui et la mère qui se dressait sur le radeau. Et autour de lui les yeux, et puis les mentons, et puis les joues, et puis les visages de ceux de Méa et de ceux de l'Église. Plus maigres.

— Oh! Charles, Joseph et Julie, et tous! dit-il en étirant ses bras comme après un gros travail, ivre à tomber, et il entendait parler autour de lui comme le bruit des roues d'un char dans les pierres des grands chemins montagnards.

— Ah!

Et il regarda vers le large d'où ils venaient. Le cheval blanc était étendu sur l'eau et ne bougeait plus, ou tout au moins il ne bougeait plus de sa propre force, à peine peut-être ce mouvement du cou qui essayait encore d'arracher la lourde tête hors de l'eau et faisait tout juste flotter la légère crinière. Il était entraîné dans un grand cercle d'eau maintenant apaisé, en même temps que le char bleu dont n'apparaissait plus que le haut des ridelles. Entre deux eaux on voyait le grand sapin noir qui suivait. Puis le courant rond se dénoua et le cheval s'éloigna dans l'étendue solitaire, avec le char bleu et l'arbre.

— C'est vous qui appeliez?
— Nous avons crié.
— Cette voix de femme qui appelait?

Il se dit « non ». Il se souvenait des hurlements de la mère.

— Non, on criait.
— Une voix de femme qui...
— Écoutez!
— Ça vient de Méa.
— Non, dit Antoine (il était encore debout sur son radeau), on dirait que c'est là-bas sous les pentes de Sourdie. Écoutez.

L'appel arriva encore. C'étaient deux voix de

femmes qui appelaient en disant et en répétant deux ou trois fois une phrase qu'on ne pouvait pas comprendre, tout emmêlée dans des échos.

— J'y vais, dit Antoine.
— Mange, au moins.
— Donnez.

On apporta une marmite avec du riz. Il en prit une poignée qu'il se fourra dans la bouche. Puis il pesa sur la perche et repoussa le radeau sur les eaux. On le vit s'éloigner, il traînait un double sillage tout brisé car le radeau était carré et s'en allait par grands à-coups sous la plonge de la perche. Enfin, il entra dans le brillant du matin et disparut.

A ce moment précis il était presque au milieu de l'étendue, dans cet endroit où, sans qu'on puisse parler de soleil, la lumière descendait entre deux grosses montagnes noires de nuages, plus brillante que tout autour, pareille à un fer qui s'est blanchi au feu de la forge. Elle plongeait dans les eaux, les faisait pétiller, un peu comme si elle était brûlante et les brisait en tout un sable d'écailles. Antoine était obligé de fermer les yeux ; à chaque coup de perche qui le poussait en avant il était assailli de tels éclats qu'il lui semblait que ses yeux saignaient en dedans. Tout d'un coup, il sentit un bleu frais se poser sur ses paupières. Il regarda : il venait d'entrer dans l'ombre de la montagne.

Sourdie, en temps ordinaire, c'était déjà quelque chose, une cave sombre de la montagne, sous des

voûtes de sapins noirs. Des lichens plus longs que
le pelage des boucs pendaient de toutes les branches.
Ils n'avaient pas cet aspect ordinaire des lichens de
haute montagne, sec et cendreux et chantant au
moindre vent comme de petites cosses de sauterelles ; il était épais et lourd, gonflé d'eau, cireux,
avec une espèce de teinte de faux rouge malsain,
il pesait sur les branches jusqu'à les faire craquer
et il ne chantait pas dans le vent — le vent n'entrait
jamais dans les fonds de Sourdie — mais, comme il
bougeait quand même, peut-être de son propre
mouvement, ou bien par le dégoût des branches, il
faisait un bruit flasque comme du linge mouillé
qu'on frappe mollement contre une pierre. C'était
un mystère de voir que la forêt survivait. Mais elle
faisait plus que survivre : elle était devenue une forêt
de monstres. Peut-être y avait-il une nourriture
particulièrement forte dans la terre des fonds de
Sourdie ; ce vallon avait la forme d'une grosse dame-
jeanne à vinaigre, avec sa mince ouverture vers le
ciel et le gonflement de ses parois de roches suin-
tantes d'eau. Il avait dû s'y accumuler tout le déchar-
nement des hauts rochers, et à la longue, le râclement
du gros glacier (par l'embouchure du vallon on
pouvait voir avec le temps clair le rayonnement verdâtre d'une épaule de la Treille) avait dû y faire
tomber comme une chapelure de terre vierge. Le
tronc des sapins était si énorme en bas qu'on aurait
pu tailler dans un seul toute une étable à vache.
Puis ils montaient tout droit longtemps et long-

temps, tout le temps qu'il fallait pour amincir ces troncs, comme à peine un doigt d'homme, là-haut, là-haut tout au bout de l'arbre, un doigt noir toujours immobile. Tout ça chargé de feuillages et de lichens. Des arbres en fer rouillé, silencieux. Dessous le soleil n'entrait jamais, ni le vent, ni les bêtes, ni personne. De temps en temps seulement et toujours dans le plus grand silence — car le sol était feutré par de hautes mousses serrées pareilles à des champs de blé noir — un rocher roulait lentement à travers les arbres jusqu'au ruisseau : la Sourdie, un affluent du Sauvey, un ruisseau de bronze, gras et muet — dans lequel il se couchait comme un bœuf.

Maintenant, tout ça devait être enfoncé dans l'eau aussi. La Sourdie donnait déjà en temps ordinaire une impression d'abondance sans fin. Mais les fonds du vallon avaient perdu leur grand silence car, de là où il était, Antoine entendait gronder comme des effondrements. Les appels ne s'étaient pas renouvelés, ou peut-être n'avait-il pu les entendre, dans le bruit du radeau repoussant les eaux. Il retira la perche et il se laissa flotter. Le temps était plus débarrassé que les jours d'avant ; il voyait très bien la montagne. Elle n'avait jamais été si verte et si vivante ; aux endroits même où il n'y avait pas d'arbres, elle luisait comme de la chair en sueur.

Il aperçut l'ouverture du vallon de Sourdie. Dans les profondeurs de la combe les reflets de l'eau et de la forêt avaient des couleurs inhumaines. Il se dit :

« De ce côté-ci il n'y a personne qui aurait pu se fourrer là-dedans. Je me suis trompé ; les voix venaient de Méa. » Le lourd radeau flottait presque sans bouger. Le calme était si pur — malgré, de temps en temps, le grondement des terres qui devaient s'effondrer là-bas au fond — qu'on entendait avec beaucoup d'éclat des bruits menus extrêmement lointains : une branche qui pleurait dans l'eau goutte à goutte, l'ouverture des lèvres de boue au milieu des prés, le balancement de gros lichens graisseux. Il s'était assis sur les troncs de sapins, sa perche en travers (et dans le léger balancement elle effleurait l'eau à droite puis à gauche, comme les ailes d'un engoulevent). Il était fatigué, depuis deux jours à percher son radeau dans tous les sens pour flotter les gens jusqu'à la butte de l'Église. Il était ivre de se sentir brusquement vieilli à travers ces deux jours comme s'il avait traversé vingt ans à toute vitesse, avec encore ses muscles de jeune charpentier. Brute bête, que c'était loin la danse, l'accordéon ou bien seulement ce qu'il aimait : se promener seul, passé minuit, dans les rues du village avec ses souliers sonnants et ses larges pantalons hussards déficelés du bas, flottants. Il aimait ça : se promener dans la grand-rue de Méa d'un pont à l'autre, seul au milieu de la nuit avec sa jeunesse piémontaise. Ah ! c'était loin. Il n'y avait pas longtemps qu'il était arrivé du Piémont ; il s'appelait en réalité Antoine Cochaillolo mais on l'appelait Antoine Cloche, c'était plus simple. Avec son tricot bleu et sa ceinture rouge. On entendait les branches qui gouttaient goutte à goutte dans l'eau.

Comment veux-tu qu'on soit venu sur ce rivage, juste sur celui-là, tout sombre en plein Ubac? Où on ne venait pas même en temps ordinaire, loin de tout. Rien autour. Venir exprès? D'où? De Méa? Avec quoi? Ils se sont comptés. Il ne reste plus que « la téléphone » et des vieilles femmes, et ça presse d'aller les chercher. Alors? Elles auraient fait quoi? Pour venir. A cheval sur des planches?

Et il se mit à rire silencieusement : ses dents glauques comme des anémones, entre ses lèvres brunes. A mesure que le radeau se balançait, il se balançait pour garder l'équilibre et il trouvait à chaque coup de petits endroits où sa fatigue faisait mal.

Mais il entendit parler. Encore la voix de femme. Seule. Elle avait l'air de parler à quelqu'un qui était resté dans les arbres.

— ... s'en aller de tout, disait-elle.

Il se dressa et il la vit. Elle marchait au bord de l'eau, elle se courbait pour passer sous les branches des arbres. Elle ne l'avait pas vu. Elle regardait vers la forêt. Elle parlait à quelqu'un qui était encore dans la forêt. Il siffla et elle se tourna vers lui, debout dans un gros sapin noir, les pieds presque dans l'eau, se tenant des deux mains dans les branches, les bras écartés. Oh! on voyait les deux bandeaux dorés de ses cheveux et son visage tout à fait rond.

Il entendit que l'autre voix répondait mais il ne put pas comprendre car il poussait déjà de toutes ses forces et l'eau frappait entre les troncs de sapins de son radeau. La femme ne bougeait pas et il vint toucher le bord juste à côté d'elle.

— Sarah, dit-il, qu'est-ce que vous faites?

— Oh! Antoine, dit-elle, êtes-vous encore vivant?

— Bien sûr, mais qu'est-ce que vous faites là, ma pauvre Sarah?

— J'ai descendu Boromé.

Il sauta sur le bord. Il y avait à peine une petite lisière de terre feutrée d'herbe et toute tremblante, déjà minée par des eaux souterraines qui coulaient sourdement dans le lac en y éclatant comme des taches d'huile. Il dut lui aussi se cramponner aux branches d'arbres.

— Ça n'a pas l'air solide ici, dit-il. Il faut partir.

— Plus rien n'est solide, dit-elle, ni ici, ni plus haut et c'est encore ici que j'ai trouvé le plus reposant.

Elle se tenait toujours dans l'arbre par ses bras écartés et lui aussi, à côté d'elle, comme des oiseaux, n'osant presque plus toucher cette terre où bruissait, entre le feutrage des herbes, le ruissellement des grandes armées de l'eau.

— Ici, dit-elle, tout est calme et enfin rien ne bouge.

— Oh! dit-il, l'eau a commencé à monter l'autre soir puis peu à peu c'est devenu tout ce lac que vous voyez, Sarah. Méa est dans l'eau et nous ne savons pas si ceux qui y sont restés y sont encore, et nous ne savons rien de ceux de Château. Le brouillard nous a empêchés de voir de ce côté, quoique ce matin peut-être nous pourrons voir ; le jour a l'air de s'être éclairci.

— Je ne savais même pas, dit-elle, si un seul de vous était encore vivant mais j'ai été rassurée parce qu'enfin tout était immobile et paisible et, ah! Antoine, qu'on pouvait enfin fermer les yeux. J'ai dormi cette nuit.

— Mais ce matin vous avez appelé?

— J'ai essayé de traverser cette forêt qui est comme un mur, quand j'y suis arrivée j'étais là sur ce bord, et la terre est encore devenue molle sous mes pieds, là, voyez-vous. Je n'ai pas appelé, Antoine, j'ai dit ce que j'avais à dire.

— Nous vous avons entendue là-bas sur la butte de l'Église et je suis venu vous chercher.

— Je n'ai pas appelé, dit-elle en baissant les yeux.

— On ne comprenait pas ce que vous disiez, dit-il, on entendait seulement le bruit de votre voix.

Ils étaient à un mètre l'un de l'autre, se faisant face. Les bras étendus dans les branches, ils baissaient un peu la tête comme s'ils étaient crucifiés depuis longtemps déjà dans les mousses et dans le lichen rouge.

— Oh! vous n'avez pas dû la reconnaître.

— Oh! je ne l'ai pas reconnue, on l'entendait à peine. Qui aurait pensé que vous étiez là? Mais je comprenais que ça venait de loin.

— Oh! ça vient encore de bien plus loin que ce que vous croyez.

— N'avez-vous pas dit, Sarah, que vous aviez descendu Boromé, ou ai-je mal entendu?

— Oui, il est là, je l'ai descendu sur le traîneau. Il a la jambe cassée.

— Vous voulez dire que c'est vous, Sarah, qui l'avez chargé sur le traîneau et puis qui l'avez traîné jusqu'ici?

— Oui, mais faites attention, si vous ne retenez pas votre radeau le courant va l'emporter.

Il dressa un peu son regard noir et vert comme de la pierre de serpentine. Le matin s'avançait et le brouillard tassé sur les eaux était maintenant plus sombre, mais il avait dégagé les hauteurs vers les nuages et on voyait dans l'éloignement le sommet de Villard-l'Église avec ses peupliers nus pareils à des plumes de poule.

— Oh! je nagerai, Sarah, et j'irai le chercher, mais je pense que vous êtes attelée au traîneau depuis Terres-Rouges.

— C'était bien nécessaire. Il a la jambe cassée dans le genou.

— Oui, mais vous étiez attelée comme un cheval.

— Il est lourd, dit-elle, et il a beaucoup crié. Alors, on a été obligé de chercher les pentes douces, d'autant que dans les endroits où ça pendait bien, je sentais qu'il m'emportait. Et Marie retenait par derrière. Mais il était là-dessus avec sa grande barbe blanche. Et il lui est venu maintenant des sourcils épais comme le poing, et une bouche violette comme la fleur des lilas et qui ne cesse pas de crier, avec ses grandes épaules, parce que je l'avais presque assis au fond du traîneau et j'ai allongé sa jambe sur des peaux de mouton, et calé avec du foin. Il tenait à peu près d'aplomb. Il n'a jamais rien dit et il nous a souvent remerciées en nous regardant quand nous nous arrêtions pour souffler. Nous l'avons descendu par les petites pentes, car dans les grosses il était plus fort que moi, tout immobile, et j'avais beau me serrer de toute ma force sur les cornes du traîneau, il défaisait mes bras rien que par son poids et Marie cramponnée derrière se défaisait aussi comme une poignée de foin dans le ruisseau. Ah! Et dessous, vous savez, Antoine, c'est toute une herse d'arbres serrés et il n'y avait que nous deux pour le retenir lui et son corps déjà tout exaspéré par ce mal qui est terrible dans un genou cassé. Alors vous comprenez qu'on a pris par les petites pentes quand j'ai eu enfin réussi à faire un peu tourner les patins sur lesquels il pesait de tout son gémissement dans sa grande barbe blanche. Et c'est comme ça qu'on est arrivé dans les fonds de Sourdie au lieu de venir en face Méa. Mais je me suis dit que c'est la même chose puisque l'eau est partout. Mais je ne l'ai su qu'en sortant du bois ce matin, car avant j'avais l'espoir qu'ici tout était arrangé. Mais je me suis rassurée, Antoine, parce que je me suis dit que vous étiez tous morts et qu'enfin ici il y avait le calme et que j'allais pouvoir dormir sur la solidité de la terre et mourir dans les horreurs ordinaires.

— Qu'est-ce qu'il fait maintenant?

— Il est là derrière les arbres dans le pré des Ubacs. Il dort. Marie le garde. Il s'est assoupi tout d'un coup. Je l'ai couvert sans qu'il s'en aperçoive. Et je lui ai touché le poignet. Il n'a pas l'air d'avoir de fièvre. Je crois que depuis qu'on s'est arrêté il a pu arrêter sa douleur aussi.

— Vous êtes pour lui beaucoup précautionneuse, Sarah.

— Il m'a prise à un moment où il n'y avait plus guère d'espoir, Antoine.

— C'est peut-être vous qui aviez fait votre propre malheur, Sarah!

— Vous savez bien que c'est moi et puis un autre.

— Il aurait peut-être fallu lui laisser le temps de parler.

— Je ne pouvais pas attendre.

Antoine resta un moment silencieux et il assura mieux ses grands bras écartés dans les branches qui avaient plié peu à peu sous son poids.

— Et là-haut, dit-il, qu'est-ce qui est arrivé pour vous faire enfin descendre?

— Toute la côte de Verneresse s'effondre. Tout le dessus de Sourdie s'effondre. Tout le flanc de Chènerilles. La terre est comme du lard. Les forêts se replient dans la terre. L'eau fume le long des rochers. Les pierres coulent comme des fontaines. Il a essayé de détourner la boue. Elle a renversé la grange. Il a essayé de sauver quelque chose. La maison était comme une barrique sur un bassin; elle dansait et il semblait qu'elle tournait, elle s'enfonçait, elle remontait, je lui disais : « Non, n'y allez plus. » Mais il sauvait le sien. Il était devenu quelque chose, Antoine. Il peut être fier !

— Je ne dis pas.

— C'est le mur maître qui lui est tombé dessus et c'est la pierre de la cheminée qui lui a cassé la jambe. Nous l'avons déshabillé, Marie et moi. Je me disais : « Voilà que nous avons perdu le meilleur soldat de l'armée. »

Elle eut un moment de silence et elle releva la branche de sapin qui l'empêchait de voir Antoine.

— Oui, dit-elle, je l'ai dit.

Et encore un moment ce fut le silence avec le grondement des grandes armées de l'eau sous la terre de Sourdie.

— Mais ce matin, dit Antoine, qu'est-ce que vous avez dit avec vos paroles dont j'ai entendu le bruit, là-bas, à Villard-l'Église. Je ne pouvais guère les entendre, mais maintenant il me semble que j'en entends un mot ou deux.

— Il s'est bien battu, dit-elle. Et quand nous l'avons sorti du tas de pierres, ah ! nous avons soufflé pour reprendre des forces, dans cette maison qui, à tout moment, craquait dans son chavirement. Et quand nous l'avons porté dehors, il était immense.

— Venez, Sarah, dit Antoine en dénouant ses bras d'entre les branches. Il ne faut pas rester un moment de plus ici où j'ai l'impression que c'est trouble, et toute cette côte va s'effondrer dans le lac avec ses arbres dans un moment, si nous restons là. N'appuyez pas directement sur vous, Sarah. Portez, voyez-vous, votre pied vers la gauche. Tirons-nous carrément dans le bois noir. Je vais aller avec vous à la clairière Ubache et nous verrons comment faire pour le charger sur le radeau et le porter là-bas où on pourra le soigner peut-être mieux, sans offense.

Ils furent encore obligés de se tenir à toutes les branches d'alentour pour ne pas enfoncer dans cette terre qui n'avait déjà plus de consistance. Enfin, elle fut un peu plus solide et ils entrèrent dans la forêt.

— Voyez-vous, Sarah, dit Antoine, et tout en parlant il passait son doigt sur sa petite moustache en virgule, je crois que vous avez mal fait de nous quitter, là-haut au grand chantier de charpentage, quand vous nous faisiez la soupe au campement ; dans cette maison des bois qui tremblait comme une sauterelle au milieu du vent. Vous êtes partie trop brusquement, et si lui n'a pas parlé assez tôt, vous n'avez peut-être pas assez attendu pour un homme comme lui. Mais je ne vous dis plus rien.

Au fond de la forêt ténébreuse commençait à s'élargir la lueur verte de la clairière Ubache.

— Tout le monde est sauvé, demanda-t-elle ?

— Non, dit-il. Ils restent peut-être quatre ou cinq dans les maisons à Méa. Des femmes qui sont avec la téléphone. Mais je crois qu'on ira les déshaller aujourd'hui. Mais on ne sait rien des enfants. Quand le pont a sauté dans l'après-midi, entre Méa et

Château, les enfants étaient à l'école à Château. Depuis, on n'a plus rien vu. Mais enfin on pense. On est presque sûr. On est sûr. Madeleine Sauvat est morte. Sa petite aussi. Écrasées. L'une sur l'autre. A la fin on les a trouvées dans l'écroulement de la scierie. La scierie de Fernand Sauvat qui s'est écroulée. Non, tout le monde n'est pas sauvé, sept ou huit encore dont on ne sait rien. Nous avons de l'eau tout autour là-bas. Le brouillard est resté jusqu'à ce matin où il s'est un peu levé et peut-être ils ont pu voir.

— Dites-moi.
— Quoi?

La sueur des lichens claquait comme des gouttes de pluie.

— Je veux que vous me disiez s'il est là-bas avec vous autres?
— Oui, il y est.
— Alors, je n'irai pas, dit-elle.

Il s'arrêta pour la regarder.

— Il y a maintenant, dit-il, un commandement qui est plus fort que vous, Sarah.

La clairière s'était élargie et éclairée à travers les arbres. On voyait le corsage rouge de Marie. Une brebis gémissait.

— Vous avez descendu le troupeau?
— J'ai poussé ceux qui étaient vivants, dit-elle.
— Vous êtes toujours la même femme, dit-il. On a une grande confiance quand vous êtes là, Sarah. Il semble que vous faites toujours les choses

nécessaires. Nous n'avons plus guère à manger pour longtemps là-bas.

— Ça sera donc le vieil homme qui vous sauvera vous autres malgré sa jambe cassée.

— Ça aura été vous, Sarah.

— C'est lui qui a dirigé le troupeau et toute la mise en route. Il n'a commencé à souffrir que plus tard, quand nous l'avons brisé dans cette descente, quand j'aurais voulu faire glisser le traîneau sur mon corps pour qu'il soit, lui, plus à son aise.

— On ne cherche plus l'aise de personne, Sarah, on cherche à se sauver tous ensemble.

Arrivés à la lisière, ils restèrent derrière les dernières branches.

— Écoutez bien, Antoine, dit-elle, je suis maintenant la femme de cet homme là-bas.

Le traîneau était arrêté à l'abri des arbres. Le visage de Boromé couvert de barbe blanche ne bougeait pas. Il sortait d'un gros tas de peau de mouton brune. Il avait les yeux fermés ; son front large comme un vieux pain. Le vent soufflait dans sa barbe comme dans le lichen de la forêt.

— Je ne vous écoute plus, dit Antoine. Vous ne vous rendez pas compte que le monde a changé.

Marie était assise près du traîneau. Elle avait un corsage rouge. Elle n'entendait pas le bruit léger des paroles derrière les branches. Elle était accablée par le calme. Les bras croisés sur les genoux elle laissait pendre ses mains. Elle regardait l'herbe.

Autour d'elle, onze moutons immobiles, lourds de laine et de fatigue.

— Il est devenu pour moi ce qu'il sera jusqu'à la fin, dit Sarah.

— Je vais vous emporter sur mon radeau, dit Antoine. Vous ne pouvez pas faire ce que vous voulez, Sarah, même si vous le voulez. Le vieil homme ne restera pas toujours comme maintenant, comme un pape, sous les arbres, au milieu de ses moutons. Vous êtes obligée de comprendre qu'il attend la mort. Oh! elle aussi se mettra à l'abri à côté de lui, sous les arbres. Croyez-moi, je vais le monter sur mon radeau tel qu'il est, sans le toucher, vous allez voir, sans même qu'il se rende compte. Mais vous êtes obligée de venir là-bas avec lui, Sarah, parce qu'il faut m'aider pour lui faire traverser l'eau. Je vais vous emporter, Sarah, et puis après nous verrons. On ne peut rien défaire de ce qui a été fait, Sarah, tout reste, même les moments secrets. On ne peut pas effacer tout un chantier de charpentage. Il n'y a pas de moyens de l'effacer sans que rien en reste dans le monde, alors qu'il a existé une fois, vous comprenez, Sarah ? Venez, maintenant ; Marie nous a entendus, elle a regardé vers nous.

La côte de Villard-l'Église opposée à celle qui regardait Sourdie était frottée par le courant du

Sauvey. Ce torrent n'était qu'à moitié enfoui dans le lac parce qu'il coulait dans un lit encombré d'énormes rochers, maintenant submergés, mais par-dessus lesquels il sautait encore, comme un renard, avec son eau jaune, éclatante comme du vieux soleil. De ce bord, on ne voyait plus rien d'humain. Déjà, en temps ordinaire on ne pouvait apercevoir de là que la grande coulée minérale du torrent : cet effondrement de rochers charriés depuis les lointaines falaises du ciel jusqu'ici. Tout ça immobile ; c'est-à-dire de mouvement si lent qu'on ne pouvait pas l'apercevoir. Pourtant, de temps en temps, on était obligé de changer le sentier. Il y avait un sentier qui traversait ce grand ruissellement de pierres puis qui passait l'eau, généralement petite, sur une poutre tout effilochée par les clous des gros souliers. Alors, des fois, ceux qui prenaient ce chemin s'arrêtaient au milieu des pierres. Il y en avait d'aussi grosses que des granges ; les unes arrondies, les autres à angles vifs, avec des sortes de lueurs cristallines qui s'allumaient sur le tail dans le tremblement du soleil ; puis, il y avait tout un sol de petits graviers pas plus gros que des grillons et de toutes les couleurs, comme des fleurs, et ce sol craquait tout le temps d'un petit craquement sec, comme les grosses sauterelles bourianes (celles qui ont de gros ventres bruns cerclés de vert, de rouge et de bleu, ce qu'imitaient parfaitement tous ces débris de porphyre, de silex et de serpentine).
« Regarde voir, se disait-on, voilà qu'on est obligé

de faire un détour maintenant. » Parce qu'un rocher plus gros qu'un bœuf s'était couché en travers du sentier. Hier, il avait à peine son museau appuyé au bord. Et il y en avait tout un troupeau comme ça, avec des robes veinées de cristaux, des artères où la chair de pierre avait composé un porphyre vineux. On regardait vers l'est ces falaises, là-haut, touchant le ciel d'où tout cela était descendu, d'où tout cela descendait avec une force terrible, si lentement que tout paraissait immobile. Et le sentier se tordait. Et il fallait prendre l'habitude de faire un détour à cet endroit où, avant, on allait tout droit. Les petites pierres pareilles à des fleurs craquaient continûment sous le soleil comme si elles étaient en train de frotter leurs jambes dures ; l'eau jaune comme un renard ondulait du flanc, du cou, de la queue et de l'écume, entre les grands rochers, puis sous la poutre effilochée, puis elle allait plus loin. Elle était tout d'un coup devenue une eau énorme, en même temps que tout ce qui descendait de l'Ebron, de la Tialle et du Vaudrey ébranlait les fondations de la montagne et secouait les forêts. Elle s'était enfoncée dans le lac en même temps que les autres, mais pas si complètement ; elle n'avait pas disparu tout entière comme l'eau et la force de l'Ebron ; non, elle était encore presque à la surface et son dos de renard ondulait en passant près de la butte de Villard-l'Église, et on le voyait encore onduler là-bas loin dessinant la trace du courant jaune jusque dans le lointain où le poids du brouillard aplatissait le monde.

Donc, de ce côté, ce n'était pas le silence, comme ce qui volait sur toute l'étendue du lac, et même là-bas sur Sourdie maintenant, mais le grondement léger des eaux. Et aussi le grondement des arbres, car, l'autre bord de la vallée — cette muraille de montagnes extraordinairement verte que Bourrache avait aperçue à travers la brume du soir quand il descendait de Chêne-Rouge — n'était pas très loin. On en était séparé par à peine cent mètres d'eau qui, dans ce couloir, ressemblait plutôt à un fleuve qu'à un lac, comme c'était au-delà. Ce grand courant d'eau jaune, qui sautait par-dessus les rochers entièrement recouverts, entraînait du vent. Toute la forêt verte grondait.

Ce côté de la butte de Villard-l'Église était désert. Ceux qui s'étaient sauvés devant la grande cavalcade des eaux au moment où, au milieu de la nuit, ils avaient été frappés de partout par le poitrail blanc des eaux subitement cabrées dans les ténèbres, avec des crinières froides qui claquaient et crépitaient de tous les côtés et les lourds sabots qui galopaient dans l'ombre en ébranlant la terre dans une odeur terrible de boue : Chaudon, Charles-Auguste, Barrat, tous ceux qui criaient avec de petites voix dans le hennissement forcené des eaux — ç'avait été un moment de grand tumulte — ils s'étaient mis à courir vers la butte de Villard-l'Église et, arrivés sur la terre ferme, ils s'étaient comptés. Pas tout de suite. Longtemps après : à l'aube du premier jour, quand déjà le silence commençait à voler. Un s'était

dressé, puis un autre, puis peu à peu tous ; car
d'abord ils s'étaient couchés contre les trois granges
les plus hautes de la butte, ils avaient tâté les murs,
ils étaient restés là, à souffler, avec des cœurs terribles ; puis ils s'étaient couvert les oreilles avec leurs
mains. D'abord il n'y avait pas de lune ; la nuit
était éclairée par des troupeaux de chevaux blancs.

— Il faut se compter.
— Il faut savoir combien on est.

C'était venu à l'esprit des vieux garçons, ceux
qui n'étaient pas mariés. Debout les premiers, avec
encore les yeux un peu trop fixes maintenant que
l'aube les éclairait.

— Il faut savoir combien on est maintenant, ici
dessus.

Il y avait des groupes de ces femmes noires avec
ces coiffes de semaine un peu grises, et, dessous, des
visages qui sont comme la rouille des blés et ridés
en noir, ou bien jeunes, réunies autour d'un homme
qui était le père. Il y avait la mère, la fille, parfois le
fils — quoique ceux-là s'étaient plutôt dressés tout
de suite, marchant entre les groupes vers les vieux
garçons qui discutaient et aussi d'autres femmes
seules — n'ayant pas trouvé leur mari ou bien étant
filles — et qui s'étaient agglomérées aux familles
pour sentir un homme près d'elles. Alors, on avait
dit : « Voyons » avec des voix encore engluées dans
ces gorges qui avaient serré des cris et le souffle
qu'il faut pour courir.

— Voyons, compte un peu de là, toi, ce tas-là,

et puis cet autre. Qui êtes-vous ? Ah! c'est toi, Firmin ? Joséphine est là ? Bon, vous y êtes tous ? Alors, ça fait cinq, et vous là-bas ?

Ils ne se reconnaissaient qu'en clignant des yeux et en allongeant le cou comme des moutons qui se reniflent ; comme s'ils étaient dans la brume, et pourtant le jour montait et la brume n'embarrassait que les hauteurs des montagnes ; elle faisait au-dessus et autour du monde nouveau des parois de sel, un plafond d'où tombait au contraire une lumière crue, sans faiblesse et sans ombre, où tout se voyait un peu trop véritablement.

Petit à petit ils s'étaient trouvés cinquante-quatre, y compris les charpentiers de la forêt ; toute l'équipe prise comme dans un piège, étant descendue précisément ce jour d'avant pour un campo dans le café de Baptistin Polon à Méa, alors qu'elle aurait dû être normalement dans les profondeurs de la forêt à son chantier, si Saint-Jean n'avait pas eu brusquement le revertigot.

— Allez, avait-il dit, venez.

Et ils étaient donc descendus du chantier à travers la forêt, la veste sous le bras, dévalant les détours du chemin pierreux avec de grands pas qui faisaient siffler les larges pantalons de velours. En bas, à peine si on voyait Méa comme un grain de blé. Mais enfin à ce moment-là on le voyait encore. « Allez, avait dit Saint-Jean, venez, pour ce qu'on est sur terre!... » C'est eux qu'on distingua tout de suite au milieu des groupes de femmes noires. Ils étaient debout, seuls à l'écart, tous réunis, les six muets, blonds comme des épis d'orge avec leurs longues moustaches un peu retombantes en longes de fouet, leurs cheveux mousseux et leur peau qui avait l'air d'être faite avec ce bois ambré qui est juste dessous l'écorce : Djouan, Arnaldo, Dominique, Charles Bozel, Antoine Cloche à côté de Saint-Jean comme d'habitude.

— Hé! dit Antoine, voilà cette fois quelque chose qui est plus saoulant que le vin, madone!

C'était ce large bouleversement du monde.

Il regarda là-haut, au-dessus de lui le visage de Saint-Jean. Il le voyait par-dessous, lui qui était plus petit; les longs cils en barbe d'avoine là-haut et dans l'ombre, un regard immobile fixé sur un monde particulier.

Saint-Jean soupira et dit : Peut-être oui.

Les neuf habitants de Villard-l'Église sortirent de la plus haute grange. Ils y avaient passé la nuit tous ensemble. Ils dirent qu'ils n'avaient rien entendu à part la cavalcade de l'eau. Ils n'avaient pas entendu qu'on se couchait près des murs et qu'on touchait les murs avec les mains pour être bien sûr qu'ils étaient là au milieu de cette nuit qui n'était éclairée que par les effroyables crinières des torrents. Ils dirent qu'ils s'étaient bouché les oreilles et enfoncé dans le foin. Ils étaient couverts de débris de foin, même dans les cheveux. Et les femmes n'avaient pas de coiffe. Et elles ouvrirent leurs corsages et s'essuyèrent les seins parce que la poussière d'herbe les démangeait.

Leurs trois maisons au bas de la butte étaient envahies par l'eau jusqu'à la toiture. Ils y descendirent quand même et François Dur essaya d'entrer chez lui. Il plongea sous le porche de la cour et il apparut au milieu de sa cour de ferme au milieu d'une lourde nappe de fumier qui flottait, à côté de sa fontaine, qui continuait à couler sous l'eau. Il entra dans la maison par une de ces ouvertures triangulaires du grenier, mais quand il voulut sortir il s'embrancha dans le trou avec ses grandes épaules; le mur du grenier qui était comme d'habitude ici en boue durcie s'était ramolli et il s'effondra dans l'eau. On vit alors qu'il n'y avait plus rien à faire et que tout le grenier était envahi. François Dur retourna en nageant. Les autres de Villard l'avaient suivi de l'œil dans toute son affaire et alors ils se décidèrent à remonter et à se mêler à ceux de Méa.

C'était le moment blême du matin.

On était en train de se regarder les uns les autres et, de temps en temps, on entendait des femmes qui gémissaient. Elles étaient devenues de plus en plus petites. Plus le jour montait plus elles se tassaient contre la terre : comme des souches d'arbres brûlés, avec leurs vêtements noirs, serrées dans des châles et des couvertures, ou seulement dans leurs bras croisés, accroupies, de plus en plus tassées contre la terre, n'osant pas se dresser, ni bouger. Le jour pourtant ne découvrait pas trop de choses. On ne pouvait voir à peu près bien que ce qui se trouvait sur la butte de l'église. Au-delà c'était seulement de l'eau plate et de temps en temps des convulsions comme le passage d'un énorme serpent. Les torrents grondaient encore à ce moment-là mais d'une voix déjà éloignée. Et, malgré tout, avec ces voix familières semblait s'éloigner tout espoir. Car il y avait déjà contre la butte de l'Église, dans les maisons écroulées, dans le grenier de François Dur, une sorte de silence, même quand les quatre salauds gueulaient entre les rochers, même cette fois-ci avec leur colère surprenante pendant qu'ils emportaient les ponts, les maisons, les arbres et les champs, et qu'ils galopaient en rond dans tout le territoire de la vallée comme quatre troupeaux de chevaux enragés (avant que l'eau ne s'étale), on peut dire que ça avait quand même un peu de familier. Ça se rattachait à quelque chose de déjà entendu, en plus grand et en plus méchant, mais par exemple au bruit d'Ebron quand au printemps il arrache les aulnes tout le long de son lit, quand on est tous là à surveiller que les digues ne craquent pas. Et elles ne craquent pas. Et on l'écoute tranquillement, l'autre, qui arrache ses aulnes avec de grands gestes, mais le silence! Ces grondements qui s'éloignent en laissant, ici contre, ce nouveau monde qu'ils ont installé!

C'était chez François Dur un plâtras qui tombait ; le soupir des murs fatigués, une ardoise qui glissait et entrait dans l'eau comme un poisson qui s'échappe.

Les femmes s'étaient serrées dans leurs châles et dans leurs bras comme pour se protéger d'un froid. Et c'était drôle, avec ces quelques hommes debout, comme si au milieu de toutes ces souches noires de forêt brûlée, on avait laissé cependant quelques arbres, des blonds, des jeunes (même les vieux hommes debout étaient comme des arbres jeunes) et même les bruns, comme Chaudon et comme Barrat, paraissaient blonds ; rien que du fait d'être debout, c'est-à-dire lumineux ; peut-être aussi parce que précisément maintenant ils regardaient de tous les côtés avec de grands yeux assez calmes.

La bouche des femmes s'était mise à trembler. Il n'y avait pas moyen d'arrêter ce tremblement. Il n'y avait qu'un seul moyen, elles le savaient bien : c'était de crier comme cette nuit en courant devant l'eau. Mais maintenant c'était le silence (presque le silence : les torrents s'éloignaient de moment en moment et ils faisaient à peine le bruit du vent dans les feuillages de hêtre). Elles étaient présentes comme ça, presque sans rien, dans un nouveau monde. Elles commencèrent à gémir en balançant la tête.

Il y avait des haches dans l'appentis de Biron-Furet, là-haut au sommet. Et surtout trois très bonnes, longues, courbes, lourdes, balancées comme des balanciers d'horloge. C'est Charles Bozel qui les trouva, et puis Arnaldo qui l'avait suivi. Ils avaient bien attendu en bas, au milieu de tous, avec ces femmes qui gémissaient, mais Saint-Jean avait l'air de ne faire attention à rien. Ils lui avaient dit : « Et alors, quoi ? » Ils lui avaient touché le coude et l'épaule : « Et alors quoi, on te dit ? » Il les avait regardés avec des yeux vides. Il était embrouillé dans une sorte d'idée qui devait être difficile. « Bon, Charles Bozel s'était dit, voyons voir de mon côté. » Il était monté vers la vieille église. L'atelier de Biron-Furet était collé contre. Arnaldo s'était dit : « Voilà donc mon Bozel, qu'est-ce qu'il va faire là-haut ? » Et il était arrivé au seuil de la porte au moment juste où l'autre soupesait dans ses mains une de ces haches au long manche deux fois courbe, fraîchement râpé, encore gluant de résine. L'aiguisage de fer était la perfection, large d'un doigt, sans une variation d'un millimètre.

— Du travail de patience, dit doucement Arnaldo.

Il entra ; les copeaux craquaient sous ses pieds. L'appentis sentait le bois vivant. Une planche de mélèze fraîchement rabotée était debout appuyée contre le mur.

— Bonne odeur.

Et Bozel s'arrêta de peser la hache pour renifler paisiblement lui aussi. Ils reniflaient deux ou trois coups puis ils ouvraient la bouche. Il y avait l'odeur du bois raboté, de la colle à bois, une odeur de fer, une odeur d'assemblage, de construction.

— Faudrait voir, dit Bozel, s'il y a des clous.

A ce moment-là Arnaldo vit des paquets avec ce gros papier bleu. Il se dit : « C'est la marque Charron-Pinet. »

— Ça y est mon Bozel, dit-il, j'ai des clous.
— Des neufs ?
— Oui.
— Longs ?

— Numéro trois.
— Beaucoup ?
— Au moins dix kilos. Attends, voilà encore deux paquets entiers.
— Tout ça c'est très bon dans la soupe, dit Bozel.
Ils prirent une hache chacun.
— Faut sûrement fermer la porte, mon cochon.
Ils souriaient tous les deux comme d'habitude ; avec, Bozel, son sourire noir, parce qu'il avait les lèvres rasées et trois dents de devant gâtées qui avaient été d'abord cassées par un coup de poing.
— Où c'est qu'il peut être le furet ?
— Pas en bas.
— Attends, mon Bozel, il doit bien avoir un crayon par là.
Il ouvrit le tiroir du banc de menuisier. Il y avait un crayon plat.
— Il faudrait quand même les marquer quelque part, ceux-là, pour se rendre compte.
En haut de la planche de mélèze Arnaldo écrivit le nom : Biron-Furet.
— Il s'est peut-être sauvé dans les bois, dit Bozel.
— On sera toujours à temps de l'effacer s'il retourne, dit Arnaldo.
Les femmes s'étaient arrêtées de gémir et elles écoutaient. Chaudon s'était arrêté de construire son foyer et il gardait une grosse pierre à bout de bras.
— Ça vient de Méa.
On ne pouvait pas voir très loin sur les eaux.

Ils ne respiraient plus ; ils ne bougeaient pas. Il semblait que cette contenance allait forcer les yeux à voir plus loin.

— C'est, on dirait, le côté de la forge.

Un reflet rouge bougeait là-bas comme si on avait lancé dans le vent un foulard large comme un drap. C'était en effet la grande affiche de Byrrh, toute en zinc, placardée au mur du nord sur la forge de Regotaz.

Chaudon posa sa pierre par terre.

Peu à peu, au-dessus du reflet, en regardant bien, on vit se dresser les formes troubles du hameau.

— C'est encore tout entier.

« Tout entier », dirent-ils en appointant leurs yeux, balançant la tête pour mieux voir, tous alignés juste au ras de l'eau, les femmes un peu cachées derrière les hommes. Plus personne autour des feux qui commençaient à fumer. Charles Bozel et Arnaldo descendaient de la butte.

— On n'entend plus rien.

— Mais, chez Regotaz c'est plus haut, voyons voir, avec le grand talus en dessous où il a planté des cosmos. Ça n'a jamais été une maison comme ça, enfoncée dans ses épaules.

— C'est que c'est pas dans ses épaules, dis donc, qu'elle est enfoncée, c'est dans l'eau.

— J'ai à peine entendu très doucement, mais c'est sûr. Et ça venait de là. Ne parlez pas tout le temps, écoutez.

— On n'entend rien.

— Dans l'eau, crois-tu ? Alors ça serait débordé par-dessus la grande digue, tu veux dire ?

— Ne parlez pas, écoutez, c'est un bruit qui est venu sur le ras de l'eau ; c'est seulement ici en touchant la terre qu'il s'est redressé.

— Alors mais, dis donc, si ça monte jusqu'à l'affiche, là-bas à la porte, ils en ont jusqu'au premier étage, et aussi toutes les maisons au-delà.

— Rien ne bouge.

— Je vois le toit carré de chez Malliargues.

— Alors, mais, dis donc, c'est beaucoup plus haut que la cerisaie tout ça ? Alors, c'est plein aussi par là-bas dessous, alors quoi ?

— Tant de bruit cette nuit et maintenant rien ne bouge, plus rien ne dit mot.

— Parlez doucement, baissez tout ça, écoutez, voilà Chaudon qui a entendu crier de là-bas. Ecoutez, on va les entendre.

— Mais, dis donc, ça devrait couler alors.

— Plat comme un drap.

— Ça devrait descendre.

— Non, ça a même monté, je crois, regarde, c'était bien en dessous.

— Oh ! c'est tout maintenant comme une fumée ; ça tremble, ça va sombrer.

— Taisez-vous.

— C'est le reflet.

— Le reflet des grands toits de fer.

— Avec juste un doigt de mur dessous.

— Les toits qui traînent presque dans l'eau.

— C'est le reflet qui bouge dessous les toits, avec l'ombre et ce blanc de mur.

— Taisez-vous, nom de Dieu, ces femmes!

— C'est vrai, je vois : c'est le reflet. C'est comme de la fumée, écoute, parlons doucement ; regarde si on ne dirait pas que c'est de la fumée, que dans un moment ça va tout sombrer? On ne peut plus savoir où c'est le reflet et où c'est le solide.

— Oh! oui, Méa c'est solide.

— Pour qui, maintenant?

— Seul au milieu de l'eau.

On entendait Bozel et Arnaldo descendre la butte avec leurs gros souliers dans les pierres. Puis, tout d'un coup le silence. Ils s'étaient arrêtés. Silence. On criait là-bas. Dans cette bataille des reflets et des maisons, toujours le village pareil : la ligne brillante des gouttières, l'échine des toits sans fumée. Mort. Rien que la vie des reflets qui palpitaient tout autour comme des herbes d'eau. Des cris si petits au milieu de cet énorme bouleversement que tout d'un coup ils le firent comprendre tout entier cet amas de montagnes, de glaciers, d'eau et de forêts insensibles. Puis, le silence. Eux, là, muets, sur Villard-l'Église. Une ardoise glissa du toit de François Dur. Et les petites voix appelèrent encore. Chaudon cria pour répondre. En deux fois. Un cri de bœuf enroué, puis il se cura la gorge, il cria et tout le monde avec lui. Comme s'ils avaient crié dans une boîte. Le cri restait autour de leurs têtes. Arnaldo et Bozel se mirent à courir.

— Quoi, dirent-ils, alors quoi, vous avez entendu ce que ça a fait ?

— Oui, ça a sonné drôle.

Ils étaient sur le point de crier encore une fois plus pour eux tout d'un coup que pour les autres. Et non, ils regardèrent autour d'eux les murailles vertes des forêts. Elles étaient extraordinairement vertes malgré toute cette brume qui empêchait de les voir nettement et comme rapprochées.

— Ça a sonné plat comme dans de l'enfermé.

Ils parlaient à voix basse.

— Ça doit faire une belle largeur d'eau.

— De là-haut du chantier, dit Bozel...

Il leva le bras et pointa le doigt presque tout droit au-dessus de sa tête vers les nuages noirs, dans la direction du sommet de Chènerilles.

— ... on entendait les chars rouler sur le chemin de Villard-l'Église, comme s'ils avaient été là et le pas du cheval, puis l'écho du pas dans le vallon de Sourdie, puis l'écho dans le vallon du Sauvey, puis l'écho jusque dans Verneresse, comme si c'étaient quatre chevaux les uns derrière les autres. Clair, ah ! franc comme quatre, un peu loin les uns des autres, le cheval, Sourdie, le Sauvey, Verneresse. On regardait. Fallait chercher. Le chemin était juste, juste. On voyait marcher un point noir.

Ils appelaient toujours de temps en temps là-bas comme de petits oiseaux, dans ce village tremblant et trouble.

— Oui, je te dis. Le bruit de ce petit

point noir en bas au fond ; alors maintenant...

On ne pouvait pas distinguer les arbres des forêts mais on voyait ce vert extraordinairement éclatant et vernis, lissé comme avec une grande truelle et il montait droit tout autour, très haut, puis il s'enfonçait dans les nuages.

Saint-Jean s'approcha avec ses grands pas. Tout ce temps il était resté dans une grange à moitié démolie. Il arrivait en surveillant lui aussi de droite et de gauche ces murs verts à travers la brume.

— Donne ta hache, dit-il à Bozel.

Sa petite moustache blonde n'était même pas dérangée devant sa bouche et il regardait loin, comme s'il n'avait jamais parlé. Mais il tendait la main. Et après, il monta à la butte de l'Église. Cloche courut après lui.

— Où vas-tu?
— Essayer.
— Ils ont trouvé dix kilos de clous.
— Longs?
— Du trois.
— Dis-leur que là-bas les poutres sont bonnes. La bâtisse ne vaut plus rien. Il n'y a qu'à dégoncer la charpente.

— Oh! dit Cloche, c'est probablement ce que tu veux faire.

— Je m'en suis trouvé d'autres. J'ai seulement marqué les poutres faîtières. Gardez-les-moi.

— Elles te suffiront?

— Oui, je veux faire un radeau et traverser le Sauvey.

— Alors, tu aurais assez de quatre planches de mélèze. Une boîte, toi dedans, un trou dans la terre et on recouvre. Voilà : tu as traversé le Sauvey.

— Non, je vais faire mon radeau à mon idée. Chevronné. Les grosses poutres quillées au milieu comme une navette. Ça traverserait l'enfer. Je traverserai le Sauvey.

— Il n'y a pas assez d'eau sur les blocs. On les voit dans l'écume noirs comme des éclats de fer. Tu ne peux pas les passer, tu ne peux pas les sauter. Tu ne peux rien faire d'autre que de t'y crever dessus. Et pour passer entre il faudrait être à cheval sur une flûte.

— Mon garçon, moi je ne me mets à cheval sur rien, ni sur une flûte, ni sur un cheval. Je monte dessus. Ce que je fais, ça s'appelle toujours « monter dessus ». J'y monte dessus et je m'y tiens solide avec mes pieds. Je n'aime pas que mes jambes traînent dans l'eau ou dans n'importe quoi. Moi, tu comprend mon garçon, je suis toujours debout comme une quille. Si la boule vient, eh bien, elle vient. Si tu joues bien, eh bien, tu joues bien. Si je tombe, eh bien, je tombe. Voilà le jeu. Et je traverserai le Sauvey.

— Tu traverseras sûrement ce que, depuis quelque temps, tu as envie de traverser.

Saint-Jean recommença à monter. Il fit quatre ou cinq pas et il s'arrêta.

— Je t'ai déjà dit de ne pas m'emmerder.

Il s'était tourné. Il était là-haut, la hache à l'épaule et, parce que ça montait dur, ses souliers un peu au-dessus de la tête de Cloche. Comme ça, il était tout énorme, sauf la tête qui paraissait toute petite et loin dans la hauteur.

— Vivre régulièrement comme tout le monde, dit lentement Cloche.

— Qu'est-ce que je fais, de quoi te plains-tu ?

— Avoir peur raisonnablement, dit Cloche en séparant bien tous les mots avec des mouvements de son bras.

— J'ai peur.

— Pas de ce qu'il faudrait.

Saint-Jean posa sa hache dans l'herbe et il s'accroupit à côté d'elle.

— Alors, mon Antoine, dit-il, qu'est-ce que tu as ?

— Rien d'autre que d'habitude, mon Jean.

— Et alors, cette habitude, on pourrait savoir ?

Son visage commençait à s'ouvrir librement, et enfin, il crocheta ses moustaches blondes de chaque côté, avec ses deux doigts.

— Faut pas essayer de me prendre, dit Cloche.

— Tu as une drôle de gueule.

— Et toi, mon Jean !

Il allongea encore son regard vers le lointain et il lissa sa moustache toute plate en petits tourillons comme de l'osier, à deux ou trois reprises; et il eut une grande lèvre en or pâle.

— C'est un gros désarroi, dit-il, tu vois, mon Antoine, cette eau qui a étouffé tous les creux et toutes les profondeurs, étendue jusqu'au-delà de Château, étendue avec tout son poids sur ce qu'on avait rétabli péniblement. Ah! Ça ne s'aide pas du tout. Bon Dieu, tu veux la relever comme un malade, toi ? Il ne se donne pas de l'aide ; il te chiffe dans les bras, avec son poids qui ballotte.

Il y eut une petite dureté dans sa voix qui s'annonça par un tremblement presque imperceptible mais une fermeté qu'il assura tout d'un coup avec toute sa force et il ferma les yeux le temps des deux premiers mots.

— Antoine, obligé de gagner (il ferma le poing) pour garder sa vie (il recommença à sourire sous sa lèvre d'or — et on voyait sa lèvre véritable). Tu veux pas qu'on ait une sale gueule ?

— T'as rien établi dans cette vallée-là, toi, mon Jean ?

Il resta un moment silencieux.

— Mettons, dit-il.

D'ici on pouvait encore entendre les appels de ceux de Méa et ça n'avait plus de rapport avec rien, comme le bruit des étoiles.

— C'est arrivé, dit Antoine (il venait de jeter un regard furtif par-dessus son épaule vers ce large, l'eau et le fantôme brun du village couché dans le lac), rudement d'accord avec ce que tu voulais, hé ?

— Quoi ?

Antoine recula de deux pas.

— On a beau être ce qu'on est, dit-il, on a quand même un peu vergogne de s'occuper tout le temps de soi-même ; comme ça, on a au moins l'excuse de sembler le faire pour d'autres.

— Pas besoin de te reculer, dit Saint-Jean, je ne frappe jamais les enfants, jeune homme.

Il était resté immobile. Puis il se redressa et sa tête devint encore toute petite au sommet de son grand corps taillé dans le gros velours, avec des boutons qui représentaient des bêtes et sur un on voyait le groin tout denté d'un sanglier. Il était obligé de se tenir un peu cambré en arrière à cause de la pente très dure.

— Ne passe pas le Sauvey, dit Antoine.

— Ne t'occupe pas de moi, oh ! imbécile, dit-il, tu ne vois pas que c'est ma vie, ça, à moi (il souriait très tendrement, le sourire ayant gagné ses yeux et rafraîchi tout son visage lointain. Il eut un geste du bras et comme une caresse de la main vers l'épaule d'Antoine, amicalement). Eh ! mon Antoine, comme toujours, eh ! croquant ! La fin du monde, ça ne peut pas venir pour moi dans un dansement comme celui-là, ça viendra avec des petits pieds aimables.

« Et fous-moi la paix ! »

Il ramassa la hache et commença à monter. Antoine le regarda.

— Il y a des clous chez le Furet, cria-t-il.

— Bon, dit l'autre.

— Mets-en deux paquets de côté pour moi. Je vais en faire un moi aussi.

Il ne répondit pas.

Au sommet de Villard-l'Église, la vieille chapelle

était toute en bois. Ils avaient équarri des troncs entiers avec la houe aiguisée, étant montés sur le tronc, avec leurs gros souliers ferrés. Ils avaient bêché l'écorce et l'aubier comme le dessus d'un champ aplanissant une face puis l'autre. Ils en avaient d'abord fait comme une épaisse palissade de défense bien serrée, enfoncée dans la terre avec un lourd mouton de fonte. L'église s'établissait. Ils l'avaient couverte en planches et crépi les mûrs avec du plâtre, un peu mauvais. Sous le plâtre on voyait encore la trace des houes, les marques des clous de souliers, les fentes de l'écrasement du mouton.

Seule au sommet de Villard-l'Église.

Elle sentait le moisi et le mortier aigre.

Saint-Jean trouva facilement les clous chez le Furet. Il prit une petite hache à manche court pour lui servir de marteau. Comme il allait sortir il vit la planche de hêtre et le nom inscrit dessus. Le crayon était resté sur l'établi. Il le prit et il le garda un moment dans ses gros doigts. Il s'approcha de la planche et il écrivit : « Sarah ». Il posa le crayon. Il sortit.

Le ciel roulait de formidables muscles noirs.

L'église craquait sourdement en elle-même comme si elle voulait se décider à faire quelque chose.

Saint-Jean essaya d'ouvrir la porte. Elle était fermée. Il poussa de l'épaule. Ça résistait en croix. Il sentit la résistance de droite et de gauche, en haut et en bas. Il regarda par le gros trou de la clenche. C'était sombre mais, peu à peu, il vit luire près de son œil le bois d'une grosse travette que le tour de clef faisait partir en croix quand on fermait. Du bout des doigts il chercha le joint dans la plinthe du haut, passa le fer de hache, pesa en levier ; la porte s'ouvrit.

Le dedans était plein d'ombre. Ils n'avaient laissé que d'étroites fenêtres en haut près du plafond. Mais, peu à peu, il vit qu'il y avait de grands bancs de bois et une chaire faite avec des plateaux et des rondins. Il entra lentement. Il soupesa un des bancs en le prenant par le bout. C'était le premier, un gros à dossier où l'on n'avait rien amenuisé, mais seulement tout assemblé à grands coups de marteau. Il essaya de le tirer. Le parquet cria; une odeur de vieille forêt pourrie se souleva peu à peu pendant que le bruit coulait dans les échos de la chapelle. Il pensa aux échos de la montagne noyés sous l'eau plate. Ce monde qu'il fallait perpétuellement creuser. Il fit deux pas assez brusquement et il saisit le banc par son milieu, déjà calmé dès qu'il eut la pièce de bois dans ses bras et aussi maintenant qu'il frottait sa joue contre le banc, une ancienne odeur toute fine mais bien conservée et qu'il connaissait. Il grondait entre ses dents le souffle qui égalisait sa force le long des épaules. Il arracha lourdement tout le poids; il le sentit un moment flottant autour de lui et familièrement il l'assura sur ses épaules comme il faisait d'habitude pour les troncs frais.

Il descendit la pente du côté du Sauvey, dans un pré désert. Il jeta le bois par terre, près de l'eau. Oui ; ça serait difficile de traverser ce torrent-là. Mais c'était l'endroit où la montagne était la plus près ;

on entendait le bruit des arbres. Il fallait passer, de là traverser toute la montagne noire. Il faudrait deux jours. Etre dans la Valogne et arriver à Charrières. De là, quoi faire ? Enfin, le leur dire d'abord, à ceux de Charrières, environ quatre cents électeurs, ça serait toujours ça. Et après, dire qu'on vienne nous aider. Enfin, connaître cette raison qui ne laissait plus écouler les eaux et les gardait ici dessus.

De temps en temps la solitude se refermait autour de lui. Ses oreilles bourdonnaient. Il était tout d'un coup assailli de bruits incompréhensibles. Ce n'était pas l'eau, ni les arbres, ni les nuages.

Et de Charrières annoncer plus loin encore, dire dans quoi on était. Et qu'il fallait venir nous tirer de là, l'annoncer aux plaines, dans le pays, venir avec des machines. Par où ? Il songea aux durs chemins impraticables tout enrubannés dans des éboulis, des roches blanches et de la pourrissure de pierres qui venaient des vals de Valogne, car il ne fallait plus compter sur le débouché naturel de la vallée : puisque l'eau n'y passait pas, plus rien n'y devait passer.

Il retourna chercher un banc, le fit de nouveau volter autour de lui dans l'ombre de l'église.

Oui, le passage de l'eau serait difficile. Il resta longtemps à la regarder filer avec des bonds de renard. Il était debout, ayant enjambé les bancs couchés dans l'herbe.

A un moment, en bas, Chabassut tira sa montre. Machinalement. On lui demanda :

— Quelle heure est-il ?

— Dix heures.
— Que c'est long!
— Quoi?
En effet, le temps était toujours le temps.

Chaudon avait aussi une montre, mais arrêtée. Il la remonta et il demanda exactement l'heure. Il l'écouta à l'oreille. Il frotta le verre. Il la remit dans la poche de son gilet. Il boutonna sa veste.

— J'ai un réveil, dit François Dur, on pourrait aller le chercher. On aurait l'heure pour tous.

— J'y vais, dit le fils.

— Passe par le toit, lève deux ou trois éclenches et descends dans la maison.

— Viens Céleste.

La petite servante avait des joues rondes, le visage comme une lune rose tout entouré d'un petit duvet brumeux, des cheveux exactement comme de la paille d'avoine, presque blancs, avec des reflets verdâtres et gris mais tout luisants et collés exactement sur le rond, de grands yeux roux très lents à bouger et à battre. Elle les ferma doucement et elle chercha avec Jean-Paul. François regarda sa femme. Marie Dur était sèche et noire, avec un seul sein dans son corsage parce que, de ce côté-là, elle mettait son mouchoir. Elle avait l'air de vouloir parler mais à peine si elle pouvait réussir à bouger ses lèvres très minces, sauf la lèvre du dessous gonflée au bord par une vieille meurtrissure bleue. Elle était assise. Elle fouilla dans son énorme jupon, tira sa poche, sortit deux trousseaux de clefs.

— Oh! dit Dur, c'est pour qu'elle lui tienne l'échelle quand il descendra par le toit.

— Tu es toujours pareil, dit Marie.

Il avait un gros béret sale qui tombait autour de sa tête comme un chapeau de coulemelle.

Elle renfourna ses clefs.

Jean-Paul tenait la main de Céleste et la balançait en descendant.

De la rive il prit élan et sauta sur le toit.

On entendait le Ticassou et la Ticassoune dire « non, non et non », surtout la femme prise à partie par Clovis Prachaval, Baptistin Polon, Chaudon, Barrat et trois femmes où il y avait sûrement Madeleine Glomore et au moins deux de ses filles. Louise Glomore courait en bas rejoindre Céleste, plantée debout sur la rive et qui ne regardait rien que Jean-Paul en train de déclouer trois longues éclenches du toit.

Marie Dur tourna la tête et se leva. Elle épousseta sa jupe et de dedans, à coups de hanches, elle la fit ballonner, elle la frappa de sa jambe et elle vint vers le groupe.

— Non, disait Ticassou, mais pas trop fort.

Mais la Ticassoune disait « non, non, non », et elle secouait sa tête et sa coiffe et les rubans de sa vieille coiffe.

Elle s'arrêta et il y eut un silence.

Elle suait à grosses gouttes sur son visage tout ridé comme une figue sèche avec des débris de foin dans les rides.

Le Ticassou était un peu en arrière, encore plus petit maintenant qu'il n'avait plus de canne, et un peu bossu, avec cette célèbre veste de drap fin qu'il portait toujours, un peu luisante à l'endroit de la bosse. Il était obligé de relever son visage un peu de côté pour voir les autres.

Chaudon ne disait rien et il était comme s'il regardait son menton. On ne pouvait pas voir ses yeux. Et Clovis Prachaval, dit « le bel homme », soufflait fortement et il regardait tout le monde.

— Enfin si, dit le Ticassou, mais...

— Venez, dit Chaudon, alors venez vite. Pas tous. Il faudrait Elisa Ponteuil et vous Marie, la Madeleine avec sa Sophie et sa Juliette, et puis Clovis et moi. On est assez.

Ils commencèrent à monter. Le Ticassou marchait devant. Il tirait la jambe gauche, il balançait ses longs bras de chaque côté de sa bosse. Il marchait assez vite. La Ticassoune venait derrière.

Chabassut toujours debout les regardait. La Chabassotte courait vers Chaudon, lui bon dernier mais qui faisait les grands pas. Chabassotte tenait ses jupes relevées jusqu'aux genoux. Elle l'appela :

— Écoute...

— Attends, dit Chaudon.

Et il marcha.

La Chabassotte s'arrêta, laissa retomber ses jupes, resta un moment plantée puis retourna.

Chabassut était debout à côté d'un long paquet brun.

— Il est entré, dit Louise Glomore.
Céleste appela :
— Jean-Paul!
On l'entendit là-bas dedans marcher sur le plancher du grenier puis tirer la trappe et la renverser.

Il y avait une largeur de presque deux mètres d'eau entre la rive et le bord du toit.

Céleste était à l'extrême bord, avec ses pieds nus dont les doigts bougeaient sans cesse dans la terre molle qui peu à peu s'effritait dans l'eau. Elle fit un pas en arrière.

Louise Glomore enleva ses sabots et les frappa l'un contre l'autre. Céleste avait ses petites mains sur le ventre et elle faisait le geste de tordre un linge. Elle mordait ses lèvres. Elle n'avait presque plus de menton mais rien qu'un grand haut de visage avec de larges yeux et des paupières qui battaient lentement comme les ailes d'un petit oiseau qui se chauffe.

— J'ai aussi une montre, dit Charles-Auguste.

— J'ai laissé la mienne sur le comptoir, dit Pierre Michard. Quand je suis parti, ma femme pesait des côtelettes pour l'instituteur. Il m'a dit : « Quelle heure est-il ? » Je lui ai dit : « Regarde. » Je l'ai mise devant lui. J'étais en train de charger ma charrette. Je suis sorti. Il est sorti. Il m'a dit : « Au revoir, Pierre. » Je lui ai dit : « Au revoir, Jules. » Je me suis dit : « Qu'est-ce que tu oublies ? » Puis non, rien.

Ma femme m'a dit : « Ne reste guère. »

— Oh! Château, c'est haut, ça n'est pas monté jusque-là.

— Bien sûr. Je me demande ce qu'il a pu faire.

— Qui?

— Jules avec ses quarante gamins, pour les faire manger avec ses trois côtelettes d'agneau.

— Ta femme a dû lui en donner.

— Oui. Et puis j'ai tué un veau hier soir, non, avant-hier; non, quand? Oh! puis, là-haut tout est entier.

Il se frotta le menton.

— J'imagine.

Il avait encore son tablier de boucher avec des essuyages de doigts rouges et son bourgeron de toile à carreaux avec les six boutons comme des petits oignons coupés en deux.

— Qu'est-ce que tu as fait de ta charrette?

— Je l'avais attachée devant chez Paulon.

— Ça aurait été de bonne pratique ici, mon Pierre. On sera peut-être obligé de tuer les chevaux ici dessus si ça dure. Il y avait trois chevaux, un peu plus haut, qui mangeaient l'écorce d'un petit bouleau et qui cherchaient l'herbe entre les pierres, et une jument qui se frottait le dos contre un peuplier. Après, elle se mit à marcher le long de la butte pour se défendre de son poulain.

— Ma brune, qu'est-ce qu'elle a dû faire comme ça attachée?

— Elle s'est noyée.

— Sûr, j'y fais double nœud. Avec un nœud

simple elle se détache seule. J'étais juste en train de boire, tiens, avec Pancrace là, quand on a dit que ça s'était tout écroulé chez Sauvat. On est sorti comme ça, en courant.

Pancrace le Pâquier arrivait avec ses un mètre nonante-trois ; de ses épaules jusqu'à l'ouverture de ses jambes il était rectangle et taillé droit comme un pétrin. On voyait les petits anneaux d'or de ses oreilles.

— On a laissé nos verres, eh! Pancrace!
— Oui, dit-il.
— Sans compter que le vin doit être trempé maintenant sur la table à Polon, eh! Pancrace?
— Oui.
— On a bien couru tous les deux, eh! Pancrace?
— Oui.

Il resta un moment sans rien dire ; puis il dit :
— Tu viens, Charles-Auguste?
— Où?

Paul Peygu demanda une truelle.

— On les jointerait seulement avec du mortier de terre, ça tirerait mieux. Faudrait creuser dans le flanc du pré. On pourrait faire un tablier un peu haut, une vraie cheminée. Tu grattes du vieux plâtre le long des murs, tu pisses dessus, tu le fais revivre. Ça peut tenir.

Il était accroupi près du foyer de pierres sèches que Chaudon était en train de construire quand il était parti avec le Ticassou. Il avait retrouvé Maurice Dauron, le fils de la veuve Adeline qui était son manœuvre habituel. Il avait retrouvé ses gestes de maçon. Il avait retrouvé dans l'herbe nue une auge invisible, une truelle de fumée, un mortier impondérable ; il faisait semblant de bâtir avec ses mains vides une grande cheminée pour le feu.

Les trois vieilles petites sœurs Cotte : Philomène, Adèle et Angèle étaient venues s'asseoir toutes frissonnantes près du foyer froid.

— Tire ton bonneton, Adèle.

Elle le tira mais dérangea une mèche de cheveux blancs ; du bout des doigts Philomène la lui rangea sous le bonnet.

Angèle souriait aux hommes et, de temps en temps, se faisait plus petite sous son châle noir tout en souriant.

— Il est allé chercher la grosse pierre avec Charles-Auguste, dit Maurice. Mère, approchez-vous ici.

— Et Isabelle elle a couru, dit la petite Angèle toujours avec son sourire dans sa vieille figure toute mâchurée de rides et de traces de sueur, et en frissonnant.

— Oui, dit Maurice, je l'ai prise sous le bras.

— Ah ! c'est donc ça, dit Angèle. Nous, on s'est coursé toutes les trois toutes seules.

Isabelle Dauron donnait le bras à sa sœur Adeline la veuve. Et elles venaient, Isabelle encore plus cassée que d'habitude, presque comme si elle voulait ramasser des vieux bouts de cuir par terre, comme elle faisait du vivant de son beau-frère, près de la table de bourrelier. Maurice lui avait coupé une canne dans une branche de saule, pendant la nuit, quand ils se sauvaient, quand ils arrivaient presque ici, et elle s'appuyait là-dessus, faisant tourner la canne loin d'elle, à bout de bras, à chaque pas.

— Où est Clovis ? dit Marie Prachaval.
— Assieds-toi là.

Chenaillet et Julie Chenaillet arrivaient en portant des pierres plates.

Il y avait un groupe plus haut avec la Céline, et son gros ventre, et son tablier qui remontait par-devant, et ses deux grosses mamelles appuyées sur le ventre, et son cou étroit, et son visage d'homme et ses cheveux gris ; Madeleine Brunot, Jules Pontet, Marie Pontet et le petit Fernand tout pâle, avec un gros foulard blanc autour du cou, et la tête penchée de côté parce qu'il avait les oreillons ; sa mère le serrait contre ses jupes ; Louis Mérentiè, Bouchard et la Marquise. Elle n'avait pas oublié sa fanchon en laine noire avec de grosses perles noires. Dessous, ce nez comme un bec d'épervier et les yeux tout à fait ronds comme les perles de la fanchon et aussi noirs.

On ne pouvait guère savoir ce qu'ils faisaient, ces sept ou huit. Ils n'avaient pas l'air de parler et ils ne bougeaient guère. Seulement, de temps en temps un petit geste. Ils n'étaient pas encore bien débarrassés de la nuit. Ils avaient dû dire à la Marquise : « Regarde un peu le petit. » Car, des fois elle pouvait guérir certaines choses. Les autres s'étaient approchés et aussi la Céline qui, avec sa carrure, s'occupait de tout mais cette fois ne disait rien, ne faisait rien, se cambrait seulement un peu plus et se rengorgeait.

— *Basta*, dit Djouan.

Il n'était pas encore bien incorporé dans l'équipe. Il avait encore son costume de Turin en cheviote bleu marine avec deux grands plis horizontaux, un à la hauteur de la poitrine et l'autre à la hauteur des poches ; gardant toute la semaine le costume plié dans le sac pour le dimanche. Aujourd'hui il l'avait et, à la boutonnière, un petit bouquet d'épine-vinette en fruit, un peu flétri.

— *Basta*.

Ce qu'il avait déjà pris à l'équipe, c'était une habitude de Saint-Jean : celle de se lisser la moustache. Ça, il le faisait déjà comme Cloche, Bozel, Arnaldo et Dominique.

— Jeunesse de mon cul, dit-il, regarde ce qu'ils font, là-bas.

Le petit valet de chez Barrat, et Paul Charasse, et le petit Picart, et Julien Leppaz, le fils Romuald, l'enfant Polon, étaient là-bas dans la grange démolie. C'est le Paul qui les entraînait avec ce côté danseur qu'il avait, et tout maigre, et sa grande force qu'on lui savait malgré ses seize ans, habitué à dominer les bœufs d'attelage, dans les fermes des vals de Valogne, depuis qu'il avait été orphelin jusqu'à maintenant. Il était là depuis quand ? Oh ! depuis un an, juste, loué chez le Politou de Château, retourné comme ça avec ses yeux bleus mais durs et son front bombé comme une moitié de courge.

Il les avait fait monter dans la charpente écroulée et ils avaient l'air de casser des planches, et trois s'étaient attelés à une grosse poutre, et ils essayaient de la déroquer en la branlant comme un timon, au risque de tout se chavirer dessus.

Le petit valet de chez Barrat sautait dans le faîtage avec ses longs pantalons de chevrier.

— Djouan, Cloche, Bozel, Arnaldo s'approchèrent. Et Dominique qui ne parlait jamais mais suivait toujours.

— Non, les gamins, dit Arnaldo, foutez le camp, ce sont des bois qui servent.

— Et ta sœur? dit Paul.

— Elle bat le beurre, dit Arnaldo.

Paul sauta à terre.

— Répète voir.

Arnaldo lança le bras. Paul passa dessous, courbé pour lancer un coup de tête. Djouan le serra aux épaules, puis, tout d'un coup il le cercla autour du corps et le plia en avant, le menton appuyé sur la nuque de Paul, forçant avec sa grande force de charpentier, avec ses vingt-six ans solides. L'autre essaya de lui piétiner les pieds. Djouan le jeta brusquement devant lui. Il tomba. Il se redressa. Il allait sauter. Djouan mit sa main à la poche.

— Piémontais, dit Paul.

Mais il abaissa ses épaules et il s'essuya la bouche.

— Ils ont toujours le couteau, dit-il. Je te retrouverai.

Les lèvres muettes de Djouan tremblaient et

ses narines s'étaient ouvertes. L'œil fixe, il suivit la marche un peu tournante de Paul. Plus loin, là-bas, en enjambant les décombres, Julien Leppaz, le fils Romuald, l'enfant Polon et le petit chevrier tournaient aussi pour s'en aller.

— *Bruto bestia*, dit Djouan.
— Piaffou, dit Paul.
— *Dio carne*, dit Djouan.

Paul ramassa une pierre. Dominique s'avança, muet, mais avec ses poings comme des masses. Paul laissa tomber la pierre et il s'en alla.

Chaudon traversa la haie des peupliers. C'étaient des arbres non taillés et les branches basses encore couvertes de feuilles dorées. Il portait un sac sur ses épaules. Après lui, les feuilles d'or tombèrent comme une pluie. Puis, parut Clovis Prachaval. Il portait aussi un sac. Il traversa le rideau de branches et, après lui les feuilles tombèrent encore comme la pluie. Des feuilles rousses étaient restées sur son sac. Le vent emporta quelques feuilles rousses et une qui monta toute droite dans le ciel. On la voyait bien voler sur le fond de nuages noirs, montant comme une lente alouette, puis, Elisa Ponteuil et Madeleine Glomore qui portaient une corbeille à elles deux. Elles écartèrent les branches avec les mains et passèrent. Les feuilles tombèrent après elles comme la pluie. Il n'en restait plus guère ; on voyait à travers elles comme à travers un rideau fin, les deux Sophie et Juliette avec aussi une corbeille entre elles, sans doute lourde, car elles étaient penchées à l'inverse et le bras raide encore tendu plus loin.

Marie Dur était restée là-haut dans la petite épicerie du Ticassou. C'était à peine une petite boutique où il plaçait quelques paquets de tabac gris sur l'étagère. Il allait les chercher à Méa. Il n'y gagnait pas. C'était pour faciliter François Dur, et Jean-Paul, et Frédéric, et Jean Palatte qui n'avaient pas toujours le temps. Alors, c'était plus facile en venant chercher du sel, ou du sucre, ou du maïs, ou de la « sésame » de dire à la femme : « Tiens, apporte-moi un paquet de tabac. » Ça ne faisait pas perdre de temps, et, pour un sou ça n'était pas cher. Il le vendait cinquante et un sous. Juste pour dire. Il usait plus d'un sou de soulier.

Marie Dur ouvrit une boîte de biscuit. Elle était vide. Elle la plaça par terre, à gauche. Elle ouvrit une autre boîte : vide, par terre à gauche. Une autre boîte : vide, par terre à gauche. Une autre boîte : pleine de pois cassés ; sur la table à droite. Une autre boîte : des cartes de boutons ; sur la table à droite. Une boîte en carton. Elle la secoua : vide. Elle la jeta par terre. Ainsi pour trois, quatre, cinq boîtes de même forme avec une étiquette bleue et des lettres blanches. Toutes vides. Une boîte ronde : un assortiment de rouleaux de soies d'Alger : vertes, bleues, rouges, jaunes ; sur la table à droite. Une boîte de fer : trois doigts de berlingots rouges, collés en bloc ; sur la table. Un petit sac en toile blanche serré en deux oreilles comme les vrais sacs : semoule de première qualité « La Colombe » : sur la table. Une boîte de carton ; elle la secoua. Vide ? Non, une carte de fil noir toute seule. Elle la prit. Sur la table, et jeta la boîte. Deux paquets de tabac ; sur la table. Des allumettes ; sur la table ; à part, toutes ensemble. Combien ? Deux, quatre, six, dix, douze, vingt, vingt-six, trente, trente-deux et un paquet entier de un, deux, trois, quatre, à travers l'enveloppe de papier, douze. Bon. Qui s'allument partout. Un encrier d'encre noire : sur la table. Et puis non, il n'y avait qu'à le laisser sur l'étagère. Des mèches de lampes. Un paquet de bougies, deux petites tasses. Une boîte en carton. Elle la secoua. Peu de chose ; elle l'ouvrit : des cartes postales, vue générale, le pont sur l'Ebron, groupe scolaire, deux groupes scolaires, trois, quatre, et entre chaque une feuille de papier fou. Un gros jeune homme en couleur assis, une fille rose debout. Il a sa main sur le ruban qui serre la taille ; sur la table. Diachylum. Une boîte complète de coton mercerisé ; sur la table à côté des allumettes. Elle rapprocha les boutons, et les soies, et la carte de fil. Un petit sac de café ouvert. Pas plein. Elle prit un grain et le croqua doucement. Elle ouvrit un tiroir : deux couteaux ; sur la table. Elle passa sa main au fond du tiroir : un paquet, un paquet de cigarettes, vieux, presque plus bleu. Elle prit un autre grain de café. Dans l'autre tiroir : un mètre cinquante d' « extra-fort ». Elle le roula sur son doigt ; sur la table, à côté des soies d'Alger. Un paquet d'aiguilles ; à côté. Dans l'autre tiroir : du papier à lettres. Elle le laissa. Un petit Saint-Antoine de Padoue en plomb. Elle le garda dans la main. Une vieille boîte à berlingots. Elle l'ouvrit : des sous. Une pièce de deux francs, des sous noirs et des sous blancs.

— Cassoune!

Elle était dans la cuisine à gémir doucement et à fouiller dans un vieux placard.

— Tes sous.

Elle arriva tout de suite.

— Merci Marie. Quel grand malheur!

Elle retourna dans la cuisine, portant la boîte, un coin de regard à la table où tout était rangé et, par terre, aux boîtes vides.

Un paquet de nouilles : sur la table. Une bouteille de sirop, de sirop rouge, une bouteille avec la forme de la tour Eiffel. Tout : les traverses, les balustrades et la petite cahute en haut avec le bouchon enfoncé dedans. Sur, oui, sur la table. Au fond, pourquoi pas? Mais elle resta la main en l'air. Elle entendait un drôle de bruit dans la cuisine. La Ticassoune avait ouvert un tiroir. Puis, il y avait des petits chocs légers sur la toile cirée de la table, là-bas.

Elle s'approcha sans bruit. La Ticassoune sortait des œufs d'une cachette.

— Combien en as-tu? dit Marie Dur.

— Je n'en ai pas, dit Ticassoune, ils sont pour moi.

— Non, ils sont pour tous.

— Je te les ai achetés à toi, Marie, rappelle-toi.

— Donne-les quand même, comme le reste.

— Alors, pourquoi faut-il que je les donne, juste moi ?

— Parce que c'est toi qui les as.

— Rends-moi mes sous.

— Je n'en ai pas.

— Toi qui es si riche !

— C'est tout dans l'eau.

— Qu'est-ce que tu donnes alors, toi ?

— Rien, je n'ai rien.

— Trois sacs de maïs, un sac de pois cassés, le sucre, le sel, tout. Qui me payera ?

— Personne.

— Et tout ce que tu as pris maintenant ? Tout ce que tu as mis sur la table ?

— Personne.

— Alors, vous croyez que tout est à vous ?

— Tout le monde en a besoin.

— Je porterai plainte.

— A qui ?

Elle tenait ses vieilles mains sur les œufs.

— Tu n'as jamais rien donné à personne, toi.

— Non.

— On est allé combien de fois frapper à ta porte ?

— Je n'avais pas à donner, le travail était pour tous.

— Alors, pourquoi c'est plus pareil ?

— Demande-le dehors.

— Tu n'as jamais été bonne.

— Donne tes œufs.

— Tu as fait souffrir tout le monde.

— Oui. Donne tes œufs.

— Tu ne te souviens plus de toi quand tu étais fille ? Tu ne te souviens plus de ton premier nom ? Tu ne te souviens plus de ton père ? Tu ne te souviens plus de l'incendieur ?

— Donne.

— N'approche pas, ne me touche pas, ne me frappe pas. Tu oserais me frapper !

— Oui.

— Tu en serais capable !

— Oui.

— Fille d'incendieur, fille d'incendie ! Ton père t'a allumé le cœur et les mains quand il sautait dans les granges avec sa lampe comme un renard pour mettre le feu partout. Oh ! toi aussi il t'a brûlée en même temps que les maisons et tout. Toi aussi brûlée, brûlée. Tu n'es plus rien, un cœur de charbon, des mains de feu. Capable de tout. Laisse ça. Non, ne les touche pas ; tu vas les casser. Marie !

— Voilà !

— Voleuse !

« Forte de ton fils. Parce que tu as un fils. Si j'avais un fils, tu ne me volerais pas tout ce que j'ai.

— Je ne te vole rien. Je ne te vole rien pour moi. Je te prends pour tous. Pour toi aussi. Tu as ta part. C'est partagé entre tous. Tu crois que c'est pour moi ? Tu as entendu Chaudon ? Tu as entendu ce qu'il a dit ? Il a dit que je m'en occupe.

« Nous le savons que c'est à toi, mais tu en as trop et nous rien. Il faut que nous mangions. Personne ne peut décider autrement. Nous sommes autant que toi. On ne te veut pas de mal. Nous sommes tous pareils. On aura des parts égales. »

Marie tenait les œufs dans son tablier.

— Si on avait dû avoir des parts égales, tu aurais marché pieds nus dans le froid de glace au lieu de te foutre au chaud dans le lit du riche. Tu aurais ramassé tes sous comme des glanes, un à un avec des mains mortes au lieu d'en trouver un paquet tout prêt dans la chemise de ton homme. Oh! Tu es devenue riche, oh! oui, très riche! Connue de loin. Madame! Marie de l'Église. La commandante!

« Mais, toi qui veux des parts égales, tu les auras tes parts égales. Ta méchanceté te fera des parts égales, Marie Dur, dure comme la pierre. Ah! il faut que tu manges, tu mangeras pour ta part de malheur. Tu as fait souffrir tout le monde. Tu crois qu'on ne sait pas, tu crois qu'on n'entend pas? Ton fils? Ah! Si j'en avais eu un, moi, de fils, mais toi! Sans jamais penser à lui ; toujours en pensant à toi, parce que c'est une servante, parce que c'est une petite qui n'a rien. »

Marie tourna le dos et emporta les œufs dans la boutique.

— Tu as fait mourir le père de François à petit feu. Et sa mère aussi. Pour que tu sois la maîtresse. Tu les as fait mourir à petit feu, oui, un, puis l'autre. A petit feu. Mourir!

Elle l'entendit encore répéter : « Mourir, tu les as

fait mourir! », puis s'asseoir sur la caisse et gémir :
« Tu les as fait mourir! »

Oui. C'était vrai? Et après? Par la porte ouverte ici en haut on voyait la largeur des eaux et, en même temps entrait une immense solitude. Elle ramassa une boîte vide et plaça les œufs dedans. Sur la table. Il restait encore à regarder dans deux tiroirs là derrière. En contournant la table elle fit tomber le vieux paquet de cigarettes. Elle le ramassa et le mit dans sa poche. Pour Jean-Paul.

Le temps était toujours au sombre dehors. Les nuages bas passaient en sifflant dans les peupliers nus. Joseph Glomore courait après sa jument. Elle le laissait approcher, dressait le cou, se fouettait de crinière et de queue et repartait. Il la savait rieuse. Au bout d'un moment il se mit simplement à marcher et à la suivre dans ses jeux. Il voulait quand même l'attraper. C'était la première fois qu'elle poulinait. Joyeuse déjà avant. Mais la première fois qu'on l'avait sortie, après, elle s'était d'abord plantée là avec ses deux gros yeux, et dans chacun l'image du petit poulain brun tout tremblant et lécheur de mouche, sa queue qui ne s'arrêtait pas de bouger et ses poils encore tout frisés de gluant sec. A partir de là, ça avait été la grande rigolade : dix, vingt, trente, cent jambes, elle avait eu soudain cent têtes, cent mâchoires, cent crinières, une mer, une forêt de crinières, des montagnes de dos, de sauts et de voltes, dansant toute claquante autour du poulain ahuri. Elle n'en était pas encore assouvie. Peu de temps avant, peut-être en octobre, il s'était approché des barrières de ses pacages pour la regarder. Pourtant c'était l'époque où les nuits sont plus froidement appliquées sur la peau des chevaux et où les sangs se calment (il est vrai que, précisément, pour en être venu où on en était venu avec ce dévergondage d'eau, il avait fallu mal connaître le véritable travail de ces nuits d'octobre). Il s'était alors appuyé à la barrière et je crois que c'est Firmin Droz de Château qui était arrivé dans le chemin. Il lui avait dit : « Il est bien vrai le proverbe qu'on a fait sur toi : " Sa femme fait des filles mais Glomore fait des chevaux. " » Il lui avait dit : « Oh! j'en ai à peine trois. — De quoi, des filles? — Non, de chevaux. — Bien, tu vois qu'il est vrai le proverbe : trois filles, trois chevaux. Vous faites chacun votre travail, ta femme et toi, sans compter que, les filles non, mais les chevaux c'est un peu extraordinaire dans cette montagne où ça ne sert pas à grand-chose (c'était vrai) et où, malgré tout, c'est assez délicat. » Oui, il avait regardé au-dessus du pacage le grand corps à pic de Verneresse et en haut, par l'entrebâillement de Sourdie, un peu de ces verdures blêmes de la Treille et, en effet, le corps de la jument et de ses chevaux n'étaient pas en accord avec ça. Le drôle c'est que, les filles et les femmes, elles ont beau être mignonnes et minces, ça ne vous effraye pas de les voir ici, mais les chevaux — surtout les siens qui sortaient d'une race plutôt marine — avec des petites chevilles de rien du tout et des nerfs (ah! bien plus que tout un filet de pêcheur sous la peau) des nerfs qui se mettent tout d'un coup à trembler et à leur frapper le cœur, non, il se rendait compte que c'était quand même délicat, en effet. Oh! ça donne du souci, on prend plaisir, mais d'un autre côté on est tout le temps à se demander... Par exemple dans ces prairies humides. Et encore, à ce moment-là... mais maintenant, quand il avait vu que les eaux montaient (lui avait été prévenu quand même puisque déjà depuis deux jours l'eau était sur son pacage) il avait pris sa lanterne. Et des chevaux il n'y en avait plus. Qui sait où ils sont ? Pour avoir fait à leur tête. La jument était acculée dans un coin. Elle gémissait. Celle-là, il lui avait dit : « Viens » et il lui avait touché le museau tout gras.

Elle se conduisait bien ici sur l'Église, somme toute. Elle avait peut-être tort de rire. Oui. Mais en même temps ça faisait rire Glomore ; et il plissait ses yeux déjà petits et il n'y en avait plus, rien que de gros sourcils.

Elle était toujours là devant à danser et à l'attendre. On aurait dit qu'elle le sentait. Chaque fois qu'elle lui glissait d'entre les pattes, il se mettait à rire avec ce visage où tout d'un coup il n'y avait plus de couleurs, sauf ce rire tout blanc et muet. Il n'y avait pas de quoi rire à part ça. Non, mais cette jeunesse et, tout compte fait, cet air de s'en foutre. Et puis, hé, ça ne s'expliquait pas, c'était comme ça. La jument riait et Joseph riait de la voir rire. Mais il aimait mieux que ce soit un peu loin des autres. Il était tout à l'heure avec Paul Peygu. Alors, celui-là il s'énerve parce qu'il voit qu'il ne peut pas bâtir une vraie cheminée. S'il ne peut pas en bâtir une vraie, qu'il en bâtisse une fausse. Et pourquoi pas, somme toute ? On peut toujours faire cuire les choses sur un feu ordinaire dehors. Non, il veut faire une vraie cheminée contre le flanc de la butte. Oui, et alors, après ? Après, quand il aura fait sa cheminée, qu'est-ce qu'il fera ? Il construira une maison pour abriter sa cheminée. Ah ! va te faire foutre, mais Paul Peygu est comme ça. Je ne lui reproche rien, mais dans ces moments-là il ne peut plus supporter personne. « Qu'est-ce que tu as à rire ? — Je ne riais pas. — Si. » Enfin, il souriait parce que, pendant que l'autre s'énervait avec ses pierres, lui regardait là-haut près des peupliers sa jument qui dansait autour d'un vol de feuilles. Allez expliquer ça à Paul Peygu. Allez vous l'expliquer à vous seulement !

La jument s'était mise à manger de petites touffes de thé sauvage ; Joseph s'approcha et lui mit la main sur le cou. Elle ne bougea pas, continuant à râper la petite herbe.

— Ah ! dit-il, ma vieille, il n'y a pas grand-chose à manger ici, moins que dans le pré bourru du bord de l'Ebron, hé, ma vieille ? Le Salomon s'en faisait péter le ventre, hé, vieille brune ? Qui sait où il est le Salomon maintenant ?

« Oh ! il se disait, le Salomon a dû monter dans les

bois vers le dessus de Verneresse. Il aura de quoi manger là-haut ; mais si jamais il fait froid, oh! il doit être avec l'Arsouille. Pas sûr. L'Arsouille ne le suit pas toujours. »

Le poulain, il l'avait déjà appelé « tourte ». Il avait un peu la couleur de la tourte de seigle cuite, mais alors, rien que la couleur, car pour le reste on n'a jamais vu des tourtes sauter comme ça. Quand on est avec des animaux on a tout de suite envie de rigoler. Et puis, il avait l'air tourte un peu quelquefois. Et puis enfin, il n'avait pas encore l'âge d'avoir un nom, hé, tourte, tourtasse, pousse-toi que tu me chatouilles, allez, que tu vas me faire mal à la fin. Tu n'as pas fini de me flanquer des coups de tête ? Imbécile heureux!

La jument mangeait paisiblement. Madeleine Glomore venait de traverser la barrière de peupliers avec Elisa Ponteuil et derrière ce devaient être les petites qui portaient aussi une corbeille. Et plus loin, là-haut, le Ticassou qui revenait encore plus bossu et encore plus balanceur de bras que jamais. Toujours quelques-uns là-bas près de Peygu. Mais on dirait qu'on lui porte du bois. Peut-être qu'il y est arrivé à la fin. Et d'autres là-bas près de l'eau devant la ferme enfoncée de François Dur. Il y en a un qui sort du toit, qui marche sur le toit, qui saute à terre, et les voilà tous qui retournent. Et la petite Céleste avec ses cheveux presque blancs vus d'ici. Et il doit y avoir Jean-Paul. Alors sûrement la Louise aussi. Les charpentiers, on dirait qu'ils sont tous en bas dessous : il y en a un qui tire une poutre et qui la traîne dans l'herbe et les autres sont à genoux sur une sorte de grand carré maintenant tout brun et qu'ils clouent à coups de marteau, avec les quatre petits bras qui se lèvent et qui s'abaissent tous en mesure.

Il les voyait tous aller et venir sur cette herbe sombre, sur ces rochers sombres de Villard-l'Église encore plus assombris par l'eau profonde tout autour et par les nuages du ciel. Sans bruit, parce que tout était sans écho, il les voyait marcher et se réunir, se séparer, s'en aller portant des sacs, des corbeilles, les quittant par terre ; se frottant l'épaule, se frottant les hanches sur la jupe, relevant les manches, remettant les vestes, montant à la butte, seuls ou à deux ou trois, entrant chez Biron-Furet, redescendant, ayant des paquets à la main. Et d'autres assis en groupes, des jupes noires, des coiffes blanches. Du vent qui passait en faisant voler les brides. Tout le village de Méa sans les maisons, et là, peu à peu en train de reprendre son trafic dans cette herbe sombre, un peu froide.

La fumée monta de la cheminée de Peygu. Il avait réussi. Il avait fini par la faire, donc. Pas entièrement à son gré puisque d'ici on la voyait, construite en pierres sèches et la fumée sortait d'elle, à travers tous les trous. Mais c'était déjà ça.

Alors arriva une odeur de lard et, tout d'un coup, dans le silence, il y eut un silence encore plus profond. La fumée se rabattait sur la butte au ras du sol et, dans les trous, on voyait tous les gens immobiles. Il n'y avait plus personne autour du grand carré brun que clouaient les charpentiers. L'un d'eux montait à la butte en direction de la chapelle, et qui devait être le fils Cloche à en juger par ses gros pantalons serrés aux chevilles.

Antoine Cloche monta jusqu'au sommet de Villard-l'Église, devant la chapelle. Le porche était béant. On avait dégoncé la porte et il n'y en avait plus. On voyait le fond sombre de la nef avec ses charpentes comme le dedans d'un bateau renversé. Il regarda vers le bord de Sauvey. En bas, Saint-Jean travaillait. Antoine cria : « A la soupe ! »

Il entendit sa voix descendre. Il vit Saint-Jean se redresser, puis se courber encore sur le travail et un peu après il entendit qu'il lui disait : « Va ! »

Cloche retourna vers les autres.

Ils étaient tous assis près de la cheminée de Peygu. Ils mangeaient.

— Froid !

— De glace ! Comme un couteau entre la peau.

— En mangeant alors, vite, alors, deux ou trois cuillerées bouillantes, comme ça. Alors, dedans, tout d'un coup, comme une chaudière.

— Ventre chaud, mais sur des cuisses froides.

— Ça descend doucement ; plus bas, les cuisses, les jambes, les pieds, ça réchauffe.

— Il y en a pour tous ?

Chaudon regardait les quatre marmites de bouillie de maïs et là-bas le sac de farine de maïs entamé.

Il pensait : « Oui, il y en a pour tous, même encore une fois. Ça tient au corps. Demain, et après-demain. Rien qu'un sac malheureusement. Charger Marie de tout. Économie. Les pois cassés après. Pour tous. A l'abri. Dans un coin. Marie. Elle s'en occupera. Responsable. »

— Un œuf cru écrasé dans du sucre.
— Elle ne le mangera pas. Elle ne mange plus. Elle ne parle pas. Juste elle respire et elle regarde.
— Serre le nez. Elle ouvre la bouche. Tu verses dedans, elle est bien obligée.
— Qui?
— La petite de Chabassut.
— Couchée sous la couverture.
— Le froid, dessous, par l'herbe...
— Elle a le manteau dessous.
— Porte du maïs à Chabassut.
— Dans quoi?
— Attends.
— J'ai droit à encore un peu?
— Donne.
— Merci. Qu'il y en ait pour tous. On en a déjà fait un petit de deux mètres carrés. Il se mène seul, avec une perche. On en fait un grand. Pour Méa.
— On n'a plus rien entendu.
— On ne voit rien
— Allez les chercher.
— Peut-être à l'épicerie de Méa, en entrant par le toit.
— Si Firmin Brunot est avec eux il y aura nagé.

— Au premier, chez la téléphone, le plancher est en pierre ; ils peuvent faire du feu.

— Prachaval, où il est, ton maïs, là-bas à Méa ?

— Sous le toit. Avec le sucre.

— En entrant par le toit.

— Penser à le ramener d'abord.

— Oui, mais pour manger.

— Sans la brume on verrait bien s'ils ont fait du feu.

— On ne voit rien.

— Ce soir le grand est fini.

— Qu'est-ce qu'il dit ?

— Il dit qu'ils ont presque fini le grand radeau.

— On pourra partir.

— Aller où ? Il vaut mieux ramener les autres.

— Qu'est-ce que tu risques ici ?

— Rien.

Chaudon se disait : « Voilà : Marie maîtresse de tout. Économe. Tout bien placer au sec. Savoir ce qu'il faut pour chacun, même un peu moins, même se serrer la ceinture. Le plus longtemps possible. Rien gaspiller. Marie. Tranquille. Au sec. Et bien surveiller : pas plus pour les uns que pour les autres. Pareil pour tous. Si on se met à être chacun pour soi. Non. »

— Pas sûr.

— Elle a baissé depuis ce matin.

— Guère.

— Un peu.

— Marquer à un bon endroit avec une cheville en bois. Après on verra.
— Quoi faire?
— On verra.
— Attends.
— Parce que, j'ai pensé avec toi Prachaval et le Paquier, et Barrat. Tu es conseiller municipal, et Glomore, et les charpentiers. Alors, garder tout ce qu'on a, que personne en prenne. Avec Marie Dur on est tranquille, lui dire que l'économie... que c'est elle la maîtresse de tout. On mangera tous ensemble. On surveillera. Qu'est-ce que vous en dites?
— Donne encore un peu à Dominique. Il ne demande jamais rien lui. Donne encore un peu. Il a charrié au moins cinq cents kilos de poutres.
— Laisse faire.
— Non. Tu es un grand corps. Mange.
— Je viens de là-haut. Chabassut a à peine mangé. Ils sont là avec la Chabassotte. Ils lui tiennent les mains. Elle a froid. Il faudrait trouver un endroit pour la mettre à l'abri.
— Dis-le à Chaudon.
— Jules, dis-leur que notre Fernand est malade. Aussi, regarde-le. S'il refroidit ses oreillons, alors oui, nous verrons quelque chose. Allez, vas-y, tu peux bien demander pour le petit.
— Appelez un peu la Pontet là-bas devant.
— Pontet!
— Pontet! Mets-lui la tête au-dessus de la marmite. La vapeur de maïs c'est bon pour les oreillons.

— Oh! le mieux c'est qu'on le mette à l'abri.
— Dis-le à Chaudon.
— Qui est-ce qui ira à Méa ?
— Attendez, le radeau n'est pas fini.
— Qui est-ce qui ira ?
— Nous en avons un, ne vous en faites pas. Lui alors là-dessus il sait faire.
— Parce qu'alors, il faut qu'il aille chez moi. Dessous le toit, comme on a dit, alors, moi j'en ai du maïs, et du sucre, et des pommes de terre. Seulement, c'est un peu en contrebas. Je ne sais pas si ça sera resté au sec. C'est plus bas que chez la téléphone. Si on pouvait voir...
— On ne voit plus rien.
— On n'entend plus rien.
— Peut-être parce que ça s'est enfoncé sous les eaux !
— Non, c'est la brume.
— Dis-le à Chaudon.
— Quoi ?
— Il lui dira de prendre ton maïs, et tout.
— Parce qu'on ne voit pas comment ça pourrait tourner.
— Mais d'abord il faudra les emmener ici.
— Madona, la vraie polenta ; alors, qu'est-ce qu'il y a comme beurre dedans !
— Ils sont combien ?
— Ah ! va savoir !
— D'ici, combien il y en a qui ont des gens qui manquent ?

— Quoi ?
— L'Augustin ?
— Oui, il est là-bas. Du moins je crois. Du moins, il n'est pas venu ici avec nous.

— Parce qu'alors, si on y va, il n'y a qu'à prendre le maïs, et tout, et puis, il faudrait lui dire qu'il ouvre la trappe et qu'il essaye de me prendre le gros portefeuille qui est dessus la commode. Il est dessus, juste dessus, je l'avais sorti. Rien qu'en se baissant, avec son bras il doit l'attraper.

Chaudon se disait : « Bon, bon, avec Prachaval, et Barrat, et le Paquier, et Marie Dur, et les charpentiers, les six on n'a qu'à faire la police. Il faut que tout le monde mange. Il faut qu'il y en ait pour tous, tout le temps. Et quand il n'y en aura plus pour un, il n'y en aura plus pour personne. Sinon, on leur casse la gueule. Et voilà. »

— Mange.
— Ta mère me regarde.
— Mange. Je la regarde aussi.
— Qu'est-ce qu'il dit ? C'est toi, Cloche, qui vas à Méa ?

— Non, le radeau n'est pas fini, nous en avons un qui ira.

— S'il va chez Prachaval, dis-lui qu'il aille jusque chez Polon. Devant la porte, moi j'avais attaché ma jument. Elle doit être morte, mais dans le char j'avais au moins cinquante kilos de viande.

— Elle est dans l'eau.
— Le char doit flotter.

— Dis-le à Chaudon.

— Tant qu'on aura de la farine de maïs on n'aura pas besoin de faire du froment.

— Mais on aura besoin de viande.

— Oui, s'il va falloir chevaucher toute cette eau et travailler là-dedans, debout sur des radeaux de poutres.

— Il n'y aura qu'à tuer les chevaux.

— Ça sera toujours ça.

— Réservé à ceux qui se mesureront contre les choses, contre cet accablement de choses, force contre force.

— Avec du sang de cheval.

— Oui, avec de la viande de cheval.

— Joseph, tu n'écoutes pas ce que je te dis. Écoute un peu ici. Je te dis qu'on est allé chez la Ticassoune. Et il a fallu que Chaudon parle. Oui. Il lui a dit : « Tout ce qu'on a, chacun, c'est pour tous. » Tu m'écoutes ? Avec Élisa Ponteuil, et Juliette, et Sophie.

Chaudon se disait : « Oui, et durement. Sans pitié, sans écouter ni les uns ni les autres. Les obliger. Comme si vraiment les hommes sont trop faibles. Presque rien. De l'écume qui reste collée au flanc de l'herbe, dans les ruisseaux engourdis. Et puis tout d'un coup, dès que ça bouge un peu, ils crèvent. Emportés. Non, les contenir. Durement. Alors, mon tagne, ça n'est pas la seconde fois que je recommence, ça fait au moins cent fois que je recommence contre toi, avec Prachaval, et Barrat et le Paquier, et

Marie Dur, et les six charpentiers. Tout oublier. »

Joseph Glomore s'était arrêté de manger. Il avait encore deux boulettes de maïs cuit dans ses mains mais il les faisait passer d'une main dans l'autre. Il n'écoutait plus rien, il regardait droit devant lui. Il se disait :

« ... Se souvenir de ce que tu étais dans l'ombre de l'écurie, la fois où tu m'as fait ton premier sourire, avec cette robe brune que j'avais caressée tout le long du chemin. Et je la voyais frémir comme une petite lumière sous le vent de la lucarne, avec les grands poils de ton encolure qui avaient été peignés au peigne de fer. Il ne restait pas un nœud et je passais mes doigts dans cette douceur facile. Et je savais que tu étais à moi. Fermer la porte de l'écurie. Combien de fois j'ai regardé cette écurie avec ses murs de pierre, sa porte durement enclenchée avec un demi-tronc de sapin, et je savais que tu étais enfermée là-dedans. Alors, je pouvais taper mes sabots contre ma porte, faire tomber la neige et entrer à la maison toujours content. Content du froid, content du chaud, content des femmes, content de tout. Rien que des femmes, rien que des filles. Un paysan au milieu de filles, comme un horloger avec des moufles. Mais tu avais pris l'habitude de sourire. »

Là, il regarda les charpentiers qui avaient fini de manger et qui descendaient vers leur travail.

— Je te ferai échapper, se dit-il, je te mènerai à travers l'eau et la forêt. Je partirai avec toi. Ils mangeront où ils voudront.

Marie Dur appela Céleste. En même temps elle ramassa les miettes de maïs dans son tablier, les mit dans sa bouche et se dressa. Elle regarda la petite sans rien dire, tout en mâchant ses grumeaux de maïs maintenant durs.

— Je n'ai rien fait, dit Céleste.
— Qui te dit que tu as fait? Donne ta main. Pas comme ça. Si je t'ai fait venir ici près, ça n'est pas pour que tout le monde voie. Tiens, prends ça, mets-le sous ta jupe. Et tu lui donneras trois cigarettes par jour. Pas plus. Et il n'y a rien qui m'énerve plus que quand tu mords ta lèvre. Je ne peux pas supporter l'idée de passer toute ma vie avec ça devant les yeux. Tu entends? Quand moi je serai morte, alors toi tu pourras te mordre tout ce que tu voudras.

Dans le courant du soir le petit Paul Charasse s'approcha du chantier des charpentiers. Il les regarda de loin. A travers l'obscurité qui venait on ne voyait plus que des formes mélangées et unies, non plus séparées en hommes distincts, mais toutes mariées ensemble : des bras qui se levaient d'une énorme épaule aussi grande que le radeau.

Il devait se parler en lui-même : il bougeait ses lèvres. Il vit la Ticassoune qui montait le chemin vers les peupliers. Il la rejoignit en passant par les prés. Il l'appela. Elle tourna la tête, elle continua à marcher, mais avec ses grands pas il arriva vite près d'elle. Elle avait l'air perdue. Elle le regarda comme si elle ne pouvait pas le reconnaître.

— Vous me reconnaissez?

Elle regardait.

— Paul Charasse!

— Ah! oui. Qu'est-ce qu'on vous a fait?

Il vit que tout de suite, sans répondre, de grosses larmes débordaient de ses yeux et se mettaient à couler, vite, vite, comme un long fil; elle en avait les joues inondées.

Il se dit : « Oui, oui, oui » et il se mit à siffloter tout doucement et à regarder de droite et de gauche la nuit qui venait, et on pouvait voir bouger l'ombre d'un cheval et, en bas, les gens autour du feu comme un tas de braises avec leurs visages allumés de rouge.

— Ne vous en faites pas. Ticassoune.

— Si j'avais un fils, dit-elle.

Elle serrait ses petits poings de vieille si fort qu'ils tremblaient comme des glands perdus l'hiver.

— Je ne me laisserai pas faire, moi, dit-il, j'en ai vu d'autres. Ne vous en faites pas, ils ne vous toucheront plus. Ils ne toucheront plus à rien. Je le leur ferai rendre, moi. Ils ne vous prendront plus rien. Quand j'aurai cassé la gueule à un ou deux ils ne diront plus rien. C'est à vous, pas vrai? Alors, pourquoi ils le prennent? Vous êtes libre de le donner à qui vous voulez, pas vrai Ticassoune? Alors? Oui, mais vous allez voir. Je vais m'en occuper, moi. Vous n'avez pas un paquet de tabac, Ticassoune?

En bas ils étaient serrés près du feu et ils écoutaient venir la nuit.

— C'est la première nuit, dit Chaudon, on va s'arranger. On ne va pas faire comme hier, comme un troupeau de moutons. On va se mettre tous dans la grange de Jean Palatte. Il faudrait qu'il y en ait un qui surveille le feu. On a du bois de reste. Ça fera voir qu'on est ici. Qui sait, peut-être le brouillard se lèvera dans la nuit et il faut penser à ceux qui restent là-bas à Méa et à Château aussi, et peut-être aussi perdus sur le large des eaux. Maintenant si vous voulez, moi, voilà ce que je pense : que la petite Chabassut, on devrait la porter chez la Ticassoune. C'est là qu'il y a un lit. Et aussi le petit Pontet, ils seront mieux. Voilà. Alors moi je reste ici pour le feu. Je me désigne. Avec Barrat et Prachaval.

La nuit se serrait. Tout d'un coup on entendit les gargouillements de l'eau dans les murs de François Dur et le clapotement des choses qui flottaient, non plus comme avant dans un air plat et sans profondeur, mais retentissant dans des couloirs d'ombres. La nuit était venue.

Cloche retourna là-haut devant l'église et il regarda dans le vallon du Sauvey. Saint-Jean avait allumé un feu. Il continuait à travailler. On entendait ronfler le Sauvey et le grondement des arbres de la forêt, mais on entendait aussi des coups de marteau, francs et solides. Deux coups pour chaque clou. Et des longs clous. Et jamais trois coups aussi longtemps que Cloche écouta.

Il eut envie d'un peu réfléchir là, dans la nuit, après tout ce premier jour qui avait apporté tant de choses nouvelles et qui n'avait pas enlevé les anciennes. Il mâchait une vieille conversation. Il revoyait les images : cette couleur de matin, et Saint-Jean qui avait dressé la tête, et Sarah qui entrait avec le bruit du matin. Il ne pouvait pas arriver à la salir dans son souvenir, comme il aurait bien voulu.

Il se disait : « Si Saint-Jean m'entendait il me dirait : " Tu y penses encore ? " Et lui il y pense toujours. »

Le lendemain à l'aube, Cloche remonta au sommet de la butte. En bas Saint-Jean travaillait toujours, mais juste un coup de marteau d'ici ou de là : il avait fait son radeau.

Il avait fait son radeau avec comme deux charnières souples. Ce n'était pas un radeau pour porter, c'était un radeau de voyage, pour un homme seul, à la rigueur pour deux, mais alors le second devrait se coller contre le meneur et le serrer dans ses bras pour ne faire qu'un. Il avait jointé les grosses poutres au milieu en fuseau comme un corps d'oiseau ou de poisson et il avait mis de chaque côté des ailes ou des nageoires en bois souple. Tel que, ça devait se manier aussi facilement que le pas.

Vers le milieu de la matinée Saint-Jean revint parmi les autres. Il avait faim. Il demanda tout de suite :

— Où est Cloche ?

— Ah ! on lui dit, tiens, il vient d'aller chercher ces trois-là. On a entendu crier tout près sur les eaux comme si tous les morts étaient de nouveau éventrés et on les a vus dans un tourbillon qui venait du milieu là-bas comme un harpon pour les harponner, pour nous harponner, une grande main. Il est allé les chercher. Ils sont là, tiens, les voilà.

— Et lui, où est-il?

— Ah! Il était là à peine et alors on a entendu une voix qui parlait vers Sourdie. Elle ne criait pas. Elle n'appelait pas. Elle parlait comme je te parle, moins fort même, non, plus fort puisque ça venait de là-bas, mais je veux dire plus posément, quoi!

— Oui, et lui, où est-il?

— Ah! alors il y est parti.

Il y avait là Marianne, Moussa et Rodolphe près du feu, et Bourrache debout. Tous les trois noirs d'eau.

— Ah! Te voilà, toi? dit Saint-Jean.

— Oui, pourquoi pas? dit Bourrache.

— Je croyais que tu étais mort.

— Il m'en faut beaucoup plus.

— Dommage.

Chaudon le tira à l'écart.

— J'ai besoin de toi, je t'ai cherché hier soir. Il faut que tu sois avec nous pour maintenir l'ordre.

— Je pars, dit Saint-Jean, j'ai fait un radeau. Je veux traverser le Sauvey. Je veux aller dans la Vallogne, à Charrières et télégraphier qu'on vienne vous aider. Je comprends ce que tu veux dire, mais moi je pars. Chaudon, dit-il aussi, je ne peux pas rester dans cette terre. Je n'ai plus ni racine ni rien. Tu comprends? Ne vous inquiétez plus de moi. Tenez bon ici dessus. Tu peux compter sur l'équipe. Ce sont les copains de tout ce qui est juste. J'aurais voulu voir Cloche. Dis-lui qu'il ne s'inquiète pas. Question d'amitié, il peut compter sur mon amitié, même si nous ne nous revoyons plus. Il n'a qu'à penser que je suis quelque part avec mon amitié tout entière. Dis-lui qu'au fond, toutes ses gentillesses, même quand je l'ai engueulé, je n'en ai pas oublié une seule.

« Dis-lui aussi qu'il n'est pas question de mort. Dis-lui surtout ça. Je traverserai sûrement. J'irai sûrement à Charrières. Je vous enverrai du secours sûrement. Le difficile, c'était de me décider à partir. Il y a toujours un petit coup dur quand on s'arrache. Ça, précisément, ça me force. Une fois là-bas, il ne me restera plus qu'à prendre des routes, ça ne manque pas. Je suis plus malheureux que vous, Chaudon. Elles ont beau être au fond des eaux, vos terres et vos maisons, vous les avez toujours. Tu comprends, Chaudon, je ne vous laisse pas, je pars. Aucune justice au monde ne pourrait m'obliger à rester, ne pourrait m'obliger à revenir quand je serai devant les routes ouvertes. J'ai le droit de partir. »

Chaudon regardait au-delà de Bourrache sorti des eaux, noir comme du charbon.

— Dis bien à Antoine, dit Saint-Jean, que je ne suis pas mort. Il est jeune, et les jeunes ont tellement de force — c'est beau ça, d'ailleurs — qu'ils pensent tout naturellement à la mort pour eux et pour les autres. Dis-lui ce que je te dis : la mort c'est trop facile, c'est bien plus difficile de vivre, et c'est ce que je vais faire. N'importe comment, n'importe quand, contre n'importe quoi. Et dis-lui que c'est ce que je vais faire, moi. Donne-moi du maïs pour moi, pour m'occuper, je n'ai plus rien mangé depuis avant-hier.

Il plia la bouillie de maïs dans son foulard et il partit en direction des peupliers. Avant de tourner le flanc de la butte il regarda sur le large des eaux. Il aperçut là-bas, loin sous le brouillard, le radeau d'Antoine Cloche qui s'en allait comme une pièce d'eau en traînant de longues pattes brillantes. Saint-Jean tourna la colline. Il se trouva tout de suite seul dans un nouveau commencement. Les eaux du Sauvey claquaient contre les rochers. Des vagues dures comme des blocs de glace sautaient et retombaient. De l'autre côté, un vent rêche grattait la forêt. Les arbres se courbaient, aplatissant un long vernis sur toute la paroi de la montagne et ils se relevaient, faisant gonfler ce vert sombre et profond des feuillages humides. Des rochers noirs, tranchants comme des éclats de fer, apparaissaient dans le creux des grandes fleurs d'écume, puis ils s'engloutissaient dans le moutonnement de toutes ces eaux qui dévalaient des fonds sonores de la brume. Il se sentit tout d'un coup rassuré au milieu d'une belle tranquillité. Tout ça là autour grondait et claquait, et frappait et sautait. Mais ça n'avait aucun rapport. Pousser le radeau et recevoir une gifle d'eau qui l'aveugla : il s'essuya les yeux et poussa ses cheveux en arrière et enfonça son béret. Il entendait peu à peu la paix tomber en lui comme une goutte d'eau toute seule au fond d'un vallon vide. Et retenir le radeau qui déjà commençait à tourner sous les coups de fouet des longs courants tout fumants de poussière d'eau. Et le serrer contre le bord. Là. Qui sera le maître ? Toi ou moi ? Attends. Il enleva ses souliers pour être plus solidement debout sur les poutres. Il prit la perche. Il sauta et il vit s'avancer farouchement vers lui toute cette route qu'il s'était tracée à l'avance à travers le Sauvey, comptant sur le courant, sur l'oblique, sur les remous, vers ce coin de forêt là-bas — qui continuait à s'aplatir et à se relever sous un vent qu'il n'entendait plus — derrière lui la butte de Villard-l'Église fuyait comme le dos d'une grosse bête de marais. D'abord le large des eaux et qui s'élargissait autour de lui de seconde en seconde, emporté par la force du Sauvey qui était plus maître de tout que ce qu'il avait imaginé — mais tant pis — guettant les roches noires avec sa perche, ses gros poings serrés contre le bois ; ses dents serrées, ses yeux alors voyant avec une puissance perçante — alors oui — et sa cervelle — oh ! comme une lumière, même sans pouvoir bien se rendre compte mais connaissant toute cette eau dessous, dessus, ce qu'elle faisait et ce qu'elle allait faire. Et pour la première fois depuis longtemps, lui, enfin, enfin ! La paix dans son cœur, dans tout. Seul. Et la vie toujours vivante. Personne sur la butte de Villard-l'Église qu'il regarda d'un rapide clin d'œil s'enfonçant là-bas dans l'horizon, pendant que s'élargissaient autour de lui les grandes eaux du Sauvey. Il n'était encore que dans une sorte de chenal lisse. Il avait calculé qu'en filant en oblique il arriverait au pied de cette grosse tache noire des sapins là-bas. Mais, d'instant en instant, tout devenait plus large, plus plat, plus mou, plus fort, avec le bouillonnement des trous, des vagues, des jets d'eau, une pluie blanche qui jaillissait des eaux.

— Andouille, dit-il en pensant à Antoine.

Il sourit. Brusquement le radeau tourna. Le temps de fermer son sourire, il avait revu tout le tour du monde : le dos gris de l'église, les eaux penchées comme de grandes planches de balançoires, les murs de forêts, les crochets d'écume. Un rocher creva les eaux, soufflant une odeur de silex et de fer. Il le frappa de sa perche, reçut le choc dans l'épaule, entendit sonner le bois, serra ses pieds sur les poutres, sentit le radeau se soulever, frémir, sauter souplement sans se décoller de lui. Bon. Et, de plus en plus, de la paix. Assailli sur ce petit radeau par une volée étincelante de flèches d'eau froide, barbues comme des épis d'avoine. Tout ça très sensible. Le son de la perche : d'une solidité épatante. Au milieu de ce grondement, maintenant, oui, je me rends compte, ah! oui ; avec des détonations sèches comme de la poudre quand le courant frappait sur les roches creuses en sautant après, plus gros que des troncs de chêne et retombant en faisant tout trembler. Avec alors cette fois, enfin, la paix et toute la tête comme au printemps avec des arrachements de fleurs

de cerisiers et cette odeur amère mais rafraîchissante.
Ah! oui, fraîche. Le printemps! Et la force utilisée
à vivre. Les murs écroulés, les montagnes écroulées,
plus de murs, plus de montagnes, plus de cabanes
avec les murs de bois là-haut dans le chantier de la
forêt, avec une petite porte étroite et quelqu'un
entre en même temps que les bruits du matin. Plus
rien. Vivre. La paix. Frappé par les longues vagues
dures avec des fronts de bélier et enveloppé par
cette laine et cette plume d'eau comme dans une
bataille de ces gros béliers blancs avec des fronts
qui sonnent comme de la poudre, comme le coup
de hache dans le chêne, au milieu d'une bataille
de pigeons en poussière d'eau, qui s'arrachent les
plumes quand le vent du printemps arrache toutes
les fleurs de tous ces grands cerisiers ; frappé de
partout par l'eau, maintenant sauvage, car il était
maintenant dans le large, loin d'un côté et de l'autre,
avec à peine le temps de voir, et encore à peine, la
butte grise de Villard-l'Église fuyant derrière lui
et, devant lui, le mur extraordinairement vert de la
forêt qui s'approchait.

Et soudain une longue glissade comme si tout
d'un coup tous les bruits s'apaisaient, s'éloignant
là-bas derrière lui, lancé si vite en avant qu'il entendait gémir l'air contre ses oreilles, toute la forêt se
renversant d'un coup sur lui, avec son corps qui
avait au moins cent mètres de haut avant que la
brume ne la cache, tombant si brusquement sur lui
avec ses arbres tous visibles qu'il lâcha sa perche,

leva ses bras, cacha son front, courba ses épaules, tomba de tout son long sur le radeau, en même temps qu'il touchait le bord, pas très loin de l'endroit où il avait prévu. Le radeau, la pointe enfoncée dans la boue, tremblait ; les longues poutres soupiraient. Il se redressa. De l'autre côté des eaux la butte de Villard-l'Église avait cessé de fuir, mais elle était quand même déjà loin et solitaire. Des voix nouvelles parlaient : le grondement des arbres, le craquement des troncs et le petit cri d'une source qui tombait du haut de cet éboulement de terre où il venait d'aborder. Il monta dans la terre fraîche, les débris d'herbe et les pierres neuves. Il trouva devant lui une empreinte de pas, un endroit où quelqu'un avait glissé, s'était retenu en enfonçant solidement un gros soulier ferré. Puis, celui-là avait continué à monter. On voyait les endroits où il avait enfoncé sa main dans la terre, puis il s'était hissé sur le rebord. Il s'était reposé sous le premier long sapin : on voyait de la terre fraîche sur la mousse propre : la terre qui avait dû tomber des souliers pendant que celui-là devait s'être reposé là, debout, la main au tronc de l'arbre, regardant sans doute la butte de Villard-l'Église comme Saint-Jean maintenant la regardait en se disant : « Alors quoi, qu'est-ce que c'est, celui-là ? Il n'y a pas longtemps qu'il est passé là. A peine une heure. »

C'était le milieu de la matinée. Il regarda à travers le sous-bois. Il y avait un peu de lumière malgré la brume et cette épaisseur de l'air, nouvelle et inexplicable depuis ces deux jours. Il pouvait voir, assez loin, les longs couloirs verts. Tout était solitaire : le frémissement et les sonorités du silence se déroulaient paisiblement dans de profonds échos lents et sombres que rien ne troublait depuis longtemps. Il s'approcha de cette muraille sur laquelle les arbres poussaient avec des troncs presque parallèles au sol. Il regarda en haut ; plus ça montait, plus ça devenait sombre. La lumière venait seulement d'en bas, de cette vaste étendue du lac qu'il apercevait comme une plaque d'étain froid entre les arbres de la lisière. Le vent courbait la pointe des sapins ; dans la profondeur de la forêt les troncs avaient à peine un petit balancement ; ils craquaient comme le mât d'une barque qui va dans la nuit noire sans qu'on puisse voir courir ni le vent ni les eaux...

Il y avait encore des traces de l'homme, là où il avait fouillé sous les mousses et piétiné. Puis il était parti vers le haut, monté d'un sapin à l'autre. Là, il avait glissé. Il s'était reposé à un endroit où les grandes racines d'un sapin faisaient comme un nid ; d'où on se rendait compte que cette montagne montait raide, surplombant déjà un grand dessus de forêt ; où l'on pouvait voir le vent qui courbait fortement la pointe des arbres, et cette grande eau morte couvrant la terre, avec la butte de Villard-l'Église grosse d'ici comme le dos d'un chat noyé, et des friselures là-bas au milieu, où quelque chose de raide et de noir devait être la rue de Villard-Méa ; plus loin, les découpures brutales de l'eau contre les flancs de la montagne, droits et raides comme avant, n'étant baignés que depuis deux jours. Il s'était arrêté là. Il s'était reposé parce que ça monte dur. Il avait dû regarder un bon moment tout ce pays d'en bas dessous. Et il avait oublié là, sur la mousse, un petit paquet d'un fil de fer bizarre recouvert de caoutchouc, plié en huit. Saint-Jean le mit dans sa poche. De là, il avait essayé à droite et essayé à gauche, on voyait que ses gros souliers avaient écorché le rocher. Puis il était monté droit jusqu'à une sorte de plateforme où la forêt recommençait presque horizontale comme sur une marche d'escalier. Il y avait vraiment beaucoup plus de silence qu'en bas et, à cette hauteur, on sentait tout de suite qu'en bas le silence était encore fait du tumulte des eaux. Ici, il était d'une indifférence totale. Et tout d'un coup Saint-Jean entendit un petit bruit — c'était encore plus haut sur la pente — le bruit qui en se répétant était le bruit d'un pas. Des souliers sur le rocher.

Après, Saint-Jean monta plus vite à quatre pattes dans un humus noir, gluant, plein de rainures d'eau. Il entendit que là-haut des aigles prenaient leur vol, battant lentement leurs lourdes ailes et criant. Ils avaient dû être dérangés et ils restaient à tourner là-dessus. Il aperçut l'homme arrêté sur une petite estrade de rocher. Il l'appela et il se remit à grimper vers lui à quatre pattes, sans même regarder si l'autre l'attendait.

Il l'attendait. Il avait l'air plein de sommeil,

comme ivre, avec des gestes mous sous ses grosses
paupières gonflées, un petit regard mort qui regardait tout autour le monde de brumes, d'eau et
d'arbres. C'était le facteur de Méa, le postier comme
on disait, avec encore sa veste d'uniforme et son col
rouge, et son képi et sa cocarde, mais sa chemise
déchirée, et, dessous, sa poitrine avec un énorme
poil de bête.

— Qu'est-ce que tu fais là?
— Je ne sais pas.
— Comment, tu ne sais pas?
— Et comment veux-tu que je sache?
— Tu t'es sauvé?
— Oui.
— Tu as traversé?
— Non.
— Alors, comment es-tu ici, postier?
— Je ne sais pas.
— Où vas-tu?

Il ne répondit pas, comme s'il était loin, seul,
avec ce mince regard très bleu, indéfiniment attaché
aux grandes choses.

— Il faut qu'ils viennent voir, dit-il, oui, dit-il,
il faut qu'ils viennent, parce que tout ça, c'est pas
régulier.

— Tu as mangé?
— Non. Il faut qu'ils viennent voir tout de suite,
qu'est-ce que tu veux qu'on fasse?

— Qu'est-ce que tu veux faire voir, postier?
— Vous êtes rigolo, vous. Comment voulez-vous

que je fasse? Je connais mon métier, moi, je ne me mêle pas de vos affaires. Je sais ce que je dois faire.

Saint-Jean dénoua son foulard et prit une poignée de maïs cru.

— Mange. Mange, tu vas voir clair.

— Je vois clair.

Il avait fermé les yeux. Il se balançait comme une herbe, subitement endormi, là, tout debout, sur la petite estrade qui dominait la forêt. Saint-Jean lui mit la main à l'épaule.

— Réveille-toi.

— Qui es-tu, toi? dit-il.

— Saint-Jean, le charpentier.

— Saint-Jean, répéta l'autre à voix basse (il avait ouvert les yeux). Je te reconnais, dit-il, oui, c'est rigolo. Tu es là — il le toucha — c'est toi, c'est toi d'en bas. Vous n'êtes donc pas morts? Ah! Vous avez donc tout traversé, mes pauvres?

— Oui, dit Saint-Jean. Tu n'as pas vu fumer les feux de la butte de Villard-l'Église?

— Tu as vu ma femme?

— Je ne l'ai pas vue, je suis resté seul pour faire mon radeau. Elle doit être sauvée. Regarde en bas, dit-il encore. Tu vois la fumée qui monte de là-bas derrière? C'est là qu'ils sont.

— On ne peut plus rien croire.

— Il faut croire. Qu'est-ce qu'il t'est arrivé à toi?

— Nous avons tourné les manivelles. Ma femme m'a dit : « Il n'y a plus de résistance, tout est coupé. » Alors j'ai dit : « Alors, ça, c'est une sale blague, ah!

mais ils ne voudront jamais le croire. Qu'il y en ait un, oui, mais les trois fils, ah! mais non. Tourne voir encore un peu. » « Oh! elle m'a dit, tu es têtu. Quand je te le dis... » Eh oui, on avait beau tourner, c'est comme si tu tournais un moulin à café. Alors je lui ai dit : « Je vais voir. » J'ai pris le portatif, je me suis dit : « Ça, mon vieux, il faut que tu raccordes. Tu n'as jamais eu d'histoires, c'est pas maintenant que tu vas en avoir une. » J'ai traversé, moi, à un moment où il n'y avait presque pas d'eau. C'est vrai, tu sais. Moi je me demande ce qui a bien pu arriver comme ça tout d'un coup. Parce que, en effet, dans l'Ebron, quand je suis parti, ça soufflait et ça touchait déjà le pont, et ils étaient tous du côté de chez Fernand Sauvat où ça s'était écroulé, mais dans le Sauvey presque rien, juste un peu d'eau comme d'habitude. Peut-être un peu plus droitement forte que d'habitude, mais ça, je me le suis dit après.

« Saint-Jean, je te vois maintenant, c'est toi. Qu'est-ce que nous faisons tous les deux dans cette forêt? Tu as bien fait de venir.

« Vous ne savez rien, vous. Où étais-tu quand c'est arrivé? Moi je montais ici dessus, ayant fait peut-être déjà cent mètres.

— Nous avons couru. Ça sifflait surtout et tout bouillonnait de tous les côtés.

— Je suis resté cloué comme un mort, moi. Et j'ai vu la terre blanchir comme, tout à coup, quand on annonce une mauvaise nouvelle et que tu vois le froid de glace qui prend la bouche, le nez, les yeux, et que tu ne connais plus celui qui est devant toi. Où étais-tu, toi ?

— Je courais.

— Là-bas dedans ?

— Oui.

— C'est quand tout d'un coup je n'ai plus rien entendu que je me suis dit : « Mais c'était eux qui criaient. Mais ça devait être les maisons qui s'écroulaient. » Mais ça devait être ça, mais ça devait être le reste, à me demander, à me dire, seul dans les arbres, avec maintenant ce grondement rampant sur la terre et la nuit qui couvrait tout. Pas moyen de voir, l'odeur de l'eau et de la boue. J'ai monté tant que j'ai pu. Le matin j'ai regardé. Je me suis dit : « Tu t'es perdu ! Où es-tu ici ? »

— Qu'est-ce que tu portes là ?

Le postier avait le pouce passé dans une bandoulière de cuir.

— Le portatif, pardi, l'appareil.

— Quel appareil ?

C'était une boîte de cuir et il en sortait une manivelle. Il enleva son pouce de dedans la bandoulière et il commença à reboutonner sa vareuse de facteur.

— Le téléphone.

— Baisse-toi, dit Saint-Jean.

Il le tira par le bras, il le fit s'accroupir contre le rocher à côté de lui. L'ombre passa à les toucher dans un grondement à peine sensible de plumes.

— Il y en a deux, dit Saint-Jean.

Et tout de suite l'autre ombre passa, plus près encore et lentement.

— Non, dit Saint-Jean, qu'est-ce que tu veux qu'ils fassent? Mais c'est des gros, on ne sait pas.

Les deux aigles descendaient vers les fonds en survolant la forêt. Ils s'appelèrent. Ils glissaient en cabrant lentement la descente comme sur de longs escaliers d'air. Ils s'appelèrent encore d'un petit cri tout menu maintenant dans la profondeur. Puis ils se mirent à tourner en silence sur le désert des eaux. Ils descendaient toujours. On ne les voyait plus quand ils passaient sur la tache brune de Villard-l'Église.

— Le téléphone, dit Saint-Jean.

— Oui, dit le postier. Si je trouve le fil, la ligne qui passe par le col de Bufère, celle qui va à Puy-Saint-Pierre...

— Oui, et alors? dit Saint-Jean.

— Alors, j'accroche le fil dans cette boîte, je tourne la manivelle, je dis « allô » et Marchefer me répond : « Oui, qu'est-ce qu'il y a? Qui est là? » Et moi je dis : « C'est moi, Pilou de Méa. Viens un peu voir ce qui se passe ici. » Tu comprends? Voilà le coup.

— Ah! dit Saint-Jean, en effet. Ça, c'est quelque chose. Bien sûr, oui, ça c'est une bonne idée. Comme ça, ils pourraient déjà venir quelques-uns pour les aider.

— Oh! Et puis, bien plus. De là-haut avec son fil il peut le dire à la Valogne et jusqu'à Saint-

Maurice, d'où alors ils peuvent m'envoyer l'inspecteur, parce qu'autrement il se dirait : « Et alors, qu'est-ce qu'il fout celui-là là-bas ? » Et après il m'engueule, tu comprends ?

— Oui, et alors, il faut le trouver ce fil.

— Oui, dit le postier, et autrement, où allais-tu, toi ?

— Je me disais justement d'aller à la Valogne pour prévenir.

— Alors, précisément, le col c'est ta route. Alors, viens donc.

Ils se coulèrent dans les rochers, le long de la petite estrade.

— C'est une bonne idée, dit Saint-Jean. C'est ça que tu aurais dû faire tout de suite.

— C'est ce que j'ai essayé, dit le postier. Mais alors, moi je dois te dire que tout ça ça m'a engourdi. Ah ! mais vraiment, tu sais, j'avais envie de dormir.

Il avait reboutonné sa vareuse et mis son képi d'aplomb. Ils entrèrent dans la forêt et commencèrent à monter en oblique le long de la pente raide, ayant accordé leurs pas, marchant bon pas, comme d'habitude, comme s'il y avait encore en bas les quatre hameaux pleins de fumées d'automne, avec de temps en temps le cri des coqs et des ânes, et l'odeur de la soupe de choux qui est l'odeur qui monte le plus haut par temps calme. A un moment donné il y eut, malgré l'obscurité de la forêt, cet imperceptible renversement de la lumière qui marquait maintenant la

descente vers le soir sous cet épais couvercle de
nuages et de brouillards.

— Marche, dit Saint-Jean.

Et au bout d'un moment :

— Tiens, mange encore un peu.

Et il lui passa une poignée de maïs.

— J'en garde, dit-il, il m'en faut pour deux jours.

— Pas la peine d'y aller si je téléphone, dit le
postier.

— Moi, c'est autre chose, dit Saint-Jean.

« Cette ligne, dit Saint-Jean, tu aurais pu la
prendre plus bas.

— Elle est souterraine, dit le postier. Si elle était
en l'air elle ne tiendrait pas ici, l'hiver, avec la neige.
Juste en dessous du col il y a un relais, sous une
dalle. Je sais où c'est.

« Sans compter, dit le postier, qu'il y a un règlement. Régulièrement, quand c'est coupé, Marchefer
doit venir de son côté jusqu'au relais; peut-être
qu'on va le trouver là. Tu comprends?

« Enterré dur, dit le postier, dans le rocher, dans
un tube de fer, dans un tuyau de plomb, dans du
caoutchouc. Puis le fil propre.

« Du bon travail, dit le postier. Fait en douze.
J'étais à Béal-Morin, moi, ce temps-là, tu comprends?

— Alors ici, dit Saint-Jean, à cet endroit-ci, moi
je ne suis jamais venu.

— Personne, dit le postier. Il y a un autre relais
en bas près du Sauvey. Maintenant il est englouti

dans l'eau. On ne vient jamais ici, c'est trop raide.

Il y avait des sapins énormes, chargés de branches mortes et qui ne commençaient à vivre qu'à vingt mètres au-dessus du sol. Une puissante et farouche caverne d'arbres silencieuse comme de la pierre.

— Tu comprends? dit le postier.

Brusquement la forêt s'arrêta. De vastes balancements de terre nue montaient jusqu'à la douve du col pleine d'une gerbe de brumes molles.

— Viens, appela le postier.

Il avait finalement trouvé. Il était à côté de la dalle de fonte.

— Il n'y a personne dit le postier.

— Forcément, dit Saint-Jean.

— Ah! non, dit le postier. Il devrait être là. C'est son service, s'il m'a appelé hier soir, comme il doit. Puisque je n'ai pas répondu.

Il appela Marchefer sur les pentes. Seule et silencieuse la brume glissait.

— Non, dit Saint-Jean, ouvre le machin-là et mets ta manivelle.

— Il n'y a personne, dit Saint-Jean; on a beau regarder de tous les côtés. Tu pourrais appeler pendant cent sept ans. Il n'y a plus personne ici pour faire quoi que ce soit.

« Essaye ta machine, dit Saint-Jean, vite. »

C'était un trou de cinquante centimètres cubes maçonné, avec encore le mortier gris neuf et les traces de la truelle. Le postier y fit descendre sa boîte de cuir. Saint-Jean regardait ces vastes terres plantées en oblique dans le ciel, ce désert où rien ne vivait et n'avait possibilité de vivre, sauf ce trou sur lequel Pilou était penché, ayant là-bas dedans dévissé un fil, l'ayant revissé à la boîte. Et il avait l'air d'attendre.

— Vas-y, dit Saint-Jean.

Il eut comme un coup dans sa poitrine. Il s'arrêta de respirer, le postier venait de tourner la manivelle. Elle avait craqué tous ses tours. Alors vraiment, de là-dedans, ça pouvait partir vers les autres, Puy-Saint-Pierre, posé sur le bord d'un long à-pic de forêt commandant un vaste horizon de montagnes et de vallées.

Là, de dedans ce trou contre lequel le postier était couché à plat ventre, à côté, il s'allongea lui aussi. Et il vit que Pilou prenait un écouteur et qu'il lui disait : « Tiens, prends l'autre », pendant que, brusquement, tout ce Puy-Saint-Pierre dominant le vaste monde des montagnes et des hommes s'appliquait durement contre ses yeux et ses oreilles, avec ses profondeurs de terres déroulées.

— Ça accroche, dit le postier.

Et il tourna encore deux ou trois fois le moulin très vite, puis il écouta, sa grosse main appuyée contre l'oreille avec l'écouteur et Saint-Jean aussi. Sans respirer, un long moment, puis, tout d'un coup, au moment où ils se remettaient à respirer, une voix présente, là, tout près, qui dit : « Allô ! » là, dans leur main.

— Allô, allô, allô ! cria le postier.

— Parle, cria Saint-Jean.
— Allô!
— Dis-lui quelque chose!
— Marchefer!
— Marchefer, Marchefer, vous là-bas, cria Saint-Jean de toutes ses forces dans la terre.

Il entendit l'énorme bruit de sa voix ronfler dans le trou et rouler dehors toute seule dans le désert, avec la brume et le silence.

— Qui est là, dit la voix, qu'est-ce que vous voulez juste maintenant?
— Tais-toi, dit le postier, ne crie pas, laisse-moi parler.
— Qui parle, dit la voix?
— Château-Méa, dit le postier.
— Château-Méa, dit la voix, comme avec une furtive ironie un peu mélancolique, il n'y a rien là-bas?
— Si, si, écoute.
— Dis-lui...
— C'est toi Pilou, demanda la voix?
— Oui, Marchefer. C'est toi? Écoute.
— Dis-lui...
— Écoute, dit la voix, si tu avais attendu cinq minutes — en même temps on entendait des bruits de pas et de choses qu'on traînait sur le parquet, des craquements et la voix, comme détournée, qui dit : « Prenez les deux sacs là-bas avec les registres. Je parle à Château-Méa, un hasard », puis la voix qui revint.

— ... si tu avais attendu cinq minutes de plus...
Tu es toujours là?

— Oui.

— On ne t'aurait plus répondu. Il n'y avait plus personne. On se sauve.

— Dis-lui, postier, dis-lui, postier, disait Saint-Jean, et il le frappait du coude.

— Je suis au relais de Bufère.

— Bufère s'écroule, dit la voix.

— Ah! Saint-Jean!

Et le postier gémissait dans le trou contre le parleur noir qui était devenu tout suant.

— Dis-lui... Bufère, dit le postier!

— Dis-lui vite, dis-lui... ah! Et puis maintenant, quoi faire, dit Saint-Jean?

— Bufère s'écroule, dit la voix, depuis dessous le col, de notre côté jusqu'au village; la moitié du village s'est déjà renversée en bas dessous — oui, dit la voix encore détournée (on entendait une petite fille qui riait), emmène-la, portez-la, je viens. C'est Château-Méa. Je ne sais pas ce qu'il y a aussi là-bas. Je viens, prenez par le dessus du Mélézin, j'y vais.

— Malheur, dit le postier! Méa s'est écroulée sous les eaux. Marchefer! Écoute! Tu es là? Écoute. Nous sommes engloutis sous les eaux. Engloutis! Plus rien, plus rien, plus rien!

— Malheur, dit la voix. Le village se renverse dans la forêt. Depuis le sommet jusqu'ici tout s'est déshabillé de sa terre et de ses arbres. Tu m'écoutes?

Je la vois d'ici, par la fenêtre, ça descend, il n'y a plus rien à faire. Nous partons.

— Malheur! Malheur! dit Saint-Jean à voix basse, allongé sur la terre, et il mordait sa main.

— Allô! cria le postier, allô Charrières, Saint-Maurice, la Valogne, Péméant, l'Archat, Valoires, les Chaseaux!

Appelant des pays de plus en plus lointains dans cet immense territoire d'au-delà de cette montagne, dans des vallées et des vallées, là-bas où il s'imaginait de pouvoir communiquer par ce trou dans le désert par sa machine, le parleur tout suant, l'écouteur qui craquait dans sa main parce qu'il le serrait de toutes ses forces. Peut-être pas seulement pour ça, car il ne le serrait plus guère maintenant, et il craquait quand même d'un craquement continu qui devait venir de là-bas.

— Allô!

— Oui, dit la voix, tu es toujours là? Je pars. Je viens de prendre mon sac. Au revoir Pilou. Il n'y a plus que moi ici, adieu, vieux!

— Allô, cria le postier, allô Bouchier, allô Quercyères. Branche-moi, Marchefer, donne-moi le pays là-bas.

— Eh non, dit la voix plus calme. Qu'est-ce que tu veux que je te donne le pays, je suis déjà coupé de partout. J'ai essayé avant toi. Il n'y a plus de pays. La montagne s'écroule partout, jusque bien plus au-delà de Quercyères, jusqu'à Bas-Bourg, jusqu'à la Prévôte, de tous les côtés.

— Malheur! dit Saint-Jean.
— Les trente cantons de montagne, dit la voix, adieu!

Et il avait dû poser le parleur sur l'appareil, là-bas sans le raccrocher.

— Allô, dit le postier à voix basse et, adieu, adieu, pendant qu'il continuait à entendre dans sa main un grondement qui grandissait, puis un claquement, mais qui venait de la petite plaque de métal là.

Il secoua l'écouteur. Il tourna la manivelle. Ça n'accrochait plus.

Ils s'aperçurent que c'était la nuit longtemps après, n'ayant pas bougé, allongés toujours là, contre le trou, sans parler, sans voir, sans rien entendre, sinon tout un tas de sortes de souvenirs si on peut dire : le visage de ces trente cantons de la montagne, et à la fois dans le passé et dans le futur.

— Où es-tu?
— Je suis là.

En bas, une lueur de feu palpitait à travers la brume et la nuit comme une poule rouge qui gonfle ses plumes.

— Il n'y a plus qu'une chose à faire, dit Saint-Jean : il n'y a plus qu'à redescendre.

Ils traversèrent encore ce long espace tout désert plein d'une nuit qui les laissait bien seuls avec eux-mêmes, ne pouvant plus se parler, ayant toujours ce chavirement des terres dont ils venaient d'apprendre l'élargissement autour d'eux. Sous une espèce de lumière d'un blanc vert, semblable à celle qui pend sous les vastes orages et qu'ils portaient en eux-mêmes comme s'ils étaient éclairés intérieurement par cette connaissance de la catastrophe — car autour d'eux la nuit était absolument noire — ils descendaient toujours à ce pas régulier, mais, de chaque côté d'eux, se balançaient, à la cadence de leurs pas, de vastes étendues de terres blêmes et bouleversées, bouillantes, roulant des villages et des forêts, traînant ainsi de chaque côté de leurs pas comme des ailes cassées. Et précisément, cette nuit qui était devenue terriblement noire, elle n'avait plus de visage et, de temps en temps, comme ils se souvenaient quand même qu'ils étaient en train de marcher ici et non pas d'être suspendus au-dessus de l'immensité du malheur des montagnes, ils avaient un peu d'hésitation dans le pas et ils tendaient la main en avant pour tâcher de se rendre compte s'ils n'étaient pas encore à la forêt. Alors, ils apercevaient en bas ce halètement de plumes rouges qui était le reflet des grands feux allumés sur la butte de Villard-l'Église.

— Je touche les arbres, dit le postier qui marchait un peu à gauche.

— Je les croyais pleinement devant nous, dit Saint-Jean.

— Je les ai, dit le postier. Ils m'ont touché les cheveux et maintenant je tiens la branche dans ma main.

Saint-Jean retourna un peu de ce côté.

— Je ne comprends plus, dit-il. Je ne me souviens plus de rien. C'est une drôle de chose. Il me semblait qu'ils étaient là devant.

Il chercha avec sa main étendue dans la nuit. Il trouva une branche froide et le feuillage dur des sapins.

— Entrons dans le bois, dit-il. Il faut tâcher de trouver cet arbre penché et à partir de là continuer à tirer à gauche.

— Tu as des allumettes ?

— Non, je n'ai rien.

Les feuillages de la forêt avaient effacé le reflet des feux.

— Se retrouver comme ça dans rien, dit le postier.

— Oui.

— Attendre que le jour se lève.

— Non.

— Je ne sais plus ni marcher ni rien.

— Lâche la branche, dit Saint-Jean.

Il parlait à voix basse comme si toute sa décision était secrète.

— Laisse-toi descendre, n'aie pas peur.

La branche remonta dans la nuit avec un petit troussement d'aile et juste comme il la lâchait le postier appela doucement : « Jean ! », parce qu'il se sentait seul.

— Viens.

Il le retrouva quelques mètres en dessous de lui.

— Il ne faut pas se quitter, dit-il.

— Non, dit Saint-Jean, il faut rester l'un et l'autre. Il faut retrouver son courage. L'arbre est là.
— Tu l'as touché?
— Oui, et maintenant viens glisser par là travers. Doucement.
— Il ne faut pas faire de bruit, dit le postier.
— Non, dit Saint-Jean, il ne faut pas faire de bruit
— On descend dans le maudit, dit le postier.
— On fait notre affaire, dit Saint-Jean.
— Ça n'est pas encore fini, demanda le postier?
— Soufflons, dit Saint-Jean.
Ils entendaient cliqueter des branches nues et plus ce grincement tristement régulier qui vient des troncs de sapins quand ils sont forts et gros et que le vent les balance, un vent de nuit qui s'était levé longtemps après leur entrée dans la forêt. Et les troncs s'étaient mis à grincer régulièrement à côté d'eux pendant qu'ils descendaient toujours cette montagne presque à pic, collés contre la terre comme des serpents, le ventre dans cet humus de terre noire, cette odeur très précieuse de la terre des sous-bois. « Car, si nous débordons au-dessus d'un vide, dit Saint-Jean, on le sentira. L'odeur précisément qui n'est pas spacieuse, dit-il. Le contraire de celle qui est dans les gouffres, dit-il. La même, dit-il, que celle qui est dans les troncs d'arbres quand tu les coupes, la même odeur que celle-là qui est de la feuille pourrie. » A mesure il s'avançait dans la forêt, lui étant le premier, la plupart du temps rampant sur son ventre, s'attendant à tout moment à dépasser de la tête au-

dessus de quelque véritable à-pic. « Alors, tout le contraire dit-il, une odeur spacieuse et qui descend en profondeur. »

— Attends, dit le postier, restons ensemble.

Ce n'était plus le grincement régulier des troncs de sapins, mais des branches qui se frappaient sèchement à nu, et des troncs qui craquaient. On ne pouvait absolument rien voir. Ces bruits étaient là dans le ciel.

— La fin des rats, dit le postier, je suis crevé, c'est fini. Dormons. Restons là. Ne bougeons plus. Tant pis. Laisse tout ça Saint-Jean, ce n'est pas possible.

— Souffle, dit Saint-Jean, repose-toi, ça va venir, je sais où on est.

— Non, dit le postier, on est dans rien. Trois heures au moins qu'on arpente la terre. On en a descendu de la montagne depuis. Toujours pareil, alors non.

Ils étaient couchés dans la terre humide, venant de descendre comme ça une assez forte pente. Saint-Jean entendait que le postier respirait fort, la tête presque posée sur la terre.

— Si, dit Saint-Jean, je sais à peu près où on est. Écoute. Tu entends? On n'est déjà plus dans les sapins. On est arrivé dans les petits fayards. On en a fait plus de la moitié. Il écouta un long moment. Il entendait le souffle du postier qui faisait trembler une feuille morte dans l'humus.

— Je suis sûr, dit Saint-Jean, maintenant nous pouvons marcher debout, la pente est douce.

A mesure qu'il descendait — le postier marchait derrière, peut-être endormi, il ne disait plus rien — il pensait que dans un moment il allait entendre le bruit des eaux. Cette rage — quand même — du Sauvey dans les rochers, l'eau qui saute et qui claque. Familière. Il se disait : « Descends tout droit, en fil à plomb. » Il languissait. « Oh! il disait, se méfiant justement de ce que le postier pouvait dormir en marchant, viens d'aplomb. » L'autre ne répondait plus mais il venait et, comme ça, alors tous les deux, comme s'ils descendaient une échelle, le dos au barreau, facilement, parce qu'on pouvait enfoncer les talons dans la terre souple. Et à la fin il se dit : « Mais je n'entends rien, arrête-toi. » Il était exactement dans rien, le vent étant tombé. Puis une lueur rouge déchira la nuit devant lui, juste à la hauteur de son visage, à partir d'une ligne noire bien nette dans la nuit et éclairant des nuages. Il lui fallut un moment pour se rendre compte que c'était le reflet des feux allumés sur l'autre côté de Villard-l'Église. Ces lueurs qu'il avait d'abord aperçues en bas, elles étaient maintenant à sa hauteur, en face son visage, montant vers le ciel. Donc, il était presque sur le bord de l'eau et, tout de suite, il la vit étale et silencieuse. Quelque chose avait dû changer dans le courant de ce jour. L'eau avait dû monter ; maintenant le Sauvey lui-même n'avait plus de mouvement. Ce serait facile de traverser cette eau plate et crémeuse. Il fallait retrouver le radeau. Des reflets venant de l'eau et des feux découvraient les formes noires de cette côte de forêt tombant dans l'eau et là-bas le dos de Villard-l'Église.

— Repose-toi, dit Saint-Jean, couche-toi.

Lui, il s'avança, étant descendu jusque sur le bord. Il se basait sur la forme de la butte de Villard-l'Église. Il se disait qu'il avait dû atterrir plus haut dans des frênes, il se souvenait. Ici, c'étaient de petits rouvres et, en regardant vers la pointe de Villard-l'Église, il pouvait voir au-delà une espèce de barre blanche qui était la largeur du lac vers les fonds de Sourdie. Ce qu'il ne voyait pas, le matin, de l'endroit où il avait accosté.

Il était appuyé à un arbre et il regardait. Le silence était étendu sur tout. Et d'un coup il se sentit blessé et malade. Une alouette s'était mise à chanter. Puis il l'entendit monter dans le ciel en chantant et disparaître, laissant seulement ce grésillement acide planté devant lui. Et elle continuait à chanter là-haut. Il vit que déjà c'était le jour, que la bête était montée là-haut à la rencontre de l'aube, une couleur qui n'avait même plus de nom, sale et glauque, répandue dans les nuages. Mais l'oiseau la saluait avec sa même chanson et sa même habitude. On était donc vraiment sur terre ? La volonté n'avait vraiment pas de chance. Le monde semblait avoir des répondances avec tout sauf avec les hommes.

Il retrouva le radeau emmêlé dans les branches du hêtre dans lesquelles l'eau en montant l'avait enfoncé. Il retourna réveiller le postier. Il lui frotta les joues et il lui dit :

— Réveille-toi parce que nous allons traverser l'eau.

L'aube éclairait. L'autre ne pouvait plus regarder qu'à travers un invincible sommeil.

— Alors, couche-toi là-dessus, dit Saint-Jean quand il eut dégagé le radeau.

Il décloua une planche pour servir de rame. Et il se poussa dans le large des eaux. Il n'y avait plus de courant. Tout était docile et comme endormi. Il naviguait sans effort. L'alouette chantait toujours. Tout était inutile. Il valait peut-être mieux chavirer le chargement et se laisser noyer, les mains sur la tête.

Le temps qu'il mit à traverser, l'aube s'étendit dans tous les nuages, et quand il aborda dans la prairie de Villard-l'Église, il vit, plus haut, sur la gauche, les traces blanches de son chantier et, sortant des herbes, le manche de la houe à équarrir. Le mur de montagnes s'était partout refermé tout autour, encore noir, mais à de petites taches tremblantes on voyait qu'il allait devenir peu à peu extraordinairement vert. Puis ce serait tout.

Il tira le postier dans l'herbe, sur la rive. L'autre dormait avec une volonté farouche, soufflant dans ses moustaches.

— Dors tranquille, dit Saint-Jean.

Et il commença à monter vers la butte d'où émergeaient des peupliers dépouillés de feuilles, transparents comme des plumes de poule, avec encore un petit membre d'or au sommet, et une grosse torsade de fumée épaisse qui s'éclairait, puis il entendit crépiter du bois sec. Il entendit hennir un cheval et une petite voix d'homme. Il enfonça ses mains dans ses poches.

« Alors, tu retournes, se dit-il ? — Oui, je retourne. — Alors ces chemins pour t'en sortir ? — Il n'y en a pas. — Pourquoi ? — Parce que toute la terre s'écroule ? — Et alors, qui t'empêche de la traverser quand même ? — Rien. Je peux la traverser. Après ce sera pareil. On ne peut rien finir. — Heureusement. — C'est vite dit. »

Il dépassa la crête. En bas c'était encore la nuit que les soubresauts du feu déchiraient. Des ombres rouges portaient du bois pour les feux du matin.

« Alors, se dit-il, tu penses à toi ? — Et à qui veux-tu que je pense ? — Alors voilà, tu arrives, c'est comme si tu n'avais pas bougé de place. — On ne bouge pas de place. »

Sous le dernier peuplier une femme était assise qui le regardait venir. Elle avait un corsage d'indienne à fleurs rouges.

En approchant, il dépassa tout d'un coup le pas d'où brusquement il put la reconnaître.

— Et voilà Sarah, dit-il.

Mais il s'aperçut tout d'un coup qu'elle était vivante.

V

LE GLACIER

Un bruit qui n'était pas celui des eaux roula dans le vallon dessous le glacier. Il était lourd et mou ; il s'écrasa contre les grandes parois de granit noir ; il continua à rouler presque sans élan, emporté par son poids jusqu'à la forêt de Verneresse où il resta un moment à haleter sous les arbres, comme un gros oiseau prisonnier. L'Ebron, qui sortait de la pointe sale des glaces, ne changea ni un geste ni un mouvement. Il continua à couler toujours pareil. Sur les grandes parois de granit, de petites mousses minuscules s'étaient mises à trembler, il y en avait de larges plaques ; le dessus de la mousse était gris, le dessous était rouge ; toujours immobile le granit semblait être devenu vivant comme de la braise. Un corbeau sortit de la forêt, puis un autre, puis un autre, muets, lancés tous les trois sur une même ligne, comme sur un trait oblique ; et ils s'enfoncèrent dans les nuages de la vallée. L'Ebron sortait de la pointe du glacier par une grotte de glace dans laquelle se battaient de longs reflets verts et blancs pareils à de l'herbe ; ils s'éteignirent. Toute l'ouverture de la grotte dégorgea une immense eau noire. Un hoquet. Les mousses allumèrent plus vivement tout le granit jusqu'à la grande ligne pure qui touchait le ciel. Puis les reflets commencèrent à flotter comme sur de l'herbe. L'Ebron retrouva ses mêmes gestes blancs. Sur le flanc de Verneresse une petite source coulait régulièrement donnant une eau pure. Elle jaillissait entre deux rochers comme un petit arc de verre, tombait dans les pierres, s'en allait en écumant, traversait la forêt sur un petit lit clair et calme et descendait se jeter plus bas dans le Vaudrey. Elle s'arrêta de couler, brisée d'un coup comme de la vitre. Il resta là une plaque ou deux, le reste de l'eau s'écoula sur la pente, poussé par un petit silence qui s'allongea peu à peu tout le long du ruisseau. Sur le sommet de Muzelliers, jusqu'au bord de l'à-pic pesait une énorme grappe de glace, à moitié suspendue dans le vide, puis la Treille couchée sur les trois côtés donnait encore trois grappes gonflées dans les vallons qui séparaient les cimes ; elle s'appuyait au-delà sur le dos de Romolles enchappant le large dos sous sa vendange glacée toute verte ; enfin dans le vallon d'Ebron, alors, là, elle était la Treille, elle était le glacier de la Treille avec des fruits croulant de partout, entre deux plateaux de nuages : un qui cachait la vallée, l'autre qui cachait le ciel. Sur le flanc de Romolles — c'étaient des pentes molles avec de l'herbe rousse — la terre se mit comme à grésiller à deux ou trois petites places,

larges comme des ronds de meule. Il semblait que
le bruit était encore dans les échos. La terre s'ouvrit,
de la boue puis de l'eau ; puis de l'eau claire se mit
à couler des deux ou trois endroits. Elle se chercha,
elle se trouva, s'enlaça, et couchant l'herbe, descendit,
entra dans le nuage. Elle continuait à sortir par ses
trous qui peu à peu s'agrandissaient. Le long de la
muraille de Muzelliers une pierre se détacha et
tomba. Depuis un moment elle avait été tout en-
cerclée comme de petits serpents brillants et palpitants qui avaient mouillé toute la paroi en dessous.
Ce bout de rocher sembla tout d'un coup fléchir,
pencher la tête et puis il tomba sans bruit — à peine
comme le vol d'un oiseau — et il entra dans le nuage.
A sa suite jaillit un arc d'eau, long mais solide, sans
le moindre bruit, longtemps. A la longue un petit
bourdonnement monta de dessous le nuage. Il s'installa dans le jour, sans arrêt, sans grossir ni diminuer,
bourdonnant en bas dessous. L'arc d'eau continuait
à se courber dans le vide, avec toujours sa même
ligne comme un arc de verre. Et le temps se mit à
passer autour de tout ça. Là-bas sur Romolles les
deux ou trois blessures coulaient, le nouveau ruisseau descendait à travers les herbes rousses, comme
une grosse corde toute détortillée, il entrait dans les
nuages, il devait pendre là-bas dessous dans des
forêts. Au-dessus du glacier le plafond de nuages
s'usa vers la cime la plus à l'est de Trois-Côtes. Il
y eut un peu de bleu dans l'usure et un peu plus
de jour. Tout le long de l'arc de verre courut comme

une irisation d'huile, et, à l'endroit où il entrait dans les nuages du bas, s'arrondit un cercle parfait de sept couleurs au centre duquel passait la barre d'eau immobile. Le bourdonnement montait toujours d'en bas. Le cercle de couleurs trembla un moment sur les nuages, peu à peu il s'effaça et l'eau redevint blanche. Le jour resta longtemps égal, sans force, aussi blanc que l'énorme Treille. Les ombres seulement bougeaient. Elles s'engraissaient du côté de l'est. La crête des vagues de glace commença à luire, puis toutes les plaques tournées vers l'ouest, puis une à une elles s'éteignirent, grossissant toutes les petites ombres du hérissement du glacier en une seule grande ombre ; la dernière plaque de glace la plus à l'ouest luisait encore. A ce moment le plateau de nuages qui couvrait le ciel se déchira. Un rayon de soleil très oblique, presque gris comme de la vieille paille traversa l'air ; l'arc d'eau s'éclaira comme un arc d'or. Tout était dans le plus profond silence. Seul le petit bourdonnement montait de dessous les nuages du bas. Puis le soleil tomba de l'autre côté des montagnes et ce fut la nuit.

Les formes s'étant englouties dans cet orage de charbon, il n'existait plus rien à cette hauteur où il n'y avait pas d'homme (et ceux-là on les entend marcher ou traverser des pierriers, ou se parler à eux-mêmes à haute voix dans la solitude). La glacier avec sa pâleur un peu verte avait un instant flotté dans la nuit puis il s'était aussi enfoncé. Cet endroit qui était dans le jour chargé de Romolles, des Trois-

Côtes, de la Treille et de Muzelliers était maintenant comme une solitude sans forme du fond du ciel. Comme si tout ça avait fondu, était mort. Mais les bruits se mirent à sonner avec une force plus intense, une fermeté nouvelle, non plus cette timidité de pendant le jour, pendant qu'il y avait la forme là, présente, ce besoin de se cacher : comme la grande arche d'eau si muette et si rigide qu'elle paraissait en verre pendant tout le temps de son envolement dans le gouffre de Muzelliers, et seulement un petit bourdonnement en bas au fond ; cette légèreté qui faisait que, dans le silence, c'était à peine un bourdonnement, comme d'un essaim de mouches ; et brusquement, dans la nuit creuse, ça devint ce que c'était en réalité : la rage de cette trombe d'eau tombant en bas au fond dans des entassements de pierres. Et sur tout le parcours de cette arche qui avait semblé n'être qu'une tige de verre immobile et toute lisse, maintenant que la nuit l'avait engloutie, qu'elle n'avait plus de forme ni de couleur, s'entendaient des milliers de battements d'ailes qui étaient le flottement, le vol, l'élargissement, le plongeon dans le vide de ces énormes palmes d'eau dont en réalité toute l'arche était faite. Non plus une barre de verre lisse, mais vraiment une grosse masse d'eau traversant le vide et autour de laquelle la nuit qui avait enseveli sa forme et sa couleur avait arrondi ses profonds échos pour en faire résonner tous les bruits pareils aux battements d'ailes de toute une colonne d'oiseaux.

Un bruit venait de loin, du côté de Romolles, un autre arrivait des fonds de Trois-Côtes, un de là-haut où une grosse grappe de Treille était appuyée juste sur l'à-pic de Muzelliers, de la forêt en bas très profond, de la grande masse de glace appuyée, toute retroussée contre la cime centrale de Trois-Côtes, de la grande plaine glauque, coupée de crevasses qui unissait la Treille de Romolles à la Treille d'Ebron, de la paroi de Muzelliers, des eaux cahotantes de l'Ebron, d'endroits parfois si loin qu'en plein jour, avec un bon œil, on aurait à peine pu y distinguer le frémissement d'un reflet de jour sur une plaque de granit très lisse, où à peine on aurait pu dire : « Tout dort ici, tout est insensible », s'il y avait eu un homme pour regarder, étant par exemple sur les pentes de Romolles comme ça arrivait quelquefois à des bergers pour trouver de nouvelles pâtures. Et ils ne prenaient même pas la peine de rien dire de semblable tellement ça paraissait naturel que tout ça soit immobile et insensible. Et maintenant, s'il y avait eu toujours cet homme, ce berger sur les pentes de Romolles, il aurait été lui aussi englouti dans cette nuit de goudron, avec plus rien de visible comme dans le vide du ciel, mais ses oreilles d'homme de la montagne auraient tout de suite compris. La grande plaque de granit, en bas très loin, était en train de glisser lentement sur des assises d'argile en faisant claquer de temps en temps la glaise détrempée. L'Ebron frappait plus fort contre les pierres et sautait plus souple, ayant sans doute grossi, pour avoir maintenant cette espèce de souffle de gros chat avec, de temps en temps, des grondements comme ceux du tonnerre. Dans l'à-pic de Muzelliers, des pierres se dérochaient, tombaient sans cesse dans le vide ; au bout d'un moment, après les grondements de l'Ebron, les petits claquements de l'argile, les bruits venant de la Treille, de Trois-Côtes, de Romolles et de partout tout autour, la pierre s'écrasait en bas sur les bases de grès de la muraille de Muzelliers et les éclats sifflaient en bas dessous dans la forêt et frappaient les arbres. Tout le long de la muraille courait un bruit pareil au bruit de la pluie. Toujours le battement d'ailes de la chute d'eau. Là-haut, la grappe de glace appuyée sur le bord de l'à-pic criait en frottant contre le rocher. Les crevasses de la grande plaine qui unissait les deux Treilles de Romolles et d'Ebron chantaient lentement comme des cruches qui se remplissent : un son qui partait du très grave et montait vers l'aigu, mais avant d'y arriver redescendait vers du très grave. Les quatre grosses crevasses faisaient ça. La grappe d'Ebron, la grappe de Romolles, les trois grappes des Trois-Côtes comme la grappe de Muzelliers grinçaient dans les pierres ; un bruit qui n'était pas celui des eaux roula encore dans le vallon dessous le glacier. Il était toujours lourd, et mou, et pataud, avec de grosses pattes qui floquaient dans les flaques d'eau et sur l'échine nerveuse de l'eau qui coulait dans l'Ebron et des gros flancs qui s'écrasaient contre les grandes parois de granit noir. Et ça n'avait pas dû cesser de se faire pendant tout le courant du jour dissimulé dans le silence, mais c'était ça qui faisait haleter sans cesse le granit comme une braise, à cause du renversement des petites mousses grises et rousses. Le souffle de ce bruit qui ne s'était entendu qu'une fois, au moment où il s'était fait pour la première fois avec tout son côté extraordinaire, puis après on ne l'avait plus entendu. Il venait des profondeurs du glacier. Il était le plus solide de tous les bruits, malgré ce côté mou qu'il avait et ce flanc qui s'écrasait contre les parois de granit, mais les parois de granit tremblaient après, quand ce gros flanc s'y était écrasé. Écrasé, mais comme une épaule qui pousse fort car, après, le bruit mou roulait encore lourdement, encaissé dans le vallon d'Ebron, essayant sa force contre tous les rochers dans la nuit sonore. Toujours le battement d'ailes de la chute d'eau là-bas vers Muzelliers, et le craquement des grosses grappes de glace, et les crevasses qui font comme des cruches qui se remplissent, allant du très grave jusqu'à l'aigu, et baissant ensuite la chanson jusqu'à ce très grave qui s'enfonçait dans la profondeur du glacier. Et peut-être, dans la masse de la montagne de Romolles, ces craquements, comme si elle se gonflait, étant soulevée par-dedans par une grande force. Et toujours les détonations sourdes qui retentissaient dans cette caverne verte d'où sortait l'Ebron, comme si ce grondement arrivait de là-bas du fond du couloir vert, en frappant ses molles épaules contre les parois de glace, puis il tombe dans le vallon avec ses grosses pattes, et il frappe les parois de granit. Ce grincement continu des grappes de glace sur toutes les montagnes, ces grondements qui venaient des profondeurs, ces dérochements qui sifflaient dans le vide, ayant sûrement été poussés par quelque main, ces jaillissements d'eau, cette force qui faisait hennir plus farouchement les cavales d'eau de l'Ebron (depuis quelques heures l'eau avait dû monter considérablement dans le lit du torrent : elle galopait dans les pierres neuves, ses crinières sifflaient plus fort), tout, dans la nuit de goudron qui avait englouti toutes les formes, composait le grand corps du glacier de la Treille appuyé sur Muzelliers, Trois-Côtes et Romolles avec ses grappes pendantes. Tout venait de lui. On ne pouvait rien voir. Il n'était plus cette Treille verte et blanche écrasant le sommet des montagnes : il n'y avait plus ni forme ni couleur, mais dans la nuit retentissante, le moindre bruit s'entendant, tout pouvait se comprendre des mouvement du glacier et de ce poids de force qu'il devait lentement faire peser d'un côté et de — peut-être — le geste dans la nuit de ces grappes de glace qu'on pouvait prendre aussi pour des grosses mains ; immobiles dans le jour, crispées sur des blocs de granit, et maintenant en train de tout triturer dans des doigts de fer. Si, par exemple, il y avait eu un homme sur Romolles, perdu dans la nuit avec la fatigue, le désarroi de la nuit, la désespérance d'être englué dans cette ombre, il aurait peut-être vu passer devant ses yeux la forme glauque d'un grand geste, tant c'était facile à comprendre avec tous ces bruits. Mais ça se passait dans la solitude, très haut, entre deux plaques de nuages : une qui bouchait le ciel, une qui bouchait la vallée. A un moment donné les nuages d'en haut se déchirèrent, la lune parut ; elle était dans sa période de grande lumière, couchée sur un sable velouté. Elle éclaira tout le grand gouffre : Muzelliers, Trois-Côtes, Romolles, toute la Treille. Rien ne bougeait. D'un coup, tous les bruits s'étaient enfoncés. Il en restait un. Le petit bourdonnement léger, là-bas, du côté de l'arche de verre immobile. De tous les autres côtés, pas un seul bruit : l'étincellement des eaux qui ruisselaient de Romolles, des lueurs de soufre dans les seracs, au fond du vallon d'Ebron le moutonnement silencieux des croupes et des crinières du torrent. Cette grande masse des nuages d'en haut était tout effilochée et la nuit claire apparaissait au-dessus. Tout s'en allait insensiblement vers l'ouest. De temps en temps un paquet de nuages passait devant la lune et tous les bruits revenaient : la colonne d'oiseaux, les bruits mous qui pataugeaient dans la caverne de glace et tout le glacier de la Treille faisait comme un mouvement de tortue, puis la lune revenait, couchée sur ce velours du ciel un peu sablé et l'arche de verre apparaissait, là-bas dans Muzelliers, immobile, en plein silence, à peine le petit bourdonnement en bas loin sous les nuages du bas ; ceux-là toujours terriblement épais, car ici ils passaient à mi-hauteur des à-pics de Muzelliers et, en bas au fond, ils traînaient à ras des forêts, à l'endroit même où les arbres touchaient l'eau du lac. Une épaisseur de près de mille mètres et, en dessous, quand on l'avait traversée, naturellement, une nuit de cave avec des égouttements d'eau s'égouttant de partout et, au fond du noir, une petite tache rouge, brasillante, qui était le feu de garde sur Villard-l'Église contre lequel veillait Clovis Prachaval, dit « le bel homme », et Pierre Michard, dit « le maçon » (car on s'était aperçu que l'eau montait et on avait décidé de le garder à tour de rôle). Il pouvait être à peu près minuit.

— Quelle heure est-il ? dit Clovis.

Le réveille-matin de François Dur était là, sur ses trois pieds, dans l'herbe fanée. Michard le prit dans sa main.

— Une heure à la mécanique, dit Michard.

— On n'entend pas le moindre bruit, dit Clovis.

— Comme si rien n'était, dit Michard au bout d'un moment.

Ici dessus continuait à passer l'ombre et la lumière de la lune avec des apparitions de l'arche en verre qui s'éteignait, et alors tous les bruits gonflaient en même temps et sortaient de la terre, puis elle se rallumait et les bruits s'enterraient sous cette lumière sableuse, un peu bleue, avec des traces d'étoiles, pendant que les nuages hauts marchaient lentement vers l'ouest dans le ciel clair au-dessus du monde immobile. La lumière descendait dans les énormes crevasses qui s'ouvraient là-haut, face à la nuit découverte, dans la large plaine de glace qui unissait la Treille de Trois-Côtes à la Treille d'Ebron. C'est de là que sortaient ces bruits de cruches qui se remplissent et se vident. En même temps, il y avait un changement dans cette lueur de lune qui remplissait les crevasses. Bien entendu, là, dans l'intérieur, la glace était coupée franche et elle répondait à la moindre lumière du monde. Celle de la lune la reflétait de parois en parois jusqu'en bas très profond, la décomposant en une sorte de lourde tenture phosphorescente couleur d'avoine mûre et assez pareille, somme toute, à un rideau d'avoines tressées, hérissées de longues barbes brillantes comme si c'étaient les fruits de l'avoine ; en réalité, de minuscules rayons brisés qui flottaient dans la profondeur sans avoir la force d'aller toucher l'autre paroi de glace. Ça n'éclairait rien, ça descendait tout simplement là-dedans comme une lumière inutile dans ces crevasses qui n'avaient pas de fond. Brusquement, il semblait qu'elles avaient un fond — au moment où le son d'abord très grave dans les profondeurs du glacier montait comme le bruit de la fontaine dans la cruche qui se remplit — il semblait que le rideau d'avoine, avec toutes ses franges, frottait sur un fond qui, par éclairs, apparaissait vert et noir, tout lisse comme de l'agathe. Et la tenture de lumière montait en se rebroussant, comme si on l'avait roulée par le bas et, à mesure, elle verdissait d'un vert profond comme celui de l'herbe mouillée, lourde et pendante, comme un flot de mousse du fond des eaux. Alors, le bruit redescendait dans le grave comme celui d'une cruche qui se vide, ou plutôt d'un tonneau qui se débonde par le bas et la tenture de lumière descendait aussi en se déroulant, en mûrissant à mesure, devenant blonde et phosphorescente, puis elle se balançait encore librement en bas avec son hérissement de barbes d'avoines, ces minces rayons brisés qui flottaient dans le noir sans rien rencontrer tant c'était profond, vaste et vide.

L'ombre et la lumière continuaient à passer dans ce grand gouffre de Muzelliers, des Trois-Côtes et de Romolles, suivant que les nuages du haut traversaient les rayons de la lune. L'arche de verre s'allumait et s'éteignait.

Il faisait zéro degré, comme cette nuit du 3 novembre que l'abbé Chapareillan était venu passer ici dessus juste dans cette région des crevasses, avec Beausire et Charruaz, tous deux de Château, engagés pour porter les appareils. L'abbé était venu de Saint-Laurent-les-Plaines, il préparait un livre sur les glaciations et il faisait comme ça des observations météorologiques sur les glaciers. Il avait gardé celui de la Treille pour la fin, disant qu'il n'avait jamais été scientifiquement exploré et voulant avoir bien le temps de le faire exactement comme il faut. Il emportait un baromètre à mercure qui les encombrait plus qu'un malade, un hypsomètre de Regnault avec sa petite chaudière et encore au moins trente kilos qu'ils s'étaient partagés en deux sacs, campés à la limite de la moraine. Un soir, pareil à celui-ci, avec de la lune et de l'ombre, ils avaient installé tout le matériel sur la terre qui était comme du charbon, à côté de la glace. Et c'était la même impression de quelque chose de sournois tout autour. « Tout à l'heure, avait dit Beausire, on va recevoir un vieux coup sur les oreilles. » Il regardait lentement de tous les côtés avec sa tête rentrée dans les épaules. « Monsieur le curé! » Il lui avait dit : « Ne me dérangez pas. » Il était assis par terre avec ses genoux comme pupitre et il marquait des chiffres sur du papier en s'éclairant à une petite lampe attachée à l'index de sa main gauche, éclairant sa longue figure maigre, avec cette drôle de casquette à oreillères rabattues sur ses joues. « J'ai employé la formule de Forbes (il se le disait). H égale 294 qui multiplie T moins T prime, ça me donne 512. Il fait 512. Il y a 512 de pression, dit-il, c'est extraordinaire. — Oui, dit Beausire, c'est extraordinaire, monsieur le curé. » Et il regardait de tous les côtés comme quelqu'un qui va recevoir un coup de masse. « Ça n'est pas très chrétien tout ça. — Tout est chrétien, dit l'abbé Chapareillan. — C'est vous qui le dites, monsieur le curé, dit Beausire. — Donnez-moi le psychromètre à crécelle. — Ah! dit Charruaz, et il fouilla dans le sac. — Vous savez, dit-il ensuite, moi j'ai assez l'habitude, monsieur l'abbé, et je crois que Jules a raison : ça n'est pas très catholique ce soir. — Vous avez peur? dit l'abbé. — Il n'est pas question d'avoir peur, monsieur le curé, dit Charruaz, croyez-moi, il n'est pas question d'avoir peur. Ne répétez jamais plus une chose comme ça, s'il vous plaît. » Et il lui donna l'appareil. L'abbé se mit à le faire tourner et il regarda les deux thermomètres, et il recommença avec son E égale cent qui multiplie petit f, sur grand F, et il releva une oreillère de sa casquette pour se pincer l'oreille. Charruaz avait planté ses mains dans ses poches. Ils étaient seuls ici dessus avec cet homme noir gesticulant. La lune traversait le ciel sableux — comme ce soir. « Je dois me tromper, dit l'abbé, ça n'est guère possible malgré les chiffres. Les chiffres ne sont pas possibles. Petit f égale grand F, voilà que E égale cent. C'est sursaturé. C'est sursaturé mes amis, sursaturé d'eau. Nous sommes sur un glacier sursaturé d'eau et il n'y a pas de brouillard. Et tout est clair, et la pression est 512, la température zéro. » Il les regarda tous les deux : « Je n'y comprends absolument rien, dit-il. Ce qui prouve, ajouta-t-il, que je me suis trompé. — Oui, dit Charruaz, on aurait dû camper dans la forêt de Verneresse. — Non, dit l'abbé, je me suis trompé dans mes chiffres, et il se mit encore tout accroupi dans la moraine, avec ses genoux comme pupitre, sa lampe posée sur l'index gauche comme un petit oiseau, disant : " Recommençons avec la formule de Laplace, la formule de Laplace, voyons, Laplace : Z égale dix-huit mille quatre cent log de p zéro sur p un qui multiplie un plus alfa t, alpha égale un sur deux cent soixante-treize, dit-il ". » Puis il se leva. Il dit : « Attendez » et il s'engagea sur le glacier en faisant tourner sa crécelle. « Attendez-moi, dit Charruaz. — Non, dit-il, je fais deux pas, juste. » Et, en effet, voilà qu'il revient à toute vitesse. « Vite, dit-il, ramassez, montons plus haut sur la moraine. De l'eau, dit-il, là-haut quand ils eurent fait un feu. De l'eau, les crevasses sont remplies d'eau jusqu'au bord. Elles se remplissent par le bas jusqu'au bord. Elles en ont dégorgé sur la glace. Je l'ai vue, elle m'a mouillé les souliers. Sursaturé. Incompréhensible. Dangereux. Terrifiant! Ces crevasses énormes, mes amis. Pensez mes amis, à ces crevasses énormes, énormes! — et il abrita sa bouche et son menton dans sa main. » De là où ils étaient on voyait autour d'eux sous la lune toute l'étendue du glacier de la Treille, depuis Muzelliers jusqu'au-delà de Romolles, cette large face verte et rébarbative et ridée, avec quand même de l'expression, comme dit Charruaz, et de la vieille expérience, et de l'égoïsme, dit-il, oh! comme tout, ajouta-t-il.

— Énorme! dit monsieur l'abbé. Elles se remplissent, puis elles se vident par le bas comme des tonneaux qu'on débonde. Toutes. J'ai vu sortir de l'eau de toutes. Mes amis, dit-il, quand on pense aux formes gigantesques de ces abîmes!...

Cette nuit-là, le ciel était entièrement clair depuis là-haut vers les étoiles qui s'écartaient de la lune jusqu'en bas dans la vallée qui n'était masquée ni de nuages ni même de brumes, et on pouvait voir l'immense hauteur à laquelle on se trouvait parce qu'en bas, dans le fond de la vallée, luisaient les lampes solitaires dans la rue de Méa, puis celles de Château, celles de l'Église, celles du Serre, bien intactes, couchées sur les bonnes herbes de la vallée comme une lointaine constellation.

— Énormes et gigantesques, dit monsieur l'abbé se parlant à lui-même, mais seulement quand nous sommes à côté pour la comparaison. Dès que nous n'y sommes plus, c'est sans grandeur possible. Ça peut être exactement très petit. C'est ce qui fait que toutes les choses étonnantes se font simplement malgré notre étonnement. Seigneur, dit-il, nous sommes toujours dans les miracles du monde. Le livre se trompe, vous n'avez pas encore touché le matin du septième jour.

Il resta encore très longtemps avec sa bouche dans sa main.

— Mes amis, dit-il, je vois à peu près ce que c'est — et il releva les oreillères de sa casquette, et il les boutonna au bouton-pression. — Il y a dans la montagne une énorme poche d'eau. Nous la prévoyons énorme mais elle est logique, car elle n'a pas été faite par rapport à nous. Je n'hésite pas à le dire. Les desseins de Dieu sont encore plus impénétrables que ce que nous croyons. Scientifiquement parlant, c'est une résultante de l'état géologique des assises. J'étais déjà surpris par l'étonnante plasticité de tout le régime glaciaire qui vous domine. Il n'est pas à souhaiter que des nuits comme celle-ci se renouvellent dans leurs caractéristiques de température et de pression. Le savant tremble devant les conséquences possibles.

— Oui, dit Charruaz.

La lourde tenture d'avoines tressées descendait toujours dans les crevasses avec les rayons de la lune, frottant les parois de glace, puis enfin pendant dans des fonds où les rayons ne pouvaient plus rien toucher. Alors montait ce fond d'agathe un peu moiré comme de l'huile épaisse avec, en même temps, ce bruit de cruche qui se remplit. S'il avait été là avec ses appareils et ses formules, l'abbé, cette nuit, aurait trouvé 510 et, ce chiffre-là, c'étaient, libérées dans le monde, au milieu de l'air éclairé par la lune, des sortes de volutes grasses comme cette épaisse chaleur qui tremble dans les plaines d'été à midi ; mais ici c'était sous la lune et sous les étoiles. Tout d'un coup, autour de la lune s'éclaira, comme une gloire ronde, un large anneau d'argent. Il avait poussé deux cornes à toutes les étoiles. Et après, très vite, il aurait été obligé de refaire ses calculs et de trouver 504, puis 500, pendant que de nouvelles cornes poussaient aux étoiles et un autre anneau vert autour de la lune, et des craquements dans toute la masse de la Treille (ils sonnaient jusque très loin contre Trois-Côtes) et tout le corps du glacier, de blême qu'il était, devint bleuâtre dans ses profondeurs s'assombrissant. Puis, 470, et une température de trois degrés au-dessus de zéro. Et les crevasses dégorgèrent un flot d'eau bleue, extrêmement bleue, qui se déroula nonchalamment dans le plis des glaces. Il y eut une détonation sourde et longue s'allongeant lentement en bas dans le vallon d'Ebron. L'eau disparut dans les crevasses. Il n'en resta que des flaques très bleues, de plus en plus bleues, pendant que le glacier redevenait blême, brillant, très vite, comme s'il était saigné par en bas de tout ce sang bleuâtre. Les crevasses sonnèrent d'un gros bruit vide sous des dérochements de glace. Puis il y eut le silence et, comme la lune éclairait en plein, la grande immobilité de tout. Mais le silence était fait d'un vaste battement d'ailes répandu partout et d'un grondement continu sans arrêt, à la même intensité. Le vallon d'Ebron était rempli d'un formidable corps brillant, d'un bruissement d'écailles sur lesquelles la lune et les anneaux de la lune éclataient en un tapis de barbes d'avoines. Toute la forme de la Treille s'était modifiée, les grappes de glace avaient vieilli comme des raisins sous la pluie d'automne, un peu pourris. Dans les crevasses, les parois lisses se gonflaient et éclataient. Des bancs de glace poussés par les mouvements intérieurs crevaient les murs et s'avançaient au-dessus de l'abîme, dans ces endroits où la tenture d'avoines tressées ne pouvait plus toucher les bords, où maintenant la clarté de la lune sautait là-dedans d'éclats en éclats, sur des barres de glace, des sortes d'épées, de grands cristaux qui, lorsqu'ils étaient trop engagés dans le vide, se cassaient et s'effondraient avec un bruit qui n'arrivait même pas à l'ouverture de la crevasse. Ici dessus le silence, l'immobilité, seulement ce bruit d'ailes innombrables — qui devait être un bruit d'eau ruisselant sur toutes les pentes — et ce grand corps écailleux dans le vallon d'Ebron. Au fond des crevasses coulait une eau qui malgré l'ombre de goudron était extrêmement bleue et comme frottée de phosphore. La couleur et la lumière de sa force. Longtemps contenue dans la terre, sous la glace, comme dans une grande touque d'argile et de granit, serrée dessous le glacier de la Treille, depuis Muzelliers jusqu'à Romolles en traversant les Trois-Côtes ; accumulée dans les fonds de la terre, s'étant fait sa place, ayant effondré de gros plafonds de roches dans le retentissement intérieur de la montagne, ayant entassé de la force et de la force, goutte à goutte, jusqu'à remplir complètement tout l'intérieur des trois montagnes sous le glacier et maintenant, débondée par ces quatre cent soixante-dix de pression et ce que le thermomètre appelle le trois au-dessus de zéro.

En bas c'est Joseph Glomore qui monte la garde, ayant remplacé les deux autres avec Pierre Michard.

— Qu'est-ce qui se passe ? ont-ils dit quand ils sont venus remplacer Prachaval et le Paquier.

— Rien.

Joseph Glomore écoute et dit qu'en effet on n'entend pas grand-chose. On n'entend rien, dit Prachaval, même pas le vol d'une mouche. Et Michard dit :

— Il aurait fallu s'en aller de toute la terre de Villard vers des endroits où on ne risquait pas de recevoir ce glacier sur la gueule ? Jamais de la vie !

Comme si vraiment, semble-t-il dire, ça suffisait

pour vous faire démarrer des terres sur lesquelles on est né !

L'eau a commencé par jaillir de toutes les fissures sous le glacier. Elle s'est cherché des couloirs et des canalisations, passant par les rayures les plus minces, dans des traces qui sont l'emplacement de minuscules racines vieilles de mille ans dans le creux du granit. Elle les trouve, entre, passe, écarte, pousse, frappe, recule, frappe, recule, comme le battement du sang dans le poignet d'un homme, ébranle, fend, écrase, passe, descend, remonte, se tord, s'épanouit, s'élargit comme les rameaux d'un chêne, se tord, se love, se rejoint, se noue, se construit comme une ruche d'abeilles, crève la muraille de Muzelliers, saute dans le vide comme une arche de verre.

Elle gonflait peu à peu l'Ebron, ayant rempli tout le rond de la caverne verte qui sortait de dessous le glacier. Elle arrivait dans l'Ebron par quatre grands canaux creusés depuis longtemps dans le granit et qui maintenant coulaient à plein avec cette eau d'un bleu très pur, tout illuminée par cette lumière pâle, pareille à celle qui flotte sur les marécages. Plus tard, dans cette partie des montagnes où s'appuyaient lourdement les rognons du glacier, c'étaient seulement de minces ruisseaux d'eau qui sortaient du rocher et coulaient dans la glace, plus facilement que dans la terre, par leur propre poids ; s'accumulant au bout de cent, de mille petits conduits, puis la glace fondait et les mille petits ruisseaux descendaient dans la chair du glacier comme une chevelure bleue tout électrique qui se serait peu à peu déroulée. Elle se déroulait sous la glace avec cette phosphorescence qui en faisait éclater parfois une magnifique couleur brune, bleue, lourde. Cette chevelure d'eau caressait les flancs de Romolles et le flanc de ces vallons des Côtes tombant de plus en plus bas à travers la glace, dénouée, lourde ; rien ne pourrait plus l'empêcher de se dérouler jusqu'au bout de ses cheveux. Elle remplissait de ses lueurs toute cette grappe de glace qui pendait au bout de l'éboulis Charmade, pas très loin de l'Ebron maintenant devenu comme un troupeau de monstrueux chevaux blancs. Ce seuil par lequel les hommes d'en bas abordaient le glacier, d'habitude, quand on ne le laissait pas encore tout seul, dans cette solitude de bête, dans la bauge froide des éboulis. La lune n'était pas entrée jusque-là, c'était sous le détour de Romolles. Jusque-là rien n'était encore venu, de toute cette nuit là-haut ; seules quelques ruades de l'Ebron avaient quelquefois éclairé l'ombre d'un reflet. Ou bien c'était la crinière et l'écume de l'eau qui avaient frappé le rocher et la glace, ayant emporté un peu de lumière. La grande chevelure bleue de l'eau s'était déroulée jusque-là et elle palpitait sous la glace — comme de vrais cheveux, comme quand une fille dort dans l'herbe et que le vent doucement la décoiffe — et là, ayant trouvé de la vraie ombre, elle luisait de tout son phosphore : cherchant lentement la trace de son poids dans la glace qu'elle traversait, elle se reposait parfois, s'arrêtait de se dérouler ; tous ces mille ruisseaux avec leurs mille gouttes en bas au bout comme les mille pointes molles de mille cheveux arrêtés sur un nœud de glacier plus dur et plus compact que le reste. Alors, les petites gouttes qui étaient à l'extrême pointe, dans ce travail de poids qu'il fallait pour fondre ce cœur de la glace, le plus vieux et le plus tassé de tout le glacier, elles se mettaient à luire d'une petite lueur fiévreuse et saccadée, plus vivement, plus farouchement que les étoiles comme des yeux d'anguilles dans les grands fonds de la mer. Et lourdement la chevelure se déroulait, dans cette grappe de l'éboulis Charmade où jusque-là l'ombre était restée. Les lueurs s'approchaient d'un grand noyau noirâtre couché dans le fond du glacier, près de la terre. Rien ne l'éclairait. Les frémissements de reflets qui parcouraient la glace, comme parfois la blonde lumière d'un fouet, l'atteignaient et mouraient contre lui. La lumière bleue de l'eau s'approchait. Elle le toucha à un endroit tout petit comme un point brillant, puis, à des quantités de petits endroits, sur tout le tour de cette masse qui pouvait avoir à peu près dix mètres de large, n'étant pas énorme comme toute la masse du glacier mais réunie là sur à peine dix mètres, comme un nid de grosses marmottes. L'eau essaya d'entrer en poussant sa tête clignotante. C'était comme du fer. La lueur glissa sur les contours. Elle éclaira brusquement un nez, une bouche, une barbe, un visage d'homme aigre et dur comme une lame de serpe, la tête renversée en arrière, le cou tendu, long, maigre, serré de muscles comme le manche d'un outil consolidé avec des cordes, la bouche ouverte, l'œil ouvert, noir, fixé dans un étonnement et un reproche éternels. Cette bouche ouverte, avec un glaçon dedans qui à côté des lèvres d'acier et de la chair d'acier était comme du charbon noir, retroussée aussi comme si elle avait voulu dire un mot de reproche. Et non, elle avait seulement jeté son souffle avec dégoût. Ces épaules aplaties comme quand elles s'aplatissaient à l'ombre des arbres pour laisser reposer ce grand corps étendu sur la terre, venant de travailler la terre dans le vignoble de Villard, se disant « repose-toi » (car la lueur peu à peu découvrait tout le corps, glissant sur toutes les formes, et d'autres corps, et d'autres visages luisaient maintenant dans la glace, éclairant tout ce nid de grosses marmottes). Et là, ayant crié d'un coup en lui-même, sans avoir besoin ni de mots ni de rien, au moment où tout s'effondrait : « Ah! qui travaillera ma vigne, la terre, ma vie, qui vivra ? » S'étant débattu contre l'injustice, étonné de toute cette injustice, peut-être pas longtemps, mais enfin assez pour s'être débattu quand même avec cette jambe repliée, ces mains écrasées où restait encore collée la couleur rose du sang et cette poitrine défoncée, creuse comme un chaudron ; ayant enfin tout abandonné à l'injustice mais avec ce grand reproche paysan, cet étonnement de la chose injuste — lui qui avait travaillé la vigne — sur lequel coulait maintenant la chevelure phosphorescente de l'eau.

Elle éclaira une tête de mulet, les oreilles couchées en arrière, ayant peur, les dents encore pleines de bouillie de son. Un homme couché à plat ventre, la tête cachée dans son bras, tout abandonné, la nuque couverte de grands cheveux blancs glacés et épais comme les lichens qui pendent aux arbres, ayant dit : « Oh! vous m'avez annoncé une mauvaise nouvelle! » et il se jette sur la terre qu'il travaillait, et il se cache contre elle pour pleurer. Un homme à genoux, brisé d'un coup sur les reins, mais il n'est pas tombé parce que la mort le retient, l'ayant pris par-dessous les bras pour l'entraîner, et il a juste un peu abandonné sa tête avec sa bouche dégorgeant de la gelée de groseille. L'autre assis, le menton sur la poitrine, comme s'il dormait, mais il embrasse une outre en peau de chèvre, ayant gardé la forme de la chèvre, ballonnée comme si elle avait pâturé l'herbe mouillée qui fermente ; un autre couché aussi à plat ventre mais sa tête est écrasée et est restée comme une grappe. Il tend le bras et la lueur de l'eau coule tout le long du bras et vient faire le tour de la main, tous les contours des doigts qui sont posés sur le visage aussi en acier d'un homme qui avait la barbe rousse, la moustache rousse bien roulée sur un sourire plein de ce dédain des hommes de la terre pour les choses qu'ils ne comprennent pas. Et à ce moment la gloire de la lune était immense : elle était couronnée au moins de vingt couronnes plus larges les unes que les autres, de toutes les couleurs et brasillantes comme si tout le ciel était parcouru de vapeurs, animé par la grande vie de tout un monde noir d'arbres, de renards, de chevaux, d'hommes invisibles mais qui brouillaient l'air avec leur grande course magique. Les étoiles tremblaient comme des fruits sur les branches secouées. L'eau ici avait touché le fond de Charmade et, dessous les corps, il n'y avait plus que deux ou trois mètres de glace qu'elle eut vite fait de creuser, et d'effondrer, et de fondre, jusqu'à l'assise de granit impénétrable. Alors, les corps des vingt mulets se désenglurent de la grande masse où ils étaient mélangés, glissant sur les pentes de glace que l'eau huilait et fondait, tombant en bas dedans ce trou que l'eau venait de creuser et remplissait, n'ayant plus de lumière mais dont la phosphorescence jaillissait quand les corps des mulets tombaient là-dedans les uns après les autres. Ils découvraient de nouveaux hommes dont les corps étaient mélangés aux corps des mulets. Et, comme la bête glissait sur la pente de glace, avec son ventre lourd et ses pattes raides, et son rire de bête aux grandes dents pleines de bouillie de son, le corps d'un homme apparaissait qui était avant écrasé sous leur ventre, avec une poitrine plate comme une planche, le cou mal tourné comme une vis de pressoir, le visage martelé et vineux comme une grappe dont on a commencé la vendange avec, seulement comme marque humaine, de la barbe, ou de la moustache, ou des cheveux. Il commençait à glisser lui aussi — pendant que derrière lui l'eau désengluait un autre mulet. Il avait les bras intacts comme vivants, malgré cette chair couleur d'acier, et un peu raides mais qui pouvaient bouger car ils avaient les épaules broyées. L'eau les souleva. Ils étaient nus jusqu'au-dessus du coude, la chemise retroussée, ayant été surpris au moment où ils travaillaient sous le glacier à déséquiper les mules, au milieu d'elles, desserrant la courroie des outres. A mesure que l'eau le faisait glisser vers la marmite noire en bas dessous où tournaient déjà trois ou quatre mulets touillés par la force de l'eau souterraine, il commença à faire de grands gestes avec ses bras raides, comme emmaillotés par la phosphorescence de l'eau. C'étaient des mouvements paysans, comme s'il voulait effrayer des oiseaux en train de manger sa semence : car il resta presque debout un moment sur cette glissière verticale pendant qu'il glissait, tombant droit dans la grande marmite d'eau, soulevant une gerbe d'eau qui s'éclaira comme la touffe pâle des grandes herbes. Puis les mulets qui tombaient comme des sacs, l'un après l'autre. L'eau avait maintenant creusé tout l'alentour à gauche, à droite et au-dessus comme une caverne où il y avait cet homme couché, la tête en arrière, celui qui dormait dans son bras, celui qui avait sa main écartée sur le visage de l'autre ; une main jeune, des doigts en acier qui commençaient à bouger, le poignet étant brisé, et l'eau le soulevait par-dessous, pendant que l'autre avait toujours son sourire dédaigneux. Mais l'eau baignait déjà toute sa tête et elle se mit à ballotter de droite et de gauche car son cou était broyé et n'avait plus d'os, et la chair commençait à dégeler avec des plaques noires. La main s'en alla toute seule comme une feuille sur l'eau. Le bras resta là. Il se soulevait comme une branche qui va flotter mais est retenue par quelque racine. L'épaule tenait encore au corps par de gros muscles et toute la glace n'était pas fondue autour de lui. La tête tourna sur elle-même comme un melon que l'eau soupèse, et tire, et la tige se tourne puis casse comme le cou dont la chair était toute pourrie maintenant. Et tout de suite le visage flotta au ras de l'eau, car le plus lourd c'est la cervelle enfoncée sous l'eau avec son écorce d'os et de cheveux, seulement le rire dédaigneux qui flottait, étant une chose qui ne peut pas se vaincre, même quand le monde entier s'y met. Celui qui était à genoux, mais que la mort soutenait, comme si elle allait le tirer comme un sac, tomba sur le côté, n'étant plus soutenu par la glace, et, pendant un moment, il resta immobile, couché comme une victoire trop lourde. Puis, cette fois enfin il se laissa faire, se prêtant même un peu avec des mouvements de bras et de jambes, car il avait l'épine du dos toute mâchée et broyée à plus de vingt endroits, se laissant emporter, traîné sur la glace qui fondait, profitant seulement de la boue pour se retenir et donner quand même de la peine, comme quand on veut forcer quelqu'un à sortir du débit où il boit, et il s'accroche aux tables. Mais il sait bien qu'il sortira, parce qu'on est trois ou quatre sur lui, alors, quoi faire ? Mais c'est l'habitude. L'eau maintenant ne coulait plus comme des cheveux minces à travers la grappe de glace de l'éboulis Charmade ; il n'y avait presque plus de glace, sauf une écorce peut-être épaisse de cinq ou six mètres, face à l'ombre du vallon là-haut dans la nuit que la lune avait quittée, laissant un ciel clair où s'annonçait l'aube. Mais, dans l'intérieur de cette partie du glacier, elle roulait déjà comme un gros ruisseau, ayant tout creusé et fondu. Et celui qui semblait pleurer dans son bras replié se mit à flotter et coula dans l'eau tout raide et d'une pièce, sans faire voir son visage. Il ne restait plus là-haut au fond que deux mulets presque enchevêtrés l'un dans l'autre, comme quand ils se vautrent dans la poussière. Et, au bout d'un moment, ils s'en allèrent aussi dans l'eau. Puis, deux jambes d'hommes dans des pantalons de velours. Puis l'eau phosphorescente et lisse. Puis des outres de vin. Puis l'eau. Des harnais. Un bât. Des cordes. Un fouet.

Le jour s'était levé dans un ciel pur. La terrible épaisseur des nuages tenait toujours la vallée cachée, mais ici, dans les hauteurs, tout était net, propre et visible à des kilomètres. De Muzelliers, de Trois-Côtes, de Romolles, tout était couvert par un grand vêtement d'eau comme de lin froissé, traînant lourdement en bas dessous dans des forêts. Le troupeau de l'Ebron remplissait maintenant le vallon de crinières, de croupes et de queues. La Treille n'avait pas bougé, toujours pareille sur toute l'étendue avec ses grappes de glace. Le glacier avait posé sa joue toute pure contre la belle joue du ciel et ils étaient là, tous les deux à vivre doucement, l'un contre l'autre.

VI

UN REPRODUCTEUR
DE PREMIÈRE CATÉGORIE

— Voilà le jour, dit Glomore.
— On le sent à peine ici dessous.
— Au froid, et puis à cette espèce d'éclairage là-haut d'abord dans les nuages.
— Le feu s'est appauvri tout d'un coup.
— Et les forêts sortent tout autour au fond du brouillard.
— Quelle heure?
— Sept heures.

Les charpentiers couchaient dans la grange démolie. Saint-Jean se leva, frotta vigoureusement ses bras et ses jambes et sa poitrine. Cloche ouvrit l'œil.

— Où vas-tu?
— Ici.
— Attends-moi.

Il se leva. Les autres dormaient. Les murs faisaient encore beaucoup d'ombre. Ils sortirent.

— Tu l'as vue? demanda Cloche.
— Oui, en arrivant.

— Tu lui as parlé ?
— Non.
— Ici dessus, dit Cloche, c'est plus petit que le monde. Tu vas peut-être te décider, à la fin, à lui dire : « Bonjour madame. » Si tu n'as que ça à lui dire ! Tu lui marcheras sur les pieds dix fois dans la journée.

— Je lui dirai : « Bonjour madame », dit Saint-Jean, bien sûr. Et, où as-tu pris que j'avais quelque chose d'autre à lui dire ?

— Une idée, dit Cloche, des fois que tu voudrais lui expliquer ce que tu voulais lui dire là-haut, le soir qu'elle est partie. Comme tu as couru dans la nuit pour lui couper les détours du chemin, j'ai cru que tu avais quelque chose à lui faire savoir. Je l'ai cru. Quand tu t'es arrêté, à la Replate, tu regardais en bas, en bas, la lanterne du traîneau. J'ai pensé : « Il n'a pas pu l'attraper ce soir, il l'attrapera une autre fois. »

Il n'en était pas question.

— Jolie promenade du chantier à Replate, dit Cloche, la nuit surtout. Et par le raccourci. On est toujours au bord de Muzelliers. C'est gentil. C'est profond.

— Tu dois le savoir aussi bien que moi puisque tu y étais.

— C'est ce que je dis, je comprends ça, moi, tout à fait un endroit pour se promener.

— Chacun ses affaires.

— On m'a fait la commission, dit Cloche.

Saint-Jean s'arrêta, ses lèvres tremblaient.

— Non, dit Cloche, et il caressa ses moustaches entre le pouce et l'index. Chaudon. Ta commission. Pour moi. C'est gentil, ça aussi. C'est aussi gentil que le chemin de Replate. C'est taillé dans le même casse-gueule. Tu es un chic copain.

— Je ne voulais pas te laisser d'inquiétudes. On peut avoir besoin de se guérir d'une chose sombre, mon Antoine.

— On a toujours été des frères, mon Jean.

— Tu étais le plus dur à quitter.

Toute la butte semblait déserte. A travers le brouillard le feu des hommes de garde flottait comme une fleur d'arnica.

— Le brouillard a tendance à se lever.

On apercevait de larges espaces d'eau. Elle n'avait plus cette mort de plomb ; elle tournait avec des rides et des vagues.

— L'Ebron a recommencé à gronder ce matin.

— Il aurait fallu aller chercher ceux de Méa, dit Saint-Jean.

— Je t'attendais, dit Cloche.

— Tu as trop confiance en moi, dit Saint-Jean.

Quand elle avait débarqué sur Villard-l'Église, Sarah avait tout de suite vu les trois ou quatre peupliers qui semblaient des plumes de poule. Elle s'était dit : « Nous allons aller nous mettre là-dessous. » Il lui semblait qu'il fallait absolument mettre Boromé sous un arbre ou près d'un arbre. Mais, dès qu'elle avait vu tout le monde s'avancer vers le rivage, au-devant du radeau de Cloche, elle avait été reprise par sa timidité naturelle, regardant seulement du côté de Marie, du côté de Boromé qui ne parlait pas et ne regardait que les yeux de Sarah. Elle baissait les yeux, regardant ses mains et son ventre. A terre, elle passa tout de suite le bras dans la bricole pour tirer le traîneau là-haut vers les peupliers. « Vous permettez », dit Cloche, et il la repoussa gentiment, et il tira Boromé jusque sous les peupliers. Après, il était allé chercher les moutons avec Bozel et Arnaldo. Non, pour Marie ça n'était pas la peine qu'elle vienne, on saurait se débrouiller seuls.

— Mais elle les connaît, avait dit Boromé. Enfin, il avait parlé.

— Ça va mieux, dirent-ils.

Il ne répondit plus. Oh! Cloche saurait bien ramener les moutons, il n'y avait pas à s'en faire, surtout avec Bozel et Arnaldo. Marie pourrait aider sa mère car il faut quand même charrier de la paille et faire un abri, et allonger monsieur Boromé par terre, il serait mieux. Et il faudrait voir sa jambe. Et les autres venaient d'ailleurs, et leur diraient où c'est, et la Marquise était là, elle pourrait voir la jambe. Enfin, je vais chercher les moutons. Il n'avait pas osé dire « au revoir », avec Sarah muette et les yeux baissés, et monsieur Boromé, et Marie. D'ailleurs, c'était bête, ici c'était forcé qu'on se revoie. C'était pas si grand. « Venez, on va aux moutons », et ils s'étaient regardés, les trois charpentiers, en descendant vers le radeau, sans rien dire. C'est seulement au large de l'eau, étant repartis tous les trois vers Sourdie, que Bozel avait dit mais comme en lui-même : « Alors, c'est Sarah ? »

Chaudon lui-même avait planté les piquets. « Laissez-moi faire. » Et Djouan, et Dominique avaient porté des planches. Il faut demander à Glomore de venir. Prachaval était allé chercher des clous. Ils avaient fait une sorte d'abri. Ils étaient presque tous venus pour faire l'abri à monsieur Boromé, ne parlant pas plus que lui qui ne parlait pas, toujours installé sur son traîneau avec Sarah d'un côté. Il ne la quittait pas des yeux. Et Marie de l'autre. Sarah avec ses grandes plaques de cheveux dorés. Et Marie Dur était venue ; elle avait repoussé Marie. « Prenez-le par le bras, vous. » Sarah avait obéi. Boromé avait dégagé son bras des mains de Marie Dur. « Ne restez pas plantée comme du saule qui attend qu'il pousse », avait-elle dit à Sarah, ayant repris le bras de Boromé et passé l'autre main sous la cuisse pas malade. Il avait dit : « Laissez-moi, vous. Qu'est-ce que vous croyez faire, vous ? Vous croyez me porter, vous ? » Et, en effet, il était là, immense sous ses peaux de moutons, avec sa barbe comme magique, et ses beaux grands yeux exactement sains dans des poils presque gris, avec des bords de paupières secs comme du sable. Ce visage qui semblait large comme trois fois celui des autres. « Les hommes et Sarah me porteront, dit-il. Qu'est-ce que tu crois d'être, toi, Dur? » Sarah ayant rougi.

Il n'avait même pas crié, ayant seulement tiré sa bouche en large, découvrant des dents muettes, blanches extraordinairement pour son âge. Et il avait dit : « Là! » quand ils l'avaient quitté sur la paille, disant encore : « Là, là! » deux ou trois fois à mesure sans doute que son mal s'apaisait.

Sarah regardait ce côté d'où elle avait vu arriver Saint-Jean la veille à l'aube. Elle l'avait vu sortir de la brume. Qui était-ce? C'était une marche qu'elle connaissait. Elle n'osait pas se le dire, à mesure qu'il s'approchait. Oui, c'était lui. Il était passé. Il avait dit : « Bonjour. » Elle aussi : « Bonjour. » Il était descendu en bas. Elle ne l'avait plus vu, sauf un radeau qui avait l'air d'être conduit par lui dans le courant de l'après-midi, la veille de ce matin où, en regardant en bas, elle pouvait voir le feu des hommes de garde, comme une fleur d'arnica à travers la brume. Et personne de levé encore sur la butte de Villard-l'Église. Tout désert, sauf deux en bas dont elle voyait vaguement les formes et qui marchaient au bord de l'eau. Non, plus rien, sauf ce radeau qui sûrement était conduit par lui. A cause de quoi? Je ne sais pas. Comme quand il est arrivé, j'ai regardé de ce côté un peu avant. Pourquoi? Je ne sais pas. Il n'y avait rien, pas de bruit, puis j'ai vu un homme qui venait. Je me suis dit : « Tu le connais. » Sauf ce radeau qui était parti

Un reproducteur de première catégorie

sur l'eau avec comme un air qui lui ressemblait. Dans son genre.

Elle entendit marcher. C'était Chaudon. Un homme montait d'en bas. C'était Bourrache. « Qui est là ? » demanda Boromé. Elle le lui dit. Il avait la voix rauque et un peu enrouée par de la dureté. Elle l'avait entendu se parler à lui-même toute la nuit. Pas de fièvre, et au contraire, toujours cette allure solide, saine et un peu géante, comme là-haut quand il avait lutté tout seul contre la descente de la boue.

— Comment va-t-il ? demanda Chaudon.
Boromé :
— Je vais bien.
— Ah ! Tu m'as entendu, tu es réveillé ?
Boromé :
— Oui, je t'entends, viens un peu ici.
Chaudon :
— Je ne voulais pas te déranger. Pardon, Sarah. Alors tu souffres ? Alors ces planches que nous t'avons mises autour de ta jambe, ça a tenu ?

— Ça tient, ça va, dit Boromé. C'est pour autre chose que je voulais te voir.

Sarah, d'une petite voix très légère, et elle avait l'air de se parler à peine à elle :
— Bourrache arrive.
— Descends l'arrêter un peu en bas. Je veux parler à Chaudon seul. Et qu'est-ce que tu as fait de mes moutons, toi, dit-il, toi, Chaudon ?

Sarah descendit au-devant de Bourrache qui

arrivait. Au fond de la brume des formes noires se dressaient de la terre, de tous ces nids où maintenant dormaient ceux de la butte. Elle lui dit qu'il fallait attendre un peu, qu'il ait fini de parler à Chaudon, qu'il avait dit de venir le lui dire. Oh! lui Bourrache, il était monté comme ça, pour le voir, précisément au sujet de ces planches que la Marquise avait fait atteler solidement autour de son genou cassé. Il avait pensé que si on ne mettait pas dessous un tampon de paille ça l'empêcherait d'avoir tendance à plier, ce qui est toujours très douloureux pour un genou cassé.

Et Sarah :

— La Marquise a dit que c'était cassé sous le genou, dans les deux os, mais le genou, lui, est entier.

— C'est bon signe, dit Bourrache, quoique, la Marquise c'était un drôle de corps pour avoir le droit de connaître ainsi la vérité de ce qui est caché au fond d'une jambe.

Et il faut dire que, lui, Bourrache, il doutait que le Seigneur ait pu donner la moindre science à cette vieille femme qu'on connaît bien, somme toute, hé Sarah ? Elle dit que, pour elle, les desseins de Dieu étaient impénétrables.

— Oui, dit Bourrache, mais enfin, à moins qu'il soit un imbécile... tu comprends dans quel esprit je le dis. Et il sait dans quelle pureté de cœur je le dis. (Il essaya de faire un geste vers le ciel et il poussa un petit gémissement car, dit-il, il était resté tout un jour dans une saloperie d'eau froide quand il était venu ici avec Moussa, et c'était drôle, mais il se sentait devenir comme un bâton.) Mais enfin ça me gêne de te le dire, mais tout le monde savait bien quel usage elle avait fait de son corps, avec tous, remarque-le, avec tous!

Et Sarah, de la main, lui fit signe de se taire.

— Il aurait été en compagnie dans ce corps-là, notre Seigneur, avec, toutes les nuits, un du village qui serait venu lui chatouiller les côtes. Et jamais le même. Ça serait revenu à dire qu'elle faisait payer pour qu'on vienne toucher le Seigneur au fond d'elle-même.

Il ne se connaissait plus, lui, lorsqu'il parlait de ces chienneries-là. Il s'excusait. Mais brutalement on dit la vérité. Sarah avait détourné la tête, quoique, bien sûr, on ne savait pas. Peut-être avait-elle bien arrangé la jambe, somme toute? Il avait en même temps de petits silences pendant lesquels il écoutait ce que Boromé disait là-haut avec sa voix nette et dure.

— Le brouillard va se lever. Des temps terribles, Sarah, dans lesquels nous sommes écrasés comme si le Seigneur voulait tous nous détruire. Les fleuves grondaient ce matin.

— Vous me parlez trop durement, dit Chaudon là-haut.

Et Boromé :

— Je te parle comme je peux.

— Écoutez-moi, dit Chaudon, parce que j'ai le

souci de tous ceux qui se sont sauvés ici dessus.

Et Boromé :

— Je t'ai fait vivre, toi et les autres, tant que j'ai eu des propriétés en bas. Maintenant, demande à ceux qui les ont à ma place.

— Oui, dit Chaudon, si c'était pareil comme avant, mais maintenant les eaux avaient recouvert la terre et on n'a plus rien. Et maintenant ils savent que plus rien n'existe, puisque, du côté de Château (et on croyait que ça avait été préservé), rien n'a bougé, rien ne bouge et de ce côté là-bas d'où on est séparé par ces huit kilomètres d'eau, quand on a pu voir on n'a rien vu : ni fumée, ni signe, ni feu. Rien. Et Bufère s'écroule. Et le postier vous le dira, et tout s'est bouleversé jusque plus loin que la Prévôte. Et ici dessus, avec vous trois maintenant, on est soixante et un.

Et Boromé :

— Tu n'as pas besoin de nous compter nous trois. Si je suis parti du milieu de vous, ça n'est pas pour y retourner, forcé par le ciel ou par n'importe quoi d'autre. Je suis ici. Faites comme si je n'y étais pas. Je n'ai pas demandé à y venir. Si j'avais été entier je n'y serais pas venu. Je suis assez grand pour me débrouiller seul. Vous m'avez aidé, je vous payerai. Je peux vous payer tout de suite. Pour le reste, Villard-l'Église n'est pas à vous, n'est pas à toi, Chaudon. Si tu parles de droit, voilà le droit. Laissez-moi dans mon coin. Menez vos affaires comme vous voulez, je mène les miennes comme je veux. Qu'y a-t-il de changé ? Parce que la montagne s'écroule ? Et après ? Aide-moi à me tourner, dit-il.

Et ils virent que Chaudon se penchait.

— Doucement. Prends-là par dessous. Sarah !

Il appela Sarah et tout de suite elle remonta là-haut vers cet abri de planches entre les peupliers.

« Il fallait s'y attendre, se dit Bourrache, mais il devrait quand même penser que d'un moment à l'autre le Seigneur peut lui demander des comptes sur son âme. »

Chaudon s'en allait. Il avait aperçu Bourrache mais il faisait bien voir qu'il n'avait aucunement l'intention de parler avec quelqu'un maintenant. Il tourna le dos et il monta à travers les prés vers le haut de la butte. Alors, bon, et lui il retourna en bas vers le bord de l'eau.

Le brouillard s'était complètement levé. Il semblait comme déchiré par une sorte de vent qui venait de la terre. Presque toute la surface du lac était balayée, sauf l'extrême pointe, là-bas, encore un peu indécise. C'était vraiment une extraordinaire grandeur de massacre et d'eau.

— Les voilà, ce sont ceux de Villard-le-Château qui arrivent en barque, dit Glomore.

« On les voyait et on ne les voyait plus. C'était une grosse affaire, quoique, comment voulez-vous qu'ils viennent à travers huit kilomètres, vous n'y êtes pas ? — Nous sommes bien allés jusqu'à Sourdie. Vous, voilà tout de suite que vous dites vous. Pas vous ; Antoine Cloche, oui, mais demandez-lui. Il n'était pas là. Non. Et en l'appelant, non il n'y était pas. Mais c'était bien quelque chose là-bas sur l'eau qui venait. D'autres disaient que ça s'en allait au contraire. Enfin, comment voulez-vous ? Il n'y avait qu'à regarder ce large immense qu'ils voyaient pour la première fois. Ah! maintenant on voyait bien. Demandez au postier. La terre s'écroule, mais on ne sait pas si ça vient ou si ça s'en va. Ça s'en va. Oui, c'était une chose plate sur les eaux et ça s'en allait. En regardant bien on pouvait même voir un homme dessus. C'était très loin. Il faudrait dire à Cloche. Il a navigué partout par là tout hier. Mais on vous dit qu'il n'est pas là, on l'a appelé, oui, ça s'en va. Ça ne vient pas ici. Ils ne nous ont pas vus. Comment voulez-vous qu'ils ne nous voient pas, et quand même la butte de Villard-l'Église, c'est plus gros que ça là-bas. Et, dit Prachaval, il n'y en a pas beaucoup qui ne serrent pas les fesses, allez. » Il regarda le vaste des eaux. « Ils seraient venus ici au lieu de piquer dans le large. Car ça s'éloignait évidemment. Alors qu'est-ce que ça serait, un tronc d'arbre? Vous n'y êtes pas. Je vous dis que j'ai vu un homme qui s'y dressait dessus. Un tronc d'arbre qui roule et de temps en temps dresse une branche. Qui roule? Comment? Dans l'eau plate? Mais justement elle n'était pas plate. Et déjà, même contre le bord, elle frappait lourdement dans l'herbe. Oh! il y avait un grand changement là-bas au large. Et on dirait que Méa s'est englouti. Non, il en reste

Un reproducteur de première catégorie

encore des traces. Non, plus rien. Si, mais tout entouré de fumée qui doit être de l'écume. Et là-bas il y a de mauvaises vagues très hautes. L'eau a monté cette nuit. — Oui, elle a monté sans arrêt, dit Clovis. — Oui, dit Pancrace. — Oui, nous aussi, sans arrêt, dit Glomore. Et en effet, la maison de François Dur est dessous. Là-bas ce sont des vagues. On les voit monter pleines de fumées. Et comment voulez-vous que ce soit une barque là-bas au milieu, avec un homme, ce que l'on voit debout. Alors deux, parce que j'en vois deux. Ce sont des branches. C'est un cèdre. C'est un cèdre avec ses branches au milieu des vagues. La peine de vos iniquités, et vous saurez quelle est ma vengeance. — Oh! vous!... — Moi, qu'est-ce qu'il y a, moi? Je dis que le Seigneur nous tient dans sa main et que s'il veut il peut nous écraser comme une vendange. — Ta gueule! » Prachaval avait évidemment des yeux très noirs. Et il les fixait brusquement sur quelqu'un quand il était en colère. « Car, disait-il alors, il n'y a plus qu'à s'asseoir avec les mains sur la tête. » Marie Dur demanda : « Où est Chaudon? » Céleste se mit à courir vers la grange démolie où d'habitude il était. « Et où va-t-elle? Et qu'est-ce qu'elle a? » dit Marie Dur. Elle frappait nerveusement avec sa main sèche sur la poche de son devantier où sonnaient les clefs de cette maison maintenant complètement disparue. A peine, pour elle qui connaissait bien, pouvait-elle dire que c'était là où on voyait s'arrondir un cercle d'eau épaissie de toute une poussière de foin et de grains de blé. « Ce n'est pas ce que je veux dire. Je veux dire que les forces sont plus fortes que nous. — Et moi je te casserai la gueule si seulement tu l'ouvres encore une fois. Car on sait bien, mais non, laissez-moi. — On le sait, le postier l'a dit : '' Bufère, et jusqu'à la Prévôte. '' Oui, jusque dans les cantons bas. Les ruisseaux fument comme des locomotives, oui, je le sais. Et alors ? Nous sommes des hommes. — Oui, on le savait qu'il était un homme, plutôt trop que pas assez. Oui, et là-bas peut-être il y avait des hommes aussi. On s'en fout de ton Seigneur. Il n'avait pas besoin de dire ça. Il est allé trop loin. Regarde-les ceux-là, là-bas. C'est un cèdre. Eh oui ! c'étaient des hommes. » Brusquement, au-dessus de comme une colline d'eau, on vit que c'étaient deux hommes sur un radeau. Ils se dirigeaient vers Méa dans le bouillonnement de l'écume.

De là-haut, où elle était entre les peupliers, Sarah pouvait mieux voir le large des eaux...

— Qu'est-ce qu'ils font ?
— Ils sont tous ensemble.

« Ils regardent, dit-elle, là-bas loin, un radeau qui est dans les vagues. »

Boromé :

— De quelle couleur est le ciel, ce matin ?
— Toujours pareil, dit-elle, mais le brouillard s'est levé.

Boromé :

Un reproducteur de première catégorie

— Je voudrais que tu viennes me relever le corps, que tu bourres de la paille derrière pour que je me tienne assis. Que je voie.

Elle vint le prendre par-dessous les bras pour le redresser.

— Je suis lourd, dit-il, une masse sans valeur.

Et Sarah :

— Non.

Elle sentait ce gros coffre dans ses bras, chaud et solide, avec le mouvement de ses poumons, et les coups solides que le cœur donnait sous sa main gauche, et le mouvement de cet énorme sein d'homme sous sa main.

— Ne dites pas, dit-elle.

Il s'aidait quand même, lui, de ses deux bras appuyés dans la paille et elle le plaça assis, et elle l'arrangea.

Et Boromé :

— Je vais voir, dit-il, car il s'agit de voir. Enlève cette planche de là, je veux voir le ciel un peu de tous les côtés. Et entendre.

Et Sarah :

— Attendez, je vais peigner votre barbe.

Elle tira un peigne de son chignon.

Il se laissa faire paisiblement.

Elle est en face de ces beaux yeux. Elle n'ose pas les regarder. Elle les voit quoiqu'elle ait les yeux baissés. Elle les imagine à travers ses paupières. Elle peigne la longue barbe, la soutient avec sa main, démêle les anneaux, la divise en deux, la fait comme ça couler des deux côtés du menton, ayant découvert la bouche qui parle dur et tendre. Puis elle peigne aussi, vite, les cheveux gris, difficiles à démêler, drus et pleins de nœuds, obligée de voir quand même alors ces grands yeux luisants comme du poil de beau renard. Et elle replante le peigne dans son chignon, et se relève parce qu'elle était à genoux.

Boromé :

— Avons-nous fini de manger ce mouton qu'on a rôti dans la clairière Ubache?

— Non, il en reste deux épaules et le râble.

— Le sac de pommes de terre qui était caché sous moi dans le traîneau?

— Il est toujours dans le traîneau.

— Après, dit Boromé, tu amèneras un autre mouton près de moi. Je le tuerai, je l'écorcherai, tu le feras cuire.

Elle était sortie et, de là-haut, entre les peupliers, elle pouvait voir toutes les eaux en tumulte. Ce qu'ils avaient pris pour une épave d'arbre, elle avait su tout de suite que c'était un radeau. Parce qu'elle le voyait de haut, il apparaissait plat. Il était monté par deux hommes. Il avait toujours eu l'intention très nette d'aller à Méa, quoiqu'elle l'ait aperçu quand il était déjà dans le large et déjà prisonnier de ces collines mouvantes de l'eau dans lesquelles il apparaissait et disparaissait.

Assise sur l'herbe, adossée au tronc du peuplier, ayant épousseté son devantier et bien élargi sur ses genoux, lissé des deux mains les plaques de ses

Un reproducteur de première catégorie

cheveux dorés, face au grand désarroi des eaux, avec sa large bouche fermée et paisible, ses yeux de paix, son silence, elle frotta ses mains et les posa à plat sur ses cuisses. Ce n'était pas son radeau là-bas. Elle aurait reconnu cette forme d'oiseau qu'il avait. Celui-là était carré et large, monté par deux hommes qui se penchaient tantôt de droite, tantôt de gauche, régulièrement, étant régulièrement abordés par ces vagues déjà hautes qui luisaient et écumaient dans le jour gris.

Boromé :

— Le blanc qui est là-haut dans les nuages, c'est le corps de la Treille qui aujourd'hui est plus resplendissant que d'habitude.

— Et, peut-on savoir ? dit-elle.

Boromé :

— On sait sûrement qu'il va nous jouer une chose de sa connaissance. Tout a une odeur trop froide.

Elle se dit en elle-même : « Vous avez une puissance qui fouille les cieux et la terre. » Mais elle resta muette et ses lèvres ne bougeaient pas.

Oh! il y avait là-bas quelque chose qui était de lui tout de même : cette obstination à marcher vers le but qu'il s'était fixé sans se laisser entraver par les terribles moutonnements du chemin sous ses pas. On voyait qu'il allait vers Méa malgré ce glissement qui partageait les eaux en deux, juste à cet endroit où devait passer l'Ebron dans le fond du lac. D'ici c'était à peine comme une huile qui aurait dessiné sur le calme des eaux un large feuillage de cyprès, mais à voir comme ils apparaissaient puis s'enfonçaient, ça devait être un fort courant avec son gros charruage.

Boromé :

— Les eaux descendent bien plus fort que ce qu'elles sont jamais descendues. J'entends que là-haut Charmade ronfle. Et tout a l'air de se préparer.

— A quoi? dit-elle.

— Attends, dit-il.

Mais, chaque fois, celui qui était à l'avant on le voyait disparaître et, pendant ce temps où il était caché, il devait être courbé de toutes ses forces, aplati contre le radeau de toutes ses forces, tirant le manche de cette grande pale qui est le gouvernail de devant du radeau. Et ils esquivaient une grande partie de ce courant qui voulait les éloigner de Méa, et soudain il se redressait, sautait de l'autre côté et ils s'avançaient de ce but, là-bas au milieu des eaux pleines d'écumes. Chaque fois qu'il s'approchait d'elle maintenant, elle le sentait de plus en plus près d'elle et sur le point de parler. Il y avait plus de trois ans qu'elle était partie du chantier de charpentage, le soir, dans le traîneau de Clément Bourrache. Depuis, elle était restée tout ce temps sans le voir. Elle l'avait juste revu la veille au matin. « Bonjour. — Bonjour. » Puis elle avait vu ce radeau qui était lui, oh! tout à fait lui, avec cette forme d'oiseau et cette façon de glisser autour de Villard-l'Église hier après-midi, avec cette espèce d'aisance dans la solitude qui était bien de lui. « Et, se dit-elle, il arrivera sûrement droit où il veut aller, et il dira ce qu'il veut dire. » Mais elle resta muette, ses lèvres ne bougeaient pas, ses mains étaient posées à plat sur ses cuisses et, sans le mouvement de sa poitrine, on aurait pu croire qu'elle était morte les yeux ouverts.

Boromé l'appela. Elle se dressa et vint. Il lui demanda où était Marie. Marie était partie avec les moutons. Quand Chaudon avait dit qu'il fallait aller les rentrer dans le pâtis de Biron-Furet, elle avait dit « non », et qu'elle les garderait, et qu'elle savait, elle, ce qu'il fallait faire, et Chaudon avait dit qu'il commandait.

— Il commande à sa soupe, dit doucement Boromé en souriant, quand il l'a dans le ventre. Et quand il y en a.

Mais depuis, Marie gardait les barrières là-haut, ne quittant pas des yeux les brebis et venant de temps en temps aux barrières pour leur ouvrir sa main pleine de sel. Car elle en avait mis dans son tablier et dans sa musette, juste au moment du départ de Chêne-Rouge, vidé les deux boîtes. Elle est là-haut avec sa musette en bandoulière. Et dans sa main gauche elle a une grosse pierre. Elle n'a pas mangé? Je lui ai coupé un bout de viande, et je lui ai porté. Bon.

— J'ai réglé cette affaire avec Chaudon, dit Boromé. (Il était question de savoir si Sarah pourrait planter des piquets elle-même. Oui, elle pourrait, mais, où les prendre? Chez Biron-Furet, fendre les planches en deux à coups de hache. Oui, elle saurait. Et m'apporter une hache pour qu'elle soit là, à côté de moi. Oui, c'est possible. Il lui dirait après ce qu'il voulait faire, enfin, ce qu'il voulait qu'elle fasse pour lui, tant qu'il était aussi impotent qu'un arbre. Mais maintenant il voulait surtout lui dire autre chose). Approche-toi. (Drôle qu'il ait besoin de lui dire ça maintenant.) Ne t'inquiète pas, ça sera vite dit.

Mais non, peut-être pas si drôle que ça, car, pour la première fois, il était là, abattu contre la terre, comme un arbre, mais encore sainement vivant, il le sentait et ça s'arrangerait, et il avait la tête libre et claire magnifiquement. Il toucha l'attelle de planche autour de sa jambe puis il caressa à pleine main cette barbe qu'elle avait peignée.

— Approche-toi, Sarah.

« Tu es ma joie et ma ressource. Et tu es la force du vieil homme. »

Il n'était pas un vieil homme. Elle ne pouvait pas supporter qu'il parle comme ça. Car elle savait bien qu'il n'était pas vieux, osant à peine le dire, car elle savait bien, elle, mieux que personne. Les yeux baissés, mais à travers ses paupières elle l'imaginait avec son visage de géant aux yeux d'or et cette bouche plutôt tendre.

Si, il était vieux. Ça voulait seulement dire qu'il avait vécu plus longtemps que les autres. Plus habitué à la vie. Et il savait bien ce qu'elle pouvait donner, ce qu'elle donnait souvent, ce qu'elle donnait rarement, ou des fois pas.

— La paix, grâce à toi.

Et c'était simplement pour qu'elle le sache. « Merci Sarah. » C'était tout.

Il avait posé sa large main ouverte sur ses hanches à elle, agenouillée à côté de lui. Et dans cette main, elle se sentait cueillie et arrachée de tout, comme de l'herbe.

— Écoute, dit Boromé.

Elle se dressa.

— Regarde vite, dit Boromé.

Elle sortit.

Et, à ce moment-là, les forêts tout autour étaient encore extraordinairement vertes. Soudain il sembla qu'un vent les couchait depuis là-haut où elles touchaient le nuage jusqu'au bord du lac. Les premiers sapins, ceux qui se reflétaient dans l'eau, s'effondrèrent dans leur reflet. Il y eut un moment d'immobilité pendant lequel sur tout le pourtour du lac se mit à bouillonner un étrange anneau de boue. Les seconds sapins s'avancèrent jusqu'au bord de l'eau. Ils n'avaient plus de reflet, ils se penchèrent doucement tous ensemble et ils s'effondrèrent dans le lac. Les troisièmes sapins s'avancèrent jusqu'au bord de l'eau, puis tout d'un coup toute la foule des arbres s'avança comme si elle ne pouvait plus attendre, voulant s'effondrer dans l'eau tout de suite ; bousculés, enchevêtrés, noués en gros paquets, renversés tout d'un coup, couchés contre la terre comme un champ de blé lourd de pluie. Alors, l'écorchement commença là-haut, presque au ras des nuages. Il sembla que l'écorcheur avec son couteau pointu avait tracé là et on vit toute l'entaille qu'il faisait dans la terre, séparant la peau de la terre chargée de sa laine d'arbre, de la viande de la terre ; et, comme s'il tirait à poignées dans cette peau, renversant toute la laine des forêts, il déshabilla les flancs de la montagne, découvrant son dedans nu, par endroit violets, ses muscles blancs, ses nerfs et ses artères crevées d'où coulait une eau noire.

Le bruit n'était pas encore arrivé jusqu'ici, il arriva.

En bas ils s'étaient tous mis à courir. Prachaval tombe. Djouan saute par-dessus les feux. Pilou, Barrat, Ponteuil, Bouchard sautent les feux. Prachaval se relève. Madeleine pousse ses filles. Céleste court, enflammée par ses longs cheveux de paille. Barrat glisse. Michart tombe, Dauron saute. Ponteuil saute. Adeline tire Isabelle. Michard se relève. Joseph s'arrête, se retourne, regarde.

— Avance-toi, de deux pas, dit Boromé, juste deux pas et regarde ce qui se passe sur l'eau.

Sarah :

— Une grande vague noire. Elle arrive. Elle va nous frapper dessus. Elle frappe.

Elle s'était caché les yeux dans ses mains. Puis elle regarda encore.

— Elle a frappé. Elle a découvert les murs de la ferme, en bas dessous et recouvert. Maintenant il n'y a plus rien nulle part.

— Non, dit Boromé. Rien n'est fini, ni en bien ni en mal. Assez pour ce matin. Ne t'inquiète pas, ils ont dû courir se cacher dans la grange démolie.
Sarah :
— Je voulais dire qu'il n'y a plus de radeau.
— Quel radeau ?
Elle resta un moment silencieuse.
— Oh! dit-elle, juste avant, il y en avait un qui allait avec beaucoup de constance.
« Il est toujours là », dit-elle au bout d'un moment.
— Je ne le vois pas, dit-il.
Elle se tourna vers lui. Il était assis sur la paille avec sa grande jambe entourée de planches. Il était immobile et paisible, ses beaux yeux dorés et sa barbe encore bien peignée, avec les raies ondulées du peigne.
— Vous ne pouvez pas le voir d'où vous êtes.
Elle se détourna vers les eaux.
— Mais il est là, dit-elle, je le vois. Il est toujours là. Il est sur l'emplacement de Méa et il vient ici.
— Des gens d'en-bas, alors ?
— Je ne sais pas.
Mais elle sentit que tout son visage s'enflammait comme du feu.
— Oui, dit-elle.

Ils n'étaient pas encore sortis de leurs granges là-bas, quand Saint-Jean aborda. Ils avaient dit : « Ça recommence. Écoutez. Ne pleurez pas. Foutez-nous la paix », puis ils étaient restés sans rien dire, tous essoufflés. Cette fois ils s'étaient vus courir les uns et les autres dans le grand repliement du monde. Alors, cette sécurité ici dessus n'était plus rien ? Ils avaient couru comme cette nuit d'avant sur cette terre qu'ils croyaient sauvée jusqu'à présent. Prachaval fixait toujours Bourrache avec ses yeux noirs de colère. Oh ! Bourrache ne disait rien de son Seigneur, mais, évidemment il avait l'air de dire : « Alors quoi, qui a raison ? » Et il tourna le dos. Regardez ceux-là qui arrivent. Ils regardèrent. Saint-Jean abordait.

Il n'en pouvait plus. Son dernier coup de perche faillit le jeter à l'eau.

— Crevé, dit Cloche.

Ceux qu'ils ramenaient ne parlaient pas.

— Amarre.

— Comment veux-tu que j'amarre ?

— Eh ! bien, descends.

Cloche sauta sur la rive.

— Qu'est-ce qu'on a encore pris sur la gueule ! dit-il.

— On a le temps de savoir. Tirons toujours ceux-là au bord.

— L'eau a sacrément monté.

— Tant mieux. Affale du bout. Tiens bon, dit Saint-Jean.

Un reproducteur de première catégorie

Il sauta à côté de lui.

— Tant mieux, dit-il. On va pouvoir — il tirait de toutes ses forces, les dents serrées — monter le radeau carrément sur l'herbe.

— Savez-vous, dit Sarah, si cet écroulement va encore nous frapper de tous les côtés comme il vient de faire?

— Je ne peux pas savoir, dit Boromé. Tout est seulement très inquiétant. Regarde comme le fond du lac est devenu sombre.

— Je ne peux plus respirer, dit-elle. Toute l'eau est devenue sauvage. Les montagnes se sont arrêtées, mais l'eau ne s'est pas arrêtée. Ils ont tiré le radeau entièrement sur l'herbe. Ils traînent par terre les gens qu'ils ont ramenés. Ils viennent d'être renversés et recouverts par une grosse vague. Ils se relèvent. Ils les traînent plus haut. Ils en ont ramené sept. Huit. Ils portent le dernier. Il a les bras pendants. Croyez-vous que ça va recommencer? Ils ont l'air fatigué.

— Je n'ai rien vu, dit Saint-Jean, quand on est dedans on ne voit rien.

— J'étais au sommet de la butte, dit Chaudon, je vous regardais là-bas au large. Je n'ai pas compris. Si la butte avait été plus haute j'aurais couru plus haut. J'étais au sommet. Alors, j'ai foncé en bas de toutes mes forces. Qu'est-ce que tu crois?

— Oh! maintenant, dit Saint-Jean qui regarda enfin tout autour, je crois que ça s'est arrêté.

Il vit, là-haut, Sarah, debout entre les peupliers.

— Mais regarde l'eau.

— C'est autre chose ça, dit Saint-Jean. Les torrents sont maintenant plantés dans le lac d'une façon terrible. On s'est rompu les bras dans des courants tenaces comme du lierre. Et, à des endroits, nous avons eu de la chance. On ne devait pas s'en sortir. Derrière Méa, précisément du côté où il y avait les jardins aux choux, c'est un massacre d'eau. Vous les avez mis près du feu?

— Oui, dit Prachaval. Ils commencent à regarder et ils vont parler. La téléphone a ouvert les yeux. Ils étaient tous ensemble?

— Sauf la Joraz. Elle était encore chez elle. Les autres oui, chez la téléphone, au second, couchés à plat ventre. Quand je suis entré ils ont eu peur. Tiens, colle donc une bonne gifle à Cloche. Il va tourner de l'œil. Assieds-toi, mon Antoine. Michard, ta charrette de viande, elle est toujours là-bas. Mais ta jument tu as dû l'attacher solide. Le cul du tilbury flotte mais elle est toujours attachée en bas au fond. Elle était encore là-bas, je veux dire, tout à l'heure. Maintenant non.

— Nous n'avions plus rien, dit Bourrache, mais ce que nous avions, il va encore nous l'enlever.

Prachaval :

— Levez-vous de là, je vais lui casser la gueule.

Saint-Jean :

— J'aurais dû te ramener le curé, Bourrache. Tu aurais discuté avec lui.

Bourrache :

— Laissez-le passer. Viens, viens ici, toi, viens me la casser ma gueule. Je suis plein de Judiths qui te couperont la tête sans que j'aie même à bouger le petit doigt.

Saint-Jean :

— Mais il faudra à la fin tenir le compte. J'en ai ramené huit. Ils étaient plus que ça. Ceux-là, le courant nous a plaqués contre leurs murs, on n'a pas pu aborder la rue d'en face. L'Ebron est devenu un animal terrible. On s'est laissé porter par le remous.

Prachaval :

— D'ici il nous semblait précisément que vous veniez du delà de Méa.

— On s'est laissé emporter jusqu'au-delà de Méa, dit Saint-Jean. La retourne nous a plaqués dans les jardins aux choux. Cette rive droite du Vaudrey nous a poussés comme une flèche.

— Vous avez vu si du côté du Château ?... demanda Marie Dur.

Saint-Jean :

— On ne pouvait pas voir. On était enfoncé dans de grosses vagues. Si là-bas ils se sont sauvés, il ne faut pas compter sur eux. Le Vaudrey traverse avec une telle force. Il est en train de charrier toute l'eau sur au moins un kilomètre de large. S'ils voulaient ils ne pourraient pas passer.

— Il aurait suffi de savoir, dit le Pâquier.

Saint-Jean :

— Donnez-moi à boire.

— Viens près du feu.

— Non, dit Saint-Jean. Laissez-les, que les femmes les soignent là-bas. Il faut les réchauffer. Il ne faut pas trop parler près d'eux. J'ai quelque chose à vous dire.

— Parle, dit Prachaval, venez ici vous autres. Laissez les femmes là-bas.

Le grondement des torrents sonnait dans de nouveaux échos. Là-haut entre les peupliers le vent gonflait la jupe de Sarah.

— Il faudra maintenant tenir le compte de tous ceux qui ne sont pas ici, dit Saint-Jean.

« Il n'y a plus d'espoir, dit-il.

« Sauf pour les enfants, dit-il après. Ils étaient encore à l'école de Château quand le pont sur la Tialle a été emporté lundi.

— Tu sais le jour?

— Oui, lundi.

— Et maintenant?

— Vendredi, dit-il.

Prachaval :

— Vendredi! C'est à celui-là, là-bas que je parle. Il allait encore ouvrir la bouche pour nous dire ce que son Seigneur en pense. Nous nous foutons de ce qu'il pense. Tais-toi. Nous ne savons même plus dans quel jour nous vivons.

Saint-Jean :

— Ceux-là : ils étaient sept chez la téléphone. Dans le grenier, couchés par terre, juste la force de bâiller mourir. La Joraz était chez elle. Mais, déjà le bas de la rue était tout recouvert et l'eau passe au-dessus des toits. On a flotté au-dessus de la maison de la Critoune. On a sûrement crié du côté de chez Talabot, mais...

Il bougea lentement la tête pour dire non.

— Pas possible de faire plus, dit-il.

« Il faut connaître, dit-il encore, la force qui nous a emportés d'ici, vous ne pouvez pas voir. Mais de Méa on est juste en face la gorge de Charmade. Il n'y a pas de brume, ce matin. L'Ebron est pendu dans les rochers, gras comme du lard. Plus la peine de regarder du côté de Méa. Maintenant, il n'y a peut-être plus que trois doigts de murs qui dépassent.

Chaudon :

— Tout est fini autour de nous. Nous n'avons peut-être pas une chance sur mille. Il n'y a plus trace de rien. Je me le suis dit l'autre nuit, et tout le jour, et cette nuit, et ce matin, et maintenant. C'est comme des mouches que j'ai dans les oreilles. Je m'en frapperais la tête contre les pierres. Regardez, on ne voit rien. Il n'y a plus que l'eau et nous. Quoi faire ?

Prachaval :

— Rien faire. Vouloir c'est deux fois rien.

Bourrache :

— Ne me ferme plus la bouche.

Saint-Jean :

— Qu'est-ce que j'ai ? La terre vient de balancer autour de moi. Ma tête tourne ! Djouan, tiens-moi ! Ça va mieux. Oui, je vais près du feu, j'ai froid. Alors, cette chose molle, elle est dans la terre ou dans mes jambes ? Ça revient ! Tiens-moi, Djouan !

— Maintenant, dit Sarah, ils s'en vont tous en groupe. Il me semble qu'ils en emportent un, tout debout. Ils ont passé leurs épaules sous ses bras. Et il a la tête rabattue en avant sur son menton.

Les vagues étaient rageuses et courtes, retroussées comme des copeaux de bois blanc. Elles écumaient sur tout le tour du lac. Les arbres brisés gémissaient dans les embruns et les dévallements de rochers faisaient tourner les profondeurs des golfes sombres dans les vallons. Une lourde masse d'eau violette s'avançait sans répit des rivages. Elle semblait s'élargir à partir du centre bouillonnant du lac où se rencontraient les épais tumultes de l'Ebron, du Vaudrey, du Sauvey et de la Tialle. Elle arrivait, précédée d'une haute barrière de vagues blanches. Elle se creusait, fleurie de grands ronds d'écume. Elle frappait en même temps les bords de Villard-l'Église et tous les rivages du tour du lac avec un bruit d'écrasement. Déjà la suivante s'avançait, toujours violette, toujours précédée de sa haie de vagues blanches, creuse, fleurie, lourde, grondant comme le vent dans les forêts. Il n'y avait plus personne autour des feux en bas. Ils s'éteignaient peu à peu. La fumée se tordait au ras de l'herbe. Un feu nouveau s'était allumé plus haut dans la grange démolie, abritée par les pans de murs ; de temps en temps une lueur rouge sautait avec la fumée à travers les décombres du toit. Il ne restait que le campement de Boromé, entre les peupliers. Les deux gros chevaux lents continuaient à pâturer du côté de chez Biron-Furet. Parfois ils levaient la tête ; le petit vent retroussait leurs crinières et écrasait leurs queues. La jument de Glomore était venue faire des courbettes contre l'eau. Elle l'avait frappée de ses sabots de devant, allongeant ses deux jambes, penchée en avant, la croupe haute, comme un chat qui joue avec une grosse boule de laine. Elle avait mordu l'eau froide en hennissant. Le poulain la regardait faire, immobile, mais tout hérissé de ses longs poils neufs. Marie était toujours là-haut, à côté des moutons. Elle n'avait qu'à soulever la clenche de la barrière avec la main et ils seraient venus tout de suite avec elle ; ils étaient là à bêler et à ne pas la quitter de l'œil. Elle n'osait pas leur ouvrir. Chaudon avait dit : « Enferme-les là-dedans, et maintenant tu peux t'en aller. » Mais qu'est-ce qu'il avait à commander ? Elle n'était pas à son service. Elle avait ramassé une grosse pierre ; et, s'il revient, je lui casse la tête. Mais elle n'osait pas ouvrir la barrière. Elle secouait la tête parce que le bruit incessant des assauts de cette eau violette grondait dans ses oreilles comme une ruche de guêpes.

Paul Charasse monta du côté de chez Boromé. Il fumait une cigarette. Il avait rencontré Céleste seule derrière les murs. Il savait ce qu'elle avait dans la poche de son tablier et il la guettait. Il lui avait tordu le poignet. « Donne. » Par manière de dire, parce qu'il avait fouillé durement lui-même et pris le paquet de cigarettes, et frappé le ventre de la fille à travers le devantier et la jupe.

— Hé, boucle-là, hé, attention à ton cul ; je ne suis pas Jean-Paul, moi, compris ?

— Je voulais vous voir, dit-il.
— Qui es-tu ? dit Boromé.
— Vous devriez vous souvenir de moi, dit-il, je suis une vieille connaissance. C'est vrai qu'il y a longtemps que je suis parti de Villard. Mais enfin, je suis retourné, juste à temps pour être avec vous dans la pastouille : Paul, Paul Charasse, le fils de Rachel.

— Paul Charasse ? Oui. Moi je ne tiens pas à te voir, dit Boromé.

— Ne faites pas l'enfant. Je viens vous dire quelque chose. Vos moutons ? Chaudon est en train d'en parler en bas. Si vous voulez, je vous les garde. Rien que pour vous. Mais nous partageons. S'ils vous les prennent, vous n'en avez plus. Si je vous les garde — et si je les garde, moi, ils ne les prendront pas, soyez-en sûr — si vous marchez, vous en aurez toujours la moitié. C'est plus que rien.

« Non, restez-là, vous, Sarah, je vous connais. Je ne tiens pas à ce que vous alliez vous balader du côté des autres. Restez là et taisez-vous, j'ai de quoi vous faire tenir tranquille. Alors, qu'est-ce que tu en dis, toi ? C'est pas avec ta patte cassée que tu feras Michel l'hardi. Tu es beau, tiens, là avec ta barbe. Faut plus me prendre pour un cul-merdeux de par ici. On m'a appris à vivre. Je comprends le coup beaucoup mieux que ce qu'ils le comprennent tous, en bas. Il va arriver qu'on est ici dessus pour un bon moment. Avec leur système ils vont me faire travailler si je veux manger. Je les emmerde. Le monde a changé. Un peu à moi. Je me suis déjà occupé du Ticassou. Il est de mon côté avec sa femme. C'est deux vieux couillons, mais ça ne fait rien. Les moutons, on les garde : moitié pour vous, moitié pour moi, on verra venir.

— Possible, dit Boromé. C'est pas bête, ça, mais je n'ai pas ramené que des moutons. Tiens, approche-toi un peu. Attends, viens là, écoute.

L'autre se baissa. Boromé lui lança sa grande main à la gorge.

— Mes mains, j'ai ramené.

Il serra de toutes ses forces.

— Je t'ai agrafé.

Tout de suite il n'y avait plus à se débattre et à essayer, non.

— Je te tiens, hé?

Laisser retomber les bras, bleuir, les yeux un peu sortis de leurs trous.

— Tu la connais cette main-là, hé?

La langue sortait au coin de la bouche.

— Je t'ai nourri, toi et ta mère, plus que de raison.

Il lui écrasa le nez d'un coup de poing.

— Et même si ce qu'elle dit est vrai, tu n'en sortiras plus vivant de ces mains-là.

Il frappa deux ou trois fois dans le mélange d'os et de chair sanglants.

— Toi et ta mère! Toi et ta mère! Toi et ta mère! Chaque fois le sang jaillissait.

Il le frappa soigneusement de toutes ses forces sur la bouche et sur les yeux, bien comme il faut, un après l'autre. Il le rejeta sur la paille. Il ne bougeait plus.

— Tire-le dehors, Sarah!

« Pousse-le avec le pied, fais-le rouler dans l'herbe. »

Elle le poussa. Il roula sur la pente, peut-être une vingtaine de tours, lentement, en déroulant ses bras. Puis il resta étendu.

— Quand on est méchant, dit Boromé, on a toujours des excuses. Des fois ça vient de loin. Mais toujours. Ça n'est pas pour ce qu'il a dit, tu comprends bien. Celui qui me ferait lâcher mes moutons, il faudrait qu'il soit quelqu'un. Qu'ils ne se fient pas trop à ma jambe.

Le jour s'était assombri rapidement. Les nuages s'étaient épaissis. Ils n'avaient plus de mouvement sauf celui de se resserrer sur eux-mêmes, de se bâtir solidement en une grande voûte qui sonnait comme une tôle. Un effondrement gronda vers Méa. Il n'y avait plus là-bas que l'incessante cavalcade de l'écume et de l'eau violette. C'est la ferme de Leppaz. La dernière. Elle était abritée par le coteau. L'Ebron a dû venir à la fin la chercher jusque-là. Maintenant elle s'est effondrée dans les eaux. Un grenier haut

Un reproducteur de première catégorie

et sonore avec du fourrage, et le taureau de Leppaz, et d'autres bêtes. Il s'est crevé comme une citrouille.

L'eau roula de grandes masses de fourrage vert.

Une petite vieille sort de la grange démolie : c'est Adèle Cotte. Elle a quitté ses sœurs, elle voulait un peu marcher, faire quelques pas, et aussi manger ce vieux morceau de sucre qu'elle a subitement trouvé dans la poche de son devantier. Elle s'est dit : « Mais qu'est-ce que c'est ? » Ah ! C'est ce morceau de sucre qu'elle a mis dans sa poche, l'autre soir dans la cuisine, pendant que Philomène faisait le bas. Elle l'avait oublié ou, si, depuis tous ces jours-ci elle l'a touché peut-être cent fois au fond de la poche de son tablier où il est tout seul. Elle n'a pas pensé à se demander ce que c'était. Sans faire semblant elle entrebâille un peu la poche et elle le regarde. C'est bien le morceau de sucre, avec un petit flocon de laine noire collé dessus. Elle en a eu tout de suite très envie. La salive à la bouche. Elle est sortie. Elle aime beaucoup le sucre. Philomène pas du tout, Angèle pas du tout, mais pas du tout ; enfin si elles l'aiment elles se cachent bien, elle ne les a jamais vues manger du sucre, mais elle l'aime. Elle s'en lèche. Elle va à petits pas jusqu'au bord de l'eau. Et le vent qui rebrousse à peine la crinière des chevaux la bouscule tellement qu'à chaque pas elle manque de tomber emmêlée dans le ballonnement de sa jupe noire et de ses voiles noirs.

Elle mangea le morceau de sucre. Elle eut un grand délice dans toute la bouche pendant qu'il fondait. L'eau violette dansait, fleurie de haies et de larges fleurs d'écume. Adèle marchait le long du rivage en s'amusant contre le vent. Les vagues étaient plus hautes qu'elle. Elle essayait de voir par-dessus. Elle sautait comme une souris. Elle riait. Elle pensait qu'en retournant elle dirait à Philomène : « Ne t'inquiète pas, je n'ai pas eu froid, j'étais couverte comme saint Georges. »

Elle entendit nager : des battements de sabots et un souffle qui sifflait comme un hennissement. Ça pouvait être les chevaux. Non, ils étaient tous là-haut, pas très loin. Elle se dressa sur la pointe des pieds. Quand la vague s'écrasa elle vit arriver un gros animal. Il était tout englouti, mais, de temps en temps, il haussait son dos rouge. Il faisait tout écumer autour de lui, il traînait un sillon profond, il poussait un bourrelet d'eau avec sa tête cachée. Il la souleva pour souffler : deux longues cornes noires, pointues, ruisselantes. Il donna encore un grand coup de front, écrasant la vague qu'il poussait devant lui. Il était là. Il allait toucher le rivage.

« Couverte comme saint Georges. »

Elle répétait ça dans sa petite fente de bouche ; elle regardait de tous ses yeux qui étaient comme des taches de lait ; elle essayait quand même de bouger ses petites jambes de bois mort.

L'animal plia ses jarrets sur le bord de la terre et monta. Il se débarrassa de l'eau comme d'un manteau. C'était un taureau de poil roux, d'un devant large comme un porche. Il tourna le cou, l'écume froide bouillonnait contre ses jarrets ; il se lécha l'épaule. Il avait encore un gros collier de cuir et il essaya de le soulever avec son museau. Il souffla deux jets de vapeur. Tout son poil fumait. Il frappa la terre avec ses sabots de devant comme s'il piétinait la vendange.

« Couverte comme saint Georges,... » et avec une peine terrible elle avait réussi à faire quelques pas en arrière. Un petit sable de sucre fondait au coin de ses lèvres. Elle ne voyait plus rien du monde que le grand poitrail, l'énorme fanon large comme une faux, les muscles qui se tordaient dans les grandes épaules, pendant qu'il frappait la terre avec ses sabots, deux gros yeux rêveurs et un peu sanglants qui la regardaient avec une froide assurance.

Il fit un pas vers elle en baissant la tête.

« Couverte comme saint Georges. »

Elle se recula, ne pouvant plus détacher ses yeux de ces yeux clairvoyants qui la regardaient maintenant de dessous les sourcils rouges. Enfin, elle eut la permission ; elle se tourna comme à regret, courut, tomba dans l'herbe, se cacha la tête dans ses bras pendant qu'il se lançait sur elle, ébranlant la terre.

« Couverte comme saint Georges. »

Il lui creva la poitrine, arrachant le tricot et un morceau de poumon. Il lui creva le ventre, arrachant les boyaux et la jupe. Il la lança devant lui, toute désarticulée, avec ses cuisses de petit oiseau nu écartées dans l'herbe. Elle avait la bouche grande ouverte et tremblante et qui brusquement se ferma ;

il regarda paisiblement le ciel. Le sang coulait le long de ses cornes. Il revint près d'elle. Il promena sur elle les deux rayons fumants de son souffle. Il tourna le cou, il engagea la pointe de sa corne sous la mâchoire fermée, dans l'étrier des os. Il tira, arrachant toute la moitié de la tête avec deux lambeaux de joue. Il se redressa et commença à monter sur la butte de Villard-l'Église. Un paquet de boyaux collés sur son front se balançait devant ses yeux. Il avait vu les chevaux. Il s'approcha d'eux à grands pas raides et lents, rasé contre le sol, tête baissée, frémissant comme une barre de fer qu'on a frappée, tendu en avant, suivant de l'œil le halètement des ventres et le vol des crinières.

Il entendit des cris d'homme et il s'arrêta. Les chevaux fuyaient en galopant. Il se redressa, gonflant son large devant, son jabot, son fanon et ses épaules. Les hommes étaient là-bas contre un mur. Ils criaient en bougeant les bras. Il meugla vers eux en secouant la tête. Il souffla plus fortement les deux rayons fumants de ses naseaux, puis il resta immobile, comme sans respirer, la gueule ouverte d'où sortait lentement une petite fumée.

Ils avaient vu le corps d'Adèle dans l'herbe et quatre ou cinq hommes commencèrent à courir pour aller le chercher. Alors, il marcha sur eux comme pour les chevaux, rasé contre la terre, à grands pas lents qui peu à peu se précipitaient, la tête baissée, le fanon pendant. Les hommes s'envolèrent devant lui comme des oiseaux, de tous les côtés. Il secoua la tête, meugla et tira ses pieds de la terre molle où ils étaient enfoncés. Il revint en trottant jusque près du cadavre d'Adèle. Il vendangea l'herbe en frappant avec son grand sabot pendant qu'il soufflait des jets si puissants qu'ils creusaient le sang dans les plaies. Brusquement, il prépara son galop et se rua sur les hommes. Il les vit courir et se cacher derrière le mur ; il passa devant eux à la pleine vitesse de son galop de masse et il les entendit gémir tous ensemble comme le vent dans les sapins.

— Il faut le tuer, dit Chaudon.

Ils avaient tout de suite reconnu le taureau de Leppaz couleur d'argile, ayant le garrot épais comme trois gerbes de blé : Doré, le tueur de chevaux, qui n'avait jamais écouté la voix de personne, que nul n'arrête, habitué au sang et aux hurlements, un reproducteur de première catégorie, le père de tout ce qui fait du lait ici et de tout ce qui traîne l'araire.

Ils avaient fait une espèce de barricade en travers de la porte de la grange. Là-bas au fond les femmes étaient toutes en bas et les hommes étaient ici, juste derrière cet échafaudage de vieilles poutres qu'il n'aurait eu qu'à frapper durement du front pour renverser. Et ils avaient pris les haches et une vieille faux. Mais rien n'est commode de tout ça. Il aurait fallu un fusil. « J'ai laissé le mien dans le coin de ta porte, Barrat. » Le Doré avait disparu là-bas derrière la grange. On entendait gronder la terre sous son galop. Là-bas aussi les chevaux hennissaient de peur, et la jument appelait, appelait, et le poulain hurlait de grands cris d'enfant perdu. Madeleine Glomore s'approcha et tira le bras de Joseph. Elle le regarda en plein dans les yeux sans rien dire. « Et reste là, dit-elle lentement et sérieusement, reste là, toi, tu as des filles. Trois filles. Eh oui! »

Saint-Jean avait une serpe courte à lame très large, pointue comme une feuille d'iris, en croissant de lune, bien en main, emmanchée de lanières de cuir, avec une coquille de fer pour protéger le poing. Il la faisait sauter dans ses doigts.

Saint-Jean vit les trois peupliers pareils à des plumes de poule. Tout d'un coup il pensa que Sarah était là-haut, seule et faible. Il fit un petit signe de tête à Cloche. Ils se glissèrent à travers les poutres.

Dehors, c'était la grande solitude. La présence d'Adèle, là-bas, écartelée dans l'herbe, rendait l'air tranchant comme du verre. Il mit le bras sur l'épaule d'Antoine.

— Attendez-moi, dit Glomore, et il sortit avec eux.

— Va là-haut, mon Antoine. Viens la faire mettre à l'abri.

— Elle ne viendra pas sans le vieux.

Il se tourna vers ceux qui étaient restés de l'autre côté des barrières.

— Et alors, dit-il?

Djouan lui envoya son couteau à cran d'arrêt.

— Merci, dit Cloche, pour tailler les crayons?

Il leur parlait fort comme s'ils avaient été très loin.

— Allez chercher Boromé, cria-t-il, c'est ce que je veux dire.

— Oui, dit Chaudon, on va y aller.

Cloche doucement :

— On vas y aller, tu entends, mon Jean. Alors, à nous.

Oui. Le Doré arrivait. Il tourna l'angle gauche du mur. Il était devant eux, à dix pas. Il regarda les trois hommes et il fit semblant de paître.

Ils s'étaient peu à peu mis tous les trois ensemble et ils ne bougeaient pas. Ils respiraient à peine ; ils n'osaient pas bouger les paupières. Saint-Jean entrouvrit peu à peu la bouche.

— Il faut le tirer de l'autre côté des murs, dit-il sans remuer les lèvres.

— Les chevaux, souffla Glomore.

— Chasse-les devant toi, souffla Saint-Jean.

Le Doré releva la tête.

— Courir, dit Cloche.

— Non, dit Saint-Jean, marcher, comme s'il était de la merde. Ce qu'il est.

Ils eurent un moment d'immobilité absolue. Lui aussi là-bas. Malgré le crachement des eaux, c'était un énorme silence. Ils tournèrent paisiblement le dos et ils marchèrent vers le coin du mur du côté droit.

— Il en bave, dit Cloche.

Saint-Jean siffla doucement entre ses dents.

Ils faisaient de petits pas paisibles. Ils n'auraient

jamais cru que des petits pas dans l'herbe pouvaient faire autant de bruit. Il s'en fallait de trois mètres qu'ils soient à l'angle.

— Attention, dit Saint-Jean.

Il avait entendu un claquement. Les autres aussi. Ils avaient tous les trois le regard au coin de l'œil. C'était le claquement des gros muscles dans les épaules. Ils sautèrent pour tourner le coin, juste comme le Doré arrivait sur eux avec le bruit d'un dérochement dans la montagne.

Ils étaient maintenant derrière la grange démolie, dans ce grand pré en pente qui était bordé en bas par l'eau sauvagement violette et crémeuse venant des fonds de Sourdie, en haut, par l'atelier de Biron-Furet et la petite épicerie de la Ticassoune. On ne voyait pas les chevaux.

— Attendez, dit Saint-Jean, il faut l'attirer.

Mais ça n'était pas nécessaire ; il venait bien seul. Il venait déjà. Ils se mirent à courir.

— Ensemble, dit Saint-Jean, restons ensemble. Et chaque fois qu'il nous arrivera dessus, chacun de son côté. Allez, hop !

Ils se réunirent tous les trois plus haut.

— Il ne s'y laissera plus prendre.

Non, il était encore allé à bout de course, il s'était piété et il vendangeait la terre.

— Oui, mais il est venu où nous voulions.

Les hommes étaient arrivés là-haut aux peupliers. Un moment il vit Sarah toute seule, debout, avec un énorme ventre fait de vent sous ses jupes. Il vit

Un reproducteur de première catégorie

qu'on mettait Boromé sur le traîneau. Ils étaient subitement sauvés là-haut.

Saint-Jean regarda le Doré.

— La nuit vient. Il faut le tuer vite.

Glomore :

— Où sont les chevaux ?

Saint-Jean :

— Va voir. Laisse-nous tous les deux.

Le Doré piétinait la terre. Il n'avait plus l'intention de charger ouvertement. Il méditait dans sa colère. Il descendit jusqu'au bord de l'eau et il se mit à boire. Les vagues s'envolaient comme des copeaux autour de lui.

Glomore :

— Les hommes sont plus que des chevaux.

Saint-Jean :

— Pas toujours.

Puis :

— Nous ferons assez. Merci, Joseph.

Glomore :

— Avec votre permission, alors.

Il se retira à reculons et il monta en courant vers l'atelier de Biron-Furet.

— Ça va commencer, mon Antoine, souffla Saint-Jean.

Le Doré venait vers eux à pas paisibles.

— Il comprend que c'est une affaire entendue.

Oui, il semblait avoir compris que c'était une affaire entendue et qu'il n'y avait pas à essayer de s'en dégager par des meuglements ou des charges à pleine force. C'était eux ou lui. Ça n'était plus comme cette vieille chose noire de tout à l'heure. Il fallait savoir tout de suite qui était le plus fort : eux ou lui. C'était une obligation logique. Il avait cessé de piétiner la terre, de boire et de charger comme une avalanche. Il venait de voir clairement la chose. Il s'avançait au pas, noblement, la tête haute. Et à dix mètres des hommes il s'arrêta.

Il commença à se balancer, lentement, de gauche à droite et à balancer sa tête, lentement, de haut en bas, comme s'il cherchait l'endroit à frapper.

Lentement les deux hommes bougeaient aussi.

Comme s'ils déplaçaient la cible.

Le départ ne fut pas cette projection brutale de masse et de force aveugle, mais sur un petit passe-pied, le volètement d'une sorte de colère patiente et avisée.

Il y avait trois, quatre, cinq Doré qui chargeaient au petit trot — il faisait des feintes à droite et à gauche — il prévenait la fuite de tous les côtés, il était en même temps à droite, à gauche, au milieu, les cornes pointées.

Les deux hommes étaient toujours ensemble.

Ils ne fuyaient pas. Ils se balançaient. Brusquement, comme il arrivait sur eux, ils se séparèrent. Il n'avait pas prévu. Il s'arrêta presque tout de suite et il meugla longuement avant de repartir. Il visa le plus petit. Il courut sur lui avec deux ou trois écarts rapides qui firent voler des mottes d'herbes et, tout d'un coup, lui aussi, le Doré, il vola si durement qu'il entendit craquer tous les os de son cou et il se précipita sur le plus grand, de toutes ses forces, droit comme une flèche. Il l'avait. L'autre fuyait droit. Il força l'allure. Il était dans le tonnerre de ses quatre sabots. Il ne voyait plus rien. Il reçut un coup de vague froide sur le museau. Il glissa. Il tomba dans l'eau, tout de suite profonde. Il nagea, monta sur le bord, souffla. Il n'y avait plus qu'un homme, là-bas, tout petit. Il revint sur lui au trot.

Saint-Jean avait sauté dans l'eau le premier et il s'était collé contre le bord. Il remonta sur la rive. Il enleva sa chemise mouillée et ses pantalons qui l'alourdissaient, et ses souliers pleins d'eau. La serpe était bien en main. Il fallait faire vite, la nuit venait. Entièrement nu, il se sentait délié et léger.

Et le Doré s'amusait avec Cloche. Ils étaient à deux mètres l'un de l'autre, presque immobiles. Cloche, les jambes écartées, les mains aux genoux, balançant le buste. Le Doré, le souffle rapide, changeant d'envie vingt fois le temps ; prêt à finir, sentant qu'il l'avait celui-là. Saint-Jean courut de toutes ses forces et, du même élan, il sauta contre le Doré et saisit le collier de cuir dans la main gauche. Il frappa le premier coup de serpe à se casser le bras, à l'endroit où se gonflait l'artère du cou, en même temps, il dit, les dents serrées et Cloche l'entendit : « Ne lâche plus maintenant. »

Mais c'était pour lui-même.

Le Doré se cabra et retomba sur place. Il cria,

mais c'était un étrange cri aigre comme celui d'une femme et plein de sang. Il partit au galop. Saint-Jean serrait le collier.

— Ne lâche plus.

Traîné dans l'herbe. Repris pied. Frappé. Et Et encore traîné dans l'herbe.

— Ne lâche plus.

encore traîné dans l'herbe.

— Ne lâche plus.

Il ne voyait que cette encolure que le sang noircissait. La corne lui frappait l'épaule comme une branche. Il serra le collier des deux mains. Il essaya d'enjamber ce dos bondissant. Il sentit le collier sous son pied nu. Il enfonça son pied sous le collier. Il était maintenant suspendu au Doré. Il se tenait mieux. Par un pied et par une main, comme accroché à un arbre. Il commença à frapper solidement comme s'il avait voulu abattre cette énorme branche de peau et de chair dont les cornes battaient son épaule. Sa main glissait sur le cuir gluant. Le Doré tournait sur lui-même. Saint-Jean entendait des crachements de vagues, puis des cris d'hommes et de femmes qui retentissaient contre un mur. Il faisait voler des écouens de chair. Le manche de la serpe brûlait comme une braise. Le sang tombait en paquets sur son visage. Il s'essuya les yeux contre son bras. Il frappait de toutes ses forces. Enfin, à un coup il sentit que c'était le dernier. Il dégagea son pied. Il lâcha le collier, il sauta en arrière.

Nu. Debout. Crispé du poing à la mâchoire, une

longue douleur en travers de lui comme un pal de fer, couvert de sang.

Le Doré debout. Il plia les genoux de devant, le sang coulait de sa gueule ouverte. Il commença à trembler sur place. Il regarda Saint-Jean, avec ses grands yeux pesants fixés sur des au-delà terriblement lointains. Il se balança dans un vent qui ne touchait que lui sur la terre. Il se renversa tout d'une pièce, déjà raide.

Ils étaient tous sortis de la grange. Là-bas, Cloche, immobile, les mains sur les yeux.

Saint-Jean les vit tous venir vers lui en courant. Mais, malgré la nuit presque déjà tombée, il reconnut tout de suite au milieu des hommes ce corsage d'indienne à fleurs rouges...

— Couvrez-moi, dit-il, je suis tout nu. Couvrez-moi vite.

VII

LE VIN QU'ILS ONT BU A L'AUBE

C'était le premier quart de nuit. Le feu de garde brûlait comme un diable. Il était installé à quelques mètres du bord. Il éclairait le rebroussement des vagues et les jalons qui surveillaient la montée des eaux. Il y avait là Pancrace le Pâquier assis dans l'herbe, les genoux relevés, les bras sur les genoux, laissant pendre ses grosses mains luisantes de graisse, et Charles-Auguste comme endormi. Une forte odeur de graisse et de viande grillée venait de la grange, avec un fil de fumée que la lourdeur de la nuit aplatissait dans l'herbe.

— Oh! dit le Pâquier.
— Qu'est-ce qu'il y a?
— Il me semble que cette écume n'était pas là dans cette herbe de primprenelle tout à l'heure.
— Tu rêves?
— Peut-être.
— Oh!
— Quoi?
— L'eau monte.

— Non. Fous-nous la paix. Dors. La garde, ça veut dire qu'on dort. Dors près du feu. Fous-moi la paix.

— Cette eau a des malices terribles.

— Non, elle a pas plus de malice que les autres eaux. Non. Tu as mangé à ta faim ? Oui. Et alors, dors, fous-nous la paix.

— Il faudrait quand même, je crois, surveiller toutes ces eaux libres. Ça n'a pas l'air d'être bien pratique tout ça.

— Rien n'est pratique. L'important c'est de dormir, fous-moi la paix. Et, en plus de ça, dit Charles-Auguste, si tu veux vraiment monter la garde, fais-toi un feu à côté et monte la garde à côté, et fous-moi la paix. Il n'est rien arrivé aux autres, il ne nous arrivera rien à nous. Qu'est-ce que tu te crois ?

— Bon, mais je te garantis qu'il y a de l'écume sur cette primprenelle, là. Et tout à l'heure elle était sèche. Voilà.

— Ah ! Si alors tu te mets à voir des choses extraordinaires, attends que je me réveille. Qu'est-ce qu'il y a ?

Le Pâquier immobile, insensible, sans bouger, mène le fil de son regard.

— Je te l'ai dit : l'eau sur l'herbe, là.

— Oui, et après ?

— Si tu crois que ça n'est pas assez !

— Non. Si tu crois que c'est assez pour m'empêcher de dormir ! L'eau sur l'herbe, laisse-la et ferme ta gueule. Dors et fous-moi la paix. Tout va bien.

— Bon. C'est toi qui commandes, moi je ne suis rien.

— Tu n'es rien mais n'empêche pas les autres de dormir.

La nuit était épaisse et dure, seule cette odeur de viande brûlée.

Bourrache arriva. Il mâchait du tabac froid. La nuit se referma derrière lui, le vent siffla sur les eaux.

— Ah! Pousse-toi un peu, dit-il, je viens rester avec vous.

— Qu'est-ce qu'ils font là-bas?

— Ils ont installé le traîneau comme un grand fauteuil, avec des coussins de paille et de foin. Et ils ont mis comme ça Boromé devant le feu. Ils l'ont brossé, et ils l'ont soigné, et ils l'ont placé comme Jacob au milieu d'eux. Et tout à l'heure ils le prendront sous les bras et sous les cuisses et ils le porteront sur un lit de paille.

Charles-Auguste :

— Qui est là? Qui parle?

Bourrache :

— Tu dors?

— Je dormais. C'est toi qui es là? Alors si c'est toi j'ai fini de dormir.

Le Pâquier :

— Il a un caractère de chien. Il a juste fallu qu'on me dise de monter la garde avec celui-là qui a un caractère de chien. J'aurais pu être avec quelqu'un qui comprenne. Alors, ça vaudrait la peine. A tout moment il se passe des choses importantes. Il ne bouge pas. Il s'en fout. Il a un caractère de chien.

— Qu'est-ce qu'il y a de si important? Je ne vois rien. Je me réveille, je me rendors, je me réveille, c'est toujours pareil.

Le Pâquier :

— Toujours pareil? Tu ne vois rien. Tu n'entends rien. Tu dors. Parce que tu ouvres juste un peu ton œil tu dis : « Je me réveille. » Tu ne t'es pas encore réveillé une seule fois. Tu as dit : « Fous-moi la paix », c'est tout. Important? De si important? Si tu avais seulement fait attention je n'aurais pas besoin de te le dire. Écoute.

— Qu'est-ce que tu veux que j'écoute?
— L'eau.
— Quoi l'eau?
— Le bruit.
— Quoi le bruit?
— Tout à l'heure elle faisait comme un cheval qui galope, maintenant elle fait comme un cheval qui trotte.

— Ah! Et ça tu le trouves important?

— Et tout à l'heure elle venait jusqu'à la pimprenelle. Et après elle a touché ce bout de bois. Et elle est revenue jusqu'à la pimprenelle, sans écume, puis avec de l'écume.

— Ah! C'est tout? Cette fois je suis bien réveillé. Veux-tu que je te le dise? Pour trouver un couillon comme toi il faudrait chercher dans le monde entier, au centimètre et à la loupe. Et puis, on serait obligé de revenir, de te saluer, comme ça et de te dire : « Pancrace, je n'en ai pas trouvé. Tu es seul. » Tu as fini par me réveiller en plein. Tu vois ? Tu es content ? Ça, dit encore Charles-Auguste, c'est un type extraordinaire. Dans le jour, quand il faudrait qu'il parle, quand il est avec le monde, alors il ne dit rien. Il répond oui ou non, et encore, pas à cent à l'heure. Depuis qu'il est là près du feu, il n'a pas cessé de parler.

« En plus de ça, chaque fois qu'il te parle c'est d'une chose grosse comme un pois. Ah ! Il n'a pas besoin d'en voir des tonnes lui, tu sais. Non. Il te dit : " Tu vois cette feuille ? — Oui. — Tu vois la plus petite dent de cette feuille ? — Oui. — Tu vois le petit grain de poussière qu'il y a dessus ? — Oui. — Eh bien, il a bougé. " En te le disant, il a des yeux larges comme des assiettes. Comme si c'était la révolution du monde.

« Et alors, s'il était petit, lui, ça irait. On se dirait : « Il voit les choses à sa taille, il est dans le monde des puces. » Mais regarde-le. Il a une tête comme un tonneau, il a des mains comme des tartes, il a des pieds comme des paniers, il a des cuisses comme des barriques, il est grand comme la tour de Pierre-le-Brave, il est large comme la route et le moindre mot qu'il prononce est comme un coup de fusil dans un couloir. Et voilà avec quoi je monte la garde, moi.

« Ça, il ne le trouve pas important, lui.

« Et c'est lui qui se plaint.
« Je suis réveillé, maintenant, moi, pour au moins une semaine. »
Bourrache :
— La Philomène est en train de mourir.
Le Pâquier :
— Je me l'étais dit.
Charles-Auguste :
— C'était le moment béni où tu te parlais à toi-même.
Le Pâquier :
— Je l'ai vu parce que sa bouche est devenue tout d'un coup comme une bouche d'où il ne passerait jamais plus rien.
Bourrache :
— Elle a crié pas mal et elle crie encore mais doucement, les yeux fermés.
Le Pâquier :
— Je n'ai pas voulu dire qu'il ne sortirait plus rien de sa bouche. Il faudra bien de toute façon que sa dernière respiration sorte. J'ai voulu dire que c'était tout à fait la bouche dans laquelle il n'entrera jamais plus rien.
Charles-Auguste :
— Ce type-là m'étonne, moi. Tu m'étonnes. A la fin tu m'étonnes. Alors, tu as vu ça, toi, sur sa bouche ? Avec la différence de l'entrer et du sortir ?
Le Pâquier :
— Elle avait deux plis là. La lèvre s'est repliée. Ça fait comme un clapet de pompe. Tout ce qui va

dans ce sens ça sort. Tout ce qui vient dans l'autre sens ça ne rentre pas. Alors elle meurt.

Charles-Auguste :

— Qu'est-ce tu veux, ce type-là m'étonne. Et à la fin il me ferait peur. Je n'aimerais pas passer toute la nuit seul avec lui. Regarde-le : il ne bouge pas, il a les yeux fixes, il s'intéresse à des moulures de poivre. Et avec ça il t'explique tout.

Bourrache :

— Il faut que je vous parle, moi, je n'en peux plus. Moi j'ai toujours eu toute la journée le Prachaval à côté de moi qui m'a empêché de parler. Je n'en peux plus. J'ai besoin de dire. Le tapis, le grand tapis de cartes, quand tu es chez Polon et que tu fais ta partie de bésigue, ou de boston, ou de n'importe quoi, c'est pour vous expliquer. On vous a mis un tapis sur la table, tu sais, avec des as de pique, de cœur et de trèfle, et de carreau, pour que tu joues dessus, et vous jouez dessus. Vous êtes quatre, ou dix, ou vingt, ou cent mille. Enfin, je dis cent mille pour vous faire comprendre. Ce tapis, ce tapis ! Il est là. Au lieu des as de pique, de carreau, de cœur ou de trèfle, ce sont des montagnes, des plaines et des champs. Au lieu d'être en laine, ou en coton, ou en drap, ou en je ne sais pas, il est en terre, et au lieu de jouer au boston ou au bésigue à quatre, nous jouons notre jeu, à cent mille, à plus, à tant que vous voudrez, c'est pour ça que j'ai dit cent mille. Les trente cantons de la montagne. Et au lieu d'être Polon qui attend que tu aies fini avant de rouler le tapis, voilà que nous sommes chez celui qui peut rouler le tapis quand il veut. Et il se fiche que nous ayons fini de jouer ou de commencer à peine. Il se fiche que tu aies marqué des points, des tas de points dans ton coin, gagnants ou perdants. Il s'en fiche. Il passe sa grande main et il roule le tapis. Le jeu est fini. Voilà ce que c'est. Les étoiles du ciel tomberont sur la terre comme des figues vertes et le ciel se retirera comme un tapis qu'on roule. Voilà. Ah! Ça fait du bien de se débarrasser de ce qu'on a à dire.

Charles-Auguste :
— Oui. Et alors?
Bourrache :
— Alors rien. C'est tout.
Charles-Auguste :
— Bon. Alors, maintenant vous êtes deux. Alors, en plus de l'autre avec sa moulure de poivre, toi tu arrives avec ton tapis. Mais enfin, qu'est-ce qu'il vous prend? C'est parce que vous avez mangé du taureau?
Bourrache :
— J'en ai à peine mangé.
Charles-Auguste :
— A peine, pour toi, ça fait à peu près un kilo. Je t'ai vu, j'étais à côté. Moi je ne vois peut-être pas les mêmes choses que vous mais j'ai vu ce que tu prenais et je me suis dit : « Quand il se sera envoyé ça à travers le porte-pipe, il ne pourra pas dire qu'il est à jeun. » Oh! Dites, sentez cette odeur, l'odeur de

la graisse est restée dans le vent. C'est beau la viande qui grille au plein milieu du feu sur les pierres blanches. Tout le monde s'est approché ; plus personne n'a rien dit ; je ruisselais de salive rien qu'à voir monter dans le feu la fumée noire de la graisse. Si j'avais su de rester éveillé comme ça, j'en aurais porté un morceau pour le faire cuire ici. J'avais besoin de viande, moi, depuis qu'on est ici dessus. Rien que d'y penser j'en ai encore la mâchoire qui claque. Moi, voulez-vous que je vous le dise, toi avec ton tapis et toi avec ton bout du quart de la demi-bulle d'une écume, eh! bien, moi je serais presque prêt à manger un morceau, sinon maintenant, dans un petit moment, mais d'ici là j'aurais au moins le plaisir de me le faire cuire si je l'avais. Voilà ce que je dis, moi.

Bourrache :

— Tu penses à ton ventre.

Charles-Auguste :

— Rien que ce ventre vaut plus que toi tout entier. C'est mon ventre.

Le Pâquier :

— Oui, mais c'était un taureau chaud.

Charles-Auguste :

— Très chaud, et si on avait dit à Leppaz que ceux de Méa mangeraient son taureau il aurait dit : « Alors vous voulez manger dix ans de cortèges de vaches et de veaux sur les prairies de Méa? Vous voulez donc boire cent hectolitres de lait dans un bifteck? » Si toutes les vaches qu'il a remplies et qu'il remplira vêlaient ensemble, ça ferait tant de bruit que tout le monde serait obligé de se mettre du coton dans les oreilles, jusqu'en Amérique.

Le Pâquier :

— Non, je veux dire qu'il est mort chaud et que sa viande a été coupée chaude.

Charles-Auguste :

— Pour ça, on ne l'a pas trop laissé dormir et, s'il avait été tué, admettons, d'une autre façon que de ce tailladage, avec un petit trou, par un coup de fusil, tiens par exemple comme on disait, on ne l'aurait peut-être pas coupé tout de suite. Mais il avait le garrot déjà tout taillé ; il y avait déjà comme des grillades qui pendaient toutes fraîches. Tu n'avais plus qu'à les prendre et à les mettre sur le feu.

Le Pâquier :

— Et encore une chose : Michard coupe la viande en long. Il faut la couper en travers. C'est pareil comme pour le bois. Tu as un tronc d'arbre ; tu le coupes en long, ça fait une planche, les fibres résistent ; tu le coupes en rondelles de saucisson ça te fait des plaques de rien du tout que tu peux casser entre deux poignets. Si tu coupes ta viande en long tu as une planche. Si tu la coupes en travers, alors tu as un morceau tendre comme une marguerite des prés.

Charles-Auguste :

— Oui, mais quand il vous est poussé des dents de fer et que la bouche vous est venue comme une herse, vous vous foutez de la marguerite des prés ;

et qu'il coupe en long ou en large, l'important c'est qu'il coupe vite et qu'il coupe gros.

Bourrache se dressa. Il pointa son index vers le ciel.

— Notre corps est comme de l'herbe, dit-il. Voilà que nous sommes dans le demi-cercle de la faux. Les pieds de l'archange marchent déjà sur nos compagnons tombés en javelle. On va faire avec nous le pain et le son. Le Seigneur a relevé les manches de sa chemise sur ses bras nus ; il a nettoyé le pétrin, préparé l'eau et la levure ; il attend la farine. L'archange fauche le blé du monde ; les séraphins, avec leurs ailes de geai, leur nez qui ressemble à un bec de chouette et leur grande couronne de plumes qui se couche dans le vent comme la crête des huppes, dégringolent à travers le ciel. Préparons-nous à être versés dans le pétrin du Seigneur, à être brassés par les bras du Seigneur, à être cuits dans le four du Seigneur pour devenir le pain du Seigneur.

Au lieu de penser à des grillades et à des biftecks, voilà ce que j'ai à dire. Voilà ce que j'ai eu envie de dire pendant tout le jour.

— Bon, dit Charles-Auguste qui le regarda s'accroupir encore près du feu, tu nous fais une deuxième fois le coup du tapis. C'est encore ce tapis qu'on roule et qu'on déroule. Ça n'est pas franc jeu. Et, un beau jour, quand on nous aura de nouveau roulé le tapis devant le nez, la grande main de ton Seigneur qui viendra de nouveau nous rouler devant le nez le tapis de cartes du ciel et de la terre, nous dirons : « Alors quoi, c'est pas fini ce petit jeu-là? Vous êtes un drôle de rigolo, vous quand même! Vous nous dites : " Mettez-vous là, jouez aux cartes, voilà un tapis. " Et quand nous sommes bien en train de jouer vous nous le retirez. Imaginez-vous bien que si on nous faisait ça dans un bistrot, il y a longtemps que nous irions jouer ailleurs. » Ah! Tu comprends mon raisonnement?

Bourrache :

— Je te parle du monde. Tu veux jouer ailleurs que dans le monde toi, malin? Ailleurs que dessus ce tapis de la terre et du ciel?

Charles-Auguste :

— Nous jouerons sans tapis sur le marbre de la table. Nous n'avons pas demandé à venir jouer aux cartes dans ce bistrot. Ton Seigneur nous y a traînés ; il nous a cloués à sa table par force. Il nous fait payer durement la place. Maintenant c'est nous qui voulons rester. Nous y sommes, nous y resterons. Et s'il nous replie son ciel et sa terre comme un tapis qu'on roule, nous jouerons sur le marbre avec des mains froides. Des longes de taureau toutes fraîches? Nous mangerions la viande crue de notre père.

— Taisez-vous tous les deux, dit le Pâquier! J'entends gémir l'arrivée de la mort.

Des cris volaient dans la nuit autour de la grange démolie. Des reflets de feu éclairaient le ciel là-bas au-dessus des murs noirs déchirés.

Bourrache :

— La vieille Philomène est en train de mourir.

Le Pâquier :

— C'est le moment où elle sent qu'un pied terrible écrase sa respiration dans sa poitrine.

Charles-Auguste :

— Je voudrais qu'elle s'arrête de crier. Elle me fait mal à l'endroit où mes oreilles sont plantées dans ma tête comme si on me frappait l'os à coups de bâton. On ne nous a pas dit de monter la garde précisément à cet endroit ; tirons le feu là-bas plus loin, qu'on n'entende pas.

— On n'échappe pas, dit le Pâquier ; ici ou là-bas c'est pareil. Tu as un caractère de chien, tu grognes contre tout. Tu voudrais que tout soit à ta facilité et à ton usage. Tu veux toujours changer de place. Tu veux qu'on t'obéisse. Tu ne penses qu'à toi. Tu as un caractère de chien. On n'échappe pas. Il n'y a rien à faire. Regarde ! Maintenant que notre feu monte, on voit toute l'écume des eaux. On dirait l'ancienne cerisaie toute fleurie et que partout on sente cette odeur amère.

Charles-Auguste :

— Ah ! Pancrace, n'ajoute rien, pas la peine. Je me bouche les oreilles. C'est plus fort que moi.

Il cacha ses oreilles dans ses mains.

Bourrache :

— Elle est en train de lutter contre notre Seigneur.

Charles-Auguste :

— Je ne peux pas supporter la mort, moi.

Il parlait plus fort que d'habitude, ayant les oreilles bouchées et il les regardait l'un et l'autre avec des yeux ronds, et puis là-bas, dans la nuit, au-dessus de la grange, les reflets de feu.

Bourrache :

— Il ne s'agit pas de faire le fanfaron.

Charles-Auguste :

— Et ce que je veux surtout c'est, pourquoi n'y a-t-il pas de gentillesse dans le monde, ça serait si facile !

Bourrache avec le Pâquier regardaient du côté d'où venaient les gémissements :

— Ça sera une délivrance quand elle mourra, dit-il

Charles-Auguste, les oreilles dans ses mains :

— Et ce que je voudrais, c'est qu'au lieu d'avoir tant de choses contre, dans le courant de la vie, on n'ait que des choses pour et ne pas avoir cette inquiétude de savoir que de toute façon il faut qu'on y passe. Je voudrais qu'à tout moment les choses nous donnent un espoir engageant...

Le Pâquier :

— Ouvre tes oreilles.

Charles-Auguste :

— Qu'est-ce que tu dis ?

Le Pâquier :

— Je te dis : ouvre tes oreilles ; c'est fini.

Charles-Auguste. Il parlait, n'entendait pas, se parlant à lui-même à très haute voix :

— Car, on n'essaye jamais de nous consoler et de nous protéger comme on ferait si nous étions seulement le bourgeon d'un arbre ; mais au contraire on nous crie dans les oreilles : « Oh ! qu'il fait froid, houlà qu'il fait froid, houlala qu'il va faire encore de plus en plus froid », sans essayer de vraiment faire quelque chose contre ce froid qui vient d'endroits inimaginables; et puis après on s'étonne que nous ne soyons pas fruités.

(Il découvrit enfin ses oreilles.)

« On n'entend plus rien. »

Le Pâquier :

— On n'entendra plus rien maintenant, c'est fini. Je te l'ai dit.

Charles-Auguste :

— Tu ne m'as rien dit.

Le Pâquier :

— Je t'ai dit : « Ouvre tes oreilles. »

Charles-Auguste :

— Tu es un drôle de rigolo toi aussi. Tu dis « ouvre tes oreilles » à quelqu'un qui précisément se les bouche. Tu ne comprends pas qu'il ne peut pas t'entendre? Fais-lui un geste au lieu de parler. Tu as l'air de quelqu'un et tu n'es rien. Il faut tout t'apprendre. C'est vrai, on n'entend plus crier. C'est comme avant. Vous croyez qu'elle est morte?

Le Pâquier :

— Elle doit être morte. Elle a poussé vraiment un dernier grand cri.

Bourrache :

— Elle était couchée là-bas près du feu tout à l'heure. Ils étaient autour d'elle et ils ne savaient plus quoi faire. Parce que ça lui a pris d'une façon bien rapide. La petite Angèle était accroupie par terre. Elle n'avait pas fermé les yeux ; elle grelottait. On lui disait : « Vous, au moins, buvez quelque chose. » Elle faisait « non ».

Le Pâquier :

— Elle aura vu mourir ses deux sœurs dans le même soir.

Bourrache :

— Personne n'a vu mourir la petite Adèle ; elle s'est trouvée toute seule devant le taureau.

Charles-Auguste :

— Vous pourriez parler d'autre chose. Non seulement les malheurs arrivent, mais encore vous vous les racontez, ce qui fait qu'on les a deux fois devant le nez. Une fois est déjà de reste.

Bourrache :

— Elle est venue avec nous.

Charles-Auguste :

— Qui ?

Bourrache :

— Philomène. Elle s'est avancée aussi farouchement qu'un homme. On n'aurait pas cru qu'il puisse y avoir tant de force dans cette petite vieille. Elle se tenait droite comme un I. Elle s'est avancée raide comme nous jusqu'à deux pas de la chose.

Charles-Auguste :

— Avec vous il n'y a aucune ressource, vous ne faites grâce de rien. Si la charité du monde nous cache quelque chose, vous êtes là pour ne pas l'oublier, vous.

Bourrache :

— Je né sais pas si elle a entendu le sang qui gargouillait en coulant dans l'herbe, mais moi je l'entendais.

Charles-Auguste :

— Vous vous vautrez dans le fumier comme des porcs.

Bourrache :

— Je ne te parle pas à toi, je parle à Pancrace. Elle a dit : « On ne peut pas lui fermer les yeux dans l'état où elle est. » Puis elle a dit : « Tirez la jupe sur ses cuisses. » Puis elle s'est détournée en disant : « Oh! c'est dégoûtant! » Et elle s'est mise à vomir. Elle était verte depuis ses lèvres jusqu'à ses cheveux qui avaient comme verdi. On l'a portée près du feu. Elle s'est mise en train de mourir.

Charles-Auguste :

— On a beau faire, on en est éclaboussé de partout. On ne peut plus rien regarder, ni respirer sans s'essuyer de toute cette cochonnerie que vous secouez autour de vous. Ah! il n'y a pas à dire, vous réussissez bien votre coup. Alors, là, si on mange un morceau avec plaisir, si on fait n'importe quoi de gentil, de soi-même, sans porter tort à personne, ah! on peut être sûr que vous ne dormez pas, vous, votre œil n'est jamais détourné. Vous vous mettez à tout emplâtrer avec ces choses dont vous parlez tout le temps, à tort et à travers, sans savoir, sans rien savoir. Car personne ne sait rien.

« Non, personne ne sait rien. Tu as beau dire. Il n'y a qu'une chose qu'on sait : c'est que maintenant on est vivant, voilà la seule chose qu'on sait au sûr. Gâter son fourrage ne vient jamais d'une bonne bête. »

Il regarda la nuit tout autour. Dès qu'il s'arrêtait de parler c'était le silence de tout. Le feu ne faisait pas de bruit ; à peine un petit claquement de flamme de temps en temps. Le grondement souple des eaux faisait partie du silence.

C'était tout de suite insupportable.

— Car, dit-il à voix basse, la vie est belle. Je me le redis maintenant malgré tout. Oui, la vie est belle. Tout pourrait chavirer de fond en comble. La vie resterait belle pour celui qui vivrait. Il n'y a pas à tortiller. Je suis comme ça, moi. Ce que je voudrais, vois-tu, au lieu de tous vos tapis, moi, eh bien voilà, je voudrais qu'on nous aime comme nous sommes, tels que, sans avoir toujours la menace à la bouche, sans essayer de nous forcer à être ça ou le reste. Tel que, nu et cru, qu'on nous aime. Et puis, si on est poussière, qu'on soit poussière. Un point c'est tout.

Il devait être tard dans la nuit. On entendait distinctement les bruits les plus légers et les plus lointains.

Quelqu'un marchait dans l'herbe, s'approchant. Il arriva dans le halo du feu.

— Bonsoir, dit-il.

C'était Glomore.

— D'où viens-tu? dit Bourrache. On t'a cherché

partout. Ta femme se fait du mauvais sang. Elle est assise dans un coin avec Juliette, Louise et Sophie à côté d'elle, et elles pleurent toutes les quatre, les cheveux pendants.

— Je vais y aller, dit Glomore, j'irai ; j'irai tout à l'heure, mais maintenant je voulais vous demander un service.

« J'en voudrais un qui vienne avec moi, là-bas derrière. C'est pour tirer ma jument dans l'eau.

— Qu'est-ce que tu veux faire?

Glomore :

— Elle est morte.

« Oh! il en a tué deux ; ça a été naturellement elle et le poulain. Les autres, il y avait les gros rouliers de Chaudon, ils se sont tout de suite cavalés du côté de la chapelle, mais elle est restée.

« C'était une brave bête.

« C'est le petit qui n'a rien compris. Qu'est-ce que tu veux, lui c'était un pauvre petit couillon qui n'a pas plus compris quand il a eu les cornes dans le ventre que ce qu'il y comprenait avant. Pour lui c'était du jeu.

« Oh! après, on pourrait dire qu'elle s'est laissée faire, elle. Il aurait dû la tuer sur le coup, voilà tout. Mais non, elle est restée jusqu'à maintenant, j'ai senti sa lèvres qui se retroussait peu à peu comme un cuir qui gèle. »

Il était resté debout.

— J'en voudrais un qui vienne avec moi, dit-il après. J'ai essayé, mais pour moi tout seul elle est trop lourde. J'ai senti qu'on faisait cuire de la viande ce soir, ça sent de loin. Elle, je ne veux pas qu'on la mange. Le poulain, si vous voulez, je vous le laisserai, je n'avais pas encore eu le temps de trop m'y attacher. Elle, je ne veux pas. Et, si vous vouliez contre moi, dit-il à voix basse, ça serait peut-être une chose très difficile parce que je suis décidé.

« C'est une bête, dit-il encore, c'est entendu, mais je l'aimais beaucoup. Et ça, on ne peut pas le commander ni l'arrêter quand on veut. »

Charles-Auguste :

— Eh! bien, je t'approuve, moi, tu vois.

Glomore :

— Je voudrais que nous allions la tirer jusque dans l'eau, le courant l'emportera. Elle s'en ira. Je ne verrai plus rien d'elle. Personne ne verra plus rien. Elle disparaîtra comme elle doit disparaître.

— Je vais avec toi, dit Charles-Auguste, et il se dressa. Tu as raison, Joseph.

— Non, dit Glomore. Oh! Qu'est-ce que tu veux, c'est naturel.

Ils s'en allèrent, Charles-Auguste et Glomore.

— La mort n'empêche rien, disait-il.

Au-delà du halo du feu c'était tout de suite la nuit, mais sous son épaisseur continua à briller le large dos de Glomore en veste de cuir. Puis ils tournèrent par là-bas derrière et tout se referma sur eux : l'ombre et le silence.

— Si on se met à raisonner comme ça, dit le

Pâquier, plus rien n'est possible. Elle faisait au moins deux cents kilos de bonne viande.

Bourrache :

— Ça nous tombait du ciel, c'était un pain bénit.

Le Pâquier :

— Joseph a toujours eu la tête de mulet.

Bourrache :

— Il est encore un de vous autres qui ne savez pas donner votre amour à ce qui ne meurt pas. Qu'est-ce que tu as à rire?

Le Pâquier écrasait son cou dans le col de sa veste et riait, la tête basse. Il tira sa pipe vide de sa poche et il la mit dans le coin de ses lèvres rasées.

— Je pensais à Prachaval, dit-il. Il finira par te casser la gueule. Et comme il faut.

Bourrache :

— Il en portera la peine. Ça date du moment où le vieux monsieur Charmoz m'a donné ses ordres. Il ne les a pas donnés ni à lui ni à toi. Il m'a choisi, il m'a dit : « Je ne peux pas faire autrement que le temple soit à Villard-le-Château. Il y est, il y reste. Il est au milieu des commerçants de cette haute vallée. Et moi qui suis son serviteur je dois rester parmi les commerçants de cette haute vallée qui ont souvent besoin de moi et besoin de ma femme qui m'aide à l'école religieuse du soir. Mais vous autres, il m'a dit, qui êtes dans les sapins et dans les chênes, et à l'embouchure de ces torrents qui font tant de bruit à travers les pierres, qui vous parlera de Dieu? Je viens vous voir une fois la semaine, mais le dimanche qui est le jour de la glorification du Seigneur, je ne peux pas quitter mon culte de Villard-le-Château et vous ne vous souvenez plus de sentiers qui y mènent. ». Il m'a dit : « Je parle pour vous autres de Villard-Méa et pour toutes ces familles de la forêt qui vivent loin du ministre de Dieu. » Alors il m'a dit : « Voilà Clément qu'un homme honnête peut me soulager de tous les remords que j'ai de ne pas avoir assez de force pour parcourir toute la montagne. Car, tu le sais, j'ai tout le temps des papiers à écrire et, pour ça, il faut que je reste assis à ma table et ma fille n'a pas le droit de faire du bruit. Il faut que je prépare le sermon du dimanche et que je sache quoi dire à tous ces commerçants de la haute vallée qui sont assis dans le temple au-dessous de moi tous les dimanches, et il faut aussi que j'écrive au pasteur de la Prévôté pour le tenir au courant de tous ceux qui s'enrôlent et de tous ceux qui désertent dans l'armée de Dieu. Car, il m'a dit, tout ça est soigneusement noté et notre Seigneur se rend compte au jour le jour de ceux qui l'aiment et de ceux qui l'oublient parmi nos forêts. Ainsi, tu vois, je ne peux pas parcourir la montagne. Mais toi, ne veux-tu pas me soulager de mes remords ? — Ah ! j'ai dit, je suis bien indigne. » Il m'a dit : « Non, tu es le chevreuil des montagnes, tu es le lis des champs, tu es l'homme qu'il faut. Tu seras le lecteur du livre, tu auras le livre, là, toujours ouvert sur ton pétrin. Et tu parleras de Dieu à ma place, tous les jours sauf le mardi. Je continuerai à venir le mardi. »

Le Pâquier :

— Quand on te voit, là-bas au fond de ta maison, avec ta lampe à huile, tu devrais fermer ta porte vitrée. On passe dans la rue et on te regarde. On dit : « Il y est encore, là-bas dessus. Avec tes bésicles... »

Bourrache :

— Oui, j'y suis encore, j'y suis toujours sur ces anciennes histoires de paysans des temps passés. Ah! Dès que la nuit tombe il faut que je revienne regarder tous ces déserts. J'en ai eu vite l'habitude : des déserts, puis des fontaines dans la verdure. Car il m'a dit : « Je ne te demande pas de faire le culte, tu ne saurais pas. Il faut évidemment une instruction que tu n'as pas et ça n'est pas ça que je te demande. Moi, le culte je le ferai ci, tant bien que mal, dans ta maison, le mardi. Mais toi, voilà ce que tu dois faire : tu dois être le pilier du temple, tu dois leur chanter tout ce qui fait ta joie. Tu dois être l'aubépine des chemins tellement fleurie qu'elle... enfin, tu es tout le temps avec eux, eh! bien, tout le temps tu dois leur parler du Seigneur pour qu'ils n'oublient pas et qu'ils ne désertent pas, et pour que le Seigneur se dise : " Tiens, parmi ces forêts, voilà qu'il y a un homme de bien qui parle de moi autour de lui, et voilà que mes armées augmentent dessous ces forêts. " »

« Je ne me cache pas, quand le soir j'allume ma lampe à huile, je lis mot à mot l'histoire de la vieille paysannerie dans les déserts, et quand ils trouvent les fontaines, étant obligés de relever avec leurs bras roux les lourdes palmes... »

Le Pâquier :

— Étant obligés maintenant de manger de la viande de taureau et de gratter le maïs au fond des sacs ; tu ne te fais pas tant voir quand tu pars sur ton traîneau pour aller parler de tes fontaines à ceux qui sont éloignés dessous la forêt, solitairement entourés de forêts et d'emmerdements. Tu files sur les routes comme un rat avec ton traîneau noir. J'en connais, moi ; je ne suis rien, moi. Je reste dans ma petite maison, tout seul. J'ai le temps de regarder et de me taire. Je n'ai pas grand-chose à te dire, je t'ai vu cinquante fois là-bas au fond avec ta lampe à huile et tes bésicles. J'en connais, moi, que tu es allé voir, de la part de je ne sais plus qui, arrivant dans le grand silence de l'hiver. Sarah.

— Vous êtes déjà de retour ? dit Bourrache.

Il tourna la tête vers celui qui venait à travers l'herbe, mais on aurait dit que celui-là était comme endormi, n'ayant pas le pas très assuré. Et ce n'était ni Charles-Auguste ni Glomore.

— Qui es-tu ? dit le Pâquier quand l'autre vint s'asseoir près du feu.

On ne pouvait pas le reconnaître. Il avait le visage tout meurtri et encore un gros caillot de sang sous le nez, et, quand il respirait, ses narines soufflaient des groseilles.

— Donnez-moi quelque chose à boire, dit-il.

Le Pâquier se pencha en avant et dit :

— Mais, c'est Paul Charasse!
— Oui, vous n'avez rien à boire?
— De l'eau, dit le Pâquier.

Il lui donna à boire et il l'aida à se laver.

— Ah! n'arrache pas ça tout de suite, dit-il, attends, il faut le décoller doucement ou bien tu vas saigner comme un bœuf. Tu en as un vieux coup là-dessus, tu sais. Non, je ne touche pas, laisse-moi faire. Tu en as aussi deux marrons pépères sur les yeux.

— Il m'a manqué l'œil gauche, dit Paul Charasse. Il ne l'a pas si bien réussi que l'œil droit. Quel salaud! Il y allait de toutes ses forces.

Le Pâquier :
— Attends. Tu vois que c'est venu tout seul. Tu vas voir, tu vas respirer maintenant. Tu en avais comme un paquet de framboise là-dessous. Lave-toi le dedans du nez. Renifle! Bien sûr que ça fait mal. Tu as en tout cas l'os de dessus qui est cassé. Essaye d'avaler l'eau par le nez, rends-la par la bouche. Là. Les tuyaux sont bons, ça va marcher.

Ils revinrent s'asseoir près du feu où Bourrache s'était mis lui aussi à sucer le tuyau de sa pipe vide, ayant dit : « Mets-lui de l'eau froide sur le cou, ça fait trembler, et c'est bon quand on tremble après des coups sur la gueule. » Puis il n'avait plus rien dit, suçant la pipe froide. Charasse pouvait presque ouvrir l'œil gauche. Il respirait mieux, son nez sifflait un peu. Il cracha deux ou trois fois du sang.

Le Pâquier :

— Tu devrais aller te coucher dans la grange.
Charasse :
— Je me suis approché mais ils l'ont installé là-dedans comme un pape. Ah! je suis venu ici.
Le Pâquier :
— Couche-toi là, je te couvrirai.
Charasse :
— Non, j'ai la tête claire, je n'ai pas envie de dormir.
Bourrache :
— Qui t'a arrangé la gueule comme ça ?
Charasse :
— Mon père.
Bourrache :
— Quelqu'un de nous est ton père parmi les gens de la forêt ?
Charasse :
— Oh ! Je sais ce que vous dites de ma mère, tous, et toi surtout Bourrache qui n'as jamais eu une grosse réputation de brave homme. Mais oui, un de ces hommes de la forêt est surtout mon père.
Le Pâquier :
— Je me souviens quand Rachel est partie d'ici. Qu'est-ce que j'avais, moi, trente ans ? Elle te portait à son bras comme un gros cierge. C'était une femme haute et posée, et qui regardait tout le monde posément du haut de son cou avec des yeux comme on en a jamais vus et qui étaient jaunes.
Bourrache :
— Je voudrais bien savoir la réputation que

j'ai, même si c'est un gamin de Valogne qui peut me le dire.

Charasse :

— Je suis d'ici comme toi, j'ai du sang de cette montagne-ci.

Bourrache :

— Oh! On la rencontrait déjà beaucoup dans les chemins, déjà à cette époque-là, Rachel Charasse, autant du côté de la sortie des gorges, vers le carrefour de Praly où il y avait l'auberge des Aronges, où tout le monde savait que s'arrêtaient les charretiers, aussi bien de Valogne que de Val-Ponant. Et autant, des fois qu'on la rencontrait vers les basses terres, à l'entrée des plaines où même y ayant pénétré déjà profond, au-delà de Fontgillarde, déjà dans les chemins bordés d'aubépine.

Charasse :

— Toi surtout qui devrais parler moins que personne.

Bourrache :

— Ainsi que cette habitude de dire « Toi » à ceux qui sont plus âgés que vous et qui ont droit au respect de tous, qui est une habitude des basses terres, précisément, et non pas de ces gens de la forêt qui savent exactement ce que l'on doit à chacun. Moi aussi je me souviens de Rachel. C'était une femme ayant ses désirs arrêtés tout nets contre son front de courge. Et je m'en souviens mieux que vous. Car moi je l'ai connue avant vous deux, et de plus près.

Charasse :

— N'en parle plus, ne dis plus rien, j'en ai assez. Ce goût de sang refroidi que j'ai dans la bouche me donne mal au cœur. Je vais dégueuler. Je dois avoir des caillots de sang dans la gorge.

Bourrache :

— C'était une femme qui avait mis toute sa confiance dans son corps. Une belle femme. Oui, pour ceux qui se fient au visage, et à la poitrine, et aux hanches c'était une belle femme. Mais pour ceux qui regardent les qualités de l'âme elle était noire d'une ombre repoussante.

Charasse :

— Qu'est-ce que vous avez contre elle, vous ? Je vous ai vu filer dans votre boggey sur les chemins du sud pendant l'été ou au printemps, sur les chemins entre les champs où je travaille jusqu'en Valogne. Et j'avais peut-être trois ans. Elle m'a dit : « Viens ici » et elle m'a tiré dans ses jupes, et elle m'a dit : « Ne bouge pas. » Elle ramassait des pommes de terre chez Lombard. Vous étiez arrêtés au bord de la route et le patron allumait sa pipe à votre briquet. Puis vous avez fait voir les champs avec votre fouet. Elle m'a dit : « Serre-toi là, Paul, bien contre moi. Cache-toi, garou, c'est le maquignon. »

Le Pâquier :

— Je m'étais dit qu'elle reviendrait quand je l'ai vue partir. Oui, c'était longtemps après Pâques. J'étais à la cerisaie. Elle traversait, descendant toute seule avec le printemps, un dimanche. Elle te portait comme un cierge. Tu avais quoi? Tu n'étais pas gros avec, malgré tout, un bonnet de dentelle.

Charasse :

— Elle est morte chez Lombard, là même, l'hiver, au dépiquage du maïs. La nuit. Les femmes se sont mises à crier. On m'a emmené, on m'a fait coucher dans un lit. Alors j'ai dormi. S'étant subitement renversée sur les femmes avec la bouche pleine d'écume, ayant juste eu le temps, m'a-t-on dit, de bâiller-mourir. Comme on m'a dit l'an dernier, passant à l'Archat par hasard avec des bœufs noirs pour la Valogne.

Le Pâquier :

— Alors, tu es resté à la ferme, toi?

Charasse :

— Non, je pissais au lit. C'est Marie Grave qui m'a gardé, une qui s'appelait Marie, Grave je crois, oh! qui se louait. Elle est morte aussi.

Le Pâquier :

— Je m'étais dit : elle reviendra. Le pas, le bon air. Elle avait bon air. Va savoir ce qui se passe dans les têtes. Me dire non. Oh! Rachel, après son histoire, elle a eu un coup de mauvaise humeur, mais elle marchait dans le chemin plutôt contente. Non, ça elle s'en va, elle va jusqu'à Praly, mettons jusqu'à Saint-Maurice. Il fait bon, il fait beau! Plus elle descendra, plus les arbres seront fleuris, c'est le printemps. Ça va bien, ça lui fait du bien. Elle restera un jour ou deux, ou dix ou vingt, ou un mois enfin, mais elle reviendra. Ah! L'Archat! Elle était allée jusque là-bas alors ? Et peut-être plus loin ! Ah ! voilà ! A ce moment-là, moi, si on m'avait dit qu'elle partait pour toujours ça m'aurait fait quelque chose.

Bourrache :

— Oui, elle tenait les hommes par une odeur de chiennerie.

Le Pâquier :

— Sans chercher si loin, elle était plaisante à regarder, ce qui n'est pas si commun dans cette population, dis donc, d'honnêtes hommes, cette armée, comme tu dis, du Seigneur. Bougre oui ! C'était tout à fait aimable la façon dont elle s'en allait dans le silence et dans le désert du matin, ce printemps-là, avant le lever des oiseaux ; et solitaire ; avec ce gosse tenu tout bravement dans ses bras ; raide dans son maillot, comme je te dis : un cierge, qui pourtant lui avait donné, il faut bien le dire, tous les emmerdements du monde, ruant dans sa vie, on peut dire comme un mulet dans des vitres, si petit que tu étais. Oui, bon air, plaisante, aimable et préoccupée, aurait-on dit, vois-tu Paul, de faire sa chose bellement si on peut dire. Étant donné qu'ici c'était devenu difficile, à cause de difficultés précisément dans ce sens-là. Oui, je dis bien, faire bellement son affaire, quoi que ce soit, tu comprends petit ? Et voilà, elle s'en allait, à cette heure toute neuve et déserte, dans l'herbe fraîche, à travers la cerisaie.

« Au fait, Clément, c'était bien toi qui l'avais faite placer chez " le riche " » ?

Bourrache :

— Ah! la langue, c'est difficile à retenir!

« Oui, c'était moi, oui. »

Le Pâquier :

— Ah! ça semblait aussi. Tu la lui avais procurée, l'époque précisément où on t'appelait « le maquignon » comme elle a dit chez Lombard, toi arrêté au bout du champ de pommes de terre.

Bourrache :

— Je me suis levé la peau pour les orphelins, je n'en ai jamais eu de contentement. Rachel, c'était une orpheline...

Le Pâquier :

— Bien entendu.

« Curieuse époque dans ce temps, sans parler de maintenant où ça devient comique avec cette montagne qui nous a foiré sur la gueule sans distinction. Boromé a toujours été un gros, très important. »

Bourrache :

— Je ne vois pas pourquoi tu parles de lui plus que d'un autre!

Le Pâquier :

— Le fait est qu'on ne peut guère parler de Rachel sans parler de lui, ni de tout ce temps-là sans parler de lui, ni de rien sans parler des treize hangars de Clos Banal où les forces ne s'arrêtaient pas de couper la laine dans les poignets de ses vingt bergers, sans parler des forêts avec ses neuf adjudications perpétuelles et dont il couchait et relevait les arbres tous à la fois s'il voulait, plus facilement que ce que toi tu peux t'éventer avec des branches de saule, avec ses bûcherons dont la plupart venaient de Pilat ou de la vallée de Bobbio. Non, Clément, ça n'est pas un monsieur qu'on peut mettre dans sa poche. Rien que d'ailleurs, si toi-même tu essayes un peu de ne pas oublier, ses épaules d'un mètre trente (je parle au moins de vingt ans) et sa tournure de bœuf debout (quoique agile) et, entre nous, sa façon de faire les choses, n'importe quoi, toujours avec ce côté énorme que, il faut bien le dire, le Seigneur lui a donné, hé Bourrache ?

Bourrache :

— Tu parles comme ça toutes les nuits ?

Le Pâquier :

— Ouais ! Et bien plus quand je me parle.

Il resta un moment silencieux. Il se dressa, mit du bois au feu et il regarda l'eau qui semblait s'être arrêtée de monter. Il revint s'asseoir et suça sa pipe froide, la faisant chanter comme ça, toute vide, à petits coups de langue.

Charasse s'était étendu dans l'herbe, tout en croissant devant le feu, se faisant chauffer la figure, le ventre, les genoux et les pieds en même temps. Il ne dormait pas. Charles-Auguste n'avait pas l'air de vouloir revenir. Un feu nouveau s'était allumé au-delà de chez la Ticassoune, du côté où ils étaient partis avec Glomore. La nuit lourde flottait là-bas en frappant de petits reflets jaunes.

Le Pâquier :

— Impossible, je dis bien. De quoi nourrir cet homme qu'on aurait pu dire immense avec quarante aires où les mulets tournaient dans l'orge, le seigle ou le froment, les hangars à laine, les champs de laine et ces haches de Bobbio qui, sur un mot, te couchaient un kilomètre de forêt. La grange du Pilat, la Ressarière, Grange-Belle qui était toute couverte de roses. Avec le Granger Casimir qui était mon conscrit ; mesurant les écuries, je me souviens avec mon pas qui fait un mètre quarante... Cent quatre-vingt-seize. Et de chaque côté, à l'alignement des bardots, des mulets et des mulets. Tu avais beaucoup d'occupations auprès du « Riche » toi, de ce temps-là, étant donné que le vieux Charmoz avait trouvé le moyen d'avoir un tilbury sacré pour lui, sa dame et sa demoiselle. Besoins de harnachement, enfin de quoi ! Et lui dans sa ferme des Clouzettes avec Mme Boromé. Ah ! En voilà une autre !

Bourrache :
— Une sainte femme.

Le Pâquier :
— Car il fallait bien qu'elle soit quelque chose. Lui, la nature ne pouvait pas faire davantage, il bouffait terriblement de tout. Savoir ce qu'on pourrait lui procurer comme ça, avec un traîneau et soi-même, dans l'usage paysan. Du moment, somme toute, qu'auprès de lui c'était une bonne recrue dans cette armée de la forêt, hé, sans prévoir qu'il en ferait cet usage d'homme énorme, librement,

devant tout Villard, à la face du Seigneur par-dessus le marché.

Bourrache :

— Je lui ai mené Rachel toute nue.

Le Pâquier :

— Bougre, tu es culotté!

Bourrache :

— Je l'ai arrachée aux tentations des campements solitaires. Elle n'avait rien.

Le Pâquier :

— Qu'elle-même. Plus agréable à regarder toute seule que toi et toute la famille Charmoz réunie habillée en évêques. Ah! Qu'il a mal logé sa vertu. Bougre! Mais, toi, malin, dessous la capote de ton traîneau, c'était l'hiver, tu as dû rigoler dans ta barbe? D'autant plus que ça n'avait pas dû être difficile de lui faire tout d'un coup comprendre le silence de la forêt d'hiver, je connais ça. Déjà un peu costaud pour moi, tu penses alors pour les filles? En le comparant aux Clouzettes surtout. Oh! Elle avait dû venir toute seule s'asseoir sur ta banquette de cuir, sous la capote de cuir, avec la couverture autour des genoux, et « Hue en avant! » Tu sentais près de toi toute cette grosse chaleur de belle fille pendant qu'elle serrait ses mains entre ses cuisses.

« Tu ne dis rien Clément!

« Tu vois, Paul, voilà ta mère. Ça, c'est des choses qu'il faut connaître. Fallait l'occasion aussi. Une belle et bonne femme. Bonne surtout comme elle en

a fièrement fait la leçon à tous. Un peu plus tard. »
Charasse :
— Mais je suis né quand, moi?
Le Pâquier :
— En vingt et un.
Charasse :
— Inscrit à quel endroit? J'ai truqué pour me louer à Valogne.
Le Pâquier :
— Demande à Bourrache.
Bourrache :
— Le Château.
Charasse :
— Au nom de ma mère?
Le Pâquier :
— Bien sûr.
Charasse :
— Alors?
Le Pâquier :
— Alors compte : l'hiver, le printemps, l'été, l'automne, et puis l'hiver. Les saisons qui ont suivi la guerre, ça a été quelque chose de magnifique. Ne parlons pas de l'hiver, mais le reste, magnifique! Il en était mort quarante-trois d'ici. Dis donc Bourrache, pense un peu qu'on parle de ça, dans notre dénuement, maintenant que les eaux se sont emparées de tout. Regarde voir, il semble que l'aube s'approche. On voit l'herbe toute luisante de gelée, au bord de ces eaux sauvages. Charge donc le feu, Paul. Il fait froid sur le matin.

« Les choses ont été inventées pour excuser les gros tout le long des saisons. Le printemps restait longtemps suspendu au-dessus des Clouzettes. L'air de ces hautes vallées travaille comme de la semence. Ah! Fais ton compte un peu pour toi, mon vieux Pancrace. Combien de fois as-tu trouvé ta maison trop grande! Toi-même, mon gaillard, avec ta carrure de velours. Quant à Mme Boromé, un ventre sec comme de la pierre à fusil. Oh! Pas bête dans son silence, et sa peau jaune, et ses yeux noirs, comprenant tout, mais motus, au milieu de ces hangars, de ces fermes et de ces champs qui verdissaient avec toute la floraison plantée comme dans du ciment. Ta mère était la servante du lieu. Le lieu dit « Les Clouzettes » au large de ces prés de flouve. Bon. C'est tout. Mets, je te dis, ces cinq saisons avec un printemps, un été, mais là à s'affranchir de sa peau même, un automne. Et tu es tombé dans le tablier de la Marquise, ta mère renversée sur une chaise, car ça lui avait pris tout d'un coup comme si elle avait voulu dégorger à bloc ce qu'ils enfournaient au jour le jour dessous les armées du Seigneur.

Charasse :

— Je sais que c'est mon père.

Bourrache :

— Je te hacherais sans pitié sous dix mille sabres de fer. Ta mère était la pute de la montagne. Elle s'est ouverte dans tous les buissons de la forêt. Elle a crié dans les bois sous plus de mille hommes. On l'a écartée dans toutes les terres.

Le Pâquier :

— Tu es un salaud, Bourrache.

Charles-Auguste arrivait. Il écrasait l'herbe gelée, il traînait de lourds tourbillons de froid, hors de cette nuit que l'aube commençait à éclaircir.

— Nous avons jeté le poulain au même endroit que la mère, dit-il. L'eau est en train de leur servir de corbillard. Qu'est-ce que tu me regardes ? Oui, ils s'en vont, suivis de toute la foule des eaux, et d'un arbre qui passait, et de la nuit qui s'en va aussi. Bon Dieu, que ça a été long ! Il n'a jamais fait aussi froid depuis qu'on est ici dessus. Ça, alors, ça commence à être du froid. Et je vais vous dire : l'eau charrie des blocs de glace, et même des gros, un vert qui nous est venu dessus comme ça, sortant de la nuit, on ne savait plus ce que c'était, puis qui a glissé contre le bord et s'est en allé. Bon voyage. Qu'est-ce que tu as à me regarder ? Oui, monsieur, nous nous occupons du monde. Qu'est-ce qu'il y a ? Une fois réveillé, moi, je suis capable de tout faire. Et maintenant alors je suis réveillé, vous pouvez me croire. Je signerais pour vingt ans sans dormir, tout de suite. J'ai un froid ! Qu'est-ce que vous avez à me regarder ? Qui sait comment vous seriez, vous, si vous étiez venus là-bas, en face de Sourdie où nous étions avec Glomore ? En face ces fonds de glace d'où venaient alors, là, je dois le dire, des espèces de drôles de bruits : clite, clite, clite, flottant sur les eaux. Ah ! mais non, on a dit, alors quoi, qu'est-ce que c'est encore ? Eh bien, on tirait la jument vers l'eau, on a lâché les jambes et on est venu voir. On ne voyait rien. Avec un morceau de bois allumé. Joseph l'a dressé au-dessus des eaux. Alors on a vu : des glaçons. Oui monsieur. Flottants et qui se frottaient et qui venaient de là-bas des fonds. Et puis, pas un ou deux, des mille, des foules, des gros comme moi, debout sur l'eau, des plus gros, des plus petits, des avec des becs, des sans bec, des unis, des longs, des gros, de toutes les manières. Ils sortaient de là-bas du fond, tout noirs, s'avançaient, arrivaient contre le bord à tes pieds, et puis ils filent vers la gauche, vers le Sauvey, de l'autre côté, dans un courant qui les emporte paisibles mais solides, bon Dieu, tu n'as qu'à regarder que tout ça file sans s'arrêter dans une eau épaisse — quand Joseph a jeté loin là-bas au large le morceau de bois enflammé pour voir plus loin, on l'a vue, épaisse et verte comme du hachis d'épinards. Parole. Voilà. Rien d'étonnant qu'il fasse froid. Qu'est-ce que vous en dites ? Nous on a dit : merde ! Bon, j'ai dit, allez viens, on va finir de tirer à l'eau cette jument. Et elle va s'en aller avec eux, avec ces glaçons. Elle va se conserver encore longtemps avec ce froid-là, jusque l'autre bout du lac. Allez, viens, tire voir. Elle va faire le voyage comme une dame. J'essayais d'un peu le distraire. Mon vieux, c'est un sale coup pour Joseph. Tu me diras : « Qu'est-ce que ça peut foutre, il n'aura qu'à en reprendre une autre. » Eh bien, non, ça n'est pas vrai. D'abord, minute : quand, et où ? Tu raisonnes comme si on était encore à Méa ou à Château, avec de la terre ronde, mais tu te rends compte qu'on est ici dessus? Ah! voilà l'affaire. Et elle, il l'avait ici même et il ne l'a plus. Tu as beau raconter des histoires, il n'y a pas à sortir de là. Ah! oui, oui, avec vos planètes, vous, évidemment. Oh! Vous trouvez toujours que les autres doivent se consoler, mais Joseph, il avait de l'attachement pour cette bête. Et ça, c'est ce qu'il y a de plus beau au monde, l'attachement, et de plus respectable ; et rien ne le remplace ; et tout vient de là : le bon et le mauvais ; et le pire. Sans l'attachement il n'y a pas d'hommes, pas de femmes, pas de bêtes, pas de plantes, rien, pas même rien. Et elle était lourde, et on l'a tirée et poussée dans l'eau, et elle est partie.

« Alors j'ai pensé : il faut lui faire plaisir. Je lui ai dit : " Allez, viens, maintenant qu'on y est, jetons le poulain au même endroit que la mère, ils s'en iront ensemble. Ils ne seront pas seuls. Faisons-le, va, tu en as envie. Allons, allons, soyons sérieux, qu'est-ce que tu veux qu'on en fasse? Qu'on le mange? Ça n'est rien du tout comme viande, c'est dur comme de la pierre. " »

Bourrache :

— Un poulain? De cet âge? C'est tendre comme tout.

Charles-Auguste :

— Je le sais. Et après?

« Que ça te plaise ou non, il est en train de flotter derrière sa mère et il s'en va avec les glaces, les arbres et l'eau d'épinard. Ça ne va pas tarder à être l'aube. Le ciel devient déjà comme de la neige.

« Tu n'as jamais dit de mensonges, toi ?

« C'est rigolo tous ces glaçons qui flottent comme ça. Qu'est-ce que ça veut dire ?

« Il n'est venu personne de la grange ? On a droit au café, nous, ce matin, hé, ne l'oublions pas.

« Qui es-tu, toi ? C'est Paul. Quelle drôle d'idée tu as eue de te faire arranger la tête comme ça ?

« Vous ne parlez pas beaucoup ni les uns ni les autres. C'est le matin qui vous accable ? »

Charasse :

— On a parlé de choses qui demandent la réflexion. Ça peut décider d'un biais ou de l'autre.

Charles-Auguste :

— Ah !

Charasse :

— Maintenant je suis sûr que Boromé est mon père.

Charles-Auguste :

— Ah ! oui, et qu'est-ce que ça peut te faire ? Tu te débrouilles, oui ? Seul, oui ? Tu as un métier, oui ? Alors qu'est-ce que ça peut te foutre ? Tu veux son héritage ?

Charasse :

— Pourquoi pas ? Il a couché avec ma mère, j'ai droit.

Charles-Auguste :

— Qu'est-ce que ça peut faire qu'il ait couché avec ta mère ? Ça te regarde ? Qu'est-ce que ça a à voir avec ses fermes — d'abord il ne les a plus, mais tu me diras, il a les sous. C'est possible, avec ses bois, ses granges et ses prés? Alors, ça, tu te figures que tu y as droit à cause du plaisir qu'il a donné à ta mère et qu'il a pris? Qu'est-ce que ça a à voir? C'est peut-être le seul moment où il n'y a pas pensé. Fais ta vie tout seul. Et ne demande rien à personne. Tu es libre, oui? Reste libre. Tu ne connais pas ton bonheur.

« Et puis, quoi? On discute pour des choses qui sont au fond de l'eau. Alors vous voyez l'importance que ça a. Et si on te disait : bon, elles sont à toi les fermes, qu'est-ce que tu en ferais? Tu irais les habiter? Tu te ferais poisson? Ah! voilà mon raisonnement. »

Bourrache :

— Rachel n'était pas intéressée. Elle avait de gros défauts, je suis le comptable de ses défauts, je le sais, mais jamais elle n'a été intéressée pour quoi que ce soit.

Le Pâquier :

— Trop généreuse.

Charles-Auguste :

— Vous vous imaginez d'avoir tous les droits les uns sur les autres. Vous vous arracheriez le foie pour de la terre, pour des arbres, pour de l'herbe. Vous n'avez pas encore compris que c'est à personne? Comment faut-il que ça vous l'explique? Il me semble que ça vous l'explique pourtant pas mal maintenant. Personne n'est trop généreux. Tout ce qu'on donne, ne vous en faites pas, c'est employé, ça se remet en route. Et parfois on le rencontre encore.

Charasse :

— Il vit avec Sarah maintenant. C'est elle qui en profitera, et de quel droit ? Celle qui a souffert la première, c'est ma mère.

Le Pâquier :

— Tu la lui as procurée aussi celle-là. Tu es aussi allé la chercher dans ton traîneau, là-haut sous la forêt, maquignon du vieux jusqu'au bout de ta vie.

Charles-Auguste :

— Il n'y a ni première ni dernière, et la souffrance, tu n'as pas le droit d'en parler. Pas encore. Et ça ne donne droit à rien. Si ça nous donnait droit à quelque chose, depuis six jours que nous sommes ici, le pays autour de nous serait devenu les jardins d'Alexandrie. Regarde si ça a l'air de s'en foutre.

Le Pâquier :

— On ne peut pas en sortir. Tout ce que nous faisons les uns les autres ça se noue autour de nous.

Charasse :

— Il y a des moments de la nuit où on a envie de faire n'importe quoi.

Bourrache :

— Sept fois autour de Jéricho...

Charles-Auguste :

— Tu nous fais suer avec ton Jéricho et en plein froid nous attraperons des bronchites.

Cette fois c'était bien le froid. Il était devenu tout de suite lourd et tranchant, couvrant tout d'un silence qui faisait battre sourdement le sang dans les oreilles, avec cette puissance déchirante qu'il avait sur les lèvres, sur le fond du nez ; ce feu dans la respiration, cette glu de marbre sur les doigts et sur les pieds. Et l'air s'était mis à vibrer au moindre bruit, sensible comme du fer.

Ils entendirent venir Glomore de loin. Et ils le virent émerger de la courbe du pré. L'aube commençait à écraser dans les nuages une purée de courge mûre. Il semblait plus grand qu'avant, traînant des semelles d'herbe gelée. Il les appela de loin et dressa le bras : « Venez voir ! » Ils se serraient tous les trois autour du feu. Glomore arriva tout de suite après, fumant entre la glace de ses moustaches et son menton couvert d'un petit glaçon lisse.

— Venez voir, dit-il, je ne sais pas ce qui est arrivé. Non. L'eau a dégorgé comme des bêtes mortes. Venez voir.

Le Pâquier :

— Des restants de Méa qu'on nous pousse dessus.

Glomore :

— Non, ça vient des fonds de Sourdie au milieu de glaçons énormes. Venez voir.

Dès qu'ils eurent quitté les bords mêmes du feu le froid leur serra la tête. On sentait ses aspérités de métal qui déchiraient les joues et entraient dans les tempes. Le pré s'était durci. L'herbe aplatie s'arrachait sous les pas par plaques comme de la peau brûlée et elle collait aux semelles. Dans l'air âpre, entièrement débarrassé de brouillard, la clarté de l'aube se gonflait lentement. Entre la terre et les nuages il y avait maintenant un vide immense. Et de tous les côtés aussi ; il ne restait plus que les parois de l'horizon, visible dans une netteté extraordinaire. On voyait la crête de la butte, noire comme un trait d'encre sur du papier, et, près de la crête, les deux ou trois petites maisons, l'église, l'appentis de Biron-Furet avec tous les détails, les pierres des murs, les fentes dans le bois des contrevents, la gargouille dégoncée et déchirée en tête d'anguille, les traces d'humidité sur le crépi, la mousse sur les toits, une aiguille de glace au bord de la gouttière. La ligne de la crête descendait jusqu'à boucher l'eau, et on voyait l'eau plate, dure, avec tous les détails aussi, de vert, de bleu-noir et cette frisure blanche un peu rageuse qui apparaissait parfois brusquement au creux de deux frissons, pareille à de la crépine d'agneau ; puis on voyait l'eau rejoindre le bord de l'autre côté et se souder dans la glace du rivage ; puis le rivage monter, rejoindre la montagne : la côte de Sourdie, le mur, qui celui-là étant adossé à l'aube gardait encore de l'ombre, mais on voyait quand même à travers elle, et avec une telle propreté, qu'on pouvait distinguer les sapins serrés l'un contre l'autre comme des écailles de serpent avec toute leur bordure de givre ; et Sourdie montait toucher les nuages en haut d'un vide absolu ; et plats comme l'eau ici dessous, les nuages s'en allaient là-haut dessus avec un frémissement de farine, jusqu'à aller rejoindre vers la gauche les sommets de Bufère dont la paroi — mais celle-là éclairée en plein par l'aube — chargée de sapins couverts de glace, tout allumée d'un vert puissant redescendait, touchait la crête de la butte, juste entre l'église et l'appentis de Biron-Furet, semblait se souder à la crête par un sapin dont on pouvait voir le feuillage sous la glace, et même les baves de givre le long du tronc aussi nettement que les fentes dans les contrevents de la maison ; la grande boîte vide était fermée de partout.

Le silence, aussi dur que le froid, avait brusquement tout arrêté. Les arbres en pierre de sel. Les couleurs et les formes étaient d'une pureté farouche, à part cette petite écume qui brusquement parfois fleurissait ; l'eau ne bougeait plus, même pas contre le bord de la prairie, lourde comme du goudron dans les herbes gelées ; et sur le large les profondeurs marquaient en vert et en bleu sombre. Le Pâquier avait mis ses mains dans sa poche et serrait ses coudes contre lui. Ils marchaient tous les cinq à la queue-leu-leu dans la grosse fumée de leur respiration. Là-haut dans la grange ils semblaient tous morts ; aucune fumée ne dépassait encore le toit crevé. Mais pourtant un homme marchait dans les prés, là-haut, et il descendit vers eux quand il les vit. D'abord on ne le reconnut pas parce qu'il avait la tête entourée par la fumée de son souffle. C'était Saint-Jean.

— Qu'est-ce que tu fais ? dirent-ils.

— Je n'ai pas pu dormir, j'ai été énervé toute la nuit. J'avais besoin de marcher, me contenter. Mes jambes et mes bras vont et viennent tout seuls. Le froid me calme maintenant. Vous n'auriez pas un peu de tabac, même des débris ?

Glomore en avait. Saint-Jean prépara une chique

au creux de sa main, puis il se mit à la mâcher avec évidemment un gros plaisir.

— Philomène est morte, dit-il.

— Nous l'avons entendue crier.

— D'un seul coup! dit-il, les yeux ouverts.

— Qu'est-ce qu'on en a fait?

— On l'a tirée loin du feu. On l'enterrera ce matin, avec quand même Adèle aussi qui est restée là-bas dans le pré et qui ne peut pas rester là. Les autres se sont endormis quand elle a été morte. Il n'en est même pas resté pour garnir le feu. Je viens de l'allumer.

Un peu de fumée commençait à dépasser le toit de la grange.

— Un froid de loup, dit-il. Je crois que ça va arrêter toute cette eau qui descendait de partout. Il faudrait que ça dure. Où allez-vous, vous autres?

— Viens, dit Glomore, c'est juste de l'autre côté.

Ils marchèrent encore un petit moment, traversèrent le fossé qui séparait les deux prairies, montèrent le talus, tournèrent le flanc de la butte. Et ils s'arrêtèrent.

On voyait le fond de Sourdie comme si on y était, les flancs couverts de sapins gelés et la langue d'eau bleu sombre qui s'enfonçait dans la montagne, entre les hautes murailles où se glissait la lueur de l'aube. Tout le large était couvert de glaçons flottants qui s'avançaient lentement à travers l'eau verte comme un jus d'herbe. On les voyait sortir de là-bas du fond, minuscules et encore un peu entourés d'ombre, puis cette lumière de l'aube, maintenant aigre et salée, les touchait, et ils se dépouillaient d'un seul coup pour devenir purs, tout allumés de bords d'acier, approchant avec ce bruit métallique des ongles de chien sur les pierres.

Certains émergeaient de trois ou quatre mètres et ils s'avançaient, d'un glissement insensible, comme sans bouger, grandissant seulement. Mais beaucoup d'autres étaient de la taille d'un homme et ils se dandinaient en faisant bleuir leurs reflets. Le crépitement d'une petite écume se frisait et s'éteignait en éclairs contre leurs flancs ; leur image charruait les profondeurs du lac, mélangeant en longs serpents d'huile, le bleu, le vert, le noir et cet éclat éblouissant de la glace. Toujours, sur les eaux, ce bruissement d'ongles de chien. Pas de vagues : à peine des bourrelets qui se gonflaient autour du ventre des glaçons, ces soudains replis de l'eau très froide qui claquaient comme des sauts de poissons et le silence renvoyait l'éclat tout pur jusque dans les très grandes hauteurs vides de l'air. Et de larges places d'eau toutes lisses, soudain immobiles comme du plomb ; puis elles commençaient à s'émouvoir lourdement, leur bleu-noir se fendait d'une petite faille d'or, puis elles tremblaient, parcourues de rides comme si elles étaient la crème d'un gros lait qui va bouillir, et les glaçons les traversaient, immobiles, en se dandinant, en faisant écumer la petite écume. Il y en avait une foule énorme répandue sur toute l'eau verte et il en sortait toujours de là-bas du fond de Sourdie. Ils s'avançaient sur un front large d'un gros kilomètre. Les uns avaient des formes d'arbres avec ce vert étrange tout décomposé de la glace pleine d'aube. Mais la plupart ressemblaient seulement à des rochers, portant les couleurs du granit, du porphyre, de la serpentine, et parfois l'éclat veineux des rognons de silex, tout ça très faiblement marqué dans la tranchante couleur blanche toute froide. D'autres parfaitement purs glissaient comme de grands cygnes et le froissement de l'eau repliée chantait sourdement comme des éventements d'ailes. Ils avaient l'air autour d'eux d'élargir leur grande nage vers le vaste du lac. Mais, peu à peu, on s'apercevait qu'ils dérivaient insensiblement vers la gauche. Ceux qui s'étaient égarés, seuls du côté de Méa, s'arrêtaient soudain sur un endroit du lac où l'eau était particulièrement sombre, moirée d'un or presque immobile, comme une profonde source d'huile. Ils revenaient alors très vite, gonflant leur jabot de glace, traînant un sillage double, se rapprochant de la terre, et soudain on entendait ce froissement sourd de plumes ; ils passaient près du rivage avec des mouvements raides de tout le corps et ils s'en allaient vers la gauche rejoindre tout le large troupeau qui dérivait avec ses arbres, ses rochers et ses grands oiseaux blancs.

Toujours aussi ce bruissement d'ongles de chien. Le froid nu frappait le visage avec une force têtue qui faisait mal. Charasse gémissait ; son nez soufflait des glaires rosées.

— Je les ai vus dans la nuit, dit Glomore. J'ai secoué une branche allumée. Ils arrivaient un après l'autre. Blancs. Du fond de la nuit.

Maintenant ce jour lavé par la violence du froid ne permettait plus de retraite. Une propreté nouvelle aiguisait les lignes et les couleurs. Le monde paisiblement cruel vivait avec indifférence. Il fallait maintenant comprendre l'insupportable mystère de la pureté.

— Et voilà, là-bas, dit Glomore.

Sur une petite plage, l'eau avait aplati les limons et poussé cinq grosses épaves noires pareilles à des bêtes, avec des ventres ronds et des pattes raides dressées en l'air.

— Des vaches noyées, dit Charles-Auguste.

Glomore :

— C'est plus petit que des vaches, plus gros que des chèvres, plus noir que des brebis, même mouillées. Ça n'a pas de tête.

— Elles ont frotté sur les fonds des eaux, la tête s'est arrachée.

Glomore :

— Il y a une grosse corde nouée autour du cou.

— Elles ont été noyées avec le licol.

Glomore :

— La corde fait trois fois le tour du cou régulièrement, avec un nœud comme le poing. Toutes, elles ont les pattes cassées aux genoux, régulièrement, et attachées avec une corde plus fine avec encore un gros nœud.

— Tu t'es approché, toi, déjà?

— Oui, dès qu'il a fait jour je me suis approché pas loin. Ça a une peau noire, sans poils.

— Des cochons, dit Charles-Auguste.

— Ça a des cous maigres comme mon bras. J'ai tout cherché. J'ai tout passé en revue : cochons, moutons, mulets, chèvres, tout. Pourtant, il fait clair!

— De toute façon, ajouta Glomore, c'est mort et archi-mort. Ça ne sentait pourtant pas mauvais. Probablement à cause du froid.

— Pourtant, dit le Pâquier, quand l'eau rejette, c'est que ça va pourrir. L'eau est ennemie de la pourriture. Elle ne peut pas la supporter. Et quand c'est à ce point-là, le froid n'y ferait rien, dès que c'est jeté sur le bord la pourriture a tant de force qu'elle éclate comme un coup de fusil. Et, regardez, ça a des ventres ronds...

— Oui, mais qui semblaient solides comme de la pierre.

— Alors, venez.

Ils descendirent le talus.

Et on avait beau chercher de tous les côtés, en approchant l'air était net ; ça ne sentait pas.

Bourrache tira la veste de Saint-Jean. Il lui fit signe de rester un peu en arrière.

— Tu m'en veux? demanda-t-il.

Ils se regardèrent en face.

— Moi? Pourquoi?

Le froid qui avait tout lavé remplissait les yeux de larmes et de brouillards.

— Je crois, dit Bourrache, que vous me voulez du mal, vous autres, les charpentiers du camp de la forêt.

« Depuis que j'ai emmené Sarah, ajouta-t-il, voyant que Saint-Jean ne répondait pas.

— Non, dit Saint-Jean.

Il marcha plus vite, mais Bourrache lui toucha l'épaule.

— Traitez-moi avec bonté, dit-il, je l'ai fait honnêtement. Sa place, écoute-moi Saint-Jean, n'était pas au milieu de tous ces hommes, dans la liberté des forêts, tu comprends ? Elle était, écoute-moi, destinée, par sa paix, tu m'entends, par sa paix, à être dans l'ordre, l'organisation, les greniers, tu comprends ? Destinée à être dans les greniers, la maison de Jacob. Il ne faut pas m'en vouloir. Il faut que rien ne m'en veuille pour ça.

— Je ne comprends rien à ce que tu dis, dit Saint-Jean.

Ils approchaient du rivage.

Descendus de cette petite hauteur du talus, maintenant ils étaient de plain-pied avec cette foule des glaçons qui arrivaient sur l'eau. C'était une étrange présence : cette lenteur qu'ils mettaient à faire le moindre geste, se pencher, glisser, se balancer ; cette chair de glace extraordinairement gonflée de lumière verte. Ils étaient vraiment presque tous plus grands que des hommes. Ils glissaient contre la barrière du rivage, mais quand ils arrivaient droit lentement dessus, il semblait qu'ils allaient continuer en droite ligne, monter sur la berge, et il faudrait alors commencer avec eux une vie commune incompréhensible. Oh! ils allaient le faire. Il semblait que, d'un moment à l'autre, ils allaient le faire, et venir ici, raides, sans plier les genoux, debout comme ça en glace. Tout semblait possible dans cette clarté si propre, si pure, si totalement lavée de toute vapeur et de tout brouillard.

— Tu comprends? dit Bourrache à voix basse.

— Oui, je comprends, laisse-moi.

Et Saint-Jean dégagea son bras.

Charles-Auguste donna un coup de pied dans le ventre des bêtes noires.

— C'est dur, dit-il

Le Pâquier, agenouillé à côté, les regardait dessous, dessus, sans oser les toucher, puis il sortit sa main de la poche et il toucha. Il appuya le doigt fortement dans cette peau. C'était bien de la peau.

— Oui, et ça n'a jamais eu l'intention de pourrir, ça.

Mais, presque en même temps, ils virent que c'étaient des outres de vin ; et ils se reculèrent tous ensemble. Les glaçons faisaient crier sur les eaux leurs ongles de chiens et souffler leurs plumes de cygnes. De vieilles outres anciennes, avec des marques qu'ils reconnaissaient : le nœud d'Alfred Jubas, la croix peinte au goudron, le rond avec le point au milieu peint en rouge, le triangle de Casimir Bontemps.

— Seize juin, dit Bourrache, seize juin vingt-six.

Les treize noms qu'il avait fait marquer dans la

pierre sur l'ordre de M. Charmoz, le lourd grondement du seize juin qui avait fait lever un nuage d'oiseaux.

— La marque de mon frère! dit Le Pâquier.

Une flèche peinte en rouge.

— Jérôme!
— Le vin!
— Vous êtes fous, dit Charasse, alors quoi? Avec vos cheveux raides et les yeux que vous avez! Vous êtes tous fous dans cette montagne.

Le Pâquier :

— Le vin de mon frère! Celle-là avec sa flèche rouge. Le vin qu'il était allé porter à la Treille. Le vin de Villard!

Il saisit l'outre par les pattes ; il la tira sur le sable. Elle devait tenir au moins cent litres. On entendit ballotter le vin dedans. C'était un bruit souple et tout d'un coup d'une humanité brusquement chaude, bouillante dans ce froid.

— Laisse ça, dit Bourrache, c'est du vin de mort. Il est resté là-haut dedans avec les treize.

Le Pâquier :

— Fous-moi la paix, toi. La paix! La paix! cria-t-il les dents serrées, cramponné à l'outre, et il la tirait le plus loin possible de l'eau, jusque sur l'herbe et encore un mètre. La paix!

Et encore un mètre.

— La paix, nom de Dieu! cria-t-il enfin, délivré, et il se redressa et soupira paisiblement.

— Fais tes affaires, toi, dit-il, fais tes propres

affaires, ne te mêle pas des nôtres. Rien ne te regarde de ce que nous faisons ici dessus. Nous n'avons pas besoin de juges. Nous payons tout.

« Venez, dit-il, venez voir. Le vin de Jérôme! Le nœud, le nœud de la corde, regardez, le nœud de berger. Il me l'a appris cent fois, attendez! »

La corde était gonflée d'eau, dure, gelée ; le nœud rebutait les doigts.

— Tout ce qui est allé de l'autre côté appartient au Seigneur, dit Bourrache.

Charles-Auguste :

— La paix, on te dit!

Glomore :

— Laisse-nous ; si ça ne te plaît pas ce que nous faisons, va-t'en. Et si tu restes, fiche-nous la paix. C'est vrai, on dirait que tu as perdu la boule. Garde-les pour toi tes raisons.

« Non, Pancrace, donne, tâche de faire glisser la boucle.

— Du vin, dit Saint-Jean, du vin! Eh bien! il me semble que ça va me guérir. Depuis longtemps...

— Oui.

Le Pâquier était à cheval sur l'outre. Il s'escrimait après le nœud. Il avait l'air de maîtriser une chèvre indocile.

— Le vin de Jérôme, le vin de mon frère, le vin de ma terre — Burle!

— Avec tes dents, tire!

— Non, donne.

— Laisse.

— Vous n'y arriverez pas, dit Charasse, la corde mouillée est serrée comme par un bœuf. Faites un trou avec le couteau juste sous la gorge.

— Eh oui! dit Le Pâquier après un silence de tous.

Saint-Jean tira son couteau et le fit claquer.

— Fais tendre le cou.
— Renverse-la les pattes en l'air.
— Attention, ça va couler.
— Pousse.

Saint-Jean fit un bond en arrière ; le vin lui avait jailli au visage.

— Arrête!
— Ça coule!
— Ne perdons rien!

Le Pâquier étranglait l'outre à pleines mains.

— Je tiens, dit-il. Buvez. Allez Saint-Jean, toi le premier.

Saint-Jean s'agenouilla, tendit ses deux mains creuses. Le vin coula : un jet dur avec des ressauts muets comme de l'huile.

Une forte odeur de terre et d'herbe.

— Charasse. Le petit, allez, viens.
— Droit dans ma bouche.

Il se coucha comme s'il allait téter. Le vin sauta directement dans sa bouche ouverte. Il l'avalait à mesure. Il avait le visage tourné vers le ciel avec maintenant ses meurtrissures éclairées et ce nez écrasé farci de sang rose. Il ferma la bouche, le vin arrosa ses blessures.

— Glomore !

Il s'agenouilla et but. Deux fois. Il se redressa, les yeux fermés.

Sous l'outre, l'herbe gelée était tout ensanglantée de vin.

— Bourrache !

— Non, dit Bourrache.

Il tourna le dos et il s'en alla dans le matin clair.

VIII

AVEC SARAH

Saint-Jean courut de toutes ses forces.

Le jour était entièrement bleu : les arbres, la glace, le gel, l'eau, l'air vide. Seules devant la grange les flammes de trois larges feux sautaient, rouges comme du sang.

Là-bas dedans, à côté du brasier de la nuit, il vit Boromé installé sur son traîneau comme un roi dans de grands coussins de peaux de moutons. La laine des bêtes regorgeait autour de son corps et autour de sa tête ; elle se mêlait à son épaisse barbe blanche. Son front était comme un pain. Les yeux fermés. Il dormait.

Dehors à travers la fumée des feux, Saint-Jean vit Prachaval. Il l'appela :

— Du vin ! dit-il.

— Repose-toi, dit Prachaval, repose-toi, dors.

Saint-Jean :

— Nous avons trouvé du vin au bord de l'eau. Sens !

Il ouvrit la bouche et lui souffla dans le nez.

— Quoi?

— Des outres de vin. Le glacier crache la glace. Le fond de Sourdie a crevé. L'eau est couverte de glace. Des outres de vin sur le bord. Des vieilles. Juin vingt-six. Cinq cents litres, venez!

A travers la fumée, Peygu et Bozel écoutaient.

— Quoi? dit Cloche.

Dominique jetait du bois au feu. Michard revenait du taureau avec un gros bloc de viande sur les épaules. François Dur taillait un épieu à coups de hache. Le facteur sans képi fendait une poutre à grandes volées de pioche.

— D'où viens-tu? dit Cloche. Le matin, tu as toujours l'air de mâcher du buis.

Bouchard traînait une pièce de bois dans l'herbe. De là-bas, sur ce sentier tracé tout nouvellement dans le pré gelé qui menait au cadavre du taureau il en revenait d'autres, un qui portait un seau et deux qui portaient ensemble une lourde cuisse de la bête, pareille à un tronc d'arbre, et deux autres qui venaient après en essayant de porter la peau qui battait derrière eux comme un marteau.

— Du vin, dit Saint-Jean, non, ce matin je n'ai pas la bouche amère. Nous avons trouvé du vin pour tous.

Il souriait avec beaucoup de gentillesse.

Michard jeta son bloc de viande près du feu.

— Du vin! cria Prachaval.

Là-bas les femmes récuraient les chaudrons. Elles s'arrêtèrent, regardèrent les hommes sans se redresser.

Leur visage apparaissait à côté de leur gros derrière de bure.

— Quoi? dit Michard.
— Où est Chaudon?
— Du vin.
— Comment?
— Venez.
— Du vin rouge. Rouge.
— Chaudon?
— Qu'est-ce qu'il dit? Qu'est-ce qu'il y a?

Celui qui avait le seau là-bas s'était mis à courir. Il éclaboussait l'herbe avec du sang. Ceux qui essayaient de porter la peau, un moment immobiles, la laissèrent tomber par terre et se mirent à courir. Les deux qui portaient la cuisse du taureau marchaient toujours à leur pas mais ils tournaient la tête vers ces feux d'où on venait de crier, ces flammes rouges dans le jour bleu. Une femme s'était redressée et venait.

— Une dernière fois, dit Saint-Jean. C'est facile, écoutez, c'est simple. Nous avons trouvé des outres de vin au bord de l'eau, rejetées au bord avec de la glace, cinq qui doivent tenir à peu près cent litres chacune. Du vin rouge. Voilà!

Quelqu'un tirait le bras de Prachaval depuis un moment. Il tourna la tête.

C'était Angèle Cotte.

— Dites, dit-elle, venez, il faudrait penser à enterrer Philomène.

— Oui, dit Prachaval, oui, attends Angèle, c'est vrai ça.

— Rouge ?
— Oui rouge, dit Saint-Jean.
Chaudon arrivait à grands pas avec Paulon, Mérentié, Picart, et les deux Chenaillet : lui et sa sœur Julie qui ne le quittait pas, ayant passé son bras de vieille fille sèche sous son bras d'homme, le retenant. Lui il marchait raide et droit, retenu d'un côté mais avançant l'épaule gauche. Chaudon à toute vitesse, la bouche ouverte, écartant ceux qui marchaient avec lui. Les feux rabattaient sur tous de grandes fumées lourdes. Le sol trembla. On venait de jeter par terre la grande cuisse de taureau gelée.

Chaudon dressa le bras.

— Attendez, dit-il, minute. Silence, pas tous à la fois. Marie Dur ! Où est Marie Dur ?
— Ici.
— Il faut porter tout le vin au magasin.
— Oui, dit-elle.
— Non, dit Prachaval.
— Encore marquées, dit Saint-Jean. Nous avons forcé celle qui était marquée d'une flèche rouge. De Jérôme Le Pâquier. Pancrace est l'héritier de son frère. Une est marquée avec la croix noire. Deux avec le triangle...
— Avec des barres en esse ?
— Non, une avec un rond pointé.
— A moi, dit Bouchard, elle est à moi.
— Le triangle, dit Pontet, le triangle est à moi. Les deux marquées du triangle. Mon père, Fernand Pontet. Moi je suis le triangle.

— Jubas! Mon oncle, dit le fils Dauron, le frère de ma mère. Je suis l'héritier, poussez-vous, c'est à moi. C'est à ma mère et à moi.

— Tous, dit Chaudon, vous allez tous le donner. Il n'y a pas deux poids et deux mesures.

— Oui, dit Marie Dur.

— Non, dit Prachaval, je dis non.

Et il s'avança vers Chaudon, se débarrassant de la fumée, et on vit qu'il était pâle sous ses moustaches blondes, ses joues maintenant couvertes aussi de barbe blonde ; sa bouche tremblait.

— Je dis non, dit-il (personne ne reconnaissait cette voix enrouée et sourde). Il ne faut pas raconter d'histoires. Nous allons tous crever ici dessus. Vous avez de belles gueules d'héritiers, tous tant que vous êtes. Et toi, tu veux garder le vin pour qui ? Buvons. Buvons un coup, s'il vous plaît, après on verra. Je ne sais pas en quoi vous êtes faits, vous autres, ajouta-t-il avec un petit sourire, mais moi je suis mort de la tête aux pieds.

Cloche tira le bras de Saint-Jean.

— Viens, dit-il à voix basse.

Il montrait l'air libre et net au-delà de la fumée, froid avec de grands morceaux de prés glacés et le clapotement des eaux goudronneuses.

— Où étais-tu ce matin?

— Blanc-bec, dit Saint-Jean, j'étais où je voulais.

— Je te surveille, dit Cloche, tu ne me joueras plus le tour.

— Revenons, dit Saint-Jean, restons près du feu.

Le froid me gagne. Je suis libre de faire ce que je veux. Hé! Ce sera quand même la virée que j'avais promise. Cinq cents litres de vin, andouille!

La petite Angèle émergea de la fumée. Elle s'arrêta, les deux mains sur sa canne et le nez levé.

— Vous êtes le patron des charpentiers, vous? dit-elle.

— Ah! non, nous n'avons pas de patron, madame, dit Saint-Jean.

— Alors, dit-elle, à qui faut-il que je m'adresse? Je voudrais commander deux caisses pour mes deux sœurs. On ne va quand même pas les mettre comme ça dans la terre? Je vais de l'un à l'autre, excusez-moi, dit-elle avec un petit sourire gris, pareil à celui de Prachaval tout à l'heure, mais je voudrais bien que tout soit réglé. Merci beaucoup.

Dans cette sorte de vestibule que la fumée des trois grands feux formait devant la grange, il faisait presque doux. La chaleur restait là entre les murs et la barrière de cette épaisse fumée de bois humide. Le bois pleurait dans les flammes. Mais les brasiers étaient déjà larges et épais comme des seuils. A travers le bas transparent des flammes apparaissait le visage glacé des prés, l'eau profondément bleue et le vide extraordinaire de ce grand jour de froid.

Ici, ils avaient l'air d'être à peu près d'accord maintenant. Ils creusaient des trous pour placer les outres d'aplomb sur la terre en pente. Les deux étaient allés chercher la peau de taureau qu'ils avaient laissée tomber dans l'herbe. Michard, à cheval sur la grosse cuisse de la bête, commençait à la désosser avec un couteau fin qui luisait chaque fois qu'il relevait le poing. Ils arrivèrent avec la peau de taureau et ils commencèrent à la râcler.

Marie Dur, seule, debout, tapait, à petits coups de main sur sa poche à clefs. Madeleine Glomore arriva, dépeignée, les cheveux pendants, la bouche et les yeux gonflés et tout salis de larmes. Elle traversa la fumée et marcha dans le pré vers les peupliers. Prachaval, Chaudon et deux charpentiers étaient partis du côté du vin. Les femmes apportaient les chaudrons. Là-bas, dans la grange, le feu qui était à côté de Boromé avait été alimenté, mais avec un bois très sec qu'on avait dû chercher exprès. Il brûlait sans fumée. Boromé dormait toujours dans ses peaux de moutons. A force de regarder, Saint-Jean vit, de l'autre côté de ce feu, là-bas, Sarah accroupie, immmobile, les mains aux genoux.

— Tu as l'air complètement imbécile, dit Cloche. Tu ne bouges pas. Tu as beaucoup bu?

— Je me chauffe, dit-il. Je n'en ai presque pas bu. Vous êtes rigolos, vous autres, ajouta-t-il : je suis fatigué, j'ai froid dans les os. Vous croyez que tout ce qu'on fait on le fait sans peine. Je ne suis pas Dieu le père, moi.

— Non, dit Cloche, c'est lui là-bas Dieu le père.

Boromé mélangeait sa barbe et son sommeil à la laine des moutons et son grand front roux sur lequel frappait l'éclat du feu.

— Pas plus lui que moi, dit Saint-Jean, le Père n'a ni joie ni peine.

Michard les appela :

— Venez un peu essayer de m'aider.

Il leur fit tenir le bout de la jambe du taureau.

— Forcez un peu en arrière, dit-il, je vais trancher le genou. Applique ta main en plein sur le sabot. Tire. Regarde ça si c'était solide! Il avait des nerfs de fer. Ça devait le faire danser comme une danseuse. Je n'ai jamais vu de chevilles si fines. Tire en arrière. Fais comme si tu avais un levier pour relever un tronc d'arbre. D'aplomb. Ne lâche pas. Tire fort. D'habitude j'ai des outils pour faire ça. Ici je dois tout faire avec ce petit couteau. A peine un couteau à saigner les moutons. Là. Jette-là. Ça ne sert plus à rien une jambe de bœuf maintenant. Si, tiens, donne voir ; en l'attrapant comme ça : un machin à assommer les gens. Si jamais on se battait! Non, sans blague, ça a dû servir un machin comme ça. Regarde, il y a juste la place de la main. Et c'est solide, tu sais, et léger. Tiens, c'est la première fois que je vois ça.

Il tenait la jambe coupée par l'os près du genou et il la faisait tourner en l'air.

— Dis donc, tu te vois! Tu en ferais péter des bêtes comme ça!

— Tu es bien batailleur, Pierre!

— Moi? Je ne suis pas batailleur du tout. C'est pour dire. Mais toi alors : tu l'as salement arrangée cette bête. Je ne te prendrai jamais comme ouvrier.

Non, c'est pour dire. Mais, le cou, les artères, les veines, les deux gros osselets qui sont sur la tête, tout ça c'était fouillé à la pioche. Tu sais ce que tu as fait? Eh! bien, d'un seul coup tu lui as tranché le câble, là, qui attachait l'épaule à son cou. Sans ça, Jean, tu ne l'avais pas. Je l'ai déshabillé tout à l'heure. Je l'ai écorché. Il avait le garot bas, large comme une cuisse d'homme, moulé comme un haricot sans un ongle de graisse, des plats de côtes plus larges que ma main, un poumon de feu, profond comme la terre, il était encore chaud ce matin. Et alors, dès qu'il a été déshabillé, des nerfs! Je leur ai dit : « Tenez, attendez, regardez un peu cette bête! Elle était toute blanche, enveloppée comme dans un soleil, oh! maintenant froid, avec ces nerfs raides comme des rayons de roues. Et puis alors là, près de la tête, à la grosse jointure, un trou comme si tu avais voulu t'y cacher dedans.

— Le fait est, dit Saint-Jean, que je m'y serais bien caché volontiers, je n'en menais pas large.

Michard avait désossé de gros paquets de viande autour de la cuisse, faisant sortir encore un gros os à tête ronde.

— Tiens, dit-il, celui-là aussi te servirait d'arme. Ah! bien alors ça! Tu en avais peur et tu y fouillais dedans à coups de serpe pour t'y cacher.

— Oh! ça arrive, dit Saint-Jean. Quand il n'y a pas à en sortir la rage de la peur vous prend.

— Oui, dit Michard, c'est un peu comme ça qu'on fait tout.

Il avait toujours son bourgeron de boucher, son tablier roulé autour de la taille et derrière lui, à travers le feu clair, on voyait les grandes eaux bleues et les forêts endormies sous le gel.

Les deux qui avaient apporté la cuisse du taureau étaient repartis et ils revenaient, chargés de l'autre cuisse. Ils descendaient le sentier noir à travers la prairie gelée. Du dos de la butte sortirent alors les six ensemble qui charriaient la carcasse entière.

— Oh! dit Michard, ça n'est plus du travail de boucher. Ça c'est du travail de loup. Mais, qu'est-ce que tu veux faire avec un petit couteau? J'ai encore fait des miracles.

Deux marchaient devant, supportant la tête qui avait gardé sa peau et ses cornes ; le joug et les jambes, raides en l'air ; deux s'étaient mis dessous le dos renversé, deux marchaient derrière soutenant le râble à pleines épaules, la tête baissée. Ils allaient d'un même pas, le même bras étendu en balance.

— Laisse-les, dit Michard, parce qu'il avait vu le mouvement de Cloche qui voulait aller les aider. Ils sont en équilibre. Ne les touche pas. Que leur peine serve. Un de plus dérange tout.

Ils arrivèrent lentement et jetèrent la bête dans l'herbe. C'étaient : Rodolphe Moussa, Djouan, Peygu, Barrat, Bouchard et Pontet.

Les femmes étaient venues avec les chaudrons. Céleste apportait des paquets de sel.

Le premier qui arriva de là-bas fut Glomore. Il baissa la tête pour traverser la fumée et il se trouva nez à nez avec Madeleine toujours gonflée, salée de larmes solitaires. Elle revenait de marcher dans le sel.

— Joseph! dit-elle, où étais-tu?

Il resta debout devant elle à la regarder sans rien dire.

Les femmes coupaient la viande sur la carcasse du taureau; elles mettaient les morceaux dans le chaudron. Céleste jetait des poignées de sel dessus.

— Tu m'as laissée avec mes trois filles!

— Non. Je suis allé travailler. J'ai travaillé.

— La nuit? Sur cette terre gelée?

— Il y a toujours du travail.

Il toucha ses cheveux de pleureuse. Elle se recula.

Les grosses côtes du taureau raclées au couteau sortaient maintenant des chairs comme des cercles de barrique.

La tête de Prachaval dépassa la crête du pré vers Sourdie. On la reconnaissait bien à travers le vide de l'air avec ses deux longues moustaches blondes. Il montait là-bas de l'autre côté, émergeant peu à peu tout entier avec son corps raide et ses bras pendants. Il courbait un peu la nuque. Ses mains étaient attachées à des barres de bois; comme aux bras d'une civière, une civière sur laquelle il avait chargé une outre avec Chaudon. Chaudon tenait par-derrière et ils descendirent de ce côté, raides, au pas, frappant ensemble les herbes gelées qui fumaient comme des poussières de verre.

— Alors, Céleste, tu rêves? Ah! bon, dirent les femmes.

Elles se redressèrent pour regarder.
— Madonne, dit Djouan.
Moussa frottait sa barbe dure et ça faisait un bruit de sauterelle. Bouchard avait un morceau de viande dans sa main. Les deux qui raclaient la peau s'étaient arrêtés ; ils restaient à genoux, ils regardaient ; ils tenaient encore la peau dans leurs poings comme s'ils voulaient peut-être brusquement se replier dessous et redevenir taureaux. La tête morte du taureau léchait une avoine gelée qui restait gelée.

Prachaval et Chaudon descendaient le pré, laissant un sentier noir. Deux autres entrèrent dans le sentier portant aussi une civière et une outre. Celui de devant était Charles-Auguste avec son gros ventre au milieu de sa veste de cuir et l'autre avait la figure toute noircie comme un masque, comme s'il voulait dire : « Moi, vous ne saurez pas qui je suis. »

— Rien ne compte pour toi, dit Madeleine — Glomore se chauffait les mains — tu ne penses qu'à ta tête. Tu laisserais nourrir tes filles par le premier venu.

La petite Angèle allait vers ceux qui arrivaient comme ça en procession. Elle en faisant tant qu'elle pouvait avec ses deux vieilles jambes et sa canne. On voyait sa lourde jupe qui était toute gelée et raide comme du carton. Elle les appela de loin. Elle faisait signe avec sa canne. Mais ils marchaient tous, la nuque courbée par ce poids au bout des bras. Elle retourna en les suivant. La fumée du feu la cachait, mais à travers la fumée on voyait toujours le balancement de Prachaval qui marchait dur et approchait.

— Oui, dit Saint-Jean, rouge. Regarde.

Il montra ses mains. Elles étaient marquées par le vin.

François Dur arriva avec son épieu. Il le tenait par le milieu comme s'il voulait se battre.

— Il faut du vieux bois serré, dit Michard.

— C'est une barre de pressoir, dit François, plus vieille que tous.

— Alors, enfonce, dit Michard.

Il lui présenta un gros morceau de viande, il l'appuya par terre et tous les deux, de toutes leurs forces, enfoncèrent l'épieu à travers.

On entendait les pas de Prachaval, la civière qui criait, le craquement de l'épieu quand il entra dans la terre, de l'autre côté de la viande, le grondement des feux, le bruit d'aile de la fumée.

— Oh! cria Prachaval, ouvrez les rangs.

On le voyait déjà rire à travers la fumée qui battait des ailes de partout.

Un homme seul dépassa la crête là-bas. Il entra dans le sentier noir du pré gelé. Il portait sur ses épaules une outre flasque comme une bête molle. Une bête morte : la tête pendait devant, la queue pendait derrière comme s'il l'avait tuée à la chasse. Il chantait.

Prachaval creva la fumée. Il arriva là avec ses grandes épaules, ses bras raides, la tête baissée, les reins tendus, tirant la civière, écrasant les braises sous ses souliers.

— Voilà, dit-il.

Ils posèrent l'outre par terre. Elle se renversa doucement sur le côté comme une bête qui va dormir.

On la voyait avec toute sa vieillesse, sa boue, sa corde comme de la pierre, sa peau mince, avec un endroit tout usé sous lequel on voyait battre le ballottement du vin, comme de la vie.

— C'est là qu'il faut la saigner, dit Prachaval.

Michard donna son couteau pointu.

— Attendez, dirent les femmes toutes ensemble, la main tendue en avant (attendez, dit Céleste, elle aussi tendant la main).

— On n'attend rien, dirent les hommes.

— On n'attend rien, dit Prachaval, qu'est-ce que vous voulez attendre?

— Pas tout de suite, dirent les femmes, mettant les mains aux tempes.

Prachaval s'agenouilla. Il enfonça le couteau à l'endroit où le vin battait.

Les femmes gémirent. Le vin lui gicla autour du poignet. Elisa poussa un chaudron vide. Adeline et Madeleine se penchèrent sur l'outre pour la soutenir. Prachaval retira le couteau. Le vin coula dans le chaudron, sans bruit, épais, tout allumé de reflets, d'un vernis qui tournait dans le bronze, avec une petite écume rouge et la violente odeur de la terre (des champs de vignes sous la brume, les caves pleines de salpêtre, l'odeur de la rue autour du pressoir, avec le bois et les ferrures toutes ruisselantes de vin).

Les femmes s'empressaient à servir, penchant l'outre blessée sur le chaudron.

— Donne la bassine.

Elles marchaient dans leurs grandes jupes épaisses, portaient le bronze, le poussaient sous le jet du vin, dans cette terre que les flammes des grands feux avaient dégelée. Elles essayaient de se mettre à plusieurs encore : Julie, Emmeline, Juliette, Sophie, pour soutenir les flancs de l'outre qui mollissait, échappait quelquefois des mains d'Adeline et de Madeleine. Alors, elles lançaient le bras en avant pour rattraper cette peau flasque, dure à tenir dans le poing, et les quatre autres agenouillées dans leurs grandes jupes soutenaient l'outre par le bras ; et Louise et Élisa traînaient les bassins de bronze et Céleste arriva avec une mesure pour le lait, profonde d'un bon quart de litre. Elle l'avait frottée à son devantier et le fer luisait comme de l'argent, reflétant le feu rouge, comme s'il était déjà plein de vin à boire.

Oh! les hommes tout de suite n'avaient plus bougé. Prachaval avait gardé le couteau dans sa main et au bout de la pointe du couteau il y avait une goutte de vin. Il regarda Chaudon avec pour dire : « Alors, tu vois vieux ! » Oh! oui, les chaudrons déjà pleins de ce vin noir comme du sucre brûlé, et cette odeur de pays écrabouillé dans de l'automne, oh! oui, oh! oui, je vois ; et tout ça qui se préparait dans les bras des femmes, dans leurs mains rouges de froid et leurs genoux de bure, sans qu'on ait à bouger. Oh! oui, je vois, vieux!

— A qui, dit Céleste en tendant la mesure pleine?

— Prachaval.

— Il s'est mis en colère tout à l'heure. Regarde-le rire!

Il ne pouvait même pas s'empêcher de rire en buvant et sa bouche continuait à faire deux rigoles de chaque côté, et le vin suinta jusque sur ses joues, dans cette fausse mauvaise barbe blonde qu'il avait maintenant.

Charles-Auguste et le petit homme masqué étaient arrivés de ce temps, ayant cherché le chemin à travers la fumée, ayant déposé l'outre dans l'herbe. Et ils riaient tous les deux ; le petit homme étant tout simplement Paul Charasse, masqué sur le visage par des blessures dont le sang avait noirci, séché de froid, avec des gerçures de sang vif et un nez méconnaissable, mais il riait quand même avec une petite amertume qui montrait toute sa jeunesse, un œil tout doré et l'autre à moitié fermé, avec un fil d'or entre les paupières gonflées, violettes comme l'eau tout autour d'ici ; comme le grand matin qui était d'un bleu extraordinaire, enveloppant des lointaines forêts couvertes de gel qu'on voyait bien dans le vide du froid à travers la fumée et le feu qui battaient des ailes.

Élisa était allée chercher une petite casserole ; elle tenait au moins un bon demi-litre.

— Buvez, les femmes.

Elles dirent « non » et elles tendaient la mesure à lait et la casserole pleines. Oh! puis, Madeleine Glomore poussa en arrière ses cheveux pleurants et elle approcha sa bouche encore mâchurée de larmes, et elle lécha un peu le bec de la casserole ; puis elle se mit à téter, et renversa peu à peu sa tête en arrière et ses cheveux défaits pendaient dans son dos. Oh! elle but avec les hommes qui criaient : voilà, voilà, vas-y! Et voilà, se redressant, la casserole vide, secouée des pieds à la tête d'un gros frémissement, serrant la bouche, fermant les yeux, secouant la tête, car ce vin-là avait la force tranchante de la grêle.

Ils le savaient, eux, les hommes ; il y avait déjà beaucoup de choses écrasées dans eux par ce vin froid et dur et qui tombait comme du haut des orages.

— Vous buvez ça sans bouger, vous autres? Comment faites-vous? Vous avez des gueules de fer!

Bien sûr qu'ils avaient des gueules de fer. Et elles des gueules fines. On savait qu'elles disaient toujours ça. « Mais quand même, donne, dit Élisa, et Julie, et Adeline. Laissez-en pour les autres. Et nous alors, Juliette et Sophie? Et moi, dit la marquise, parce que je suis vieille moi? Donne alors. »

Le Pâquier arriva. Lui il portait l'outre sur le dos.

Mais celle-là, on l'avait déjà touchée et entamée. « Dites donc, regardez ça. — Oh! oui alors. — Bien sûr qu'il peut la porter. Tu n'es pas fatigué? — Et il a bu en route, ne vous en faites pas. — Bien sûr que j'ai bu. Et, comme ça, comme ça, tenez. » Et il prit l'outre dans ses gros bras comme une nourrissonne ; et il commença à la relever au-dessus de sa bouche, avec ses mains comme des battoirs ; on voyait bien qu'il était grand et fort, et solide ; bien qu'il avait un peu l'air de naviguer sur ses jambes ; mais les manches de sa chemise retombèrent sur ses épaules (il n'était pas fou d'être comme ça en manches de chemise?) et alors, quels bras d'ours, ce salaud-là! Et il buvait, ayant tout à fait dressé l'outre en l'air, lui, la gueule ouverte, et elle comme une vache qui lui giclait du lait rouge dans cette gueule ouverte qui avait l'air de manger la fumée, le feu et le ciel, mâchant à vide pour avaler le vin.

— Vive la France!

— A moi, dit Charles-Auguste.

Le Pâquier lui lança l'outre dans les bras.

— Oh! dit le Pâquier en balançant ses bras vides, Élisa, tu as des moustaches comme un sapeur. Oh bien, dit-il, tu t'en es bourrée comme si tu voulais t'élargir la bouche.

— Et alors, dit elle, j'ai bien le droit, regardez-le celui-là. Oh! et encore. Qu'est-ce qu'on a bu nous autres ? Donnez la casserole. Le premier coup, on n'a pas le temps de goûter. Vous allez voir!

Le Pâquier riait, plié en deux, écrasant son ventre,

dressant la jambe, penché tout d'un coup vers le feu comme s'il allait y tomber, se rejetant en arrière.

Il en fallait deux pour aider Charles-Auguste. Là c'était facile avec leurs six bras, de tenir l'outre en l'air pendant qu'une seule bouche buvait. Et pourtant maintenant alors, dans celle-là, la peau de chèvre était flasque. Il ne restait plus guère de vin. Ça ne pissait plus guère raide par le trou. « Appuie un peu là-haut dessus, toi Peygu. » Le jet de vin dansait et manquait la bouche, et sautait sur les yeux, et le front, et les joues, et il coulait dans les cheveux. « Sors-toi de là, maladroit. » Il était comme une huile froide sur la figure. On le sentait gluant et épais.

— Celui-là, dit Charles-Auguste, c'est le meilleur.

— A moi, cria Prachaval, envoyez. Je la tiens seul.

Mais elle était plus lourde que ce qu'il croyait et elle lui arrosa les joues, lui faisant la barbe rouge, et il s'essuya les yeux, et lécha ses doigts, et lécha sa bouche. « Tenez, prenez-là, qui la veut ? On n'imagine pas la force qu'il a ce Pancrace. Quel cochon ! Donne, Madeleine. Ne bois pas tout. » Elle buvait à la casserole du demi-litre. Elle buvait tout. Puis elle replongeait à la bassine. « Donne. — Et alors, dit Prachaval, et alors Madeleine, eh ! bien ma vieille ! — Ah ! tiens, la voilà, dit-elle et bois aussi, la lui donnant pleine arasée. » Elle avait encore les larmes aux yeux, de grosses larmes ; et tout de suite des ruisseaux de larmes, le visage immobile, avec un rot

qui lui gonfla les joues, appelant Joseph : « Ah!
viens ici Joseph où étais-tu cette nuit, je t'ai cru
mort. — Oh! non. » Glomore buvait dans un bol qu'il
avait trouvé. Il le plongeait dans la bassine et la
faïence sortait toute rouge dedans, dehors « Je travaillais, ma pauvre Madeleine, je travaillais là
autour cette nuit, ne t'inquiète pas. Mais non ;
comment mourir, voilà à quoi tu penses. Bois. Et
les filles sont là ? Oui, bien sûr. Juliette, Louise et
Sophie et Céleste avec Jules Dur. » Ils avaient le
chaudron pour eux cinq et elles avaient d'abord
commencé à rire, mais maintenant elle buvaient
sérieusement, se regardant, toutes jeunes filles,
avec les jeunes gars. Silencieusement, s'essuyant
les lèvres, les yeux un peu tristes. Julot! Elles se
sentaient toutes jeunes avec vraiment un corps tout
réveillé sous les jupes et le corsage, et elles le voyaient
devant leurs yeux, clairement, avec les jambes, les
cuisses, le ventre, les seins, les bras, comme si c'était
le corps d'une autre, et brusquement elles sentaient
que ce corps leur appartenait, était leur maison, leur
abri, leur prison, qu'elles étaient dedans avec le
vin, et tout le bon et le mauvais, l'ardent, la jeunesse,
ah! « Julot! Bois Julot! Donne Julot! » Disant comme
disait Céleste. Rouge Céleste sous ses cheveux de
paille, avec des yeux si clairs qu'à cet endroit-là
elle n'était plus ni elle ni personne. Tout ça, amer et
silencieux.

— A moi, dit Chaudon.

Il voulait essayer de boire en dressant l'outre. Et

malgré tout, regarde-le, il y résusit, ça y est. Mais ses bras tremblaient.

— A nous!

Les charpentiers étaient tous réunis. Ah! Ils ne pouvaient pas boire séparés. Ah! non, ça n'est pas possible. Là, tous les six debout, avec encore de grands restes de ce qui les faisait avant pareils à six piquets de jonc blond, malgré la saleté de tous ces jours et la fatigue qui est de la saleté. Nous en avons foutu un vieux coup, nous autres. Avec Saint-Jean qui avait tué le taureau, couvert de plaques de vieille sueur comme un cheval pie, et à côté de lui Cloche qui alors paraissait si petit avec ses bras dressés réclamant l'outre pour boire debout. Ah! Jeunesse! Ah! Blanc-bec. Et Djouan, à qui étaient revenus ces yeux de brigand piémontais, ce regard sombre, ces gestes comme s'il allait vous sauter dessus au coin d'un bois. Jamais l'un sans l'autre. Regarde-le! L'outre était tombée sur Cloche comme une bête vivante. Ah! Blanc-bec. C'est elle qui va te manger! Il essayait de la repousser avec le plat de la main. Elle lui encapuchonnait la tête dans cette peau froide et gluante comme du poisson. « A nous, cria Saint-Jean, envoie ici, regarde voir. » Et alors, lui il la soulevait facilement au-dessus de sa tête, et elle était suspendue dans sa force, à la fois un toit pour l'abriter et une nourrissonne pour le nourrir.

« Vive la Force! — D'accord! — Envoie ici! — Donne, Jean! » Tout de partout des visages qui rient, avec comme s'ils avaient changé leurs nez et leurs moustaches tous ensemble, et même parfois leurs yeux, un de l'un, un de l'autre. Et des têtes comme des courges molles qui s'allongent ou s'arrondissent à mesure qu'ils se baissent, se relèvent, boivent avec des bouches tout d'un coup s'élargissant comme un caoutchouc noir qui va engloutir le monde entier, et tendent vers l'outre des bras qu'on pourrait nouer comme des cordes : longs, noirs, gluants, des mains de fumée. « Jamais ils ne tiendront l'outre là-dedans si je la lance ! Ah ! Vous avez de drôles de gueules ! — Et toi donc ! Lance voir, qu'est-ce que tu as à balancer ? » Il la lança. Et son geste aussi était mou comme de la pâte à pain ; ses mains pleines de colle. L'outre roula par terre. Il avait un buisson de vin froid dans le ventre, et la gorge, et la tête, et des racines dans les deux cuisses, et des branches pleines d'épines brûlantes et de fleurs amères comme la fleur de l'aubépine, dans la bouche, sous la langue et près du cœur, un gros bouquet de ces fleurs amères et de ces épines de feu dans la source du sang. Et les autres, avec, tous, dans les yeux, ces fleurs d'aubépines qui apparaissaient luisantes comme du gel, et ces bouquets de fleurs d'aubépines qui apparaissaient au fond de leurs gorges quand ils criaient, et en parlant, et quand ils buvaient, et dans tout ce qu'ils disaient. Il souriait de voir tout ça, certain d'avoir lui aussi, à ce moment-là, de petites fleurs amères à chaque coin de sa bouche. Il s'essuya et regarda le dos de sa main. C'était du vin.

Madeleine appuyée contre Glomore : « Mais non,

ma pauvre femme, je ne suis pas mort. — Ah! Je t'ai cru mort, Joseph. — Ne le répète pas tout le temps, cherche autre chose, ma pauvre Madeleine, ça n'est pas rigolo. — Ah! Abandonnée sur terre avec mes trois filles, tu crois, toi... — Mais si tu pleures, qu'est-ce que tu veux que je fasse, moi? C'est la vie, Madeleine. C'est ça, la vie. Donne, mon gars. Qu'est-ce qu'il a celui-là sur la figure? C'est du vin ou du sang? — Occupe-toi de tes affaires. — Oui, mais on ne sait plus qui tu es? »

Charasse avec son gros œil d'or et son nez encore plein de bulles de groseilles rouges... Il ne sentait plus de douleur sauf quand il essayait de rire. Avec deux dents qui bougent là-dedans et qui s'accrochent à la langue. « Oh! Et puis maintenant j'ai la peau comme du plâtre sec : dès que ça bouge ça craque et ça fait mal. » Alors, ce visage immobile et masqué, avec seulement un œil d'or qui ne pouvait pas tout dire, n'étant que cette couleur dorée entourée de blanc, puis de chairs meurtries, penché vers le vin, se redressant, buvant, regardant. « On ne sait pas si tu ris ou si tu pleures. » Je ne fais rien. Non, il ne faisait rien, sauf qu'être ce masque boueux et précisément couleur de vin, insensible au milieu de tout ça. Ce vin dur qui continuait à greler sauvagement sur tout ce qu'on pouvait contenir. Écrasant tout ce qu'on gardait dans son cœur avant de le boire. Et soudain, dès qu'il avait coulé, vous déshabillant tout le dedans de la gorge comme un lapin qu'on écorche, et après quand on en versait encore dans

cette gargamelle qui semblait poivrée et où il coulait
alors avec des délices de feu, le goût des pampres
et de la verdure, la douceur toute secrète et fugitive
des petits raisins mûris dans les montagnes, le bouillonnement des monts : alors, soudain, il tombait
comme de la grêle sauvage sur tout ce qu'on possé-
dait, et il écrasait tout ce à quoi on tenait, et il renversait tout comme des moissons foutues ; il vous
déshabillait, il vous écorchait dedans et dehors, la
gorge et le cœur ; vous étiez tout dénudé, et sans le
sou, et plus rien, et soudain, et alors soudain, et
pendant longtemps (et c'est ce qui faisait qu'on se
bourrait encore vers le boire) tout ce qu'il avait
écrasé gonflait en odeur de monde, en odeur de tout
en joie, en grande possession, en aisance, en amitié,
en tendresse, en confiance, le parfum, la voix et la
musique d'une espérance mille fois plus grande que
le ciel des quatre saisons. « Oui. Dites, venez, il
faudrait quand même penser à enterrer ma sœur.
Excusez-moi, je ne vous avais pas reconnue. Depuis
hier soir je n'y vois plus guère, ma vue a baissé.
Oui, Philomène est là-bas toute raide. » La petite
Angèle était là avec sa canne, et ses petites jambes,
et son dos rond. Et alors, c'était une ressemblance
frappante avec Philomène. Pas une ressemblance de
parenté ; on n'aurait jamais dit qu'elles étaient sœurs,
pas plus maintenant qu'avant, mais une parenté plus
générale, une plus grande fraternité. On voyait sous
sa peau toute fine le dessin de la mâchoire et la trace
noire de l'os, les gencives sans dents, élargies comme

dans un rire éternel, sous le nez transparent un grand trou noir, des yeux vides, un front qui surplombait, sans poils ni rien et au-dessus (la coiffe avait glissé et pendait dans son dos) la peau chauve, craquelée, d'une grosse boule. « Oh! pardon! » Elle allait de l'un à l'autre et les regardait sous le nez. « Ce n'est pas toi ? » Elle les arrêtait de sa main d'os, avec, sous la peau fine de sa bouche, ce rire éternel et profond, dessiné comme une ombre sous sa peau inconsciente. « Non, ce n'est pas toi. » Elle allait à un autre. « Buvez Angèle, dit Prachaval, buvez un coup », dit-il se penchant sur l'oreille sourde.

Des rires jeunes comme les sifflets de la mésange dans les arbres du printemps. Des bouches épaisses et claires barbouillées de vin. Et sur celle de Céleste le vin avait fait apparaître un duvet blond. Elle se renversait en arrière avant de boire, dressant la mesure à lait, bombant la poitrine, où alors marquaient les seins durs et tout à faits ronds comme si elle venait de voler des pommes. Comme ça, c'est d'une extrême facilité ; le Pâquier plongeait la casserole dans la bassine et buvait. « Donne la casserole, toi qui peux boire à la force de tes bras. Mais même avec la casserole — et il dressa son index épais comme un manche de pioche — même ça serait lourd, à la longue. A la longue, dit-il, ah! vieux compère », claquant les épaules de Charles-Auguste qui cracha à pleines moustaches. « Et alors, dit Chaudon, si tu nous les démolis ceux qui restent! — Dis donc, Pâquier, garde tes mains dans le rang, toi, voyons. —

Fais attention à tes bras. — Je ne fais attention à rien. — Il n'y a plus d'attention. — Vive la Force ! — A la longue. — Ah ! C'est vous, dit Angèle, en venant vers la voix, c'est vous, Chaudon ? je n'y vois plus depuis hier soir. Où êtes-vous, dit-elle en tendant la main ? Ah ! Vous êtes là, vous êtes assis ? Vous êtes fatigué ? Dites Chaudon, il va falloir penser à enterrer Philomène, et Adèle aussi qui est toujours là-bas dans l'herbe. Dites, je ne peux pas creuser le trou, moi. Je voudrais bien. Dites, Chaudon, venez voir, elle est là-bas toute raide dans les décombres avec sa tête dans les pierres, comme si elle avait perdu toute son honnêteté. Venez voir, c'est dégoûtant. — Ah ! ma pauvre Angèle, buvez donc, dit-il, qu'est-ce que vous voulez qu'on y fasse ? » Il lui donna un bol de vin. Elle tendit la main et elle but.

Boromé s'était réveillé. Sarah passa son épaule dans la bricole pour tirer le traîneau jusque près de ces trois grands feux dehors. Elle donna un coup pour faire démarrer les patins de frêne. Mais les six charpentiers coururent vers elle dans leurs grands pantalons qui flottaient. « Ah ! Non, madame, dit Cloche, permettez. » Et il passa son bras dans la lanière, et les autres se mirent à pousser aux ridelles. Sarah marcha à côté. « Doucement les enfants, dit Boromé. » Il avait l'air de bonne humeur et il riait. Sûrement qu'on allait faire ça avec toute la douceur désirable, vous allez voir, nous avons des bras comme des ressorts de boggey. « Quel salaud, se disaient-ils, se faire voiturer par Sarah! » Ils ne pensaient pas qu'il avait la jambe cassée. C'est vrai qu'il n'y faisait guère penser avec son sourire et sa bonne humeur. Ce qui était, somme toute, à son avantage. Mais quand même, ce qui était à son désavantage c'était cette grosseur d'écrasement qu'il avait, et penser que c'était l'épaule de Sarah qui devait démarrer tout ça, blanche et tendre, et qu'ils avaient tous bien vue, là-haut, dans la forêt, quand elle ne se gênait pas — simplement — pour faire sa toilette, les dimanches du campement. Ah! bon dieu, la belle vie, le matin, avec l'étincellement des arbres!

En arrivant là, en courant, la trouvant elle et lui, brusquement, Saint-Jean s'était dit : « Et alors, je ne vais quand même pas le traîner, moi! » Il était passé derrière le traîneau. Il avait trouvé là Bourrache qui marchait lui aussi les mains dans ses poches. Sûrement. Il ne pouvait pas rester avec nous là-bas en train de boire du vin. Bien entendu. Il avait dû se glisser du côté de Boromé sans qu'on le voie et rester là, peut-être silencieux, à côté de l'autre qui dormait. Peut-être avait-il parlé à Sarah à voix basse. « Et où étais-tu passé, dit Saint-Jean, et que faisais-tu ici tout seul ? » Il releva ses grosses paupières pleines de poils. « Moi, dit-il, je regardais la chute de Babylone. Ah! dis donc, toi, tu en es un beau de Babylone! »

— Merci les enfants, vous avez des bras exactement comme du vent. Je veux dire qu'on les sent terriblements forts et terriblement souples. J'ai été emporté comme les feuilles quand elles traversent la vallée là-haut à cent mètres de haut, allant de Sourdie à Bufère, avec le vent du sud. Merci de me rendre service. Je suis un de ceux de la forêt comme vous, et le plus solitaire. Voilà, je serai très bien ici, près du feu. Non, je suis très bien. Où est Sarah », dit Boromé, quand il fut installé devant le feu du milieu, à l'endroit le plus paisible, entre les hautes flammes où d'instinct ils l'avaient mené, eux les cinq, tirant la bricole et poussant aux ridelles, se disant : « Eh! bien, quel salaud! S'il avait fallu que Sarah tire ça toute seule! » Et maintenant se disant : « Quoi, alors il s'imagine que c'est pour lui qu'on le fait? Non, mais alors qu'est-ce qu'il se croit? » Surtout Djouan avec ses yeux de brigand sauvage. « Non, mais nous autres alors, la richesse, et les riches, si vous saviez où nous les mettons! Et puis quoi, solitaire? Avec Sarah? Un joli solitaire! Non, mais qu'est-ce qu'il s'imagine d'être? Ah moi, dit Djouan, moi ce sont des choses qui me feraient devenir sauvage ; tiens, donne encore un coup » ; s'étant tous les six retirés vers les bassines à vin. « Non, mais regarde alors s'il la commande! » Il se faisait placer la jambe d'aplomb et couvrir les épaules avec des peaux de moutons, et caler la tête. Se souvenant brusquement, que, dès le premier jour, eux six là-haut dans la forêt avaient pris comme des voix de femmes pour lui parler à elle, des voix douces, douces, et non pas pour la commander, ah! non ; ah! si peu qu'elle avait été

obligée de leur arracher le travail des mains en disant :
« Mais c'est pour ça que je suis ici. Mais pour quoi donc croyez-vous que ce soit ? » Et ils avaient tous rougi suffisamment pour être obligés de partir vers leur travail d'abattre les arbres. Ça revenait dans le vin, clairement, à se sentir encore cette chaleur dans les joues de la tête. Bien sûr, rigolo, dans quelles joues crois-tu que c'était !

Chaudon apporta une casserole de vin à Boromé, pas celle qui tenait un demi-litre, une au moins double qu'il était allé chercher.

On avait commencé à faire rôtir le gros quartier de viande traversé par l'épieu, mais peut-être pas avec toute l'adresse qu'il aurait fallu, et le bois, quoique dur, s'était enflammé. Il avait brûlé les bords de la viande avec une telle violence que c'était devenu une sorte de charbon tout autour. L'odeur de cette viande torréfiée arrivait brutalement là au milieu de tout ce goût de vin comme si un peu du taureau véritable se libérait dans la fumée. Mais il aurait fallu vraiment beaucoup plus que ça pour empêcher la faim de commander. Tout le monde était raide de vin. Charles-Auguste avait fureté dans les décombres de la grange et il avait trouvé un petit essieu de char. Alors là, il faudrait de belles flammes pour mordre sur ce fer. Et il faudrait brûler d'autres graisses pour nous faire peur. Trois femmes toutes grises coupaient des morceaux de viande dans un chaudron. Elles les arrosaient de vin. Sans mot dire, Marie Dur arriva avec la main pleine d'épices, elle ouvrit la main au-dessus du chaudron, puis s'essuya à son tablier et s'en alla à travers la fumée sans rien dire. Les autres coupaient toujours de gros morceaux de viande et, de temps en temps, elles ajoutaient des poignées de sel et une poignée de poivre ; elles touillaient avec un bâton, reniflaient l'odeur, versaient du vin et recommençaient à couper de la viande. Elles étaient à genoux contre le chaudron, l'air endormi, avec seulement le mouvement des mains pour couper la viande.

Charles-Auguste retira l'épieu qui brûlait et il embrocha la viande dans l'essieu de char. Maintenant ça pourrait cuire à l'aise et il resta là à surveiller l'odeur. On ne pouvait guère voir le bloc de viande suspendu dans les flammes tant elles avaient d'éclats et de reflets, portant dans leur transparence l'étincellement des prés et des forêts gelées au-delà de l'eau qui s'était toute vernissée ; on apercevait à peine — en protégeant ses yeux de la main entrouverte — une sorte de boule de feu enveloppée de grandes feuilles de flammes, de présence insoutenable, comme un soleil, et c'était la viande de taureau. Mais ça alors très mal commode pour surveiller la cuisson. On avait fait un feu trop grand et tout ce qu'on faisait d'ailleurs était de démesure. Dans le ronflement de la flamme, Charles-Auguste expliqua à Prachaval avec des mots qu'on n'entendait pas qu'il fallait surveiller l'odeur et qu'à son nez — qu'il toucha — il saurait quand il faudrait faire tourner l'essieu. Et il tourna. Une gerbe d'étincelles monta dans la fumée comme si un vent venant de la terre avait soudain soufflé toutes les fleurs jaunes d'un printemps.

— Où l'avez-vous trouvé? dit Boromé. (Il regardait le vin dans la casserole. Il en avait déjà bu une tout entière. Il léchait sa barbe avec une langue rouge comme le feu au milieu de ses poils tout blancs.) Je n'en ai jamais bu d'aussi fort. Pourtant j'ai fait dans ma vie le meilleur vin de Villard. Rappelle-toi, dit-il à Chaudon, celui que je faisais boire à la moisson de Grangebelle. Et pourtant, celui-là c'est du vin de Clinton. Tu n'as pas senti le goût? — Il est vrai qu'il avait bu vite. — Tout ce qu'il a de terreux, tout ce souvenir de la vigne, il n'y a que le Clinton qui garde sa parenté de bois avec le cep. Regarde-le — il le faisait miroiter sous la lueur des flammes — il a l'intérieur vert. — Il y avait en effet dans la robe du vin des fils verts flottants comme de minces herbes dans l'eau. — Il a la marque du raisin Clinton, mais je comprends que tu l'as bu vite. Tu as raison. — Il comprenait, car il n'avait jamais senti lui-même qu'un vin l'appelait violemment comme celui-là s'était mis à l'appeler quand il l'avait eu dans la bouche. — Oui, dit-il, tu m'as dit : buvez, c'est du vin. Je me suis dit : ils auront trouvé ça chez la Ticassoune, ça doit être quelque bouteille de vinaigre. Parole, je l'ai pensé. Mais, dès que je l'ai eu dans ma bouche il m'a appelé à le boire. C'est le mot, appelé, Chaudon, je dis bien.

Et il but encore posément, sans mouiller sa barbe, avec sa longue haleine solide qui ne se reposait pas.

C'était épatant qu'il ait comme ça l'esprit clair à son âge, ce matin, et après tout ce qu'on avait passé. Et il avait pris son temps de parler des vignes dont on se souvenait. Ça dénotait une belle force qu'il ait la possibilité de parler comme il le faisait. Bozel toucha Dominique du coude. Oui, quand même et il a la jambe cassée. Oh! Évidemment, eux six, là, tout blonds, souples et vernis comme des branches de saule, ils étaient capables d'autres choses, mais ils ne pouvaient pas s'en défendre, il y avait dans cet homme une tranquillité, une paix, une assurance qui faisaient aimer sa compagnie. Ce qui l'entourait devenait immédiatement habitable. Qu'est-ce que tu veux dire, qu'on est tranquille? Oui, comme si précisément lui devait s'occuper de vos soucis. Que ça soit son rôle. Et facile. Oui, sauf Djouan qui cracha du bout des lèvres dans l'herbe.

Marie Dur arriva près des femmes avec des bardes de lard et elle se mit toute debout à le couper en cubes et à jeter les morceaux dans le chaudron de viande. Sans rien dire. Debout, jetant les morceaux de haut, faisant éclabousser le vin. Elle tourna le dos, s'essuya les main, dans l'herbe, les sécha à l'envers de son devantier et s'en alla. Les femmes étaient toujours comme endormies, mais enfin elles réussirent, quand même, à placer le chaudron au-dessus du feu.

Charles-Auguste dit que c'était intenable et qu'il s'était brûlé toute la paume des mains, que d'ailleurs, lui, son morceau de viande était cuit. Ton morceau! Il y en a au moins pour quinze. C'est ce qu'il voulait dire. Mais qu'il ne ferait pas cuire les autres. Il avait soif et il but. Au lieu d'embrocher l'autre bloc de viande on l'attacha à l'essieu avec des fils de fer. Je m'en charge, dit Prachaval. Tu n'es pas malin. Et il demanda un vieux tablier de femme pour s'entortiller la main. Et avec ça il pouvait faire tourner la viande sans se brûler. Mais il voulait boire. Il voulait que Chaudon soit là à côté de lui pour lui donner à boire. Sarah était venue s'asseoir à côté du traîneau de Boromé. Elle ne bougeait pas. Elle était propre et fraîche comme si elle sortait de sa maison : les cheveux peignés, tirés avec une raie bien droite au milieu et un gros chignon derrière qu'elle appuyait sur les ridelles du traîneau, dans les peaux de moutons, le visage un peu tourné vers le ciel gris sur lequel coulait la fumée grise. On faisait flamber les trois feux. On ne voyait plus rien du monde de l'autre côté. On était dans une maison de murs et de flammes. Et par-dessus ce ciel qui ne bougeait pas, où la fumée peu à peu se fondait dans une couleur tellement pareille qu'on ne voyait pas de joints.

Angèle ne quittait plus Chaudon d'une semelle. Elle avait bu du vin avec lui. Et elle buvait quand il lui disait : bois, va. Mais il fallait que ça soit lui qui décide de tout, et elle avait peur de le perdre si elle le quittait, avec tout ce monde réuni dans le petit espace entre les flammes et le feu ; et tout ça en train de bouger, de se courber, se relever, marcher, parler. Dans son œil trouble, elle les voyait tous comme des herbes sur lesquelles le vent passe. Il fallait que Chaudon dise enfin où on allait enterrer Philomène et qu'il le dise aux hommes pour faire le trou. Dans son idée, elle se souvenait d'avoir parlé tout à l'heure à un charpentier blond et très poli au sujet des caisses. Elle ne se souvenait plus de ce qu'il avait décidé, celui-là. Entre le vin et ce malheur qui lui faisait mal comme une sciatique, elle ne se rendait plus bien compte des choses. Mais il avait dû dire oui, sans quoi elle aurait encore l'inquiétude de s'occuper des caisses. Et elle ne l'avait plus. La seule chose était de savoir si c'était bien tout à l'heure qu'elle avait vu ce charpentier blond, ou bien si ça datait de longtemps. Elle avait beau se dire que ça ne pouvait pas dater de si longtemps puisque ses sœurs étaient mortes à peine hier, mais peut-être qu'elle n'avait vu personne et qu'elle se souvenait seulement d'une autre caisse de mort qu'elle avait commandée dans le temps pour sa mère, par exemple, ou pour un autre. Oui, mais alors le charpentier était tout petit, brun comme un rat. Enfin, elle n'y comprenait plus rien.

Elle était assise à côté de Chaudon, et Prachaval était là, accroupi, en train de surveiller la viande. La fumée noire de la graisse se couchait sur eux et ils étaient obligés de s'en défendre en bougeant les bras.

A force de réfléchir le plus qu'elle pouvait, Angèle s'était mise à bouger les lèvres, à former les mots silencieusement dans ses lèvres parce que la réflexion est une chose qui s'efface tout de suite, mais en formant les mots comme ça il lui semblait qu'elle se rendait mieux compte de ce qui arrivait et de ce qu'elle avait à faire. Et même elle s'était mise à parler à voix basse et, de temps en temps, un mot ou deux à voix haute, et elle tapait sur son devantier avec son petit poing sec, pour s'affirmer les choses à elle-même.

— Non, dit-elle, on ne pourra pas les mettre ensemble. Il faut deux caisses. Avec toute la saleté qu'est devenue Adèle, si on les mettait ensemble, Philomène vomirait dans la mort. J'ai dit qu'il me faut deux caisses. Ah! ça, Philomène toute seule. Mais Adèle, on ne peut même pas l'habiller, ça n'est plus que de la viande en quartier.

Et, tout d'un coup, elle était traversée par son malheur qui lui mâchait les nerfs. Et elle essayait de pleurer.

— Angèle, dit Chaudon, bois un coup.

Il venait de faire boire Prachaval. Il avait bu lui aussi. Elle buvait.

— Ça cuit, dit Prachaval, ça saigne blanc.

— Ah! mon petit Henri, dit Angèle, en touchant le genou de Chaudon, dis-leur qu'il faut qu'on les enterre, et Adèle qu'on a laissée dans le pré avec une bâche dessus. Tu me l'avais promis, mon petit Henri.

— Attends, dit Chaudon, attends un peu voyons.

On avait coupé la première viande.

— Non, dit Prachaval, j'attends la mienne.

Charles-Auguste mangeait de toutes ses forces. On avait tiré du feu un chaudron de pommes de terre bouillantes et mis sur des feuilles d'herbe un petit tas de sel où tout le monde prenait. Glomore mangeait. Il avait un bord rôti de la viande et de temps en temps il crachait des charbons. Les femmes découvraient le chaudron de la viande au vin. Madeleine Glomore épluchait des pommes de terre. Barrat avait fait asseoir son petit valet à côté de lui. La marquise allait porter à manger aux Chabassut qui étaient là-haut chez la Ticassoune, avec leur petite malade. Elle allait mieux. « Il lui faut de la saignante », disait la marquise, et elle avait choisi. « Non, mangez, ceux qui ont faim », dit Marie Dur. Elle attendait avec un plat vide à la main. Michard taillait des côtes dans la carcasse du taureau à coups de hache. Djouan mangeait. Arnaldo mangeait. Bozel mangeait. Les femmes touillaient le chaudron de la viande au vin. « Goûtez-la, dit Marie Dur sans bouger et sans les regarder. » « Alors, dit Barrat, tu manges, oui ou non ? » Le petit valet était blême comme du sucre. Il arrachait sa viande à pleines dents et il l'avalait durement, presque sans mâcher. On la voyait descendre dans son cou maigre comme les grains dans le gosier des poules pelées. « Et vous, dit-il ? » Le Pâquier buvait et les commandait. Dauron mangeait. Élisa Ponteuil mangeait. Une femme tout endormie, les paupières baissées, les lèvres bouffies, les joues rouges apporta une cuillerée de sauce à Marie Dur. « Goûte. » Boromé s'appuya carrément des coudes dans les peaux de moutons.

— Il s'agit de passer notre temps jusqu'à la délivrance, dit-il. (Il avait sa voix forte et sombre qui se faisait entendre dans tous les bruits.) Nous n'allons pas crever comme des chats dans un panier, ici, mes garçons. Le monde est plus grand que Villard. Le monde est plus grand que les montagnes. » Il faut seulement avoir de la patience et pour ça il fallait seulement vivre joyeusement avec soi-même. — Il le savait. Il en avait l'habitude. Il était le roi de la patience. Au fond du mal, le mal n'a plus de ressources. C'est le tour du bien qui arrive. « Ne pas avoir peur des jours rouges et des jours bleus, qu'est-ce que vous me racontez ? Avez-vous des yeux pour qu'ils vous commandent ? Et quand même il y aurait là-dessus tout le troupeau de taureaux que j'avais à Grangebelle, qu'est-ce que ça peut faire ? L'homme est plus que ce qu'il croit. » Maintenant qu'il savait d'où venait le vin, eh ! bien, ça ne l'effrayait pas. Et il allait encore en boire, et en donner à Sarah qui est là comme si la lumière s'était éteinte. « Oh ! non », dit-elle et elle le regarda. — Savoir que le cœur de l'homme dont on n'avait pas l'habitude de s'occuper, pas le temps, et machinalement c'est ce qui nous tient debout au milieu de tout, c'était la partie la plus dure de l'homme, tous les glaciers du monde peuvent serrer le cul comme une noix dans le pressoir. Ils le peuvent. Ils n'ont qu'à vouloir. Mais les cœurs des hommes jailliraient entiers des joints du pressoir comme des billes rouges. Il n'avait pas peur de le dire. Et il le disait, mes garçons. Lui qui avait mené au milieu de ces montagnes toutes les batailles possibles et qui avait encore celle-là à mener par-dessus les autres. Il parlait sans gestes, sans efforts, sans hausser la voix, la tête un peu baissée, la bouche comme appuyée dans sa grande barbe. Il releva les yeux ; il chercha à regarder Paul Charasse qu'il aperçut là-bas dans la fumée et la flamme. « Les batailles dont quelques-unes étaient, dit-il, comme ces anciennes vendanges de raisins dont ils avaient maintenant ce vin. » Qui sont parfois, précisément, des choses douces qu'il faut écraser avec plaisir. Enfin, ils savaient bien eux-mêmes toutes les batailles qu'ils avaient dû mener toute leur vie. Oh! Il n'y avait qu'à dire le nom de n'importe qui là autour et se souvenir, vous voyez. Et maintenant, cette bataille qui leur paraissait la plus grande parce que — c'est vrai — tout ce qui, d'habitude leur foutait la paix — la terre n'a jamais embêté personne sans notaire — s'était dressé comme un bataillon. Mais surtout parce que cette bataille voulait aplanir et engloutir toute leur vie comme elle a aplani et recouvert tous les champs et toute la terre sur les neuf kilomètres qu'il y a d'ici à Château. C'est le sort de l'homme : qu'il soit dans nos montagnes ou dans sa plaine, ou dans sa montagne à lui comme un tigre, où son repos est comme un orage, où rien ne compte de ce qu'il a gagné, où c'est tout à refaire. Il leva son bras et sa grande main. Ou brusquement tout à faire. Il baissa lentement son bras et sa main ouverte, comme une palme qui se couche, dit Bourrache entre ses dents, et voyons voir quel sacré chemin elle va encore nous découvrir comme ça, dit-il. « Ce vin, dit Boromé, était une bénédiction. » Ce vin l'avait subitement

nourri comme l'eau nourrit un jonc. Il se sentait plein
de vin des pieds à la tête. Et il n'avait seulement pas
bu le quart de son content, mais, tout d'un coup, il
n'était plus comme un tronc d'arbre couché et ensa-
blé dans la boue ; il était de nouveau fleuri, plein de
fleurs qui montent pour aller éclater au bout des plus
petite branches noires. Il avait toujours été raison-
neur. Ce n'était pas à ceux de Villard qu'il va falloir
l'apprendre. « Faites boire Sarah. Donnez-lui le bol
blanc. C'est aussi la reine de la patience. Donnez-
lui-en encore une fois. Qu'elle boive lentement.
Qu'elle vous fasse voir ce qu'il y a dans ces yeux toujours baissés. Les feux toujours recouverts de cendres
comme si c'était toujours la nuit où ils ne doivent pas
beaucoup brûler, mais seulement s'entretenir sur
eux-mêmes... Mais si vous voulez faire le repas des
moissonneurs, il faut découvrir les braises. Donnez-
lui encore le bol ; essuyez les bords, qu'ils soient
blancs comme si la faïence était neuve, qu'elle boive
pour son plaisir. Et qu'elle le pose à côté d'elle dans
l'herbe si elle en a trop d'une seule fois. » Il mit sa
main sur les cheveux de Sarah ; ils étaient si fins, si
légers, comme de la paille luisante ; c'étaient eux qui
avaient l'air de se frotter contre sa main. C'était Sarah
qui avait l'air de se frotter contre cette main lourde.
« Et donnez-moi à boire à moi aussi dans la casserole
de fer qui est mieux pour les hommes. C'était du vin
de feu Louis Vermeraz. Je l'aurais reconnu tout de
suite sans même voir le triangle marqué sur son outre.
Du vin de sa vigne pleine de pierres bleues. Il est

mort, ayant laissé derrière lui le vin qu'il a fait. Le monde entier s'y mettrait, le monde entier et tous les hommes, et les morceaux les plus noirs du ciel, le cœur de l'homme traverserait tout comme un fer rouge traverserait la neige. C'est un fer qui ne quitte jamais la forge. »

Il voulait encore boire, dit-il. Non, il n'avait rien dit ; pas un poil de ce qu'il aurait voulu dire ; il s'en rendait compte joyeusement ; non, il n'avait fait au milieu d'eux que souffler de la fumée, comme quelqu'un qui respire dans le froid.

— Et si le Seigneur s'y met, dit Bourrache derrière le traîneau. Tu oublies le Seigneur, Boromé ? Tu as toujours eu trop tendance à l'oublier. Ah ! Tu l'as fait asseoir devant ton feu, avec du pain, du vin, et même tout le meilleur du placard. Chauffez-vous et mangez, soyez tranquille, faites comme chez vous. Mais toi tu vas marcher dans le lointain des larges champs. Tu l'as facile avec tes morceaux de ciel noir. Fais-les aussi gros que tu veux, décharge-les sur nous comme des tombereaux de charbon. Quelle gloire ! Mais le Seigneur, Boromé ! Celui qui a créé le monde avec un seul mot de désir, s'il apparaît seulement devant ton cœur, ton cœur éclate.

Boromé buvait et il faisait signe de la main qu'il ne voulait pas répondre. On n'entendait pas de partout avec le bruit du feu, mais Prachaval marcha dans un plat et fit rouler une bassine vide.

— Levez-vous de devant, dit-il, je vais lui casser la gueule. Je vais lui enfoncer son Seigneur dans la gueule, les yeux, les oreilles et tous les endroits où il a un trou à coups de poings comme des coins de fer, jusqu'à ce qu'il éclate en planches. Tiens, dit-il, ce salaud m'a fait gâter ma viande.

Et il s'accroupit pour relever l'essieu qui avait roulé dans les braises.

Angèle le tira par la veste :

— Chut, dit-elle, si des fois c'était vrai.

Boromé s'essuya la barbe d'un revers de main.

— Et si le cœur n'éclate pas ! dit-il. Malgré ton apparition du Seigneur ! Alors c'est le plus beau de tout. Mais je dis ça pour rire, ajouta-t-il.

Et il se mit à rire.

Ils étaient maintenant tous en train de manger en silence et peu à peu les grandes flammes du feu s'abaissèrent. Le pays se montra. Il était de plus en plus nettoyé de froid dans toutes ses couleurs : le bleu profond des eaux, le vert trouble et malsain des verdures couvertes de gel. On pouvait voir très loin dans l'immense vide. L'eau plate couvrait toute la vallée ; des blocs de glace étincelants flottaient sans bouger, bâtis dans leurs reflets. Sur tout le tour de l'eau la montagne dressait ses murs couverts de forêts ; le gel serrait les arbres les uns contre les autres comme des écailles de serpent. Pas de bruits. Pas un frémissement. Le visage de la terre était sous un masque immobile. Rien ne bougeait sauf, devant ce masque glacé, les flammes rouges avec leurs derniers gestes à mesure qu'elles se couchaient dans les braises. Bientôt elles n'eurent plus qu'un petit halètement d'algues. Une suave mélancolie parla dans les profondeurs du silence. Le monde venait de sauter la barrière du feu. Il affrontait les hommes, front contre front, avec son immense masque sans regard.

Sarah se dressa paisiblement comme si elle était enfin dans sa maison. Elle prit dans ses mains des pommes de terre et de la viande. Elle devait porter à manger à Marie. Boromé la regarda partir. Il se mit à chanter de sa voix profonde :

O ma rivière comme je languis de t'entendre
Dans les longs couloirs de la forêt,
O ma rivière comme je languis de toi,
Emporte-moi le long des vallées descendantes.

Elle avait tourné le coin de la grange. Elle s'arrêta et posa sa main sur son cœur. Elle releva la tête. Saint-Jean était debout là-bas au milieu de la large prairie déserte. Il n'y avait pas d'autre chemin que celui qui passait à ses pieds. Elle avança sans se presser. Quand il dit : « Bonjour Sarah » elle s'arrêta.

— Bonjour, Jean.
— Je languissais de vous voir.
— Moi aussi.
— Vous êtes partie bien vite de chez nous ?
— Il fallait que ce soit brusque.
— Je suis arrivé et je ne vous ai plus trouvée. Vous ne m'aviez pas prévenu.
— Je ne pouvais pas prévenir.

— Vous aviez peur qu'on vous retienne ?
— Non, mais moi je n'étais pas sûre de partir.
— Vous ne saviez pas qu'on venait vous chercher ?
— Si.
— Vous aviez peur que Bourrache ne vienne pas ?
— Non, j'étais sûre qu'il viendrait me prendre.
— Vous saviez pour quoi c'était faire ?
— Oui.
— C'est ça qui vous faisait réfléchir ?
— Non.
— Vous saviez pourtant qu'il vous mènerait chez Boromé ?
— Oui.
— Il vous avait peut-être écrit ?
— Oui, et je lui avais donné ma réponse.
— Alors, il ne pouvait rien arriver d'autre.
— Et aussi il n'est rien arrivé d'autre.
— J'ai couru derrière le traîneau par le raccourci de Replate.
— Oh ! Quand un traîneau descend de là-haut à toute vitesse, on ne peut pas le rattraper.
— Je courais et je regardais votre lanterne.
— Vous auriez pu tomber dans le ravin de Muzelliers.
— Je pensais à vous, Sarah. Et le ravin aurait été le bienvenu. Quand je suis arrivé à Replate, vous aviez déjà traversé la clairière et vous vous enfonciez dans les arbres. J'ai entendu Bourrache qui lançait ses chevaux. J'ai appelé, mais vous ne pouviez plus entendre.

— Non, je ne pouvais plus.
— Vous n'avez pas eu peur, Sarah ?
— Que voulez-vous dire, Jean ?
— Sur ces chemins de neige noire, dans la nuit et dans la forêt, quand Bourrache a lancé ses chevaux à toute vitesse, lui qui n'a pas de tendresse pour les femmes ?
— Oh ! non, Jean, je ne risquais pas d'avoir peur de ça. Mais merci d'y avoir pensé.
— J'ai pensé à tout ce qui vous arrivait, jour par jour.
— Des choses très simples, Jean.
— J'ai vu votre vie comme si elle était dans un globe de verre à côté de la mienne.
— Je vous remercie, Jean, j'ai dû le comprendre sans m'en douter.
— Ça ne vous gêne pas ?
— Quoi ?
— Que j'aie imaginé comme ça tout ce que vous faisiez, comme si vous le faisiez sous mes yeux ?
— Non.
— C'est donc que vous aviez décidé depuis longtemps à l'avance ?
— Je vous ai dit que jusqu'au moment de monter sur le traîneau je ne savais pas que je partirais.
— Mais qui aurait pu vous en empêcher ?
— Oh ! Moi, je croyais bien ne pas avoir le courage de partir.
— Vous aviez pourtant rencontré Boromé chez le charron de Prébois ?

— Non, je ne me souviens pas d'être allée chez le charron de Prébois.

— Si, vous étiez allée lui demander de nous monter des haches.

— Je me souviens, mais je n'ai rencontré personne.

— Si, il était là, il marchandait le traîneau et il vous a vue.

— Peut-être mais je ne lui ai pas parlé, je n'ai pas fait attention à lui.

— Je sais, il ne vous a pas parlé non plus. C'est seulement quand vous avez été partie, il a demandé qui vous étiez.

— Pourtant, tout s'est fait par Clément Bourrache, par hasard. Et il n'a jamais prononcé le nom de Boromé, seulement à la fin et comme s'il s'en souvenait brusquement.

— Il devait l'avoir dans l'idée depuis le commencement. Il ne fait rien par hasard.

— Pourtant, vous savez bien que je ne suis plus descendue dans la vallée et qu'il n'est jamais venu me voir. Je ne le connaissais que de renom. J'ai appris qu'il devait faire une lecture de la Bible chez les bûcherons de Replate et j'y suis allée pour l'entendre. Il a lu le livre de Ruth. C'est seulement après qu'il m'a parlé.

— Il avait tout soigneusement calculé à l'avance.

— Le livre est trop grand pour qu'il soit mêlé à quoi que ce soit de ma vie, Jean.

— Je respecte profondément tout ce que vous aimez, Sarah.

— J'étais perdue, Jean ! Celui qui me permettait de glaner le plus petit épi de son blé, je devais me coucher sur ses pieds comme un chien.

— Vous n'avez jamais assez tenu compte de vous-même.

— Vous ne savez pas ce que c'est que d'être perdue.

— Ne l'êtes-vous plus, Sarah ?

— Vous ne pouvez pas savoir, on est comme une bête.

— N'êtes-vous plus perdue, Sarah ?

— Besoin de Dieu, tout de suite, à crier. Et votre langue ne peut même pas changer de place dans votre bouche.

— Et évidemment, Bourrache pouvait bouger sa langue dans sa bouche ?

A voix basse, comme se parlant à elle-même :

— Il ne s'agit plus de ce Dieu-là, Jean. Voilà le terrible, mais en même temps l'espoir qui nous vient d'une douceur étrangement terrestre dans ce pays de grands arbres et de haies terrestres. Il vous le faut vivant et qu'il puisse vous envelopper comme une couverture de laine ; qu'il vous attache enfin, tout ensemble et lui aussi, tous les deux seuls, qu'on ne se sente plus perdre, en train de se perdre ; se perdre comme peut-être au moment de la mort.

— N'êtes-vous plus perdue, Sarah ?

— Jean, je crois que vous êtes une gerbe attachée avec un lien très fort. Vous ne pouvez pas être défait et répandu. On ne peut pas vous expliquer que, si

vous étiez éparpillé dans le vent, vous voudriez au moins servir de pâture, et c'est ça être perdue, mais les mots ne vous disent rien. Vous ne pouvez rien imaginer qui puisse délier la gerbe que vous êtes.
— N'êtes-vous plus perdue, Sarah ?
— Oh ! A la fin, on demande au premier venu. Et malgré tout, tout s'apaise. On dirait un autre monde.
— Il est bon pour vous ?
— Il est meilleur que ce qu'on dit de lui. On lui a fait sa réputation en le regardant. On ne s'est pas demandé si seulement il était capable de bonté. Et il en est capable. Si on ne regarde que ses grands yeux et si on regarde les quelques mots qu'il dit, si on voit seulement comment il organise sa vie autour de lui avec cette grande résistance à tous, cette force sauvage qui cherche pour lui la place toujours la plus haute et la plus commandante, des fois même sans qu'il y pense, je le sais — alors on lui fait la réputation qu'il a. C'est un des plus grands soldats de la vie. Mais si vous êtes associés, il veut vous mettre à la même place que lui. Il ne veut plus que vous vous défendiez, car il veut vous défendre tout seul. Il est généreux de ses forces. Il faut une grande affection pour le comprendre ; il déteste que vous vous défendiez toute seule et même contre lui-même. Car il est aussi capable de vous défendre contre lui-même. C'est le bouclier, la beauté et la ruse de David. Et quand il déteste, il est capable de faire un désert de tout, même de lui-même. Alors, on

croit qu'il est égoïste. Mais moi qui ai maintenant caressé tous les endroits où il prépare obstinément sa vie, souvent je m'assois, je me tais, je n'ai plus envie de bouger même le petit doigt.

— Vous n'en parlez pas comme une servante, Sarah.

— Je suis aussi sa femme, Jean.

— Parlez plus lentement, Sarah, je ne comprends pas ce que vous me dites.

— Vous allez comprendre ce que je vais vous dire, Jean. On ne nous a jamais demandé autre chose que d'être des personnes terrestres. Je l'ai été, simplement, et tout de suite, car je n'ai peut-être pas d'autre qualité que celle d'être honnête ; mais celle-là, je l'ai. Il n'avait besoin que d'une femme qui lui serve de femme. Et après, j'ai été récompensée. Il n'y a plus rien eu de mystérieux dans ce que j'attendais. Je n'avais plus d'espoir de rêve, tout était comme sur la terre tout doit être. Je m'apaisais autant que lui.

— J'ai compris, Sarah. En effet, il y a des moyens de rester comme ça paisible, assise, sans parler et sans avoir envie de bouger même le petit doigt. Mais, parmi les hommes de la forêt, il y en avait un qui voulait faire sa vie avec vous.

— Que voulez-vous dire, Jean ?

— Oh ! Je sais que là il n'est pas question de paix, enfin, pas encore, oui, je veux dire, c'était tout à faire Mais moi je vous aime, Sarah.

— Ah ! Comme la chose est nouvelle.

— Et douce?
— Plus douce que tout.
— Attendez. Il me semble que ce n'est pas votre voix, Sarah.
— Si, c'est la mienne. Pourquoi n'avez-vous pas parlé avant?
— J'attendais d'avoir assez pour vous établir.
— Il ne fallait rien attendre que ce qui était déjà. Ça suffisait.
— Sarah, est-ce vous qui dites ça?
— C'est moi qui le dis, comme tout le monde le dirait à ma place.
— Et maintenant, je n'ai plus à vous offrir qu'une terre couverte par l'eau.
— C'est la plus belle terre du monde.
— Entendez-vous, Sarah? Vous n'avez pas l'air d'entendre, vous ne semblez plus vous-même. La terre que j'avais achetée en prévision, elle est au fond de cette eau violette, sous cette accumulation d'eau. Elle n'est plus qu'en bas dans l'ombre de la boue.
— Entendez bien ce que je vous dis, Jean. C'est la plus belle terre du monde.
— Oh! Sarah, on dirait que depuis un moment tout est magique.
— Oui, j'entends revenir ces bouleversements pleins de mystères.
— Sarah, je viens de respirer brusquement l'odeur du grand chantier plein d'écorces fraîches!
— Je ne sais, Jean, excusez-moi, je tremble;

c'est plus fort que moi. Il me semble que tout chavire, que Dieu est en train de créer les quatre horizons.

— C'était pourtant tout petit, Sarah, il faut quand même le dire.

— Quoi, Jean?

— Notre terre à tous les deux. Il y en avait à peine cinq hectares.

— Si on montait en haut de la butte, Jean, on pourrait voir l'endroit où elle est.

— D'ici même, Sarah, on peut voir l'endroit où elle était. Vois-tu, là-bas dans le flanc de Sourdie, ce haut sapin plus gros que les autres et qu'on distingue bien maintenant parce qu'il a un grand casque de glace?

— Je le vois.

— Tu le vois! Il monte en sentinelle devant notre terre. Elle était juste en face lui, en droite ligne. Regarde, il y a sur les eaux l'ombre de la montagne.

— Je vois.

— Deux doigts plus loin l'eau profonde comme un trou noir. Regarde : on dirait que ça fait un grand carré.

— Je vois.

— Notre terre est en bas dessous, au fond.

— Elle est à côté de l'ancien chemin des Leppaz.

— Juste, Sarah. Tu la vois. Tu la vois juste. Le vieux chemin couvert de frênes, et, en automne, quand les feuilles étaient tombées, moi d'en haut du chantier, je pouvais voir le chemin alors tout éclairé qui faisait comme une ligne, pour me diriger vers la marque de notre terre. Mais pendant l'hiver, avec toute la neige, ou bien l'été quand le chemin se cachait sous les feuilles, il me fallait trouver notre terre au milieu des prairies en fleurs. Alors le grand sapin me disait : « Elle est là. »

— Je vois. Attends, Jean, ne nous laissons pas emporter. Je ne sais plus où je suis. Revenons. Qu'est-ce qu'on vient de dire?

— Je viens de dire que je vous aimais, Sarah.

— Oui, Jean, merci, je vois maintenant : notre terre est là devant, entre le vieux chemin de Leppaz et les prés de Cotte-Bonne.

— Oui.

— Touchant les pâtis de Glomore...

— Oui, Sarah.

— Sur ce versant où sortent les premiers perce-neige ; dans ces prés qui se fleurissent de jonquilles dès que seulement on parle du printemps...

— C'est ça notre terre, Sarah!

— Jusqu'à la fosse où on met les alevins de truites...

— Pas jusque-là, Sarah, nos bornes s'arrêtent avant et, de là jusqu'aux alevins, c'était à Pâquier, le Jérôme qui est mort. Non, regarde, on voit bien sur les eaux, cette couleur noire, c'est dessous qu'est notre terre.

— Oui, mais on ne voit pas bien où le noir s'arrête. Regarde, cet endroit où les eaux sont, on pourrait dire ou bleues ou noires à côté de ce bloc de glace, là-bas, ce morceau-là est-il à nous?

— Je ne crois pas. Ces eaux bleues doivent couvrir les pâtures de Droz.

— Il faut avoir les pâtures de Droz qui sont grasses. Il faut avoir aussi la terre de Jérôme. Il faut que tout nous appartienne, depuis ce petit surjet d'écume qui luit là-bas jusqu'à ce bloc de glace là tout seul. Tu vois, Jean, toute cette eau, l'écume là-bas, le vert, le noir qui nous appartiennent déjà, et puis le bleu profond ici.

— Nous ne savons plus ce que nous disons...

— Nous le savons mieux qu'avant, Jean.

— J'ai la tête lourde, je vais tomber. Je ne sais plus, attends, attends!

— Oh! Surtout il ne faut plus attendre.

— Tu parles de terres englouties au fond de l'eau!

— Je les vois beaucoup mieux que tout ce que j'ai vu jusqu'à présent.

— Écoute-moi, Sarah. Baisse tes yeux, regarde-moi. Je n'ai plus rien. Mes mains sont vides. Ce que j'avais, c'est maintenant à peine un reflet noir sur l'eau glacée.

— Doux homme resté trop longtemps dans les forêts! Je n'ai pas besoin de baisser les yeux pour te voir. Je pourrais tourner mon regard partout comme une roue, je te verrais de tous les côtés. N'aie pas peur. Comment veux-tu qu'une montagne puisse écraser la terre que tu as préparée pour moi!

— Si l'amour y faisait, Sarah!

— Mens pour moi, Jean. J'aimerai mieux ce mensonge que toute la vérité réunie.

— Mais, vivre !..
— C'est ça, vivre. Je ne demande pas plus.
— Alors, écoute Sarah, écoute mon cœur. J'ai cette terre. Je te la donne. Elle est à nous deux.
— Il n'y a pas de maison ?
— Je vais la construire.
— Au bord de la forêt ?
— Je me suis levé pendant plus de cent ans à l'aube pour chercher précisément l'endroit qui est droit sous le soleil levant.
— Tu l'as trouvé ?
— A un mètre près.
— Tu tourneras la maison du côté du soleil levant ?
— Tout entière.
— Mais, deux fenêtres au sud ?
— Et une grande vitre en face du soleil couchant pour que nous puissions le regarder jusqu'au moment où il tombe.
— Tu la construiras en bois de la forêt ?
— En troncs de sapins et avec des piliers de chêne.
— Elle sentira la sève et les éclats de bois comme le chantier de charpentage où je t'ai vu.
— Elle sentira toujours le chantier frais.
— Cache-la loin du chemin.
— Ne t'inquiète pas, j'ai laissé l'écorce sur les murs du dehors. On la confond avec la forêt. On ne peut la voir que lorsque tu es assise sous l'auvent, parce que tu as ce corsage avec des fleurs rouges.
— Mais, quand tu la regarderas de loin, toi ?

Avec Sarah

— Je ne la regarderai jamais de plus loin que du bout de notre terre.

— Il y a malgré tout des chemins qui passent près de la maison. Malgré nous.

— Ils ne s'en vont pas. Ils sont tressés autour de toi comme de l'osier.

— J'entends pleurer l'agneau.

— Je ramène doucement la brebis.

— Oh! J'entends l'agneau qui frappe contre les claies avec sa tête dure.

— Attends ; la mère veut encore manger quelques herbes fraîches.

— Pousse-la. Il a soif et elle est pleine de lait.

— Patience, regarde-la : elle profite du beau soir.

— Allons, il faut que ce soit moi qui décide. Fais ce que je te dis, Jean.

— Quand elle marche dans la prairie avec ce corps solide, Sarah!

— Son bonheur est d'avoir la mamelle tendre sous une bouche qui tire le lait ; quand l'agneau frappe des coups de tête dans son ventre.

— Je viens.

— Ferme la porte.

— On n'entend plus qu'un bruit tout à fait calme.

— C'est moi qui respire, Jean.

— Le plancher du grenier soupire parce qu'il est chargé.

— La brebis se plaint doucement en elle-même ; elle a beau serrer les dents ; ça dépasse sa bouche.

— Qu'est-ce qu'elle veut, Sarah ?
— Elle veut servir de brebis.
— La maison est fermée mais le chant des grillons passe sous la porte.
— Tu es chaud comme la paille.
— Le vent a trouvé la maison dans la nuit, Sarah !
— La brebis est dans sa litière sèche.
— Les odeurs sortent de la forêt.
— Je ne bouge plus.
— La maison est serrée sur nous deux comme la coque sur la noix.
— La paix !
— Sarah ! Sarah !
— Oui, n'aie pas peur, je suis là.
— Oui, je crois, Sarah, que je pourrai tout construire avec mon cœur.
— Tu le dis d'une petite voix paisible, Jean, et ça donne une grande confiance.
— Oh ! ici, bien sûr, ça a été un peu irréel, Sarah. Nous avons parlé. Nous n'avons rien fait de ce qu'on fait d'habitude. Mais j'ai vu clairement la chose.
— Dieu est assis sur les montagnes, Jean. Nous sommes debout le long de ses mollets, toi à une jambe, moi à l'autre. Notre bras passé dans le pli sous son genou. Tout est calme. Il a sa tête au fond du ciel et nous sommes en bas avec notre cœur.
— Ça se fera dans la réalité, Sarah.
— Oh ! pour nous deux la paix est déjà revenue dans la vallée de Villard.

— Je parlerai à Boromé, Sarah, pour lui faire comprendre qu'il a eu au-delà de sa part régulière et qu'il faut maintenant qu'il pense à toi.

— J'aime que tu le dises avec cette petite voix paisible où tout est déjà assuré.

— Vous n'avez pas eu froid, Sarah, au milieu de ce pré nu, avec vos pieds dans la glace, où je vous ai retenue sans faire attention qu'il gèle à pierre fendre ?

— Non, mais maintenant je vais un peu vous laisser. Je vais porter à manger à Marie.

— A bientôt, Sarah.

— A bientôt, Jean.

IX

LA DYNAMITE

Elle monta dans le pré, de son pas paisible sans se retourner. Sa longue jupe balayait l'herbe gelée. Il la regarda monter jusqu'au sommet et disparaître, puis il revint vers les feux.

Tout le monde écoutait en grand silence. Une femme parlait à voix faible.

— Ils sont partis le 17 octobre, dit-elle. Quand je leur ai versé la soupe, je me souviens bien, ils ont dit qu'ils laissaient tout en ordre.

Elle s'arrêta pour reprendre haleine. Elle parlait difficilement. C'était la vieille Hortense Joraz qu'on avait sauvée de Méa, la veille. Elle était couchée près du feu. Elle leva la main et Prachaval se baissa pour lui donner à boire. Saint-Jean interrogea Cloche, d'un petit signe. L'autre lui fit « chut » avec un doigt en travers des lèvres.

— Tâchez de vous souvenir, Hortense, dit Prachaval.

Le silence revint.

— Ils en ont parlé une fois ou deux, dit-elle. Je

n'y ai pas fait très attention. J'y arrangeais les vareuses, moi. Ils se chauffaient en bras de chemise, oh! et puis couchés tout de suite après, non, je ne sais rien, moi, ça ne me regardait pas.

« Oui, oh! ils l'ont apporté, ça j'en suis sûre. Oh! ils sont arrivés un soir tard. Tout était fermé dans Méa. Ils m'ont dit : " Ouvrez, c'est nous." Je ne les attendais pas ; je les avais vus partir par la route. Je croyais qu'ils coucheraient à la Prévôte. Ils m'ont dit : " Ne bougez pas, faites-nous seulement lumière. " Je leur ait dit : " Laissez-donc ça en bas, ça peut bien dormir dans le couloir. — Ah! non, ils m'ont dit : ça couche avec nous. Et maintenant, il ne faudrait pas qu'on dégringole vos escaliers avec cette caisse. Ça serait pas le plus rigolo de l'histoire ", a dit le brigadier. Ils les ont montées dans leur chambre, une caisse qui pouvait faire dans les vingt kilos et une autre plus petite où il devait y avoir de la sciure. " Et attention, ils m'ont dit, n'entrez pas, vous ici. " Ils ont fermé la porte à clef. " C'est de la dynamite. On l'enlèvera demain matin. — Vous partez encore de bonne heure ? — Nous partirons à quatre heures. — Vous allez encore à la montagne ? — Eh oui! "

— Les forestiers... souffla Cloche à l'oreille de Saint-Jean.

— Ils étaient en pension chez toi ? demanda Chaudon dans le silence.

Elle fit signe que oui avec la tête.

— On ne les a jamais vus.

— Ils partaient tous les matins avant le jour. Ils rentraient de nuit.

— Deux ?

— Oui, le brigadier et un homme.

— Ils sont restés combien de jours ?

— Ils m'ont payé cent soixante francs, quinze jours.

— J'étais au courant, dit Chaudon. On en avait parlé au conseil. Mais je ne savais pas qu'ils avaient commencé. C'est toujours le vieux projet de pousser le petit chemin forestier jusqu'au-delà de Berneresse contre le mur de rochers. Ils sont venus pour le piquetage...

Hortense dressa le bras. Chaudon s'arrêta net de parler :

— Je sais qu'ils ont dit quelque chose du préfet, dit-elle, ce soir-là ; au sujet d'une autorisation. Et que comme ça, ont-ils dit, ça serait plus facile. Ça ne serait pas la peine de renouveler l'autorisation, renouveler, ils ont dit, ça je me souviens.

— Non, mais, dit Chaudon, l'important serait de savoir où ils sont allés la mettre en attendant. Ça serait important.

— Et pourquoi ? dit Prachaval.

Il y avait tellement de silence avec ce froid éblouissant qu'ils avaient l'air de se parler comme ça particulièrement dans la solitude.

— Pourquoi ? Aller là-bas dans les gorges où il doit bien y avoir quelque chose qui retient ces eaux, et (il lança ses deux bras en l'air) faire tout sauter.

Au bout d'un moment :

— Mais personne ne sait faire, dit Prachaval.

— Oh! si, dit Saint-Jean.

— Tâchez de vous souvenir alors, Hortense.

Les feux étaient aplatis par terre ; ils ne chauffaient plus que par leurs gros tas de braises. Ils ne faisaient plus barrière. Le grand monde clair appuyait son front têtu contre le front des hommes.

— Non, dit Hortense, je ne me souviens de rien. Ils parlaient sans que je les écoute.

— Ils ont monté la dynamite dans la montagne?

— Le lendemain matin. Mais moi je suis vieille pour me lever à trois heures. J'avais laissé le café tout prêt au bord de la cheminée. Ils ont cassé du bois. Ils ont fait du feu. Je les ai entendus remonter à la chambre et au bout d'un moment partir. Dans la journée, moi, je n'ai même pas touché leur porte. Je passais devant sans même regarder la poignée. Ils sont restés cinq jours puis ils sont revenus, ils ont encore mangé là, le soir, ils m'ont payée et ils sont partis. Ils étaient de la brigade qui est à la Prévôte.

— Vous n'avez pas entendu dire où ils allaient?

— Si.

— Souvenez-vous bien, Hortense!

— Ils ont dit, une fois, qu'ils allaient à Rognon.

Prachaval regarda Chaudon, puis Boromé.

— C'est possible, dit Chaudon.

Et Boromé fit signe oui avec la tête.

— Oh! Hortense, souvenez-vous bien, c'est très important, croyez-moi.

— Je te crois, mais qu'est-ce que tu veux que j'y fasse?

Elle était couchée par terre et le jour durement glacé qui avait supprimé toutes les distances faisait arriver jusqu'à ras de son vieux visage tout le grand glissement immobile des forêts couvertes de givre.

— Je ne peux pas me faire plus que ce que je suis, dit-elle.

Le Pâquier dormait. Le frère et la sœur Chenaillet dormaient, l'un appuyé à l'autre, la bouche ouverte tous les deux. Charasse dormait. Djouan dormait, le front tout froncé, les poings serrés. Les femmes dormaient aussi. Glomore et Madeleine s'étaient dressés et ils étaient descendus lentement vers l'eau.

— C'est possible, dit Boromé, que les forestiers soient allés à Rognon. C'est toujours dans le plan du vieux projet et c'est là précisément qu'ils auraient eu à faire sauter quelque chose. Peut-être qu'ils ont fait là une cache dans le rocher.

— Un petit tunnel, dit Hortense.

— Vous vous souvenez?

— Ils ont parlé d'un petit tunnel. Ça me revient.

— Je sais où il est, dit Sarah.

Personne ne l'avait vue arriver : ni Saint-Jean, ni Boromé. Elle était là depuis un moment, debout près du traîneau, sa main sur le dossier, son doigt touchait l'épaule de Boromé, mais elle avait tout fait comme une ombre et il avait cru que c'était un clou de la ridelle qui le touchait à travers les peaux de moutons dérangées.

— Je n'ai pas vu les forestiers, dit-elle, mais Marie les a vus, du temps qu'elle gardait les moutons. Elle m'en avait parlé à cette époque. Elle les a vus creuser le rocher. Ils arrivaient par en bas et elle les voyait traverser l'éboulis en bas au fond. Ils remontaient de l'autre côté. Elle avait tous leurs chemins sous les yeux, depuis l'éboulis en bas au fond jusqu'au rocher en haut à travers les grands pans d'herbes là-bas en face, de l'autre côté de Verneresse. Elle m'en a bien parlé à l'époque. Elle trouverait la cache, elle.

— Oui, dit Saint-Jean, mais la dynamite est une matière difficile. C'est une matière pour les hommes, c'est une chose de force. Et avec le gel, ça c'est une autre histoire. Quand elle est gelée elle saute toute seule comme une sauterelle, pour un rien, pour un coup de vent. Ça aurait été ces jours-ci qu'il faisait mou, ça se portait comme des bottes de poireaux. Maintenant, là-haut, avec le gel, minute!

Il regarda Sarah dans le silence. Elle avait le même visage que tout à l'heure, avec cet immense repos de tous les traits, cette paix qui l'accompagnait partout.

— C'est mon affaire, ça me regarde.

Il eut honte tout d'un coup, comme s'il continuait à déclarer son amour comme ça, devant tous. Et Boromé était comme une montagne aux yeux d'or!

— C'est l'affaire d'un homme. Une fille ne peut

pas, dit-il. Je porterai, moi, la dynamite. J'ai l'habitude.

— On t'en laisse toute l'initiative, dit Boromé.

— Et moi ? dit Cloche. Tu ne vas pas porter vingt kilos de dynamite seul, non ?

— Mais la jeune fille connaît le chemin, dit Sarah, et elle sait l'endroit.

X

AVEC MARIE

Saint-Jean s'éveilla tout d'un coup. Le feu était tombé. C'était l'aube.

Cloche dormait, le nez dans son coude.

— Tu as trop bu, dit Saint-Jean. Voilà ce qui arrive quand on a encore le nez plein de lait, blanc-bec!

Il essaya de le secouer. Cloche dormait.

— Dors, imbécile heureux!

Il se leva. Il chercha Marie Dur. Il la trouva couchée près de son mari. Il lui toucha l'épaule. Elle ouvrit les yeux tout de suite.

— Faites-moi une commission, dit-il. Je vais aller chercher la dynamite avec la fille de Sarah. Cloche devait venir avec moi. Il ne peut pas se réveiller, j'y vais seul. Je ferai seul l'affaire avec la jeune fille. Ça n'est pas le diable. Mais dites à Cloche qu'il prépare les radeaux. Dès mon retour nous irons aux gorges. Ça va probablement finir, madame Dur. Je compte retourner demain, à la fin de la nuit. Merci, ne vous en faites pas, dormez. Excusez-moi de vous avoir réveillée (« Je ne dormais pas », dit-elle) mais j'ai pensé qu'avec vous la commission serait bien faite. Au revoir, madame Dur.

Il sortit de la grange. Marie descendait le pré. Elle avait dû être réveillée en même temps que lui par le matin et la préoccupation de partir.

Il gelait de plus en plus dur. Elle était couverte d'une grosse peau de mouton. Elle en avait porté une pour qu'il se couvre aussi. Elle avait vu qu'il n'avait pas trop d'habillement, mais comment le savait-elle ? Elle n'était jamais venue en bas avec nous, elle était restée tout le temps là-haut avec les moutons de Boromé. Oh! mais elle regardait d'en haut et elle voyait tout et tout le monde. Elle avait donc porté cette sorte de chasuble-là. Il fallait passer la tête dans le trou et après les deux pans couvraient bien la poitrine et le dos. Ce qu'il fit. C'est vrai, ça tenait tout de suite chaud. Merci. Et ça laisse les bras libres. Mais ça vous faisait trois fois plus gros qu'un homme ordinaire. Il serra tout ça autour de son corps avec sa ceinture, comme elle avait fait elle-même. Oui, oh! elle non plus elle n'était pas si grosse que ça. C'était cette peau de mouton qui la grossissait. Il la remerciait beaucoup d'y avoir pensé. Lui, hier soir il avait pensé aux raquettes à neige. Il devait y avoir de la neige là-haut. Mais il n'avait trouvé que des raquettes d'homme. Oh! Elle s'accommoderait bien de celles-là ; elle était solide : il verrait. Il les avait placées là au bord de l'eau avec le matériel, oh! juste deux paires de rames, ah! grossières bien sûr. J'ai tout préparé hier soir : une paire pour moi et une paire qui était destinée à Cloche avec sa paire de raquettes mais on va les laisser là, les siennes. Il ne vient pas ? Non, il est encore saoul d'hier soir. Alors il vaut mieux. Mais, pardon, on laissera ses raquettes, oui, mais je prends les rames car, moi aussi je sais ramer et on ira plus vite. Bon, et il voulait bien. Il n'y avait plus qu'à monter sur le radeau et en avant, et se mettre d'accord pour ramer, droit vers là-bas à l'entrée de Sourdie. Bien sûr, dit-elle, nous monterons la forêt de fayards.

Attendez. Il fallait qu'elle se place là derrière et qu'elle engage les longues rames dans les taquets. Ah! Elles sont lourdes parce que c'est du bois frais, mal équarri, vite fait, mais avec cette eau de plomb ça irait.

Là!

Lui se placerait devant. Ah! bien sûr, ça n'était pas une barque. Il s'en excusait pour elle. Ça serait dur. C'était la place de ce salaud de Cloche. Mais, tant pis. J'ai fait plus de choses dures que ce qu'on croit, dit-elle. Je ne fais que ça. Sans blague? Oui, sans blague. Qu'est-ce qu'il croyait? Oui, on fait des choses dures.

Là!

Il dirait quand il faudrait se mettre ensemble à ramer.

Là!

Il allait dire : attention, appuyez vos pieds contre mon dos. N'ayez pas peur d'enfoncer les rames. Ça n'est pas une barque. Là! En avant! En - avant. En - avant. En - avant. C'était parti.

Ça va ? Ça va !

Oui, l'eau était de plomb. Elle bougeait difficilement devant eux et de mauvaise grâce. Cette fois ça gelait solidement. Ils creusaient des trous réguliers avec leurs rames. Ils arrachaient des blessures bleues dans l'eau. Sous cette peau mate qui couvrait l'eau comme si elle avait été poudrée partout d'une poussière de sel ils découvraient à coups de rames des profondeurs bleues, presque immobiles, longues à se reformer, sans écumes et qui, d'un coup, s'aplanissaient quand ils relevaient les longues pattes de bois. Un large et lent sillage les suivait sans s'effacer comme celui d'une planche dans la boue. Ils s'arrêtèrent un moment avant d'arriver dans la grande étendue.

— Vous vous entendez très bien avec moi, dit-il. Reposons-nous.

Ils avaient été tout de suite immobiles, sans le plus petit frottement ; comme bâtis dans du marbre.

— C'est un plaisir quand on s'entend bien. Je ne me retourne pas, ajouta-t-il, parce que, malgré tout, il faut faire le moins de mouvements possible ici dessus, quand c'est arrêté. Oh! Et puis maintenant que vous êtes bien d'accord avec moi, ne dérangeons rien.

— Rien ne pourrait déranger, dit-elle, c'est très facile.

— Assurez bien vos pieds contre mes reins.

— J'ai peur de vous faire mal.
— Non, ça vous aidera.
— Je peux bien m'aider toute seule.
Il leva les rames.
— Ne vous inquiétez pas, dit-elle, faites comme si je n'existais pas. Je vais d'accord avec vous sans rien dire.

Ils avançaient lentement dans l'eau lourde. Le devant du radeau frappait dans des bourrelets épais comme des cuisses d'homme. Le matin commença à éclairer. Il touchait l'eau de plomb et rejaillissait comme une hirondelle verte jusqu'aux arbres vernis de gel dans les forêts ou sur le sommet des blocs de glace flottants, immobiles, enfoncés dans le plomb bleu, ayant seulement cette petite lumière sur leur front de glace. Mais, par les déchirures des rames, le jour entrait dans les profondeurs du lac et de brusques éclairs se tordaient dans l'eau froide. Les rames luisaient. Le froid écrasait rapidement les bruits. Le jour faisait dresser peu à peu ces grandes couleurs violentes et pures qui devaient être encore aujourd'hui le visage du monde insensible et effroyablement proche.

Du ciel chargé de nuages jaillit un faisceau de rayons blancs. Il toucha la cuirasse glacée des forêts, colorant la jointure des arbres d'une petite fumée verte et rose, étincelante comme du verre, où passait parfois comme une ombre le reflet des eaux profondes.

Il allait d'un arbre à l'autre, allumant et éteignant

la petite fumée ; l'air restait net. Il toucha les eaux et, à cette place ronde où il s'appuyait s'éleva une forte flamme sombre, transparente, comme celle qui brûle sur l'alcool.

Le froid fit gronder sourdement le sang dans les oreilles. Le rayon marcha sur les eaux. Les pales des rames sortirent de l'eau tout argentée. Contre la proue plate s'étouffait un petit bruit de faille. Cette lumière blême passa sur le radeau. Ils la sentirent peser sur leurs épaules comme s'ils n'avaient plus ni peaux de moutons, ni vêtements, et s'ils étaient nus dans le froid. Et brusquement, la lueur emplit tout le vide, touchant à la fois les murailles de toutes les montagnes tout autour, ne laissant plus d'ombres bleues que dans le contour des arbres des forêts, dans le relief des gros paquets de glace qui pesaient sur les feuillages, elle glissa sur les eaux, aplatissant sur toute l'étendue un étain sans reflets. C'était le grand jour. Le silence était pur. Il y avait à peine le bruit des rames entrant dans l'eau : c'était un claquement bref, sans écho, et qu'ils étaient seuls à entendre, ici tous les deux. Il ne devait pas s'en aller à seulement deux mètres au-delà du radeau. On sentait bien que tout de suite le froid l'écrasait. On avait dans l'oreille ce ronronnement farineux du sang dans lequel il n'y avait pas moyen qu'un bruit passe. Il s'y bâtissait comme une pierre dans la boue. Les rames se relevaient sans bruit, sans même un grincement de taquets et plongeaient ; alors, devant le radeau l'eau craquait légèrement comme de la paille ou comme si on avait écrasé une gerbe de blé. Le froid avait maçonné toutes les cloisons du nez. Il n'y avait plus d'odeur et c'était tout de suite une chose qui donnait l'idée d'un grand désert ; car il y avait déjà cette pureté vide et immobile sur laquelle l'œil s'étonnait, puis on ne pouvait rien entendre ; alors il fallait sentir une odeur, mais le froid avait franchement aboli cette dernière ressource. Heureusement de ce claquement bref des rames, sans quoi il n'y avait rien . Sur la paroi gauche de Sourdie où ils devaient aller toucher bord et qui s'était rapprochée, agrandissant lentement ses couleurs pures dans le vide du ciel comme une tache d'huile, apparut brusquement, avec tout le détail du crépitement de ses branches nues, un grand fayard tout glacé. Le givre qui couvrait ses branches grouillait de lueurs étincelantes ; l'arbre était comme une construction de braises sur laquelle souffle le vent. Il était tout seul dans un pré ras, très en pente mais, plus haut, la forêt de fayards sans feuilles étendait un semblable brasier sur tout le mur de la montagne. A ce moment Saint-Jean sentit, venant de derrière lui, une forte odeur de sueur de femme et il entendit la respiration de Marie qui suivait très exactement la sienne dans l'effort, sur les rames. Il vit rapidement battre de chaque côté de ses yeux le relèvement de ses rames à elle, en même temps qu'il relevait les siennes puis les plongeait, tirant sur le manche avec cette force qu'elle donnait elle aussi là derrière et qui s'ajoutait sans rien dire. Cette sueur sentait rudement bon. Elle avait une odeur de printemps.

— C'est dimanche, dit Marie à ce moment-là.

— Ah! Vous avez fait le compte des jours vous aussi?

— Non, dit-elle, pourquoi? Est-ce que c'est vraiment dimanche?

— Bien sûr.

— Je disais ça parce que tout va bien, dit-elle.

Ils avançaient à grands efforts réguliers. Peu à peu la côte de Sourdie agrandissait tous ses détails : l'entrée noire du vallon étroit, au fond duquel luisait une eau propre, débarrassée de poussière de gel, moirée comme du goudron ; la grande muraille du côté droit avec son armure de sapins glacés, déchirée par les grands rochers à pic, la rive gauche couverte de prés qui transparaissaient roux sous le givre, plus haut le fayard, et au-dessus toute la forêt de fayards qui rejoignait les nuages. Au fond du vallon, ils aperçurent un gros bloc de glace flottante, comme un homme courbé sous un large manteau et qui attendait là, au milieu de l'eau. Ils ne pouvaient pas savoir si c'était lui qui avançait ou si c'était eux avec l'effort régulier, tous les deux ensemble, sur leurs rames, mais on le voyait de mieux en mieux dans la gorge encore pleine de nuit transparente, seul, debout au-dessus de l'eau, planté dans un grand reflet qui s'enfonçait dans des rives de poix.

— Alors, comme ça, dit Saint-Jean, vous aviez vu que je n'étais pas couvert?

— Bien sûr, dit-elle. Je me suis dit : « Attends un peu, tu vas voir que celui-là, d'ici deux jours il va glacer. » J'entendais le froid qui venait dans les moutons.

— Je ne le crains pas plus que les autres.

— Tout le monde le craint. Hier après-midi j'ai jeté cette peau de mouton par-dessus la barrière. « Tiens, je lui ai dit, va donc le trouver et dis-lui qu'il te mette sur son dos. »

— C'est une drôle d'idée.

— Oh! vous savez, moi je suis un peu lunatique.

— Vous n'êtes pas fatiguée?

— Non, je me régale.

Sous le grand fayard solitaire, l'herbe sans givre dessinait un rond couleur de poil de renard. Des rochers à droite de Sourdie tomba un bloc noir qui, avant de toucher les eaux, ouvrit ses ailes et s'éloigna dans les profondeurs de la gorge en volant lentement. Un sentier traversait le pré. Il pendait de là-haut la forêt de fayards et il venait s'enfoncer tout net dans l'eau. Il devait continuer en bas dessous profond.

— Attention, dit Saint-Jean, nagez seulement de droite, on vise le sentier là-bas.

« Vous faites ça comme un matelot », dit-il.

Le radeau tournait pesamment mais rond.

— Je vous obéis, dit-elle, moi j'obéis.

Il lui semblait qu'elle riait doucement. Elle sentait bon la sueur et, à un moment, la respiration, quand elle respira un bon coup la bouche ouverte.

Ils s'approchaient de ce petit golfe que faisait le chemin qui entrait dans l'eau carrément avec ses talus.

— C'est le vieux chemin de Leppaz, dit-elle.

— Celui-là devant nous ?

— Oui, celui qu'on va prendre.

— Je ne le voyais pas à cet endroit-là.

— Pourtant c'est lui.

— Je ne le connaissais que plus bas, dit-il, comme se parlant à lui-même, du côté de Cotte-Bonne et des pâtis de Glomore.

— Oh ! dit-elle, maintenant tout ça est au fond de l'eau, mais ici le voilà qui sort. Vous ne saviez pas qu'il arrivait là ?

— Non, moi je ne suis pas un homme de la vallée, je ne l'ai jamais vu que d'en haut et, en dehors de Cotte-Bonne, je le perdais de vue.

— Oh ! moi, j'ai fait ça cent fois, dit-elle, mille fois même. C'est là qu'il arrive. C'est à partir de là qu'il monte. Ça n'est plus qu'un sentier.

Le radeau toucha terre sans racler, en eau profonde. Saint-Jean sauta sur le chemin. Il y avait encore là les dures ornières des anciens traîneaux. Il tira le radeau sur le bord.

— Et qu'est-ce que tu te crois, dit-il, voilà que tu te crois un char maintenant, et que tu vas monter dans les chemins, dit-il en tirant de toutes ses forces le radeau et Marie toujours dessus, jusque sur la terre gelée. Vous voyez, dit-il, que moi aussi je sais parler aux choses.

— Il n'y a pas de quoi rire, dit-elle.
— Il n'y a pas de quoi pleurer non plus, dit-il. Là, comme ça. Vous voyez, il ne pourra pas nous échapper. Il nous attendra. Et voilà. Vous pouvez descendre du carrosse. Maintenant, on va se débrouiller tous les deux seuls.

Il plaça les rames contre le talus.

— Vous avez faim, dit-il.
— Non.
— J'ai de la viande dans ma poche, mais j'ai peur d'écraser les pommes de terre.
— Donnez-les moi, dit-elle, vous allez voir.

Sous sa peau de mouton elle dénoua son devantier de toile bleue.

— Ça fait un sac bien commode.

Elle y plaça les dix grosses pommes de terre bouillies.

— Je me le pends aux épaules avec les attaches, dit-elle. Mais vous auriez dû porter un vrai sac pour descendre la dynamite. Comment avez-vous fait pour partir comme ça, sec comme un bâton?
— Je garde la viande dans ma poche, dit-il, elle se tiendra chaude. Oh! mais pour la dynamite, là, attention alors. Ça, c'est une chose dont il faut bien connaître la conversation. Ne parlons pas de sac. Enfin, pour le moment, c'est vous le patron, allez devant.

Le chemin finissait dans un rond-point tout embrouillé de vieilles pistes de traîneaux ; il en sortait comme un petit sentier et il montait vers le bois.

En approchant du gros fayard on sentait le froid de toutes ces branches couvertes de glace. Elles ne scintillaient plus ; elles étaient seulement blanches et noires. Elles avaient encore leurs formes vivantes et la courbe des grosses branches pour relever les lourds feuillages, mais elles ne haussaient plus qu'une carapace de glace, tout épaisse de bourrelets dans les coudes et dans les plis ; tout ça dessiné très net sur le ciel blême, comme une feuille mangée par les vers et dont il ne reste plus que la résille : le trait pur du dessous des branches dont l'écorce était noire, la frisure de la moindre croûte tout emperlée de buée de givre. Un paquet de glace tomba d'une branche. L'arbre frissonna, un petit éclair sauta de rameau en rameau.

Le sentier craquait. Il monta droit. Il faisait à peine deux ou trois sinuosités après le grand fayard puis il abordait une sorte de pâture bâtarde pleine de pierres et très en pente qui allait jusqu'à la forêt de fayards. Elle était plus loin que ce qu'on aurait dit d'en bas. Il y avait une bonne tirée jusque là-haut, mais à chaque pas on la sentait venir. Car elle, alors, elle n'était pas isolée au milieu du pré mais elle tenait un large immense à droite et à gauche, collée dans les plis de la montagne jusqu'à aller des deux côtés à perte de vue et n'être plus, avec toutes ses branches blanches, qu'une fumée de sel sur l'ondulation des flancs gris. Elle avait une odeur de froid qui à force d'être accumulée dans des amas de branches sentait au fond un peu l'écorce et le lichen.

Elle avançait à chaque pas, tout ensemble, de tous les côtés à la fois, découvrant maintenant comme de longs corridors silencieux ; des perspectives entrecroisées qui s'allongeaient dans des profondeurs quand même sombres malgré l'éclat de la gelée. Dans toute cette étendue de branches chargées de glace, il n'y avait plus une seule irisation : la forêt était en métal blanc et noir ; et le blanc était si ardent qu'il portait une ombre en lui-même. A mesure qu'ils montaient, une branche s'écartait lentement d'un tronc, bougeait pas à pas, sans sa peau de glace, s'allongeait, portant son poids de gel, élargissait ses rameaux jusqu'à la pointe aiguë de ses branchettes qui portaient en équilibre une lance de givre, le tronc se tournait lentement, découvrant derrière lui d'autres troncs de fayards, d'autres branches glacées en train de se déplier lentement devant les deux pas qui montaient ouvrant de sombres avenues désertes.

Ils s'arrêtèrent pour souffler. Tout s'arrêta : la branche, les rameaux, le tronc, les piliers de la forêt. Ils se remirent en marche, et, pas à pas, devant eux, tout recommença à bouger, des flancs, des coudes, des hanches, des bras, des branches surgissant des piliers au plus lointain des couloirs, les avenues s'approfondissant de tous côtés sous la voûte gelée dans l'ombre couleur d'eau, sous le lent développement des branches noires et blanches. Maintenant ils étaient déjà entrés sous le froid qui en venait. La forêt cédait devant eux comme un troupeau étranger quand quelqu'un s'approche, mais coulait de chaque côté sur le flanc de la montagne pour bien les voir pendant qu'ils s'avançaient.

Le sentier entra sous les arbres, dans un sol nu. Tout de suite après la lisière, ils entendirent des paquets de glace qui tombaient derrière eux en secouant toutes les branches. Un peu de poussière de gel fuma. Plus loin, dans la forêt, dans le fond de cette avenue montante où ils s'étaient engagés, d'autres paquets de glace tombèrent comme si un oiseau invisible essayait de s'enfuir devant eux à travers les ramures. Le ciel pénétrait partout dans les arbres ; il venait coucher sa lueur blême jusque sur la terre du sous-bois faite d'humus noir comme du charbon sur lequel se dessinait la dentelure des feuilles mortes bordées d'un fil de givre. Une petite sueur fumait du sol à chaque pas et restait après dans l'empreinte du soulier. Le sentier était élastique mais ne jutait pas et ne craquait pas. Tout était dans un parfait silence. Les deux respirations régulières amortissaient leurs bruits dans le brouillard qu'elles soufflaient. Ils montaient à pas réguliers, et d'accord, lentement, sans arrêts, avec un petit balancement des hanches et des bras, la tête baissée. Le froid serrait de plus en plus. Le sentier était dans une ancienne tranchée de coupe ; il montait droit avec parfois un petit détour pour éviter les gros troncs. Il entrait rapidement dans les profondeurs de la forêt. Le jour clair se ferma vite du côté d'en bas et, malgré le ciel qui pesait tout découvert dans les branches glacées, peu à peu la clarté glauque des arbres éclaira seulement le sous-bois. Des couloirs s'ouvraient de temps en temps, de chaque côté ; au fond, l'accumulation du gel fermait des portes de fer. Le silence devenait de plus en plus profond. Il était dans l'air froid et difficile à respirer comme lui ; il bouchait les oreilles ; il appuyait son doigt dur derrière les oreilles, faisant bourdonner le sang dans la nuque, un ronflement sourd, continu et souple qui ne gênait pas pour sentir l'immensité du silence mais le faisait s'élargir de chaque côté de la tête comme de pesantes ailes de ciment. De temps en temps, elles claquaient à plat et lourdement, très loin dans la forêt ou peut-être même au-delà dans le gouffre creusé au milieu des montagnes. Mais rien ne bougeait et le claquement était dans la tête, le silence pesait sur tout. C'était seulement la peine qu'il y avait à le traîner, plié contre le front, qui avait fait croire à ce lourd battement d'aile sur les vastes étendues désertes et immobiles. Il pesait sur les tempes et contre les genoux, à chaque pas. Ils avaient tous les deux le même pas lent, solide, régulier et le même balancement des hanches, la tête baissée, montant le long du sentier de coupe à travers la forêt gelée. Les arbres reculaient un à un derrière eux. Le fond de l'avenue montante restait toujours pareil, fermé lui aussi comme par une porte de fer un peu plus sombre que les autres et qui semblait être à cent mètres au-dessus d'eux. A mesure qu'ils avançaient elle se défaisait branche à branche, les troncs se séparaient les uns des autres, découvrant de plus lointaines profondeurs, les rameaux s'écartaient et entre leurs lignes noires disjointes, le ciel gris s'élargissait. Ils traversaient cet endroit qui avait semblé fermé ; à cent mètres au-dessus d'eux l'entassement des arbres glacés fermait une autre porte sombre. Ils l'ouvraient encore pas à pas en s'approchant. Elle se fermait plus haut, reculant devant eux, fermant à droite, à gauche, derrière, devant, serrant autour d'eux le silence et le froid. Ils montaient, tête baissée, du même pas, sans rien voir. Ils étaient maintenant enfouis sous des arbres qui avaient au moins vingt mètres de haut. Le sentier était obligé de se tordre à tout moment contre des troncs énormes. Les branches nues arrivaient ici à repousser le ciel à force de s'entrecroiser. Toute la forêt semblait se reposer dans une lassitude victorieuse. La clarté du sous-bois ne venait plus directement du jour, mais des reflets du givre et de la lueur qui glissait le long des troncs dont l'écorce était restée grise et soyeuse. Dès que le sentier s'éloignait un peu des arbres, il traversait une ombre trouble. Une odeur de cave sèche se soulevait sous les pas. Les profondeurs de la forêt étaient éclairées par d'énormes torches de glace. Autour des branches recouvertes d'un enduit de givre tremblait une phosphorescence qui les grossissait mystérieusement et dessinait en clarté leur force droite chargée de rameaux étincelants. La lueur était prisonnière des formes de l'arbre. Le gonflement des racines était dans l'ombre au ras du sol ; le tronc montait velouté d'écorce pure ; brusquement un paquet de glace éclairait l'aisselle des branches maîtresses, le halo montait le long des rameaux avec des paquets brillants à chaque fourche et les pointes bourgeonnantes, encapuchonnées de gelée, luisaient comme des flammes de chandelles. Le rayonnement restait là. Il était enveloppé par le gris sombre du ciel. Il brûlait de son feu froid et solitaire. Il ne se mélangeait pas au feu des autres arbres ; il ne devenait pas un brasier de la forêt. Il restait dans son arbre. C'était presque tous des fayards. La peau rouge des bourgeons encore durs comme du bois colorait la lumière de la glace. Mais les frênes la coloraient de jaune pâle, les alisiers d'un violet de flamme et les châtaigniers de ce vert délayé qui couvre le ciel au-dessus des vastes plaines les soirs de grand vent. Tout était furtif : rien n'éclatait que le blanc et le noir ; les couleurs étaient une petite moire légère. Elles tremblaient sur les portes magiques qui fermaient les avenues et elles se défaisaient en même temps que la clôture des branches s'ouvrait. Elles se balançaient dans les profondeurs de la forêt comme les fils de la vierge dans les chaudes après-midi. Elles s'enroulaient en quenouilles sur un bourgeon, elles s'éteignaient, laissaient glisser le gras de leur huile dans tous les replis de la forêt.

— Forêt communale ? demanda Saint-Jean.
— Oui, dit Marie.
— Beaux arbres, dit Saint-Jean, la coupe serait prête.

Ils montaient du même pas. Une grande porte noire

ferma tous les chemins devant eux. Elle ne s'ouvrait pas. Elle noircissait à mesure.

— On est aux sapins, dit Marie.

Ils entrèrent dans une autre salle de la forêt. Plus de glace ; à peine quelques petits paquets comme le poing sur des palmes basses, courbées vers la terre. Un froid dur. La nuit. Il fallait habituer ses yeux. Ils relevèrent la tête, faisant des pas un peu plus longs. Une grande salle toute propre comme un grenier vide. Des piliers noirs hérissés de petites branches mortes. La pente était devenue très raide. Il n'y avait plus de chemin.

— Il est parti le chemin de Leppaz, dit Saint-Jean.

« Vous montez en biais ? dit-il.

— C'est ici qu'on choisit, dit-elle. Il faut venir par là. De là-bas (elle désignait le flanc rond de la terre dans l'ombre) on redescend sur le fond de Sourdie. On peut encore passer de l'autre côté vers Chêne-Rouge si on veut. Mais là où nous allons, c'est fini. Il faudrait avoir des ailes. On va sur la gauche de Verneresse.

— Attendez, dit-il, il va falloir monter la grande Verneresse du côté de l'à-pic ?

— Oui, dit-elle. Il y a un passage.

— Je sais, mais il n'y en a qu'un.

— Il y en a assez, dit-elle.

— C'est pour vous que je le dis.

Elle ne s'était même pas arrêtée de marcher.

— Moi je peux tout faire, dit-elle.

— Les forestiers passaient par là. Je les voyais avec leurs vestes vertes.
— Nous serons dans les nuages, dit-il.
— Non, dit-elle, les nuages traînent plus haut.
— Tenez, la voilà déjà votre Verneresse.

Des troncs de sapins étaient déchirés de blessures jaunes. Des éclats de pierres avaient charrué la terre. De gros rochers blancs couverts de mousse s'appuyaient contre des arbres penchés.

La nuit sous la forêt était impénétrable au-delà de quelques pas. A mesure qu'ils montaient, ils trouvaient de plus en plus des pierres et des rochers. Une puissante odeur d'oiseau venait à leur rencontre. Elle descendait à travers le feuillage serré des sapins. Une haute présence aérienne dominait la forêt. Ce devait être comme une poitrine d'aigle, mais qui avait des centaines de mètres de haut au-dessus des arbres. Comme si ici dessous, dans ce charruage et ce sol crispé entre les rochers, et les arbres renversés, et ces piliers noirs effondrés, c'était l'endroit où l'aigle reposait ses griffes et que là-haut dessus le corps soit debout avec son bréchet, ivre de vides et de gouffres, vivant et parfaitement immobile. A mesure qu'ils avançaient — pourtant dans la nuit presque complète — ils voyaient à peine les piliers des arbres à deux pas devant eux — ils sentaient cette présence qui se haussait de plus en plus dans la forêt. Ce n'était pas une question d'œil puisqu'ils étaient même parfois obligés de tendre la main en avant pour se diriger maintenant dans cette profondeur de la forêt de sapins — car les feuillages devaient être recouverts d'une épaisse couche de neige glacée là-haut dessus — mais ils imaginaient cette poitrine sauvage dressée à des centaines de mètres en l'air au-dessus des arbres, avec sa toison et ses muscles et les bosses de ses deux ailes repliées, et le cou maigre, veiné de bleu entre les tendons et qui s'enfonçait là-haut dans une autre forêt de sapins comme pour y cacher la tête, laissant seulement cette grosse poitrine face au gouffre de Verneresse, approfondi de toute la gorge de Sourdie en bas au fond.

Déjà le sol se redressait. Saint-Jean regarda derrière lui.

A travers les piliers de la forêt, il vit luire très loin en bas dessous la clarté du bois de fayards comme un vestibule où le jour pouvait encore entrer. Ici le pied était obligé de tâter pour trouver sa place sur des sortes d'escaliers qui haussaient la terre.

— Vous vous y retrouvez?
— C'est là où je suis.
— Je ne vous vois pas.
— Donnez la main.

Elle le guida sur les deux ou trois premières marches.

— Ça va, j'y vois maintenant.

En effet, une clarté légère descendait comme la petite eau d'une cascade le long de l'escalier de rocher, illuminant le vert cru des mousses et l'écume grise des lichens. Ils montaient le long des derniers sapins. Les feuillages touchaient le rocher. Ils écartaient les lourdes palmes froides chargées de ces longs lichens des hauteurs. Ils montaient d'escalier en escalier, parallèlement aux troncs allongés des sapins à côté du feuillage qui maintenant, touché un peu par le jour, était vert sombre et tenait dans ses aiguilles des paquets de neige. Le vide s'ouvrit brusquement devant eux, arrondissant en bas comme une roue de plumes de paon. L'air du gouffre était gluant ; il collait contre le corps, il collait la peau de mouton, les pantalons et la jupe. Il poussait des doigts de colle jusque dessous, jusqu'à la peau. Il tirait vers lui. C'était presque un vrai sentier, contre le rocher, dans une faille qui sentait la pierre crue. Il montait en oblique. A côté de lui, à chaque pas, battait doucement cette roue de plumes de paon avec ses ronds gris et roux, ses plumes jaunes, ses duvets de neige, ses pâturages, ses forêts noires. Elle était là comme si on pouvait la toucher avec la main, haletante de toutes ses plumes à la cadence du pas montant, haussant les pâtures rousses, les forêts, les champs, l'étendue de l'eau, les laissant doucement retomber en bas au fond d'un mouvement qui attirait ; venant d'un coup en caresser les yeux comme d'une aile souple de grande plume faite de champs et de pâturages, et de forêts qui se collaient d'un coup sur le visage, coupant la respiration, passant toute chaude et rayonnante comme de la fourrure de bête, sur le nez, les joues, la bouche, avec toutes les couleurs mélangées comme dans une grande roue qui tourne vite, puis lentement, puis s'arrête, puis repart et

saoule comme le balancement des barques sur l'eau.
La grande muraille de Bufère chargée de forêts, là-
bas loin de l'autre côté de la vallée, se penchait et vole-
tait comme une couverture de cheval pendue à la
corde du séchoir et comme si le vent la poussait jusqu'ici, jusqu'à frôler le rocher de grande Verneresse
dans lequel ils montaient le long du passage en oblique. La faille gagnait rapidement de la hauteur et à
mesure elle devenait molle. Il semblait que le pied
s'enfonçait comme une longe de fouet dans ce grès
pourtant toujours solide et un peu verni, couvert
d'un lichen rampant, vert, gris et rouge cerclé de
noir qui s'était mis à haleter lui aussi sous les yeux,
se collant à la couleur des plumes de paon des
champs profonds quand elle venait affleurer le bord
du passage en surplomb. Dans ce halètement de
gouffre, dans ce déploiement de la roue de plumes
qui essayait de fasciner et d'éblouir avec tous ces
champs, et ces forêts, et ces pâturages minuscules,
rouant lentement comme un gros éventail de plumes
qui se déploie et halète, la couleur, la forme du lichen,
l'élargissement du lichen sur le grès où il fallait assurer le pied étaient exactement pareils à cette lointaine étendue haletante de champs, de pâturages, de
forêts et d'eau. Difficile de savoir si le pied n'allait
pas brusquement s'assurer dans le vide. A chaque
pas, Saint-Jean disait à voix basse en lui-même :
« Oui, oui, oui », pour se pousser d'aplomb. Plus sûr
encore de ce oui que de la solidité du grès sous ses
pieds et de la solidité de la muraille de grande Verne-

resse qu'il touchait de temps en temps de sa main droite pour voir si elle était toujours là, si elle n'était pas en train de flotter elle aussi comme la grande muraille de Bufère, là-bas de l'autre côté de la vallée, les laissant en fin de compte seuls tous les deux, Marie et lui, en plein ciel, sur cette longe de fouet toute molle, sans plus rien pour s'appuyer au-dessus de ces champs, ces pâtures, ces forêts, ce lac et ces lichens, tous en train de tourner comme une grande roue. Oh! par moments, elle vous ferme l'air devant la bouche et vous saoule la vue, cette roue chaude collée sur vous et tournant dans votre sang comme déjà si on tombait en bas au fond. Il semblait qu'on avait une corde molle dans l'épine du dos. Oui, oui, oui, frappant le grès de ses souliers, montant de plus en plus haut à chaque oui. Assuré de soi-même quand rien n'assure, touchant le mur de grande Verneresse qui semblait flotter. La forêt de sapins en bas n'était plus qu'un tapis gris, une nouvelle couleur dans la plume, dans un jour cru, avec la nudité du froid. La sévérité de cet air entièrement séché par le gel qui grossissait les détails les plus minuscules du monde, avec seulement le gluant du gouffre, et tout le reste était dans une pureté solitaire. Oui, oui, oui, il se construisait son chemin pas à pas. Il entendait que Marie se répétait aussi quelque chose à voix basse, ou peut-être c'était sa respiration qu'elle soufflait plus fort, en cadence elle aussi pour être là.

Le sentier passa tout nu au bord du vide, tournant contre le rond de Verneresse pour aller rejoindre une autre faille qui montait vers ce qui était le cou décharné de cette énorme poitrine d'aigle. Il fallait longer le bréchet. C'était un os de roche aiguisé par les vents. Il fallait appuyer sa main sur ce rocher. On y sentait une peau fine et toute lisse, les traces du vent, les empreintes des grands vents et de la pluie. Il fallait enjamber le bréchet en restant collé contre lui ; à ce moment-là on était à cheval sur le devant de cette poitrine d'aigle. On entendait brusquement comme des torrents de vent dans les oreilles et une cloche aiguë qui sonnait dans la tête deux ou trois coups pendant qu'on imaginait derrière son dos le halètement des pâtures, des forêts et des terres profondes.

De l'autre côté, le sentier continuait toujours nu contre le vide mais plat, large à peu près d'un demi-mètre, se dirigeant vers le fond de Sourdie. Mais, au détour du bréchet, on avait abandonné ce carré de terre sur lequel étaient plantées la forêt de fayards et la forêt de sapins, et on était dans ce qu'on appelait le gouffre de Verneresse. Le sentier n'avait pas gagné en hauteur ; au-dessus de lui il y avait toujours cette muraille de plus de deux cents mètres qui montait droite jusqu'à l'emmanchure du cou de l'aigle d'où on voyait pointer une touffe de sapins comme un hérissement de plumes. Mais sous lui la profondeur se creusait tout d'un coup au moment où on quittait le dessus de la forêt. A cette hauteur perpendiculaire qu'on dominait déjà s'ajoutait toute la profondeur de Sourdie. La monstrueuse forêt, en bas au fond, était restée toute noire, sans givre ni neige, et d'abord on ne la distinguait pas des terres sombres sur lesquelles elle était. On ne pouvait guère regarder d'aplomb en bas au fond ; il ne fallait pas laisser l'œil s'attacher : on sentait tout de suite que ça vous tirait comme si on avait deux crochets de fer dans la tête et avec une force qui tout d'un coup vous mettait en poudre. On regardait du coin de l'œil, vite, et on ne pouvait pas voir la forêt. Mais au bout de deux ou trois fois le clin d'œil suffisait. On était obligé de savoir qu'il y avait quelque chose de vivant en bas au fond. Pour si profond que c'était, pour noir que c'était et tout immobile dans le silence, on voyait que c'étaient des arbres à l'endroit où on n'imaginait que de la terre de schiste plate et noire. Et, tout d'un coup, on en comprenait si violemment l'épaisseur et cette lourde monstruosité d'éponge noire que, tout d'un coup, on portait la main sur le rocher et les genoux manquaient.

— Doucement, Marie. Regarde devant toi.

Ils étaient à ce moment-là juste au-dessus de cette énorme glace flottante qu'ils avaient vue du radeau, là-bas au fond, pareille à un homme géant sous un grand manteau ; elle était en bas dedans comme un trou d'épingle sur une bande de papier bleu sombre. Ça faisait fil à plomb. Voilà qu'on entendait encore ce vent qui n'existait pas, comme au moment d'enjamber le bréchet de Verneresse. Le silence même avait un ronronnement de sang chaud. L'air du côté du vide avait la trompeuse solidité du métal.

On avait envie d'y appliquer sa main ouverte.

— Baisse ton bras, dit Saint-Jean. Laisse ta main contre ta jupe. Marche droit. Regarde droit devant toi. Pense à moi, dit-il brusquement.

« Je suis derrière toi. Je te regarde. Va doucement.

« Fais des pas réguliers, dit-il à voix basse, mais si farouchement que c'était comme un cri. »

Sous la jupe brune, il vit la cuisse qui commençait un mouvement — énorme à cette hauteur! — mais c'était le pas qu'il lui demandait.

— Un, deux, trois, quatre...

Elle avançait à son ordre en même temps que lui.

— Cinq, six, sept.

L'eau de Sourdie en bas au fond, sombre comme un serpent de fer, se lovait en sinuosités violentes et lentes, bousculant ses rives de rochers, ses monstrueuses forêts et ses glaces, éperdument libérée dans une sorte de farouche volonté de séduire.

— Huit. Neuf. Dix. Onze. Je suis là. Douze.

La forêt de Sourdie haletait comme un flanc de loup.

— Treize, quatorze, quinze. Seize. Nous y sommes. Sept, huit, neuf, dix, onze. Couche-toi dans la faille.

Il lui saisit le bras. Elle avait un poids qui l'emportait plutôt vers le vide, mais avec quelque chose de flottant qui, dès qu'il l'eut saisie, la décida à se coucher le long de la faille montante où ils étaient arrivés, à l'abri dans la rainure du rocher, avec un gros besoin d'air et de respiration libre qui la gonfla, puis elle resta avec le visage écrasé contre la pierre.

— Douze, dit-il de toute sa force.

Pour rien. Pour personne.

La montagne était froide et paisible, dans un silence qui permettait d'entendre le léger gémissement du rocher sous le gel.

Il pouvait rester debout sans bouger sur le petit emplacement de ses pieds. Il passa doucement la main sur ces cheveux qui ressemblaient à ceux de Sarah. En bas au fond l'eau de Sourdie était redevenue indifférente.

— Pouvez-vous monter maintenant? dit Saint-Jean.

Il continuait à caresser les cheveux de Marie ; il leur trouvait une douceur extraordinaire.

Elle se dressa et commença à monter dans la faille. Par là, on allait droit à travers le rocher jusqu'à l'emmanchure du cou de l'aigle qu'on voyait là-haut dans l'ouverture de ce chemin raide. Des pierres se dérochaient sous les pieds ; elles roulaient jusqu'en bas de la faille, éclataient sur le rebord du passage et plongeaient dans le gouffre. Tout de suite on gagnait en hauteur comme sur une échelle. Il y en avait pour cinq à six minutes. Ils montaient, penchés en avant, s'aidant à quatre pattes du bout de la main aux endroits raides. Là-haut la faille s'élargissait et s'aplanissait doucement dans du rocher charrué et déchiqueté, à travers des sapins à moitié arrachés et penchés sur le vide. Dans les sillons et dans l'ombre des racines soulevées dormaient les plaques blanches d'une eau entièrement glacée. Tout de suite après c'était la forêt de dessus : de vieux sapins déchirés dont le feuillage était tout enseveli sous des charges de longs lichens gris, comme si on avait renversé sur les arbres des charretées de foin sec. On ne pouvait pas voir à un seul endroit un peu de ce vert du sapin ni de la neige que ce lichen herbeux ne pouvait pas garder ; mais les nuages passaient lentement à travers la forêt comme un ruisseau de farine.

Ils s'étaient arrêtés à la lisière.

— Vous m'avez tutoyée en bas dedans, dit Marie. Vous étiez pressé.

Ils étaient arrivées à la hauteur des nuages, à l'endroit où ce plafond entrait dans la rainure des montagnes et bouchait la vallée. En bas dessous c'était toujours extrêmement clair. On voyait bien cette eau plate qui recouvrait tout ce fond de Villard. C'était grand comme le creux de la main et presque au milieu la butte de Villard-l'Église : une toute petite ampoule grise, avec un fil de fumée. Tout ça prisonnier de la plaque de plomb de l'eau, sauf la fumée qui était toute petite mais noire, et malgré la hauteur, on voyait qu'elle était faite de gros muscles ronds qui montaient dans l'air en roulant. Le premier feu du matin là-bas dessus. Tout le fond de la vallée s'était arrêté de haleter et de tourner comme une roue de plumes, depuis qu'ils étaient là sous cette lisière de la vieille forêt, ayant l'un et l'autre embrassé un tronc d'arbre pour regarder tranquille. Oh! il était question maintenant d'une autre magie. La montagne n'avait pas l'air de perdre le nord dans toute cette histoire. Toute cette catastrophe d'eau était vraiment trop petite. Vue d'ici c'était même une chose dont on ne voyait pas pourquoi on s'occupait. A peine une flaque en bas dans le resserrement le plus étroit du pied des montagnes. Et trois fils d'eau comme de la bave de limace dans les pierres. On ne voyait pas la Taille cachée par la bosse de Muzelliers. Par rapport aux hauteurs de Bufère, portant ses milliards d'arbres jusqu'aux nuages et qu'on voyait, poussant sa force à travers les nuages, les crevant pour dresser encore par là-haut dessus ses entassements de rochers et de terre, par rapport, qu'est-ce que c'était cette petite feuille de cigarette, mal découpée, collée en bas au fond sur les champs? Et Bufère n'était pas tout ; ici sous leurs pieds même il y avait Verneresse, la ruche toute bourdonnante de vertige. Et le corps des autres montagnes du pays. On avait beau regarder, c'était toujours au fond une flaque qu'on avait trouvée immense et terrible. Ayant embrassé le tronc des vieux sapins pour regarder en bas ; sous cette cargaison de lichens qui ensevelissaient la vieille forêt comme si les nuages avaient déchargé là-dessus un orage de foin.

En tournant le dos, pour entrer dans la forêt, on voyait les nuages passer à travers les arbres. C'était une farine blanche qui effaçait tout. Tout disparaissait. Quelquefois un arbre englouti revenait à la surface. Alors, c'était d'abord une forme sombre à travers le déroulement laineux qui passait d'un mouvement égal, puis le tronc apparaissait, puis les branches qui avaient l'air de se débarrasser des longs flocons étirés avec des gestes surhumains. — Elles ne bougeaient pas pourtant dans cet air immobile, c'était au contraire le nuage qui bougeait sur elles — et tout d'un coup on le revoyait tout entier avec sa charge de lichens. Puis il s'engloutissait encore. Une fois entrée là-dedans la clarté du jour diminuait de pas en pas et plus rien. Le monde était effacé. Saint-Jean tourna la tête. Verneresse était effacé. La vallée était effacée. Bufère là-bas en face. Et la profondeur avec sa petite flaque et sa petite ampoule grise comme une cloque de pluie. Il appela doucement Marie. Elle lui répondit d'à côté de lui. Il étendit le bras en avant pour tâter sa route. Sa main disparut; le bras semblait coupé, là, près de son épaule.

— Vous venez?
— Je marche à côté de vous.

Le jour tombait peu à peu. Ils marchaient dans le lit glacé d'un écoulement de névé. Parfois le bout fragile d'une longue barbe de lichen frôlait leur joue. Il fallait qu'elle touche les cils pour qu'on la voie. Et dès qu'elle avait passé contre la joue elle disparaissait. Plus rien. Même pas cette cloque de pluie sur la flaque en bas. Le silence. Le froid. Une bulle de pluie. Sur une flaque d'eau toute sale, ça n'y était même pas ici dedans. Il fallait y penser pour que ça y soit. Alors, c'était dans la tête, on le revoyait. Cette farine qui passait contre le visage et qui engloutissait le corps, le corps des arbres, le corps de la montagne et qui couvrait le jour n'avait ni corps, ni forme, ni poids, ni force, ni couleur. Pas moyen de sentir son existence. Et pourtant il n'y avait plus que ça. Saint-Jean fronça la peau de son front pour savoir qu'il avait encore de la peau sur l'os du crâne. Car on avait l'impression qu'on n'était plus rien non plus, qu'on allait comme ça marcher à l'aveuglette pendant des siècles, toujours au même endroit, sans changer de place. Dans rien. Et devenir soi-même rien à mesure que s'effaçait ce souvenir de la minuscule cloque grise en bas sur la flaque. C'était de plus en plus difficile d'y penser — marchant là-dedans, pas à pas, la main étendue devant soi — et dès qu'on n'y pensait plus à cette petite butte de Villard-l'Église, il n'y avait plus rien et il semblait qu'on se fondait soi-même dedans. A un moment où ce défilé incessant des flots de farine, juste contre l'œil, vous donnait encore cette ivresse et cette envie de tomber comme tout à l'heure quand le monde entier s'était mis à haleter comme une aile de plume... Tout avait l'air de vouloir vous prendre, aussi bien le monde que maintenant où il n'y avait plus rien. Ah! il fallait vraiment qu'on soit un bon gibier pour que tout soit si intéressé à vous attraper, qu'on soit toujours obligé de résister. Quand on est dans la vallée en bas... enfin, quand on était dans la vallée en bas avec les champs et les chantiers d'arbres, debout sur la terre, avec cette petite grandeur des hommes qui ne permet de voir qu'un rond de terre, pas très grand, on luttait bien contre tout ce travail de la terre et des arbres, soi-disant pour défendre sa vie, ou bien, comme on dit, « la gagner » mais surtout parce que, de tout ce qui vous entoure, sort une drôle de force qui voudrait vous absorber, et nous aussi nous voulons absorber de notre côté, alors nous travaillons, qui est notre façon de nous battre. Bon, c'est une force qui est répandue dans chaque mètre carré de la terre, et dans un hectare il y en a dix mille fois plus, et dans mille hectares, alors ça te fait un défilé de zéros comme là cette farine de rien qui te passe devant l'œil. Alors, toi, si tu augmentes ta grandeur d'homme, si tu allonges ta taille d'homme, si tu te mets toute une montagne dessous, ayant comme ça tes yeux dans une hauteur qui n'est pas habituelle, tu vois beaucoup plus large autour de toi, étant plus haut (mais à cette hauteur qui n'est plus ce qu'on peut appeler à hauteur d'homme) alors tu as contre toi beaucoup plus de mètres carrés tout autour, beaucoup plus d'hectares, une plus grande accumulation de forces autour de toi, une accumulation beaucoup plus inhumaine. Plus tu montes, plus tu te hausses ; dès que tu n'es plus à hauteur d'homme, tu es dans les hauteurs inhumaines, alors, tes yeux voient à des kilomètres et des kilomètres, avec des accumulations de pays et de pays, et de champs et de champs, et d'hectares et d'hectares, du haut de cette hauteur inhumaine ;

mais, mon vieux, la taille, c'est l'ensemble de tout, c'est tout en rapport, il faudrait en même temps grossir ta tête et elle est toujours de la même grandeur, que tu aies eu la force de te mettre cent montagnes sous les pieds ou que tu sois encore humblement de plain-pied avec les prairies plates. Oui. Alors, tu ne peux même pas penser à travailler avec tout ce que tu vois. Tu ne peux même pas dire que tu vas commencer la lutte. Alors, tu es tout juste le bon morceau de gibier à ton goût qu'on va pouvoir absorber si seulement on fait haleter comme il faut toute cette étendue de champs, et de pays et d'hectares, que même tes yeux te font voir comme des plumes molles. Et si on ne réussit pas du premier coup, on le fera cent coups, ou mille coups, jusqu'à ce que tu passes. On n'est pas pressé. On est sûr de gagner du moment que tu as été pris à cette malice de vouloir une grandeur plus grande que celle de l'homme. Ah! ça, les hauteurs inhumaines, il faut s'en méfier. Car, même l'œil n'est déjà plus à toi, ni l'oreille, ni rien. Si, il n'y a plus dans ta tête qu'un petit endroit tout aveugle et tout sourd et d'habitude c'est l'œil et l'oreille qui le renseignent, mais maintenant ils lui donnent de faux renseignements ; alors, qu'est-ce que tu veux qu'il fasse ?

Une branche lourde de lichen lui frotta l'épaule. Il appela Marie.

— Je suis là près de vous, dit-elle, je ne vous quitte pas d'une semelle.

— Vous me voyez?
— Non, mais qu'est-ce que ça fait?

Et alors, que ce soit cette accumulation d'hectares qu'on voit des hauteurs inhumaines ou ce grand fleuve de rien comme maintenant où il n'y a plus ni corps, ni forme, ni force, ni poids, ça a le même appétit de vous prendre et de vous absorber. Il y a cette volonté partout et constamment. Ici, on devrait être tranquille. On ne voit pas un centimètre plus loin que le bord de la tête de chaque côté de l'œil. On ne peut pas dire qu'on soit saoulé de trop de choses. Et c'est pareil. Il semble encore qu'on vous endort avec du pavot (il fronça de nouveau la peau de son front et il fit une petite grimace avec sa bouche pour sentir les poils de sa moustache et se rendre compte qu'il y avait encore de la peau et de la viande, et du poil blond ardent comme de la fleur de jonquille sur sa mâchoire et sur ses dents). C'était vraiment cette chose-là comme la mort. Il n'y avait plus d'apparence. On marchait dans cette espèce de ruisseau de névé, tout séché par le gel et qu'on reconnaissait par l'ancienne habitude de ce pays de montagne. Autrement il était impossible de voir les lichens qui frôlaient les joues, ni les branches qui passaient près des épaules. On savait que c'était ça parce qu'on se souvenait. Autrement, il n'y avait rien. C'était le même écœurement que devant le vide ouvert de Verneresse, sans le grand danger immédiat, là, au ras des pieds. Mais ce qui était beaucoup plus dangereux c'était de n'avoir plus rien ici que ce dont on pouvait se souvenir. C'était un vide où il était bien difficile de ne pas tomber. Ce ruisseau du névé, sec sous les pieds, inimaginable, il ne serait pas là. Il est là parce que le souvenir de Verneresse est resté dans la tête et qu'on sait l'existence là-haut dessus des grands névés de dessous Rognon. Mais si on se mettait à imaginer autre chose, tout changeait. Ça devenait tout ce qu'on voulait! La route de Bobbio, la digue de Praly, le col de la Soume, n'importe quoi dans cet endroit, ni rond, ni carré, ni rien, sans dimension où il n'y a que la vie qu'on apporte. Oh! quelle inquiétude dans tout ce qui existe. Dès qu'une chose existe, ça revient à dire qu'il y a une nouvelle inquiétude. Et l'ensemble de toute cette accumulation d'hectares devant les yeux de celui qui se hausse au-dessus de la grandeur d'homme, c'est une masse d'inquiétude de plus en plus grande. Et qui affole. Et celui qui reste au plat des prés n'a que la petite quantité d'inquiétudes supportable. Car, bien entendu, on ne peut pas dire que parce qu'il est resté à sa vraie hauteur il ne soit pas inquiet. La vie, c'est l'inquiétude. Ce qui n'est pas inquiet c'est...

Il s'arrêta.

... ça. Rien. A condition de ne pas bouger, d'être rien.

Il se sentait fondre dans le nuage, comme s'il n'y avait plus la barrière de la peau, entre sa chair et cette farine sans matière.

— Marchez, dit Marie, ne vous arrêtez pas, on

s'en sortira. Je ne suis pas perdue. Je sais où on est.
« Regardez », dit Marie.

Une immense lueur ardente éclairait tout le fond vers lequel ils marchaient. Il pouvait voir déjà Marie comme une ombre noire, sa tête en boule noire et autour une auréole de fumée blonde qui était le transparent des cheveux.

— Nous approchons, dit-elle, nous allons sortir.

Le nuage se défaisait. Les arbres apparurent avec des bords vertement puissants. C'étaient de longs vieux sapins, propres, longs et minces, avec très peu de feuillages mélangés à des mélèzes maigres. Les troncs montaient droit, très haut, dans cette hauteur où brillait une lumière si ardente et si nouvelle que les yeux pleuraient.

— Nous avons traversé, dit Marie, nous allons déboucher au-dessus des nuages.

Elle cria :

— C'est le soleil !

Un faisceau de rayons violents et presque purs creva les arbres, s'embroncha dans les troncs et les branches, écarta une roue dans les poussières du sous-bois. Devant eux, la lisière développa son étroite grille de troncs noirs. Au-delà s'ouvrait une éblouissante liberté blanche.

Ils se mirent à courir tous les deux.

C'était le grand névé sous la falaise de Rognon. Il s'étendait éperdument d'un côté et de l'autre, un peu incurvé comme les ailes d'un oiseau qui vole, couvert de neige, il n'était que lumière éclatante. Il fallait cacher les yeux sous la main. Entre les doigts, par une sorte de regard sanglant tout brouillé de rouge, on voyait l'arête de la neige sur le ciel pur, sans un nuage, libre, tout noir.

— On va être aveuglé, dit Saint-Jean. Tant pis. Il faut traverser.

Ils regardaient maintenant dans la forêt pour se reposer les yeux, sur cette ombre qui prenait tout de suite un velouté magique avec les grands lichens gris descendant doucement des arbres et dans le noir, en bas au fond, le passage du nuage de farine.

— On n'a pas pensé que ce serait aveuglant. On aurait dû y penser. Oui, il fallait le prévoir.

— Je dois avoir de quoi faire, dit Marie. Attendez.

Elle fouilla dans son corsage, sous la chasuble en peau de mouton. Elle tira de là-bas dessous un foulard de soie.

— Il n'y a qu'à le couper en deux et se mettre un bandeau sur les yeux. C'est transparent et c'est mauve.

C'était mauve avec un quinquonce de toutes petites roses jaunes, pas plus grosses que des abeilles, avec deux feuilles vertes.

— C'est à ma mère, dit-elle.

Ça pouvait faire. C'était transparent, assez pour voir le chemin et le dessin des montagnes sur le ciel noir.

— Tout est bouleversé, dit Saint-Jean. Pas besoin de raquettes. Je ne m'attendais pas à ce gel, la neige est dure.

Ils commencèrent à remonter la grande pente. Le soleil était chaud. Malgré le bandeau sur les yeux il donnait l'impression d'être très matinal. La lumière ne disait pas plus qu'à peu près dix heures du matin. Le soleil était joyeux. Il donnait vraiment envie de vivre, malgré le silence et le désert. La grande falaise de Rognon était là-haut au bout de la neige, au-dessus d'eux, couverte de couleur qu'on pouvait voir à travers les fils de soie. Le roux léger de ce gneiss dont elle était faite montait lui aussi s'appuyer contre le ciel. Tout ici avait l'air de s'appuyer contre le ciel et de tenir debout parce que le bord tranchant de la neige ou de la pierre avait cet appui contre le ciel noir. Il était noir à travers la soie ; il était noir en regardant par-dessus le bandeau. Il n'était plus bleu comme il est quand on le regarde des prairies. On était assez haut pour voir sa vraie couleur. Il était noir et légèrement mouvant, comme une pluie de suie opaque qui s'écartait doucement devant le regard comme pour découvrir de plus grandes profondeurs de suie et de ténèbres.

— C'est costaud, tout ça ici, dit Marie, ça fait plaisir à voir.

— La plupart du temps, dit Saint-Jean, je ne comprends pas la moitié de ce que vous dites. Qu'est-ce que vous trouvez qui fait plaisir à voir ? Moi je ne sais pas, mais rien ne me fait plaisir ici.

— Je ne sais pas, dit-elle, mais moi ce sont ces terres debout. La peine que ça vous donne...

— La peine n'est pas un plaisir, dit-il, qu'est-ce que vous chantez?
— Oh! pourtant!...
— Quoi? dit-il. Ah! vous verrez vous aussi, quand vous comprendrez les choses.

A mesure qu'ils entraient dans cette étendue de neige, la falaise de Rognon se dressait de plus en plus au-dessus d'eux. La marche était facile sur cette neige durcie où s'étaient figées de grandes rides parallèles comme sur de la crème de lait. Et la pente n'était pas trop forte. Ça n'était plus que cette souple courbe des sommets abandonnant les abîmes pour aller s'appuyer contre le ciel. Là-haut le soleil marcha doucement à travers cette pureté noire où l'on avait l'impression que brusquement allaient surgir toutes les étoiles. On voyait avancer le jour. Malgré le foulard de soie, et malgré l'absence d'ombres, par la seule orientation de la lumière on voyait passer l'heure dans ce ciel exactement courbé au-dessus du névé. La lumière avait perdu cette qualité matinale qui les avait frappés à la lisière de la vieille forêt de sapins. Elle montait vers un milieu; elle avait l'air de vouloir s'équilibrer; elle éteignait peu à peu tous les ricochets de flamme qu'elle faisait jaillir de tous les plis du névé; elles aplatissait plus lourdement de moment en moment, sur la neige, une force brutale mais uniformément répandue.

C'était plus grand que ce qu'ils pensaient. Ils étaient à peu près au milieu du névé. La lisière de la forêt n'était plus que comme un fil de laine bourrue, posée là-bas au bord ; la falaise de Rognon s'était dressée de plus en plus haut mais elle avait encore de quoi faire, on sentait qu'elle n'avait pas encore fini de développer ses épaules glacées et de dresser ce corps de pierre dont on ne pourrait plus voir la tête quand on arriverait près de lui. Ils étaient comme deux petites fourmis noires, là au milieu. Il y avait en tout cas une bonne heure qu'ils marchaient. On ne pouvait s'en apercevoir qu'à la falaise ; ailleurs, la neige appuyait toujours son même flanc pur sur le même ciel noir. Mais la falaise se dressait, vainement. Ils pouvaient voir maintenant l'ombre à ses pieds. La muraille était devenue plus rose, mais au lieu d'être tout un bloc de couleur égale, on commençait à voir des détails de rochers et cet entassement de pierres dans lequel elle se tenait debout. A un moment donné, elle renvoya un bruit. C'était un bruit. Tout seul. Et qui s'éteignit tout de suite, sans que rien change, sinon ce grandissement devant les pas, lentement, à mesure que le soleil quittait ce côté de l'est.

— Voyez, dit Marie, les forestiers faisaient leur feu là-bas.

Elle montra une tache d'ombre dans le pied de la falaise et qui ne s'effaçait pas malgré le soleil qui éclairait en plein cet endroit-là.

C'était l'entrée d'une caverne, grosse comme la tête d'une épingle noire.

— Vous verrez, dit-elle, on trouvera encore les marques de la fumée.

Mais c'était trop loin, ils voyaient à peine le noir du trou. C'est peu à peu que se dessinèrent les festons du rocher autour de l'ouverture, puis, qu'elle se mit à s'élargir et à s'agrandir comme une gueule. C'était juste dans le bas de la falaise. Le névé se relevait et y arrivait. Le soleil de midi touchait maintenant toute la surface du haut rocher comme une poudre d'or accrochée aux plus petites aspérités de la pierre ; les surplombs laissaient couler de longues ombres noires. A l'entrée de la caverne, un seuil doré allumait de longs reflets verts dans la glace du névé.

— Vous voyez, dit-elle, c'est bien là, ils ont laissé des traces.

On voyait tout autour de la grotte, sur le rocher blanc, les vieilles marques noires de la fumée.

— Ils allumaient du feu dans le trou et, de là-bas où j'étais, je le voyais rouge comme le fond d'un gosier, puis ça se mettait à fumer de la gueule, là, tout bonnement, avec la gueule ouverte. Oh! Je me souviens bien et je pourrais dire les jours exacts, et comment ils mettaient leurs vestes vertes sur le rocher, probablement pour les faire sécher, parce qu'ils étaient montés quelquefois avec la pluie. J'étais là-bas, moi, dit-elle.

Et elle le détourna dans la direction, au-delà du gouffre de Verneresse, vers une sorte de dos jaunâtre où il devait y avoir très peu de neige sur une herbe ayant pris sa couleur d'hiver. C'était plus bas, juste émergeant de la lisière haute des forêts.

— Alors, ça, c'étaient vos quartiers ?
— C'étaient les pâtures du dessus.
— C'est Chêne-Rouge où vous êtes restée avec votre mère ?
— Non, Chêne-Rouge est plus bas dans les bois, mais je montais là-bas dessus tous les matins.
— Vous ne restiez jamais dans la maison ?
— Ah ! non, sauf la nuit.
— Vous aviez beaucoup de large ?
— Oh ! bien, tout ce dos d'herbe que vous voyez.
— Mais je veux dire en bas, à la ferme.
— Assez, oui.
— Votre mère couchait avec vous ?
— Oh ! oui, des fois.
— C'est un drôle de pays, là-bas, dit-il, on ne voit rien évidemment, sinon que ça doit être noir d'arbres.
— Oh ! ajouta-t-il, et qu'il faut avoir une drôle d'idée pour y rester.
— C'est paisible, dit-elle. Oh ! il faut dire que rien n'y embarrasse.
— Ça dépend, dit-il.
— Rendez-vous compte, dit-elle, que ça n'a plus aucun rapport avec le pays d'en bas. Rendez-vous en compte ici même, voyez-vous.

Le ciel donnait une parfaite impression de ténèbres habitables. Il n'y avait plus moyen de voir ce bleu qu'il avait vu du fond de la vallée, ce laiteux à peine bleuté comme les scabieuses des plaines. Il était pareil à une immense pluie de charbon suspendue et volant librement dans l'étendue, portant le soleil plat au milieu de toute sa suie farineuse. Il n'y avait plus permission de rien, mais une absolue solitude exacte contre la peau, comme le flanc de neige contre le ciel noir.

Ils approchaient. Ils étaient déjà dominés par la voûte de la caverne. La falaise de Rognon se perdait dans la hauteur, à la rencontre d'un soleil pâle et tout éclaté, comme une botte de paille défaite. Le bruit des pas sur la glace claquait contre la muraille. La grotte n'était pas très profonde. Elle dominait un peu le névé dont la fente avait dû se relever pour venir se raccorder au pied de la roche droite, dans les éboulis. Elle s'ouvrait comme ça, presque à la hauteur de la tête de Saint-Jean. Il marchait lentement le long de cette pente de névé un peu plus raide, en profitant des rides de la glace, et quelquefois il fallait s'aider avec la main. Mais en relevant la tête, Saint-Jean vit le fond de la caverne. Elle pouvait avoir tout au plus dix mètres de profondeur, étant presque plus haute et plus large que profonde. Elle avait bien l'air d'une bouche en train de parler, ou bien de pousser un cri déjà parti depuis longtemps, et maintenant tout est silence, mais la bouche est restée ouverte.

Tout de suite avant le seuil, il y avait un petit éboulis presque sans neige, avec seulement un ciment de glace qui le bâtissait solidement. En montant là-dedans, on abandonnait tout d'un coup cette sonorité sourde du névé qui frémissait toujours un peu sous les pieds, on abandonnait tous ces reflets dans la glace, les algues du soleil flottantes comme si elles étaient dans l'eau, et on était tout de suite accroché à cette muraille de Rognon, quoique ce soient seulement les débris de cette muraille, et qu'il n'y ait comme ça à monter que trois ou quatre mètres, pas trop raides, mais on sentait tout de suite le tranchant de cette énorme masse de pierre enfoncée droit dans le ciel. C'était vraiment tout d'un coup comme quelque chose d'héroïque, avec le souffle coupé, comme si on sautait d'une vie dans l'autre, pendant qu'on voyait tout le champ vertical de ce corps, courageusement debout dans le ciel noir et tout poudré d'un soleil qui jaillissait en jet de flèches de la moindre arête de pierre. La caverne était comme une maison, dès que son toit s'était avancé au-dessus de la tête de Saint-Jean et de Marie.

— On dirait qu'ils viennent juste de partir.

Il y avait une grosse provision de bois tout coupé et bien placé en stères dans un creux de la paroi, à l'abri de l'humidité. Par terre, la roche portait la marque ronde d'un ancien feu. Le vent avait dû emporter les cendres. Le sol était propre, avec seulement un petit tas de fientes d'oiseaux, sous un nid, là-haut dans la voûte. Les paroles sonnaient, et les moindres gestes, quand les souliers cloutés grattaient le rocher.

Les forestiers avaient laissé des outils : un pic au manche tout neuf et une barre à mine, propre, avec sa pointe aiguisée. Et, à un endroit, ils avaient fait comme un petit potager de cuisine sur une caisse renversée : deux marmites de fonte et une grosse touque en fer-blanc, toute vide, et qui sonnait elle aussi au moindre bruit comme une petite caverne de métal.

— Attention, dit Saint-Jean, c'est là-bas au fond.

On voyait que là-bas ils avaient creusé une sorte de petit tunnel, comme un terrier, gros à peine comme le corps d'un homme et, au-dessus de l'ouverture, ils avaient peint sur le rocher une grosse croix à la peinture rouge.

— Alors, ça, n'approchons pas, n'approchons pas. Ce qu'il faudrait que vous fassiez, Marie, ça serait d'abord d'aller remplir ce bidon avec des blocs de glace. Prenez plutôt la marmite, c'est plus commode à porter. Vous ferez plusieurs voyages. Je vais faire du feu à l'endroit même où ils le faisaient. Ne touchez rien ici dedans sans me le dire d'abord.

Comme il s'y attendait, il trouva une petite hache forestière cachée dans les bûches. Le bois était sec. Il y eut tout de suite de grandes flammes qui se mirent à claquer dans tout ce gosier de rocher.

— Oh! On va faire chauffer de l'eau, dit Saint-Jean.

Il avait préparé un foyer de pierre.

— ... et après on commencera le travail. Mais maintenant, donnez un peu vos pommes de terre. Attendez, je vais sortir la viande de ma poche. Ah! ça, ça n'est pas le plus facile. Et alors, puisqu'on est resté jusqu'ici sans manger, mangeons chaud. Ça, moi alors, j'aime manger quelque chose de chaud.

Ça, voyez, il n'y a qu'à les mettre là sur les pierres : les patates et la viande. Vous allez voir, ça va chauffer mieux que sur ma cuisse et ça va nous faire du bien. Mangez bien, je vous le recommande. Je vous le recommande parce que c'est maintenant qu'il va y avoir beaucoup de choses à faire. Heureusement que tout ce qu'ils ont laissé nous rendra bougrement service. Pendant que nous mangeons, il faut faire chauffer de l'eau dans la grande touque. Vous allez voir : on va avoir à s'occuper d'une chose qui demande mille fois plus de soins que ce qu'on pourra donner. Eh bien, on va tâcher de la contenter. Parce que, si on ne contente pas la dynamite, alors Marie... je crois qu'on pourra nous attendre. S'il ne gelait pas, ça irait tout seul, mais il gèle... S'il ne gelait pas, je vous l'ai dit, ça se porte comme de la peau de lapin. Ça se jetterait par terre ; tenez, bien sûr, on ne le fait pas, mais on le ferait sans risquer, n'importe quoi, ça se manipule. Mais, dès que ça gèle, alors, oh! halte là! Tenez, aux carrières de Bobbio, on descendait des fois la nuit à travers bois. On prenait un morceau de gomme de dynamite, on le roulait en petite saucisse. Vous allumez ça, et en avant la musique, ça brûlait gentiment entre vos deux doigts comme une chandelle. Je l'ai fait combien de fois!... Oui, mais un soir, un nommé Natura, un Bergamasque, il descendait comme ça, puis on a entendu péter!... Et ça lui a arraché la main. Pourquoi? Pour un petit bout de gomme gelée. Quand le feu a touché ce petit bout — peut-être gros comme une puce — ça a sauté. On lui a coupé le bras. Et il n'avait pas droit à l'assurance.

« Mangez... »

Elle regardait en bas dehors le brasillement du névé et, au-delà, l'océan des montagnes et sa tempête de pierres.

— Tenez, venez voir, dit-il.

Il fit sauter sa chasuble en peau de mouton. Il déboutonna sa veste. Il releva son tricot. Il ouvrit sa chemise.

— Regardez, dit-il, là.

Il écarta les poils de sa poitrine avec son doigt.

— Tenez, vous voyez ça?

C'était la plaque de croûte sèche d'un vieux mal, gros comme la paume de la main, redevenue de la peau, mais toute charruée.

— Le pouillant, dit-il.

Il referma sa chemise, son tricot, sa veste.

— La maladie que ça donne.

Il mit la peau de mouton sur ses épaules comme un manteau.

— Et, encore, moi je n'en ai guère. Je faisais le boisage moi, et la charpente, mais j'ai quand même fait des mines. Pour le plaisir, je me suis servi de la gomme parce que ça attire. Oui. On sait que ça peut foutre tout en l'air d'un moment à l'autre, alors ça vous donne une sorte d'envie. Difficile à expliquer. On ne sait pas. Mais d'autres ont du mal sur toute la poitrine. Il ne faut pas se fier que ça a l'air guéri. Ça a toujours l'air guéri, mais c'est dedans comme un rat qui gratte. Vous savez pourquoi ? Eh ! bien c'est machinal. Avant de bourrer la mine, on met toujours le bâton de gomme au chaud là, sur la poitrine, sous la chemise, contre la peau, un bon moment, pour être sûr qu'elle sera bien dégelée. Si elle n'était pas bien dégelée, quand vous la tassez avec le bourroir, juste une petite tape, elle vous péterait entre les cuisses. Parce qu'on ne sait jamais le temps qu'il a fait autour des poudrières, pendant les nuits, même l'été. Et avec cette matière-là il faut toujours être sur ses gardes et savoir ce qu'elle désire qu'on fasse, si on ne veut pas être éventré. Alors on la met toujours au chaud, là sur la peau. Et elle donne cette maladie. Oh bien, qu'est-ce que vous voulez, ça ou autre chose... L'important c'est de faire la mine quand on a à la faire. Pas vrai ?

— Vraiment, dit Marie, tout ça a pu se passer quelque part ?

Elle mangeait et elle regardait loin devant elle la large étendue des montagnes.

— Voilà, dit Saint-Jean, encore une fois où je ne comprends pas ce que vous dites.

Elle fit un petit geste de la main vers tout le large.

— On se demande, dit-elle, s'il y a vraiment autre chose qui existe, en dehors de ce pays qui se montre maintenant au-dessus des nuages. Regardez là-bas, la pâture haute, elle aussi elle est au-dessus des nuages. Si seulement Chêne-Rouge avait été bâti à cet endroit-là, nous ne saurions pas encore que tout ce désastre est arrivé. Nous ne le saurions peut-être jamais. C'est quand même une chose que nous devrions comprendre. Le matin où tout s'est effondré, les bêtes montaient dans la montagne, ayant compris avec leur seul sentiment.

— Oui, dit Saint-Jean, mais nous avons de la chance que ça se soit passé quelque part et pour vous préciser juste, au Bobbio, dans ces carrières profondes qu'on ne voit pas d'ici. Et nous avons de la chance que j'aie cette plaque de pouillant là, sur mon sein gauche, en train de gratter dessous comme un rat. Car, de cette façon, il va y avoir quelqu'un qui sait manipuler la dynamite et non pas vous qui feriez tout sauter rien qu'en bougeant votre petit doigt.

Il se dressa, mais il regarda quand même l'horizon à perte de vue, rempli de cette tempête de montagnes que la pente du soleil colorait de bleu : depuis là devant les sommets de Bufère pareils à de la gentiane presque noire jusqu'aux entassements de cimes lointaines, moutonneuses, comme les remous d'un baquet de lessive à peine bleuté.

— Allons, dit-il, versez l'eau chaude dans la touque et prenez la marmite à couvercle pour voir si en la mettant dedans elle pourra nous faire un bain-marie. Oui. Eh! bien, tenez, précisément ça peut faire.

Il se dirigea vers le trou là-bas au fond qui était marqué de cette grosse croix rouge bien visible. Marie le suivit.

— Ah non ! dit-il, ne venez pas, vous. Et même, je voulais vous dire : soyez gentille. Sortez de la grotte. Allez là-bas dessus sur la glace, un peu loin et attendez. Oh! non, dit-il encore, c'est sans danger et je vais aller avec toute la prudence qu'il faut. Soyez tranquille.

— Alors, dit-elle, pourquoi voulez-vous me faire partir ?

— C'est un travail d'homme, Marie. Ah! C'est notre risque, voilà. Qu'est-ce qu'il faut faire ?

— Laissez-moi rester près de vous, dit-elle, je vous en prie.

— Pourquoi voulez-vous qu'on soit deux ? Ça ne sert à rien.

— Précisément si.

— Non, jamais. Allez là-bas, allez-vous-en. Restez loin. Je vous appellerai. Allez, foutez le camp. Si toutefois... oui, alors ne vous souciez de rien et descendez tout simplement le leur dire.

— Oh! dit-elle, ils seront tout aussi bien prévenus s'ils ne nous voient ni l'un ni l'autre. Vous pouvez crier, dit-elle, qu'est-ce que vous voulez que ça me fasse ?

Il dit :

— Tête de cochon! en la regardant.

— Merci, dit-elle.

Il s'agenouilla pour entrer dans le trou.

— Et ne me gênez pas, dit-il.

— Comment voulez-vous que je vous gêne, dit-elle, vous ne comprenez pas que je vous aide au contraire, que c'est précisément ça.

Il pouvait entrer là-dedans en rampant. C'était

profond. Il s'engagea les épaules en avant et il y entra tout entier.

Elle regarda dans le trou. Elle vit encore un peu les semelles de souliers cloutés et qu'il prenait appui sur la pointe pour se pousser. Puis elle ne vit plus rien. Elle l'entendait. Puis elle ne l'entendit plus.

« Eh non, se dit-elle à haute voix, pourquoi voulez-vous que je parte ? Je reste là, moi. Vous êtes tous les mêmes. Et puis après vous vous plaignez. »

Le feu claquait.

Sur la crête des vagues de glace, à plus de cent kilomètres au-delà de l'ouverture de la caverne, le soleil rabotait des embruns rouges.

— J'y suis, dit la voix.

Marie se pencha vers le trou.

— C'est ici, dit la voix, je peux me tenir debout.

A part les claquements du feu, tout de suite après c'était le silence. Dans le trou, il n'y avait pas d'autres bruits que la voix. Elle dit :

— J'habitue mes yeux.

Les murs de la caverne étaient tout prêts à faire sonner le moindre bruit ; parfois, quand les flammes claquaient un peu plus fort, on entendait courir de petits clapotements dans les creux sonores de la roche.

— Je vois clair, dit la voix.

Marie s'agenouilla devant le trou. Elle aurait pu glisser très facilement là-dedans, elle.

— Je vous parle, dit la voix, pour que vous restiez

où vous êtes. Ici, il n'y a de la place que pour un. Il faut m'obéir.

Il y avait quand même dans la voix quelque chose de tendre maintenant et Marie se redressa en souriant. Oh bien, qu'il n'ait pas peur ; on la lui laisserait, sa place, va. Ça n'était pas ça qu'on voulait. Bien entendu qu'il n'y avait de la place que pour un, là-bas, mais il n'était pas si loin que ça pour qu'on ne soit pas associé avec lui et avec sa dynamite. C'est seulement ça qu'on voulait.

— Ce sont de braves garçons, dit la voix. Ils ont laissé la caisse ouverte. Ça sera bien plus facile. Je n'ai encore rien touché. Ça va aller.

Cette fois, il y eut un grand silence. Tout était beaucoup plus immobile. Les montagnes, là-bas dans l'étendue, étaient comme mortes. Le feu ne bougeait plus. Elle se retenait de respirer depuis un moment. Elle n'entendait que les coups de son cœur. Elle tira lentement une longue haleine d'air. Elle toucha le rocher. Elle courba le bras devant son visage comme pour se protéger. Elle regardait ce rocher gris et lisse poudré de terre dessus. Elle appela : « Jean ! » Mais sans bouger, et vite, pendant que son cœur tapait de gros coups contre sa peau. Tout le long de sa peau, jusque dans ses pieds, jusqu'au bout des doigts.

— Ça y est, dit la voix.

Tout de suite après il y eut un tout petit silence, mais d'une force terrible, pointu et vibrant, et planté en plein dans le cœur. Puis :

— J'en ai, dit la voix, au moins cinq bâtons. Déjà!
Marie appuya sa bouche contre le trou.

— Alors, venez vite, dit-elle à voix basse, qu'est-ce que vous attendez?

La voix vint basse aussi.

— J'attends qu'elle soit chaude. Je la réchauffe. Je ne peux guère parler. Elle est dans mon sein.

A mesure que le silence s'allongeait, elle imaginait Jean là-bas, debout dans le cœur du rocher, avec sa poudre qui pouvait faire éclater toute la falaise. Debout, sans bouger, avec cette poudre juste sous son cœur. Et les battements du cœur. Les petits battements! Il n'en fallait peut-être pas plus que ça pour que tout d'un coup il y ait là-bas dedans le déchaînement d'une force formidable.

Elle compta lentement en elle-même : un, deux, trois, quatre... (comme il avait compté les pas, là-bas, au-dessus du gouffre de Verneresse).

— Il a gagné, se dit-elle.

Et en même temps elle entendit qu'il revenait en raclant lentement les parois du tunnel.

Il émergea. Il sortit tout entier. Il se redressa.

Il fit tout juste un geste de la main droite pour la tenir loin de lui.

Il était pâle ; une grande beauté était descendue sur ses traits et dans ses gestes. Il avait un petit sourire de souffrance sur les lèvres. Il tenait son bras droit étendu devant lui pour défendre qu'on l'approche. On ne le voyait ni respirer ni bouger les yeux. Il était plus seul que du marbre.

Peu à peu le sourire s'élargit et s'éclaircit sous la moustache d'osier. Il baissa ses paupières et il les releva. Elle le vit respirer. Il ne bougea pas encore mais il dit :

— Donnez-moi la marmite.

Il passa avec précaution sa main droite entre sa chemise et sa peau. Il tira sa main.

Son poing serrait un bâtonnet gris à peu près gros et long comme un manche de marteau.

— Voilà, dit-il.

Ça n'avait absolument aucune beauté, ça. La main le tenait.

— C'est ça? dit-elle.

— Oui.

Il s'agenouilla lentement près de la marmite et il déposa doucement le bâton dedans. Il en tira sept, un après l'autre. Il couvrit la marmite avec le couvercle. Il se redressa et il respira.

— Attendez que je bouge, dit-il. Il fait un froid de glace là-bas au fond du rocher.

Il lécha ses lèvres et il gonfla sa bouche dans une petite moue, pour crocher ses moustaches du bout des doigts.

— En réalité, ajouta-t-il, il fait moins froid que dehors là-bas dedans mais il ne fait pas très jour.

Il se gratta la tête.

— Et puis, il faut rester raide comme un saint. Excusez-moi.

Et il commença à rire en faisant voir ses dents.

Il plaça la marmite dans la touque au milieu de l'eau chaude.

— Alors maintenant, dit-il, nous faisons, vous voyez, nous faisons une bonne petite soupe à la papa. Non. Ça va seulement dégeler en plein là-dedans, ne vous en faites pas. Tenez, mettez du bois dans le feu et continuez à faire chauffer de l'eau. Puisque vous voulez rester là.

— Où allez-vous, dit-elle?

— J'y retourne, dit-il.

« Ah! dit-il, vous croyiez que c'était fini? Non! On en a à peine sept cents grammes là!

« Voyez-vous, Marie, dit-il après un moment de silence, il faut que nous en descendions le plus possible. Il faut que nous en descendions au moins dix kilos. Je peux en porter cinq à six kilos sans risques. Je ferai deux voyages.

— Non, dit-elle, je vous aiderai. Vous me direz ce qu'il faut faire et je vous écouterai comme Dieu.

Elle répéta :

— Comme Dieu!

Le soleil descendait la pente de l'ouest. La journée d'hiver s'enfonçait doucement dans la nuit. Un long ricochet de jour avait éclairé là-bas au fond du névé la ligne noire de la vieille forêt de sapins, puis le rayon s'était relevé dans le ciel comme une longue rame ruisselante de lumière ; toute l'étendue des montagnes s'était illuminée. De furieux remous de rochers et de glace sautaient encore dans de l'écume rouge, mais la longue rame dorée se releva de plus en plus. La nage du jour était finie. Un apaisement couleur de perle monta comme une fumée d'entre toutes les vagues des montagnes. Alors, toutes détachées les unes des autres, elles s'élargirent dans l'immensité déserte au-dessus des nuages.

Marie regardait là-bas dedans les mouvements de l'ombre et de la lumière. Tout était nettement sensible jusque près du feu, juste à l'ouverture de la caverne. De temps en temps elle tournait la tête vers le fond de la caverne où elle ne pouvait déjà plus voir la croix rouge, mais seulement le trou noir du tunnel. Les flammes commençaient à secouer de l'ombre.

Elle plongea sa main dans l'eau de la touque. Ça allait. C'était très chaud. Dans le bain-marie, la marmite était lourde maintenant.

Elle entendit le raclement de pied de Saint-Jean. Elle ne le vit pas sortir du trou, mais seulement, quand il se redressa et resta là-bas immobile. Le reflet des flammes éclairait alors ses traits de marbre et sa moustache de jonquille.

Il vint s'asseoir un moment près du feu sans rien dire.

— Donnez, dit-elle à voix basse. Donnez-moi ce que vous gardez là comme ça dans votre sein. Donnez que j'essaye.

Il la regarda du coin de l'œil sans bouger la tête. Il avait les yeux dorés. Il souriait avec une petite épaisseur de lèvres roses sous sa moustache de jonquille.

— Ce sont les derniers bâtons de poudre, dit-il. J'ai tout sorti de là-bas dedans le rocher. Il n'y a plus rien là-bas dedans. Ça n'est plus qu'une petite guérite froide.

— Donnez-moi, dit-elle à voix sourde, je veux apprendre à garder ça dans ma poitrine, moi.

— Je vous le donnerai peut-être, dit-il, dans un petit moment, quand je l'aurai un peu amadoué.

Elle tendit la main.

— Je ne veux pas que ça ne risque plus rien, dit-elle, je veux que ça risque. Autant y mettre des morceaux de pierre alors. Donnez pendant que ça en vaut la peine.

— Allons, retirez votre main de là et ne faites pas de gestes. Je vous le donnerai quand je voudrai et pas avant. Oh, et puis vous pouvez être tranquille, ça en vaut toujours la peine à tous les moments. Si ça ne vous fait pas éclater, ça vous donnera le pouillant. Ça a toujours un biais pour vous prendre. Un rat qui gratte sous la peau, ça n'est pas rigolo.

Des étoiles s'allumaient au-dessus des plus lointaines montagnes, dans une grande bande de ciel qui était devenu comme de la poix contre les formes dures de toute une houle de glaciers très éloignés et très hauts. A mesure que la nuit gagnait le large du ciel, les étoiles s'ajoutaient aux étoiles, et, peu à peu, se composa la grande constellation de l'ourse largement allumée d'une sorte de feu qui paraissait terrible, puis, peu à peu, de chaque côté, la nuit alluma le dragon, le cygne, le cancer, le lion, le scorpion et le chien. Elles étaient encore toutes faibles, mais la nuit avait déjà son visage habituel. L'étendue des montagnes sous la nuit était toujours visible avec son immense désert et cette tempête de pierres, avec toutes ses vagues arrêtées.

— Nous allons passer la nuit ici, dit Saint-Jean, sans bouger. Nous ne pouvons pas partir de nuit avec ce chargement extraordinaire. D'autant plus que nous sommes en avance. Je comptais retourner là-bas demain soir. Nous y arriverons avant. Et demain soir nous serons déjà sur le lac en marche vers là-bas au fond où nous devons tout faire sauter. Dans trois jours, à partir de maintenant tout sera libéré.

— Vous voyez tout comme ça, longtemps, et sûrement à l'avance comme si ce que vous avez dans votre poitrine en ce moment-ci n'était pas si violemment explosif, dit-elle. Tous les plus petits moments du temps, je me demande si vous n'allez pas sauter en l'air, et vous dites déjà ce qui arrivera dans trois jours? A moins que vous ayez menti, et que ça n'ait vraiment pas la force que vous dites.

— Oh! croyez-moi, Marie, dit-il à voix basse, c'est exactement ce que j'ai dit. Et si vous pouviez vous rendre compte, vous verriez que je n'ose même pas respirer et que je n'ose plus parler et que je suis là tout le temps à attendre... Mais, je vous dis quand même que dans trois jours tout sera libéré. Si on n'avait pas cet espoir qui va contre tout à chaque minute, rien n'arriverait jamais parce qu'on n'oserait rien entreprendre, même pas de vivre une minute de plus.

Maintenant, la nuit et les étoiles bouchaient toute l'ouverture de la caverne.

— Je vous demanderai, dit-il, de fendre quelques bûchettes et d'entretenir le feu. Et même de le préparer, comme je vais vous dire, pour la nuit.

« Nous partirons à l'aube, dit-il ensuite, mais pas trop tôt et pas trop vite, car, dès que nous nous mettrons à descendre, nous entrerons encore dans l'obscurité des nuages et nous ne pourrons plus compter avec la clarté d'ici. L'important n'est pas d'avoir ça ici, c'est de le descendre en bas.

« Non, fendez seulement les morceaux de bois en deux, ça suffit. Prenez ces grosses pierres. Entourez les braises tout autour pour que le feu soit comme dans un bassin. Excusez-moi, je ne peux pas encore bouger. »

Elle arrangea le feu comme il le lui disait. Elle chargea les braises avec des bûches neuves. Les flammes étouffées soufflèrent par des trous rouges. La toile de la nuit noircit d'un coup toute dure et avec ces étoiles tellement aiguisées toutes rayées comme par des coups de lime.

Elle vint s'asseoir près de lui. Le feu n'éclairait

plus, couché sous les bûches encore entières. Les étoiles remplissaient brusquement les yeux.

— Donnez maintenant, dit-elle.

Elle avait enlevé sa chasuble en peau de mouton. Elle déboutonna son corsage.

— Oui, maintenant je vais vous la donner.

— J'aurais voulu que ça risque encore.

— Ça risque toujours, Marie. Je vous demande justement de faire attention comme si, d'un seul coup, tous les mouvements de votre corps étaient devenus de la poudre, même ceux qui se font tout seuls dans le fond de votre sang. Il faut que vous dominiez tout ça. Non, Marie, ça n'est pas pour rire. Et ce n'est pas un jeu. Vous, il vous semble que c'est un jeu. Je ne sais pas trop ce que vous faites, mais vous avez l'air de prendre ça pour un jeu. Non, ne vous amusez pas à ça, ça n'est pas toujours pour jouer que je vous la donne. Quelle est cette idée de vouloir jouer ? Vous aviez dit que vous m'écouteriez. Écoutez-moi : vous allez pouvoir m'aider et aider tout le monde. Je vais précisément vous habituer à avoir cette dynamite dans la poitrine, puisque vous avez l'air de la vouloir. Mais si je le fais, c'est pour que vous puissiez m'aider à la descendre demain pour la porter en bas où nous en avons besoin. Ça n'est pas pour jouer ; pour jouer ici dessus ; vous et moi ; seuls ; bêtement ; où ça pourrait subitement éclater et nous lancer dans les étoiles sans que ça serve à personne. Au contraire. Comprenez-vous ?

— Je vous obéirai, dit-elle. Excusez-moi, je comprends ce que vous me dites. N'ayez pas de crainte. Je suis là déjà, j'attends, je ne respire plus. Je retiens mon sang.

Elle le regarda. On y voyait : les yeux s'étaient habitués à la lumière des étoiles. Il ne souriait plus. Il était aussi devenu plus sanguin, avec de la couleur sur ses joues. Il n'était plus pâle comme le marbre. Sa bouche était soucieuse et amère.

— D'autant plus, dit-il, qu'il y a bien plus de risques que ce que vous croyez. Il n'y a pas que celui de sauter en l'air, qui est peu de chose, somme toute, tellement c'est vite fait. Mais ça vous donnera le pouillant, ajouta-t-il à voix basse, allez, ne vous inquiétez pas : si vous voulez risquer quelque chose, ça n'est pas ce qui manque. Et après ça, vous l'aurez pour toute votre vie. Je vous ai dit que c'était comme un rat qui gratte ; eh ! bien, c'est encore bien plus dégoûtant. Alors, dit-il après, vous êtes toujours décidée ?

— Donnez !

Il ouvrit son corps de chemise et il alla chercher quelque chose là-bas dedans, sous son cœur.

Elle ouvrit son corsage. Elle avait une chemise serrée autour du cou par un lacet. Elle détacha le nœud et tira sur les fronces. Elle ouvrit le passage. Elle écarta l'ouverture du sac de toile. Elle avait des seins opulents comme ceux d'une femme ; blancs comme deux pigeons endormis.

— Tendez la main, dit-il, ne serrez pas. Portez ça lentement dans vous.

— Je crois que c'est encore mieux chez moi que chez vous, dit-elle, j'ai là-dessous un nid tout chaud où ça a trouvé tout de suite sa place.

Elle releva un peu son sein gauche. Il émergea avec son jabot dur et gonflé.

— Y a-t-il la place pour tout ce que je vous donne?

— Bien plus encore. Donnez toujours.

— Je n'en ai plus, vous avez tout.

Elle attendit un moment, comme si elle espérait quand même.

— C'est tout, dit-il, c'est la dernière charge.

Elle ferma sa chemise.

— Gardez-la un moment, dit-il. Mais tout à l'heure il faudra la mettre dans la marmite, avec le reste.

— Attendez, dit-elle.

Elle serra le lacet autour de son cou, renoua la ganse et ferma son corsage.

Il faisait chaud. Les murs de la caverne arrondissaient tout autour la chaleur du feu. Les braises étaient paisibles et sans flammes dans leur bassin de pierre. La clarté du feu effaçait les étoiles les plus basses de l'horizon, mais le reste du ciel élargissait devant les yeux ses constellations familières. Elles s'étaient toutes rapprochées. Elles montaient la garde dans la nuit. C'était d'abord rien, puis une bande opaque, puis un chevauchement de vagues et d'écume immobiles.

— Alors, ça va, dit-il?

— Oui.
— Ça rentre cette puissance?
— C'était froid comme de la glace, mais ça se chauffe. Je ne le sens presque plus. Ça a la chaleur de ma peau.
— Ne l'oubliez pas quand même et ne faites pas de gestes trop larges. C'est dans votre sein maintenant.
— N'ayez pas peur, je vous obéis.
Le reflet des braises respirait sur son visage immobile. Elle ne respirait pas.
— Vous êtes maintenant une fille puissante, dit-il. Mais, si c'était tout, ça ne serait guère. Il faut que ça serve. Si je vous l'ai donnée, c'est pour vous habituer. Demain matin, je vous en donnerai sept kilos à porter. Vous vous en sentez capable?
— J'en porterais jusqu'à en crever s'il fallait.
— Si vous avez un amoureux en bas, dit-il, vous pourrez lui dire qu'il en cherche une autre. Ça ne supporte pas les caresses.
— J'ai ce que je veux, dit-elle, je ne veux pas plus.
— Il ne faut même pas le dire. Ne parlez plus. Vous n'êtes plus rien de ce que vous étiez avant. Il faut respirer avec une nouvelle manière. Maintenant, ce n'est pas difficile, vous êtes assise. Demain, il faudra marcher.
— Je marcherai.
— Ne dites pas ce que vous ferez, vous n'en savez rien, moi non plus.

« Ça sera évidemment encore plus chaud que maintenant, dit-il à voix basse. Ça sera devenu encore plus comme un morceau de vous-même. Vous ne saurez même plus que vous la portez. Et il faudra malgré tout accommoder votre façon de vivre à sa façon de vivre à elle, comme si vous étiez devenue de la dynamite vous tout entière.

« Vous descendrez seule. Et moi seul derrière vous. Loin derrière. Personne ne pourra plus nous aider. Sauf nous. Chacun pour soi. Si vous tombez, je pourrai juste fermer les yeux et vous entendre éclater. Et après porter ma charge. Si vous arrivez en bas, vous m'attendrez près du radeau. Là, je vous délivrerai.

— Ça ne sera pas une délivrance.

— Vous verrez que si. Alors, vous pourrez respirer comme avant. Et vous ramerez pour me ramener à Villard-l'Église. Mais moi il ne faudra plus me toucher.

Le temps déplaçait lentement les vastes agglomérations d'étoiles. Il renversait la nuit comme une toile noire couverte de grains de maïs. Le ciel s'effondrait avec une grandiose lenteur autour de la pointe dorée de l'ourse. Des étoiles nouvelles montaient de l'est.

XI

LA DÉLIVRANCE

— Les voilà, dit Cloche.

Une nuit épaisse écrasait l'eau. On entendait un bruit de rames. Mais Chaudon écarta le feu et on les vit arriver. Marie ramait ; Saint-Jean était assis, immobile derrière. Ils avaient tous les deux des visages blancs comme du plâtre. C'était étonnant qu'ils ne fissent pas de signes, regardant en face, comme ça, voyant tout le monde qui attendait. Et eux, ils sortaient de la nuit avec des visages de plâtre où il n'y avait que les trous noirs des yeux et pas de bouche.

Marie donna juste trois longs coups de rames, très longs, très lents, de tous ses reins, et le radeau toucha doucement le bord dans le craquement de l'eau glacée parce que personne ne parlait. Elle laissa retomber ses bras.

— Ne le touchez pas, dit-elle, ne le touchez pas. Ne le touchez plus, jamais, jamais.

Elle pleurait ; elle avait le visage tout léché de larmes, comme par un chien.

— Aidez-la à se relever, dit Saint-Jean.

Il parlait comme d'un masque. On ne voyait même pas sa bouche s'ouvrir.

— Elle a fait plus que ce qu'elle pouvait. Elle n'a plus de nerfs. Prenez-la doucement. Ne faites pas bouger le radeau.

— Ne le touchez pas, cria Marie.

— Elle n'a plus de nerfs, dit Saint-Jean immobile.

On ne savait pas d'où venait cette voix qu'il avait. Il ne bougeait pas. Le clapotis le balançait, raide, en même temps que le radeau.

— Emportez-la, dit-il, et faites-la coucher. Elle est au bout de ses forces. Elle ne peut pas plus. Ne lui demandez jamais plus rien pour tout le restant de sa vie. Elle en a assez fait maintenant.

Ils l'avaient relevée et tirée sur le bord. Ses jambes traînaient par terre. Elle était pendue à pleines mains à leurs épaules, sa tête courbée au fond de ses bras. Elle disait à voix basse :

— Ne le touchez plus, jamais, jamais plus. Ne le touchez pas. Laissez-le, laissez-le seul, seul.

— Cloche, dit-il, de cette petite voix inhumaine (et alors on vit qu'il entrouvrait juste la bouche comme un fil) arrive ici. Alors, maintenant, monte sur le radeau, toi. Je chauffe vingt kilos de dynamite. J'ai les poches pleines de dénotateurs. Prends les rames. Que les autres prennent les radeaux. Combien en avez-vous ?

— Quatre, dirent à la fois Chaudon, Prachaval, Djouan, Arnaldo, à voix basse.

— Montez deux sur chaque, dit la voix de plâtre : un pour les rames, un pour la torche, et venez, suivez-nous. Nous partons les premiers, Cloche et moi. Quand il n'y aura plus de danger à nous suivre, Cloche criera et vous viendrez. Et après suivez-nous ; sans vous approcher.

On entendit clapoter l'eau contre le rivage et Marie, toujours effondrée, à bout de bras dans tous ces hommes muets, qui répétait à voix basse :

— Laissez-le ! Laissez-le ! Laissez-le !

— Allons, mon Antoine, dit-il.

Cloche prit les rames. Il avait planté une torche dans les joints du radeau et elle balançait doucement sa flamme devant le visage blanc de Saint-Jean.

— Qu'est-ce que je fais ? dit Cloche.

— Vas-y maintenant avec toute ton amitié, dit la voix.

Cloche commença à ramer doucement. Ils s'éloignèrent du bord comme s'ils étaient emportés par la paix de la nuit. Puis il ne resta plus que la flamme visible sur les eaux noires. Ils avaient disparu, sauf la flamme qui faisait voler ses cheveux et le bruit de plonge des rames.

Boromé cria :

— Sarah, Sarah, où es-tu ?

— Je suis là, dit-elle, ou voulez-vous que je sois ?

Elle était penchée sur l'herbe et sur Marie. Il y avait un grand silence et on entendit bien le reproche qui était dans la voix de Sarah.

La lueur s'éloignait parfois, elle s'éteignait comme

sous un gonflement de la nuit. Sarah caressait les cheveux de Marie, mais elle regardait là-bas la flamme qui emportait Saint-Jean.

— Laissez-le, laissez-le. Ne le touchez pas. Laissez-le seul, seul.

La voix d'Antoine Cloche appela dans la nuit. Le halètement des larges eaux la faisait flotter et claquer comme une mèche de fouet.

— Venez, venez, venez!

Djouan avait des yeux durs, tout éperdus de dureté.

— J'y serais allé, moi avec lui. Il a appelé Cloche, pourquoi?

Il se frappa la poitrine.

— Alors, viens, dit Bozel, viens avec moi. Tu n'es pas le seul.

Ils poussèrent le radeau. Bozel prit les rames et Djouan la torche et tout de suite les eaux les balancèrent.

Chaudon poussa un radeau sans se soucier des autres mais Prachaval sauta avec lui.

On ne savait plus où était la flamme de Saint-Jean. Il y avait celle de Djouan, déjà éloignée dans l'ombre noire, et le bras de Prachaval qui tenait la torche s'effaça aussi. Il ne resta plus que ces trois flammes. Solitaires.

— Alors, Paul? dit le Pâquier.

Il était déjà sur le radeau avec Charles-Auguste.

— Oui, dit Charasse.

Il monta avec eux. La nuit les emporta tout

de suite. Il y avait quatre flammes sur les eaux.

— Nom de Dieu, dit Charasse, leur faire voir que je suis capable.

Le Pâquier ramait dur.

— Tu es de la montagne, dit-il.

Paul dressa la torche à bout de bras. Il voyait les furieux cheveux blancs du Pâquier, drus comme du fer, collés sur cette tête rouge comme des lames de fer, malgré la colère de ces grands coups de rames.

— Tu es un brave type, toi.

— Non, dit le Pâquier, mais ce qui est vrai est vrai. Vas-y.

Ils étaient déjà loin.

— Si vous en êtes pour le vrai, vous autres, alors, dit Charles-Auguste, ça c'est rigolo.

Sur le bord, Julie Glomore serrait le bras de son mari et ses trois filles étaient là autour de lui à le serrer au milieu d'elles. Tous, le visage tourné vers la nuit des eaux où dansaient les quatre flammes ; une très petite au fond.

— Laissez-le. Laissez-le seul, disait Marie sans pleurer, sous la main de Sarah, avec seulement de grands frissons secs.

« Je suis embousé dans ces femmes », pensa Glomore.

Arnaldo cligna de l'œil à Dominique ; lui avec sa grosseur d'arbre, il lui en fallait peu pour le mettre en route, mais Arnaldo lui fit signe vers Bourrache et il lui dit :

— Hop !

Et Dominique frappa du coude dans les côtes de Bourrache.

— Hop! il lui dit, et allez donc! Qu'est-ce que tu fous là ? Viens qu'on te traîne.

— J'y vais seul, dit Bourrache.

Il avait un regard clair où il n'y avait pas à se tromper.

— Pas besoin qu'on me force, dit-il.

Ils montèrent tous les trois sur le radeau très calmement, Dominique aux rames, Arnaldo à la torche, Bourrache debout, les bras pendants.

— On l'emmène ? dit la petite Angèle. Qui lira le livre sur la tombe de mes sœurs ?

— Moi, dit Marie Dur.

Il y avait cinq lumières sur les eaux. Puis, on n'en put plus compter que quatre. Puis trois ; puis deux se fondirent ensemble dans une sorte de lueur sur laquelle dansaient très nettement les flammes rouges de la troisième. Celle-là resta seule longtemps. Dernière. Puis elle disparut.

L'eau était calme. Bourrache tourna la tête : la butte de Villard-l'Église avait disparu. Il n'y avait que cette poix noire toute plate que la torche d'Arnaldo illuminait, où les rames de Dominique déchiraient des trous huileux, et là-bas devant quatre flammes.

La délivrance

Djouan était penché à l'avant du radeau. Bozel ramait de toutes ses forces.

— Arrive, arrive, dit Djouan entre ses dents, on va être à côté de lui et l'accompagner comme des hommes ; au lieu de toute cette putasserie de suivre.

Il agita la torche au-dessus de sa tête. Il vit là devant le radeau de Saint-Jean et il aperçut cette sorte de borne immobile qui était Saint-Jean assis. La voix de Cloche portait dans des échos plats qui la rejetaient dure et sèche :

— Il vous fait dire de ne pas vous approcher, dit-il. Laissez-nous prendre de l'avance. Il demande qui est là derrière ?

— Djouan !

Bozel arrêta un peu ses rames. On vit Cloche qui donnait des coups de reins longs et solides et qui s'enfonçait encore dans la nuit.

— Il te fait dire merci, Djouan, dit la voix de Cloche.

Bozel releva les rames. Le radeau flotta sur place. La flamme de Saint-Jean s'éloigna.

— Qui est là devant ? demanda Prachaval.

Bozel répondit. Ils s'approchèrent presque à bord.

— Arrêtez-vous, dit Djouan. Il ne veut pas qu'on l'approche.

Ils virent arriver la flamme de Charasse et les cheveux blancs du Pâquier, puis les grands coups de plonge qui ne pouvaient être donnés que par Dominique s'entendirent et ils aperçurent Bourrache arrivant debout comme s'il marchait sur les eaux.

La nuit était fermée tout autour. Les quatre flammes n'éclairaient que les radeaux et un peu de poix moirée autour des rames. L'autre flamme là-bas devant s'en allait.

— Alors, dit Djouan, c'est moi qui commande. Il me l'a fait dire. Il ne veut pas qu'on l'approche. Marchons doucement tous ensemble et ne me dépassez pas. Vas-y, Bozel.

« Il vous fait dire merci, cria encore Djouan au moment où la nuit coucha la flamme de sa torche ; si nous le suivons de loin avec notre amitié qui doit comprendre la chose, nom de Dieu ! »

Bozel ramait, et Chaudon, et Dominique, et le Pâquier, s'écartant les uns des autres, avançant sur la même ligne, avec Bourrache debout, les bras ballants.

La voix de Cloche arriva de là-bas loin, entrecoupée des efforts sur ses rames.

— Qu'est-ce qu'il dit ?

Il devait parler à Saint-Jean, mais l'eau plate apportait des mots qu'on pouvait entendre dans le silence retentissant :

— ... Avec toi...

— Moi aussi, dit Djouan doucement, tendrement, moi aussi je suis avec lui, truie de Vierge !

— Tous ! dit Bozel.

— Doucement, doucement, chanta Djouan. Piano ! Che siete nella farruca ! en agitant sa torche vers les autres flammes qui marchaient trop vite.

Elles s'arrêtèrent. Les rames levées luisaient sous

les torches. Les rames plongèrent dans l'eau. Des anneaux de feu s'élargissaient autour d'elles et s'éteignaient dans l'ombre derrière les radeaux.

— Qu'est-ce qu'il dit l'autre qui baragouine? dit Charles-Auguste.

— Il dit de ralentir, dit le Pâquier.

Charles-Auguste :

— Il est rigolo, lui alors. Il s'imagine qu'on est bien ici sur ces eaux qui te foutent un vieux coup d'humidité dans les rhumatismes. On a un bon rameur, nous. Vas-y Pâquier. Passe-les tous, qu'on touche terre. Bougre, c'est encore un truc dégoûtant cette histoire marine là, dis donc!

Le Pâquier :

— Regarde voir Paul, regarde voir qu'on ne dépasse pas les autres.

Charles-Auguste :

— Vas-y en plein Pâquier de mon cœur humide.

Le Pâquier :

— Tu as envie de sauter en l'air?

Charles-Auguste :

— Non. Qu'est-ce que tu as toi encore, dis donc?

Le Pâquier :

— Regarde la petite flamme basse là-bas devant. Il porte vingt kilos de dynamite, et puis les détonateurs. Tu peux être tranquille. Ça peut être l'affaire de rien du tout. Approche-toi et puis tu verras.

Charles-Auguste :

— Vous m'avez encore mis dans une drôle d'histoire!

Charasse :

— C'est un brave type. Il a dit qu'il ne voulait pas qu'on approche. Alors, au fond, il se dit que ce n'est pas la peine de risquer tous ensemble. Moi, j'en connais au contraire qui nous auraient dit : « Allez, les gars, venez donc à côté de moi, qu'on risque tous ensemble. Et venez donc! » J'en connais qui nous auraient agrafé à pleine veste. Il nous a dit : « N'approchez pas. » C'est un brave type.

— Oh! Qu'il veuille ou non, tu aurais vu ça s'il en serait resté peu à peu en arrière sans faire semblant. Ça en est qu'on laisse seul volontiers, ça, tu sais.

Charasse :

— Avec sa poudre maintenant, c'est le plus fort de tous.

Le Pâquier :

— Justement, c'est ça même. Il est tellement fort que ça lui coupe la vie. Tu crois qu'il peut vivre, toi, comme ça? Regarde voir, Paul, si on est bien en ligne. Je ne veux pas rester en arrière, moi.

Charles-Auguste :

— Ah! dis donc, hé, l'amour-propre, toi alors, laisse-moi ça, s'il vous plaît, je m'en fous complètement, moi. Qu'est-ce que ça ferait si on restait derrière? Tu crois qu'on serait plus mal?

La plonge des rames frappait tout autour. On entendait Chaudon et Prachaval qui parlaient. Et Bourrache qui dit subitement : « Qu'est-ce que vous vous croyez, alors tous? »

Les radeaux marchaient presque ensemble et pas loin les uns des autres. On voyait les hommes debout, noirs sous les torches qu'ils haussaient à bout de bras et les rameurs qui entraient d'un coup de tête dans la lumière, puis se rejetaient en arrière. Djouan chantait sans musique des mots montagnards pour faire nager Bozel en mesure : « Nella fuggia, nella rocca, nella groppa, nella bestia, nella buccha! » Et de temps en temps il rugissait une sorte de rugissement de tendresse, penché en avant du radeau, essayant de voir, là-bas devant dans la nuit, vers cette petite flamme lointaine sous laquelle il était impossible de savoir s'il y avait des hommes comme ici, ou seulement un esprit comme dans les feux de marais. Toutes les rames plongèrent ensemble. Djouan s'arrêta de chanter les mots. Il appela Bozel à voix basse.

— Oïmé, dit-il, pourquoi s'est-il imaginé qu'il n'y a que Cloche qui l'aime?

— Oh! Bocchi, dit Bozel, tu as recommencé à parler piémontais.

Djouan se tourna vers lui.

— Rame, toi, dit-il, comment veux-tu que je dise ça dans ton français?

Il se pencha encore en avant, au-dessus de la proue plate, regardant là-bas au fond la petite flamme. Il cria dans une longue phrase piémontaise un rugissement tendre et velouté.

— Qu'est-ce que tu dis? demanda Prachaval dans l'ombre.

Et il agita sa torche.

— Qu'est-ce qu'il chante? dit Chaudon. Est-ce qu'on va trop vite?

— Non, mais ils sont tous excités. Et celui-là, il a l'air fou avec ses yeux sauvages.

— Il semble toujours qu'on lui fait tort de quelque chose.

— Regarde-le. Il frappe avec sa torche dans la nuit, comme si c'était un fouet.

— Ils ont des sangs plus forts que nous.

— Ils ont toujours été sur des routes, dit Prachaval.

— Où sommes-nous? demanda Chaudon.

— On ne voit rien.

Prachaval balança la flamme de sa torche.

— Je sens, dit Chaudon, qu'une sorte de petit courant se noue autour de mes rames.

— Il n'arrête pas de gueuler, lui là-bas, et de mordre dans la nuit comme s'il voulait se haler à coups de dents.

— Oh! dit Chaudon, il n'y a plus autour de nous que cette colère contre on ne sait pas quoi, et puis ces eaux plates. Tu ne vois rien?

— Non. Il faut pousser là-dedans en bombant le dos. Vas-y, Chaudon.

La voix dure de Cloche sauta sur les eaux.

— Taisez-vous là-bas, cria Djouan.

Là-bas, c'était Bourrache qui parlait debout.

— Répète, Antoine, cria Djouan.

— Il vous fait dire, reprit la voix, que vous vous

approchez trop. Vous lui donnez du souci et il en a assez comme ça.

Il devait s'être arrêté de ramer et il avait dû se tourner vers eux pour leur parler.

— Je rame lentement, dit-il.

— *Santa Madona*, je te remplace volontiers si tu veux, dit Djouan.

— Il te fait dire non, dit la voix. Il te fait dire que tu ne peux pas, merci. Il te fait dire à toi, Djouan, que ça doit être mené avec une grande paix et sans colère. Il vous fait dire qu'il voudrait que vous vous endormiez sur les rames et que vous ne pensiez pas à lui.

« Il rit doucement, continua la voix. Il dit : « Ne vous en faites pas, soyez paisibles. Il dit de vous dire qu'il rit, lui! »

Les rames ne plongeaient plus. Le silence frappait doucement les eaux comme une main plate. La flamme des torches fumait droit.

— Il veut te parler à toi, Djouan, dit la voix de Cloche.

— J'écoute.

— Il te fait dire que tout ça n'est pas grand-chose et que ce n'est pas la peine de s'emballer.

— *Sicura bellezza della passione!*

— Oh! il te fait dire que si tu le voyais, il est assis, et à peine s'il respire. Il ne bouge pas et il rit. Et il demande maintenant combien vous êtes ici dessus du chantier de charpentage.

Les charpentiers crièrent leurs noms.

— Ah! il dit que c'est une bonne chose. Et il veut savoir qui est encore avec lui.

— Nous sommes tous avec toi! cria Chaudon après son nom. Puis ils se nommèrent : Prachaval, le Pâquier, Charasse, Charles-Auguste; et Bourrache qui dit oui, moi. Et Dominique qui lui dit : ta gueule!

On entendit là-bas devant la plonge des rames de Cloche, et la flamme là-bas se coucha et commença à clignoter comme si elle allait s'éteindre.

— Restez sur place tant que vous verrez la lumière. Ne bougez pas tant que vous la verrez. Quand elle s'éteindra, avancez-vous.

La voix s'éloignait.

— Il dit que vous ramiez lentement sans vous soucier de lui. Faites ça comme une promenade. La nuit est belle. Il dit qu'il y en a assez d'un.

— D'un et de toi, dit doucement la voix de Saint-Jean sur le radeau.

Chaque fois, cette voix de plâtre, presque basse, touchait Cloche comme un coup de fouet malgré le bruit des rames dans l'eau épaisse.

— Ne parle pas, mon Jean.

— Ça ne risque pas plus, dit Saint-Jean, que ce radeau qui me tape des coups dans le cul.

— Je peux ramer encore plus lentement, mon Jean.

— Non. Il faut arriver en bas au fond en même temps que le matin.

— Je voudrais te porter dans des ailes de plumes, mon Jean.

— Je voudrais crier à pleine gorge, dit Saint-Jean, et respirer enfin un bon coup, au lieu de te faire parler pour moi et leur dire ce que j'ai à leur dire en même temps que tout sauterait.

— Fais-le, si tu le crois juste.

Cloche debout poussait lentement les rames à fond, de tous ses bras. Ils entraient peu à peu dans la solitude.

— Et maintenant, comment ça va? dit Cloche.
— Bien.
— Je tire sur la profondeur des eaux, dit Cloche. C'est plus calme?
— Oui. Tu as peur de moi quand je parle?
— Non, dit Cloche, pas du tout.
— C'est dangereux, dit Saint-Jean. Je n'ose pas les toucher. Je sens des bâtons de gomme que ma peau ne chauffe pas croisés sur ma poitrine. Parler me fait respirer. Et je les entends qui forcent.

Silence sur les eaux. La plonge régulière des rames. L'effort toujours le même des bras.

— Me taire. Plus dangereux encore. Ce miracle m'étouffe. Je serais fou. Je respire à peine pour parler. C'est la première chose douce.

— Parle tant que tu veux, dit Cloche, nous sommes seuls dans le large tous les deux. Qu'est-ce que ça peut foutre? Si nous sautons, ils se sauveront bien sans nous. Parle si c'est doux. Pense à toi, mon Jean.

— C'est assez doux comme ça et je pense que j'arriverai au bout quand même.

— Laisse un peu cette voix de pierre. Parle comme avant.

— Je ne peux pas. Je ne suis plus le même. Mais toi, j'entends ta voix comme avant.

— Mais moi je t'entends comme au fond d'un saint de pierre.

— Je t'userai jusqu'au bout, comme Marie.

— Je suis plus fort qu'elle.

— Je te demanderai plus.

— Tu parlais avec elle?

— Pas un mot. Au-dessus de Verneresse, avant de descendre dans le rocher, je me suis assez approché d'elle pour voir ses yeux. Je l'ai regardée fixement dans ces yeux fixes qui pleuraient. Et je lui ai fait signe de descendre.

— Avec moi parle, fais ce que tu veux. Si nous devons sauter, sautons. Nous sommes seuls. Qu'est-ce que ça peut foutre? Respire, parle. Je voudrais te voir comme avant.

— Je l'ai cassée, elle, pour toujours, j'en ai fait juste une boîte chaude avec des jambes. Je te demanderai plus.

— Parle. Respire. Fais ta vie comme avant.

— Impossible. Oh! mon Antoine, c'est beau l'amitié!

— Tais-toi, dit Cloche.

Ils étaient repartis. Ils avaient cherché partout, droit devant eux en gardant la direction. Les quatre radeaux tenaient un grand large. Ils faisaient flotter les flammes des torches. Ils ne voyaient que l'eau de poix avec ses moires rouges. La flamme de Saint-Jean avait disparu. Ils avaient appelé les uns après les autres comme des moutons qui bêlent, puis tous ensemble. Le bruit de la grande voix roula sur les eaux, puis s'éteignit, et le silence revint avec le bruit de plonge des rames.

Djouan criant :

— Regardez, regardez avec des yeux de fer !

Bozel :

— C'était un homme dur.

La voix d'Arnaldo :

— Rien devant nous.

Charles-Auguste :

— Réponds-lui qu'on ne voit rien.

Le Pâquier :

— Laisse faire. Il le sait.

Charasse (penché sur la proue, dressant la torche ; à chaque coup de rame, le radeau embarque un bourrelet d'eau qui claque dans ses jambes).

— Oh ! Il nous a abandonnés, c'est sûr !

Le Pâquier :

— Qu'est-ce que tu chantes, toi ? Tu dois être habitué à l'abandon, toi !

Charles-Auguste :

— Pas si vite, rame doucement. On n'est pas pressé. Et toi, éclaire bien devant. Ils pourraient avoir éteint leur torche et être là devant endormis sur le radeau. On ne pourrait pas s'arrêter, on y entrerait dedans à pleine force.

Le Pâquier :
— S'il y a une chose de sûre, c'est qu'ils ne dorment pas.
Charles-Auguste :
— Va savoir.
Le Pâquier :
— Oh! ils n'ont pas un seul moment de paix. Si c'est paisible là devant, c'est qu'ils n'y sont pas. Même sans lumière, dans cette nuit de poix, ils luiraient comme du verre au soleil.
Charasse :
— Il nous a laissés tout seuls!
Le Pâquier :
— Ta gueule, Paul!
Une voix dans l'ombre :
— Qui est là de ce côté?
Charles-Auguste (se précipitant sur le Pâquier pour arrêter les bras qui rament).
— Arrête, Pâquier, voilà qu'ils sont là.
La voix qui s'approche :
— C'est Pâquier?
Le Pâquier (il lâche les rames, pousse Charles-Auguste et se dresse) :
— C'est moi, oui, je suis là. A ton service.
(Il est debout. Il parle face à face à la nuit vide, avec son visage rouge et ses cheveux d'acier. Loin à droite la flamme de Djouan. Loin à gauche la flamme d'Arnaldo.)
La voix (en même temps que deux ou trois coups de plonge et le froissement d'un radeau qui vient sur

son erre, puis apparaît dans la lueur la torche de Charasse. Un homme debout).

— Donne-moi du feu, dit-il, ma torche est éteinte.
Le Pâquier :
— C'est Prachaval? Je n'avais pas reconnu ta voix.
Prachaval :
— On ne reconnaît plus rien.
Chaudon :
— Qui est celui-là que vous portez comme ça couché sur le radeau?
Charles-Auguste (lève la tête, puis se redresse sur ses pieds) :
— C'est moi. Quelle sale histoire!
Prachaval (il allume sa torche à la torche de Charasse) :
— Vous avez une idée de l'heure?
— Non.
Prachaval :
— Nous avons dépassé Méa.
Chaudon :
— Tout à l'heure je ramais comme dans du foin. Plein de courants là-dessous qui attachaient mes rames. Il fallait tirer comme si je plongeais dans de longues herbes.
Le Pâquier :
— Je ne crois pas qu'on soit si loin.
Chaudon :
— Ça devait être les nœuds de l'Ébron là-dessous.
Le Pâquier :

— Alors, c'est que le temps est bizarre.

Prachaval (à Charasse) :

— Racle-moi un peu de résine chaude là-dessus. Mon bois est froid.

Le Pâquier :

— Tire-toi Chaudon. Les radeaux vont se coller. Pousse avec ta rame.

Prachaval (qui emporte de la flamme au bout de sa torche) :

— Au revoir.

Charles-Auguste :

— Restez donc pas trop loin qu'on se tienne compagnie. Et n'allons pas trop vite.

Chaudon (il tire sur les rames. Il a déjà tourné le dos. Il emporte Prachaval qui abrite encore sa petite flamme dans les pans de sa veste) :

— On arrivera peut-être là-bas avant l'aube.

Charles-Auguste :

— Si on arrive.

Le Pâquier (s'assoit et reprend les rames) :

— Ta gueule!

La voix de Prachaval devant :

— Au revoir!

Charles-Auguste :

— Voilà, on est toujours seul dans cette histoire. Tu as donné de ton feu et nous n'y voyons presque plus maintenant. Regarde bien, fais attention. Ne va pas si fort, toi qui rames.

Charasse :

— Rien. Là-bas devant ; la flamme de Djouan

éclaire aussi un rond désert. Voilà celle de Prachaval qui flambe sur rien autour d'elle aussi. Voilà là-bas celle d'Arnaldo. Rien. (Il fouette la nuit avec sa flamme rouge.) Rien.

« Ils se sont peut-être noyés. Et ça n'a pas fait le moindre bruit. Ou peut-être ça a éclaté sourdement en bas dans le fond sans qu'on puisse entendre. Et tout à l'heure, l'eau se soulèvera... »

Le Pâquier :
— Ta gueule, Paul!
La voix de Djouan :
— Écoutez!
La voix d'Arnaldo :
— Qu'est-ce qu'il dit?
Charles-Auguste :
— Il dit d'écouter. Écoutez! (tourné vers le Pâquier à voix basse). J'ai entendu comme le ronflement d'un oiseau qui volerait au fond de l'eau.

Le Pâquier :
— Ta gueule!
Silence. Les lumières immobiles sur les eaux, plantées dans des ronds de poix moirée.

La voix d'Arnaldo :
— J'entends vers la gauche une grande chose qui gargouille et ça souffle comme un vieux cochon.

Arnaldo est sur le dernier radeau à gauche, avec Dominique et Bourrache. Et ils ont ramé tout le temps en silence, avec seulement le bruit qui est venu une fois d'une discussion entre Bourrache et

Arnaldo. Maintenant, on les voit tous les trois là-bas debout, noirs sur la lueur de la torche. Ils écoutent les bruits qui viennent de leur gauche.

La voix de Chaudon :

— C'est l'eau qui muffle dans les toitures de Méa. Ne vous approchez pas, les gars. C'est plein de tourbillons.

La voix de Charles-Auguste :

— Tire, Pâquier, le radeau tourne !

Charasse agite sa torche. Un large clapotis huileux reflète la lueur jusque dans les nuages bas.

La voix de Djouan :

— Écoutez devant.

On le voit là-bas devant, noir comme un grillon sous les flammes de sa torche.

On entend la lourde plonge de Dominique, les coups de rame de Pâquier qui remet son radeau d'aplomb. Chaudon rame régulièrement, bien en ordre, et peu à peu Pâquier obéit à sa cadence et le suit. Dominique gagne et arrive à la hauteur de Djouan. Arnaldo et Bourrache se tiennent par l'épaule. Ils écoutent.

— Rien, c'est la voix de Bourrache.

Ils se tiennent par l'épaule avec Arnaldo. Ils regardent devant eux pendant que Dominique rame comme un Turc. Ils sont les plus loin vers la gauche. Ils touchent tout le long ce rivage de la nuit sombre, au-delà duquel soufflent les tourbillons et ces hoquets de géants noyés, cette ombre où il semble que tremblent les gestes désespérés de mains grises, larges comme ce radeau. Et rien ne bouge, et c'est tout noir.

— Rien, dit Bourrache, rien.

— Ne t'en fais pas, dit Arnaldo, et il lui tape sur l'épaule comme à un copain.

Il a vu près de lui cet œil inquiet et cette bouche qui tremble dans la barbe.

La voix de Djouan (il s'était rapproché d'eux et sa voix était maintenant claire et posée, sans rage et sans Piémont, avec seulement une lassitude qui espaçait ses mots ; ou bien il le faisait exprès pour qu'on l'entende parfaitement de tous ces radeaux sur l'eau déserte) :

— Il nous a laissés. Nous lui faisions du mal sans le vouloir.

Instinctivement ils s'étaient tous groupés et, resserrés les uns sur les autres, ils continuèrent à ramer droit devant eux. Ils étaient à peine séparés de cinq à six mètres. Tout autour c'étaient les ténèbres complètes. Ils tenaient comme ça vingt mètres de front à peine. Ils ramaient ensemble. Ils s'enfonçaient tous ensemble dans cette nuit déserte devant eux. Ils auraient pu se parler de radeau à radeau, mais ils ne parlaient pas, penchés sur l'ombre ou regardant le ciel. La plonge des rames sautait sur les eaux comme le bruit d'un gros poisson qui voyage seul.

A la longue la nuit devint froide. On approchait de l'aube mais il n'y avait pas encore de lueur. Un à un les flambeaux s'éteignirent. Depuis un moment ils les regardaient mourir et ils cherchaient les traces du jour dans le ciel. C'était toujours la pleine et épaisse nuit, sans rien que ce froid. Djouan appela, puis Prachaval, Arnaldo et Charles-Auguste. Ils parlèrent comme ça un long moment sous la nuit ; ou bien, de temps en temps ils criaient « ho » tout simplement, et ils se répondaient. Peu à peu les rames s'étaient mises à plonger toutes ensemble. La nuit pesait. Ces ténèbres qu'on ne pouvait ni renverser ni dissoudre. Dès qu'une rame plongeait trop vite elle attendait ; dès qu'une rame était à la traîne, elle se dépêchait pour être avec les autres et plonger toutes ensemble. Mais en plus il fallait s'appeler. Le son de la voix était un bruit consolant et plein d'espérance. Bourrache se mit à réciter à haute voix et sans arrêt un tas de choses qu'il savait par cœur. On n'entendait pas tous les mots mais on écoutait. On s'en fichait de ce que ça voulait dire. C'était une voix dans les ténèbres.

Ceux qui avaient porté les torches étaient maintenant assis. Ils avaient encore mal à la main d'avoir serré la torche. Ils ouvraient et fermaient les doigts pour se les dégourdir. Ils tournaient la tête de tous les côtés sans rien voir. La nuit froide se fendait sur eux comme l'eau sur une proue ; ils l'entendaient glisser contre leurs oreilles avec le bruit de plonge des rames et, là-bas à gauche, Bourrache qui récitait son livre à haute voix. C'était tout. Avec en plus la respiration de celui qui ramait là, sur le même radeau. Mais, sans ce bruit de respiration et cet air qui parfois venait chaud de cette bouche pénible on aurait pu croire que toute la vie s'était éteinte en même temps que la torche, malgré la crampe des mains, tant la nuit était épaisse. La voix de Bourrache était devenue à la longue un bruit sans valeur.

L'aube se leva.

Les montagnes s'étaient resserrées autour d'eux. La vallée ici n'avait plus qu'une cinquantaine de mètres de large. Et elle allait en se resserrant. Ils étaient à l'autre bout du lac. On voyait le rivage extrême là devant. C'était bien un éboulement qui avait barré la gorge.

Bourrache s'arrêta de réciter. Ils approchèrent en silence ; ils n'osaient même plus beaucoup plonger fort. Ce n'était plus un lac maintenant : c'était un corridor profond plein d'eau. Le pétillement même des sillages sonnait dans l'écho de la montagne. Ils étaient bien obligés d'aller les uns derrière les autres. C'était bien un éboulement de terre jaune qui était venu barrer la gorge et maintenant, ils voyaient où ça s'était produit. Ça s'appuyait sur les rochers de Milieu-Noir.

Djouan était le premier sur le premier radeau, et malgré tout, il ne comprit pas tout de suite, et il s'arrêta de respirer, et il mit longtemps pour prendre un bon coup d'air et dire à Bozel : « Arrête-toi ! » Il s'arrêta et les autres derrière.

Saint-Jean était là, debout sur le barrage, à dix mètres, et il les regardait venir !

Et surtout, il les saluait en remuant ses bras bougrement fort!

— N'ayez pas peur, cria-t-il, je suis libre.

Et il se frappa la poitrine où rien n'éclata. A ses pieds, Cloche dressa la tête, puis se redressa en plein, tout endormi encore et brisé, avec des yeux un peu fous.

Les yeux de Saint-Jean étaient calmes.

Il s'était débarrassé de son chargement, oh, volontiers alors! Il était en train de le faire dégeler. Ils sentirent l'odeur du feu. Il leur montra le feu, là-bas sous les arbres du rivage. Tout le long du voyage, il avait senti que sa propre chaleur ne suffisait pas à chauffer ces vingt kilos de poudre. Et je craignais le gel du matin. C'est pourquoi il avait pris tant de précautions. C'est la première fois qu'un homme en porte tant que ça sur lui. « Oh! oui, Bourrache, et ce sera la dernière. Il faut vraiment être obligé. — Même en étant obligé, dit Bourrache, ça n'est pas donné à tout le monde. » Saint-Jean leur dit d'écouter et ils entendirent un bruit de suintement et de petite cascade. Il leur dit que l'éboulement était appuyé carrément contre les deux rochers de Milieu-Noir, que c'était ce qui avait permis au barrage de tenir, grâce à ces os de roche, mais que ce serait également grâce à ça qu'on pourrait tout faire sauter, car tout le reste était de la terre glaise qui colmatait dur et dans laquelle toutes les cartouches du monde auraient foiré. Tandis que la roche, ça alors, c'était bon dans la soupe. Enfin, dans cette soupe-là qui était de tout foutre en l'air. Ils lui dirent : « Mais tu as déjà tout regardé alors de ce matin ? — Oui, dit-il, mais j'ai aussi bougrement pensé à tout ça pendant cette nuit. » Ils se regardèrent un peu timidement les uns et les autres, même Saint-Jean, et à la fin, il dit pour s'excuser : « Qu'est-ce que vous voulez, à quoi voulez-vous qu'on pense la nuit ? »

Il leur dit de remonter leurs radeaux plus haut et de les tirer sur le bord, car cet endroit de terre jaune où lui se tenait debout et où les radeaux frappaient du bec maintenant, tout ça allait sauter, c'est ça qu'ils feraient sauter, c'est ce qu'il voyait en train de sauter en l'air, et puis après, les eaux se dégorgeant là-bas dedans. Oh ! il ne pensait plus qu'à ça, bien entendu. Alors, ils n'avaient qu'à remonter un peu d'une cinquantaine de mètres, et aborder sous les arbres, et tirer les radeaux sur le bord, car on ne sait jamais. Quoique, à son avis, il n'y avait pas lieu de s'en faire, et désormais on aurait plus besoin de chars que de barques. Alors, allez donc là-haut et puis vous nous rejoindrez, Cloche et moi, à côté du feu, là-bas. Et il marcha sur ce barrage d'éboulement comme s'il était dans sa propriété.

Ils le rejoignirent près du feu au bout d'un moment. Il y avait une touque en fer-blanc et une marmite qui chauffait ; une barre à mines était plantée dans la terre, comme une lance. Il avait donc pensé à tout. Oui, il avait pensé à tout et il se mit à sourire. Il avait maigri depuis ces jours-ci, subitement et profondément comme une terre qui s'effondre, lui aussi ; avec ses joues creusées, son nez devenu fin et ses yeux enfoncés avec, malgré tout, un regard gentil. Son sourire était devenu mince et tout à fait silencieux, et il durait longtemps sur ses lèvres, puis d'un coup il s'effaçait. Il avait un pauvre visage sale de crasse et de longues traînées de sueur comme s'il avait pleuré, mais les traces comme de larmes venaient de plus haut que ses yeux. Ils s'arrangèrent tous autour du feu et tendirent les mains vers la chaleur. Il expliqua tout ce qu'il fallait faire. Il restait un tout petit peu immobile et éloigné pendant qu'il parlait. Quand il s'en apercevait, il faisait aussitôt un geste vers une épaule et il disait le nom d'un de ceux qui étaient là. Il avait vu le rocher et il l'avait estimé. Il fallait faire sur celui-là sept mines à des endroits tout à fait choisis. Qu'il connaissait. Il avait vu que toute la glaise reposait sur une assise faite de deux roches puissantes qu'on démarrerait avec trois mines. A un endroit l'eau suintait. Écoutez. On en ferait une là aussi. De toute façon, il avait examiné que l'enchevêtrement de glaise, d'arbres et de roche ne se tenait que par ces pivots. Il y avait, évidemment, l'épaisseur de cet éboulement. Il l'avait vu, Chaudon. Il y avait pensé longtemps, sans préciser si ça avait été de tout ce temps qu'il avait porté cette poudre terrible dans la chaleur de sa poitrine, mais il avait mâché et remâché cette épaisseur si on pouvait dire, Djouan! Il avait mâché et remâché ça comme un tort qu'on vous fait. « Et maintenant, regardez! Regardez Pâquier, Prachaval. Regarde, petit, viens voir, Dominique. » Il mit la main dans la poche de son pantalon et il tira une poignée de terre. Ils se penchèrent tous dessus. « Elle ne tient pas, dit-il. Elle résiste tant qu'elle est épaulée par la roche de Milieu-Noir, mais si celle-là saute et si les deux d'en bas sautent et si — et c'était là son idée — en même temps on fait foirer un beau paquet de poudre en pleine terre, vers l'endroit où déjà l'eau suinte, alors, tout s'effondrera, sans force, comme de la boue, dans l'échappement des eaux. » Parler le fatiguait. Il était encore plus maigre que ce qu'il voulait bien le dire et les tendons de son cou étaient nus comme une aile plumée. « Oh! dirent-ils, il avait pensé à tout. C'était préparé comme à l'école. Ça serait vite fait. C'était l'affaire d'au plus deux jours en se remplaçant à la barre à mines. Et d'une nuit, car il faudrait travailler la nuit prochaine. Car ils attendent la délivrance, là-bas. Et nous l'attendons aussi. — Nous l'attendons tous, Bourrache. Mais — il les regarda, et le feu parla seul un moment — mais qui avait pensé à porter à manger? Personne! Ah! Moi sûrement non, dit-il, et il se mit à sourire un peu plus longuement que les autres fois et pour lui. — Nous non plus! Ah! Tu nous as entraînés. On n'a pensé qu'à te suivre. — Je n'ai pensé qu'à cette imagination d'épaule de terre tenant cette eau, ici. Voilà bien! On n'a rien à manger. Ne pas penser aux choses les plus simples, dit-il, avec toujours ce sourire qui alors était certainement pour lui-même. Alors, on n'a besoin que d'un peu plus de sacrifices ; et on y arrivera. Certes oui. Allons-y. Oh! quand même, dit-il, avec son visage maigre et sale, des sacrifices! C'est toujours le plus facile qu'on ne fait pas. Le plus facile qui est le plus difficile. — Ne t'inquiète pas, dirent-ils, et alors quoi, on est donc des hommes, on n'en mourra pas, à moins que toi?... Étant donné que tu viens déjà de là-haut sans démarrer. — Non, dit-il, il n'en est pas question ; moi je tiendrai, mais, toujours se sacrifier! Quand c'est si facile! — Oh! oui, dit Charles-Auguste, alors ça, s'il n'y a rien à manger, c'est la fin de tout! »

Raison de plus pour ne pas prendre un bail ici dedans où, avec ces murailles à pic couvertes de forêts sombres, il n'y avait pas de lumière et seulement de l'air froid et gourd.

Par l'ouverture de la gorge ils voyaient là-bas, au-delà, le jour levé, couleur d'étain posé sur les larges eaux. « Alors donc, dit Dominique, j'ai encore de la force dans les bras, donne voir », et il prit la barre à mines. Ils descendirent tous ensemble de l'autre côté du barrage. La gorge retentissait d'un bruit de ruissellement, mais il y avait plus d'échos que de vérité là-dedans. L'eau coulait en effet du barrage, suintant à travers la terre et Saint-Jean avait raison ; mais, en fait, il n'y avait presque pas d'eau en bas dans le cours du torrent. On avait toujours été habitué à en voir beaucoup précisément là-dedans, et il y en avait à peine un fil. En dressant la tête on voyait la hauteur du barrage, au moins une bonne vingtaine de mètres et on imaginait tout ça plein d'une eau profonde et noire. On en sentait la masse et le poids. Et ça devenait vraiment intéressant de regarder la roche du Milieu-Noir, et ces roches étrangères entraînées par l'éboulement et sur lesquelles Saint-Jean posa sa main. Elles étaient en bas au fond de tout, encastrées dans l'angle même de la gorge et elles sonnèrent clair quand Dominique les frappa de la barre pour voir ; ce qui est toujours bon signe, étant donné que si tu sonnes clair tu es dure et serrée, et si tu es dure et serrée tu éclateras en mille morceaux parce que, justement, la poudre aime ça et travaille bien alors. Il commença tout de suite à faire un trou de mine ; difficile à commencer avec tout de suite la grosse barre, mais il était habile. Djouan faisait une curette avec un morceau de fil de fer détortillé d'un radeau. Bozel resta en bas pour relayer Dominique. Relayer Dominique, on n'avait jamais entendu ça! Cette espèce de mastodonte! Oui, mais tout ici était noir, sombre et étroit. C'était comme une ratière qui pouvait se fermer d'un coup avec une porte de roche et de terre. Ça ne servait à rien d'être gros. Non pas pour relayer ces bras, ces cuisses et ces reins, mais pour relayer ce drôle d'air que nous avons tous en regardant autour de nous ici dedans.

« Tu comprends, tu remontes là-haut, toi ? — Oui, il faut que je surveille cette poudre, bien entendu, là-haut près du feu. Faites donc trois mines profondes au moins d'un bon mètre, je les garnirai, moi, n'ayez pas peur. Pendant ce temps les autres pourraient creuser dans la glaise à l'endroit où ça suinte, un peu au-dessus. — Tâchez de trouver un endroit sec et approfondissez le plus que vous pourrez. Si c'est solide, boisez un peu et faites-moi comme un boulevard sous la terre pour que je puisse ramper, moi, là-bas au fond et y porter la poudre qui fera tout sauter. — Non, dit-il en riant, sans blagues, faites-moi un couloir profond pour que j'aille garnir là-bas dedans avec un gros paquet cette terre qui n'a pas l'air de s'en douter mais qui nous gêne rien que par son propre poids. » Il avait bien fait de dire couloir, parce qu'il n'y avait pas besoin de boulevard pour lui, allez donc ; ici au fond, dans l'ombre verte, il était maigre comme un papier à cigarettes, et transparent. Il en avait pris un vieux coup depuis quelques jours. Il remonta vers la forêt. Djouan et les deux autres le regardèrent partir. Cloche le suivait, mais Saint-Jean ne regardait personne. Il n'avait pas l'air de penser aux mêmes choses que nous. A vrai dire, tous comme ça, debout, et même Dominique qui s'était arrêté de barrer, nous avions l'air, autour de Saint-Jean, d'être comme les barreaux d'une cage, qu'il pouvait écarter de la main mais qui se refermaient autour de lui dès qu'il se mettait à sourire ou à parler avec un peu de faiblesse. Et là, maintenant, il remonta vers le feu, là-haut, qui dorlotait sa poudre et Cloche le suivait comme un barreau de cage, comme pour lui rappeler cette cage d'homme dont il ne pouvait pas sortir. Enfin, on pensait à ça. Ça ne veut pas dire que ça soit vrai, mais il y avait là-dedans de notre envie de le garder avec nous et de son envie à lui qui avait l'air d'être devenue maintenant sauvage et solitaire.

Silence dans ce couloir de montagnes. Seulement le bruit du suintement d'eau, comme quand le jeune vacher frappe le seau à lait avec sa badine de saule ; mais c'est toujours pareil, sans changer, et c'est quand même quelque chose de plus gros qu'un vacher qui frappe doucement les échos du corridor. Et le claquement clair et régulier de cette barre à mines qui danse en bas entre les mains de Dominique et s'enfonce dans le rocher. Les petits échos clapotent tout autour.

Le jour tourna sur les eaux larges là-bas au-delà de l'ouverture de la gorge. De temps en temps la barre à mines s'était arrêtée de danser. Elle changeait de main. Ça se comprenait à la cadence. Après, elle changea de trou. Ça se comprit au son de la danse. Trois fois. Puis ils appelèrent Saint-Jean. Il était ici, lui, près du feu, à surveiller sa poudre, la tenir chaude et prête et inoffensive. Il était tout seul, là. Et il n'avait pas dormi ni quitté cette attitude de bâton sec. Restant comme ça, maigre, silencieux et immobile, avec seulement beaucoup plus de facilité dans cette solitude. Tout ça se faisait avec aisance, n'ayant plus de chaque côté des lèvres ces prolongements d'amertumes et de souffrances qu'il changeait en sourires devant les hommes ; ayant tout simplement la bouche calme, les traits calmes, les yeux calmes, là, près du feu, seul. Ils l'appelèrent d'en bas. Nous avons fini de creuser les trois mines. Il s'agissait de savoir ce qu'on allait faire maintenant à la roche du Milieu-Noir. Ils n'avaient qu'à monter. Il allait le leur montrer. Les autres avaient déjà commencé d'affouiller le trou dans la glaise vers l'endroit où sortait le suintement. Ça marchait assez vite à cet endroit-là et ils avaient déjà boisé un petit tunnel de deux mètres là-bas dedans, tout suintant. « Mais, ne vous en faites pas, cria-t-il, c'est ce qu'il faut. » Et il regarda monter ceux d'en bas. Ils dirent qu'ils allaient se chauffer un peu. Ils s'assirent près du feu. Ils avaient faim. Il n'y avait pas à le cacher. Mais ils tiendraient le coup. Sûrement et même bien plus, mais ils avaient faim. Dominique suçait sa langue et faisait claquer ses dents sans ouvrir la bouche ; ça claquait comme le couvercle d'une boîte à fil. « Alors, allons-y, dit-il, le jour va baisser. » Saint-Jean leur montra ce qu'il avait d'abord dit. « Voilà l'épaule de Milieu-Noir. Et voilà les emplacements que je veux dire, là, à l'endroit où elle s'emmanche dans le flanc de la montagne. Elle n'a pas l'air profonde. » Il prit la barre à mines des mains de Dominique et il frappa sur le rocher pour le faire sonner comme on fait des fois sur les gros foudres pour juger du creux qu'ils ont. Oh! le bruit venait d'en bas dedans après un tout petit moment. Comme s'il y avait dans le rocher du vide et de l'espace ; et de l'écho. « Bon », dit Saint-Jean, et il délimita la ligne sur laquelle on allait trouer les sept trous. « La faim qu'on a, dit Dominique, ça vous fait tout voir bizarre. » Il était là, la barre à mines à la main... Enfin, il se décida à creuser le premier trou.

Près du feu, Cloche dormait. Avec cette extrême faiblesse de la jeunesse. La jeunesse, qui, si on le lui demande, ne pensera pas à cette qualité, cette qualité de faiblesse qu'elle a et elle pensera plutôt à la force en croyant que c'est une qualité ; et d'abord ça n'en est pas une ; et, en croyant avoir la force, ce qui est une grosse erreur, car la jeunesse est par-dessus tout une faiblesse. Car il est là en train de dormir. Et il dormait quand il a fallu monter avec Marie à travers les nuages. Et ç'aurait été un péché de le réveiller, ce serait un péché mortel de le réveiller maintenant.

N'importe quand. C'est une gloire, cette faiblesse qui leur permet d'être absolument soumis aux commandements naturels. Et de ne rien se commander à eux-mêmes avec cet orgueil bête de croire qu'on peut. Saint-Jean le regardait, mais regardait surtout au-delà ; comme si cette tête renversée en arrière, la bouche ouverte, ces bras jetés en l'air, ce corps abandonné, noyé dans les profondeurs les plus sombres du sommeil n'existaient pas.

Ceux qui creusaient la galerie dans la glaise remontèrent. « On n'y voyait plus », dirent-ils. C'était vrai. On n'y voyait plus. « Vous êtes allés profond ? — Trois mètres — Je vais voir. — Tu ne verras rien, on n'y voit plus! on te dit. — Mais alors, dit-il, il n'y a qu'à faire les vieilles chandelles », et il roula un morceau de dynamite dans la paume de sa main. Dans la lueur du feu, ils avaient tous soudain des visages plissés comme de vieilles pommes comme quand on fait un gros effort intérieur et qu'on serre les lèvres. « Nom de Dieu! dit Bourrache. — Ça ne risque rien », dit Saint-Jean. Il alluma la chandelle et il dit : « Venez, on va voir. » Ça brûlait comme un petit feu d'artifice de poche. « Qui est là? cria Dominique. — Moi, dit Saint-Jean. — Qu'est-ce que tu brûles? — Rien, dit Saint-Jean. — Quelle drôle d'histoire! Nom de Dieu! — Chut, dit Saint-Jean un doigt sur les lèvres. » Ça fusait calmement d'entre sa main droite. Charles-Auguste déboucla sa ceinture et fit semblant d'avoir besoin. Il courut dans le bois et il s'arrêta là-bas debout (cette lumière éclairait loin) prêt à se cacher derrière un arbre, mais faisant toujours semblant d'être là pour tout autre chose). Bon Dieu, Saint-Jean se promenait avec ça à la main qui l'éclairait en plein d'un éclat sans pitié et ronronnant comme un chat — une lumière dans laquelle on entendait souffler comme le ruissellement de cette force de dynamite ; une lumière crue qui alors éclairait en plein sa maigreur et dessinait en gros traits noirs tous les plis de son visage. Il n'y avait que ses yeux qui restaient clairs et un peu fixes, comme bourrés de puissance eux aussi. Et il descendit dans le barrage, jusqu'au trou qu'ils avaient creusé dans la glaise. « Sacré dieu, de bon dieu, de bon dieu! » dit Dominique en se grattant la tête. « Nom de dieu! » dit encore une fois Bourrache qui était à ce moment planté en terre comme un pieu mort, sans bouger, la bouche ronde ouverte dans la barbe comme un rond de tuyau de plomb. « Qui est là? » dit encore une fois Dominique. Bêtement. « C'est lui, parbleu, dirent-ils, tu ne le vois pas? » Oh! En effet, pour ne pas le voir il aurait fallu être profondément aveugle car cette lumière souplement grondante l'entourait et l'éventait comme un grand voile de feu ; et il apparaissait là-dedans sans mystère avec sa terrible maigreur et son regard clair. « J'ai faim », dit Dominique. Bêtement encore. C'était toujours comme ça. « Tu as faim, tu as faim, dirent les autres, nous aussi! Et alors, ferme-là, mon vieux. » Mais il continua à dire qu'il avait faim, et il s'essuyait les yeux comme s'il trouvait l'explication d'une chose dans l'autre. A ce moment-là Saint-Jean descendait vers la galerie de glaise et il regarda le trou bien comme il faut et il remonta. Toujours avec sa lumière à la main. Ils étaient tous là, eux, serrés les uns contre les autres avec des gestes commencés et qu'ils avaient laissés en suspens, comme pris par cette colique qui plissait leurs vieilles pommes de figures, comme s'ils plissaient leur peu de visage pour écraser leur tuyau d'oreille au fond de leur tête pour ne pas entendre le grand bruit qui allait venir ; et ils dévidaient des « bon dieu de nom de dieu, de sacré dieu », comme de la grêle dans l'orage. « Le bon dieu n'y est pour rien là-dedans, dit Saint-Jean. Laissez-le tranquille. Il est complètement innocent, croyez-moi », dit-il. La lumière souffla un bon coup entre ses doigts et s'éteignit. Au bout d'un moment le feu recommença à éclairer avec la lueur rouge et au-delà des gorges les larges eaux reflétèrent le fer sans éclat du crépuscule qui finissait.

Ainsi arriva peu à peu cette nuit qui devait être si extraordinaire. Avec Dominique qui ne s'arrêtait pas de faire danser sa barre dans les trous de mine de la roche de Milieu-Noir, Bourrache qui venait de temps en temps chercher des brandons pour éclairer le travail de curage. Puis on éteignait pour la danse de la barre, car c'était engagé dans le trou et il n'y avait pas besoin de lumière. Alors, c'était la nuit sur la roche de Milieu-Noir et d'ici, grâce aux reflets du feu, on voyait la carcasse noire de Dominique accroupi sur la roche et le mouvement régulier de ses bras comme un gros insecte qui en transperce un autre bien plus gros. Dominique se débattait avec l'ombre. Il commença à hurler régulièrement en cadence, avec la danse de la barre à mine. Ça ne pouvait pas être appelé autrement qu'un hurlement, quoique ce soit étouffé, sourd et régulier, et somme toute assez musical, comme le cri, par exemple, de ce danseur dont on entendait les pieds de fer s'enfoncer peu à peu dans le rocher. Mais, c'était tellement bestial! Il y avait là-dedans à la fois l'orgueil de la force et le gémissement sombre d'une terreur extraordinaire. Ils en frissonnaient tous, autour du feu et en bas, vers le trou qu'ils avaient recommencé à un peu creuser et arrondir en fougasse ; où, de temps en temps, descendaient Prachaval ou Chaudon, ou Bozel, ou Djouan avec des brandons de feu. Ils trouvaient tout de suite en eux-mêmes les raisons de cette grande peur qui ne s'était jamais éteinte, qui avait toujours gardé sous leur cœur une petite braise encore rouge, et Dominique était en train de la faire flamber avec le soufflement régulier de ce hurlement de danseur au pied de fer, perdu dans la solitude et la terreur du monde. Le suintement, les échos de la montagne, le clapotement des larges eaux, le craquement des forêts, la nuit, le rocher, ia terre, eux seuls ici avec leurs douze noms! Et pas plus ; le souvenir de Villard-l'Église si loin déjà, comme effondré au fond des eaux. Rien que cette petite confrérie d'hommes. Bourrache se mit à réciter encore tout ce qu'il avait dans la mémoire. A un moment où la barre à mines passa des mains de Dominique aux mains de Pâquier, Dominique s'avança sur la roche de Milieu, se dressa, comme ça, désœuvré, et dit : « J'ai faim! » Bourrache vint chercher un brandon pour éclairer le curetage du trou. Il récitait sans arrêt de longs passages de choses apprises par cœur. Il récitait ça, la tête baissée, à la

mécanique, portant son brandon de feu et là-bas
éclairant la besogne, sans cesser de réciter à haute
voix de grands passages d'histoires qu'on n'arrivait
pas à comprendre, car il avalait et refoulait ses
phrases bruyantes dans sa respiration, avec parfois
seulement un mot qui éclatait, qu'on comprenait,
et soudain ce mot-là, tout seul, tenait compagnie.
Il tenait compagnie! Il mettait comme de l'aisance
tout autour de lui seul. Dominique cria : « J'ai faim! »
Il y avait dans la voix un ton qui rappelait un peu ce
hurlement qu'il avait quand il faisait danser la barre
à mines. Tout à fait autre chose que la récitation de
Bourrache. Mais on sentait que c'était là la vérité.
Dans ce hurlement et cette terreur raisonnable.
C'était ça la vérité, et non pas ce mot qui tenait
compagnie, rien véritablement, qui n'empêchait pas
de frissonner, éclairant peut-être à l'intérieur de
vous-même, mais laissant toujours les mêmes ténèbres dehors. « Ta gueule! — Qui? — Toi! — Moi? »
Bourrache avait l'air sincèrement étonné. Mais à ce
moment-là Dominique avait repris la barre à mines
dans ses mains abondamment salivées et il avait
recommencé à faire danser la barre et à hurler. Bon.

Saint-Jean se dressa et s'en alla voir ceux qui
creusaient le grand trou dans la glaise, ce boulevard
pour entrer dans le cœur même du barrage comme
il disait. Il prenait un brandon dans le feu et il
s'éclairait pour descendre. Chaque fois, ils le regardaient tous marcher dans la nuit avec sa lumière
aux doigts, qui semblait chaque fois être toujours

cette poudre soufflante et gémissante. Et pourtant ce n'était qu'une branche de sapin toute morte et enflammée qu'il tenait à la main. Il venait au trou et en bas il semblait qu'ils étaient prévenus. Ils s'arrêtaient de travailler et ils le regardaient descendre. Dominique s'arrêtait de faire danser sa barre à mines et il regardait Saint-Jean qui descendait le long du barrage, maigre et comme transparent, avec ce visage charrué d'ombres noires à cause des os des pommettes, saillants sous la peau et allongeant des ombres sur ses joues : cet homme qui n'avait, semblait-il, plus rien de vivant, sauf cette idée têtue de faire sauter le barrage, sauf cette obstination à tout prévoir, à tout accomplir lui-même, quand il tournait son regard clair, vivant, vers l'ombre où Dominique était debout avec sa barre immobile à la main. Il descendait d'un pas tout faible qui trébuchait dès qu'il avait l'air de toucher le sol, puis glissait doucement comme le vol à fleur de terre d'un archange.

Cloche dormait toujours avec un beau visage reposé. Il n'avait pas bougé ; il ne s'était ni tourné ni retourné ; il avait seulement bavé sur son menton avec des lèvres heureuses. Il était donc toujours pareil à un noyé, avec cette sorte de lent étirement que le gros plaisir du premier sommeil lui avait donné, cette convulsion immobile au fond de laquelle il dormait. On l'avait changé deux fois de place. On l'avait pris par les pieds et par la tête et on lui avait dit, à lui insensible : « Allons, lève-toi de là qu'on garnisse le feu. Allons, Cloche, dors un peu ailleurs, s'il te plaît ; tout allongé, tu tiens la place de quatre, pousse-toi. » Et on le poussait ou on le portait de côté car on voyait bien que de lui-même il ne ferait rien d'autre que dormir sans bouger.

Et cette nuit extraordinaire fut faite ainsi de toutes ces choses. Au milieu de la nuit, avec cette sensibilité des échos tout autour. Dominique faisait danser la barre à mines et hurlait avec cette voix veloutée et bestiale pleine de terreur jouissante ; quand il était accroupi sur la roche de Milieu-Noir, la transperçant patiemment et régulièrement de sa barre, pendant que Bozel, l'éclairant d'un brandon, gonflait son ombre comme un ballon et la faisait monstrueusement flotter dans cette retentissante solitude du couloir de montagne. Il y avait la pensée de ce travail de géant contre l'accumulation de la terre, ce travail des bras qui paraissait vraiment une illusion, car enfin, qu'est-ce que c'était, ces trous minuscules, gros comme un pouce à peine et qui s'enfonçaient dans le rocher énorme au fond duquel il semblait que des espaces tout sonnants étaient renfermés. La pensée que ce travail se buttait contre des forces trop énormes. Le brandon de Bozel s'éteignait. Bourrache venait en chercher un autre. Il récitait à haute voix les histoires d'un pays où des cadavres de lions pourrissaient entre les vignes, où on trouvait des mâchoires d'ânes dans le désert, où les filles descendaient de terrasses en terrasses en bougeant leurs cuisses blanches dans le feuillage des figuiers.

Oh ! Il racontait ça comme une machine, avec sa voix de barbe, c'est-à-dire tout emmêlée comme le vent dans des branches d'arbres. Il prenait son brandon, il le portait. Il éclairait le visage plein de terre de Prachaval, ou de Chaudon, ou de Djouan, ou d'Arnaldo qui s'avançait au ras du chemin, et il était obligé de se pencher pour lui parler comme s'il parlait à une tête coupée. Car l'autre montait d'en bas dessous où ils étaient en train de creuser la glaise. Ils montaient à quatre pattes, le visage au bord du sentier, la moustache pleine de terre, les ongles, les doigts, les cheveux pleins de terre, avec seulement des yeux sous les cils terreux. « Alors, quoi ? Eh bien alors, quoi ? disait Bourrache. Quoi, quoi ? » Il voulait dire : « Qu'est-ce que ça veut dire ce quoi ? » Et il les éclairait avec son brandon, et il s'en allait vers Dominique avec sa récitation et les yeux terreux suivaient sa lumière. Ils le laissaient avec ses palmes et ses déserts. Ils étaient en bas dessous en train d'arrondir la fougasse au fond de la glaise et pour eux aussi qui revenaient respirer à bout de forces, là, contre le sentier de Bourrache, avec des bouches et des nez encore tout amers de l'odeur profonde de la terre, ce travail était une illusion et une duperie, et une chose dégoûtante qui n'avançait pas et qui ne servait à rien contre cette énorme accumulation de glaise insensible, capable de sa seule inertie de contenir toute cette épaisseur des kilomètres de larges eaux. Alors, Saint-Jean s'avançait avec son glissement d'archange, cette maigreur pleine de force, ce feu autour de la tête. Cloche dormait, noyé au fond de cette faible jeunesse qui l'obligeait à s'en foutre d'une façon tout à fait magique.

Ils avaient combiné que ça pourrait durer deux jours, mais à la fin de cette nuit extraordinaire qui avait étincelé de partout sous le brouillard de la faim, au matin ça se trouva fini. La barre fit encore deux ou trois violents pas de danse dans les mains de Dominique, puis deux petits, lentement, puis un petit qu'on comprit être le dernier ; c'était le dernier. « Voilà ! » dit Dominique. C'était fait. L'aube pointait. Elle était couleur de citron.

— Maintenant, c'est à moi, dit Saint-Jean. A moi seul.

Que disait-il ? Il n'avait pas travaillé de toute la nuit ? Oh ! si, c'était déjà un gros travail d'être là, avec sa maigreur autour du feu. Mais il dit : « A moi ! » Et vraiment ça venait à lui. Débarrasse ! Et il fit un signe bref avec sa main comme pour balayer de là-bas dessous Dominique et son équipe. Ils arrivèrent. Les autres étaient déjà autour du feu. « Qu'est-ce qu'on peut faire pour t'aider ? — Rien. »

Rien. Il était exactement pareil à cette aube couleur de citron : faible et trouble, salie de nuages.

— Pour le moment, vous pouvez rester près du feu.

Charles-Auguste ne pouvait plus penser à autre chose qu'à cette fatigue toute grouillante qu'il avait dans ses coudes et ses genoux, ses reins et tout le tour de ses hanches. Avec sa lippe de lèvre toute tombée, ses yeux cachés sous des paupières larges comme des écus, de temps en temps secoué par une sorte de hoquet ou de rot comme s'il en avait vraiment trop mangé, de ce travail et de cette terreur. Il regarda Saint-Jean qui découvrait la marmite. Alors, ça c'était vraiment rigolo. C'était se foutre du monde, pour eux qui, précisément, n'avaient |pas mangé à un point que, la seule odeur de l'eau chauffant dans la marmite, l'odeur du fer de la marmite leur était comme une couronne de roi, avec des choux, des raves, des racines rouges, des pois, des fèves et un gros becquet de bœuf, gras et juteux comme l'articulation des ailes de Dieu!

Saint-Jean avait découvert la marmite : c'étaient vingt kilos de poudre à faire tout sauter ; et chaude à point.

L'œil de Saint-Jean était aussi un peu recouvert par la paupière, mais dessous luisait comme un violent croissant de lune, dans cette aube jaune et toute sale de son visage, aigre et maigre comme l'aube qu'on voyait là-bas étalée sur le large des eaux. Il les regarda silencieusement tous un peu, l'un après l'autre. Ils étaient noirs et terreux, assis en rond autour du feu comme de gros loups fatigués. Ils ne s'aperçurent même pas qu'il avait saisi de la dynamite avec ses mains et qu'il s'était éloigné d'eux ; ils le virent déjà là-bas sur la roche de Milieu-Noir, allant de ce pas glissant, avec son corps presque transparent, faisant partie du matin. La fatigue et la faim les endormaient près du feu. Il s'était accroupi près des trous de mine là-bas. Il avait l'air d'être là dans un travail tout minutieux, comme un docteur, comme un petit vétérinaire sur une grosse vache, comme s'il faisait des ponctions à cette grosse vache de Milieu-Noir. On lui voyait à peine bouger ses bras, et ses mains s'occupaient toutes les deux d'un même petit endroit de roche qui était là entre ses jambes accroupies. Au bout d'un moment il se mettait à genoux. Puis il prit un long morceau de bois et doucement il frappa dans le trou ; puis il déroula quelque chose entre ses doigts ; il le coupa avec son couteau ; il se redressa. Il regarda à ses pieds cet endroit qu'il venait de guérir, où, tout au moins, il avait mis son remède.

De temps en temps il revenait à la marmite et il reprenait du remède, de la dynamite, enfin de ce qui était dans la marmite, ce qui avait cette odeur d'un sombre bouilli pour maréchal-ferrant. Ils s'endormaient un peu tous autour du feu, subitement et peu à peu ; le sommeil leur avait donné un coup brusque dès que le chaud et le repos les avaient touchés, et, depuis, ils s'enfonçaient lentement dans le sommeil, se débattant encore tout mollement en eux-mêmes à cause de ce docteur-là qui faisait des ponctions à la vache rocheuse de Milieu-Noir, qui posait tout doucement et minutieusement ses remèdes comme on pose des pièges à renards. Ils le virent à un moment s'approcher du feu et prendre toute la marmite. Il la tira du feu et il s'en alla avec elle. Il la portait comme un panier. Il descendait en bas dans le ravin avec elle vers les trois dernières mines et le tunnel dans la glaise, le « boulevard », comme il avait dit. Ils se débattaient encore un peu, tous ces loups noirs, autour du feu, dans les premières profondeurs du sommeil, tête baissée, bouche écrasée, ronflants dans leur odeur de sueur de cuir pourri. Sauf Cloche qui continuait à dormir paisiblement comme un mort adorable.

Il les réveilla. Il avait la main dure pour un archange! Oh! Il aurait bien pu, comme ça, faire tout tout seul, de son pas glissant, pendant qu'ils dormaient et les laisser se réveiller au milieu d'un Villard sec. A peine l'œil ouvert c'était encore cette gorge et là-bas les larges eaux sur lesquelles le matin s'étendait. Toujours pareil, retombant les uns après les autres dans le sommeil. Il les secoua durement. Il donna un coup de pied dans les reins de Cloche si fort que l'autre ouvrit tout de suite les yeux et sauta sur ses pieds comme si on avait enfin trouvé son secret. Il faut déguerpir!

— Montez là-haut dans le bois, dit-il, je vais allumer les mines.

On allait l'aider. Il dit « non ». Et en effet il s'agissait d'être agile. Cloche tout naturellement dit : « Alors, allons-y. — Toi non plus », dit Saint-Jean. Mais il recommença à avoir ce long sourire sur ses lèvres et il ajouta : « J'ai tout calculé. Montez là-haut dedans. » Ils montèrent dans le bois. Il descendit vers les fonds. « Et attendez-moi », cria-t-il. C'est ce qui les a décidés à s'arrêter. Sans quoi, ils auraient marché comme ça dans le bois, droit devant eux, sans s'arrêter, comme si c'était la séparation éternelle.

Ils regardèrent en bas. On ne le voyait pas. Soudain on le vit. Il sautait de place en place, et chaque fois qu'il sautait il laissait une fumée bleue qui continuait à fumer derrière lui. Il avait comme ça floqué le gros rocher d'assise de trois fumées qui sautillaient comme les floquets de paille sur la crinière des mulets quand ils vont se mettre à galoper. Il monta jusqu'au milieu du barrage. Il alluma la mèche à l'entrée de ce « boulevard » qui me mènera jusque dans le cœur de la terre. Il fit un petit bond léger où bien sûr il eut besoin de toutes ces grandes ailes de l'archange! Sûrement! Ils se frottèrent les yeux. « Non. » Il n'avait que ses épaules nues penchées sur la roche de Milieu-Noir. Il déclenchait tout. Il allumait les mèches là aussi, sans se presser. « Dépêche-toi. » Car ça fumait dur sous lui, quatre fumées bleues qui s'allongeaient en palme comme alors vraiment les premières plumes d'une grande aile. Et déjà elles avaient des mouvements comme pour se gonfler. Il voltigeait d'un trou à l'autre comme un frelon. Et voilà sept plumes nouvelles, raides sur la roche de Milieu Noir. Ça y était, il montait vers ici. Il grimpait de ce pas glissant. Mais ils voyaient bien à travers leurs yeux lourds de sommeil et ivres de faim qu'il avait fini par attacher au barrage ses grandes ailes d'archange, à lui, celles qu'ils cherchaient tout à l'heure à ses épaules. Hé bien, c'est pour ça qu'on ne les lui a pas vues quand il a sauté d'un bond sur la roche de Milieu-Noir. Il s'est arraché ses ailes et il les a attachées à ce barrage de glaise, à ce ventre des larges eaux ; et tu vas voir, elles vont battre et emporter le malheur de tous au-delà du ciel.

Il grimpait vers eux de toutes ses forces, avec ce visage de plâtre tout bouleversé ; une grimace d'enfer ; sa bouche éperdument ouverte, ses grandes mains de désespéré qu'il lançait pour crocher les racines et marcher à quatre pattes comme un loup. Il arrivait vers eux, maintenant nu malgré ses vêtements terreux ; enfin, malheureux et noir comme un homme !

— Qu'est-ce que vous faites en bas, vous autres, hé là ? D'où êtes-vous ?

Ils se tournèrent vers la voix qui venait de plus haut dans les piliers de la forêt de sapins : c'étaient, là-haut, un gendarme et trois soldats du génie. Ils avaient l'air d'être arrivés là par la sente forestière. Tout interloqués. Et propres. Alors, vraiment, sans blague, qu'est-ce que c'est alors maintenant ces quatre-là avec leur fourniment ? Ils n'avaient pas de fourniment. Mais c'était bien un fourniment, cette vareuse de gendarme, et puis ces capotes bleu horizon, avec le numéro rouge, et puis ces pioches avec des manches tout neufs qu'ils avaient. Sauf le gendarme.

Saint-Jean arriva enfin haletant, avec ses yeux amers. Il regarda les fumées en bas. Il fit signe à

Cloche avec trois doigts ouverts dans la main. Trois minutes ? Il baissa ses paupières : oui ! Il était charrué par une respiration de fer qu'il aspirait à pleine bouche comme s'il y reprenait goût enfin à la respiration des hommes. Tout ébranlé, secouant la tête, posant la main sur l'épaule de Cloche. Oui. Il fit voir encore aux autres sa main tremblante avec ses trois doigts ouverts. Oui. Trois minutes ! Le gendarme et les soldats descendaient.

— Et alors, dit le gendarme, qu'est-ce que vous êtes, vous autres ici ?

Il le voyait bien ; c'étaient des loups. C'étaient des loups terreux et noirs, et un maigre aux yeux clairs qui serrait les dents pour reprendre la respiration des hommes. Il les vit tous loups et muets, et couverts de glaise gluante.

— Vous êtes de Villard ? Qui êtes-vous ? Est-ce qu'il a fait mauvais temps ici ? On vient vous aider. On a fini maintenant en bas. On a tout sauvé. On est le premier contingent. Pourquoi n'y a-t-il plus d'eau dans l'Ebron ? Qu'est-ce que c'est toute cette eau-là ? Et là-bas qu'on voit ? Qu'est-ce que c'est ? Qu'est-ce que c'est ? C'est vous qui avez fait ce barrage ? Vous n'avez pas le droit de barrer l'Ebron. Vous avez fait un lac ? Vous n'avez pas le droit. Levez-vous que je voie. Qu'est-ce que c'est, ces fumées ? Qu'est-ce que vous faites ? Vous allez faire sauter le barrage ? Vous n'avez pas le droit !

Il se baissa pour ramasser une pierre. Qu'est-ce qu'il allait faire comme ça contre ces ailes d'archange qui palpitaient maintenant tout contre le rocher et la glaise ? A tout hasard, Dominique lui écrasa la figure d'un coup de poing, comme ça, là, de bas en haut, calmement, et avec les yeux toujours sereinement endormis grands ouverts. De toutes ses forces. Le sang gicla autour du poing. Le gendarme s'assit lourdement.

— Les villages d'en bas, cria-t-il, l'eau !

A ce moment, les ailes d'archange s'ouvrirent avec un bruit de tonnerre.

Des ailes de feu et de poussière, mordorées, déchirantes, pleines de longues palmes d'eau, aiguës comme des plumes de corbeau ; et bleues ; venant du ventre même du lac ; s'éclaircissant violemment tout d'un coup dans le déchaînement du bruit qui fit éclater tous les échos de la montagne, devenant du duvet de cygne éblouissant de blancheur qui tombait lentement dans les arbres. Le lac avait soudain basculé tout à la fois comme une grande tôle luisante ; et avec ce bruit de tôle neuve, un faisceau d'ailes qui jaillirent toutes à la fois pour arracher le malheur de la terre : une jaune toute en glaise et fameusement farouche, une bleue, une blanche, une noire qui jaillit la dernière au milieu des autres avec un bruit étouffé, juste au moment où le lac tout entier arriva pour se précipiter dans les gorges, avec des dos, des bras, des têtes, des cornes, des griffes, des dents, des queues, des ailes, des gueules, des pattes, des ventres, des écailles, des glissements et des coups de bélier, et des arrachements de peaux, de laines, de poils, de crinières ; dans le beuglement éperdu de tout ce troupeau de malheur sur lequel retombaient lentement les débris des grandes ailes d'archange.

Le bruit avait tout à coup assommé les oreilles ; maintenant il continuait avec le grondement sauvage des eaux qui s'écoulaient. Au fond sonnait, venant de la vallée de Villard, le bruit grave et continu d'un tonneau qui se vide. Tout ça semblait facile, tout petit et ordinaire. Le gendarme ouvrit la bouche et avec elle il fit des grimaces. Qu'est-ce qu'il faisait ? Il montrait l'eau bondissant dans la gorge. Ah ! il parlait ! Il parlait mais le bruit était tellement fort qu'on ne pouvait pas entendre le moindre mot. Il eut un geste comme pour dire : « Après tout, tant pis. » Et il essuya le sang qui coulait de son nez et de sa lèvre. Il se dressa. Il se mit à faire des grimaces de bouche, c'est-à-dire parler, aux soldats ; à un soldat qui approcha son oreille. Qu'est-ce qu'ils faisaient là ceux-là ? Qu'est-ce qu'ils étaient ces quatre ? Qu'est-ce qu'ils représentaient là, comme ça ? Eux douze, ils étaient alignés face au gendarme, tournant le dos aux gorges pleines de leur victoire, à ce retentissement qui faisait trembler les sapins. Alignés et immobiles ; et quoi faire ? Qu'est-ce que c'était celui-là avec sa veste bleue ? Et de quel côté ça pouvait se prendre ce drôle de malheur nouveau, là, en veste bleue ? Dominique regarda son poing où il était resté du sang entre les doigts. Le soldat essaya de se faire comprendre. Mais qu'est-ce qu'il disait ? Il s'approcha de Cloche qui était le plus jeune. Il lui parla à l'oreille. Ah! Il devait demander la direction de Villard-le-Château, car Cloche la leur montra et, à voir les signes qu'il faisait avec son bras, ça devait être ça. Le soldat eut l'air de faire merci avec sa tête et en tout cas il avait un sourire qui disait : « Il en a pris un bon coup le Pandore! » et ils s'en allèrent tous les quatre en direction de Villard-le-Château, le gendarme premier et qui s'essuyait de temps en temps la gueule.

Maintenant, ils pouvaient regarder leur travail de tonnerre. Tant pis pour les villages d'en bas. Ici c'était la délivrance. Ils eurent un grand rire de loups à pleines dents silencieuses. Là-bas au large, le lac chavirait. Il était crevé à mort. Le matin se posait déjà sur des terres nouvelles. A tous moments des soubresauts d'eau et d'herbes sortant de la boue claquaient dans le ciel déchiré.

Saint-Jean dit : « J'ai froid. » Mais on ne pouvait rien entendre. Il y avait le bruit de tout ce monde qui se remettait en ordre. Il se dit à lui-même : « J'ai froid et je suis fatigué. » Ils se regardèrent avec Cloche et Saint-Jean lui dit : « J'ai froid », silencieusement, en formant bien les mots. Cloche s'approcha de lui et se mit à le frotter. Qu'est-ce qui se passait? Qu'est-ce qu'il y avait? Qu'est-ce que tu fais, Cloche? Ils l'interrogèrent comme ça, silencieusement, avec des signes de têtes. Empêtrés tous là dans les beuglements de cette eau qui accouchait violemment des prés et des champs de seigle et des terres libres. Il a froid. « J'ai froid et je suis fatigué. » Bou-

gre! Il fallait penser à lui avant toute chose. « Oh!
fatigué », dit la bouche de Saint-Jean. « Dormir! Oui,
dormir », dirent toutes les bouches. La faim? Oh!
non, maintenant dormir d'abord, tout de suite.
Comme si le miracle voulait d'abord se débarrasser
de ces douze loups présents, dont un maigre, qui
étaient là debout à regarder l'accouchement du
monde. Ce mystère des grands champs émergeants,
couverts de boue des eaux qui clapotaient à coups
de tonnerre.

Saint-Jean regarda la terre sous les arbres. La
douce terre un peu creuse comme la paume d'une
grande main. « Oui, oui, dirent les bouches silencieuses, dans le tumulte et les têtes qui bougeaient ;
oui, couche-toi, couche-toi. » Saint-Jean s'agenouilla,
posa sa main par terre, puis il les regarda d'en bas,
comme ça. Eux, debout, toujours empoissés de glaise
et raides comme des piliers d'église. Lui à genoux
et la nuque basse, avec son petit sourire éternel plein
d'amertume. « Couche-toi! J'ai froid! Couche-toi! »
Il s'allongea sur la terre. Cloche se coucha contre lui
à droite ; Djouan se coucha contre lui à gauche ;
Dominique à ses pieds ; Bourrache à sa tête ; Bozel
contre Cloche ; Charasse contre Bozel ; Chaudon
contre Djouan ; Charles-Auguste contre Chaudon ;
Prachaval contre Dominique ; Arnaldo contre Charasse ; Le Pâquier contre Bourrache ; lentement, en
agenouillant, puis en pliant ces grands corps terreux
pareils à des piliers de pierre, et maintenant pareils
aux brindilles de bois dans un nid. Ils se serraient

les uns contre les autres. « Tu as chaud, cria Cloche dans son oreille ? — Oui. Dormir ! Oui. » Ils répétaient tous : dormir, en bougeant leurs épaules dans le chaud.

Le tumulte ébranlait les montagnes : les échos crevés de bruit sifflaient comme des chaudières ; des vols de choucas jaillissaient des forêts comme des torrents de fumée ; les arbres tremblaient, les profondeurs de la terre grondaient du charroi de ses sombres veines.

A la limite du sommeil, Bourrache répéta plusieurs fois en lui-même :

— Dans le doux rugissement des lions. Dans le magnifique rugissement des lions.

Puis il s'embarrassa dans sa langue et il s'endormit avec les autres.

XII

AVEC MONSIEUR BOROMÉ

Ils se réveillèrent. Il faisait nuit noire. Tout était apaisé. Le ruissellement régulier des eaux frappait les rochers avec un bruit presque cristallin. C'était l'ancienne paix. Les échos avaient recommencé à parler lentement de champs et d'herbages avec leurs voix profondes.

Alors, ils vont rester là comme des loups ? Non. C'était facile à dire ; mais ces bruits retentissants et paisibles marchaient dans de grands espaces libres et venaient les toucher avec des couleurs et des odeurs qui n'engageaient guère à bouger, maintenant qu'ils avaient chaud dans cette grosse amitié ; qu'ils s'entendaient, un à un, émerger du sommeil et respirer. Des couleurs d'herbes et des odeurs de terre, et chaque bruit apportait, malgré la nuit, toute la configuration du territoire, avec ses courbes et ses bosses, ses creux, ses plattes, ses chemins ; de nouveau ses minces torrents presque secs de gel.

Allons, debout l'artiste, et allons-y. Allons-y où ? Ils étaient tous en train de s'étirer, d'allonger leurs muscles de jambes et de bras, là, dans cette chaleur amicale. Allons-y à Château, pardi. Où veux-tu aller ailleurs ? C'est de l'autre côté de la forêt. Car, dans le fond, malgré tout, ils avaient faim. C'est là derrière, mon vieux, c'est juste là de l'autre côté. Qu'est-ce que tu as mangé, toi ? Moi je n'ai pas mangé ! Je n'ai rien mangé. Qu'est-ce que tu veux manger dans la position où je suis, avec la cuisse de Dominique sur le ventre. On aurait pu se manger les cuisses les unes aux autres ; voilà ce qu'on aurait pu faire, oui, mais c'est tout.

Ils ne s'étaient pas mangé les cuisses mais ils pouvaient à peine se tenir debout. Et avec une sorte de gloriole dans la tête, une ivresse qui éclaboussait la nuit de taches d'un rouge sang et d'un jaune clair comme le jour.

Ils marchèrent dans la direction de Villard-le-Château. La nuit frottait contre eux cette peau de tigresse. Dans le large, les champs naissants grondaient entre les marécages. Pendant qu'ils tournaient le ventre de la montagne sous la forêt, les échos s'étaient mis à chanter plus fort dans la nuit. Il y avait un petit chemin forestier qui avait écarté les arbres et qui s'en allait vers Villard-le-Château en montant et descendant. Il avait pris un peu de hauteur pour arriver en plein dans le village par le côté des prairies et il sortait de la forêt juste au moment où il avait fait le tour de la montagne. A ce moment-là, ils avaient la nuit profonde toute libre, exactement collée sur eux qui marchaient à la queu-leu-leu dans le chemin forestier, avec chacun une gloriole de tache jaune et rouge dans les yeux. La nuit avait toute la forme de la grande vallée nouvellement née. On sentait toutes les bosses et tous les creux. Il y avait l'odeur d'une boue fraîche et végétale. On comprenait très bien les endroits où la terre était redevenue naturelle, dégagée, toute prête à respirer sous des gerbes à peine lisses par l'eau retirante, et les endroits où la boue restait encore sur les prés, aussi bien que ces places d'où les marécages étaient encore en train de se retirer gauchement en pataugeant à droite et à gauche, avec leurs gros ventres gras tout hérissés de joncs. Quelques ruissellements nets et clairs comme des bruits de verre couraient dans les pierres des torrents. La vieille cerisaie avait dû réapparaître avec son odeur de sève et de branches cassées. On entendait les bruits souples de l'air qui marchait à travers les vergers gluants au fond de la vallée, sous Villard-l'Église, faisant tomber les paquets de boue restés dans les branches. Le creux de Sourdie chantait paisiblement dans le grondant silence. Les dernières flaques d'eau sautaient dans les prés comme des poissons perdus, s'approchant peu à peu de la gorge où elles coulaient, à la fin, fuyant dans un frottement soyeux de ventre et d'écailles, un gémissement doux qui entraînait les longs échos.

Ils marchaient dans les prés de Villard-le-Château. Brusquement, le village apparut au détour d'un tertre. Il soufflait des flammes paisibles par ses fenêtres et ses portes ouvertes. Les reflets battaient contre les lourdes toitures de chaumes. Des lueurs claquaient jusque dans les lucarnes des greniers. De lents éclairs rouges, tout palpitants, jaillissaient des cheminées, découvrant de larges oiseaux de fumée noire qui essayaient de voler en agitant leurs ailes de suie avec une force terrible. Ça sentait la braise de chêne vert et le pain.

Sur la première porte de la rue, il y avait un homme debout, les jambes écartées, les mains dans les poches. Il fumait la pipe comme un dieu, dans l'odeur du tabac, du pain et du feu, avec de grandes flammes rouges qui sautaient sur ses épaules comme des pigeons et des reflets de braises blanches entre ses jambes, comme des brebis.

— Et d'où êtes-vous, vous autres, dit-il?
— Nous sommes de Villard-l'Église.
— Encore, de Villard-l'Église? Mais alors, c'en est plein, là-bas?

Qu'est-ce qu'il voulait dire? Ils devaient bien être les premiers à en arriver, de là-bas?

Pas du tout. Il en était arrivé toute une caravane. Et qui avaient amené Boromé sur un traîneau.

— Mais ce sont les nôtres!
— Possible. On les avait vus arriver sur les premières boues. Toute une caravane de fourmis qu'on avait guettée du haut des murs. Puis, on avait couru à leur rencontre. Ah! ils étaient une soixantaine.
— Et Glomore?
— Oui, Glomore.
— Et Marie Dur?

— Oui, Marie et François.
— Et Boromé?
— Ah! oui, Boromé sur son traîneau, avec ses peaux de moutons comme un Saint-Sacrement! Ils étaient tous ici. Mais vous arrivez d'où, vous autres, pour ne pas le savoir?
— On arrive de la gorge. C'est nous qui avons fait sauter le barage ce matin.
— Ce matin! Ils voulaient dire hier matin?
— Non, ce matin, ce matin, voyons!
— Hier matin tu veux dire. C'est hier que ça a sauté! Hier matin. Et c'est ce matin que ceux de Villard-l'Église sont arrivés.
— Voyons : ils n'y comprenaient plus rien! Il n'est pas arrivé un gendarme?
— Si. Même il s'était blessé le nez dans la forêt.
— Eh! bien, c'est ce matin qu'il a dû arriver.
— Eh! non, il est arrivé hier matin sûrement, puisque ce matin il est reparti. Ah!
Il appela : « Marguerite! » Et Marguerite vint du fond de la maison. Elle arriva avec ses mains enfarinées de pâte à pain et de farine sèche.
— Les voilà, ceux qui ont fait sauter le barrage, mais ils disent que c'était ce matin!
— Mais non, c'était hier.
— Alors quoi! qu'est-ce qu'il vous est arrivé, vous autres? Qu'est-ce que vous avez fait alors depuis?
— On a dormi. On était fatigué.
— Mais alors, vous avez dormi depuis hier matin? Deux jours et une nuit?

— C'est bien possible — et ils se mirent à rire comme des loups engourdis ; tout éblouis par cette tigresse de nuit qui se frottait contre leurs yeux et par ces pigeons de flammes rouges et ces brebis de braises blanches qui se frottaient contre cet homme debout sur le devant de sa maison, avec sa Marguerite, son tabac et son pain.

« C'est bien possible ! On était sacrément fatigué ! » Ça expliquait tout. Et surtout que toute la terre soit comme ça sortie des eaux d'une façon si rapide. Alors ça s'explique si elle émerge depuis deux jours. Et que les autres soient déjà là !

— Oh ! ils sont déjà là, soyez tranquilles ; et Boromé, je vous dis, traîné par au moins dix femmes sur son traîneau. Tout un attelage de femmes, et paisible, là-dedans, comme Artaban au milieu de ses peaux de moutons. Oh ! ils sont là et alors avec quelque chose comme fringale. Tout le monde est en train de faire du pain.

— On a aussi une faim terrible, dirent-ils.

— Mais, c'était vrai ! Et on les tenait à la porte ! Aussi, avec votre hier et votre aujourd'hui vous m'avez démonté la tête. Entrez donc.

— Entrez donc. dit Marguerite, venez vite manger et boire vous qui avez fait sauter le barrage. Regardez-les comme ils sont couverts de boue. Entrez donc Ah ! venez vite ; tu les fais parler, toi...

— Mais nous allons déranger...

— Alors quoi, déranger ! Vous n'y êtes plus ! Alors

quoi, entrez donc, qu'est-ce que c'est ça déranger ? Entrez.

— Venez donc, vous voyez, j'en ai plein les mains. Allons, venez !

— Bien, alors si vous voulez on entre. Alors venez, allons-y. Du moment que c'est comme ça !

— Bien sûr, alors quoi, il ne manquerait plus que ça. Entrez. Mais, dis-donc, tu es Chaudon, toi ?

— Et oui.

— Alors ça ! Mais tu es Prachaval, toi ! Mais, dis donc, Clovis, alors quoi, on ne se reconnaît plus ici ! C'est une tour de Babel. Entre donc. Et voilà Bourrache ! Ah ! vieille canaille, entre donc toi aussi...

Saint-Jean se tira dans l'ombre d'une porte d'étable. Il resta là, rencogné sous la voûte, caché dans l'ombre épaisse ; l'odeur des chèvres et des vaches suintait par les gonds contre son visage. Il attendit un petit moment, puis il sortit de sa cachette et il s'en alla dans la rue.

C'était une longue rue paysanne, bordée de granges et de maisons de cultivateurs. Elle était pleine d'ombres, de grandes flammes battantes et de fumées. Dans toutes les maisons le four était allumé à plein feu. On l'entendait ronfler, crépiter, jeter des pouffées d'étincelles par les portes, les fenêtres et les grosses cheminées noires. Les vastes granges tambouraient les roulements sourds du feu. Les étables retentissaient de bruits de chaînes et de danses de sabots sur place. Les mulets ruaient dans les bas-flancs de bois, les ventres des vaches se frottaient contre les portes, les museaux des bêtes grattaient la clenche des serrures, les veaux appelaient, les brebis parlaient à des galopades d'agneaux ; la paille humide jutait sous les pattes, les chevaux hennissaient de longues interrogations gémissantes ; des sanglots qu'ils étouffaient dans leur crinière renversée. Les chiens enfermés dans les resserres aboyaient en faisant sonner le vide des jarres et des tonneaux ; les chiens libres répondaient, le cou tendu vers la nuit. Puis ils venaient renifler le seuil des portes et regarder le feu. La gueule du four était ouverte. Les flammes se frappaient dans les grands fours étincelants comme des blocs de sel. Les hommes avaient enlevé les chemises. Ils tapaient les braises à longs coups de patte-mouille. Le feu soufflait vers eux de toutes ses forces, s'écrasait sur eux et brûlait leurs poils. Ils sautaient en arrière dans une grosse odeur de cochon ébouillanté ; ils lançaient le long manche de la patte-mouille jusque dans la rue. Les chiens sautaient en l'air d'une seule pièce comme si la terre jouait à la balle avec eux, puis ils couraient jusqu'au plus noir de l'ombre ; ils allongeaient bien posément le cou vers le haut de la nuit et ils se mettaient à hurler longuement dans le ciel, leurs yeux révulsés et tout blancs reflétaient des torrents d'étincelles. Les enfants charriaient des fagots de bois sec. On avait ouvert toutes grandes les bouscatières du haut du village. Ils étaient là-dedans avec des lampes-tempête, dans toute cette accumulation de fagots et de branches, et ils tiraient de tous les côtés pour sortir des fagots encore bruissants de feuilles sèches, avec le bruit des vers à soie mangeant les feuilles, avec un bruit d'orage, de pluie et de vent, balançant les lampes et tirant les fagots du grand tas où on avait serré tout le travail des prestations communales. Les vieux ossements de la forêt craquaient le long des ruelles dans le travail des enfants. Ils s'attelaient aux gros paquets de branches et ils les tiraient en écorchant les murs. Les chiens jaillissaient de l'ombre et se postaient plus loin pour hurler. Ils allongeaient le cou vers les enfants et ils hurlaient vers eux. Ils reconnaissaient un cri, une voix, une chanson, un front bombé sous la lanterne, l'odeur des jambes égratignées. Ils venaient s'excuser en ondulant de tous les reins, la gueule pleine de dents, gémissants et étonnés, puis ils sautaient dans la nuit et recommençaient à hurler.

Les ruades s'en allaient d'écuries en écuries tout le long de la rue. Les bêtes s'appelaient à travers les murs. En même temps que la peur qui descendait des granges sonores où grondaient les énormes corps noirs des cheminées, les mâles découvraient des femelles lointaines dont ils ne pouvaient pas sentir l'odeur sous cette puissante odeur de cendres et de suie qui couvrait le village, et cette odeur de salpêtre et de pierre du mur contre lequel ils frottaient leurs museaux gémissants ; mais ils entendaient, là-bas loin dans les maisons, l'appel tendre des femelles, la demande de protection, la demande de flanc contre flanc, le gémissement qui appelle le mâle pour avoir une cachette tout contre lui. Alors, ils sautaient contre leur longe, contre leurs claies, contre leurs murs, et leurs portes et leurs chaînes, même les mulets, même les hongres, même les bœufs et les moutons, retrouvant la force du grand bondissement sauvage dans leur piétinement de domestique, se meurtrissant de tous les côtés vers les chemins de liberté. Ils entendaient tout l'éloignement, tout l'élargissement au-dessus du grand pays bestial de ces ronflements de flammes, de ce bruit fantastique de feux nocturnes, cet ébranlement qui faisait ici crier sourdement le plafond de l'échelle et les pierres profondes des murs. Les béliers porteurs de semence regardaient éperdument le reflet des flammes rouges palpitant aux joints des portes ; ils voyaient à travers l'ombre, la nuit, les murs, l'élargissement de la peur au-dessus des lointaines femelles, la menace et le grondement des granges couvrant de dangers de larges étendues de ventres de brebis ; et ils attaquaient inlassablement à coups de tête les murs, les claies et les portes, grondant eux aussi, appelant et frappant dans des tourbillons gémissants de brebis et d'agneaux. Soudain tout s'arrêtait. Ils léchaient leur museau meurtri ou leurs épaisses lèvres grises couvertes de bave, et ils reniflaient l'odeur du pain. Alors, le calme entrait dans toutes les étables à la fois ; les bêtes restaient immobiles, respirant cette odeur paisible et mûre, toute chaude, parfumée à la poussière des champs et des routes d'été. Puis, tout d'un coup, les mulets cisaillaient la peur avec leurs longues oreilles, et ils recommençaient à sauter au bout de leur longe et à se défendre à coups des quatre sabots à la fois contre cette odeur de cendre qui coulait sous les portes et ce grondement qui ébranlait les poutres.

Les hommes s'approchaient des fours, enfonçaient les longues pelles, se reculaient, fumant de toute leur peau comme des pains chauds ; tiraient la pelle dont le manche sortait jusque dans la rue, faisant sauter les chiens. Les hommes prenaient des deux mains, sur le plat de la pelle, les pains roux et fumants comme des ronds de lune. Ils se tournaient un peu, donnaient le pain à la femme. La femme faisait un pas, plaçait le pain sur la manne. L'homme enfonçait la longue pelle, dehors, les chiens approchaient de la porte — ils se reculaient, fumant de la poitrine, le poil fumant, le visage et le torse arrosés de sueur qui glissait comme de longs ruisseaux d'huile rouge ; le long manche allait frapper les chiens dans la rue ; il prenait le pain dans ses mains ; les chiens hurlaient ; il donnait le pain à la femme ; elle plaçait le pain dans la manne. L'homme revenait vers le four comme un lancier, enfonçait la pelle, la tirait, faisait un pas, tournait le torse, donnait le pain, enfonçait la pelle. La femme suivait deux pas en arrière, s'approchant quand il s'approchait, se reculant quand il se reculait, prenant le pain de ses mains, le plaçant dans la manne, s'essuyant le front du dos de la main, tournant parfois vers le frais de la porte son visage où coulait aussi l'huile rouge ; flottant derrière l'homme comme une herbe que le vent attire et repousse. Sans parler. Et seulement, de temps en temps, la femme qui criait : oh! Et un autre homme sortait de l'ombre, apportait une manne vide, emportait la manne pleine jusque dans l'ombre. De toutes les portes ouvertes, le manche des longues pelles sortait et rentrait, au fond du grondement de feu, tous ces pas d'avance et de recul claquaient régulièrement : le claquement étouffé des pieds nus, le claquement des souliers, la cadence des pas qui s'avançaient reculaient, et le bruit d'ailes des longues pelles de bois dont le manche glissait dans les mains des hommes, dont la « platte » frottait le seuil du four puis venait y claquer sourdement avec son poids de pain chaud, lourd, roux et fumant comme la lune.

Un autre bruit plus sonore frappait de temps en temps le fond du grondement de tout : le bruit des bêtes, le vol de la pelle de bois flexible et chantante, le raclement des souliers, le plaquement des pieds et les longs soupirs qui couraient de poutre en poutre dans la caverne des longues granges. C'était un écrasement lent, un effondrement lourd, la retombée d'un poids, une chute de plomb, un coup sourd qui sonnait dans du bois. Le grincement des pétrins. La retombée de la lourde pâte. L'enchevêtrement des coups lourds, lents, de plomb, qui tombaient dans le grincement des pétrins de maison en maison, pendant que volaient les longues pelles chantantes. De gros hommes, torse nu, des bourrelets de graisse à la ceinture, des seins de mâles gras, des peaux blanches, pas de poils, la tête enfoncée droit dans les épaules, la nuque ronde comme un melon, le menton sur la poitrine, les dents serrées, les bras attachés au tronc par des globes de muscles, brassaient lentement la pâte. Courbés sur le pétrin comme pour écouter le secret de la farine ; serrant là-bas au fond dans leurs grandes mains le corps de la pâte, le relevant comme un gros agneau, le tournant, le laissant retomber, courbés sur le corps de cette farine de grosse valeur ; assommant la pâte dans leurs bras ; écoutant le secret de la farine, courbés sur le pétrin, au-dessus de ce grand corps allongé, blanc et immobile, mais qui sent la semence vivante, écoutant le secret ; domptant le poids de la lourde pâte ; patience ; de toutes leurs forces comme pour domestiquer un cheval, domestiquer une bête, dompter les choses de la terre, lentement, pesamment, jusqu'à ce que ça obéisse.

Les autres étaient des hommes maigres et légers, couverts de poils, au ventre plat, sentant le cochon brûlé, fumant, lançant la longue pelle dans le ventre du four ; suivis de la femme qui attendait, les mains prêtes, se reculant, tirant le pain, donnant le pain. Elle se tournait ; elle plaçait le pain. Pendant que tombait le plomb lourd de la pâte tout le long de la rue, de pétrins en pétrins comme les coups de marteaux des forgerons qui se frappent devant, l'un après l'autre. La longue pelle volait dans les mains maigres. Les femmes essuyaient leurs fronts blonds, bruns, gris, blancs, repoussaient les cheveux derrière l'oreille, portaient des chignons relâchés, refaisaient les chignons, se prenaient la taille dans les mains, se dégageaient les hanches de la dure attache de la jupe et du tablier, sans s'arrêter d'avancer et de reculer en même temps que l'homme à la pelle, prendre le pain, le placer, tenir la tresse, serrer l'épingle à cheveux dans les dents, s'avancer, prendre le pain, se reculer, le placer, tourner la tresse, planter l'épingle, s'avancer, prendre le pain, secouer la tête pour voir si le chignon est solide. Écoutant en bas dessous les ruades de toutes les bêtes qui pétrissent leur pain amer. Le vol des pelles, le plomb de la pâte, le ronflement du feu, le halètement rouge des fours qui palpitait dans toutes les portes, les fenêtres et les lucarnes, tout le long de la rue, l'odeur farouchement paysanne des cendres et de la pierre brûlée, le claquement des longues pelles qui posaient aux seuils des fours les gros pains ronds, fumants et dorés comme des soleils de brouillards.

Les chiens allongés, debout dans la nuit, hurlaient. Les enfants traînaient des fagots de branches de chêne.

Les petites filles avaient dessiné des marelles dans la terre, devant les forêts éclairées et elles sautaient à cloche-pied de case en case.

— Petite, appela doucement Saint-Jean, va

me chercher un morceau de pain là-bas dedans.

Elle revint avec un pain entier. Il le partagea en deux et commença à manger en se brûlant les lèvres. La pâte chaude embrassait brutalement sa bouche mais avec cette bonne tendresse de l'odeur, et tout d'un coup des ruisseaux de salive coulèrent dans sa gorge.

— Entrez chez nous, dit-elle.

— Je cherche quelqu'un de Villard-l'Église.

— Nous en avons justement deux chez nous. Regardez.

Il s'approcha de la fenêtre. C'étaient le frère et la sœur Chenaillet. Ils étaient debout, toujours au bras l'un de l'autre. Ils regardaient des fournées de pain. On leur avait préparé un lit de sacs dans un coin, mais ils restaient là debout, sans rien oser faire que rester là, bras dessus, bras dessous, dans la fumée, et regarder en gênant le moins possible.

— Ce ne sont pas les miens, dit Saint-Jean. Sais-tu où il y en a d'autres ?

— Il y en a dans toutes les maisons, dit la petite. Vous cherchez votre femme ?

— Oui, dit-il, amuse-toi, va, je la trouverai.

Il traversa l'ombre entre deux maisons. Il regarda à l'autre fenêtre. C'était un grand four propre et balayé où le pain se faisait paisiblement, dans un travail muet. Marie Dur comptait les miches. Son fils et Céleste dormaient ensemble dans un coin. Plus loin, une dizaine de corps noirs enveloppés dans des jupes raides, tuyautées de longs plis, des pantalons de velours ; les gros souliers des hommes endormis abandonnés au bout des jambes, les petits souliers des femmes retirés sous les jupes. Il essaya de regarder les visages. Ils étaient cachés dans l'ombre et les bras. Il reconnut le devantier de Julie Charasse, le képi du facteur.

A l'autre fenêtre il y avait très peu de lumière. Le four était fermé, le pain cuisait. Les gens étaient assis sur des sacs renversés. Ils laissaient pendre leurs bras. Il y avait juste l'éclairage d'une petite lampe. Il colla son visage contre la vitre. Il s'abrita l'œil de la main. C'était la marquise, assise dans l'écarquillement de son ventre. Il vit Peygu qui parlait. Il vit Bouchard ; la vieille Dauron, Élisa Ponteuil qui se découvrit, s'approchant de la lampe pour régler la mèche.

Il s'arrêta juste au bord d'une porte pleine de lumière. Il entendit parler. « Mais je ne pourrai rien faire, disait la voix, si vous-mêmes n'avez pas la conscience de vos péchés, le désir de rachat, l'appétit de la rédemption, la bonne volonté de créer l'œuvre de sauvetage, la grande sauvegarde de nos âmes. Je ne pourrai rien faire si vous ne construisez pas vous-même avec votre propre sacrifice. Il faut construire une grande croix et la planter à l'entrée des gorges de Sourdie. Voilà mon idée : une croix en fer noir sur un socle de pierre avec la date ; je sais l'endroit exact où elle s'élèvera. Vous voyez que j'ai pensé à vos malheurs. Je n'ai pas cessé de penser à vos malheurs. J'ai passé toutes mes nuits à penser à des remèdes pour vos malheurs. Je me suis encore sacrifié pour vous comme je me suis toujours sacrifié et me sacrifierai toujours pendant toute ma vie. Ma vie est toute de sacrifice. Mais je ne pourrai rien faire si vous restez enfermés dans cet égoïsme que le Seigneur déteste. Dimanche nous commencerons à collecter les fonds pour la croix. J'ai besoin de quelques saintes femmes qui iront collecter dans les maisons et de quelques hommes de bonne volonté, avec des chars, pour aller dans les fermes. Il faut que le sacrifice de tous fasse notre sauvegarde. Les saintes femmes qui ont conscience de la mission du peuple de Dieu pourront venir s'entendre avec ma femme demain à dix heures. Et j'attendrai les hommes au temple demain après-midi. »

Saint-Jean se tira en arrière : M. Charmoz sortait avec ce corps vieux et presque mort qu'il avait, sans force ni forme, tout écrasé sur sa canne, mais la tête haute, le visage presque en face du ciel, ses beaux cheveux blancs en fumée de feu céleste autour du front qui étincela avant de s'éteindre dans l'ombre.

— Qui êtes-vous ? dit M. Charmoz s'arrêtant court.

— Oh ! personne, dit Saint-Jean.

Ses yeux reflétaient le ciel noir.

— On est toujours quelqu'un, mon ami, dit M. Charmoz, qui êtes-vous ?

— Rien, dit Saint-Jean, ne vous inquiétez pas, marchez. Marchez.

Il pencha la tête pour regarder ceux qui étaient là-bas dedans. Il y avait la Ticassoune et son homme, Leppaz et Barrat, le Chabassut, la Chabasàotte, debout et qui n'osaient même plus bouger.

M. Charmoz revenait.

— Mais, vous n'êtes pas d'ici, mon ami ?

— Non.

— Je ne vous ai jamais vu.

— Non, dit Saint-Jean, mais vous me verrez tout à l'heure.

Il continuait à mâcher son pain épais.

— La nuit ne vous empêche pas de marier un homme et une femme, je ·pense ?

— C'est-à-dire sans cérémonies, dit M. Charmoz.

— Dès ce soir, dit Saint-Jean.

— Tout est possible, dit M. Charmoz.

Il faisait toujours face au ciel avec son beau visage régulier que le reflet de la porte éclairait, mais ses yeux essayaient de regarder dans l'ombre.

— ... Sans que je puisse remplacer, dit-il, l'inscription municipale, vous le savez bien.

— Je sais, dit Saint-Jean. Je veux seulement qu'il y ait des paroles définitives.

— Et naturellement, dit M. Charmoz, sans préjudice un peu plus tard d'une cérémonie aussi simple que vous voudrez mais correcte, dit-il en branlant un peu la tête, comme s'il frottait son front contre le ciel et une moue de ses belles lèvres justes avec ce suave ascétisme un peu amer qui les courbait.

— Oui, dit Saint-Jean.

— C'est plus correct, dit-il du bout de la moue. L'œil aiguisé essayait de voir dans l'ombre.

— Oui, dit Saint-Jean, bonsoir. Et il traversa la lumière en bombant le dos.

La rue était pleine d'enfants. Ils couraient en criant tous à la fois comme des hirondelles Le tumulte sombre du travail des hommes grondait toujours. Soudain, au-dessus de tout, monta un chant suave et profond, fait de belles voix toutes noires et qui retentissaient dans les échos de la forêt et de la montagne. On ne s'en apercevait pas tout de suite. C'était profondément marié aux grondements du village, puis on entendait une cadence régulière faite comme pour pousser des pas et tout de suite le rythme attachait comme avec une corde et on entendait toute la chanson. Elle ne venait pas d'ici. Elle tombait des hauteurs de la nuit où étaient cachées les pentes surplombantes de la montagne. Elle sonnait dans des échos de rochers et surtout dans cet écho végétal et profondément verdâtre qui se prolonge à travers les forêts. C'était une chanson de marche, lourde et chargée. Elle était chantée par des hommes. Elle voyageait sur les sentiers qui descendaient en rond de serpent vers le village. Elle était à droite, puis elle s'avançait vers la gauche en portant son poids qui était un peu trop grand pour sa cadence, semblait-il, mais elle s'avançait toujours, régulière et triomphante, avec ses notes noires, ses profondes voix d'hommes, sombres et amères, mais si obstinées que toute cette noire amertume sonnait comme une trompette de triomphe ; elle s'avançait vers la gauche, puis elle retournait vers la droite, descendant les lacets du sentier.

Saint-Jean arrêta un petit garçon.

— Qu'est-ce que c'est ? Écoute !

— Les hommes étaient partis chercher de la farine, dit le petit.

— Ah ! oui, dit Saint-Jean, ils reviennent.

Il lâcha l'enfant. Et, dès que sa main fut vide, au moment même où il ouvrait ses doigts, il sentit tout d'un coup la solitude. Malgré tout le grondement du village. C'était entré en lui comme le son tendu d'une pierre qui tombe des hauteurs. Il avait encore la vibration dans les oreilles ; accordée avec toute l'amertume de cette lourde chanson de marche qui sonnait dans les forêts. Il regarda sa main vide. La même note fulgurante toucha à la fois ses oreilles et ses yeux. Il vit la figure de Sarah. Elle venait d'apparaître. Elle n'était pas couleur de soufre comme ce second coup d'éclair qui sonnait encore dans son corps le long de profonds échos rouges. Elle était de sa couleur naturelle, juste un peu trouble, mais avec son extraordinaire paix.

Non non, mais c'était la vraie Sarah ! Elle était tout simplement de l'autre côté de la fenêtre, dans la maison, là en face. Il approcha des vitres. Oui, c'était elle. Elle était là. Avec sa grande bouche tout à fait immobile, comme une blessure fermée et totalement guérie. Il frotta la poussière de la vitre. Il appliqua son visage à lui tout contre le verre. Oui.

Elle était là de l'autre côté, à deux mètres peut-être, bien en face ; elle regardait la fenêtre en plein ; elle regardait en plein cette vitre qu'il venait de clarifier, où il appuyait son visage, lui. Contre le verre froid, il dit à voix basse : « Bonsoir, Sarah! »

Elle ne bougea pas. Rien dans le visage aux grands yeux ouverts et qui regardaient en plein cette vitre, pourtant éclairée par le terrible brasier de sel d'un four grand ouvert. Sa paupière battait doucement. Sur l'œil immobile il pouvait voir, lui, l'image de la fenêtre et le carreau où il appuyait son visage, et la tache blanche de son visage peint sur son œil à elle. Elle était assise sur un sac de farine. Son devantier, paisiblement étalé devant elle, sans un pli autre que des plis de paix ; les mains posées sur ses genoux. Seulement, au coin de la lèvre, un tout petit endroit qui n'était pas guéri ; ou bien alors c'était une blessure fraîche.

Là où elle se tenait, c'était une grande pièce basse, avec un lourd plafond fait de gros troncs d'arbres croisés. En face de la fenêtre s'ouvrait la gueule du four d'où sortait maintenant la lumière. Ça devait servir de resserre à grain pour un gros ménage. C'était ample ; les murs s'en allaient dans l'ombre de chaque côté. Il y avait beaucoup de sacs de farine, les uns debout, les autres couchés. C'est sur un de ceux-là que Sarah était assise. A côté d'elle, sur de longues tables creuses, la pâte allongée dormait. Les hommes avaient déjà râtelé la braise du four et ils le balayaient maintenant à la patte-mouille avant d'enfourner. Les femmes se préparaient. Il y avait trois femmes à peu près du même âge, de même force, et dans le même costume gris, et avec la même coiffe, comme souvent dans ces gros ménages paysans où la femme du maître, la femme du frère, la belle-sœur veuve sont côte à côte et on ne les distingue pas. Parfois c'est trois sœurs. Elles portaient sur les choses la même main habituée. Elles marchaient toutes les trois chez elles. Elles passaient à côté de Sarah avec beaucoup de gentillesse. Elles s'en allaient loin, là-bas, de l'autre côté des grandes tables, jusque presque dans l'ombre des murs, là-bas loin vers la droite où Saint-Jean aperçut Boromé.

Il était toujours dans son traîneau et ses peaux de moutons. Il fumait paisiblement. La laine blanche gonflait autour de son cou et de sa nuque ; ses cheveux blancs s'appuyaient simplement dans la laine ; elle descendait se mêler à sa barbe ; tous ces poils mélangés le couvraient d'une écume où les reflets du four faisaient glisser une petite aurore. On ne voyait que son front comme une île. Il soufflait régulièrement de longs jets de fumée.

Saint-Jean entra. Il dit : « Bonsoir », à voix très basse et il salua avec son doigt à la tempe. Les femmes le regardèrent ; et Sarah. Il désigna Boromé là-bas. Je vais là-bas. Il s'approcha et il s'assit à côté, sur un sac de farine. Boromé le regarda sans rien dire avec des yeux pesants.

— Tu es entré comme un chat, dit-il après, je ne t'ai pas entendu.

— Je ne pèse guère.
— Oui, tu as maigri. C'est vrai que tu as fait un travail terrible.
— Oui, assez terrible.
— Je veux dire que c'est toi qui as tout fait, depuis le commencement jusqu'à la fin.
— Je voudrais bien, comme vous dites, mais la fin n'est pas encore arrivée.
— Tu ne t'es pas encore regardé dans une glace ?
— Pas encore.

Et il sourit de ce sourire qui mettait longtemps à s'éteindre.

— Tu as les yeux comme des arches de pont, dit Boromé. Et ton front que tu avais petit est devenu beaucoup plus large. Ça vient de ce que tu as maigri. Une sacrément belle mâchoire, là. J'ai l'impression que si tu veux faire quelque chose tu le feras.
— Vous êtes revenus hier, il paraît.
— Dès que la terre est remontée sous nos pieds, on n'est pas resté une minute de plus.
— Avez-vous entendu sauter, dit-il (il fit un petit geste brusque avec ses deux mains), avez-vous entendu ? Avez-vous vu tout de suite ou bien est-ce après que vous vous êtes aperçu que la terre remontait ?

Boromé le regarda un moment sans rien dire. Il aimait ces silences pesants. C'est là-dedans qu'il expliquait ce qu'il avait à expliquer. Saint-Jean laissa retomber ses deux mains sur ses genoux.

— Tu ne sais pas ce que tu étais quand tu es sorti de la nuit avec ton corps plein de dynamite?

— Il ne comprenait pas ce qu'il voulait dire!

— Si, il devait bien comprendre ce que je voulais dire. On sait bien ce qu'on vaut quand même, alors quoi...

— Il jurait qu'il ne comprenait rien.

— A moins d'être alors carrément un phénomène.

« Veux-tu que je te le dise?

« Tout le monde t'aurait suivi. Tout le monde te suivrait. Tu avais une voix qui s'écrasait en poussière plate comme du plâtre.

— J'osais à peine ouvrir la bouche.

— Mais alors, tout de suite elle tirait vers toi. Elle avait l'air d'être l'abri et la maison de tout, et le feu et le salut. Je te le dis comme je le pense. Je te le dis comme tout le monde l'a senti. On s'est avancé jusqu'au bord de l'eau. Tout le monde est resté là. Tu es parti. On était obligé de s'appeler les uns les autres, pour se retenir les uns les autres. Moi-même. Moi-même j'ai appelé Sarah. Je la sentais partir.

— Je ne pouvais accepter personne, dit Saint-Jean.

Ce sont des mauvais moments.

— On t'a vu t'enfoncer là-bas loin en emportant la lumière.

— Vous êtes restés là sans feu?

— Oui, serrés les uns contre les autres au bord de l'eau.

— Faisant quoi, alors?

— Rien. Plus rien puisque tu étais parti. Regarder jusqu'à ce que ça s'éteigne. Puis, nous nous sommes mis à attendre que le temps passe.

— Sans bouger?

— Sans bouger.

— Mais alors quoi? Vous étiez pourtant tous de bons hommes!

— Oui, mais c'était fini.

— Toute la nuit?

— Et tout le jour. Avec plus rien pour y penser. Un jour tout plat comme les autres. Et toi qu'il fallait à tout moment se dire : il est par là! Et toute la nuit d'après.

— Toujours là, en tas au bord de l'eau, sans bouger?

— Oui.

« On devient comme ça une sorte de papa, dit-il après.

— Je croyais que tout ça c'était simple, dit Saint-Jean.

— C'est simple.

— Je croyais que chacun faisait de son côté, du mieux qu'on peut. Et voilà tout. Mais enfin, que chacun était libre.

— On est libre, mais il ne faut pas faire de choses surhumaines!

— Je n'ai pas fait de choses surhumaines!

— Elles n'étaient pas surhumaines pour toi puisque tu les faisais.

« Reste à savoir que pour nous elles l'étaient. Et

que tout notre espoir était sur toi. C'est simple.

— Alors, dit Saint-Jean, vous êtes arrivés comme ça jusqu'au matin?

— Qu'est-ce que tu as? Va doucement. Repose-toi. Tu as mangé? Tu veux fumer?

— Je fumerais bien, je n'ai pas de pipe.

— Prends la mienne. Il y a au moins dix heures que je fume. Je me suis bourré là-dessus comme un loup.

— Je ne voudrais pas vous priver.

— Tu ne me prives plus.

« Oui, on a vu arriver le deuxième matin. Ça a été un coup assez mauvais avec le froid, et un jour qui était vert, et le silence. Comme les autres matins, à se dire : " Mais alors, quoi, est-ce que c'est vrai ? " Si on n'avait pas été là tous ensemble au bord de l'eau on aurait dit : ça n'est pas vrai. Mais on était là tous ensemble comme si on attendait le train! Alors quoi, quelqu'un avait bien dû nous le dire!

— Je n'avais rien dit.

— Oh! dans ces cas-là on écoute plus les échos que la voix même. En fait d'échos, ce matin-là, c'était silence et silence. On a regardé le jour vert qui s'élargissait, paisible. Et tout d'un coup, au moment où nous fermions doucement les yeux avec cette fatigue de regarder le néant depuis deux jours, une espèce de grande main rouge nous les a ouverts brusquement. Elle était loin, là-bas, et elle se fermait déjà, ayant élargi comme des doigts en dehors de la gorge, là-bas très haut, des doigts de poussière, ou de fumée, ou d'eau, enfin trop tard pour les voir jaillir, ils retombaient déjà lentement — c'était curieux — avec toujours le silence, en même temps que l'eau a tremblé. Et tout d'un coup on a entendu l'ébranlement du tonnerre. Mais tout ça tu dois le savoir?

— Non, au contraire, je ne sais pas, moi.

— Alors voilà, tout d'un coup c'était fait, c'était venu, ça y était. Même dans ce matin ordinaire qui ne l'était plus, bougre non. J'ai manqué me dresser, moi.

— Comment ça va, votre jambe?

— N'en parlons pas.

« C'était fait, tu comprends! Va dire je n'ai rien dit! Va dire je n'ai rien fait! Va dire ce que tu voudras. C'était fait, tu comprends, là, devant nos yeux. Qui n'a pas entendu après, le bruit que faisait cette vallée débondée, le bruit de cette vallée délivrée, toute cette terre qui soupirait à longueur de temps et d'heure ce grand soupir de délivrance, à mesure que les champs remontaient en crevant les eaux avec leurs arbres puis en étalant les herbes au milieu de la boue? Qui n'a pas entendu ne peut rien dire. Qui n'a pas entendu ne sait pas ce que c'est que jouir. Tu m'entends?

— Je t'écoute.

— Alors, dis ce que tu veux, fais ce que tu veux, c'est toi qui as fait ça. Alors, tu comprends maintenant ce que je veux dire?

« On te doit la vie deux fois. Mais ça n'est pas grand-chose. On te doit plus. Je vais te dire. Je sais un peu me débrouiller dans ces affaires-là. J'ai eu parfois jusqu'à quatre-vingts domestiques, moi. Je sais ; eh bien voilà! Tu n'as jamais fatigué notre espérance. Tu comprends? Ce qu'on espérait, tu disais : le voilà, simplement, et c'était là. Pourquoi toi? Je ne sais pas, ça s'est fait comme ça, voilà tout, mais c'est toi : le taureau, puis enfin tout. J'y réfléchissais. C'est comme ça. J'avais fait ça, moi, avec mes quatre-vingts types, en plus petit, pour de petites choses, mais c'est pareil. Mes quatre-vingts types, moi, ils étaient sur mes talons ; bloc de nuit et de jour, raides comme la justice. Pourquoi? Parce que je n'avais jamais laissé leur espérance toute seule. Leur petite espérance. Et toi, tu as fait ça avec notre grande espérance, tu comprends? Une fois, puis deux fois, puis trois fois, simplement, comme ça. Alors, nous, qu'est-ce que tu veux, nous en avons l'habitude maintenant.

— Quand même, dit Saint-Jean, vous, monsieur Boromé, vous n'allez pas faire comme si vous étiez mon domestique à moi qui ne sais même pas me commander moi. Pas jusque-là quand même!

— Jusque-là, dit Boromé.

Et il donna encore toute sa force dans un de ses silences bien-aimés. Il avait appuyé sa grande barbe sur sa poitrine.

— Je ne veux pas, dit Saint-Jean.

— Quoi?

— Être la moindre des choses, pour vous.

— Pour moi?

— Vous et les autres.

— Il n'est pas question de vouloir. C'est comme ça, qu'est-ce que tu racontes? C'est comme si tu ne voulais pas être ce que tu es, qu'est-ce que ça peut foutre?

— Qu'est-ce que vous voulez dire?

— Je veux dire que tu es comme tous. Entre ce que tu es et ce que tu veux, il y a un monde. Tu peux te débattre. Et vas-y donc! Et alors quoi! Tu seras toujours paisiblement ce que tu es. Paisiblement, je veux dire, ça fera son affaire sans t'écouter ni sans savoir de quoi tu as envie, et même en t'écorchant paisiblement le ventre à coups de griffes comme si c'était un petit renard que tu portes. Non, mon vieux, ça n'est pas à un vieux singe qu'on apprend à faire la grimace.

— Vous comprenez, dit Saint-Jean, je ne vous dis pas ça avec colère. Je veux dire que tout ça est bien beau. Je voudrais bien, vous comprenez. Mais peut-être je la fatiguerais, votre espérance, comme vous dites, et peut-être je vais la laisser bougrement seule et solitaire, en fin de compte. Je ne veux pas dire que ça vienne de la bonne volonté, vous comprenez, ni d'une méchanceté quelconque, mais si je pense à moi, qui trouvera à redire?

— Toi, parbleu!

— Mais ça viendra de la vie!

— Quelle vie?

— La mienne.

— C'est ça la tienne.

— Vous ne me comprenez pas, monsieur Boromé ?
— Si.

Dans l'embrasure de la porte, Saint-Jean aperçut le visage bouleversé de Cloche. Il cherchait. Il avait dû regarder comme ça tout le long de la rue, dans toutes les portes et toutes les fenêtres. Saint-Jean lui fit signe : je suis là. Ça va, dit le sourire de Cloche, et il se recula dans l'ombre.

— Parlons plus bas, dit Boromé. Regarde Sarah. Je ne sais pas ce qu'elle a depuis quelque temps. Elle est devenue sensible comme tout. Les femmes se fatiguent plus vite que nous. Mais je ne veux pas dire que tu te taises. A moins que tu sois fatigué. A moins que ça t'embête.

— Non, je suis venu précisément pour vous parler.
— Alors, parlons.
— Il faut que je vous demande quelque chose.
— Demande.
— Il faut que je le fasse venir de loin.
— Fais-le venir d'aussi loin que tu veux, j'ai le temps et je ne dors pas. Mais, approche ton sac, mets-toi près de moi et parlons à voix basse, rien que pour nous deux. Voilà. Je la regarde là-bas ; il faut la laisser paisiblement à elle-même. Si elle pouvait dormir ça serait un pain bénit. Ça va, vas-y.

— Je le fais venir de loin, monsieur Boromé, parce qu'il y a beaucoup de choses à dire avant de dire le principal et, au fond, le principal c'est tout l'ensemble, vous allez voir.

— Je verrai, mon vieux, ne t'inquiète pas.

— Voilà donc. Il faut que je vous demande d'abord comment vous avez fait quand la terre est remontée sous vos pieds. Vous voyez, on ne sort pas de la chose. On est en plein dans notre histoire.

— Si c'est donc comme ça au deuxième matin que tu veux commencer, voilà qu'on a entendu le délivrement de la terre et les vergers d'autour de l'église ont commencé à sortir des eaux. A mesure, c'était la pointe d'un arbre, puis de deux arbres, puis tout un arbre, puis deux arbres, puis tous les uns après les autres, alignés ou plantés dans les champs. Alignés le long des chemins qui peu à peu eux-mêmes sortaient des eaux comme des ruisseaux, avec le long ruissellement des eaux sur les pentes de leurs dos noirs, puis la boue luisante, puis les flaques dans les creux, puis les flaques coulaient et les chemins boueux se sont allongés au pied des arbres avec le reluisant de la naissance fraîche, pendant que les champs avaient fait pareil, mais où il restait quand même d'assez grands marécages. Voilà. C'est ça qu'on a vu.

— Et alors vous êtes partis.

— On a attendu le gel. Ça a été l'affaire d'une heure ou deux et à ce moment-là en même temps on a vu toute l'allongée sèche du chemin à flanc de vallée jusque dans les lointains qui touchaient Villard-le-Château. Alors à ce moment-là, oui on est parti.

— A flanc de vallée?

— Oui. Les eaux étaient encore sur le reste.

— Alors, précisons bien. C'était l'ancien chemin des Leppaz ? C'est d'une grosse importance.

— C'était ce vieux chemin-là, exactement, avec ses ronces renaissantes et qui avaient maintenant des fruits de boue gros comme des melons dans toutes les fourches des branches.

— Et c'est par là que vous êtes partis ?

— Exactement.

— Vous êtes donc passés par Côte-Bonne ?

— Exactement Côte-Bonne.

— Et comment sont les champs de ce côté ?

— Presque pas touchés, comme neufs.

— Et, par exemple — peut-être vous n'avez pas fait attention à ça parce que pour vous ça n'avait pas d'importance, mais pour moi ça en a, vous verrez — par hasard vous n'avez pas regardé une pièce de terre qui se trouve juste entre le vieux chemin de Leppaz et les prés proprement dits de Côte-Bonne, touchant les pâtis de Glomore, là, jusqu'à l'ancien vivier à truites ?

— Précisément, je l'ai regardée, et justement à cause de l'ancien vivier à truites, parce qu'il était rasant, plein d'une eau claire où la glace commençait à dormir.

— Ce champ-là, vous pouvez me dire comment il est ?

— Tout neuf. Comme si le bon Dieu s'en était occupé lui-même.

Saint-Jean regarda Sarah.

— Elle dort, dit Boromé.

— De temps en temps elle ouvre un peu les paupières, dit Saint-Jean.

— Elle dort comme ça quand elle est fatiguée. Ne t'inquiète pas, ça va. Donc, si ça t'intéresse, ce champ-là je l'ai vu et bien vu. Je l'ai encore dans l'œil. Tout neuf. Tu pourrais le labourer demain si tu voulais.

— C'est que précisément il est à moi.

— C'est de la bonne cachotterie ça, dis donc. C'est une bonne affaire.

— Ça n'était pas une question d'affaire. Il me le fallait. J'y suis allé droit dessus.

— Ça fait que tu as dû le payer un peu trop.

— Mais je l'ai eu.

— Ah! C'est qu'alors il y avait autre chose?

— Oh bien, vous savez, peut-être pas tant que ça, comme vous disiez, mais, voyez-vous, il y allait de toute ma vie.

— Alors, dis-moi ça.

— Je vais m'installer.

— Quel brouhaha ici dedans, et là-bas dehors avec ces chiens qui hurlent. Et tout à l'heure les hommes chantaient qui apportaient la farine. Ah! c'est quand même un drôle de bouleversement tout ça.

« Alors, tu vas donc t'installer?

— Je vais bâtir une maison, là, sur ces champs que vous avez vus ; si vous dites qu'ils sont comme ça, enfin pas trop sales : comme la main de Dieu. Je vais bâtir ; enfin, quand je dis bâtir, je vais la faire.

Parce que, je vais la faire en bois. Pour commencer.

— C'est une bonne idée. Mais, fais donc un premier mur solidement en pierre jusque vers les deux mètres au-dessus du sol. Tu t'en remercieras.

« Qu'est-ce qu'il leur prend, à tous ces chiens, avec ce gémissement de la mort, là? Alors, cette nuit, Château est comme une fabrique à foulon avec tous ces brassements de pétrin? Ça doit être le ronflement des fours qui leur fait peur. Écoute-moi si ça hurle.

— Je veux créer un foyer, monsieur Boromé.

— C'est une bonne idée, je te dis.

« Ils s'y sont tous mis à la fois à ce travail qui est somme toute paisible. Qu'est-ce qu'il y a de plus paisible que le travail du pain? Tu comprends? Enfin, c'est le plus paisible de toute la paix, le pain! Et, écoute-moi ça tous ensemble! Tiens, baisse-toi, touche le plancher de bois, là par terre. Ça tremble. On dirait une bataille de Josué.

— Oui, le plancher tremble comme si c'était le tremblement de la terre.

— C'est le ronflement du feu dans les fours. C'est le brassement de la pâte dans les pétrins. Je n'avais jamais entendu tout un village en train de faire le pain. Je ne l'avais jamais entendu dans cet état. Je ne connaissais pas encore toutes les exigences de la vie.

— Les trois premières années je ferai du seigle...

— Tu vois trois ans à l'avance?

— Je vois cent ans en avance.

— C'est beaucoup.

— Je ferai du seigle parce que je veux, ces années-là, faire un petit élevage. A ma mesure. J'ai gardé pour acheter deux de ces vaches de Valogne qui ont le ventre rouge. Je veux établir mes fondations dans le ventre de ces vaches-là.

— C'est à toi d'en parler, le tueur de taureaux! C'est beaucoup, cent ans!

— Il me faut une longue paix, monsieur Boromé. Il me faut une paix bien plus longue que la vie. C'est pourquoi je vous ai dit cent ans. Et des taureaux, il y en aura encore. Il y en a toujours des nouveaux pour le ventre rouge des vaches. Ces trois premières années, je veux que nous ayons de ces beaux petits veaux étonnés qui sont toujours comme s'ils sortaient leur tête d'un orage tout chaud et humide.

— C'est rigolo. Moi aussi j'aime beaucoup l'œil des petits veaux.

— La quatrième année, il me faudra bouleverser les éteules de fond en comble, à la charrue noire qui sera bien tirée par au moins mes bœufs de trois ans...

— Je te revois couvert de sang dans tes poils tout nus ; quand tu était debout à côté de ce taureau mort et qui tremblait encore au-delà de la mort comme maintenant ce plancher de bois sous nos pieds.

— Je me revois aussi, monsieur Boromé, je me vois. Je vous dis bien, il me faudra la charrue noire, la claire n'irait pas assez profond. Je retournerai l'éteule de fond en comble. J'ai le temps et les bœufs aussi. Alors, je ferai des patates. Je me vois. Ah! je vois bien ces champs-là. Bougre, si je les vois! Et le retournement qu'il faut qu'ils fassent, dessus dessous, de temps en temps comme ma main, vous voyez, là? Dessus, dessous, du seigle, des patates, des racines rouges, des betteraves, je le vois bien. C'est une question de force. C'est une question de patience. Mais même pas. C'est tout simplement une question de vie sur cette terre. Patience? Pourquoi patience? Ça serait donc l'impatience d'avoir fini? Quand justement moi je vous dis cent ans pour dire que ça ne finira pas. Une fois là, moi, je veux rester là. Et comme je serai. Enfin, comme je serai à ce moment-là; quand j'aurai fait ce qui me reste à faire. C'est pourquoi je vous dis tout ça. Nous ne parlons pas trop fort?

— Non, ça va, là; c'est entre nous.

— J'avais peur d'avoir parlé trop fort. Quand on a comme ça quelque chose qui vous tient...

— Non, non. Tu as dit ça comme si ça ne regardait que toi et moi. Tu t'es approché de ma barbe. Non, ça va bien comme ça, vas-y. Tu vois, elle s'est accoudée dans les sacs de farine et je crois que maintenant elle dort tout à fait.

— Je ne veux pas que ça, monsieur Boromé, ça ne serait guère. Ce sont des choses que vous allez comprendre, vous allez voir. Je veux prendre votre exemple.

— On ne peut pas prendre mon exemple.

— Non, mais je veux vous faire comprendre ma

raison qui est comme la vôtre. Plus forte que la vôtre.

— Elle est sûrement plus forte.

— Réfléchissez. Qu'est-ce que vous voulez que je foute d'une maison ? Et d'un champ, moi, qu'est-ce que vous voulez que j'en foute ? Et m'enchaîner à un pays alors que précisément je suis comme du vent ? Je ne suis pas d'ici, vous le savez ? Non, je suis d'au-dessus de Valogne, mais bien au-dessus... Alors, qu'est-ce que vous voulez que je foute d'une maison ou de n'importe quoi ? S'il n'y avait pas autre chose. Vous voyez ce vent-là qui devient subitement comme de la semence de taureau et qui veut couler dans le ventre des vaches pour fructifier ? Vous voyez ça sans raison d'autres ? Réfléchissez, monsieur Boromé.

— Je te suis, mais attends, as-tu mangé ? Je te demande ça parce que je te sens exalté comme quand on contient la faim.

— Oui, j'ai assez mangé. Attendez, je mangerai tout à l'heure, quand j'aurai fini. Oui, j'ai faim, mais attendez. J'ai des prés à Côte-Bonne. Ma pièce va jusqu'aux lisières de la forêt, toutes les pâtures du dessus. Voilà où j'ai l'intention de bâtir ; tournant la main vers la première corne du bois noir, là où la courbe des pâtures descend et puis remonte un peu avant de mordre dans les labours, là. Je compte établir les barrières en front du chemin et franchement au carré des murs de la maison. Mes vaches marcheront paisiblement dans deux herbes, et la montée leur donnera des jarrets et du souffle, et ça leur épaissira l'attachement des mamelles, comme vous savez. Je ne veux pas qu'elles aient ce floquement des mamelles dans les pattes et ces allongements de tripes à lait qui s'en vont des fois traînasser dans les bouses. Je veux qu'elles soient laitières mais durement, vous comprenez? Non, peut-être vous ne comprenez pas parce que c'est un peu spécial. Vous me direz : « Ça n'a rien à faire avec le lait. » Enfin, parce que ça doit vous étonner que je parle comme ça?

— Je te comprends. Je ne suis pas étonné du tout. Je suis comme toi, j'aime que les bêtes soient belles.

— Alors vous voyez, en plus de tout ce que je vous ai déjà dit, notez cette beauté-là puisque ça vous touche, le souci de cette beauté-là, l'envie, vous parlez de manger, l'envie comme de manger, tenez, l'envie de cette beauté. Alors, franchement, pour cette espèce de courant d'air qui s'en allait d'une forêt à l'autre dans les chantiers, qu'est-ce que vous voulez que ça lui foute cette beauté? Mais non, précisément, ça lui fout parfaitement.

— Les mêmes soucis...

— Qu'est-ce que vous dites?

— Je dis que j'ai les mêmes soucis.

« Comme tu me comprendrais si je t'expliquais mon cœur moi aussi.

— Ah! puisque vous parlez de cœur, vous me facilitez. C'est ça, toute l'affaire. Il n'est pas question d'autre chose que du cœur. Tout ce que je vous ai dit depuis le commencement, de la pièce de terre où je vous ai demandé si elle était propre jusqu'à maintenant où, vous voyez, il y a la maison peinte en blanc, les seigles et les vaches, rien ne pourrait s'expliquer, pour moi. Non, rien. Mais je vous dis, c'est le cœur, et alors, voyez comme tout s'explique et voyez comme j'ai le droit, monsieur Boromé. C'est le cœur.

« Je veux faire un ménage. Je veux créer un ménage. J'en ai assez. S'il n'y a qu'à travailler pour moi, je n'ai pas besoin de toute ma vie pour travailler pour moi. Je n'ai qu'à me coucher. Je travaillerai toujours assez pour moi. Je n'ai qu'à rouler une cigarette, je travaille pour moi. Je n'ai pas besoin de tant, moi. Alors, vous croyez que je vais passer toute la vie à travailler pour moi ? Non !

— Tu as travaillé pour les autres.

— Bien oui, vous voyez, j'ai travaillé pour les autres, mais ce que je voudrais, c'est que les autres soient à moi. C'est une drôle de façon de dire, mais c'est ce que je veux dire. Je vais créer un foyer, monsieur Boromé, je vais prendre une femme et malgré tout — je veux dire l'âge — je vais avoir des enfants. Je vais avoir des enfants tant qu'elle voudra, et elle voudra, allez, elle voudra autant que moi. J'en veux. Je veux qu'on soit nombreux. Je veux qu'ils soient nombreux ceux de moi-même à se servir de mon travail dans les prés et les champs, dans tout l'encerclement des barrières blanches de ma maison.

Boromé siffla entre sa barbe.

— Tu marches précisément au milieu de tout ça, dit-il, avec ta démarche de dynamiteur ; comme si tu jetais la dynamite autour de toi, en faisant plier les genoux à tout : nature et compagnie. Comme si tu avais grandi à la grandeur des choses qu'on ne peut plus mesurer de haut en bas d'un seul coup d'œil. Tu fais plaisir à voir.

« Tu as quel âge ?

— Dans les quarante.

— Et elle ?

— A peu près.

— Tu as raison.

— Il y a longtemps que nous avons envie l'un de l'autre. Elle m'aime et moi aussi.

— Alors, passe sur tout, n'écoute rien, fais tout plier, n'écoute personne, écrase tout le monde, fais-le ! Moi... Tu allais parler ?

— Non, allez-y, moi je n'ai presque plus rien à dire.

— Moi non plus, ça n'était rien. Ça n'avait aucun rapport. C'étaient des choses de ma vie à moi que j'allais te raconter.

— Dites.

— Approche-toi.

Il vit les gros yeux comme charnus sous les ronces noires des sourcils. Ils reflétaient la porte ouverte du four et la braise blanche. Ils étaient d'une profondeur énorme et, au fond était une vie volontaire. Il s'approcha de la barbe toute fleurie des reflets du feu ; dans les profondeurs de la barbe il vit la chair claire de l'homme qu'elle ensevelissait.

— Tu sais combien j'ai eu de femmes, moi ? Puisque tu parles de femmes.

— Non.

— Vingt-huit. Et que je meure sur place si c'est seulement vingt-sept. Je ne compte pas la mienne. C'était une femme en bois, comme la croix de la procession. Vingt huit. Je sais tous les noms et toutes leurs saisons. D'abord, presque toutes des femmes de moisson. Et tu sais combien j'ai d'enfants ?

— Non.

— Des véritables, pas de ceux qu'on prétend. On t'en met toujours d'extraordinaires. Des vrais j'en ai trente-quatre, encore vivants. J'en ai eu trente-sept en tout. Ça ne fait pas une grosse proportion de morts, et encore, là-dedans il y a eu Alphonsine qui s'est noyée dans le lavoir. A peine deux morts de maladie. Ils étaient chevillés comme du fer. Ils le sont encore. Mais au début, chevillés comme du fer. Tu aurais pu attraper la femme par les pieds et la secouer dans le vent comme un drapeau, elle avait son petit, elle le gardait. Trente-quatre ! Écoute. Regarde ce bataillon. Tu les vois tous là, alignés et moi en tête ? Je suis un capitaine. Regarde ça. C'est tout sorti de moi. Je peux te dire où ils sont. De même que je revois, pour chacune des femmes, la saison où elle était chez moi. Non pas l'époque, la saison. Je n'ai qu'à me dire un nom. Je vois la saison et la couleur des plantes, et les cris des bêtes, et le bruit

du travail de ces mois-là, avant de voir la femme.
Puis je la vois. Ce n'est pas le nom qui me la fait voir,
c'est la saison. C'est le goût tout de suite que j'ai dans
la bouche qui est le pré ou la poussière de l'aire, ou
bien le froid avec le coup des fléaux qui frappent. Il
y en a même qui sont de la même année, tiens,
Françoise et Marguerite. Françoise est partie de
Grangebelle avant même de savoir qu'elle était
enceinte ; eh bien, je les sens toutes les deux à des
regains. Françoise est de la première coupe des
prés ; elle sent l'herbe longue. Marguerite est de la
deuxième coupe ; elle sent l'herbe courte, là, tu
sais, le sainfoin et le trèfle gras. Voilà. Et comme ça,
répandues sur toute ma vie, comme si on les avait
semées, comme si la saison les apportait comme des
hirondelles. Ce qui était un peu le cas, somme toute,
parce qu'à certain matin on en voyait sortir des
troupes du chemin creux. Elles approchaient de la
barrière et elles restaient là, sans oser ouvrir, une
main sur la barrière, l'autre tirée en bas par le
baluchon. Avec des fichus autour de la tête, regardant sans rien dire toutes mes terres de l'autre côté
de la barrière où elles étaient appuyées. Comme des
hirondelles, lancées sur les chemins parce qu'on
avait dit le mot de moisson par exemple. Elles
appelaient : « Patron ! Maître ! Patron ! » Et j'arrivais.
Hortense, tiens, elle est de la moisson, celle-là. Elle
est d'une moisson ; d'une moisson un peu rouillée. De
cette saison-là il y en a beaucoup. C'est même de cette
saison-là qu'il y en a le plus. Je les distingue les unes

des autres, moi, avec un système de minotier, à des différences de goût de poussière de blé et même de poussière de paille. Celles des moissons sont les plus importantes. Il y en a là-dedans qui m'ont fait deux, trois enfants, qui sont venues et revenues, quand l'aube d'août fume sur les éteules, avec cette odeur de rosée bouillante. Le capitaine ! Tu me vois marchant à travers les bosses de la terre devant cette armée fédérale. Les enfants et leurs enfants, et leurs femmes, et leurs maris, et leurs familles, et le travail qu'ils font maintenant sur la terre ; et leurs acquis, et leurs biens ; et quelques-unes de ces vingt-huit femmes qui sont encore vivantes, regarde ça ? Qui se répand dans les champs comme l'eau d'une source. Regarde-moi ça s'il y en a des mains et des poignets capables de tenir le manche de la faucille comme je tenais le manche de la faucille, et qui glanent comme la mère glanait, et qui labourent comme je labourais, qui marchent avec mon pas, qui parlent avec des moments ma voix, qui rient avec mes dents, qui frappent les mottes avec mon coup de pied. Tous ces enfants, maintenant tous chargés de famille, et qui se répètent à travers les champs et les bêtes tous les gestes de ces vingt-huit femmes et les gestes de ce père unique. Le capitaine, moi, devant, portant le drapeau sur lequel il y a écrit : « Solitude. »

La bouche s'ouvrait et se fermait dans la grande barbe avec une lente éloquence. Elle dit encore :

— Solitude.

— Monsieur Boromé, dit Saint-Jean.

— Oui, monsieur Boromé. Seul. Toutes ces femmes égalisées autour de moi comme de la poussière, voilà ce que je voulais te dire. Il y a ce qu'on voit de là-bas — il toucha du doigt la poitrine de Saint-Jean — et il y a ce qu'on voit d'ici — il toucha sa propre poitrine.

— Approche-toi.

Il sentait le tabac sauvage et la forêt.

— Le pauvre monsieur Boromé, dit-il.

Oh! il savait qu'on l'appelait le riche. Riche de quoi? De ces quarante ans de femme sèche et de ventre sourd? Riche de regarder cent fois et cent fois ses barrières du fond du champ pour voir s'il ne s'y appuyaient pas ces femmes de la route avec leurs fichus, qui repartiraient sur la route, avec leur ventre garni, mais elles repartaient. Et va, toi, dans la profondeur des routes, toi le riche avec ta femme, l'invalide au ventre de bois! Qu'ils aient fait leur compte de richesses, ceux de Villard; ils l'avaient fait et ils comptaient dans ces richesses les granges et les champs et ils écoutaient dans les nuits d'été le ronflement des tarares, là-bas sous les grands feux, sur les terres de monsieur Boromé. Le riche. Riche de quoi? Sans tendresse et sans affection, avec l'invalide au ventre de bois qui était là dans le lit comme une sauterelle de fer avec des jambes de scie, et des reins où tu voyais, sous la peau, un os comme une monture de lunette avec deux trous où venaient s'attacher les os des jambes, par des nerfs que tu voyais sous la peau comme des ficelles. Un bruit sec de doigts qui se frottaient, le pouce contre l'index, avec juste entre les deux doigts l'épaisseur d'un écu. Qu'est-ce que tu veux faire toi ? Qu'est-ce qu'il faisait lui ? (et ses mots soulevaient une odeur sauvage comme une course de poulains dans des forêts pourries) qu'est-ce qu'il faisait ? Il se levait, il sautait du lit. Il s'en allait solitaire dans l'ombre de la nuit où d'ailleurs quand on m'entendait on foutait le camp d'autour de moi en chuchotant : c'est le patron, c'est le patron, quand ils entendaient que je battais les houseaux avec ma badine comme un loup qui se joue du tambour sur ses côtes. Qu'est-ce qu'il faisait, lui ? Qu'est-ce que tu veux faire, fondant de désir, de gentillesse, d'envie de n'importe quoi, rien qu'une caresse sur le dos de la main, rien, un mot, rien, n'importe quoi fondant : alors que ce qu'ils entendaient de ce battement coléreux de badine sur les houseaux ça n'était ni colère, ni rien, ni méchanceté, ni rien, mais impatience, une malheureuse, une pauvre impatience toute perdue dans la nuit. Qu'est-ce qu'il faisait ? Ah ! Une de celles-là, des barrières-là, dans la paille, la pauvre paille là dehors, sans murs, ni maisons, ni rien ; jamais autant riche ; avec des fois des ventres dans mes deux mains, chauds et souples, ronds, doux, terribles comme la mappemonde des écoles, la mappemonde l'été quand la fenêtre de l'école est ouverte et que tu vois, là-bas dedans, le pauvre petit garçon à qui on dit : « Tu vois, ça c'est l'Amérique, ça c'est l'Océan, l'océan Pacifique ! Pacifique !

« Oui.

« Tout le temps de ma vie j'ai été ce type-là, solitaire dans la nuit et qui se frappe les houseaux avec sa badine comme un balancier d'horloge, impatient et pauvre, debout dans la ruelle des soues à cochons, tandis que là-haut dans le lit est couchée l'invalide au ventre de bois, et qu'elle a allongé dans les draps ses jambes attachées à un os de lunette et qu'au ras des draps, là, entre ses deux doigts secs, elle fait glisser des écus de rêve. Tape, tape sur les houseaux, ça compte le temps. Qu'est-ce que tu attends du temps? Qu'il passe? Il passe, ne t'en fais pas. Tu attends qu'il soit tendre? Attends. Tape, tape sur ta jambe de cuir, là, derrière les grandes soues aux bienheureux cochons. Attrape donc tes Amériques qui sont en carton bleu. Celles qui ont poussé les barrières pour entrer les tireront derrière elles pour sortir. Tape sur tes houseaux avec ta badine, dans le mesurement du temps de ton combat, soldat des soues à cochons, pauvre combattant des soues à cochons. »

C'était lui maintenant qui demandait s'il n'avait pas parlé trop fort. Non, il avait toujours parlé de sa voix sombre. Car, depuis trois ans le temps s'était arrêté de compter les coups de combat sur sa jambe de cuir. Ah! maintenant il avait un vrai océan Pacifique qui lui coulait dans les doigts, et le long des bras, et qui ruisselait vraiment d'une mappemonde vivante. Non, il ne parlait pas fort du tout et au contraire, il fallait écouter les mots au fond de sa barbe qui était comme une barbe de silence. C'était une barbe de silence et de paix et vraiment il s'était élargi terriblement au-dessous d'elle dans sa pleine force depuis trois ans. Il tourna lentement la tête pour regarder Sarah, et Saint-Jean n'avait, sans bouger, qu'à relever les yeux pour voir Sarah. Depuis Sarah ça avait été tout le ruissellement de l'océan Pacifique. Elle dormait, s'étant un peu abandonnée, renversée en arrière, le bras jeté tout doucement le long de sa tête, avec la main pendante dans ses cheveux dénoués. Une arche de chair tout affectueuse partait de ses seins et gonflait son corsage jusqu'à son cou découvert et là elle s'enracinait affectueusement dans les douceurs de la mâchoire et de la joue. Avec le reflet du four, il semblait qu'il y avait là un petit battement violet comme un reflet du cœur, comme un petit oiseau violet et peureux blotti en boule là, dans l'ombre de la joue.

— Je ne veux pas parler d'elle en même temps que de celles des barrières. Elle est pour moi ce qu'est ta femme.

— Non.

— Si.

— Vous avez trente ans de plus qu'elle.

— Alors, tu vois bien, elle est encore beaucoup plus.

— Si on vous l'enlevait, vous vous battriez ?

— Non, je mourrais.

— Comment, vous mourriez ? Non, vous ne mourriez pas ! Vous mourriez pour ça ?

— Et pour quoi crois-tu qu'on meurt ? Tu ne mourrais pas, toi ?

— Non.

— Tu as un peu hésité, mais tu l'as dit. Je savais que c'était non. Tu es trop fort.

— Enfin, elle est votre servante. Si elle partait de son gré...

— Je lui ferais comprendre que maintenant je mourrais.

— C'est cette mort qui me gêne !

— Elle ne me gêne pas du tout, moi ; je n'aurai jamais une meilleure occasion. Je n'ai jamais rien eu dans ma vie sinon du malheur et du plus mauvais, de celui qui n'attire même pas la pitié, une sorte de misère qui m'a fait devenir goulafre. La grosseur que j'ai n'est jamais que l'épaisseur des boîtes qui me gardent au fond de moi mon petit malheur vide et pauvre. Tout d'un coup — et à un moment de la vie où normalement il n'y avait plus d'espoir que celui de crever seul dans la plus haute ferme du territoire — le bonheur arrive. Et il arrive sans qu'on le cherche. Il arrive, il s'installe, il reste là, et au bout d'un certain temps il dit à voix basse : je suis le bonheur. Je me dis : alors quoi, mais quoi ? Et je suis obligé de reconnaître, c'est vrai, c'est le bonheur, c'est ça. Et alors, tout d'un coup, tout gueule : c'est le bonheur, bonheur, tu es heureux. Tout le gueule là-haut dans notre solitude où je suis seul avec elle à entendre cette proclamation. Alors, qu'est-ce que tu veux que ça soit, pour moi, les mots que tu dis :

servante, partir, mort. Depuis un moment nous ne parlons plus la même langue. Je ne te comprends plus et tu ne peux pas comprendre ce que je dis. Ah! c'est une belle tour de Babel! C'est la plus belle.

— Oui mais enfin, justement, si elle est si importante pour vous, vous devriez vous battre. Enfin, vous battre, vous comprenez! Qu'on soit devant quelque chose! Vous ne manquez pas d'armes!

— Tu vois, c'est la tour de Babel. Tu as dit importante. Elle n'est pas importante. C'est ma vie, tout simplement.

— Vous vous la laisseriez arracher sans vous battre?

— Tu parles de te battre! Tu parles toujours de te battre, avec ta voix âpre. Parce que tu es fort. Moi je ne suis pas fort. Je ne l'ai jamais été, mais maintenant je le suis encore moins. Alors, je m'étends par terre et je dis : frappe.

— Comme un chien devant les pieds.

— Doucement! Oui, comme un chien devant les pieds.

— Je n'ai pas eu l'intention de vous blesser. J'ai parlé plutôt à moi-même. J'ai voulu me représenter ce que vous étiez comme ça, sans défense. Là, maintenant que j'ai faim, et fatigué, avec un mot on voit les choses devant soi comme si elles étaient dessinées. C'est pour ça que j'ai dit : comme un chien.

— Exactement. Tu es libre de faire ce que tu veux. Fais de moi ce que tu veux. Tu es le maître. Je ne me bats pas avec toi, je te laisse te battre avec toi-même. Qu'est-ce que je pourrais faire, moi : te déchirer la main? Et puis après? Tu me tues quand même, tu es le plus fort. Alors? Non. J'aime mieux mourir sous de l'injustice. C'est pour ça que j'ai dit : comme un chien.

— Mais vous ne mourriez pas.

— C'est curieux comme c'est gênant une grande barbe, et de grands yeux, et surtout une grande renommée sur une largeur considérable d'hectares, de forêts et de montagnes. Ça, quand il y en a un qui au milieu de tout ça peut démêler la présence d'un homme, crois-moi que celui-là est fort. Je n'en ai jamais rencontré. Tous ceux qui m'ont parlé se sont toujours adressés à ma barbe et à ma renommée. Jamais à moi. Ah! non, jamais à moi-même. Ils ne me voyaient pas.

« Approche-toi. Tiens, regarde au fond de ma barbe. Regarde, je l'écarte avec mes doigts. Tu vois c'est de l'homme dessous. Tu as vu? D'abord ça. Ensuite, écoute : je n'ai pas une grande gloire, mais celle que j'ai c'est de n'avoir jamais déçu l'espoir de personne. C'est tout.

« Quel vacarme! Qu'est-ce qu'ils font ici dedans?

— Ils recommencent à pétrir pour faire encore une fournée de pain après celle-là.

— Oui, quel travail dans cette nuit paisible que tu nous as donnée. Sarah ne s'aperçoit de rien. Elle dort. Je te remercie pour elle de tout ce que tu as fait.

— Vous ne pourriez pas reprendre votre force

pour quelque temps? C'est idiot, mais je donnerais ma vie pour que vous soyez brusquement l'homme le plus fort de la terre.

Saint-Jean se dressa.

— Allez, au revoir, dit-il à voix basse, ne vous dérangez pas, je vais aller jusque-là, moi.

Deux pas au-delà de la porte, il entra dans l'ombre.

— Qu'est-ce que vous faites là, vous? dit doucement une voix près de lui.

C'était Marie. Il voyait son visage dans cette nuit toute grillagée de reflets.

— Je gratte mon pouillant, dit-il.

— Ça vous fait mal?

— J'en ai une bonne attaque. Vous n'êtes pas fatiguée, vous?

— De pouillant?

— Oh! non, ça ne vient pas tout de suite. De fatigue seulement.

— Je suis déjà habituée, dit-elle, j'en porterais encore tant que vous voudriez, de la poudre.

— Il ne faut pas s'habituer.

— Pourquoi?

— Ça gêne pour manger la soupe.

— Qu'est-ce que vous allez faire maintenant? dit-elle.

— Je ne le dis jamais aux petites filles.

— Pourquoi?

— Parce qu'elles sont bavardes.

— J'ai gardé le secret de quelqu'un qui allait mourir, dit-elle.

— Moi, dit-il, je ne vais pas mourir. Je vois des fleurs qui fleurissent partout. C'est probablement parce que je touche mon pouillant là, avec ma main ; c'est fait comme de petites fleurs sèches. Des pâquerettes de chairs mortes qui me couvrent toute la poitrine. Non, non, je n'ai pas envie de mourir. J'ai encore des endroits du corps où il peut me venir de cette fleur-là.

— C'est un homme du village qui est allé mourir, dit-elle ; je lui ai donné du lait de chèvre ; je l'ai laissé partir ; je n'ai rien dit à personne. J'aime les secrets. C'est une bonne compagnie quand on est seule.

— Tu es une drôle de fille.

« Je crois en effet que tu dois garder les secrets au fond de toi-même. Tu ne dois les donner qu'à toi-même. C'est vrai, on le comprend quand on te voit à travers la nuit. Alors, ça va, pour la première fois de ma vie j'ai de la chance. Oh! chance! C'est seulement juste. Mais c'est quand même une chance. Il n'y avait pas de raison pour que ça soit juste.

— Tenez, voilà un secret, dit-elle : vous tutoyez les gens quand vous êtes perdu comme un oiseau dans les grands rochers.

— Oui, c'est un secret. Je vais t'en donner un autre plus beau.

« Tu embrasseras ta mère. »

Il recula dans l'ombre.

« Pour moi », dit-il, de cet endroit invisible mais tout proche où il s'était retiré.

Elle s'avança et toucha l'ombre avec sa main : il était parti.

Manosque.

I.	*Sur la hauteur*	11
II.	*Des nouvelles d'en bas*	61
III.	*Campement dans le marécage*	95
IV.	*Villard-l'Église*	126
V.	*Le Glacier*	263
VI.	*Un reproducteur de première catégorie*	293
VII.	*Le vin qu'ils ont bu à l'aube*	340
VIII.	*Avec Sarah*	396
IX.	*La dynamite*	452
X.	*Avec Marie*	459
XI.	*La délivrance*	523
XII.	*Avec monsieur Boromé*	578

DU MÊME AUTEUR

Aux Éditions Gallimard

Romans — Récits — Nouvelles — Chroniques :

LE GRAND TROUPEAU.
SOLITUDE DE LA PITIÉ.
L'EAU VIVE.
UN ROI SANS DIVERTISSEMENT.
LES ÂMES FORTES.
LES GRANDS CHEMINS.
LE HUSSARD SUR LE TOIT.
LE BONHEUR FOU.
ANGELO.
NOÉ.
DEUX CAVALIERS DE L'ORAGE.
ENNEMONDE ET AUTRES CARACTÈRES.
L'IRIS DE SUSE.
POUR SALUER MELVILLE.
LES RÉCITS DE LA DEMI-BRIGADE.
LE DÉSERTEUR ET AUTRES RÉCITS.
LES TERRASSES DE L'ÎLE D'ELBE.
FAUST AU VILLAGE.

ANGÉLIQUE.
CŒURS, PASSIONS, CARACTÈRES.

Essais :

REFUS D'OBÉISSANCE.
LE POIDS DU CIEL.
NOTES SUR L'AFFAIRE DOMINICI, *suivies d'un* ESSAI SUR LE CARACTÈRE DES PERSONNAGES.

Histoire :

LE DÉSASTRE DE PAVIE.

Voyage :

EN ITALIE.

Théâtre :

THÉÂTRE (Le Bout de la route — Lanceurs de graines — La Femme du boulanger).
DOMITIEN, *suivi de* JOSEPH À DOTHAN.
LE CHEVAL FOU.

Cahiers Giono :

1. CORRESPONDANCE JEAN GIONO LUCIEN JACQUES 1922-1929.
2. DRAGOON *suivi de* OLYMPE.

Cahiers du cinéma/Gallimard :

ŒUVRES CINÉMATOGRAPHIQUES (1938-1959).

Éditions reliées illustrées :

CHRONIQUES ROMANESQUES, tome I (Le Bal — Angelo — Le Hussard sur le toit).

En collection « Soleil » :

COLLINE.
REGAIN.
UN DE BEAUMUGNES.
JEAN LE BLEU.
QUE MA JOIE DEMEURE.

En collection « Pléiade » :

ŒUVRES ROMANESQUES COMPLÈTES, I, II, III, IV et V.

Traductions :

Melville : MOBY DICK *(en collaboration avec Joan Smith et Lucien Jacques).*

Tobias G. S. Smollett : L'EXPÉDITION D'HUMPHREY CLINKER *(en collaboration avec Catherine d'Ivernois).*

Impression S.E.P.C. à Saint-Amand (Cher),
le 13 décembre 1993.
Dépôt légal : décembre 1993.
1⁰ᵉʳ dépôt légal dans la collection : décembre 1979.
Numéro d'imprimeur : 2879.
ISBN 2-07-036624-3./Imprimé en France.

67247